Für Tina

Von ihr habe ich gelernt, wie man headbangt,
was gute Musik ist,
wie man witzig ist,
warum Direktheit immer besser ist,
wie man Mut zum Neuanfang fasst,
dass Hunde die besten Freunde sind.

Sie hat mich bei all meinen Büchern entscheidend inspiriert
und wird dies weiterhin tun.

Krebs hat sie im Juni 2020 viel zu jung
aus dem Leben gerissen.

Manchmal sieht man nicht rechtzeitig, dass man genau die
Person ist, die man sein will
und die wir alle brauchten und liebten.

Ich werde Dich immer vermissen.

Sandra Andrés

Als das Gras zu wachsen aufhörte

1

Kaia

Dienstag, 19. Januar 2016
Frankfurt am Main

Kaia starrte in den Schrank, und die Leere darin starrte zurück, als wollte sie fragen: Wie ist das passiert? Was hast du getan?

Auf der rechten Seite hingen immer noch ihre Kleider, unbeirrt dicht zusammengedrängt. Dabei musste sie für niemanden mehr Platz freihalten. Stattdessen schrie dieser ihr jetzt ihr Versagen entgegen.

Was war passiert?

Darauf hatte sie selbst keine Antwort. Vor drei Stunden hatte Steffen seine Sachen gepackt und war gegangen. Wortlos, vorwurfslos, trauerlos. Er hatte sich nicht umgedreht, hatte leise die Tür hinter sich geschlossen und sie auf dem Bett sitzend zurückgelassen. Hier saß sie seitdem, in endlos scheinender Stille, ohne sich zu bewegen. Ihrem Gefühl nach hätten auch erst drei Minuten oder bereits drei Tage vergangen sein können. Doch der Standwecker auf dem Nachttisch zeigte ihr schmerzhaft und deutlich, wie lange sie schon ohne ihn war, tickte Minute für Minute weiter Richtung Einsamkeit.

Erst hatte sie die Leere nur durch einen Tränenschleier wahrgenommen, ihre Kleider zu einem einzigen Gemisch bunter Farben verschmolzen. Irgendwann hörte sie auf zu weinen und verbannte den Wecker in eine Schublade. Die getrockneten Tränen brannten auf ihren Wangen, aber längst nicht so schneidend wie das Brennen in ihr, das das Ende der Liebe auslöste, das Ende von gemeinsamen Stunden vor dem Kamin und Lachen, bis der Bauch wehtat. Ein Brennen, das sich jetzt durch ihren gesamten Körper zog, vom kleinen Zeh bis in ihre Kehle. Immer wieder verspürte sie Brechreiz, klammerte sie sich an die Laken, hoffte, es würde die Krämpfe in Zaum halten. Sie konnte sich nicht bewegen, schien wie am Bett angewachsen, und schließlich gab ihr Magen auf und schloss sich der Lähmung an.

Was war passiert?

Die Frage hatte sie sich in den letzten drei Stunden mindestens tausend Mal gestellt. Sie hatten nicht gestritten. Keiner hatte den anderen belogen oder betrogen. Es gab keine Uneinigkeit bei Themen wie Ehe, Kinder oder Zusammenleben. Und doch hatte die Liebe sie verlassen. Kaia wusste weder, wann, wie noch warum. Sie hatte es bemerkt, an scheinbar unbedeutenden Dingen. An kleinen Zärtlichkeiten, die immer weniger wurden, an gemeinsamen Stunden, die immer mehr vom Alltag geprägt waren als von spontanen Überraschungen. An Blicken, die nicht mehr verträumt oder leidenschaftlich waren, keine geheimen Botschaften hinter dem Rücken der Welt mehr verbreiteten.

Ein gelbes Sommerkleid in ihrem halbleeren Schrank erinnerte sie spöttisch daran, wie perfekt alles begonnen hatte. Sie hatten sich im Urlaub kennengelernt, an einem langen Strand unter asiatischer Sonne. Fast zu kitschig, um wahr zu sein. Kaia hatte in selbigem Kleid auf einem Liegestuhl gesessen und aufs Meer hinausgesehen, da stand Steffen plötzlich vor ihr, mit zwei Cocktails in der Hand. Wortlos streckte er ihr einen entgegen, setzte sich neben sie, und den Rest des Tages verbrachten sie gemeinsam – quatschend, lachend, flirtend. Sie hatten sich schnell und unkompliziert verliebt, durchlebten eine unvergessliche Woche zwischen Liebe am Strand und langen Gesprächen bei Mondschein.

Einige Monate danach ließ sie ihre Heimat Hamburg und ihre Anstellung bei der Zeitung hinter sich und räumte ihre Sachen in seinen Schrank, in dem er für sie Platz gemacht hatte. Nicht den, der sie jetzt vorwurfsvoll anstarrte. Es war in einer anderen Wohnung gewesen, einer kleinen Wohnung am Stadtrand.

Nach einem weiteren Jahr kündigte sie ihre letzte

Kolumne und war voll damit beschäftigt, mit Steffen eine neue Firma aufzubauen. Es tat ihr nicht leid. Es bereitete ihr Freude, an der Seite des Mannes zu arbeiten, den sie liebte, sich täglich für eine gemeinsame Zukunft einzusetzen, Teil eines Projektes zu sein, das sie zusammen erschufen.

Doch jetzt gab es keine gemeinsame Zukunft mehr. Steffen war weg. Und sie wusste nicht, wie sie morgen zur Arbeit gehen, ihm in die Augen sehen, fröhlich mit Kunden plaudern und begeisternde Texte schreiben sollte, während alles in ihr zerbrochen war.

Sie verstand nicht, wie das alles passiert war, wie sie so entgleist waren. Sie hatte alles für ihn getan, war immer für ihn da gewesen, hatte grenzenlos in die Beziehung investiert. Sie hatte alles gegeben, und jetzt war alles nur noch leer.

Vielleicht war genau das das Problem gewesen. Sie hatte alles für ihn getan, alles gegeben.

Was musste er für die Beziehung aufwenden? Sie hatte ihm nie widersprochen, immer nachgegeben. Bei Streitereien hatte sie stets die Schuld auf sich genommen, sich entschuldigt, war ihm entgegengekommen. Sie hatte keinen Mut gehabt, und er hatte nie kämpfen müssen.

Ein langes schwarzes Samtkleid und ein eng anliegender Jumpsuit waren von Christian und Axel übrig. Ihre Beziehungen vor Steffen waren nicht so anders gelaufen. Stets hatte sie klein beigegeben, hatte sich nach ihnen gerichtet, sich eingefügt. Und es hatte sie nicht einmal gestört. Es war eine Rolle, die ihr nicht wehtat. Bis jetzt. Denn genau dieses Verhalten schien sie immer wieder in die gleiche Situation zu bringen, schien der Kern des Problems zu sein.

Was hinderte sie daran, ein ebenbürtiger, starker Partner zu sein?

Sie konnte sich erinnern, dass es nicht immer so gewesen war. Als Kind hatte sie sich regelmäßig gegen Klassenkameraden durchgesetzt, hatte sie angeführt, gerne das

Kommando übernommen. Sie war nicht streitlustig gewesen, war einer Auseinandersetzung aber auch nicht aus dem Weg gegangen und hatte schon gar nicht nachgegeben, wenn sie sich ungerecht behandelt gefühlt hatte.

Wann hatte sie ihren Mut verloren? Was hatte sie so sehr verändert?

Nein, nicht was. Wer?

Sie wusste genau, für wen sie begann nachzugeben, sich selbst zurückzustellen. Für wen sie alles aufs Spiel setzte, alles gab.

Mit wem sie alles verlor.

Freitag, 29. Januar 2016
Frankfurt am Main

Kaia kramte ihre Sportsachen aus der untersten Schublade ihres Schranks hervor und packte sie in einen Beutel. Die zwei Wochen waren besser verlaufen, als sie erwartet hatte. Steffen war größtenteils auswärts und in Sitzungen gewesen, ihre Wege hatten sich kaum gekreuzt. Die beiden Male, als sie sich über den Weg gelaufen waren, hatten sie sich kurz zugenickt und waren stumm aneinander vorbeigegangen. Sie hatte ihn ihren Schmerz nicht sehen lassen. Es war auch nicht so schmerzhaft oder schlimm gewesen, wie sie befürchtet hatte. Sie war durch Steffen nicht völlig lahmgelegt und gebrochen.

Trotzdem wollte sie sich auf die Suche nach einem neuen Job machen, aber es war beruhigend zu wissen, dass sie es auch noch eine Weile aushalten würde, ohne abends heulend nach Hause zu kommen.

Stattdessen hatte sie sich vorgenommen, ihre Zukunft in die Hand zu nehmen und nach vorne zu blicken. Sie würde ihren Frieden wiederfinden. Als ersten Schritt setzte sie sich abends mit einem Glas Wein vor den Kamin und suchte die Stellenangebote durch – in Frankfurt. Sie hatte keine

Absicht, nach Hamburg zurückzukehren. So sehr sie ihre Heimatstadt liebte, ihr Leben war hier. Ihr alter Job lag Jahre zurück. Es war unwahrscheinlich, dass ihre früheren Arbeitgeber noch auf sie warteten, sie ihre alten Kolumnen aufnehmen könnte. Im Businessbereich war in der hessischen Bankenmetropole ohnehin viel mehr los, sie konnte also damit rechnen, dass sie als Texterin schnell wieder in einem Unternehmen unterkommen würde. Und auch ihr Freundeskreis im Norden war deutlich geschrumpft, seit sie weggezogen war. Einige langjährige Freundschaften und den Kontakt zu ihrer Mutter hielt sie immer noch aufrecht – mit regelmäßigen Besuchen, Telefonaten und diversen Gruppenchats, aber trotzdem bemerkte sie eine wachsende Distanz, schwindenden Gesprächsstoff und weniger Gemeinsamkeiten.

Nein, sie fühlte sich wohl in Frankfurt, war glücklich hier.

Nicht, dass sie einen großen neuen Freundeskreis aufgebaut hätte – eigentlich gar keinen. Steffen hatte einen ausgedehnten Bekanntenkreis, den er auch regelmäßig sah, und sie hatte sich mit den Partnerinnen seiner Kumpels angefreundet. Das konnte sie jetzt streichen. Oft genug hatte sie es erlebt, wenn ein Paar aus dem Kreis Schluss gemacht hatte. Zu den folgenden Zusammentreffen war stets nur noch der Part eingeladen gewesen, der schon immer dazugehört hatte. Und das war in diesem Fall nicht sie.

Also musste sie nicht nur einen neuen Job finden, sondern auch neue Freunde. Deshalb packte sie nun ihre Sporttasche und machte sich auf den Weg zum Fitnesscenter. Aber auch, um sich abzulenken. Das Wochenende stand vor der Tür, und sie hatte keine Lust darauf, noch einmal in Tränen und Selbstmitleid zu versinken. Sie hatte genügend Pläne, um die bedrohliche freie Zeit zu füllen.

Im Yoga-Kurs hatten bereits sieben Teilnehmer ihre Matten im Saal ausgebreitet. Kaia sah sich nach einem freien Platz um, als ihr eine Frau mit langen, braunen Haaren, die sie zu einem Pferdeschwanz zusammengebunden hatte, zuwinkte. »Komm, ich mache Platz«, lud sie sie ein und rückte ihre Matte einen Meter zur Seite. Kaia lächelte, kam dankend auf sie zu.

»Zum ersten Mal hier?«, fragte die Frau mit großen, neugierigen Augen.

»Ja.«

»Ich komme auch erst zum dritten Mal. Aber es tut mir gut – schenkt mir ein paar Stunden Ruhe.« Sie streckte ihr die Hand entgegen. »Ich bin Maren.«

»Kaia.«

»Willkommen, Kaia. Du wirst dich bestimmt schnell einfinden – siehst fit aus.«

»Danke – aber ich bin tatsächlich zum ersten Mal überhaupt beim Yoga.«

»Ach ja? Neuer Vorsatz? Stressige Woche?«

Kaia überlegte einen Moment lang. »Anstrengende Woche, ja. Anstrengender Monat. Eigentlich möchte ich ihn nur hinter mir lassen und vergessen.«

»Dann bist du hier gut aufgehoben«, bestätigte Maren. »Man kann super abschalten. Ich bin gekommen, weil meine Tochter mittlerweile regelmäßig abends Pläne hat. Und wer will schon allein zu Hause sitzen?«, schien sie Kaias Motive zu teilen. »Außerdem ist es eine tolle Möglichkeit, mal runterzukommen … mit einem Teenager im Haus …« Sie rollte die Augen und schüttelte den Kopf. »Aus mit der Ruhe. Alles, was ich höre, ist: ›Nein, Mama. Du hast keine Ahnung, Mama. Du bist doof, Mama.‹ Es ist eine richtige Oase der Erholung hier.« Sie zwinkerte ihr zu.

Eine Frau in Trainingshosen betrat den Raum und positionierte sich gegenüber der Gruppe, direkt vor dem Spiegel. »Hallo zusammen, wir sind gleich so weit!« Sie schaltete langsame, asiatisch klingende Musik ein und lächelte. »Dann beginnen wir mal mit dem Sonnengruß!«

Die zwei Stunden vergingen wie im Flug. Sie waren tatsächlich eine Erholung, wie Maren angekündigt hatte. Die Übungen waren abwechslungsreich – manche anstrengend, manche fast einschläfernd, vor allem die finale Entspannungsphase. Bei einigen verlor Kaia regelmäßig das Gleichgewicht und kippte beinahe auf ihre quirlige dunkelhaarige Nachbarin. Doch es gefiel ihr. Eine gute Mischung aus Konzentration und Anstrengung. Gut genug, um an nichts anderes zu denken – und an niemand anderen.

Am Ende des Kurses wandte Maren sich ihr wieder zu, während sie ihr verschwitztes Handtuch in den Beutel packte. »Noch Lust auf einen Kaffee? Ach was, lass uns ehrlich sein«, winkte sie ab. »Noch Lust auf ein Glas Wein? Meine Tochter meldet sich bestimmt nicht vor zehn, um sich von mir abholen zu lassen.«

Kaia überlegte. Sie hatte keine weiteren Pläne, und zu Hause vor dem Fernseher würde sie jeder Film in irgendeiner Weise an ihre gescheiterte Beziehung erinnern.

»Ja, sehr gern.«

Nach einer schnellen Dusche und in frischen Klamotten saßen sie eine knappe halbe Stunde später in einer Vinothek, zwei Straßen vom Fitnesscenter entfernt. Die Temperatur war bereits wieder unter null geklettert, und es war viel zu frostig, um lange ein Lokal zu suchen.

»Wie hat dir die Stunde gefallen?«, begann Maren.

Sie hatten sich an einen kleinen Tisch am Fenster gesetzt. Die Bar war gut besucht an diesem Freitagabend, man hörte Stimmengewirr und klapperndes Geschirr.

»Super, tatsächlich. War entspannend, aber auch anstrengend. Genau richtig.«

»Ja, das finde ich auch. Es ist ein schöner Ausgleich zum Alltag. Man bewegt sich, kann aber auch abschalten und den ganzen Stress vom Tag hinter sich lassen.« Dabei griff sie zu ihrem Glas Rotwein und nippte daran. Kaia tat es ihr nach.

»Was arbeitest du?«, fragte Kaia.

»Aaaa … sehr langweilig. Ich bin Sekretärin in einer Anwaltskanzlei. Also, mit langweilig meine ich, es ist kein aufregender Job. Mir wird nicht langweilig – ganz im Gegenteil. Du hast ja keine Ahnung, was den Leuten alles einfällt, gegen wen und was sie klagen können.« Sie rollte mit den Augen. »Und es wird auch nicht weniger, ich habe das Gefühl, ich beantworte jeden Tag zehn Prozent mehr E-Mails als am Vortag …« Darauf brauchte sie gleich noch einen Schluck Wein.

Am Tisch neben ihnen saß ein junges Pärchen, vielleicht auf ihrem ersten Date. Sie schenkten den beiden Frauen keine Beachtung, waren ganz in ihr Gespräch und ineinander versunken.

»Und du? Arbeitest du auch hier in der Gegend?«, nahm Maren den Faden auf.

»Nein … Ich arbeite tatsächlich mitten im Zentrum. Mein Freund macht Webseiten … mein *Ex*-Freund, sorry. Und ich schreibe die Texte dazu. Aber ich sehe mich gerade nach möglichen Alternativen um …«

»Ja, mit dem Ex zusammenarbeiten macht keinen Spaß. Ich meine, nicht, dass ich diesbezüglich Erfahrungen hätte … Aber ich könnte es mir nicht vorstellen. Was möchtest du denn machen?«

»Alles, wo ich schreiben kann … Ich habe deutsche Literatur und Journalismus studiert, sehr klassisch. Gern würde ich auch wieder etwas Kreativeres machen. Als ich noch in Hamburg lebte, war ich größtenteils Kolumnistin für diverse Magazine. Das könnte ich mir durchaus wieder vorstellen. Aber dann bin ich zu Steffen gezogen, hierher, und wir haben uns ein neues Leben aufgebaut.« Sie grinste verkrampft, versuchte, die wieder aufsteigenden Gefühle der Traurigkeit, der Einsamkeit, hinunterzuschlucken.

Sie blickte zum Nebentisch. Die Hände des Pärchens spielten miteinander.

Ja, ja, dachte Kaia, *da waren wir auch irgendwann, Steffen und ich – bei ersten Berührungen, Annäherungsversuchen, flirten … Es ist so schön, wenn man noch alles vor sich hat, so viele Hoffnungen und Träume.*

Als ihre Augen zu glänzen begannen, schaltete Maren sich ein: »Mein Ex-Mann ist auch Künstler.« Sie schüttelte mit dem Kopf. »Aber er ist ein schwieriger Mensch. Ich kann es Leonie nicht verübeln, dass sie rebelliert. Ihr Vater bringt sie durcheinander, fährt Achterbahn mit ihren Gefühlen. Dabei passiert das in ihrem Alter sowieso – auch ohne seine Hilfe. Er ist unzuverlässig, nur sporadisch anwesend, sagt oft in letzter Minute ab. Ich verstehe, dass sie wütend ist. Und ich verstehe auch, dass sie auf mich wütend ist. Ich hätte erkennen müssen, was für ein Mensch er ist, bevor ich schwanger wurde. Ich glaube, das hatte ich auch. Aber ich war blind, schwer verliebt. Ich hatte gehofft, alles würde sich ändern, wenn sie erst mal da ist. Dass sie dann die unbestrittene Nummer eins wäre, nicht mehr die Kunst.« Sie seufzte tief. »Aber ich lag falsch.«

Sie trank ihr Glas leer, hob die Hand, um noch eines zu bestellen. »Sind ja kleine Gläser hier«, murmelte sie erklärend in Kaias Richtung. »Was lief bei euch schief?«, fragte sie jetzt, als sie sah, dass ihre Sitznachbarin sich wieder erholt hatte.

Kaia überlegte einen Moment, ob sie die Geschichte wirklich einer praktisch Fremden erzählen wollte. Doch vielleicht wollte sie genau das. Maren war unvoreingenommen, kannte sie nicht, kannte Steffen nicht. Möglicherweise würde sie nicht anfangen, mitten im Lokal loszuheulen, wenn sie sich jemandem öffnete, der neutral und außenstehend war. Zudem hatte sie sehr schlechte Erfahrungen damit gemacht, die Dinge nur mit sich selbst auszumachen.

»Ich denke – ich«, legte sie ihre Erkenntnis von vor wenigen Tagen offen. »Ich habe ihn zu wenig gefordert, habe ihn regelrecht angehimmelt. Das tue ich immer. Ständig suche ich mir starke, unabhängige Männer, zu denen ich aufschauen kann. Und dann werde ich weich, nachgiebig, uninteressant. Ich bin ihr Groupie statt eine Partnerin auf Augenhöhe. Ich verstehe es, das kann niemand brauchen. Oder zumindest nicht die Art von Männer, die ich eben auswähle.«

»Hm«, kommentierte Maren erst nur, ihr Gegenüber musternd. »Ich hätte dich nicht als eine unterwürfige, schwache Person eingeschätzt.«

»Siehst du, das bin ich auch nicht«, stimmte Kaia ihr zu. »Genau das ist es ja, was mich so endlos ärgert. Ich stehe mit beiden Beinen im Job, habe erfolgreich Karriere gemacht, egal, wo oder worin ich gearbeitet habe. Ich bin quer durchs Land gezogen und habe mir eine ganz neue Karriere aufgebaut. Ich musste selbstständig sein, seit ich denken kann, war praktisch immer allein zu Hause, völlig auf mich gestellt. Aber ich werde zu einer total anderen Person, sobald ich in einer Beziehung bin.«

»Vielleicht bist du dann besser Single«, meinte Maren nur halb im Scherz. »Ich bin seit fast zehn Jahren Single, und es geht mir super dabei. Ich habe Leonie, meine Freunde, meine Hobbys … Es geht mir definitiv besser als mit meinem Ex. Ich bin glücklich.«

Die Kellnerin stellte das zweite Glas Wein vor ihr ab, und Maren nickte ihr dankend zu.

»Vielleicht muss ich auch nur lernen, eine Beziehung richtig zu führen, weiterhin ich selbst zu bleiben. Aber wie macht man das? Dafür habe ich noch keinen Kurs gesehen«, lachte Kaia bitter.

»Na ja … seit wann ist das denn so? Schon immer?« Maren hatte unbewusst ins Schwarze getroffen, den gleichen Gedanken gehabt wie sie selbst.

»Ja, das Gleiche habe ich mich auch schon gefragt. Wann hat es angefangen? Aber das ist ein Ansatz, mit dem ich nicht weiterkomme. Es liegt zu weit zurück, ich kann nicht in die Vergangenheit reisen und alles richtig oder ungeschehen machen.«

»Nein, aber du kannst es geraderücken.« Maren blickte ihr ernsthaft ins Gesicht.

»Wie? Wie soll das gehen?« Sie sah ihre neue Bekannte

ungläubig an.

Ein angenehmer Duft nach gebratenem Gemüse kam aus der Küche, und Kaia merkte, dass sie zum ersten Mal in dieser Woche Hunger hatte.

»Indem du die Person aufsuchst, mit der es angefangen hat. Dich ihr stellst. Wenn du es schaffst, ihr gegenüber aufzustehen, dich zu behaupten, du selbst zu bleiben, wirst du dieses Verhalten auch zukünftig übernehmen. Weil du das Problem an der Wurzel angehst.«

»Das geht nicht«, lachte Kaia etwas zu laut und hatte ihren Hunger auch schon wieder vergessen.

Das Paar am Nebentisch war nun doch auf sie aufmerksam geworden und sah zu ihnen herüber. Kaia senkte den Blick und wiederholte leiser: »Das geht nicht, das liegt fast 20 Jahre zurück. Ich habe keine Ahnung, was für ein Mensch er heute ist, wo er lebt, was er macht. Und selbst, wenn ich ihn finden sollte, kann ich nicht einfach vor seiner Tür auftauchen.«

»Klar, du kannst es zufällig aussehen lassen. Du kannst eine Umfrage in seiner Nachbarschaft starten, für einen guten Zweck sammeln, ihm eine Versicherung anbieten … keine Ahnung.« Sie gestikulierte dabei heftig mit den Händen.

»Und dann? Nur, weil ich vor seiner Tür auftauche, wird nichts besser.«

»Nein, aber du kannst ihn einladen. Immerhin – eine alte Liebe nach so langer Zeit wiederzusehen … Wenn das kein Anlass ist, gemeinsam einen Kaffee zu trinken … Ich bin sicher, dass du bereits in den ersten fünf Minuten Gefahr läufst, in alte Muster zu verfallen. Aber genau darum geht es: diese Muster zu brechen. Wenn du siehst, dass du das bei ihm kannst, dann kannst du das bei jedem.«

Kaia überlegte einen langen Moment. Es klang logisch. Verrückt, aber logisch.

»Hast du das auch bei deinem Ex so gemacht?«

»Nein. Der ist ein aussichtsloser Fall. Und es war auch nicht mein Verhaltensmuster, das uns auseinandergebracht hat, sondern sein Egoismus. Daran kann ich nichts ändern, egal was ich tue.«

Kaia nickte, nahm einen bedächtigen Schluck aus dem Weinglas. Das Muster brechen – es klang nach einem Plan. Sie wollte keinesfalls noch einmal in die gleiche Falle tappen. Beim nächsten Mal würde es besser werden. Würde *sie* besser werden.

Sie redeten noch eine ganze Weile – über Leonie, über Yoga, über Frankfurt. Doch der Gedanke spukte weiterhin in Kaias Hinterkopf und zauberte ein Lächeln auf ihr Gesicht. Sie war bereit für eine Verrücktheit. Es war genau das, was sie jetzt brauchte, um wieder Orientierung zu finden.

Schon auf dem Heimweg in der U-Bahn googelte sie einen Namen, den sie seit Ewigkeiten nicht mehr geschrieben oder ausgesprochen hatte – nicht einmal gedacht. Ihr ganz persönlicher *Voldemort*. Es fühlte sich seltsam an. Jeder Buchstabe brachte sie näher in ihre Vergangenheit, näher in eine Zeit des Glücks, der Verzweiflung, der Leidenschaft, des Dramas, wühlte tiefe Gefühle in ihr auf. Als sie endlich auf ›Suchen‹ drückte und auf die Liste der Ergebnisse starrte, klopfte ihr Herz wie verrückt, und einen Moment lang fühlte sie sich wieder wie mit 15.

2

Gil

Mittwoch, 13. April 2016
Frankfurt am Main

Gil saß dem ernstesten Lacher aller Zeiten gegenüber: Herrn Lacher von Lacher Kondome. Während der letzten halben Stunde hatte dessen Assistent ihm das Firmenkonzept vorgestellt sowie deren neuestes Produkt: bissfeste

Kondome. Gil fiel beim besten Willen kein ernsthafter Werbespruch dazu ein. Er konnte nur immerzu denken: *Wenn Sie nichts zu lachen haben, bringen Lacher Kondome Ihnen die Freude zurück*, oder *Sie haben eine bissige Frau? Kein Problem für Lacher Kondome*, oder auch *Lacher Kondome für die große Liebe – Ihr Schatz wird garantiert anbeißen.* Innerlich musste er sich zusammenreißen, damit ihm kein lautstarker Lacher rausrutschte. Denn natürlich konnte er keinen dieser Vorschläge dem todernsten Lacher präsentieren, der vor ihm saß.

»Und? Was denken Sie?«, fragte nun der klein gewachsene Assistent, denn der rundliche, kahle Lacher selbst sprach nur, wenn es unvermeidbar war. Tatsächlich waren seine einzigen Worte eine Begrüßung und ein Einwand während der Präsentation gewesen.

Gil atmete tief durch. »Welche Zielgruppe möchten Sie ansprechen?«, zögerte er den Moment der Entscheidung weiter hinaus mit einer Standardfrage, die nie falsch sein konnte.

»Na ja … leidenschaftliche junge Paare natürlich«, antwortete erneut der Assistent. »Menschen, die zwanglosen Sex haben … lang verheiratete Ehepaare nutzen Kondome in der Regel nicht.« *Schon gar keine bissfesten*, dachte Gil, sparte sich den Kommentar aber. Nein, lang verheiratete Ehepaare brauchten keine Präservative. Kurz verheiratete auch nicht, seiner Erfahrung nach. Bitter, mit einem verächtlichen innerlichen Seufzer dachte er an seine eigene Ehe zurück.

Wenn Sie schon in der Ehe nichts zu lachen haben – Lacher Kondome bringen Freude in Ihre Freizeit. Wäre das eine Option? Hm, wohl kaum. Zu direkt, die Menschen wurden ungern daran erinnert, warum sie fremdgingen, oder dass sie überhaupt fremdgingen. Nein, es musste subtiler sein, eleganter. Das war eigentlich genau sein Metier. Nicht Kondome – subtil und elegant. In der Regel wandte er das allerdings bei Banken oder Webdesignern an, nicht bei Gummis. Gil hatte tatsächlich ein Blackout. Er starrte an die weiße Bürowand des Besprechungsraums, was ihn auch nicht weiterbrachte. Auf der heruntergelassenen Leinwand stand immer noch das letzte Bild der Präsentation: ›Lacher bissfeste Kondome‹ in großen, schrägen Buchstaben neben einem lachenden Präservativ, dessen aufgerissener Mund noch verstörender wirkte als die Tatsache selbst, dass ein Kondom ein Gesicht hatte. Daran würden sie noch arbeiten müssen, das stand fest.

»Ich werde die Strategie mit meinem Team besprechen und melde mich nächste Woche bei Ihnen«, lenkte Gil nun von seiner völligen Abwesenheit an Einfällen ab.

Eigentlich hatte er überhaupt kein Team. Die Werbefirma, in der er arbeitete, war klein. Es gab ihn, seinen Chef, eine Sekretärin, einen Designer und zwei weitere Texter. Doch die waren auf völlig unterschiedliche Dinge spezialisiert, zu einer Zusammenarbeit kam es nur in Ausnahmefällen für Großprojekte. Davon hatten sie das letzte vor über zwei Jahren gehabt. Lacher Kondome gehörten ganz bestimmt nicht dazu.

Der Assistent bedankte sich bei ihm, streckte ihm die Hand entgegen, die Gil mit einem aufgesetzten Lächeln schüttelte. Das Gleiche wiederholte er bei Lacher, der wortlos aufstand, ihm still zunickte und das Büro verließ.

Eine Freude, mit Menschen zusammenzuarbeiten, die Sinn für Humor haben, dachte Gil, während er sein Tablet in der Schublade seines Schreibtisches einsperrte. Er wartete ein paar Minuten, schüttelte stöhnend den Kopf, während er gedanklich zu dem Projekt zurückkam, bevor er sich ebenfalls auf den Weg Richtung Ausgang machte. Er nahm seine Jacke vom Garderobenständer neben dem Aufzug, winkte im Vorbeigehen kurz seinem Chef zu, der das erste Büro neben den Aufzügen hatte – vermutlich, um sofort zu sehen, wer wann kam oder ging. Er war kein schlechter Chef, ließ Gil relativ freie Hand. Natürlich auch deshalb, weil seine Methoden sich in den letzten Jahren konstant als die erfolgreichsten herausgestellt hatten, seine Werbesprüche stets durchstarteten und der Firma letztendlich einen schönen Batzen Geld einbrachten. Er war bereits einige Male von der Konkurrenz angesprochen worden – besseres Gehalt, größeres Büro, schönere Lage. Aber er war zufrieden hier, in seinem kleinen Eckbüro ohne Bilder oder Pflanzen, dafür mit eigener Kaffeemaschine. Sein Chef ließ ihn in Ruhe, er musste mit niemandem Ideen brainstormen, keiner nervte ihn mit Fragen oder Anregungen. Je weniger Menschen, umso besser, war seine Erfahrung. Die meisten Menschen waren ihm ohnehin unsympathisch. Lieber weniger Geld, dafür mehr Freiheit.

Tatsächlich konnte er sich auch finanziell nicht beklagen. Mittlerweile wurde er an den erfolgreichsten Kampagnen prozentual beteiligt. Außerdem hatte er flexible Arbeitszeiten – die er gern nutzte, wenn er nachts wieder einmal zu lange seiner eigentlichen Berufung nachging – und konnte auch regelmäßig aus dem Homeoffice arbeiten. Nein, er wäre schön dumm gewesen, das für einen großen Werbekonzern aufzugeben, der ihn mit Vorgaben, *Company Policy* und *Procedures* überhäufen würde.

Mittlerweile war Gil im Erdgeschoss angekommen und machte sich auf den Weg zur U-Bahn. Er wohnte in einem Vorort der Stadt, in zwanzig Minuten erreichbar mit einem Zug, der alle drei Minuten fuhr. Dann noch ein kurzer Fußmarsch – ein Auto lohnte sich da nicht. Schon gar nicht bei der gedrängten Verkehrslage in deutschen Städten.

Als er im nicht viel weniger überfüllten Zugabteil stand, dachte er noch einmal lächelnd an seinen neuen Kunden. Wessen Idee wohl die bissfesten Kondome waren? Welches Experiment musste schief gelaufen sein, um so etwas zu erfinden? Er erinnerte sich dumpf an einen Streich in seiner Jugend. Er war mit seinen Freunden im Park gewesen, wo sie sich nach der Schule regelmäßig getroffen hatten, und er hatte ein Kondom dabei gehabt. Mit 16 Jahren fiel einem ein ganzer Haufen Blödsinn ein, den man damit anfangen konnte, obwohl er bereits durchaus eine vernünftige

Verwendung dafür gehabt hätte.

Es war seine Idee gewesen, das Kondom zu testen. Er hatte das Gummi über die Flasche gestülpt, während sein Freund Martin Bier hineingeschüttet hatte. ›Wie viel Samenerguss kann ein Kondom ertragen, bevor es platzt?‹, war ihre Forschungsfrage gewesen. Es stellte sich heraus, dass es auch noch hielt, als sie die, zugegeben nicht mehr ganz volle, Flasche fast gänzlich hineingegossen hatten. Selbst einer brennenden Zigarette widerstand es eine ganze Weile, bevor es – nein, nicht einmal platzte – sondern langsam begann zu lecken und einzelne Tropfen des Biers durchsickerten.

Das war noch die gute Qualität der 90er-Jahre gewesen, dagegen konnte Lacher nicht ankommen, dachte er und grinste, als er sich erinnerte, wie sie sich minutenlang halb totgelacht hatten, an dem Kondom zogen, es schüttelten und anzündeten, bis sie endlich erreichten, was ihrer Meinung nach schon nach wenigen Sekunden hätte passieren sollen.

Umso weniger konnte Gil sich erklären, wie seine Ex-Frau schwanger werden konnte. ›Lag wohl am Kondom‹, hatte sie gesagt. *Wohl kaum*, hatte er gedacht. Sein Gesicht wurde wieder ernst. Er verdrängte den Gedanken an seine Familie und versuchte den Rest der Fahrt über, sich einen brauchbaren Werbespruch einfallen zu lassen.

Als er wenig später die Tür zu seinem kleinen Haus aufschloss, sprang sein Hund freudig an ihm hoch. »Hallo, mein Freund«, erwiderte er den Gruß und streichelte ihm über den Kopf. Er legte die Schlüssel beiseite, streichelte das Tier noch einmal, während es ihm ins Schlafzimmer folgte, und nahm seinen Trainingsanzug heraus. »Ja, gleich, Bukowski. Gib mir eine Minute, ich bin sofort so weit.«

Er zog seine Sportschuhe an, legte Bukowski Geschirr und Leine an, und sie verließen das Haus, keine zehn Minuten nachdem er angekommen war.

Nach einem Schauer am Nachmittag zeigte sich nun

wieder die Sonne, die Luft roch herrlich. Er steckte sich die Kopfhörer in die Ohren, schaltete Rockmusik ein und befestigte Bukowskis Leine an seiner Gürteltasche. Dann sprintete er los, der strohgelbe Labrador hechelnd und mit wedelndem Schwanz nie mehr als einen Meter von ihm entfernt. Sie liefen eine knappe Stunde durch die Straßen der Vorstadt, bis hinaus auf die Felder und wieder zurück. Es war ein flacher, einfacher Weg, eben und glatt. Es roch nach einem schönen Frühlingsabend – nach ersten Würstchen auf dem Grill, Blüten an den Bäumen, frisch geschnittenem Gras. Nach Aufregung und Abenteuern. Fast fühlte er sich glücklich.

Als sie zurückkamen, gab er Bukowski sein Abendessen, während er für sich selbst ein Fertiggericht in den Ofen stellte. Dann ging er unter die Dusche, ließ heißes Wasser über seinen verschwitzten Körper und seine zerzausten Haare laufen. Er trocknete sich nicht ab, schwang sich nur ein Handtuch um die Hüften, schlüpfte in eine frische Trainingshose und ein T-Shirt, holte den Auflauf aus dem Ofen, öffnete eine Flasche Wein. Mit beidem setzte er sich an den kleinen Küchentisch, schenkte sich ein Glas randvoll mit Rotwein ein und begann zu essen. Bukowski saß unter dem Tisch und leckte seine Füße. Auf seinem Smartphone googelte er Kondome, sah sich Konkurrenzprodukte und deren Werbesprüche an.

Nach dem Essen nahm er das fast leere Glas und die Flasche mit in sein Büro neben dem Esszimmer. Er setzte sich an seinen Schreibtisch, von dem bereits das Holz absplitterte, öffnete den Laptop, der einsam darauf stand, und sah auf seinen Hund, der es sich in einem seiner Betten direkt neben dem Schreibtisch gemütlich gemacht hatte. Er las einen Moment lang über die Zeilen, die er am Vortag geschrieben hatte, nahm den Faden auf und fuhr fort. Seine Finger flogen über die Tasten, unkoordiniert, aber schnell.

Er hatte eine halbe Seite geschafft, als es an der Tür

klingelte. Verdutzt überlegte er einen Moment, ob er es ignorieren sollte. Er hatte niemanden eingeladen, nichts bestellt, hatte generell lieber seine Ruhe. Es stand noch genug Arbeit bevor, er wollte die Erstversion der Geschichte heute zu Ende bekommen.

Doch Bukowski war bereits aufgesprungen, sah ihn erwartungsvoll an. Er legte einen Finger auf den Mund, machte leise »pssst«.

Es klingelte noch einmal. Der Labrador bellte. Gil seufzte. Er stand auf und ging zur Tür. Wieder einmal verfluchte er die Tatsache, dass er keinen Türspion hatte und deshalb nie wusste, welcher Irrsinn ihm gleich bevorstand. Religiöse Fanatiker, die ihn davon überzeugen wollten, dass sein Leben sinnbefreit, aber nicht ohne Hoffnung war, Vereinsmitglieder, die für die Renovierung einer Dampfeisenbahn sammelten, die er noch nie benutzt hatte und auch nie benutzen wollte, oder Umweltschützer, die seinen Namen auf einer Unterschriftenliste für den Schutz der Schießmichtot-Ameise wollten.

Tatsächlich war er aber keinesfalls vorbereitet auf den Irrsinn, der ihn erwartete, als er die Tür öffnete.

Im ersten Moment starrte er stutzig auf die dunkelhaarige Frau vor ihm. Im zweiten Moment ungläubig, mit offenem Mund, aus dem kein Ton entwich. Im dritten Moment – der reichlich später kam –, brachte er schließlich hervor: »K … Kaia?«

Bukowski sah von einem zum anderen und sprang fröhlich wedelnd auf die Besucherin zu.

3

Donnerstag, 19. September 1996
Hamburg

Aus Kaias Tagebuch, September 1996:

Alles, was man braucht, sind ein paar Menschen, die einen lieben und verstehen, einen so nehmen, wie man ist. Die am Geburtstag an dich denken und deine Lieblingsfarbe kennen. Die dir zulächeln, wenn du den Mut verlierst, und hinter dir stehen, wenn du Halt brauchst. Die das Gute in dir sehen.

Dritte Stunde, Französischunterricht. Die Lehrerin, eine schlanke junge Frau mit endlos langem brünettem Haar, das sie zu einem Zopf zusammengebunden hatte, teilte die Klasse in Zweiergruppen ein. Sie drehte sich in ihren viel zu engen Jeans zur Tafel, um die Namen der jeweiligen Teams aufzuschreiben. Tatsächlich war sie keine Französin, sie war so deutsch wie Katharina selbst. Nur ihr hatte das offenbar noch niemand gesagt.

Unter lautem Stöhnen und Protesten wurden die Paare von der Klasse wahrgenommen – Mademoiselle Claudia ließ sich nicht beirren. »Pas de proteste, s'il vous plait*«, erwiderte sie, ohne sich zu ihnen umzudrehen, und schrieb unbeirrt weiter. Katharina entdeckte ihren Namen am Ende der Reihe, neben … Gu … Gui …

Mensch, schreib schon schneller, wer soll das sein?, dachte sie und entzifferte schließlich: Guilien. Wer war das denn? Sie war seit zwei Jahren in dieser Klasse, aber … *Ach du Scheiße, es kann nur der Neuling sein*, fuhr es ihr durch den Kopf. Die erste Woche hatten sie zwischen Stundenplanchaos und Organisation des aktuellen Halbjahres kaum Unterricht ge-

*Keine Widerrede, bitte

habt, und während der ersten drei Tage war der Typ unauffällig gewesen. Sie hatte ihn einige Male in der Pause mit zwei anderen Schülern, die sie nicht kannte, etwas abseits stehen sehen. Doch jetzt fiel es ihr ein, ja, doch, so hieß er. Sie hatte sich noch gewundert, was für ein seltsamer Name das war, als der Klassenlehrer die Liste durchging und sich ebenso verhaspelte.

Ihr Blick wanderte über ihre Mitschüler hinweg in die erste Reihe, wo er direkt vor der Tafel saß. Auch er sah sich mittlerweile suchend um. Sie winkte ihm zu. Katharinas Freundin Yvonne hatte sich bereits zu ihrer zugeteilten Partnerin gesellt. Ohne Zögern, aber auch ohne Materialien oder Schreibblock, kam Guilien nun auf sie zu und setzte sich ihr gegenüber.

»Hi«, grüßte er kurz.

»Moin.« Sie musterte ihn. Er trug eine schwarz-braune, karierte Hose aus Stoff und ein einfaches schwarzes T-Shirt. Dicke, dunkelbraune Haare fielen ihm bis auf die Schultern. Mindestens genauso dunkle Augen trafen jetzt ihren Blick. Sie fing ihn auf, hielt ihm stand.

»Lass uns doch gleich anfangen«, kam sie direkt zur Sache, um sinnlosen Small Talk zu vermeiden. Wenn sie etwas nicht ausstehen konnte, dann war das das übliche gehaltlose ›Wer bist du? Woher kommst du? Wie gefällt dir die neue Schule? Wie ist denn die Lehrerin so drauf?‹–Gelaber.

Die Übung bestand darin, einen Tag in Paris zu gestalten. Sie sollten versuchen, so viel wie möglich von der Stadt zu sehen, einen genauen Plan erstellen, was sie sich ansehen und wie sie dabei von einem Punkt zum anderen kommen würden. Katharina blätterte in ihrem Französischbuch.

»Also, ich weiß nicht, wie es dir geht, aber ich kenne das Pariser U-Bahn-Netz nur aus *Subway*. Ich kann mir nicht vorstellen, dass das hierbei arg hilfreich sein wird«, sagte sie mehr zu sich selbst. Sie suchte weiter nach einer brauchbaren Karte, wartete nicht wirklich auf eine Antwort ihres Gegenübers, der die Anspielung kaum verstanden haben dürfte.

»Ich fand *Léon – der Profi* eigentlich viel besser«, kam es nun aber zurück. Ihre Hand hielt abrupt inne, mitten in Kapitel 14, von dem sie noch gar nichts verstand und auf dem ihr ein arabisch aussehender Junge entgegenlachte. Sie sah Guilien verdutzt und gleichzeitig interessiert an.

»Ja … stimmt. Er war stiller, poetischer, insgesamt schöner. Auch die Musik. Ich mag Punk, aber …«

»Ja, ich weiß, was du meinst. Sie unterstrich perfekt die Stimmung. Ganz ohne Worte, ohne großen Aufruhr … wie der Film selbst.«

Sie konnte kaum glauben, dass es noch jemanden gab, der diesen Film überhaupt gesehen hatte. Das Einzige, was sie an Frankreich faszinierte, abgesehen von der Französischen Revolution, war Luc Besson.

»Jean Reno war so toll in *Léon*, so … kalt und trotzdem berührend«, fuhr sie fort und hatte die Übung bereits völlig vergessen.

»Wie heißt du noch mal?«, fragte jetzt auch Guilien mit einem interessierten Lächeln. »Ich weiß, es stand an der Tafel. Aber da ich es ohnehin noch nicht geschafft habe, mir in diesen paar Tagen alle Leute und Namen einzuprägen, habe ich gar nicht erst hingesehen. Ich dachte, irgendjemand würde sich schon melden. Außerdem kann ich sowieso auf nichts anderes sehen als Mademoiselle Claudias Knackarsch.«

Sie lachte. Sie mochte seine direkte Art. Das war erfrischend, witzig. Sie mochte keine Leute, die ewig brauchten, um etwas zu sagen, oder sich überhaupt nicht erst trauten.

»Ich meine, ganz ehrlich, da wo ich sitze, sehe ich praktisch nur den«, fügte er hinzu.

»Ich bin Katharina«, stellte sie sich vor, auch um nicht länger auf den Hintern ihrer Lehrerin eingehen zu müssen.

»Gil«, gab er zurück und musterte sie mit zusammengekniffenen Augen. »Du machst nicht den Eindruck einer Katharina.«

»Welchen Eindruck mache ich dann?«, hakte sie

skeptisch nach. Vorurteile über Namen konnte sie fast genauso wenig ausstehen wie sinnlosen Small Talk.

Er überlegte einen Augenblick und kam dann zu dem Schluss: »Kaia. Das ist die nordische Abkürzung für Katharina.«

»Ich mache einen nordischen Eindruck?«, fragte sie ungläubig. Sie wusste nicht einmal, welche Vorstellung sie selbst davon hatte, oder ob ihr seine gefiel.

»Nein«, sagte er umgehend. »Aber Kaia … das klingt offen, beschwingt, energisch, außergewöhnlich … wie ein Vogel, der sich auf riesigen Flügeln davonschwingt … vier Buchstaben und drei davon Vokale … das ist selten, einzigartig.«

Das war das schönste Kompliment, das sie je im Zusammenhang mit ihrem Namen erhalten hatte – oder überhaupt. »Und es bedeutet Licht«, fügte er hinzu.

Auch diese Aussage konnte sie nicht einordnen, aber er führte sie nicht weiter aus. »Was ist dein Lieblingsfilm?«, erkundigte er sich stattdessen und sah ihr dabei direkt in die Augen.

»*Reality Bites*«, antwortete sie, ohne nachdenken zu müssen.

»Kenne ich nicht.«

»Ist nicht sehr bekannt.«

»Was gefällt dir daran?«

»Die Stimmung, denke ich. Die Leichtigkeit, mit der er aufzeigt, wie schwer das Erwachsenwerden sein kann.«

Statt einer Erwiderung sah er sie weiter eindringlich an, ein leichtes Lächeln auf den Lippen. Sie wusste nicht, ob ihm ihre Antwort gefiel oder ihn amüsierte. Mademoiselle Claudia sah zu ihnen herüber, und Katharina nahm ihr Buch in die Hände, suchte es wieder zum Schein nach Informationen ab.

»Und du? Was ist dein Lieblingsfilm?«, fragte sie mehr ihr aufgeklapptes Französischbuch als ihr Gegenüber.

»*Natural Born Killers*.«

Ergab Sinn … *Léon* handelte schließlich auch von

einem Killer.

»Habe ich nicht gesehen«, kommentierte sie und sah wieder auf.

»Er ist so mächtig … bildgewaltig, aber auch in der Aussage unschlagbar. Er ist total abgehoben, überdreht, übertrieben … und trotzdem realistischer als alles, was ich bisher gesehen habe.«

»Inwiefern?«

»Er trifft es einfach auf den Punkt, die Medien, ihren Umgang mit Verbrechen. Die Art, wie manche Dinge außer Kontrolle geraten, weil sie von allen Seiten aufgebauscht werden. Wie das eine richtige Welle auslösen kann, welche Auswirkungen das auf Menschen hat. Dass die Menschheit dumm und beeinflussbar ist und die meisten Leute wie Schafe durchs Leben gehen.«

Die Pausenglocke riss ihn aus seinem Redefluss und sie aus ihrem gebannten Blick auf ihn. Yvonne kam zurück, nahm eine Packung Zigaretten aus ihrer Jackentasche.

»Rauchst du, Guilien?«, fragte Katharina ihren neuen Schulkameraden. Sie konnte sich nicht erinnern, ob sie ihn irgendwann vor den Schultoren gesehen hatte, wo die Abhängigen sich trafen, um ihrer Sucht zu frönen.

»Gil«, korrigierte er. »Ja.«

»Kommst du mit?«

»Okay.«

Auf den Stufen und vor dem Eingang der Schule hatte sich bereits eine beachtliche Menge an Schülern versammelt. Die meisten hatten sich eine Zigarette angesteckt, einige wenige waren nur mitgekommen, um an diesem schönen Spätsommertag noch etwas Sonne abzubekommen.

»Eigentlich müssten wir ja noch in die Büsche«, begann Yvonne scherzhaft das Gespräch. »Keiner von uns hier ist schon 16. Aber in der Regel gibt es wenig Aufsicht.« Sie deutete mit dem Blick ins Innere des Gebäudes. »Und Katharina hat ja nur noch einige wenige Wochen, bis sie ganz legal hier herumstehen darf.«

Gil lächelte, sagte aber nichts.

»An welcher Schule warst du vorher?«, fragte Yvonne also weiter. Bereits während sie die Treppen hinuntergelaufen waren – immerhin etwas Sport, bevor sie ihre Lungen mit Teer und Nikotin durchfluteten –, hatte sie den neuen Mitschüler von oben bis unten gemustert und Katharina fragende Blicke zugeworfen. Die hatte nur mit den Schultern gezuckt und gelächelt.

»Ich war in Frankfurt. Meine Eltern haben einen neuen Job hier in Hamburg angenommen, wir sind im Sommer hergezogen.«

»Frankfurt. Cool.« Yvonne nickte interessiert.

»Na ja … es ist … anders … moderner, geschäftiger … aber die Schulen sind überall gleich langweilig.«

Er nahm einen langen Zug von der Zigarette und blies den Rauch in die Luft. Dabei sah er Katharina in die Augen. Ein langsames Lächeln zog sich über seinen Mund.

»Was ist mit dir, Kaia? Langweilst du dich nicht?«

»Kaia? Wer ist Kaia?« Yvonne sah suchend über Katharinas Schultern.

Statt es ihrer Freundin zu erklären, antwortete sie Gil: »Doch. Meistens. Außer in Deutsch, wenn wir Literatur machen.« Sie mochte ihre Deutschlehrerin. Sie war eine dünne, alte Dame mit kurzen grauen Haaren, die streng, aber freundlich war und eine große Liebe zu Literatur hegte. Statt langer Grammatikarbeiten, wie sie häufig in Parallelklassen geschrieben wurden, gab es in der 10b regelmäßig Analysen von Gedichten und Kurzgeschichten. Katharina konnte sich stundenlang darin vertiefen und verlieren, dachte noch über ihre Bedeutung nach, wenn sie bereits im Bus nach Hause fuhr, oft sogar noch, wenn sie über ihren Hausaufgaben brütete.

»Hm«, gab Gil kommentarlos zurück, »magst du Literatur?«

»Ja.«

»Schreibst du selbst?«

Sie konnte nicht glauben, wie schnell er die Lage erfasst hatte.

»Ja«, gab sie verblüfft zurück.

»Und was?«

»Romane vor allem. Gedanken, Kurztexte und so, aber keine Gedichte«

»Würde ich gerne mal lesen.«

Nein, um Gottes Willen, auf keinen Fall, dachte sie, schaffte es im Schock aber nicht einmal, es laut auszusprechen. Niemand außer Yvonne durfte lesen, was sie zu Hause im stillen Kämmerlein fabrizierte. Das gehörte nur ihr. Es waren ihre innersten Gedanken und Sehnsüchte, ihre geheimen Wünsche und Träume, ihre dunkelsten Verirrungen. Manchmal gab sie Yvonne einen Text, wenn sie etwas nicht in Worte fassen konnte, es ihr jedoch ein Anliegen war, dass ihre Freundin sie verstand. Oder wenn sie das Gefühl hatte, etwas geschrieben zu haben, mit dem sie sich identifizieren konnte. Oder auch, wenn sie eine Meinung von außen brauchte, bei einer Story nicht weiter wusste. Doch selbst Yvonne hatte bei Weitem nicht alles gelesen, was Katharina zu Papier gebracht hatte.

Glücklicherweise läutete die Schulglocke den Unterricht ein. Ohne ein weiteres Wort drückte sie ihren Zigarettenstummel im riesigen Aschenbecher aus, der neben dem Treppengeländer stand, und gemeinsam gingen sie still nach oben.

Nach der Schule verzogen sich Katharina und Yvonne in ihr Stammcafé. Das *TrinkBar* lag etwa fünf Minuten zu Fuß von ihrem Gymnasium entfernt, die Barmbeker Kanäle entlang. Es war ein schöner Spaziergang, die Bäume zu beiden Seiten gaben einem das Gefühl, durch die Natur zu laufen. Katharina kam dabei nach einem anstrengenden Schultag immer zur Ruhe.

Das kleine Lokal lag an einer Hauptstraße. Im Sommer, wenn die Terrasse besetzt war, gab es Lärm von allen Seiten.

Doch genau deshalb liebte Katharina es. Es war voller Leben. Menschen, die sich küssten, Menschen, die sich stritten, Menschen, die tiefgreifende Themen diskutierten, Menschen, die abwesend in die Ferne sahen. Und auf der anderen Straßenseite Menschen, die über die Gehwege hetzten, Menschen, die in den Bus stiegen, Menschen, die den Blick starr auf den Boden gerichtet hatten.

Die Terrasse war nicht mehr geöffnet, alles tummelte sich nun drinnen, an den wenigen Tischen oder an der Theke. Es roch stark nach Rauch – was die beiden nicht störte, da sie selbst rauchten – sowie nach abgestandenem Wein. Die Bar wurde ihrem Namen gerecht, sie servierte alles, was noch ansatzweise trinkbar war. Der Wein hatte seine besten Tage oft schon hinter sich. Das Licht war schummrig, es gab nur zwei kleine Fenster auf der Seite zur Terrasse, und bereits um halb drei Uhr nachmittags konnte man Betrunkene antreffen, die müde auf ihren Hockern lümmelten. Katharina hatte immer gedacht, dies müsste die Bar sein, in der Jon Bon Jovi abgefeiert hatte, am Abend bevor er *Bed of Roses* geschrieben hatte. Dafür gab es hier die besten Hot Dogs der ganzen Stadt. Für die einmalige Soße hätte Katharina gern ein Gedicht geschrieben, hätte sie denn dichten können. Und das Bier war gut – frischer als der Wein. Doch heute bestellte sie nur ein Glas Saft. Sie hatte noch drei Seiten Mathehausaufgaben vor sich, und mit denen war nicht zu spaßen.

An diesem frühen Nachmittag war nicht viel los, die beiden Freundinnen setzten sich an einen freien Rundtisch in der Ecke des Hinterzimmers.

»Wie ist es dir in Französisch ergangen?«, fragte Yvonne.

»Gut«, log sie.

»Habt ihr denn all eure Sehenswürdigkeiten geplant?«

»Fast.«

Na ja. Das war übertrieben. Tatsächlich hatten sie keine einzige Route geplant. Sie würde sich morgen etwas aus dem Ärmel schütteln müssen. Aber das war okay,

Französisch lag ihr. Und sie hatte das Gespräch mit Guilien genossen. Es kam nicht oft vor, dass sie mit jemandem über Filme diskutieren konnte – nicht einmal mit Yvonne. Keine ihrer Schulkameraden hatte großes Interesse daran. Sie hatte die Gelegenheit nutzen müssen.

»Wie ist der Neue denn so?«

»Pfff … weiß nicht. Okay.« Sie hatte aus irgendeinem Grund keine große Lust, das Thema mit Yvonne zu besprechen. Vielleicht weil sie ihn nicht einschätzen konnte. Vielleicht weil sie sich selbst nicht einschätzen konnte. Weil sie nicht wusste, was genau sie von ihm halten sollte. »Französisch ist jedenfalls nicht sein Ding.« *Vielleicht eher französisch küssen*, fuhr es ihr durch den Kopf, und sie fragte sich, woher das kam, wollte es sich auch gleich wieder aus dem Kopf schlagen – am liebsten wörtlich, direkt gegen den wackeligen Tisch.

»Worüber habt ihr dann gesprochen? Hast du die Aufgabe ganz allein gemacht?«

»Na ja … so ungefähr. Eigentlich haben wir nicht viel gemacht.«

»Was ist denn passiert?« Yvonne sah sie verblüfft, aber mit einem neugierigen Lächeln an.

»Wir haben geredet.«

»Worüber?«

»Filme.«

»Filme?«

»Ja.«

»Was für Filme? Ich meine, warum spricht man über Filme? Mit jemandem, den man noch nie gesehen hat?«

»Hat sich so ergeben. Er mag Filme, ich mag Filme, also haben wir darüber geredet.«

Die Kellnerin stellte zwei Säfte vor ihnen ab. Im gleichen Moment kamen Bianca, Carolin und Martin durch die Tür. Die drei vervollständigten ihre Clique und kamen freudig lächelnd und winkend auf sie zu.

»Wie geht's?«, fragte Carolin und ließ sich auf den Stuhl

neben Katharina fallen. »Haben wir schon was verpasst? Sorry, die Neumann hat uns nicht gehen lassen.« Sie rollte mit den Augen. Donnerstage beendeten sie immer in getrennten Fächern – Yvonne und Katharina hatten Spanisch gewählt, während ihre Freunde in Angewandter Geometrie saßen.

»Hey, wie ist es dir heute in Französisch mit dem Neuen ergangen?«, fragte auch Bianca sie jetzt, neugierig zu ihr gelehnt. »Ist er sympathisch? Anstrengend? Dämlich? Er sieht nicht dämlich aus.«

»Nein, er ist okay«, antwortete Katharina nur.

»Sie ist heute nicht sehr gesprächig«, kommentierte Yvonne. »Ich wollte sie auch schon ausfragen.«

»Ach, Mensch – du musst doch was rausgefunden haben.«

»Nur, dass er auf Filme steht«, kam ihre Freundin ihr wieder zuvor.

»Filme?«, brachte Carolin sich jetzt stirnrunzelnd ein. »Wie seid ihr denn darauf gekommen?«

Doch Martin ließ sie nicht ausreden, warf stattdessen ein: »Er muss doch echt gut sein in Französisch, oder? Ich habe gehört, er ist in Frankreich geboren. Ich meine, wer sonst heißt schon Guilien?«

»Ich habe gehört, er war drei Jahre in einem Internat in der Schweiz«, fügte Carolin hinzu.

»Er kommt aus Frankfurt.«

»Na, ihr seid ja ganz schön viel zum Reden gekommen«, stellte Bianca fest und hob anspielend die Augenbrauen.

»Wenn man vom Teufel spricht …« Martin deutete mit einem Kopfnicken Richtung Eingang. Guilien schob sich soeben durch die Tür – hinter einem kleinen, dunkelhaarigen Mädchen, ganz in Schwarz, gefolgt von einem Jungen mit zerzausten, blonden Haaren. Sie setzten sich an einen Tisch nahe am Eingang. Ein Betrunkener saß direkt hinter ihnen und drohte jeden Moment auf einen ihrer Stühle zu kippen. Katharina bekam Lust, eine Wette abzuschließen, wen von den dreien es treffen würde.

Guilien stand auf und kam auf sie zu. Er schien sie beim Hereinkommen nicht bemerkt zu haben, starrte gedankenverloren geradeaus in Richtung Toiletten, die sich gleich hinter den fünf Freunden befanden. Doch wenige Meter vor ihrem Tisch sah er sie und lächelte. Er blieb nicht stehen, sagte nur im Vorbeigehen mit einem Zwinkern: »Hallo, Kaia.«

Bianca sah auf: »Wer ist Kaia?«

»Warum nennt er dich immer so?«, schaltete sich Yvonne ein.

»Keine Ahnung, er meinte, das passe besser zu mir als Katharina.«

»Das passe besser zu dir? Er kennt dich doch gar nicht«, bemerkte Martin.

Sie wusste nicht, was sie darauf antworten sollte. Natürlich stimmte es, er kannte sie nicht. Trotzdem traf seine Erklärung perfekt auf sie zu.

»Mir gefällt es«, gab sie ohne weiteren Kommentar zurück.

»Also nennen wir dich ab jetzt Kaia?«, fragte Carolin, mit einem humorvollen Unterton.

»Hätte nichts dagegen. Ist jedenfalls schöner als Katharina.« Sie war nie begeistert gewesen von ihrem Namen. Er klang traditionell, einfach, langweilig. Nicht nach der Schriftstellerin, der Künstlerin, die sie werden wollte.

Guilien kam zurück und ging direkt an seinen Tisch. Während er sich setzte, sah er noch einmal lächelnd zu ihr herüber. Sie lächelte zurück. Er prostete ihr aus der Ferne mit einem Bier zu. Hatte wohl nicht mehr vor, die Matheaufgaben zu machen.

»Sieht aus, als hättest du einen neuen Freund gewonnen«, merkte Bianca an. Sie saß mit dem Rücken zu ihm, hatte nur Katharinas Lächeln gesehen, doch das reichte ihr. Sie kannte ihre Freundin gut genug.

»Man kann nie zu viele Freunde haben.« Es war eine Floskel, aber etwas Besseres fiel ihr gerade nicht ein. Ihr Blick streifte immer wieder über den Tisch im Nebenraum.

Guilien war mittlerweile in eine Unterhaltung mit dem Mädchen vertieft.

Irgendetwas an ihm fand Katharina faszinierend. Vermutlich war es seine Begeisterung für ähnliche Themen, seine treffenden Kommentare. Aber nein, da war mehr. Sie mochte sein Lächeln, das als eine Mischung aus Herausforderung und ehrlichem Interesse daherkam. Sie mochte seine Stimme, sanft und mit einem ironischen Unterton. Sie mochte die Haarsträhnen, die ihm ins Gesicht fielen, wenn er lachte.

»Ich gehe kurz rüber und sag Hallo.«

Sie konnte gerade nicht anders. Irgendwie fand sie es selbst blöd, er hätte immerhin auch an ihrem Tisch stehen bleiben können. Doch es war ihr egal. Ihr Gefühl hatte ein Eigenleben und übertrug es auf ihre Beine, die jetzt kribbelten.

»Hi«, sagte sie kurz, als sie bei seiner Gruppe angekommen war.

»Hey. Leute, das ist Kaia, eine Klassenkameradin von mir.«

»Hi, Kaia«, sagten die beiden fast synchron.

»Das sind Marc und Ellen.«

»Hi.« Sie hatte das Gefühl, dämlich herumzustehen. »Kommt ihr oft hierher?« Keine sehr intelligente Frage, aber was sollte sie schon sagen? Sie spürte die Blicke ihrer Freunde im Rücken.

»Ja, ganz gern«, antwortete Ellen, von der sie nur wusste, dass sie eine Klasse über ihnen war.

»Ich bin erst zum zweiten Mal hier«, erwiderte Guilien. »Aber ich habe festgestellt, das muss die Bar sein, in der Jon Bon Jovi den Song *Bed of Roses* geschrieben hat.«

Katharina blickte ihn verblüfft an. Sie hatte diesen Gedanken nie mit jemandem geteilt. Und selbst, wenn sie es getan hätte, irgendwann beiläufig, wäre das nicht bis zu ihm oder seinen Freunden durchgedrungen, die sie heute zum ersten Mal sah.

Er lächelte sie wieder mit zusammengepressten Augen an.

»Das habe …« Sollte sie jetzt zugeben, dass das genau ihre Gedanken waren? Das klang doch, als würde sie ihn nur bestätigen wollen. »Wusstest du, dass der Song im Dreivierteltakt geschrieben ist?«, schoss es stattdessen aus ihr heraus, und sie wollte gleich wieder ihren Kopf gegen den Tisch schlagen.

Gil sah sie kommentarlos, möglicherweise auch fassungslos, an. Sie konnte seinen Ausdruck nicht lesen. War er amüsiert? Verstört? Beeindruckt?

»Wollt ihr euch zu uns setzen?«, lud sie die Gruppe ein, um von ihrem idiotischen Kommentar abzulenken. »Wir klemmen ein paar Stühle dazwischen. Ist schließlich nicht viel los.«

»Neeeee …«, antwortete er, bevor jemand anders es tun konnte. »Wir warten auf ein paar Freunde.«

Sie nickte kurz. »Okay, dann … bis morgen.« Und schon machte sie sich wieder auf zu ihrer Gruppe, die sie neugierig lächelnd erwartete.

»Na, warst ja eine ganze Weile weg«, stellte Martin als erster in neckischem Tonfall fest.

»Wer sind denn die zwei bei ihm?«, fragte Bianca.

»Die sind aus anderen Jahrgängen, Freunde von ihm«, antwortete Katharina, ohne auf Martin einzugehen.

»Lasst uns noch eine Runde bestellen«, lenkte Yvonne ein, um zu vermeiden, dass die drei mit Fragen über ihre Freundin herfallen konnten, »bevor wir uns in Formeln vertiefen.«

Damit war das Thema erledigt. Katharina hätte auch nicht gewusst, was sie erzählen sollte. Tatsächlich war nichts Spannendes geschehen. Und trotzdem war etwas mit ihr passiert. Ihr Interesse war gewachsen. Ihr Blick wurde immer wieder in den Nebenraum gezogen. Guilien lächelte ihr zu, hielt ihrem Blick stand. Auch, als sie eine Stunde später an seinem Tisch vorbeiging und das Lokal verließ, lächelte er ihr zu und winkte.

Aber sie waren immer noch zu dritt.

4

Mittwoch, 13. April 2016
Frankfurt am Main

Bukowski hüpfte aufgeregt auf und ab und wedelte mit dem Schwanz. Er sprang nicht an Kaia hoch, schließlich wusste er, was sich gehörte. Sein Herrchen stand im Gegensatz zu ihm völlig bewegungslos in der Tür. Eine ganze Weile lang herrschte Stille. Ein Auto fuhr an ihnen vorbei, der Wind fegte durch die Bäume in Gils Vorgarten, ein paar Vögel zwitscherten ihr Abendlied, Bukowski hechelte.

Kaia sah Gil mit fast zugekniffenen Augen an. Da stand er also, in Fleisch und Blut: Der Mann, den sie einst so wahnsinnig geliebt hatte. Und dann so lange gehasst. Automatisch schossen Bilder durch ihren Kopf von dem Moment, als sie ihn zum letzten Mal gesehen hatte. Die gleichen dunklen Augen, die damals stumpf und traurig waren, blickten sie jetzt verwundert, sogar etwas irritiert an. Trotzdem versetzten sie ihr sofort einen Stich, spürte sie einen Schmerz, den sie ewig nicht gespürt hatte. Sie merkte, wie ihre Augenbrauen sich zusammenzogen und nutzte dies, um Ahnungslosigkeit vorzutäuschen. *Reiß dich zusammen! Lass deine Gefühle da, wo sie die letzten zwanzig Jahre waren*, schimpfte sie mit sich selbst.

»Sollte ich Sie kennen?«, fragte sie so kühl und unverdächtig wie möglich.

»Ich … bin Gil«, antwortete er. Ja, zugegeben er war ein paar Jahre älter, aber konnte es wirklich sein, dass sie ihn nicht mehr erkannte? Er hatte sie sofort wiedererkannt.

»Ooooh … Gil … wirklich? Wow!« Sie gewann langsam ihre Fassung wieder, lächelte zögerlich und nur kurz. »Hi.« Sollte sie ihm die Hand entgegenstrecken? Ihn umarmen? Ihre Überraschung war zwar gespielt, doch ihre Unsicherheit war echt. Nein, kein Körperkontakt! Das war ihr schnell klar. Sie fuhr sich mit der Hand durch die Haare, statt sie ihm zu geben und streichelte den großen, hellen Hund, der sie freundlich ansah.

Auch Gil wirkte unsicher, trat von einem Bein auf das andere. »Was hat dich hierhergeführt?«

Sie nahm einen tiefen Atemzug. »Ich sammle für den Verein zur Erhaltung der alten Bogenbrücke.«

Was?

Gab es die überhaupt? Irgendwo hatte sie den Namen mal gelesen. Aber selbst wenn: War sie tatsächlich alt und baufällig genug, um einen Verein für sie zu gründen? Sie konnte nur hoffen, dass Gil genauso ahnungslos war wie sie. Es schien so, denn er lächelte weder hämisch, wie sie es von ihm sofort wieder in Erinnerung hatte, noch kommentierte er die Aussage – was er früher auch getan hätte, wenn er den geringsten Zweifel an irgendetwas gehabt hatte.

Sie musterte ihn. Er sah immer noch gut aus, sportlich und schlank. Seine Haare waren kürzer, bis knapp über die Ohren, und ordentlich gekämmt. Früher waren sie ihm wirr ins Gesicht gefallen. Er trug einen dunklen Jogginganzug. Er sah müde aus, obwohl seine Augen sie immer noch wach und neugierig anblickten.

»Also, ich bin kein großer Spender. Und schon gar nicht für alte Brücken, die ich nicht kenne und von denen es mir ehrlich gesagt völlig egal ist, ob sie einstürzen.«

Ja, das klang schon eher nach ihm. Der gute, alte Zyniker war immer noch da.

»Aber«, er kratzte sich am Hinterkopf, »ich habe gerade eine Flasche Wein geöffnet. Möchtest du vielleicht … einen Moment reinkommen?« Eigentlich hasste er Unterbrechungen oder Gesellschaft, wenn er im Schreibfluss war. Außerdem hatte er sich auf einen weiteren ruhigen Abend mit sich, seiner Geschichte und ein paar Gläsern Wein gefreut. Aber er war neugierig. Wer war diese Frau, die ihm hier nach fast zwanzig Jahren gegenüberstand? Die er einst geliebt hatte, auf seine jugendliche, arrogante, tollpatschige Weise. Der er das niemals gesagt hatte. Die immer noch wunderschön war in einem alltäglichen Paar Jeans und einem einfachen grauen Sweater mit goldenen Knöpfen, der ihre Figur wunderbar zur Geltung brachte. Er verspürte das Bedürfnis, sie zu berühren, wollte wissen, ob sie sich immer noch anfühlte wie früher …

Er sah, wie sie einen Moment überlegte und dann mit einem verspielten Lächeln sagte: »Neeeee … Die restliche Nachbarschaft liegt noch vor mir. Aber danke.« Sie wuschelte dem Hund über den Kopf, drehte sich lächelnd um und stapfte davon.

Kaia schloss die Augen, während sie ging, ballte die Hände zu einer Faust. Sie wusste, dass es ein Risiko war. Ihr Plan konnte danebengehen. Es bestand eine gute Chance, dass er sie ohne ein weiteres Wort ziehen ließ. Dann hätte sie die Möglichkeit verpasst, ihren Fehler gutzumachen, ihm selbstbewusst und unnahbar gegenüberzutreten, das Spiel umzudrehen. Doch es war eben auch ihre einzige Chance, das Spiel richtig zu beginnen. Sie konnte auf keinen Fall die Vergangenheit ändern, indem sie wieder einmal alles tat, was er wollte, jeder seiner Aufforderungen folgte, sofort sprang, sobald er …

»Kaia!«, klang es jetzt hinter ihrem Rücken.

Sie blieb stehen, lächelte triumphierend. Dann drehte sie sich mit ernstem Gesicht zu ihm um.

»Wir könnten uns im Laufe der Woche auf ein Glas Wein treffen. Es wäre doch schade, uns gleich wieder aus den Augen zu verlieren, wo wir uns so lange nicht gesehen haben. Ich meine … wir könnten ein wenig quatschen … was so los war in den letzten zwanzig Jahren …«

Sie zögerte einen weiteren Moment. Dann ging sie wieder auf ihn zu.

»Ja … warum nicht?«

»Wie sieht es Freitagabend bei dir aus?«

Sie gab vor, ein Weilchen zu überlegen, ging in Gedanken ihren ach so leeren Terminkalender durch.

»Ja, ich denke, das sollte klappen. Ab halb sieben etwa

bin ich vermutlich zu Hause.«

Natürlich war sie früher zu Hause. Sie hatte absolut keine Pläne. Wenn überhaupt, dann mit Maren zum Yoga.

»Okay.«

»Okay.«

Sie lächelten beide.

»Magst du peruanisch?«

»Als Wein?« Sie wusste nicht, dass dort überhaupt Wein hergestellt wurde.

»Nein, als Essen. Die Weinproduktion auf Peru ist so gering, dass sie kaum exportieren. Aber das Essen ist sehr gut, und sie haben chilenischen Wein.«

Klugscheißer wie eh und je.

Kaia liebte chilenischen Wein. Peruanisch hatte sie noch nie gegessen. War da nicht etwas mit Meerschweinchen?

»Oh, Essen also auch …«, antwortete sie etwas zögerlich. Doch bevor er sein Angebot wieder zurückziehen konnte, lenkte sie ein: »Ja, klar, können wir machen. Schick mir einfach die Adresse, und wir treffen uns dort … gegen acht?« Sie wollte ihm nicht einmal die Gelegenheit geben, dass er sie abholte oder vorschlagen könnte, dass sie noch einmal bei ihm vorbeikam. Es gefiel ihr, wie sie die Situation führte. Es kostete sie etwas Überwindung, fiel ihr auf. Schon seit Langem hatte sie keine Vorgaben mehr gemacht, nicht einmal in so kleinem Ausmaß – zumindest nicht in ihren Beziehungen. Aber die hatte sie in diesem Moment ja auch nicht.

Trotzdem konnte sie das Gewicht der Vergangenheit ganz stark auf sich fühlen, so sehr sie auch vorgab, ihn nicht mehr erkannt zu haben, völlig cool zu sein. Ihr Herz klopfte auf Hochtouren, ihre Stimme war viel zu piepsig, ihre verschwitzten Hände versteckte sie in ihren Hosentaschen. Aber es war der erste Schritt in die richtige Richtung.

Das dachte sie ironischerweise genau in dem Moment, als sie einen weiteren Schritt auf ihn zuging und ihm ihre Nummer auf ihrem Display zeigte. Er griff in seine eigene

Hosentasche, tippte die Zahlen ab und steckte sein Telefon wieder ein.

Bukowski hechelte aufgeregt.

»Dann bis Freitag, acht Uhr.« Er lächelte.

»Okay. Bis dann.« Sie streckte ihre Hand zum Gruß nach oben, während sie sich bereits umdrehte und erleichtert wegging.

5

Kaia

Mittwoch, 13. April 2016
Frankfurt am Main

Kaia konnte nicht aufhören zu lächeln. Dabei hatte sie in den letzten Wochen wirklich nicht viel gelächelt. Jetzt lächelte sie der alten Frau zu, die ihr im Bus gegenüber saß. Sie lächelte aus dem Fenster, zu den Menschen auf der Straße. Und sie lächelte in sich hinein.

Sie hatte sich nicht vorgestellt, dass es so gut laufen würde. Obwohl sie natürlich gehofft hatte, dass ihr Besuch unauffällig und als reiner Zufall erscheinen würde, er die Köder schlucken würde, die sie ihm hinwarf. Sie hatte nicht genau geplant gehabt, was sie sagen wollte. Tatsächlich war es an diesem schönen Apriltag eine spontane Entscheidung gewesen, ihn aufzusuchen.

Nachdem sie ihn im Februar gegoogelt hatte, hatte sie eine ganze Weile das Bild angestarrt, das neben seinem Namen auf der Webseite einer Werbeagentur prangte. Er lächelte nicht – natürlich nicht –, seine Gesichtszüge waren gealtert, aber sie erkannte sofort die stechenden, zusammengekniffenen dunklen Augen und den schmalen roten Mund. Ein Zucken durchfuhr ihren Körper, als sie ihn nach so vielen Jahren wiedererkannte. Werbeagentur, hatte sie sich etwas gewundert. Andererseits klang es logisch, dort konnte er seinen Sinn für Humor und seinen Zynismus gegenüber der Welt bestimmt ausleben. Noch mehr gewundert hatte sie sich darüber, dass die Agentur in Frankfurt war. Sie wusste, dass er vor dem Abitur wieder zurück an seinen alten Wohnort gegangen war, aber bestimmt mit vielen Plänen, die Welt zu bereisen und keinesfalls, um sesshaft zu werden. Ein Wohnort im Ausland hätte sie nicht überrascht – Malta, Russland, sogar Hawaii … alles Orte, über die sie einst gesprochen hatten. Doch in seiner eigentlichen Heimatstadt hatte sie ihn nicht erwartet. Selbst als sie seinerzeit zu Steffen gezogen war, war ihr nicht der Gedanke gekommen, so nahe bei ihrer Jugendliebe zu wohnen. Sie hatte nie den Eindruck gehabt, dass Gil eine große Liebe mit der Stadt verband oder er die Absicht hätte, eines Tages langfristig zurückzukehren. Im Gegensatz zu ihr, – sie hatte sich auf den ersten Blick in Frankfurt verliebt. Vielleicht noch schneller als in Steffen.

Gils Adresse auszumachen, war nicht sonderlich schwer gewesen. Doch jeden Abend nach der Arbeit fand sie eine andere Ausrede, ihn nicht aufsuchen zu können: Einmal war sie zu müde, ein andermal war sie tagsüber Steffen über den Weg gelaufen und fühlte sich nicht in der Lage, zwei Ex-Freunden an einem Tag entgegenzutreten. Immerzu fielen ihr tausend weitere Dinge ein, die dringend zu erledigen waren. Meist hatte sie auch das Gefühl, noch nicht die richtige Strategie gefunden, nicht genug Selbstvertrauen aufgebracht zu haben, um es mit ihm aufzunehmen. Selbst die After-Yoga-Drinks mit Maren, die mittlerweile zu einem wöchentlichen Event geworden waren und ihrem Selbstbewusstsein unendlich guttaten, konnten sie nicht dazu animieren, endgültig den Mut zu fassen, sich ihrer Vergangenheit zu stellen. Sie hatte Angst vor diesem Schmerz, den sie damals gefühlt hatte. Sie hatte Angst vor diesen überwältigenden, aber verheerenden Gefühlen, die er einst in ihr ausgelöst hatte und die sie so lange bekämpft und unter Verschluss gehalten hatte.

Doch dann war sie an diesem 13. April etwas früher aus dem Büro gekommen, weil ein Termin mit einem Kunden ausgefallen war. Die Sonne schien, die Vögel zwitscherten, die Blüten an den Bäumen vor ihrem Bürogebäude rochen intensiv und wunderbar, und zum ersten Mal seit Wochen fühlte sie sich wirklich lebendig, spürte wieder, wie wunderschön das Leben war. Ohne nach Hause zu gehen, um sich umzuziehen, ohne einen Plan zu schmieden, was sie sagen wollte, ohne nachzusehen, welche die schnellste Verbindung war, setzte sie sich in einen Bus in Gils Bezirk, sah aus dem Fenster, genoss das Sonnenlicht, das durch die Glasscheibe auf ihr Gesicht fiel und wusste, dass der richtige Moment gekommen war.

Und dann stand sie an der Bushaltestelle in dem ruhigen Vorort mit Reihenhäusern und Bungalows und fragte sich, was in aller Welt ihn dazu gebracht hatte, sich hier ein Häuschen zu kaufen und niederzulassen. War er immer noch der alte Gil? Oder hatte er sich doch vom guten bürgerlichen Alltagsleben verführen lassen?

Als er vor ihr stand, kannte sie die Antwort, trotz Vorort, Kirschbaum und Gartenzaun.

Eine knappe Stunde später war sie zu Hause angekommen, setzte sich auf die Couch, schenkte sich ein Glas Rotwein ein und suchte im Adressbuch ihres Smartphones eine altbekannte Nummer.

»Hallo?«, meldete sich eine helle, feste Stimme. Manchmal vermisste sie die guten alten Zeiten, als Menschen noch ihre Namen nannten.

»Hallo, Yvonne.«

»Kaia?«, erkannte ihre Freundin sie sofort.

»Ja. Wie geht's dir?«

»Gut! Gut, danke.« Sie hörte eine kleine Pause, in der sie sich offenbar hinsetzte, um sich Zeit für das Gespräch zu nehmen. »Und dir? Alles okay in Frankfurt?«

»Ja, alles okay.« Kaia nippte an ihrem Wein. »Ich habe heute Gil gesehen«, fiel sie wie üblich direkt mit der Tür ins Haus.

Die recht lange Pause, die darauf folgte, ließ sie vermuten, dass Yvonne entweder sprachlos war oder ihr der Hörer aus der Hand gerutscht war.

Die beiden hatten sich zuletzt zu Weihnachten gesehen, als Kaia zwei Wochen in Hamburg verbracht hatte. Als ihre Welt noch in Ordnung war und sich ihre Gesprächsthemen um Arbeitskollegen, umweltfreundliche Putzmittel, eine neue Restaurant-App und die besten Zutaten für eine heiße Schokolade mit Schuss gegen die winterliche, feuchte Kälte Hamburgs drehten.

Von der Trennung von Steffen hatte sie ihr bisher nicht erzählt. Einerseits wollte sie lange Zeit nicht wirklich über das Thema sprechen, andererseits hatten sich die Gespräche mit ihrer langjährigen besten Freundin in den letzten Jahren eben auf alltägliche, unkomplizierte Themen beschränkt. Wenn man 500 Kilometer auseinander wohnte und sich maximal viermal im Jahr sah, war es zusehends problematischer, die intimsten Gedanken und Erlebnisse zu teilen. Anfangs hatte das noch gut geklappt, doch mit der Zeit waren ihre Leben immer unterschiedlicher verlaufen, es fiel ihr immer schwerer nachzuvollziehen, was bei der anderen los war, ohne mitzuerleben, was aktuell passierte.

»Warum?«, brach Yvonne nun die Stille.

Kaia hatte sich die Antwort darauf bereits gut überlegt, bevor sie angerufen hatte.

»Weil er mich für immer verkorkst hat. Weil ich keine ausgeglichene Beziehung führen kann. Ich habe von ihm ein völlig falsches Konzept von Beziehung gelernt. Ich muss das korrigieren.«

»Hm.« Nach einer weiteren kurzen Pause schien sie zu verstehen: »Ist alles okay mit Steffen?«

»Wir haben Schluss gemacht.«

»Oh, Kaia, das tut mir leid.« Ihre Stimme wechselte vom

zuvor kritischen in einen mitfühlenden Ton.

»Danke.« Sie atmete tief durch. Aber es war gar nicht nötig, sie spürte keine Tränen mehr aufkommen, wenn sie davon sprach. »Es war unvermeidbar. Ich bin keine ebenbürtige Partnerin. Nicht für die Männer, die ich will. Das muss sich ein für allemal ändern.«

Yvonne fragte nicht weiter nach. Entweder sie verstand und brauchte nichts weiter zu wissen, oder sie fand den Plan so absurd, dass sie nichts weiter davon wissen wollte.

»Wie ist er jetzt? Wie sieht er aus?«, erkundigte sie sich stattdessen.

»Eigentlich wie früher. Aber auch anders. Bürgerlicher. Braver. Er hat immer noch das gleiche Lächeln. Und ich denke, auch den gleichen Humor. Er hat einen Hund. Der ist süß.«

Sie hörte einen kurzen Lacher durch die Leitung. »Ist er in Hamburg? Warst du hier?«

»Nein, er wohnt in Frankfurt. Etwas außerhalb, am Stadtrand.«

»Du hast ihn also gestalkt und aufgesucht? Absichtlich?« Ihr Tonfall ließ keinen Zweifel daran, dass sie das schwer glauben konnte.

»Ja.«

»Hältst du das wirklich für eine gute Idee?«, sprach sie ihre Skepsis nun doch deutlich aus.

»Ja.« Kaia war einen Moment versucht gewesen, »Ich weiß nicht« zu sagen, aber dann erinnerte sie sich an das Funkeln in seinen Augen, als sie sich von ihm wegdrehte, ihren inneren Jubel, als er sie zum Essen einlud, als seine Neugier geweckt war, an das triumphierende Gefühl im Bus, und war sich ihres Vorhabens wieder sicher.

»Wirst du ihn wiedersehen?«, schien Yvonne ihre Gedanken gelesen zu haben.

»Ja. Wir gehen übermorgen Abend Essen.«

»Ist das auch sicher der richtige Moment? Ich meine, hast du es dir gut überlegt? Du bist doch gerade nach einer

Beziehung extrem verwundbar.«

Sie hatte gründlich darüber nachgedacht, hatte die gleichen Bedenken gehabt. Aber sie hatte fast drei Monate gewartet. Es ging ihr gut. Sie fühlte sich stark, selbstsicher, nicht mehr vom Schmerz der verlorenen Beziehung dominiert oder durch den Fehlschlag verunsichert. Sie war bereit, sich der Situation zu stellen.

»Es geht mir gut«, versicherte sie also und nahm einen weiteren großen Schluck Wein.

»Trotzdem. Sei vorsichtig.«

»Bin ich. Mir wird nicht noch mal das Gleiche passieren. Ich bin älter, klüger und folge einem Plan, nicht meinem Herzen. Und ich weiß, mit wem ich es zu tun habe.«

»Ja, ich auch«, konterte ihre Freundin. »Genau das macht mir Sorgen.«

Autsch. Das mangelnde Vertrauen in ihre Standhaftigkeit versetzte Kaia einen Stich. Doch ihre Freundschaft war immer von Aufrichtigkeit und Direktheit gekennzeichnet gewesen. Sie wusste, dass Yvonne mit ihrer Meinung nicht hinterm Berg halten würde, noch bevor sie zum Telefon gegriffen hatte. Trotzdem hatte sie das Bedürfnis, es ihr zu erzählen. Es mit jemandem zu teilen, der die Situation kannte, ihre Vergangenheit kannte.

»Ich tu das nur, um die Balance wiederherzustellen, um mir selbst zu zeigen, dass ich auch anders sein kann. Besser. Stärker«, betonte sie.

»Kannst du das nicht mit jemand anderem testen? Mit Steffen vielleicht?«

Kaia rollte mit den Augen. »Nein. Gil hat mich aus der Bahn geworfen. Es geht genau darum, die Kontrolle zu behalten, ihm auf Augenhöhe zu begegnen. Wenn ich es bei ihm schaffe, schaffe ich es bei jedem.«

»Lass dich nur nicht noch mal aus der Bahn werfen.«

»Werde ich nicht.« Und nach einer kurzen Pause fragte sie: »Hast du Adam irgendwann wiedergesehen?«

Adam war Yvonnes Jugendliebe gewesen. Es war eine

kurze, turbulente, aber sehr heftige Liebe gewesen.

»Ja«, gab sie bereitwillig und rasch Auskunft. »Er hat drei Kinder, eine Frau und eine Geliebte. Ich habe da nichts verpasst.«

Nachdem sie aufgelegt hatte, starrte Kaia noch einen langen Moment auf die schwarze Oberfläche ihres Smartphones. Hatte ihre Freundin recht? Lief sie Gefahr, in die gleiche Falle zu tappen wie vor zwanzig Jahren? Sie sah ihr Spiegelbild auf dem glänzenden Monitor, lächelte und schüttelte energisch den Kopf. Nein. Sie *war* älter und klüger, und sie hatte einen ausgezeichneten Plan. Es gab niemanden, den sie verletzen konnte, außer sich selbst, und das würde nicht passieren. Heute hatte sie den ersten Schritt getan. Sie war ihm selbstsicher und kühl gegenübergetreten, wie sie es geplant hatte. Sie hatte sein Interesse geweckt, ihn dazu bewegt, sie auf ein weiteres Treffen einzuladen, ohne selbst Interesse zu zeigen. Diesmal würde sie das Spiel spielen und zwar besser als er. Sie würde ihn in Grund und Boden stampfen. Sie würde in der Zeit zurückreisen, ihr Selbstbewusstsein zurückerobern und in der Zukunft ein neuer Mensch werden.

6

Gil

Mittwoch, 13. April 2016
Frankfurt am Main

Nachdem er die Tür hinter sich geschlossen hatte, sah Bukowksi ihn immer noch erwartungsvoll an, als wollte er wissen, was denn hier gerade gelaufen war. Gil gab ihm nur ein sanftes Lächeln als Antwort. »Wer hätte das gedacht, eh?«, fragte er seinen gutmütigen Labrador. »Kaia …« Er schüttelte den Kopf, ging zurück an seinen Schreibtisch und atmete laut aus, während er sich setzte. Bukowski folgte ihm und ließ sich in seinem Bettchen daneben nieder.

Er hatte lange nicht an sie gedacht. Und wenn er tief drinnen ganz ehrlich zu sich selbst war, tat er das immer noch nicht gern. Er wusste, dass er sie nicht richtig behandelt hatte, ihr wehgetan hatte. Ihr und ihm selbst und so vielen anderen. Aber wirklich ehrlich zu sich selbst war er ungern und eigentlich nur in seinen Geschichten.

Und trotzdem hatte er sie eingeladen, obwohl die Erinnerung ein unangenehmes Gefühl in ihm auslöste. Es war eine spontane Reaktion gewesen, eine ursprüngliche Neugier. Er versuchte grundsätzlich, nicht an der Vergangenheit festzuhalten, dazu war ihm zu viel Schlimmes widerfahren. Was ihn interessierte, war das Jetzt, und das reizte ihn auch an dieser Situation. Die erwachsene Frau, die plötzlich vor ihm gestanden war, so schön, so vertraut, so unbekannt. Er wollte herausfinden, was sie seit damals gemacht hatte, was sie jetzt machte, was für ein Mensch sie heute war. Sein Stolz wollte wissen, ob er die Kaia des 21. Jahrhunderts immer noch verführen konnte. Ihm drängte sich auch die Frage auf, ob ihre gemeinsame Geschichte noch nicht zu Ende erzählt war. Er liebte Geschichten.

Vielleicht würde dies eine besonders spannende werden.

Am nächsten Morgen saß er am Küchentisch und schüttete Milch in seine Zerealien. Erst als die Schüssel überquoll und auf seinen Oberschenkel tropfte, merkte er, wie gedankenverloren er war. Er griff nach einem Lappen, wischte es weg und ärgerte sich über sich selbst. Bukowski saß hechelnd neben ihm, gespannt, ob etwas für ihn abfallen würde.

Sie hatten ihre Morgenrunde hinter sich, der Labrador hatte schon gefrühstückt, Gil trank seine zweite Tasse Espresso. Er hatte bis spät nachts geschrieben und unruhig geschlafen. Doch auch der Kaffee konnte in seinem Kopf keine Klarheit schaffen. Seine Gedanken wanderten immer wieder zurück in eine andere Zeit. Verschiedene Momente hatten wie einzelne Filmszenen die Kontrolle über sein Frühstück übernommen.

Kaia, die mit dem Kopf auf seiner Brust eingeschlafen war, während er durch ihre Haare strich, die nach Mandelmilch rochen.

Ein langer Kuss im nächtlichen Schein einer Straßenlaterne.

Eine Flasche abgelaufener Weißwein, der nach Essig schmeckte.

Versteckte Küsse in Hauseingängen, zwischen Rosenbüschen, unter achtlos weggeworfenen Mänteln.

Der Beginn eines großen, unvollendeten Werks während eines Joints.

Entschuldigungen für so viele vermasselte Dates.

Entschuldigungen für den mangelnden Mut einer Entscheidung.

Entschuldigungen für die Lügen.

Entschuldigungen, die nie kamen.

Tränen, Enttäuschung, wütendes Schluchzen, wütende Schreie, wütendes Schweigen.

Gil schluckte, drängte die Gedanken zur Seite, kippte rasch den zweiten Kaffee hinunter. Das Müsli ließ er unangetastet stehen. Er hatte keinen Hunger. Erste Zweifel kamen ihm, ob das Essen so eine gute Idee war, ob er seine Gefühle gänzlich zur Seite schieben könnte. Er griff zum Telefon und tippte eine schnelle Nachricht, während er sich eine neue Hose anzog und dann auf den Weg zur Arbeit machte.

Gil saß aufrecht im Bett und rauchte eine Zigarette. Neben ihm tat seine Hundesitterin Julia es ihm gleich. Beide waren nackt und verschwitzt, hatten die Decke bis zum Bauch gezogen, da vom gekippten Fenster eine kühle abendliche Brise herüberwehte.

»Was sind deine Wochenendpläne?«, fragte sie, um das

Rauchen mit etwas Small Talk zu bereichern.

Gil verzog das Gesicht. Er hatte absolut keine Lust, seine Pläne fürs Wochenende auszuführen. Gerade deshalb hatte er sie heute Morgen überhaupt erst angesimst. Um eben nicht über das bevorstehende Essen nachzudenken, oder noch schlimmer, wieder in die Vergangenheit zu reisen. Er wollte eine schöne, simple Ablenkung genießen. Einen Moment lang überlegte er, einfach einen Kinobesuch vorzuschieben, doch er war nicht gut im spontanen Erfinden von Ausreden, oder darin, Zusammenhänge aus dem Nichts zu kreieren. Ironischerweise, denn in seinen Texten tat er dies schließlich permanent. Aber das war anders, das war überlegt und durchdacht, und seinen Figuren ging sowieso alles leichter von der Leber. Also antwortete er schließlich ehrlich: »Ich treffe meine Ex zum Essen.«

»Deine Ex-Frau? Was hast du schon wieder angestellt?« Die beiden Frauen kannten sich nicht, was Gil nur recht war. Aber aus der einen oder anderen Erzählung hatte Julia mitbekommen, dass ein Treffen mit seiner Geschiedenen in der Regel Ärger bedeutete.

»Nein, diese Beziehung liegt tatsächlich etwas länger zurück.«

Es war so still im Zimmer. Er hätte Musik anmachen sollen, zumindest das Radio. Das hätte weniger Raum für Konversation gelassen oder andere Themen vorgegeben.

»Interessant. Etwa eine Jugendliebe?«

»So was in der Art.« Er fühlte sich wieder unwohl, drückte die Zigarette im Aschenbecher auf dem Nachttisch aus.

»Wie kommt's?«, fragte Julia weiter.

»Sie stand gestern vor meiner Tür.«

»Ernsthaft?« Ihr Interesse war nun deutlich geweckt. Sie setzte sich auf, sah ihn amüsiert und neugierig an. »Was wollte sie? Dir nach all den Jahren einen verspäteten Arschtritt verpassen?«

»Nein.« Jetzt lächelte auch Gil. »Wieso denkst du, dass ich den verdient hätte? Vielleicht hat sie ja mein Herz gebrochen.«

Eigentlich hatte er das ganz allein geschafft.

»Bestimmt.« Sie atmete laut durch die Nase aus. »Du hast doch gar kein Herz.«

»Hey!« Er stieß sie in die Seite. »Hätte ich eines, hätte mich diese Bemerkung jetzt echt verletzt.«

»Nicht ablenken. Was wollte sie? Jetzt bist du schon mittendrin, jetzt will ich es wissen.« Ihre Haare standen verstrubbelt in alle Richtungen. Trotzdem schaffte sie es, ernsthaft und fordernd auszusehen.

»Nichts. Sie war zufällig hier. Hat für irgendeinen Verein gesammelt.«

»Zufällig?«, wiederholte Julia skeptisch. »Eine Jugendliebe steht eines Tages ›ganz zufällig‹ vor deiner Tür.« Sie zeichnete Gänsefüßchen in die Luft. »Das glaubst du doch selbst nicht.«

»Du glaubst es nicht?«, hakte er nach. Der Gedanke war ihm noch gar nicht gekommen. Warum sollte sie ihn absichtlich aufsuchen?

»Ich glaube nicht an Zufälle. Der Mensch ist berechnend, in allem was er tut.«

»Dann sollte ich mich wohl auch fragen, warum du hier bist.«

Darauf reagierte sie nur mit einem milden Lächeln. »Warum gehst du jetzt mit ihr Essen?«

»Keine Ahnung, ich finde es irgendwie spannend zu erfahren, was sie so gemacht hat in den letzten 20 Jahren.«

»Und du hoffst, sie im Idealfall flachzulegen«, ergänzte Julia emotionslos.

»Im Idealfall, ja. Aber vielleicht braucht es dazu mehr als ein Essen«, stellte er grinsend fest.

»Durchaus möglich. Ich bin schließlich auch drei Monate mit Bukowski Gassi gegangen, bevor wir das erste Mal im Bett gelandet sind.« Julia kam dreimal die Woche, um mit dem Labrador mittags eine Runde zu laufen. Manchmal kam sie abends noch einmal, meistens irgendwo zwischen der Küche und Gils schwarzem Lederbett.

»Eben«, bestätigte er.

»Vielleicht hat sie auch ein gutes Gedächtnis und lässt sich nicht noch mal auf den gleichen Scheiß ein.«

Gil lachte gespielt getroffen. »Und ich frage noch mal: Was machst du hier?«

Julia stand auf, griff nach ihren Klamotten und zog sich rasch an. »Ich weiß, was ich will, und ich weiß, was ich kriege. In unserem Fall passt das zusammen. Es ist völlig enttäuschungsfrei. Ich bin hier, um eine nette Zeit zu verbringen, wann immer ich Lust darauf habe. Und du auch.« Sie stand nun voll angezogen vor ihm. Der untere Teil ihrer Bluse quoll aus ihren Jeans hervor, sie hatte sie in der Dunkelheit falsch zusammengeknöpft.

Er lächelte sie an. »Ist das nicht die perfekte Beziehung?« Dann griff er nach ihrem Arm, zog sie zurück aufs Bett und knöpfte ihre Bluse wieder auf.

7

Montag, 7. Oktober 1996
Hamburg

Aus Kaias Tagebuch, 3. Oktober 1996:

Irgendetwas hatte ich in diesen Tagen verloren. Vielleicht einen Teil meiner Unschuld, vielleicht meinen Glauben. Den Glauben an die Perfektion eines Lebens und einer Beziehung. Etwas hatte sich verändert. Ich bemerkte plötzlich, wie viel auch in anderen Leben falsch lief. Und dass manche Menschen nur deshalb eine Beziehung hatten, weil sie sich leichter mit etwas zufriedengaben als andere.

»Ich gehe nach der Schule noch mit Marc und Ellen in den Park. Willst Du mitkommen?«, fragte Gil, während sie die

Treppe ins Klassenzimmer hochliefen. Der neue Klassenkamerad schloss sich nun fast täglich an ihre Zusammenkunft im Schulhof während der großen Pause an.

Die Frage überraschte Kaia und schüchterte sie gleichzeitig ein bisschen ein. Sie kannte Marc und Ellen nicht, sie waren ihr auch nicht sympathisch. Im Schulhof standen sie meist zu zweit abseits, tuschelten und kicherten vor sich hin. Sie zeigten kein Interesse an der Welt um sie herum oder an Sozialkontakt. Normalerweise hielt sie es mit solchen Leuten genauso, suchte deren Kontakt ebenso wenig.

Aber ihr Interesse an Gil war in den letzten Wochen stark gestiegen. Ihre Unterhaltungen waren originell, geistreich, geprägt von Film und Literatur und einer Portion sarkastischem Humor seinerseits. Und sie waren stets zu kurz. An Tagen, an denen sie in eine besonders hitzige Debatte über eine Film- oder Buchszene vertieft waren, überhörten sie auch schon mal die Schulglocke. Dann stieß Martin oder Yvonne sie im Vorbeigehen an, lachte dabei hämisch und zog sie im Laufe des Vormittags ein paarmal damit auf.

Im *TrinkBar* waren sie sich nicht mehr begegnet. Aber Kaias Clique war in den letzten Wochen auch kaum dort gewesen. Wichtige Klassenarbeiten standen bevor, einen überwiegenden Teil ihrer Freizeit verbrachten sie mit Matheregeln. Doch nun war die Versuchung zu groß. Sie wollte die Chance auf ein ausführlicheres Gespräch nicht verpassen, auf Zeit mit ihm, abseits des überrannten Schulhofes. Sie hatte sich schon ein paar Tage lang den Kopf zerbrochen, welche Gelegenheit es dafür gäbe oder welche sie erfinden könnte. Gemeinsames Lernen vorzuschlagen, war sinnlos, weil Gil kein Interesse an der Schule oder guten Leistungen zeigte. Ihn nochmals in die Bar an ihren Tisch einzuladen, sollte er dort wieder auftauchen, war ihr zu dumm, nachdem er sie das letzte Mal so offensichtlich abserviert hatte. Trotzdem hatte sie sich vorgestellt, worüber sie reden würden, welche Fragen sie ihm stellen würde, was sie über ihn wissen wollte. Auch an seine möglichen Antworten hatte sie gedacht. Ein paar davon hatten ihr ein Lächeln entlockt. Die Vorstellung, ihm nahe zu sein, ihn zu berühren, vielleicht zu küssen, hatte ihr Herz zum Rasen gebracht. Und nun bot sich die Möglichkeit, alles Realität werden zu lassen, ganz von selbst. Nicht einmal Ellen und Marc könnten ihr das verderben, und für Mathe gab es bestimmt noch geeignetere Tage.

»Ja, gern«, antwortete sie also, kurz bevor sie ins Klassenzimmer traten und jeder an seinen Tisch ging.

»Woher kennt ihr euch eigentlich?«, war die erste Frage, die Kaia stellte, während sie zu viert gemütlich Richtung Stadtpark wanderten.

»Oh, wir haben schon als Kinder gemeinsam Unsinn angestellt«, antwortete Ellen. »Wir kannten uns bereits, als Gil kaum gerade auf zwei Beinen stehen konnte.«

»Das kann er jetzt auch nicht immer«, fügte Marc grinsend hinzu. Gil grinste ebenfalls, sagte aber nichts dazu.

»Dann seid ihr auch aus Frankfurt?«

»Ja«, entgegnete Marc kurz angebunden und sah über sie hinweg. Er schien nicht daran interessiert zu sein, ihr Auskunft zu geben. Er schnippte seinen Zigarettenstummel an den Straßenrand und schlurfte weiter geradeaus. Auch Ellen schwieg.

»Unsere Eltern haben ein gemeinsames Unternehmen«, schaltete sich Gil nun ein. »Schon seit fast fünfzehn Jahren. Wir sind gemeinsam aufgewachsen.«

»Alle drei?«

»Marc und Ellen sind Geschwister«, erklärte er weiter. »Vor einem halben Jahr haben unsere Familien entschieden, den Firmensitz nach Hamburg zu verlegen.«

»Völlige Idiotenentscheidung«, kommentierte Ellen nun doch. »In welcher Stadt könnten Geschäfte besser laufen als in Frankfurt?«

Das kam vermutlich auf die Art der Geschäfte an,

dachte Kaia, sprach es aber nicht aus. Sie wollte sich mit den beiden nicht gleich anlegen. Außerdem war sie in einer extrem friedvollen, freudigen Stimmung.

Es war der erste sonnige Tag seit über einer Woche. Die Straßen waren von braunen und roten Blättern übersät und glänzten vom morgendlichen Regen im Herbstlicht. Kaia liebte es. Der Herbst war ihre bevorzugte Jahreszeit. Es war kalt in Hamburg, windig und feucht. Aber sie mochte den Geruch des gefallenen Laubs, das Licht, wie es golden durch die Bäume schimmerte, die letzten Sonnenstrahlen, bevor sie sich womöglich in einen langen Winterschlaf begaben. Sie mochte sogar die Kahlheit, das Absterben, das Vergängliche. Es inspirierte sie nahezu endlos.

»Jedenfalls sind wir im Sommer allesamt hierher gezogen«, fuhr Gil fort. »Wir waren bereits in Frankfurt an der gleichen Schule, in unterschiedlichen Jahrgängen natürlich.«

»Und vor allem an einer viel besseren Schule«, meckerte Ellen abermals. »Das Niveau hier ist lächerlich. Ich könnte den ganzen Tag verschlafen und würde nichts verpassen. Die Themen, die wir gerade in Geografie durchnehmen, habe ich vor drei Jahren gelernt.«

Kaia konnte von der Seite beobachten, dass sie mit den Augen rollte und ihren Wuschelkopf schüttelte.

Vor ihnen lag der weitläufige Park, in dessen Mitte sich ein See samt kleiner Insel befand. Dem schenkten sie jedoch wenig Beachtung, sondern bogen in den ersten Weg nach links ab, zwischen hoch gewachsenen, rotbraunen Bäumen hindurch. Auf der nächsten Lichtung setzten sie sich zwischen Steinen und Erde mitten in die Blätter. Ellen zog eine Decke aus ihrer Tasche und breitete sie auf dem laubbunten Boden aus. Marc öffnete seinen Rucksack und nahm vier Flaschen Bier heraus. Er reichte sie herum, die letzte gab er Kaia. Sie nahm sie an. Marc schlug den Deckel des Flaschenhalses an einem Ast auf, dann machte er das Gleiche mit Ellens Bier. Gil tat es ihm nach. Kaia überlegte einen Moment lang, ob sie es auch versuchen sollte und sich damit definitiv zum Affen machen würde, oder ob sie sich helfen lassen sollte. Sie entschied sich für Letzteres und überließ Marc das improvisierte Öffnen, der dies ganz klar schon häufiger getan hatte.

»Ist echt schön hier«, brach sie dann das Schweigen.

»Immerhin ist es nicht völlig scheiße. Die Insel ist ganz okay, auch wenn nichts hier mit den Frankfurter Sehenswürdigkeiten mithalten kann.«

Kaia würde erst viele Jahre später an sie zurückdenken und beschließen, dass sie fast recht hatte. Nur ihre persönlichen Erinnerungen machten ihre Heimatstadt und diesen Park zu etwas Speziellem. Wenn sie diese ignorierte, musste sie zugeben, dass der Kontrast aus Hochhäusern und alten Türmen in der Bankenmetropole viel faszinierender war als der historische Rundgang im Stadtpark. Doch in diesem Moment schien er ihr einer der schönsten Orte, an denen man sein konnte, und sie ließ sich von den Blättern und ihren Farben inspirieren, stellte sich vor, wie viele Paare sich auf der Liebesinsel geküsst und sich ewige Liebe versprochen hatten.

Der Gedanke zauberte ein Lächeln auf ihr Gesicht, und ihr Blick streifte für einen Moment Gil, der neben ihr saß, zurückgelehnt, abgestützt auf den Armen, und in den Himmel starrte.

Als sie merkte, wie Ellen sie skeptisch musterte, fragte sie rasch: »Was vermisst ihr am meisten an Frankfurt?«

»Das Leben«, antwortete Marc, ohne nachzudenken. »Die Leute. Es ist immer was los, immer Menschen auf der Straße. Die Cafés sind voll, die Bars und Discos …«

»Ja …«, stimmte Ellen ihrem Bruder zu. Für Geschwister sahen sie sich überhaupt nicht ähnlich. Marc war viel größer als sie, hatte blonde, struppige Haare und schmale Augen. Ellen war zierlich und hatte einen dunklen Lockenkopf. »Letzten Monat waren wir hier abends mal weg, das ist zum Einschlafen.«

Vielleicht wart ihr nicht in der richtigen Bar, dachte Kaia, vermied es aber wieder, ihre Gedanken auszusprechen. Gil betrachtete sie mit einem unterdrückten Grinsen, das durch seine Augen entwischte.

»Was machst du in deiner Freizeit?«, fragte Ellen sie nun, und es klang fast wie eine Provokation. Wie ein Urteil, dass es bestimmt langweilig sein müsste, denn sie war schließlich Teil dieser langweiligen Stadt.

»Ich lese viel«, antwortete sie rasch, ohne weiter zu überlegen. »Ich gehe gern ins Kino, höre viel Musik.«

»Oh, du bist also auch so ein Kunstfreak wie Gil? Hätte ich mir beim Dreivierteltakt von *Bed of Roses* schon denken müssen. Das erklärt, warum er dich mitgenommen hat.« Ellen sah zu ihm hinüber, aber Gil verzog keine Miene. »Er ist sonst nicht so kontaktfreudig.« Wieder klang es herablassend, provokant. »Marc und ich sind richtige Künstler«, fügte sie nun hinzu, als keine Reaktion kam. »Wir malen Graffiti. Solange uns niemand erwischt zumindest«, meinte sie lachend.

»Wenn du Figuren an die Wand malen Kunst nennen willst …«, konterte Gil, und irgendwie fühlte Kaia sich erleichtert, verteidigt.

»Immerhin tun wir etwas«, stichelte auch Marc, aber Kaia verstand nicht, was er damit sagen wollte. Gil offenbar schon. Er nahm einen ausgiebigen Schluck von seinem Bier und grinste.

»Gil ist der perfekte theoretische Künstler«, fügte Ellen hinzu. »Er liebt die Vorstellung davon, ein Künstler zu sein, wie ein Künstler zu leben. Aber tatsächlich hat er noch keine einzige Sache fertiggestellt.«

»Vielleicht gehören ja all meine unfertigen Sachen zusammen und ergeben ein universelles Meisterwerk. Und dir fehlt einfach nur der Weitblick, um das zu erkennen.«

»Natürlich. Ruf mich an, wenn sie dir den *Pulitzer* verleihen. Ach nein, sorry, bis dahin sind wir alle tot. Als Künstler haben wir sowieso eine kürzere Lebenserwartung, oder?«

Kaia hatte Gil während des verbalen Schlagabtauschs beobachtet. Er war ruhig und gelassen geblieben, schien es sogar irgendwie zu genießen. *Aber was genau?*, fragte sie sich. Das gegenseitige Aufziehen? Das Austeilen-Können? Dass ihn jemand so gut kannte? Oder war er allgemein stolz auf seine Vorstellung, sein Selbstbild? Die Antwort darauf würde sie bald genug erfahren.

Sie fragte sich, ob zwischen ihm und Ellen etwas lief. Die Art, wie sie miteinander redeten, so vertraut, aber auch provozierend, ließ Kaias Fantasie durchgehen. Aus ihren Blicken konnte sie nicht lesen, ob das Ganze eher einer Reiberei zwischen Geschwistern ähnelte oder sie in kurzer Zeit übereinander herfallen würden.

Ein Rascheln riss sie aus ihren Gedanken.

Ellen griff in den Rucksack, holte ein kleines, batteriebetriebenes Radio heraus. Sie legte eine Kassette ein und drückte den Play-Knopf. Ein punkiger Song ertönte knisternd. Die Batterien waren schwach. Kaia konnte nicht erkennen, um welches Lied es sich handelte.

»Scheiße, hätte zu Hause noch aufladen sollen. Ich habe völlig vergessen, dass wir das Teil am Wochenende überlastet haben.«

»Wart ihr am Wochenende auch hier?«, fragte Kaia, kam sich jedoch im gleichen Moment blöd vor. Ganz sicher hatten sie am Wochenende Besseres zu tun, als im Park rumzuhängen.

»Nein, nicht hier. Auf einer Party«, antwortete Marc. »Eigentlich organisieren wir Partys. In Frankfurt hatten wir jedes Wochenende was am Laufen. Wir sorgen für die Musik, die Stimmung, die Leute, die Location … und sind dabei echt bezahlbar.«

»Ja, gratis Drinks, Essen und ein bisschen Trinkgeld reichen uns«, ergänzte Ellen. »Aber wie gesagt – hier ist tote Hose.«

»Es gibt ganz bestimmt auch hier eine Szene, die ihr aufmischen könnt«, sprach Gil aus, was Kaia dachte. »Aller

Anfang ist schwer.«

»Ja, du musst es ja wissen«, kicherte Ellen, die beiden anderen stimmten mit ein, und Kaia wusste abermals nicht, worum es ging.

Danach saß Gil wieder still am Rand der Decke, trank sein Bier, rauchte eine Zigarette und beobachtete sie von der Seite. Erst beschloss sie, ihn zu ignorieren, so zu tun, als hätte sie seinen Blick gar nicht bemerkt. Es war ihr unangenehm, vor den beiden Geschwistern zu flirten, ihm zuzulächeln oder ihn auch nur anzusehen. Doch Gil wurde ungern ignoriert, das lernte sie an diesem Tag zum ersten Mal.

Plötzlich spürte sie seine Finger auf ihrer Wange, seine Hand, die durch ihre Haare strich. Erst ungläubig, verblüfft, stieß Kaia schließlich einen kurzen Lacher aus. Sie fand es absurd, wie offensichtlich, fast schon dreist er vorging – obwohl nichts zwischen ihnen gelaufen war, sie bisher keinerlei körperlichen Kontakt gehabt hatten, kaum eine zufällige Berührung. Es schien ihn auch nicht zu stören, dass die beiden anderen direkt neben ihnen saßen, jede ihrer Bewegungen beobachteten und womöglich sarkastisch kommentieren würden.

Doch es kam nichts. Stattdessen stand Ellen auf und tanzte mit weit geöffneten Armen und der Bierflasche in der Hand neben der Decke zu dem immer unkenntlicher werdenden Song. Während sie einen Teil der Flüssigkeit über der Wiese verteilte, fuhr Gil weiter durch Kaias langes, offenes Haar. Immer noch lächelnd, teils aus ungebrochener Verblüffung, teils aus Freude, sah sie ihm nun direkt in die Augen. Gils Blick war ernst, eindringlich auf sie gerichtet. Seine Fingerspitzen fuhren ihren Arm entlang, sie spürte durch ihren langärmeligen Sweater, wie sie eine Gänsehaut bekam. Bei ihrer Hand angekommen, hielt er einen Moment lang inne, strich mit seinem Handrücken über ihren. Sein Blick veränderte sich dabei nicht, blieb weiter auf ihr haften. Sie hielt ihm stand, wagte nicht zu blinzeln. Hatte ganz vergessen, wie man blinzelte. Sie hatte auch ganz vergessen, dass andere Leute in der Nähe waren. Sie spürte nur noch seine Berührung auf ihrer Haut, seine zarten, schmalen Finger, seine Wärme. Für den Bruchteil einer Sekunde hakte er seine Fingerkuppen unter ihren ein, dann ließ er los. Lenkte seinen Blick zurück in den blauen Himmel, als wäre nie etwas passiert.

Marc grinste still.

Ellen tanzte um einen Baum.

Kaia schluckte, fasste sich, atmete wieder. Sie zündete sich eine Zigarette an und merkte, wie ihre Hände ganz leicht, unmerklich für andere, zitterten.

Nun kam Ellen zurück, warf die halb verschüttete, halb getrunkene, leere Flasche auf die Decke und packte das Radio, das mittlerweile nur noch rauschte, in ihren Rucksack.

»Lasst uns gehen«, schlug sie abrupt vor.

Marc folgte ihrer Aufforderung wortlos, war in null Komma nix auf den Beinen und hatte ebenso schnell den Rucksack übergeworfen.

»Ich bleibe noch hier«, widersprach Gil, sein Blick haftete abermals auf Kaia. »Ich find's gerade echt gemütlich. Noch ein bisschen die Herbstsonne genießen.«

Irgendwie hatte sie das Gefühl, gar keine Wahl zu haben. Und das ging nicht einmal von ihm aus. Vielleicht war es ihm sogar egal, ob sie auch blieb oder nicht. Obwohl sein herausfordernder Blick etwas anderes vermuten ließ. Aber nein, vor allem war es die ungestillte Neugier in ihr selbst, das brennende Gefühl, das er mit seinen sanften Berührungen und seinen Blicken ausgelöst hatte, die es ihr unmöglich machten, sich diese Möglichkeit entgehen zu lassen.

»Ja, ich auch«, antwortete sie mit möglichst fester Stimme, während die Geschwister bereits davontrotteten, es vermutlich gar nicht mehr hörten.

Sie hatte keine Ahnung, was auf sie zukam. Würden sie umgehend übereinander herfallen? So tun, als wäre nichts gewesen und wie üblich einfach reden? Sie beschloss, nicht ihm die Entscheidung zu überlassen, sondern startete direkt in ein Gespräch.

»Welches Unternehmen haben eure Eltern?«, fragte sie.

Gil sah sie etwas verwirrt an, als könnte er nicht glauben, dass sie das tatsächlich interessierte. Einen Augenblick lang schien er zu überlegen, ob die Frage nur ein Ablenkungsmanöver war, doch dann stieg er darauf ein: »Sie sind Grafikdesigner.«

Irgendwie passte das. Auch die künstlerische Ader. Sie dachte an Marcs und Ellens Graffiti.

»Kann man das nicht von überall aus machen? Was hat euch nach Hamburg gebracht?«

»Sie haben den Auftrag eines führenden Unternehmens hier bekommen, die gesamte Produktlinie neu zu gestalten. Das wird mindestens ein Jahr dauern. Ellens Vater schlug vor, dass es besser sei, direkt vor Ort zu sein, um an Meetings teilnehmen zu können, die Produkte zu sehen … eben mittendrin zu sein. Meine Eltern haben lange überlegt. Aber schließlich haben alle einstimmig beschlossen, dass es das Sinnvollste sei, hier zu wohnen. Alle Erwachsenen natürlich. Aber wir haben hier alles nur gemietet – die Wohnung, das Büro … In einem Jahr sollten sie den Auftrag abgewickelt haben, und wir gehen zurück.«

Sie spürte einen spontanen Stich der Enttäuschung.

»Vermisst du Frankfurt auch?«, fragte sie weiter, ohne sich etwas anmerken zu lassen.

»Nein. Mir ist es egal, wo ich bin. Jeder Ort hat etwas für sich. Ich werde aber auch sicher nicht in Hamburg bleiben. Es gibt noch zu viele andere Orte zu erkunden.«

»Zum Beispiel?«

»Du hast viele Fragen heute«, stellte er fest, sah sie von der Seite an.

»Ich habe immer viele Fragen. Du musst ja nicht antworten. Und du kannst mich genauso fragen.«

»Okay. Warum hast du vorhin nicht gesagt, was du dachtest?«

Sie verstand nicht gleich: »Was meinst du?«

»Du hast deine ehrliche Meinung nicht ausgesprochen gegenüber Marc und Ellen. Als sie über Hamburg schimpften und meinten, wie langweilig es sei, dass es eine dumme Entscheidung gewesen wäre, hierherzukommen.«

Sie lächelte. Sie hatte bemerkt, dass es ihm aufgefallen war, auch wenn sie nicht wusste, was sie verraten hatte.

»Aus mehreren Gründen. Erstens hatte ich kein triftiges Gegenargument. Ich kenne sie zu wenig und kann ihnen deshalb keinen Ort empfehlen, an dem sie beim Ausgehen Spaß hätten. Und ich wollte sie nicht gleich verärgern. Warum sollte ich sie gegen mich aufbringen, indem ich sofort widerspreche?«

»Bist du immer allen gegenüber rücksichtsvoll?« Er musterte sie eingehend.

Sie lehnte sich zurück, blinzelte in die sanfte Nachmittagssonne. »Ich suche bloß nicht sinnlos Ärger.«

»Ich schon.«

»Hab ich mir gedacht.«

Sein Mund verbreiterte sich zu einem frechen Lächeln. »Ach ja? Wieso das?«

»Du provozierst gern«, gab sie zurück, ohne es weiter auszuführen. Sie hatte mittlerweile bemerkt, dass das auf viele Bereiche zutraf. Er stänkerte und konterte oft verbal, aber auch sein offensichtliches Flirten, seine Berührungen, waren eine Art Provokation.

»Ja«, stimmte er zu. »Ist das schlimm?«

»Habe ich nicht gesagt.« Sie lächelte ihn herausfordernd an.

Er verstand es als Einladung und nahm sie an, rückte näher zu ihr, bis sich ihre Beine berührten. Kaia hatte sie auf der Decke ausgestreckt und lehnte mit dem Rücken gegen den Baum. Gil hatte seine Knie bisher hochgezogen und die Arme darum geschlungen. Jetzt streckte er sie auch aus, stupste mit seinen Füßen gegen ihre schwarzen Converse. Es machte ein leises, dumpfes Geräusch, das der Herbstwind sogleich davontrug. Gil hatte sich ebenfalls an den Baum gelehnt, eine dicke alte Eiche, deren Blätter beruhigend raschelten. Kaia hätte ewig so sitzen bleiben können. Der Baum, der Wind, der Duft des Laubes und Gils Wärme waren alles, was sie gerade wollte. Sie verspürte ein so angenehmes Glücksgefühl, eine völlige Zufriedenheit, wie sie sie sonst nur kannte, wenn sie schrieb. Auf ihren Lippen lag immer noch ein Lächeln.

Gils Handrücken strich wieder über ihren. Seine Finger suchten vorsichtig, aber entschlossen ihre Hand, verschränkten sich mit ihren. Sein Daumen strich über ihren Zeigefinger. Er hatte so zarte, sanfte Hände. Kaia schloss die Augen und legte ihren Kopf auf seine Schulter. Sie ließ sich völlig fallen in dieses wunderschöne, erfüllende Gefühl, das exponentiell stärker wurde, jedes Mal wenn sie mit ihm zusammen war.

Sie war schon oft verliebt gewesen. Oder eher verknallt. Ja, das traf es wohl besser. Es waren vielmehr nur Strohfeuer gewesen, Flirts, flüchtiges Interesse. Manchmal wurde es erwidert, dann folgten zarte Küsse und Berührungen, ein paar wissende Blicke im Chemieunterricht. War die erste Neugier befriedigt, flaute die Spannung rasch ab, und die Wege trennten sich wieder.

Das hier war anders.

Mit jeder Berührung wuchs ihr Interesse, ihre Neugier, ihr Verlangen nach ihm, danach, ihn zu küssen. Bei anderen Jungs hatte sie oft den ersten Schritt getan, aber in diesem Fall wusste sie nicht wie. Sie hätte ihm einfach ihren Kopf zuwenden können, und vermutlich wäre es dann von selbst passiert. Aber das schien ihr zu simpel, zu banal, zu zufällig.

Vielleicht war es auch nicht der richtige Moment.

»Warum sind die beiden so schnell gegangen?«, fragte sie also weiter, den Kopf immer noch auf seiner Schulter. Seit dem Moment, als sie Ellen und Gil zusammen erlebt hatte, hatte sie eine Frage beschäftigt. »War sie eifersüchtig, als du mich berührt hast?«

Gil lachte, ohne sich von ihr wegzubewegen. »Ellen? Nein. Nein, auf keinen Fall. Sie war gelangweilt. Sie hasst Langeweile.«

»Ist zwischen euch nie was gelaufen?«

Ellen war hübsch. Klein, zierlich, etwas jungenhaft mit ihrem kurzen Bob, aber sie hatte schöne, ausdrucksstarke Augen und eine schlagfertige, provokante Art, die Gil gefallen musste.

»Schon. Aber das ist lange her. Und definitiv kein Grund zur Eifersucht. Für niemanden«, fügte er nachdrücklich hinzu, deutlich an sie gerichtet. »Meine Mutter dachte immer, sie wäre perfekt für mich. Sie meinte, Ellen würde ganz bestimmt eines Tages meine Frau werden.« Er lachte kurz und stieß die Luft dabei aus. »Irgendwann haben wir es dann tatsächlich versucht. Aber es war einfach nur schräg. Wir sind zusammen aufgewachsen, wie Geschwister. Es war der seltsamste Sex, den ich je hatte. Den wir beide hatten, ganz bestimmt.«

Kaia zuckte innerlich zusammen. Sie hasste die Vorstellung der beiden im Bett. Oder im Garten? In der Hütte hinter dem Wald? Sie schüttelte den Kopf, schüttelte die Gedanken ab.

»Letztens im *TrinkBar* … sind da wirklich noch mehr Leute zu euch gekommen?« Vermutlich war es ein Akt der Verzweiflung, der sie zu dieser Frage trieb, der pure Wille, nicht mehr an ihn und Ellen denken zu müssen. Eigentlich wollte sie die Antwort darauf nicht hören, denn im Prinzip kannte sie sie bereits.

»Nein«, sagte er und fuhr unbeirrt fort, ihre Hand zu streicheln.

Obwohl sie es bereits gewusst hatte, tat es ihr weh. Sie verstand es nicht. »Warum hast du mich angelogen? Sind dir meine Freunde unsympathisch? Wolltest du mit Marc und Ellen allein sein? Hattest du Angst, sie würden sich nicht mit uns verstehen?«

»Nein«, antwortete er gelassen. Und dann, ohne seine Berührung zu unterbrechen oder sie anzusehen, ganz logisch und selbstverständlich: »Man darf den Menschen nicht immer gleich geben, was sie wollen.«

Wieder fühlte sie sich verletzt, zurückgestoßen. Sie war kurz davor, ihm ihre Hand zu entziehen, sich aufzusetzen, ihm entgegenzutreten, zu fragen, was das Ganze sollte. Doch sie wusste, dass er das nur amüsant gefunden hätte.

Er schien ihre Anspannung zu bemerken und wechselte schnell das Thema, begab sich auf sicheres Terrain: »Seit wann schreibst du?«

Seine Strategie war erfolgreich. So ungern sie andere ihre Werke lesen ließ, umso lieber sprach sie wiederum über ihre bevorzugte Tätigkeit. Sie beruhigte sich, spürte, wie ihre Atmung sich verlangsamte, das Ziehen in ihrem Brustkorb nachließ. Das angenehme Gefühl seiner Hand, das in ihrem Ärger untergegangen war, drang wieder zu ihr durch und erzeugte das neue Wohlgefühl in ihrer Magengrube.

»Eigentlich schon immer. Ich weiß, dass ich bereits als kleines Kind Comics entwarf und Geschichten aus Fernsehzeitschriften bastelte.« Sie erinnerte sich an lange Vormittage bei ihrem Großvater, während ihre Mutter arbeitete. Sie war vielleicht sechs, sieben Jahre alt gewesen und konnte sich stundenlang damit beschäftigen, Figuren auszuschneiden und sie in anderer Reihenfolge anzuordnen, bis eine Erzählung entstand. »Später überlegte ich mir Geschichten, während ich durch den Park lief, bei langen Spaziergängen, wenn ich allein den Ball gegen die Wand warf. Und irgendwann begann ich, sie aufzuschreiben.«

»Ich liebe Geschichten.« Sein Blick traf sie jetzt von der Seite, zwischen zwei langen dunklen Haarsträhnen hindurch. »Schreibst du oft? Regelmäßig?«

»Wann immer ich kann. Sobald ich meine Hausaufgaben erledigt habe. Manchmal bis spät in die Nacht.«

»Woran schreibst du gerade?«

»Ein paar Kurzgeschichten.«

»Ich möchte sie lesen.«

Jetzt stieß sie einen Lacher hervor. »Nein!«

»Warum nicht? Wovor hast du Angst?«

Das war es doch wert, ihren Kopf von seiner Schulter zu lösen und energisch zu schütteln.

»Ich habe keine Angst. Es geht nicht um Angst. Es sind meine innersten Gedanken. Mein Herzblut fließt durch diese Geschichten. Ich teile sie mit niemandem. Manchmal mit Yvonne. Manchmal«, wiederholte sie betont.

»Also hast du Angst davor, dass dich jemand zu gut kennt. In dein Innerstes vordringt, sieht, wie du wirklich bist«, sagte er mit leiser, eindringlicher Stimme und blickte ihr tief in die Augen.

Kaia wusste keine Antwort darauf. Vermutlich stimmte das. Vielleicht hatte sie auch mehr Angst vor Kritik, die sie zutiefst verwunden würde.

Sie sah ihn eine Weile wortlos an, konnte nichts sagen, nichts tun, fühlte sich ertappt, entblößt, ratlos.

»Ich würde niemals über etwas lachen, das du geschrieben hast, oder es angreifen«, sagte er, als hätte er ihre Gedanken gelesen.

»Du würdest mir also nicht sagen, wenn du es scheiße findest?«, hatte sie nun ihre Stimme wiedergefunden.

»Ich würde dir sagen, was mir nicht gefällt, was du besser machen könntest, aber auf eine nicht verletzende Art. Ich weiß, was das bedeutet.« Seine Stimme war immer noch leise, sanft.

Sie lächelte. »Wir werden sehen.« Ihr Kopf fand seinen Weg ganz selbstverständlich zurück auf seine Schulter. Er streichelte wieder ihre Hand.

»Wie war es bei dir? Wie hast du angefangen zu schreiben?«

»Ich habe zu viel Bukowski gelesen und gedacht, das möchte ich auch. So schreiben können.«

Sie lachte, doch er schien es ernst zu meinen.

»Du hast mit Charles Bukowski angefangen zu schreiben? Wann, letzte Woche?« Das war natürlich übertrieben, aber es war klar, dass Bukowski keine Lektüre für einen Siebenjährigen war.

»Nein … ich habe schon früher geschrieben. Gedanken aufgeschrieben. Nicht wie ein Tagebuch, einzelne Fragmente, kurze Texte. Ellen hat schon recht, keine Zusammenhänge, nichts Konkretes. Aber er hat mir gezeigt, wo ich hin möchte. Wie hart und treffend Worte sein können. Das hat mich dazu gebracht, mir erstmals Ziele zu setzen, zu wissen, was ich überhaupt schreiben will.«

Noch nie hatte Kaia sich so verbunden mit jemandem gefühlt, so stark zu jemandem hingezogen. Sie spürte seinen Atem auf ihren Haaren, ihrer Wange. Seine Hand löste sich aus der ihren, strich wieder langsam ihren Arm hoch, über ihren Hals und Nacken. Dann umfasste sie ihr Gesicht und drehte Kaias Blick zu ihm.

Sie sah in seine schönen dunklen Augen, versank in einer Welle überwältigender Gefühle. Sein Blick blieb ernst, fest auf ihr haften. Seine Hand lag auf ihrem Nacken, zog sie näher an sein Gesicht.

Sie spürte ein enormes Verlangen, ihn zu küssen, sich auf ihn zu setzen, in leidenschaftlichen Zärtlichkeiten zu versinken. Es war ihr egal, dass sie mitten im Park saßen, Leute in unmittelbarer Nähe waren. Die ganze Welt war ihr völlig egal. Alles, was sie wollte, war, seine Berührungen weiter auf ihrem Körper zu spüren, seine Hände, die sie liebkosten, seinen wunderschönen Mund auf ihrem.

Und dann, die Augen bereits geschlossen und die Lippen geöffnet, zuckte sie nach hinten, löste sich aus seinem Griff.

Gil sah sie überrascht an.

Sie schnappte nach Atem.

»Man darf den Menschen nicht immer gleich geben, was sie wollen«, flüsterte sie kaum hörbar.

Aber er hatte sie gehört. Sein halb geöffneter Mund breitete sich zu einem Grinsen aus. Kommentarlos sah er sie lange an.

Als sie sich wieder halbwegs bei sich selbst fühlte, wieder Herrschaft über ihren Körper hatte und darauf vertraute, dass ihre Beine funktionieren könnten, stand sie auf und nahm ihren Rucksack.

»Ich sehe dich morgen. Danke für den schönen Nachmittag.«

Sie nahm den Bus nach Hause, ihre Beine immer noch weich wie Butter, ihr ganzer Körper zitterte. Glücklicherweise gab es genug freie Sitzplätze.

Gedanklich schlug sie ihren Kopf im Sekundentakt gegen den Sitz vor ihr. Welcher Teufel hatte sie geritten? Warum hatte sie das getan? Sie hatte überhaupt nicht auf ihr Gefühl gehört, nicht getan, was sie eigentlich wollte. Das war so gar nicht typisch für sie. Wenn sie sich sonst zu einem Jungen hingezogen fühlte, nahm sie sich, was sie wollte.

Aber etwas in ihr hatte sich dagegen gesträubt. Dagegen nachzugeben, sich ihm widerstandslos hinzugeben. Vor allem nach dem, was in der Bar passiert war. Gil provozierte, behielt gern die Überhand, die Kontrolle. Erreichte gern das, was er wollte, ohne es aber anderen zu geben. In diese Falle wollte sie nicht tappen. Sie wollte keinesfalls, dass er morgen wieder das Interesse verlor, wie sie es oftmals selbst erlebt hatte. Dafür steckte sie schon viel zu tief drin, empfand Gefühle, die sie von sich nicht kannte, auf die sie neugierig war, die sie um jeden Preis behalten und vertiefen wollte.

Sie war auch stolz auf sich, auf ihre Willenskraft. Aber sie konnte den nagenden Eindruck, etwas verpasst zu haben, nicht verdrängen. Sie stellte sich unzählige Male vor, wie es sich wohl angefühlt hätte, seine Lippen auf ihren zu spüren, während der Bus über Schlaglöcher hinweg zu ihrer Wohnung ruckelte.

Als sie durch die Haustür kam, saß Carolin auf dem Sofa im Wohnzimmer. In dem Moment, als Kaia ihre Freundin sah, traf es sie wie ein Blitz: natürlich! Sie hatten sich am Abend zum Lernen verabredet. Sie sah auf die Uhr. Halb sechs. Carolin musste seit mindestens einer halben Stunde auf sie warten.

Nun kam auch ihre Mutter aus dem Nebenzimmer, noch in Arbeitskleidung, ein Paket Reis in der Hand. Kaia fragte sich, was es zum Abendessen geben würde. Sie war hungrig.

»Wo kommst du denn her?«, fragte ihre Mutter, nicht nur, weil sie so spät dran war – immerhin hatte sie nach der Schule angerufen und Bescheid gegeben, dass es etwas später würde –, sondern auch, weil sie immer noch Gras auf den Schuhen und Holzspäne auf dem Rücken und den Ärmeln ihres Shirts hatte. Ihre Mutter musterte sie, genau wie Carolin, die still lächelte. Zumindest war sie nicht böse, dass Kaia sie ganz offenbar vergessen hatte. Ihr Lächeln war stets breit, nahm ihre Augen mit, brachte ihr ganzes Gesicht zum Strahlen. Kaia hatte oft das Gefühl, sie konnte nie jemandem böse sein.

»Im Park. Mit ein paar Klassenkameraden. Sorry. Carolin, tut mir so leid, ich wollte schon den früheren Bus nehmen«, log sie. »Aber ich habe ihn knapp verpasst. Ich wollte eigentlich pünktlich hier sein.«

Carolin lächelte immer noch. »Kein Problem. Deine Mutter hat mich mit Kakao und Keksen versorgt.«

Ja, das klang nach ihrer Mutter, die immer etwas Süßes bereithielt, falls spontan Besuch kam.

»Gehen wir rüber?«, verwies sie auf ihr Zimmer hinter der Kochnische.

»Klar.« Carolin nahm ihr Getränk mit, und Kaia gab ihrer Mutter im Vorbeigehen einen Kuss auf die Wange. »Danke dir.«

»Okay, was ist wirklich passiert?«, fragte ihre Freundin, als sie auf zwei Kissen am Boden ihres Zimmers saßen. Kaia war dabei, die Matheunterlagen aus ihrem Rucksack zu kramen, als ein Lächeln über ihre Lippen huschte.

»Ich war im Park, das war nicht gelogen.«

»Aber du hast doch ganz klar die Zeit übersehen und

vergessen, dass wir uns heute treffen wollten. Also, was ist passiert? Das passt so gar nicht zu dir. Du vergisst doch nie etwas.«

Sie lief rot an.

»Wusste ich's doch! Wer ist es?«, erkundigte Carolin sich aufgeregt.

Kaia schüttelte nur den Kopf.

»Ist es der neue Junge, mit dem du in letzter Zeit dauernd rumhängst?«

»Nein«, wehrte sie instinktiv ab, ohne zu wissen, warum sie es nicht zugeben wollte. Es war ihr keineswegs peinlich, sie hatte auch genug Vertrauen zu ihrer Freundin. Es war eine Spontanreaktion gewesen, wie Selbstverteidigung in einer Sackgasse. Aber jetzt konnte sie nicht mehr zurück. »Nein, wir sind nur Freunde.«

»Wer ist es dann? Jemand hat dir ja offenbar ordentlich den Kopf verdreht.«

Wieder errötete sie, blickte starr auf ihre Unterlagen.

»Okay, egal. Aber sag mir zumindest, was passiert ist.«

Nun ließ Kaia von den Büchern ab, blickte ihr offen ins Gesicht. »Ich habe ehrlich gesagt keine Ahnung.« Es stimmte. Sie versuchte immer noch, ihre Gedanken zu ordnen. Vor allem ihre Gefühle. »Wir waren im Park, er hat mich berührt … meine Hand gehalten … eigentlich ist nichts weiter passiert. Aber …« Sie hielt inne, überlegte, wie sie es ausdrücken sollte. »Er ist mir schon so viel näher als jeder andere, mit dem ich bisher etwas hatte. Jeder Kuss, den ich bisher erlebt habe, verblasst im Vergleich, nur seine Hand zu spüren.«

Carolin lächelte. »Hört sich für mich an, als wärst du verliebt.«

Kaia sah mit hochrotem Gesicht zu ihr auf.

»So ist das? Ich weiß nicht, ob ich das mag. Ich bin völlig kopflos, denke an nichts anderes mehr. Ich spüre permanent seine Berührung auf mir, sehe sein Lächeln, seinen Blick. Ahhh, ich fühle mich, als würde ich meinen Verstand verlieren«, stieß sie mit leichter Verzweiflung hervor.

»Ja, klingt definitiv nach Liebe«, bestätigte Carolin und strich sich eine Strähne ihrer schulterlangen dunklen Locken hinters Ohr.

»Hat es auch was Gutes? Wird das besser?«

»Manchmal«, antwortete sie ehrlich. Im Gegensatz zu Kaia hatte Carolin bereits eine Beziehung gehabt, die auch ein paar Monate gehalten hatte. »Wenn der andere auch so empfindet, ist es wunderschön. Dann wird es definitiv noch um etwa eine Million Prozent besser. Wenn nicht … na ja … du weißt schon. Dann ist es scheiße. Dann tut es weh. Aber es hört sich doch gut an, was du so erzählst. Scheint mir, als würde dein unbekannter Schwarm auch so für dich empfinden.«

Kaia zuckte mit den Schultern, ihre Gesichtsfarbe mittlerweile fast purpur, ihr Herz warm und kribbelig. »Ja, ich denke schon.«

»Ich freue mich für dich. Es war höchste Zeit, dass es dich ordentlich erwischt.«

8

Freitag, 15. April 2016
Frankfurt am Main

Als Kaia die Tür zum Restaurant öffnete, checkte sie noch einmal von oben bis unten ihr Spiegelbild im Glas. Sie sah so gut aus, dass sie sich am liebsten selbst vernascht hätte. Ihr knielanger Rock saß perfekt auf ihren Hüften, ihre langen Haare fielen auf ein figurbetontes schwarzes Tanktop, um ihren Hals baumelte eine Silberkette mit Ringen, die ineinandergeschlungen waren. Darüber trug sie einen schwarzen Mantel. Abends wurde es immer noch sehr frisch draußen, und sie war wie meistens mit den Öffis und zu Fuß unterwegs. Gil hatte ihr die Adresse bereits getextet, als sie im Bus auf dem Weg von ihm nach Hause saß.

Das Lokal war hell und bunt. An einer weißen Wand hingen Masken, Bilder und farbige Strickjacken. Entlang des lang gezogenen Raums befand sich zu ihrer rechten Seite eine gut sortierte Bar, die Sitzplätze gegenüber waren kaum besetzt. Am Ende des langen Ganges stand der einzige Tisch für mehr als vier Personen.

Sofort erblickte sie Gil an einem der kleinen Tische gegenüber der Bar. Sie bemerkte, wie sich seine Augen einen Moment lang weiteten, als sie sich näherte, doch er hatte sich rasch unter Kontrolle. Er stand auf, zog den Stuhl auf der gegenüberliegenden Seite für sie hervor und lächelte sie an. »Hi. Schön, dass du da bist.«

Sie hing ihren Mantel über den Stuhl – eine Angewohnheit, die Steffen immer kritisiert hatte, schließlich gab es dafür eine Garderobe – und blieb kurz stehen. »Danke für die Einladung«, erwiderte sie, vermied, ihm zuzustimmen. »Ein echt süßes Lokal. Woher kennst du es? Ist ja nicht gerade in deiner Gegend.«

»Es ist praktisch um die Ecke meiner früheren Wohnung.«

Sie sah ihn kurz an, überlegte, ob sie nachfragen sollte. Dann hatten sie seinerzeit vielleicht nicht allzu weit auseinandergewohnt. Ihr jetziges Apartment lag nur wenige Straßen vom Restaurant entfernt. Schließlich entschied sie sich dagegen. Erstens spielte es ohnehin keine Rolle mehr und zweitens wollte sie den Abend nicht mit einer Unterhaltung über ehemalige Wohnorte beginnen.

Er setzte sich wieder. Sie tat es ihm gleich und warf dabei einen Blick auf den Tisch. Weiße Teller und Silberbesteck lagen auf viereckigen Bambusmatten bereit. Darüber waren rote Servietten ausgebreitet. Sie blickte hoch, wandte ihren Blick freundlich, aber kühl auf ihn. *Keinesfalls die Fassung verlieren, komme was wolle.* Sie durfte sich nicht wieder fühlen wie mit 16, hilflos und überwältigt.

»Dann wohnst du also schon länger in Frankfurt?«, knüpfte sie nahtlos an seine Erklärung an. Sie beobachtete, wie er sich eine Haarsträhne hinters Ohr strich. Eine

Bewegung, die sie sehr gut kannte. Früher hatte er das häufig gemacht, wenn ihm etwas unangenehm war, bei Nervosität, aber auch ganz beiläufig, vermutlich, ohne es überhaupt zu bemerken.

»Ein paar Jahre, ja.« Gil hatte keine Lust, weiter auf die Umstände seines Wohnsitzes einzugehen. Es war eine lange, nein, eigentlich eine kurze Geschichte, aber mit langem, schmerzhaftem Ende.

Die Kellnerin, eine Frau Anfang zwanzig mit einem schwarzen Zopf und dunklen Augen, kam nun glücklicherweise hinter der Bar hervor, bevor Kaia fortfuhr, und versorgte sie mit zwei Speisekarten.

»Gracias, Elena«, bedankte Gil sich akzentfrei. »Para mí un vasito de vino blanco por favor. Y una botella de agua*.« Er sah zu Kaia, die unbeeindruckt die Karte öffnete. »Möchtest du auch ein Glas Weißwein?«

»Ja, warum nicht.«

»Bist du mit dem Auto hier?«

»Nein, mit dem Bus.«

Er wandte sich wieder an die Kellnerin. »Entonces, traete la botella, si quieres.*«, bestellte er zwinkernd. Das erhöhte sicherlich auch die Chancen auf einen positiven Ausgang dieses Abends.

Sein Blick schweifte zurück zu Kaia. Er sah nur die Hälfte von ihr. Ihr Rock war unter dem Tisch verschwunden. Er sah über ihr enges Top, das sie mit einer Silberkette aufgepeppt hatte, die sofort seine Fantasie anregte. Passend dazu waren die Ohrringe, die unter ihrem immer noch sehr langen Haar verschwanden, sobald sie sich über die Karte beugte. Ihre Hände lagen auf ihrem Schoß unter dem Tisch, sodass er nicht sehen konnte, ob sie einen Ehering trug.

---

*Für mich bitte ein Glas Weißwein. Und eine Flasche Wasser.

*Dann bring doch bitte die ganze Flasche.

Noch während sie sich interessiert und staunend durch die Gerichte las, kommentierte sie: »Ich nehme also an, du bist nach Südamerika gereist.« Sie warf einen letzten entschiedenen Blick auf die Karte und klappte sie dann zu, um sich seiner Antwort zu widmen. Er hatte die Karte erst gar nicht aufgeschlagen, sondern beobachtete Kaia mit einem sanften Lächeln.

»Willst du gar nicht nachsehen, was es gibt?«

Sein Lächeln verbreiterte sich. Wie immer hatte sie viele Fragen und am besten alle gleichzeitig. »Nein, ich kenne sie auswendig. Wir können gern ein paar der Miniceviches bestellen und teilen. Ist zu empfehlen, da sie zu viele leckere Sachen anbieten, als einer allein probieren könnte. Wenn du das nicht möchtest, würde ich dir die Ceviche in Limettensaft ans Herz legen, weil das eines der wenigen Gerichte ist, die man im Leben unbedingt mal gegessen haben sollte.«

Nun musste auch sie lächeln. Das war eine klassische Gil-Ansprache. Vermutlich hätte er früher allerdings direkt für sie oder für beide bestellt und nicht danach gefragt, ob sie teilen wollten. Es wäre auch nicht nötig gewesen. Schließlich hatte sie alles mit ihm geteilt …

»Ich probiere gern Verschiedenes aus. Machen wir es so«, stimmte sie zu, bevor ihre Gedanken abschweifen konnten und ihre Konzentration auf ihr neues, selbstbewusstes Ich nachließ. Die Kontrolle über diesen Abend entschied sich nicht durch eine geteilte Portion Ceviche. Was auch immer das sein mochte. Tatsächlich hatte sie sich nicht schlaugemacht, was genau die peruanische Küche zu bieten hatte.

Gil hatte sich auf seinem Stuhl zurückgelehnt. Sie betrachtete ihn eingehender. Seine Augen hatten, wie bei ihrem ersten Treffen, kleine, kaum merkliche Ringe, was sie annehmen ließ, dass er nicht besonders viel oder gut schlief. Aber das tat ihrem Ausdruck, ihrer Intensität nichts ab. Sie strahlten sie dunkel und schön wie eh und je an. Kaia wandte ihren Blick ab, um nicht in ihnen zu versinken und damit in Momenten, in denen die gleichen Augen sie aus nächster Nähe glücklich ansahen, während sie in seinen Armen lag.

Erfreulicherweise kam die Bedienung mit einer Flasche Wasser und einer anderen Flasche Wein zurück, bevor es dazu kommen konnte. Sie schenkte beides ein, und Gil gab die Bestellung auf, erneut auf Spanisch. Dann hob er sein Glas und prostete ihr zu. Definitiv kein Ring, stellte er fest und lächelte innerlich. Die Gläser klangen, hallten kurz nach, bis sie an ihren Lippen verstummten.

»Ich habe knapp zwei Jahre in Peru gelebt«, antwortete er nun etwas verspätet auf ihre erste Frage. »Deshalb kenne und liebe ich die peruanische Küche. Wir hatten allerdings drei andere Lokale hier in der Gegend ausprobiert, bevor wir Elena und ihren Mann gefunden haben. Ihr Ceviche ist mit Abstand das beste, das ich außerhalb von Lima gegessen habe.«

»Wann warst du dort?« Sie beschloss, nicht auf das »wir« einzugehen, sondern auf den ersten Teil.

»Ein Jahr nach dem Abschluss. Ich bin eigentlich gleich nach dem Abi auf Europareise gegangen«, bestätigte er ihre Vermutung. »Ich bin erst ein halbes Jahr durch Osteuropa, hoch bis Lappland. Als mir das Geld ausging, machte ich mit »work and travel« weiter, hauptsächlich in Südamerika. Ich war ein paar Monate in Mexiko und Bolivien, bin immer weitergezogen, wenn ich wieder genug für einen Flug gespart hatte. Aber Peru hatte es mir angetan. Die Landschaft, die Leute … so viel Inspiration. Ich verbrachte Tage und Nächte mit Schreiben, in einem Zelt im Wald, auf Papier …«. Er lachte, wehmütig, sehnsüchtig. »Ich habe tatsächlich etwas fertig geschrieben«, betonte er.

»Auch veröffentlicht?«, fragte sie nach.

Er war sich nicht sicher, ob es Neugier war, die hinter ihrer Frage steckte, oder Ehrgeiz. Sie hatte ihn immer dazu angetrieben, etwas zu beenden, mit dem Schreiben Geld zu verdienen. Im Prinzip wollte er das auch, aber nicht nach ihrer Vorstellung. Nicht im Akkord, diszipliniert und produktiv. Überdies hatte es ohnehin nicht geklappt.

»Nein. Nein, ich bin immer noch am Überarbeiten.«

Sie stutzte. »Wie lange ist das her, zwölf, dreizehn Jahre?«

»Fünfzehn.«

»Du überarbeitest einen Roman seit fünfzehn Jahren.«

»Ja.«

Sie sah ihn ungläubig an. Wer war der Mann ihr gegenüber? Sein sechzehnjähriges Ich hatte nie etwas überarbeitet, nur Tipps verteilt. Das war eine seiner Lieblingsbeschäftigungen gewesen. Er hatte stets gewusst, was zu verbessern war, gab sich aber nie die Mühe, es selbst anzuwenden.

Sie grinste. Keine fünfzehn Minuten hier, und schon waren sie beim Schreiben angelangt. Doch sie war froh darüber. Das war etwas, das sie immer schon gemeinsam hatten, etwas, das Sicherheit vor dem Abgrund bot.

Gil strich sich wieder eine Haarsträhne aus dem Gesicht, die ihm nun allerdings nur noch bis knapp über die Ohren ging. Sie musste zugeben, auch das stand ihm extrem gut.

»Ich überarbeite natürlich nicht permanent«, fuhr er fort. »Ich schreibe viel Neues. Aber ich lerne auch dazu mit allem, was ich schreibe, werde ständig besser. Das heißt, wenn ich es nun veröffentlichen würde, würde ich mich mit einer schlechteren Version zufriedengeben, als ich in Zukunft produzieren kann.«

»Nach dieser Logik wirst du nie etwas fertig haben«, konterte sie.

»Mag sein«, stimmte er zu. »Damit wären wir wieder beim ursprünglichen Problem.«

Sie lachten beide. Kaia empfand das Ambiente als angenehm und entspannt, frei von Wut oder Vorwürfen. Vermutlich war es dafür auch noch viel zu früh. Vermutlich scheuten sie es beide, in tiefere Materie einzutauchen, nach all den Jahren, in denen so schön Gras über die Sache gewachsen war.

»Was ist mit dir? Was machst du?«, fragte er.

»Ich arbeite in einer kleinen Agentur und texte

hauptsächlich Webseiten.« *Noch*, dachte sie und erinnerte sich daran, dass sie endlich ihre Bewerbungsschreiben abschicken musste.

»Webseiten …« Er sah sie skeptisch an. »Ist das spannend? Kreativ?«

»Abwechslungsreich. Jede Seite ist anders, stellt etwas anderes vor. Manche sind simple Firmenwebseiten, bei denen nicht so viel Kreativität gefragt ist. Aber wir haben auch Künstler unter Vertrag, Start-ups, NGOs … Da muss man sich dann mehr einfallen lassen, um auch Aufmerksamkeit zu erzeugen.«

»Na ja, man muss schließlich von etwas leben.« Er trank sein erstes Glas leer und schenkte nach.

Kaia betrachtete ihn. Eine weitere Aussage, die so gar nicht zu ihm passte. Genau das hatte er immer geschworen, nicht zu tun … ›etwas, nur um davon zu leben‹.

Er sah ihren Blick und wusste, was sie dachte. Sie hatte immer schon seine Schwachstellen ausfindig gemacht. Die Verwirrung in ihrem Gesicht zeigte, dass sie nicht verstand, was passiert war.

Nicht alles war so gelaufen, wie er es sich mit 16 vorgestellt hatte. Eigentlich fast nichts. Er hatte so viele Träume gehabt, so viele Illusionen. Innerlich lachte er bitter. Er war naiv gewesen, in vielen Dingen. Auch bei ihr. Er dachte immer noch mit Nostalgie und Innigkeit an sein junges Ich zurück. Aber auch mit der Ernüchterung eines Erwachsenen, den die Erfahrung eines besseren belehrt hatte. Doch diese Seite an ihm musste seine alte Freundin, die ihm so hübsch und lebensfroh wie eh und je gegenüber saß, nicht kennenlernen.

»Bist du auch gereist?«, fragte er also, spielte den Ball wieder in ihre Hand.

»Ja, schon. Ich war tatsächlich während meines Studiums ein Jahr in Frankreich.«

»Oh, meine erste Heimat.«

Sie erinnerte sich. Und an die Pläne, sie gemeinsam zu

erobern – mit schlaflosen Nächten am Strand, billigem französischem Wein und einem lausigen Apartment mit lauten Nachbarn. Vielleicht hatte sie es deshalb seinerzeit als Erasmusziel gewählt. Vielleicht wollte sie zumindest einen Teil ihres gemeinsamen Traums wahr machen.

Das Einzige, was davon übrig geblieben war, war das lausige Apartment. Und es war nicht in der Nähe eines Strandes, sondern in einem Altbau in Bordeaux gewesen.

»Ja, ich bin damals viel rumgekommen. In einem Jahr kann man sich einiges ansehen. Meine Uni war in Bordeaux. Wunderschöne Gegend, toller Wein.« Auch sie dachte mit Wehmut an die Vergangenheit zurück, an unbeschwerte Tage, verschlafene Vorlesungen, leidenschaftliche Küsse mit charmanten Fremden. »Es hat auf jeden Fall etwas gebracht, in vielerlei Hinsicht. Ich kam danach bei einer guten Hamburger Zeitung unter und konnte ein paar Jahre später als Auslandskorrespondentin nach Paris gehen. Wenn du mich fragst, die beste Stadt der Welt. Ich weiß, ein altes Klischee … aber es gibt nichts in dieser Stadt, was mich nicht inspiriert hat. Selbst die wenigen schmutzigen Ecken, die heruntergekommenen Vororte … Ich habe in jenem Jahr so viel geschrieben wie nie zuvor in meinem Leben.« Sie hatte alle Klischees ausgekostet und dann verarbeitet.

Er lächelte sie wieder an. Das hatte er immer geliebt an ihr – diesen Enthusiasmus für Neues, für das Leben, wie sie sich für eine Sache ereifern konnte. Auch jetzt hatte sie gerötete Wangen und saß aufrecht, etwas nach vorne geneigt, da.

Die Kellnerin kehrte zu ihnen zurück, auf dem Tablett eine Auswahl kleiner Schälchen. In allen befanden sich Fischstückchen. Eine Portion war weiß mit violetten Zwiebelstreifen und Süßkartoffelscheiben, eine andere dunkelrot mit Sesam, eine dritte orange mit dunklen Körnern und Karottenstreifen. Dann kam sie erneut, diesmal mit einem länglichen Teller, auf dem zwischen Petersilie und aufgerollten Gurkenscheiben Kroketten lagen.

Daneben eine Papiertüte mit Bananenchips und einer hellvioletten Soße. Kaia betrachtete alles mit Vorfreude und Neugier. Sie hatte noch nie etwas in der Art und Kombination gesehen oder probiert.

Gil streckte ihr den Löffel entgegen, der auf dem Teller lag. »Nimm dir einfach, was du möchtest.«

Sie erinnerte sich an seine Empfehlung mit dem Limettensaft und nahm einen Löffel voll aus der Schale mit dem weißen Inhalt, dazu eine Krokette. Gil füllte seinen Teller weiß und dunkelrot. Bereits nach dem ersten Bissen konnte Kaia mit Sicherheit sagen, dass es mitunter der beste erste Bissen war, den sie je gekostet hatte.

»Oh mein Gott, ist das lecker«, gab sie enthusiastisch von sich, und Gil grinste. »Ich weiß.«

»Wie heißt das?«

»Ceviche.«

»Und das ist Fisch?«

»Kalt gegarter Fisch.«

Sie überlegte einen Moment, wie das funktionieren sollte, tatsächlich war es ihr aber egal. Genießerisch schloss sie die Augen, genoss die Koriander-Explosion auf ihrer Zunge. »Oh, Koriander. Ich liebe Koriander«, schwärmte sie.

Gil grinste. »Die meisten Leute verwechseln ihn mit Petersilie und sind dann schockiert über die Intensität«, gab er zu bedenken. »Aber es freut mich, dass ich dich auch nach zwanzig Jahren noch überraschen kann. Ich liebe ihn auch.«

Kaia versuchte, nicht rot anzulaufen und wusste nicht einmal, warum. Was an diesem Satz machte sie verlegen? Konzentriert stürzte sie sich auf die Krokette. Sie stand dem Fisch in nichts nach. »Meine Güte, wo ist das mein ganzes Leben lang gewesen? Warum wusste ich davon nichts?«

»Vermutlich warst du nicht in Peru. Tatsächlich hat die peruanische Küche in der gängigen Esskultur nicht den gleichen Ruhm wie beispielsweise die französische oder die italienische. Sogar die mexikanische ist in Europa viel bekannter.«

»Nichts gegen einen guten Taco, aber das hier ist ein oraler Orgasmus«, rutschte es ihr heraus, bevor sie nachdenken und sich stoppen konnte.

»Freut mich, dass du es so siehst«, bestätigte Gil grinsend und steckte seine Gabel auch in eine Krokette.

Einen Moment lang kam ein Gefühl in ihr auf, das sie lange vergessen hatte. Ein wohliges Bauchgefühl, vermischt mit Aufregung und einem überschwänglichen Hoch. Sie erinnerte sich, warum sie ihn so wahnsinnig geliebt hatte. Er hatte ihr die besten Seiten des Lebens gezeigt. Sie hatte mit ihm gelernt, die Welt und sich selbst völlig neu zu entdecken. Diesmal versetzte es ihr keinen Stich, sondern ein nostalgisches Kribbeln ums Herz.

»Paris also. Was dann?«, fragte er, während er ihr Wein nachschenkte, und sie war froh darüber. Der Alkohol würde ihren Emotionsmix vielleicht etwas dämpfen.

»Während meiner Zeit als Auslandskorrespondentin habe ich ein Buch geschrieben«, erzählte sie. »Nicht, dass mir mein Job unbedingt langweilig gewesen wäre. Aber ich war wie im Fieber. Die Stadt, die Inspirationen, die auf mich einprasselten … Ich konnte gar nicht anders. Ich schrieb jede freie Minute … im Park, vor dem Louvre, am allerliebsten unter dem Eiffelturm … Natürlich meist frühmorgens oder nachts, wenn niemand dort war.« Gil stellte sich vor, wie sie mit Stift, Block und einer Kopflampe unter dem großen Eisengebilde saß und eifrig schrieb. Ja, das klang absolut nach der Kaia, die er kannte.

Die Kellnerin brachte ein weiteres Gericht, und Kaia sah es voll Vorfreude an: Ein gelbes Törtchen, gefüllt mit Thunfisch, garniert mit Avocadospalten. Doch sie hielt sich zurück, aß erst ihren Teller leer, bevor sie ein Stück davon abschnitt.

»Ich war fast zwei Jahre in Paris vor Ort tätig, aber die Wirtschaftskrise verschonte auch unsere Zeitung nicht. Schließlich wurde ich nach Hamburg zurückbeordert, war aber nie wirklich glücklich in der Redaktion. Letztendlich machte ich mich selbstständig, schrieb für diverse Magazine. Und habe mein Buch veröffentlicht.«

»Ich weiß.« Er hatte es nicht gleich mitbekommen, es hatte nie die Bestsellerlisten angeführt. Aber natürlich hatte er sich vor diesem Abend ein bisschen schlaugemacht und ein Buch unter ihrem Namen gefunden. »*Gargouille*.«

Jetzt hatte er trotz der offensichtlichen Entzückung über das Thunfischtörtchen ihre Aufmerksamkeit.

»Ja«, bestätigte sie, einen Moment lang sprachlos.

Er nahm noch eine Krokette und einen Löffel der roten Ceviche.

»Ich habe es nicht gelesen, sorry. Werde ich nachholen«, versprach er. »Wie ist es dir als Selbstständige ergangen?«

»Recht gut. Ich hatte ein paar regelmäßige Kolumnen und Aufträge und war auch wirklich zufrieden damit. Aber dann habe ich Steffen kennengelernt. Er lebte in Frankfurt, und wir sind beide keine Menschen für Fernbeziehungen.«

»Steffen ist dein Freund? Mann?«, fragte er nach, während er sie wieder mit ernstem Blick beobachtete. Vielleicht waren sie eines der Paare, das keine Ringe mehr trug. Vielleicht hatte sie stattdessen ein Tattoo um den Knöchel oder eine Halskette mit seinem Milchzahn.

Kaia überlegte einen Augenblick, ob sie die Wahrheit verbergen sollte. Sie nahm einen Schluck chilenischen Weißwein, der hervorragend zu den leichten Gerichten passte. Alles war perfekt – das Essen, ihr Gespräch, der Wein, das kleine Lokal … diese Mischung aus Genuss und Zufriedenheit, dic sich in ihrem Bauch breitmachte. Fast vergaß sie ihre Mission, war dazu bereit, sich auf diesen schönen Abend einzulassen, ihn einfach nur zu genießen. Was sprach auch dagegen? Je besser es lief, umso weniger würde er es kommen sehen, wenn sie ihn am Ende des Abends ganz kühl abservierte.

Sie erinnerte sich wieder an seine Frage.

»Mein Ex-Freund«, blieb sie schließlich bei der Wahrheit. »Aber er ist der Grund, warum ich nach Frankfurt gekommen bin.«

»Schreibst du immer noch viel?«, fragte er weiter.

»Momentan nicht. Ich bin in meinem Job ziemlich beschäftigt und habe abends keinen Kopf mehr, Kreatives zu Papier zu bringen. Oder auf den Computer«, ergänzte sie lachend. »Wenn ich schreibe, muss ich mich voll und ganz darauf einlassen können, ich kann nicht fünf Sachen nebenbei erledigen. Und es ist extrem unbefriedigend, wenn ich dann nicht die Zeit habe, die ich bräuchte, um etwas Ordentliches zu produzieren.«

Er wusste, wovon sie sprach. Ihm ging es genauso. Er opferte seiner Leidenschaft regelmäßig ein paar Stunden Schlaf, um nicht mitten im Schreibfluss aufzuhören.

»Und Frankfurt ist nicht Paris«, fügte er hinzu.

Sie nickte. »Das stimmt. Obwohl ich Frankfurt liebe. Die Kontraste, die Lichter, die Architektur … Auch hier finde ich Inspiration zur Genüge. Aber am liebsten schreibe ich wohl auf Reisen, wenn ich alles in mir aufnehmen kann, nichts anderes tun muss.«

»Wohin bist du gereist?«

Eigentlich war sie nun wieder an der Reihe mit Fragen, entschied sie. Sie musste einen Weg finden, den Spieß umzudrehen, die Konversation zu lenken.

»Thailand, Hawaii, Norwegen, Griechenland, Bali …« Das waren die Highlights, die Orte, an denen sie sich häufiger oder länger aufgehalten hatte. Städtetrips mit Steffen zum Wochenende musste sie nicht erwähnen.

»Wann warst du auf Hawaii?«, fragte er.

Warum musste er genau da nachhaken, überlegte sie. Hawaii stand für ein weiteres gebrochenes Herz, ein weiteres Beziehungsende. Sie durfte ihn keinesfalls ihr trauriges, zerbrochenes Inneres sehen lassen. Sie würde auf keine persönlichen Details eingehen, nur die Eckdaten liefern.

»2002«, antwortete sie nach kurzem Überlegen.

Sein Bissen verblieb auf der Gabel in seiner Hand.

»Sommer?«

Sie kniff die Augen zusammen, überlegte. »Februar.«

»Ich auch.«

»Du auch was?«

»Ich war auch auf Hawaii im Februar 2002. Den ganzen Februar tatsächlich.«

»Na ja, eigentlich war ich auf Kauai.«

»Ich auch.«

Beide stießen einen Lacher hervor.

»Das ist unglaublich«, sagte Gil schließlich. »Vermutlich hattest du das Apartment nebenan, oder das Kajak nach mir gemietet, und ich habe dich nie gesehen.« Das war wiederum nicht so verwunderlich, denn er hatte damals nur Augen für einen Menschen gehabt.

Jetzt sah er tief in Kaias Augen, die ihn verblüfft und amüsiert anstrahlten.

»Was hast du auf Kauai gemacht?«, fragte sie, bevor er es tun konnte.

Er schwieg einen langen Moment, sah sie eingehend an, bevor er sagte: »Geheiratet.«

Er beobachtete ihre Reaktion, wie sie aufhörte zu kauen, zu schlucken, zu atmen. Er grinste innerlich. Diese Antwort verfehlte nie ihre Wirkung, auch nicht nach all den Jahren. Er liebte es, wie er damit die Welt zum kurzen Stillstand bringen konnte. Auch Kaias Welt.

»Du bist verheiratet?«

»Ich war verheiratet«, korrigierte er und konnte keine weitere Reaktion aus ihrem Gesicht ablesen. Sie griff zu ihrem Weinglas, nahm einen Schluck, senkte dabei aber keine Sekunde lang ihren Blick. »Ich habe nie an die Ehe geglaubt.« Und er hätte dabei bleiben sollen, fuhr es ihm wie immer durch den Kopf. »Jemandem zu versprechen, ein Leben lang für sie da zu sein, an ihrer Seite zu sein. Das ist absurd. So etwas kann man nicht versprechen, man weiß nie, was kommt.«

Ja, Versprechen waren nie deine Stärke gewesen, dachte Kaia. Und noch weniger, sie zu halten. Sich für immer und ewig einer Person zu verpflichten, konnte sie sich bei Gil beim besten Willen nicht vorstellen.

»Dann lernte ich auf Hawaii diese unglaubliche Frau kennen. Wir reisten einen Monat lang von Insel zu Insel, waren wahnsinnig verliebt. Wir sprachen über die Zukunft, über unsere Rückkehr nach Deutschland, unsere Pläne zusammenzubleiben, um jeden Preis. Sie sagte zu mir, ich würde nur deshalb nicht an die Ehe glauben, weil ich noch nicht die Richtige getroffen hätte. Ich dachte, sie hätte vielleicht recht. Zwei Wochen später waren wir verheiratet.« Er strich sich erneut eine Haarsträhne hinters Ohr. »Doch offenbar hatte sie nicht recht. Wir beide hatten unrecht. In allem.«

Ihre Welt war zum Stillleben geworden. Gils Gesicht war eingefroren. Das köstliche Essen stand vor ihnen, ein Löffel lag erstarrt in der braunen Keramikschale. Die halbleere Flasche Wasser stand neben der halbleeren Flasche Wein. Die Gläser vor den Tellern wagten nicht einmal, das sanfte Licht der Deckenlampe zu reflektieren, die wie ein Spinnennetz über ihnen hing.

Ja, genau so hatte er sich damals gefühlt, dachte er. Wie eine Spinne im Netz.

»Unsere Ehe hat mich erstickt. Ich war nie weiter von mir selbst entfernt«, brach er schließlich das Schweigen und die ruhende Welt.

»Das ist vermutlich das Persönlichste, was du mir je von dir erzählt hast«, antwortete Kaia leise.

Er sah sie fassungslos an. »Was meinst du damit?«

Seine Stimme war immer noch ruhig, doch sie erkannte an seinen Augen, dass er erstaunt war, verärgert … nein. Verletzt. »Du wusstest alles über mich. Ich habe alles mit dir geteilt. Meine Träume, meine Geschichten, meine Gedanken. Du warst meine engste Vertraute, meine beste Freundin, meine …« Er verstummte.

Ja, was? Was war sie gewesen?

Zwanzig Jahre Zeit zum Nachdenken, um aus ihrer

Erfahrung zu lernen, ihre Schlüsse zu ziehen, zu verstehen, und Kaia wusste es immer noch nicht.

Und genau diese Unwissenheit darüber, was sie beide eigentlich gewesen waren, was sie für ihn gewesen war, hatte die Unsicherheit in ihrem Leben überhaupt erst ausgelöst. Das wurde ihr jetzt klar. Sie hatte in ihrer Beziehung nie ihren Platz, ihre Rolle gefunden. Und genauso wenig in späteren Beziehungen. Die Erkenntnis traf sie wie ein Schlag in die Magengrube, wo es das gerade noch so angenehme Kribbeln verbannte. Kaia ließ ihren Blick durchs Lokal schweifen, das sich mittlerweile gut gefüllt hatte. Sie wollte ihn nicht ansehen, nicht riskieren, dass er ihre Gedanken erriet, wie er es immer getan hatte, sehen konnte, wie viel Einfluss das alles immer noch auf sie hatte, was diese Erkenntnis in ihr auslöste.

Doch tatsächlich war auch er angeschlagen. Er war viel zu ruhig, hatte keine zynische Bemerkung auf den Lippen, keine Antwort, keine Provokation. *Zusammenreißen*, dachte sie. *Lass es gar nicht dazu kommen.* Sie atmete innerlich tief durch, fasste sich, sah ihm direkt in die Augen.

»Das liegt alles lang zurück«, sagte sie so kühl wie möglich. »Kein Grund, dieses köstliche Essen stehen zu lassen.« Sie schaufelte sich die restliche rote und weiße Ceviche auf den Teller, wo die Soßen sich wie nach wildem Kampf vereinten, aber nicht, ohne ein blutiges Schlachtfeld zu hinterlassen.

Gil griff sich das Weinglas, trank aus, schenkte nach und nahm die letzte Krokette.

»Apropos Vergangenheit«, fuhr sie fort. »Hast du noch Kontakt zu irgendwem von früher? Wo sind Marc und Ellen jetzt?«

»Ellen ist Designerin, hat das Studio ihrer Eltern übernommen. Sie lebt hauptsächlich in Luxemburg, macht viel für Weinhändler und hat ihre eigene Seifenlinie entworfen.«

»Kein Graffiti mehr?«

»Nein. Allerdings sind ihre Seifen auch bunt und kommen in den unterschiedlichsten Formen.« Er hatte sein Lächeln wiedergefunden.

»Und Marc?«

»Marc ist betrunken gegen einen Baum gefahren, als er 23 war.«

Der Bissen blieb ihr im Mund stecken.

»Ist er … Hat er …« Sie wusste nicht, wie sie es aussprechen sollte.

»Er lag zwei Wochen im Koma, dann war's vorbei.« Sein Blick verriet keinerlei Emotionen.

Sie legte das Besteck ab. Instinktiv griff ihre Hand nach seiner, die immer noch das Weinglas umfasste. Sie war warm und zart wie früher, und ein Gefühl der Nähe und Geborgenheit fuhr durch ihren Körper. Sie zog sie weg. Es war, wie zu lange in die Flamme zu greifen.

»Es tut mir so leid.«

Er lächelte müde. »Danke. Wie du sagst, das ist lange her.« Er verspürte einen starken Drang nach einer Zigarette. Doch das Lokal zu verlassen, wäre ein Hauch zu viel Schmerz gewesen, als er bereit war, heute zu zeigen.

»Ich gehe kurz auf die Toilette.« Er lächelte etwas gezwungen, stand auf und verschwand hinter der hellbraunen Holztür. Sein Kopf schwirrte, einen Moment lang glaubte er, die Ceviche würde wieder zurückkommen. Verschwommen drangen fröhliche Karibikrhythmen zu ihm durch. Er atmete tief aus, drehte den Wasserhahn auf und spritzte sich kaltes Wasser ins Gesicht.

Er hatte damit rechnen müssen, dass sie Marc erwähnen würde. Vorbereitet war er trotzdem nicht gewesen. Hätte es auch nicht sein können. Nichts konnte ihn je vor dem Gefühl bewahren, in ein schwarzes Loch zu fallen, jedes Mal wenn er an seinen Freund zurückdachte. Deshalb tat er es nicht. Seit Jahren hatte er mit niemandem darüber gesprochen, und jetzt war keinesfalls der Moment gekommen, um die schlimmste Zeit seines Lebens zu diskutieren.

Er starrte auf ein kleines Holzboot, das neben dem Waschbecken stand. Dann sah er in den Spiegel. Wasser tropfte von seinem Kinn. Er schüttelte es ab. Und damit auch die Gedanken an die Vergangenheit. Wieder atmete er tief durch, dann richtete er sich entschlossen auf. Er würde auf neutrales Terrain zurückkehren, noch ein Gläschen Wein, und sobald er zu Hause war, hätte er alles vergessen.

Er ging zurück an den Tisch. Ihre Teller waren leer, und auch die Schälchen.

»Möchtest du Nachtisch? Kaffee? Schnaps?«, fragte er. Einem Schnaps wäre er tatsächlich nicht abgeneigt gewesen, und sei es nur als Zigarettenersatz. Doch er war sich recht sicher, dass er Kaia nicht dazu überreden würde. Und auch nicht zu anderen Dingen, die ihm vorgeschwebt waren, ihm mittlerweile aber ohnehin keine sinnvolle Idee mehr schienen.

Ihr Blick wanderte zur Weinflasche. Zwei kleine Gläser ließen sich noch füllen, bemerkte auch er.

»Für Nachtisch wäre ich zu begeistern«, lenkte sie ein.

Er lächelte. »Habe ich mir gedacht. Du warst immer eine Naschkatze.« Er schenkte den letzten Wein ein. »Banane oder Mango?«

»Mango.«

Noch einmal winkte er der Bedienung zu, die hinter der Bar zwei Gläser mit Bier auffüllte. Sie nickte, brachte die Gläser an einen Tisch weiter hinten im Raum und blieb auf dem Rückweg bei ihnen stehen.

»Algo de postre?*«, fragte sie.

»Si, dos suspiros limeños de mango, por favor.«

»Ahora mismo.«

Er prostete ihr ein letztes Mal zu, sie tranken.

»Wie ist es bei dir? Noch viele Freunde aus der Jugend-

---

*Ein Nachtisch?
Ja, zwei „Limaer Mango-Seufzer“ bitte

zeit?«, gab er die Frage nun zurück, was zumindest für ihn weitaus ungefährlicher war.

»Eigentlich nur Yvonne. Sie lebt immer noch in Hamburg, hat zwei Kinder und arbeitet in einer Bank.«

»Yvonne in einer Bank? Kann ich mir überhaupt nicht vorstellen.«

»Ja … ich weiß. Sie ist auch nicht im Kundengeschäft, sondern hauptsächlich im Hintergrund. Stellte sich heraus, sie mag Zahlen. Mehr als Menschen.«

Er grinste wieder. Langsam kam seine Sicherheit zurück. »Seht ihr euch oft?«

»Nein … nur wenn ich nach Hamburg fahre. Sie reist kaum. Ich verstehe es auch, ist nicht so leicht mit Kindern. Ich habe schon allein genug Zeugs, wenn ich für eine Woche zurückfahre.«

»Wie oft fährst du zurück?«

»Drei, vier Mal im Jahr … Das Übliche: zu Weihnachten, Geburtstagen, im Sommer ans Meer …«

»Das vermisse ich tatsächlich manchmal, dass es so nah war. Es war saukalt die meiste Zeit, aber wunderschön.«

»Ja«, stimmte sie ihm zu.

Er erinnerte sich an ein Spätsommerwochenende mit ihr in einem Zelt an der Nordseeküste, einer beeindruckenden Wanderung durchs Watt, langen Nächten am Strand. Es waren intensive, verträumte Tage gewesen, die ihnen nach einem zerstörenden Streit die Hoffnung zurückgegeben hatten. Zumindest für ein Weilchen.

Die Desserts wurden vor ihnen abgestellt. Zwei Gläser mit gelber Creme, auf denen zierliche Sahnehäubchen mit bunten Streuseln saßen.

»Und Martin?«, fragte Gil weiter.

»Oh, ich habe keine Ahnung. Ich habe ihn nach dem Abi völlig aus den Augen verloren.«

»Schade. Ich mochte ihn.«

»Warum bist du dann nicht mit ihm in Kontakt geblieben?«, fragte sie, während sie sich den ersten Löffel der gelben Creme in den Mund schob und sofort wieder genüsslich die Augen schloss.

Gil kannte diesen Ausdruck. Wenn auch von ganz anderen *suspiros**, während seine Lippen ihren Nacken liebkost hatten und seine Hände ihren Rücken entlanggefahren. Er grinste bei dem Gedanken, verbannte ihn aber trotzdem lieber wieder.

»Ähnliche Gründe, nehme ich an. Ich ging nach dem Abi weg und habe so ziemlich alle Kontakte abgebrochen. Ich sprach sporadisch mit Ellen und Marc, aber ansonsten wollte ich eigentlich nur allein sein, die Welt sehen, mich inspirieren lassen. Als ich Jahre später nach Hamburg zurückkam, hatte ich keine Ahnung, ob Martin noch da war. Ich hatte auch nicht mehr wirklich an ihn gedacht.«

Genauso wenig wie an die meisten anderen in ihrer Gruppe. Er hatte damals andere Probleme gehabt.

»Warst du bei dem Treffen?«, fragte sie nun, und er wusste sofort, wovon sie sprach. An einem schönen Sommernachmittag im Stadtpark hatten sie allesamt ein paar Flaschen Bier getrunken und geschworen, sich in genau fünfzehn Jahren an der gleichen Stelle wiederzutreffen.

»Nein.« Er schüttelte den Kopf. »Du?«

»Nein.« Dabei zogen sich ihre Augenbrauen zusammen.

»Glaubst du, irgendjemand war dort?«

Sie zuckte still mit den Schultern.

Er wagte es nicht, sich nach einer anderen Person zu erkundigen. Offenbar ebenso wenig wie sie.

Sie schluckte den letzten Bissen ihres *Suspiros* hinunter, trank den Wein hinterher, musterte ihn noch einmal. Sein Ausdruck war schwer zu lesen. Den traurigen Moment von vorhin hatten sie überwunden, aber trotzdem wollte sie hinter seinem gleichgültigen, ausdruckslosen Blick Bitterkeit erkennen. Vielleicht auch Nostalgie. Egal, mit welchem Aus-

*Seufzer

druck, er war interessant und fesselnd wie eh und je. Es war gut, dass der Abend vorbei war. Sie spürte die Wirkung des Weins und damit auch, wie sie ihre Coolness verlor, offener wurde, wie ihre Strategie, ihn kalt abzuservieren, ins Wanken geraten konnte.

»Du hast also noch mal in Hamburg gewohnt?« Sie nahm sich vor, dass dies die abschließende Frage war. Dann würde sie bezahlen und gehen. Aber die Frage brannte in ihr. War er zurückgekommen? Hatte er je daran gedacht, sie ausfindig zu machen? Hatte er überhaupt je wieder an sie gedacht?

»Nein. Ellen war nach Marcs Tod immer noch in Hamburg. Ich wohnte drei Monate bei ihr. Aber ich bin nach meinen Reisen direkt nach Frankfurt gezogen.« Seine Miene hatte sich wieder verhärtet.

Natürlich hätte sie nun gern gewusst, warum. Aber sie hielt sich an ihren Vorsatz. Es war genug. Und dieses Thema schien er klar meiden zu wollen. Sie wollte triumphieren, aber nicht so.

»Es tut mir wirklich leid um Marc. Ich mochte ihn auch«, sagte sie nur noch.

»Ich weiß.« Er schluckte, seine Augen verkleinerten sich, wie sie es sonst getan hatten, wenn er sie provoziert hatte. Doch jetzt war es keine Angriffslust, die sie las, sondern pure Traurigkeit.

Sie winkte der Kellnerin zu. »Ich möchte bitte zahlen.«

»Lass mich dich einladen«, bot er an, als die Bedienung die Rechnung vor ihnen ablegte.

Kaia wehrte mit einer sanften Handgeste ab. »Nein, danke. Es ist nur fair, dass wir teilen. Wir haben immerhin auch das Essen geteilt.«

Sie legte die Hälfte des Betrags auf den Tisch, stand auf und nahm ihre Jacke.

»Kann ich dich für einen abendlichen Spaziergang begeistern?«

Sie schüttelte den Kopf. »Nein. Aber ich danke dir für den schönen Abend. Das Essen war grandios. Es war interessant zu erfahren, was passiert ist, in all den Jahren.« Der letzte Satz klang kühl, unpersönlich. Aber das war gut so. Das war der Plan.

Sie nahm ihre Tasche, überlegte einen Moment, wie sie sich verabschieden sollte. Schließlich streckte sie ihm ihre Hand entgegen. Er stand ebenfalls auf, doch statt sie zu schütteln, nahm er sie, drückte sie einen Moment lang. Die bekannte Wärme durchfuhr Kaia wieder. Sie ließ los, lächelte ihn ein letztes Mal an und verließ das Lokal, ohne weiter zurückzusehen.

Sie hatte nicht triumphiert. Sie war nicht die kühle Greta Garbo gewesen, wie sie es sich vorgenommen hatte, hatte ihn nicht in Grund und Boden gestampft.

Und trotzdem fühlte sie sich besser als irgendwann während der letzten vier Monate.

9

Kaia

Samstag, 16. April 2016
Frankfurt am Main

Als Kaia am nächsten Morgen aufwachte, fühlte sie sich immer noch glücklich. Dabei wusste sie gar nicht genau, warum es ihr so gut ging. Sie blieb ein Weilchen im Bett liegen, starrte durch das Fenster in die Sonnenstrahlen. Es war ein wunderschöner Frühlingsmorgen. Sie hatte gut geschlafen, nichts geträumt, an das sie sich erinnerte, und war zum Zwitschern der Vögel auf dem Baum vor ihrer Wohnung wach geworden. Sie kuschelte sich in ihre Decke, denn ein frischer Wind drang durch das gekippte Fenster, und lächelte.

Während ihr Blick ziellos durch den Raum schweifte, kamen Bruchstücke des letzten Abends zu ihr zurück.

Die traumhaften Zitronenfischstückchen, die Erinnerungen an Paris, die Gespräche über das Schreiben, Gils warme Hand …

Ein Piepsen riss sie aus ihren Gedanken. Ihr Telefon auf dem Nachttisch meldete sich. Sie drehte sich seufzend hinüber und langte mit dem Arm danach.

Hallo Kaia, bitte Montagmorgen unbedingt bei Scholl melden. War nicht zufrieden mit dem Text. Sollte unbedingt Kundenmeinungen enthalten!!! Meld dich Mo bei mir, dann besprechen wir das.

Keine Grüße, nicht einmal eine Unterschrift.

Natürlich wusste sie, von wem die Nachricht kam. Aber wenn Steffen sie schon Samstagfrüh aus den Laken warf, konnte er zumindest freundlich sein, fand sie. Verärgert stieg sie aus dem Bett.

Das war typisch Steffen, ihr Wochenende, ihre Freizeit nicht zu respektieren. Als sie zusammen gewesen waren, hatten sie samstags zum Frühstück meist die vergangene Woche besprochen, einzelne Fälle, Strategien, hatten über Fehler oder seltsame Anfragen gelacht. Irgendwie schien es, als fände er es okay, ihr Wochenende immer noch mit seinen Anliegen zu beginnen, doch statt gemeinsamen Strategien oder Lachanfällen gab es nun Anweisungen und Korrekturen. Überdies, wo kein Mensch ihr gegenüber je etwas von Kundenmeinungen erwähnt hatte.

Sie ließ ihren Ärger an dem Muschelvorhang aus, der im Türbogen zum Wohnzimmer hing, indem sie ihn energisch zur Seite drängte. Dann durchquerte sie in ihren dicken Schlafsocken den großen, offenen Raum, an dessen anderem Ende eine amerikanische Kochnische war. Eigentlich war es nicht viel mehr als eine Theke mit Kaffeemaschine, hinter der sich ein Gasofen, ein Kühlschrank und ein Tischgeschirrspüler befanden. Sie hatte sich geweigert, ohne Geschirrspüler einzuziehen. Kaum eine Tätigkeit war ihr mehr zuwider, als Geschirr zu spülen. Also hatten sie eine Miniversion gekauft, die auf dem Kühlschrank stand. Steffen hatte ein paar Regale an die Wand genagelt, wo Tassen und Töpfe offen aufgereiht waren. Trotz des ständig mangelnden Platzes liebte Kaia die Küche. Ein kleines, aber lichtdurchflutetes Fenster bot Ausblick auf die angrenzenden Vorgärten und die Straße. Auch hier hörte sie Vögel zwitschern, manchmal ein Auto vorbeifahren. Meist begann sie ihren Morgen damit, dass sie sich mit einer Kaffeetasse auf das Fensterbrett setzte und nach draußen sah. An Wochenenden, wenn sie mehr Zeit hatte, schnappte sie sich auch mal eine Zeitung.

Nun stand sie mit einer ihrer drei Tassen vor der Kaffeemaschine und seufzte wieder. Na klar, jetzt war auch noch der Wasserbehälter leer. Sie füllte ihn auf und dachte erneut an die Nachricht. Sie beschloss, Steffen nicht zu antworten. Er musste lernen, ihre Arbeitszeiten zu respektieren. Schließlich waren sie kein Paar mehr. Vielleicht ließ er sie genau das spüren. Vielleicht hatte er deshalb die unterhaltsamen Anekdoten gegen frühmorgendliche Anweisungen getauscht.

Sie schob den vollen Wasserbehälter zurück in die Maschine und zog sich einen doppelten Cappuccino. Seit vier Jahren wohnte sie bereits hier im Frankfurter Norden. Steffen hatte ein Miniapartment im Frankfurter Westend gehabt. Als sie zusammenzogen, hatten sie sich gemeinsam auf Wohnungssuche begeben und sich sofort in das Viertel mit den kleinen, älteren Häusern verliebt, von denen viele Gärten hatten, die nicht selten verwildert den Bienen überlassen waren. Auch Kaias Gebäude hatte einen kleinen Vorgarten, doch sie selbst wohnte im zweiten Stock. Immerhin mit Balkon – einem sehr schönen Balkon, dessen Geländer aus dicken, weißen Betonbalken bestand, auf dem sich Rosen hochrankten, die Steffen gleich zu Anfang eingetopft hatte. Der Balkon lag direkt neben dem Küchenfenster, hinter einer kleinen Glastür, die gleichzeitig den Übergang zum Wohnzimmer markierte. Sie hätte auch draußen frühstücken können, doch meist war es ihr morgens zu frisch dafür.

Sie ärgerte sich immer noch über ihren Ex, als sie sich an ihren üblichen Platz am Fenster setzte, beschloss aber, sich durch seine Nachricht nicht ihren freien Tag vermiesen zu lassen, der außerdem so angenehm begonnen hatte. Stattdessen würde sie tun, was schon längst fällig war. Sie nahm ihr Smartphone zur Hand, öffnete eine Seite mit Stellenangeboten und klickte sich durch die Liste. Noch im Pyjama aktualisierte sie eine halbe Stunde später ihren Lebenslauf.

Kurz vor Mittag hatte sie drei Tassen Kaffee intus und fünf Bewerbungen verschickt. Stolz und zuversichtlich zog sie sich an. Die Sonne hatte sich inzwischen hinter Wolken versteckt, doch sie entschied sich dennoch für einen Rock und ein T-Shirt. Schließlich warf sie sich noch eine Jeansjacke über und beschloss, eine Runde ins Zentrum zu laufen. Ihr war nach einem ausgiebigen Spaziergang zumute. Vielleicht, um den vergangenen Abend zu reflektieren, ihre Gedanken zu sortieren, ihre Pläne zu überdenken. Vielleicht auch einfach, weil sie frische Luft brauchte und Menschen um sich wollte.

Von ihrer Wohnung im Norden war es eine gute halbe Stunde zu Fuß in die Innenstadt. Sie schlüpfte in ihre bequemen Ballerinas, warf sich eine Tasche um und machte sich auf den Weg. Nicht einmal Kopfhörer setzte sie sich auf, heute wollte sie die Umgebung hören – die Vögel in den Bäumen, die Menschen auf ihren Balkonen, die Hunde auf der Straße, sogar die vorbeifahrenden Autos.

Ihre Straße lag abseits des Großstadtlärms in einem ruhigen Viertel. Die wichtigsten Geschäfte – ein Bäcker, ein kleiner Supermarkt, ein Café mit Eisdiele, eine Apotheke und sogar ein Blumenladen – hatte sie trotzdem in nächster Umgebung. Auch jetzt kam sie an ihnen vorbei. Die Terrasse des Cafés war voll mit Spätstückern – heutzutage »Brunchern« –, beim Bäcker roch es wie immer herrlich nach frischen Brötchen, der Mann vom Blumenladen stellte vor dem Eingang einen Strauß aus Schnittblumen zusammen. Sie nickte ihm im Vorbeigehen lächelnd zu, er grüßte zurück. Viele Leute glaubten, dass die Gewohnheit, alle zu kennen, ausschließlich in den Dörfern existierte. Doch Kaia fand, dass ihr Viertel eine eigene kleine Welt war, in der jeder jeden kannte. Nun, vielleicht nicht jeden. Zugegeben hatte sie wenig Kontakt zu den Leuten in ihrer Straße. Da sie jedoch kein Auto hatte und so zu den regelmäßigen Spaziergängern gehörte, blieb sie immer wieder auf einen kurzen Plausch mit Pedro vom Eissalon stehen, oder erkundigte sich bei Manfred, welche Blumen in der Vase auf dem Gehsteig heute so wunderbar dufteten.

Wieder riss das Telefon sie aus ihren Gedanken. Wenn Steffen nun nochmals eine Nachricht wegen der dämlichen Scholls schrieb, würde sie ihn blockieren, schwor sie sich. Grimmig zog sie es aus der Handtasche, sah dann aber schnell, dass die Nachricht von Yvonne war: *Wie ist es gestern gelaufen? Bist du noch auf der Bahn?*

Kaia war klar, dass sie damit keinen tatsächlichen Zug meinte, sondern sich auf ihr Telefonat von dieser Woche bezog. Sie lächelte. Sie schätzte es, dass ihre Freundin sich immer noch um sie sorgte. Aber es war nicht nötig. Sie fühlte sich gut. Viel besser, als sie es erwartet hatte. *Perfekt auf Kurs*, tippte sie deshalb nun. *Geht mir sehr gut, Essen war extrem lecker, Abend interessant und harmlos.*

Es dauerte keine dreißig Sekunden, schon piepste es wieder: *Harmlos? Mit Gil?*. Darauf folgten fünf Emojis mit offenem Mund.

Kaia kicherte leise.

Wir haben gequatscht, er hat von seiner Vergangenheit erzählt, ich von meinem Job. Alles im grünen Bereich.

Darauf kam nur noch: *Okay. Lass uns nächste Woche reden.* Yvonne schien dem Frieden nicht zu trauen.

Doch tatsächlich hatte Kaia ein gutes Gefühl. Sie hatte ihm keine Gelegenheit gegeben, sich ihr zu nähern, hatte kaum Einblicke in ihr Privatleben, ihr Inneres gewährt und trotz allem einen angenehmen, lustigen Abend verbracht. Ja, ihr Plan war nicht ganz aufgegangen, und die Erkenntnis darüber, wie viel Einfluss die Unklarheit über ihre Beziehung immer noch auf ihre Gegenwart hatte, nagte an ihr, und sie wusste noch nichts damit anzufangen. Doch im Moment wollte sie das auch gar nicht. Fürs Erste wollte sie nur diesen ruhigen Samstagmittag genießen, die frische Frühlingsluft einatmen und ein nettes Plätzchen für ihr Mittagessen finden.

Eine gute halbe Stunde später saß sie auf der Terrasse eines Restaurants am Römer und trank ein Glas Weißburgunder. Sie wandte ihren Blick Richtung Himmel, wann immer es die Sonne durch die Wolken schaffte. Sie aß einen knackigen Frühlingssalat, dazu ein frisch gebackenes Brötchen, und beobachtete die vorbeigehenden Leute. Einige waren bereits beim Eis, andere immer noch beim vormittäglichen Brunch. Das war eine interessante Sache, die sie an Wochenenden gerne beobachtete – wie die ganze Stadt einem eigenen Rhythmus zu folgen schien. Egal, zu welcher Zeit man auftauchte, man konnte hier fast immer irgendwo frühstücken oder ein Mittagsmenü genießen. Kaia war kein großer Fan von Brunch. Schon allein deshalb nicht, weil es ihren Tagesablauf völlig durcheinanderbrachte. Auch an den Wochenenden versuchte sie, ihre alltäglichen Zeiten halbwegs einzuhalten. Tatsächlich konnte sie selten länger als bis acht schlafen und fand es unsinnig, bis Mittag zu frühstücken, wenn sie am nächsten Tag wieder pünktlich um sieben an ihrer Kaffeemaschine stehen musste.

Ihr Blick fiel auf eine junge Frau, die mit raschen Schritten den Platz überquerte und dabei pausenlos in ihr Telefon sprach, und sie dachte wieder an Yvonne. Sie lächelte. Sie wusste, dass ihre Freundin den ganzen Plan für keine gute Idee hielt. Kaia hingegen erschien er mit jedem Moment besser. Sie fühlte sich viel mehr mit sich im Reinen seit der vergangenen Nacht, obwohl sie noch nicht sagen konnte, was genau dieses schöne Gefühl ausgelöst hatte. Es lag nicht wirklich an Gil selbst, dessen war sie sich sicher. Deswegen war sie auch nicht im Geringsten beunruhigt. Ja, er war immer noch extrem gutaussehend, hatte immer noch einen ausgezeichneten Sinn für Humor und guten Lebensstil, war weiterhin die einzige Person, die sie je getroffen hatte, die verstand, was die Leidenschaft fürs Schreiben bedeutete. Aber er war auch immer noch der Mann, der ihr Herz in Stücke gerissen hatte.

Keine ihrer vergangenen Beziehungen war je wieder mit einem Schriftsteller gewesen. Vielleicht hatte sie es unbewusst absichtlich vermieden. Axel, der Fotograf, kam noch am nächsten. Er war ganz hinter seiner künstlerischen Persönlichkeit gestanden – eine Sache, die er mit Gil gemeinsam hatte – und auch nie einem anderen Beruf nachgegangen. Genau das hatte sie an ihm besonders bewundert: Wie er es schaffte, von dem zu leben, was er am meisten liebte. Ja, auch sie hatte damals geschrieben, für die Zeitung in Hamburg, zu Anfangszeiten allerdings hauptsächlich über Vereinsjubiläen und Kleinkonzerte. Wenn sie oft spätabends von einem Termin oder aus der Redaktion kam, war sie zu geschafft gewesen, um noch etwas Kreatives zu Papier zu bringen. Es waren die Jahre gewesen, in denen sie am allerwenigsten geschrieben hatte – wirklich geschrieben. Vielleicht hatte sie gerade deshalb danach während ihrer Zeit in Paris das Fieber gepackt. Vielleicht war sie auf Entzug gewesen, ohne es je wirklich bemerkt zu haben, hatte zu viel in sich aufgestaut, das dann in wenigen Monaten raus musste. Hätte Axel sie in Paris erlebt, wären sie möglicherweise heute noch glücklich zusammen. Denn genau das, was sie an ihm am meisten schätzte, war umgekehrt der Punkt, der ihn am meisten störte. Es ärgerte ihn maßlos, dass sie, wie er es formulierte, ›ihr Talent an unbedeutende Events vergeudete‹, ihre Zeit verschenkte, ohne ›etwas von Belang zu schaffen‹, ohne der Welt zu zeigen, was in ihr steckte. Er verstand nicht, wie sie ihre Leidenschaft so vernachlässigen konnte, ›nicht darum kämpfte, zu sein, wer sie war‹. Das waren seine Worte gewesen, als er ging, und zwölf Jahre später taten sie immer noch weh.

Der Dom riss sie aus ihren Gedanken, indem er ankündigte, dass es ein Uhr war. Kaia nahm einen großen Schluck Wein. Es stimmte, sie war nicht genug für sich selbst eingestanden, hatte nicht genug für ihre Träume gekämpft. Sie spürte, wie ihre gute Stimmung dabei war, sie zu verlassen und lenkte ihren Blick wieder gen Himmel, um das angenehme Sonnenlicht auf ihrem Gesicht zu spüren. Es war schon eine der großen Ironien ihres Lebens: Gil hatte ihr immer eingebläut, hinter ihrem Werk zu stehen, sich von nichts und niemandem aus der Bahn werfen zu lassen, unbeirrt ihren Weg zu gehen. Gleichzeitig hatte nichts und niemand sie je so aus der Bahn geworfen wie Gil.

Und nun schien er auch nachgegeben zu haben, sich vom Traum des Lebens als Künstler verabschiedet zu haben, versuchte, wie so viele andere auch, seine Leidenschaft mit der Realität und dem Alltäglichen irgendwie zu vereinen. Was war passiert?

Sie schluckte den letzten Bissen ihres Salats hinunter, sog das Dressing mit dem Brot auf und beschloss, sich nicht den Kopf darüber zu zerbrechen. Schließlich war die Idee, sich von ihrer Vergangenheit zu befreien, und nicht, herauszufinden, warum Gil seinen Weg verfehlt hatte. Das war nicht ihr Problem, und es hatte sie nicht zu interessieren. Sie spülte den Gedanken mit dem übrigen Wein hinunter und lehnte sich wieder zurück in die Sonne.

Den Rest des Nachmittags verbrachte sie mit einem Spaziergang durchs Zentrum, während sie ein Holunder-Joghurt-Zitronen-Eis genoss, bummelte den Main entlang, erfreute sich an einem ihrer Lieblingsausblicke auf die Skyline, wie sie in der Sonne glitzerte, und nahm schließlich eine ausgiebige Dusche mit Peeling, als sie wieder zu Hause war.

Frisch und fröhlich betrachtete sie sich im Spiegel ihres kleinen Badezimmers. Ihr gefiel, was sie sah. Ihre Augen strahlten, hatten einen zufriedeneren Ausdruck. Ihre Haare fielen in langen Wellen über ihre Schultern. Sie betrat das Schlafzimmer nebenan und wählte ein langärmeliges schwarzes Kleid, das sie mit dunklen Ballerinas und einer braunen Holzkette kombinierte. Sie hatte sich mit Maren zum Abendessen verabredet. Am Vortag war sie nicht zum Yoga gegangen, weil sie zu viel Zeit damit verbracht hatte, sich auf das Treffen mit ihrer Vergangenheit vorzubereiten. Maren hatte darauf bestanden, dass sie ihr wöchentliches Glas Wein, das sie mittlerweile auch gern mal auf einen Snack ausweiteten, nachholten. Vor allem, wo sie darauf brannte, zu erfahren, wie es gelaufen war und wie erfolgreich ihr Plan gewesen war.

So stand Kaia um kurz nach acht vor der Vinothek nahe des Fitnesscenters und winkte ihrer neuen Freundin aus der Ferne zu, die gerade aus einem Taxi stieg.

»Sorry, ich bin etwas spät. Leonie ... Nein, stimmt nicht, es war meine Schuld. Ich konnte mich nicht entscheiden, welche Schuhe ich tragen wollte.« Sie lachte und deutete auf ihre schwarzen High Heels. »Aber letztendlich werden wir ja hauptsächlich sitzen.«

Sie gingen in das Lokal, ließen sich an einem freien Tisch am Fenster nieder und bestellten zwei Gläser Wein.

»Du siehst glücklich aus«, stellte Maren lächelnd fest.

»Ja. Ich hatte einen schönen Abend. Ich fühle mich gut. Besser.«

»Erzähl. Wo wart ihr?«

»In einem peruanischen Restaurant, nicht weit von meiner Wohnung.«

»Oh, ich liebe Peruanisch. Ceviche ist das beste Essen, das es gibt«, schwärmte sie.

Kaia sah sie ungläubig an. »Wie kommt es, dass ich scheinbar die Einzige bin, die noch nie im Leben von peruanischem Essen gehört hat?«

»Keine Ahnung, stehst du nicht so auf internationale Küche? Es gibt drei oder vier Peruaner hier.«

Es stimmte. Steffen hatte nicht viel übrig gehabt für das, was er ›exotische Experimente‹ nannte. Er aß am liebsten in traditionellen Frankfurter Gasthäusern oder in schicken Nouvelle Cuisine Restaurants mit Dachterrasse im 47. Stock.

»Ja, du hast recht. Steffen ließ sich nicht gern auf Neues ein.« Schon setzte sie »exotische Restaurants erkunden« auf ihre neue To-do-Liste. »Es war extrem lecker. Alles war extrem lecker. Und wir haben uns wirklich gut unterhalten. Darüber, was wir so gemacht haben in den letzten 20 Jahren, wie es uns in der Arbeit ergeht … natürlich über das Schreiben … Er kannte mein Buch. Und es stellte sich heraus, wir waren tatsächlich mal fast gemeinsam im Urlaub.« Sie lächelte. »Und heute Morgen bin ich aufgewacht und habe mich einfach glücklich gefühlt.«

»Das klingt aber gar nicht nach dich behaupten und die Wurzel allen Übels anpacken. Es klingt, als wärst du in Schwierigkeiten.«

Kaia kannte Marens skeptischen Blick mittlerweile. Ihre Augen weiteten sich, ihre Lippe wurden schmaler.

»Nein, das ist es nicht«, war sie sich sicher. Sie blickte aus dem Fenster auf die Straße. Einige Wolken waren aufgezogen, weniger Leute auf der Straße als am Nachmittag. *Warum war sie heute Morgen so zufrieden aufgewacht?*, überlegte sie. Sie war überzeugt, dass es sich nicht um eine aufgewärmte Verliebtheit handelte. Es war etwas anderes. Sie sah auf die Hochhaustürme in der Ferne, die sie heute Morgen von der anderen Seite betrachtet hatte.

Ja, das war es.

»Es ist der Blickwinkel«, teilte sie ihre Erkenntnis. »Mein Blickwinkel hat sich verändert. Als damals alles den Bach runterging, verblieb nur das Gefühl des Versagens, dass ich benutzt wurde. Damit habe ich die letzten 20 Jahre gelebt. Ich habe mich immer wieder gefragt, warum ich so naiv und dumm war, warum ich mich auf ihn und diese kaputte

Beziehung eingelassen hatte, habe ihm die Schuld daran gegeben, dass er mich verkorkst hat. Aber gestern habe ich mich erinnert. Ich habe gesehen, dass es nicht nur schlecht war. Ich habe mich erinnert, warum ich es gemacht habe. Weil es unglaublich war, herausfordernd«. Ihre Augen begannen wieder zu strahlen, mit ihren Händen verlieh sie ihren Worten Nachdruck. »Ja, was passierte, mag immer noch falsch gewesen sein. Aber es lag nicht daran, dass ich dumm war und schwach. Ich war nicht die naive Verliebte, die alles mit sich machen ließ. Ich habe es getan, weil er mich glücklich machte. Mehr als alles andere. Sehr Charles Dickens*«, fügte sie eher zu sich selbst hinzu. Dann sah sie Maren an. Ihre Skepsis hatte sich in Interesse gewandelt. »Das hat mein Selbstbildnis komplett verändert. Ich habe die letzten 20 Jahre viel zu schlecht von mir gedacht.« Sie nahm ihr Weinglas und trank, wartete auf die Antwort ihrer Freundin.

Maren ließ sie noch einen weiteren Moment warten, bevor sie sagte: »Das ist gut, denke ich. Ein erster Schritt. Aber es klingt immer noch, als wärst du in Schwierigkeiten.«

»Nein. Heute bin ich ein anderer Mensch. Ich will andere Dinge, würde nicht mehr so handeln wie mit 16. Aber ich kann verstehen, warum ich es tat. Und ich kann mir verzeihen.« Was genau passiert war, hatte sie der neuen Freundin noch nicht erzählt. Sie hatte Angst, von ihr verurteilt zu werden. Auch Gils Name war ihr noch nicht über die Lippen gekommen. So schien es einfacher, kühl und distanziert zu bleiben.

»Und noch etwas ist mir klar geworden. Und das ist schmerzhafter. Es mag teilweise die Art sein, wie er mich behandelt hat, wie er mich kontrolliert hat, die mich in dieses Beziehungsmuster versetzt hat. Aber das eigentliche Problem ist ganz anders: Unsicherheit. Unwissenheit.« Sie erinnerte sich an den Moment, an dem ihr am Vorabend fast

---

*Erster Satz in „Eine Geschichte aus zwei Städten" lautet: Es war die beste aller Zeiten, es war die schlimmste aller Zeiten.

die Tränen in die Augen gestiegen waren, ihre Kehle sich zugeschnürt hatte, als es ihr klar geworden war. »Ich habe nie verstanden, was wir waren. Was ich für ihn war. Und genauso wenig habe ich in späteren Beziehungen je meinen Platz, meine Rolle gefunden. Ich bin völlig desorientiert von einem Desaster ins nächste gestolpert und habe auch immer wieder nur das gefunden: Verwirrung und Chaos.«

Nun war Marens Blick erstaunt.

»Und all das hast du an einem Abend herausgefunden?«

»Ich sagte doch, es war ein guter Abend.«

Maren lächelte, nahm das Glas und stieß mit ihr an.

»Und ich hatte viel Zeit zum Nachdenken heute. Ich bin durch Frankfurt spaziert, habe mir alles durch den Kopf gehen lassen, ein Eis gegessen, die Wolkenkratzer angesehen … Das hilft immer.«

»Ja, die sind schon eine Nummer für sich, was?«

Sie nickte. »Lebst du schon immer hier?« Tatsächlich hatte sie selbst einmal kurz erwähnt, dass sie aus Hamburg kam, umgekehrt wusste sie es aber von ihrem Gegenüber nicht.

»Ja. Ich habe nie in einer anderen Stadt gewohnt. Ich bin glücklich hier. Immer gewesen.« Sie nahm die Karte in die Hand und sah sich die Snacks durch, obwohl sie bereits alle kannte. »Na ja, zumindest mit der Wohnsituation. Niemand ist immer glücklich.« Sie seufzte, während sie die Karte wieder zuschlug. »Ich kenne das. Sich auf eine Beziehung einzulassen, die nicht gut ist. Weil man nicht anders kann.«

Kaia hatte vermutet, dass ihre Ehe extrem schlecht, um nicht zu sagen traumatisch, abgelaufen war. Maren hatte anklingen lassen, dass sie nicht viel von ihrem Ex-Mann hielt, der seine Tochter vernachlässigte und nie Verantwortung für die Beziehung übernommen hatte. Sie war gespannt darauf, die ganze Geschichte zu hören. Doch sie ließ ihr Zeit.

»Bei meinem Ex-Mann war es genauso«, fuhr sie schließlich fort. »Eigentlich hätte ich es kommen sehen müssen. Aber ich war so naiv, als wir uns kennenlernten. So voller Hoffnung, so optimistisch und … blind. Ich war 22, und ich hatte diese Vorstellung des harmonischen Familienlebens, von gemeinsam Essen kochen, von Abenden vor dem Kamin und Picknick im Grünen am Wochenende.« Sie lehnte sich in ihrem Stuhl zurück, ihr Blick hing verloren auf dem Weinglas. »Er hat mich nie belogen, diesbezüglich. Er sagte von Anfang an, er wäre nicht gut in Beziehungen, kein Familienmensch. Aber was wir hatten, war so wunderbar, ich war so glücklich, dass ich überzeugt war, dass er der Richtige sein musste, dass es unmöglich besser werden könnte. Ich habe alle Warnzeichen ignoriert.«

Da sie die Speisekarten an den Rand gelegt hatten, kam der Kellner vorbei und nahm ihre Bestellung auf. Maren bestellte wie üblich einen Salat, Kaia entschied sich für Thunfisch-Panini.

»Wir kannten uns nicht sehr lange, als ich schwanger wurde. Und er freute sich. Wir waren so verliebt, vermutlich ging es ihm nicht anders. Er ignorierte auch die Warnzeichen, dachte vielleicht sogar, es würde ihn glücklich machen. Und ich dachte, wenn das Kind erst mal da ist, wird alles gut. Wir werden es zusammen aufziehen, jeder geht seinem Job nach, und abends sitzen wir gemeinsam auf dem Boden und bauen Legoschlösser und singen das Baby in den Schlaf. Wir werden automatisch eine Familie sein.« Sie lachte bitter auf. »Was für ein Schwachsinn. Unsere Beziehung ging völlig den Bach runter. Er war nur noch unglücklich. Das erste Jahr war gut. Anfangs bemühte er sich, versuchte, es hinzukriegen, zufrieden zu sein mit dem, was er hatte, mit uns, und er war es auch. Aber auf Dauer waren wir nicht genug für ihn.« Sie trank einen großen Schluck Wein. »Leonie war noch nicht mal zwei, als er weg war.«

Kaia verstand, dass auch ihr Traum sich ganz plötzlich in Luft aufgelöst hatte, so wie es ihr selbst ergangen war, noch bevor sie 18 war. Ihrer war ein anderer Traum gewesen – von einem gemeinsamen Künstlerleben mit endloser

Inspiration und langen Gesprächen, aber auch dieser war in kürzester Zeit zerplatzt.

»Versteh mich nicht falsch, ich bereue nicht, dass wir Leonie hatten. Sie ist das Beste, was mir passiert ist. Ohne sie wäre mein Leben wirklich einsam. Und es hätte nichts geändert, dann wäre unsere Ehe aus anderen Gründen auseinandergegangen. Aber es war eine harte Zeit, sie allein großzuziehen. Ich mag, wer ich geworden bin, aber ich mag nicht, wie ich es geworden bin.«

Kaia sah sie fassungslos an. »Er kam nie wieder zurück?«

»Doch. Monate später. Aber nicht zu uns. Er nahm sich eine Wohnung in der Stadt, und seitdem haben sie sporadischen Kontakt, wann immer er einen Moment seiner wertvollen Zeit opfern kann.«

Kaia wollte sich gar nicht vorstellen, wie desillusioniert Maren gewesen sein musste … vielleicht immer noch war. Nicht nur ihr Traum war geplatzt, sie war von einem Tag auf den anderen mit einem Kleinkind allein gewesen, hatte nicht gewusst, wie es weitergehen würde, ob sie den Vater je wiedersehen würde, oder wo er hin war. Sie begann zu verstehen, wie Maren so eigenständig geworden war, so voller Initiative und Tatkraft. Ihr war keine andere Wahl geblieben. Genau wie ihrer eigenen Mutter.

»Was hast du gemacht, als er weg war?« Als sie es aussprach, klang es wie eine dumme Frage. Aber sie bewunderte ihre neue Freundin dafür und hätte es ihr gern gleichgetan.

Maren lachte bitter. »Ein paar Tage lang nichts. Ich hatte gedacht, das kann nicht sein, er müsste doch wiederkommen. Er brauchte vermutlich ein bisschen Auszeit, Abstand, eine Pause von allem. Nach einer Woche bekam ich Zweifel an meiner Theorie. Und nach einem Monat ging uns das Geld aus. Und ich wusste: Das war's. Er war weg, und ich musste aufwachen und erwachsen werden, und zwar schleunigst. Da suchte ich mir den Job in der Anwaltskanzlei. Ich meldete Leonie in der Krippe an und schwor mir, dass ich nie wieder so eine Scheiße mit mir machen lassen würde. Es geht uns gut zu zweit. Wir haben alles, was wir brauchen. Ich vermisse nichts und niemanden.«

Kaia glaubte ihr. Es klang nicht verbittert oder traurig, nur realistisch.

»Was für ein Arschloch«, kommentierte sie, während der Kellner das Essen vor ihnen abstellte. »Ich kann mir nicht vorstellen, dass du ihm wieder in die Augen sehen kannst. Was für ein Unglück, wenn man mit diesem Menschen unvermeidbar ewig zu tun hat.«

»Ja. Fehlentscheidung auf der ganzen Linie«, meinte Maren, während sie ihre Gabel in den Salat stieß. »Oder auch nicht …«, fügte sie dann sanfter hinzu. »Ich liebe, was Leonie von ihm hat. Seinen Sinn für Humor, seine künstlerische Ader. Sie kann sich besser ausdrücken als ich. Ich glaube, Kunst ist eine wunderbare Möglichkeit, die Hubbel im Leben zu bewältigen. Ein tolles Ventil. Ich bin froh, dass sie das hat. Erspart ihr viele Therapiekosten.«

Beide lachten.

»Ja, das stimmt schon«, gab Kaia ihr Recht und merkte, dass sie das vermisste. Ihre Website-Kompositionen gaben das nicht her. Vielleicht war die Jobsuche auch eine Chance, diesen Aspekt zu verbessern.

»Und welche Lehre ziehst du nun aus deinem Abend?«, lenkte Maren das Thema wieder auf sie. »Wirst du ihn wiedersehen, deinen alten Freund? Immerhin ist dein ursprüngliches Ziel, ihm stark gegenüberzutreten, ja wohl etwas in den Hintergrund geraten.«

Kaia nickte. »Das stimmt, es geht nicht mehr nur darum. Aber jetzt ist es umso wichtiger, den Kontakt zu halten. Wir hatten doch gesagt, das Problem an der Wurzel anzupacken. Vielleicht liegt die aber ganz woanders. Ich muss die Wahrheit herausfinden: Was wir waren, was ich für ihn war. Selbst wenn ich nur eine blöde Affäre für ihn war, würde mich das heute nicht mehr verletzen.« Das stimmte nicht ganz, wenn sie ehrlich war. Ihren Stolz würde es vermutlich immer noch treffen. »Immerhin hätte ich dann Klarheit, könnte abschließen und nach vorne sehen. Und es beim nächsten Mal besser machen. Und es wird mir vielleicht sogar guttun, eine Freundschaft mit ihm zu suchen. Du siehst ja, ich war seit Monaten nicht so sehr mit mir im Reinen wie heute.« Vielleicht musste das Gras tatsächlich zu wachsen aufhören, um in eine bessere Zukunft zu schauen.

Maren lächelte. »Das ist gut. Lass dich nur auf keine Dummheiten ein. Männer können sehr überzeugend sein.«

»Ich weiß. Ich werde vorsichtig sein.« Sie biss in ihr Panino.

»Hat er sich denn seit gestern gemeldet?«

»Nein«, antwortete sie mit halb vollem Mund.

»Wirst du dich bei ihm melden?«

Sie grinste. »Ich werde mir etwas einfallen lassen.«

10

Gil

Sonntag, 17. April 2016
Frankfurt am Main

Gil lag im Bett und rauchte eine Zigarette. Bukowski saß neben ihm auf der leeren Seite des Doppelbettes auf seinen Vorderpfoten und schlief. Hin und wieder hörte Gil ihn leise Töne von sich geben oder sah seine Pfote zucken und wusste, dass er vermutlich gerade von einer Kaninchenjagd übers Feld träumte.

Er selbst hatte ebenfalls geträumt. Aber nicht von Kaninchen, nicht einmal vom menschlichen Äquivalent, was immer das auch sein konnte. In seinem Traum war ein fröhlicher Mann, der ihn aus einem Bürostuhl anlächelte, eine Rechnung zerknüllte und sie ihm dann als Papierkugel auf die Brust schmiss. Er lachte, drehte sich eine Runde auf dem Stuhl und lief weg. Gil folgte ihm, vielleicht doch ein bisschen wie dem Kaninchen in den Bau. Dann waren sie auf einer Wiese, und der Mann stand unter einem Baum, blickte in die Ferne, streckte die Hände gen Himmel. Er lachte immer noch, drehte sich im Kreis und tanzte durch das Gras. Gil wollte zu ihm, aber seine Beine bewegten sich nicht. Er wollte ihn rufen, doch seine Stimme versagte. Er spürte, wie er den Boden unter den Füßen verlor, wie er sank und sank und sank.

Er wusste, dass der Mann in seinem Traum Marc war, obwohl er völlig anders aussah. Älter, größer, fröhlicher. Zum Teil war es wohl eine Version, die Marc hätte werden können. Gil konnte sich selten an Träume erinnern, doch die mit seinem alten Freund blieben fast immer.

Er drückte die Zigarette im Aschenbecher aus und lehnte sich zurück. Es war kurz nach halb elf Uhr morgens. Seit knapp einer Stunde war er wach, war zwischendurch in die Küche gegangen, um Kaffee zu machen. Zwei leere Tassen auf seinem Nachttisch bewiesen, dass er sich an diesem Morgen schon bewegt hatte.

Immer wieder schweiften seine Gedanken zurück zum Vorabend. Er hatte bis halb drei Uhr morgens geschrieben. Die Ideen flossen ihm zu, Wörter sprudelten nur so aus ihm heraus. Eine ganze Geschichte hatte er in dieser einzigen Nacht heruntergeschrieben. Das Schreiben war ihm nicht mehr so leichtgefallen, seit er sich in einer Hütte in Litauen eingeschlossen hatte. Auch heute Morgen kamen ihm immer noch Gedanken, Verbesserungen, Zusätze, die er dann zwischen Zigaretten und den lustigsten Videofails der Woche in sein Smartphone tippte.

Kurz vor zwölf warf er schließlich die Decke zurück und ging barfuß ins Badezimmer. Er war kein Fan von Pyjamas, trug nur eine Jogginghose, die er nun auf den Wäschekorb in der Ecke schmiss, um in die Dusche zu steigen. Er ließ das heiße Wasser mindestens zwanzig Minuten auf seinen Körper prasseln, eine seiner Lieblingsbeschäftigungen Sonntag morgens. Normalerweise war duschen eine Routinetätigkeit, die es galt, so schnell wie möglich hinter sich zu bringen, um noch kurz einen Kaffee hinunterschlingen zu können, bevor er ins Büro hetzte. An weniger stressigen Tagen, an denen er früher ins Bett gekommen war, gab er einem ausgiebigen Kaffee, Frühstück und einer entspannten Morgenrunde mit Bukowski den Vorrang.

Das heiße Wasser entspannte ihn, befreite seine Gedanken von nächtlichen Heimsuchungen alter Freunde, verlorenen Möglichkeiten und verschwendeter Lebenszeit. Jedes Mal, wenn er nach der zitronig duftenden Seife griff, dachte er an ihre Herstellerin Ellen, die in Luxemburg eine neue, simple Erfüllung gefunden hatte. An diesem Morgen erinnerte er sich auch an den Tag, als sie ihn angerufen hatte, um ihm zu sagen, dass Marc gegen einen Baum gefahren war und wie er in völligem Schockzustand versehentlich ein Stück Seife gegessen hatte.

Er warf sich ein Badehandtuch um, ging immer noch barfüßig in die Küche, wobei er eine nasse Spur hinterließ, und machte sich einen weiteren Kaffee. Während die Maschine mahlte und tropfte und dabei einen herrlichen Duft versprühte, holte er sich ein schwarzes T-Shirt aus dem Spiegelschrank im Schlafzimmer, dazu eine blaue Jeans, und schmiss das Handtuch auf das ungemachte Bett. Zurück in der Küche nahm er die Tasse, trank einen Schluck und durchsuchte das Regal neben dem Kühlschrank nach restlichen Zerealien. Er fand zwei angebrochene Packungen, hatte aber keine Milch mehr und knabberte sie daher aus der Plastiktüte wie Chips oder Popcorn. So weit, dass er damit den Kaffee ruinierte, sollte es nicht kommen.

Eine halbe Stunde später sah er durch das Küchenfenster das kleine dunkle Auto seiner Ex-Frau vorfahren. Sie stieg nicht aus, dafür ein braunhaariges Mädchen, das ihr zum Abschied zuwinkte und dann die Straße überquerte. Ihre

Mutter wartete, bis sie sicher vor der Haustür stand, bevor sie wegfuhr, Gil wartete, bis seine Ex sicher weggefahren war, bevor er zur Haustür ging.

»Du siehst scheiße aus. Hast du wieder nicht geschlafen?«, kam es aus dem so süß aussehenden Mädchen, das ihn mit zusammengekniffenen Augen skeptisch ansah.

»Ich grüße dich auch ganz herzlich, meine liebe Tochter«, gab er zurück, lächelte aber innerlich. Sie war so sehr wie er selbst.

Eine kurze Umarmung gab es trotzdem für ihn, einen flüchtigen Kuss auf die Wange. Dann drückte sie sich an ihm vorbei ins Wohnzimmer, wo sie ihren Rucksack auf die Couch warf, ihre Jacke über den Stuhl und sich auf den Sitzsack fallen ließ, der neben dem Tisch etwas abseits stand. Bukowski, der schwanzwedelnd auf sie zukam, bekam einen ausgiebigen Krauler hinter den Ohren.

»Wie geht es dir? Möchtest du etwas trinken?« Er war bei seiner Tochter immer etwas unbeholfen. Sie war so stark, so präsent, so vereinnahmend. Er hatte keine Ahnung, wie er mit einer Miniversion von sich selbst umgehen sollte.

»Ja, eine Cola bitte. Und es geht mir gut. Besser als dir. Warum schläfst du nicht? Hast du Albträume? Ist dein Kissen nicht gemütlich? Spielt der Nachbar nachts Schlagzeug?«

»Nein. Ich habe lange geschrieben gestern. Danach habe ich traumhaft geschlafen.« Er ging zum Kühlschrank, holte zwei Dosen Cola heraus, öffnete beide und stellte sie auf den Tisch. Eine nahm er selbst und trank einen Schluck.

»Was hast du geschrieben?«

»Eine Geschichte.«

»Was für eine Geschichte?«

Er redete ungern über das, was er schrieb. Wenn er es nicht veröffentlichen wollte, warum um Himmelswillen sollte er darüber reden? Außerdem fürchtete er Kritik, Verbesserungsvorschläge, Desinteresse, gefälschtes Interesse, die Unfähigkeit, es in Worte zu fassen.

»Es geht … Es ist … « Er setzte sich, zündete sich eine

Zigarette an, obwohl er es hasste, in Gegenwart seiner Tochter zu rauchen. »Es geht um Reisen. Um eine Frau, die reist. Und welchen Hindernissen sie sich dafür stellen muss.«

»Wohin reist sie?«

»Nach Madrid.«

»Welche Hindernisse können sie auf dem Weg nach Madrid erwarten?«

»Security.«

»Security?«

»Flughafen-Security. Es ist eine Satire. Eine Satire macht sich über eine Situation lustig.«

»Ich weiß.«

Natürlich. Das Klugscheißer-Gen. Auch von ihm.

»Was ist an Flughafen-Security lustig?«

»Die … teilweise …« Er überlegte, wie er es ihr erklären sollte. Man konnte lustig nicht erklären. Wenn man es erklärte, war es nicht mehr lustig. Es war auch selten lustig, wenn man die Situation erlebte, sondern eben nur, wenn man sie nacherlebte oder überspitzte. »Bestimmte absurde Vorschriften, andere, die wiederum ignoriert werden. Wie Sicherheit eine Frage der Auslegung ist, trotz all der Vorschriften. Wie weit solche Bestimmungen Menschen treiben können, wie sie darauf reagieren.«

»Was macht deine Frau in der Geschichte?«

Sie zieht sich den Sweater hoch, um zu beweisen, dass sie keine versteckten Waffen darunter trägt, dachte er. Aber das konnte er nun kaum seiner dreizehnjährigen Tochter sagen.

»Sie … reagiert verärgert, genervt und extrem.« Er wollte nicht mehr über das Thema sprechen, es war ihm äußerst unangenehm. »Hast du schon gegessen?«

»Wir hatten Brunch.«

Gil hasste Brunch. Welchen Sinn hatte es, mitten am Tag etwas zu sich zu nehmen, das keine wirkliche Mahlzeit war, nur, um dann am Nachmittag erst recht kochen zu müssen und um zehn Uhr abends von einem Bärenhunger befallen zu werden? Er hatte schon genug damit zu kämpfen, nach einer fiebrig durchschriebenen Nacht um halb drei Uhr morgens einer Packung Chips zu widerstehen, oder einem Snack aus dem Kühlschrank. Da musste er seinen Rhythmus nicht zusätzlich mit absurden Zwischenmahlzeiten verwirren.

»Mama hat mir außerdem Geld mitgegeben, falls du nichts da hast.«

Er sah sie irritiert an. »Hast du schon jemals bei mir nichts zu essen bekommen?«

»Ja«, antwortete sie ohne Zögern.

Er dachte nach. Vermutlich hatte sie recht. Sein Kühlschrank war nicht selten leer, viel zu oft vergaß er die Zeit, dann war es zu spät, etwas Vernünftiges einzukaufen, an anderen Tagen kam er nicht dazu, zwischen Joggen, Kochen und Schreiben auch noch in den Supermarkt zu fahren. Meist aber hatte er einen unerschöpflichen Vorrat an Tiefkühlkost und den Pizzaboten auf der Kurzwahltaste.

»Quatsch«, stritt er nun trotzdem ab. »Wir bestellen doch ständig was. Du musst dich einfach melden, wenn du hungrig bist.«

»Okay. Ich bin hungrig.«

»Hattet ihr nicht Brunch?«

»Ja, das war vor zwei Stunden. Bis die Pizza da ist, ist das längst verdaut.«

Er erinnerte sich, wie er selbst als Jugendlicher stets hungrig war, immer essen konnte, ohne viel zuzunehmen. Vermutlich verbrauchten Jugendliche einfach mehr Energie. Durch ihre schiere Existenz, ihre permanenten Fragen, ihre Rastlosigkeit.

»Okay.« Er nahm die Menükarte von der Pinnwand im Esszimmer und streckte sie ihr entgegen. »Wähl eine aus, ich bin flexibel.«

Sie warf einen kurzen Blick darauf. »Vier Käse.«

Er nickte. »Okay. Sollen wir noch etwas dazu nehmen? Pizzabrötchen? Salat?« Etwas Gesundes, ermahnte er sich. Er sollte nicht immer der schlechte Einfluss sein, der Unverantwortliche.

»Okay.«

»Okay.«

Er drückte auf Kurzwahl und gab die Bestellung auf. Dann setzte er sich wieder seiner Tochter gegenüber.

»Und, was ist bei dir los, Keiki? Wie läufts in der Schule?«

»Langweilig.«

Ja. Blöde Frage. Hatte sich wohl nicht viel geändert in 20 Jahren. Nicht für die künstlerisch Begabten. Er hatte seine Ex-Frau nie davon überzeugen können, Keiki auf ein Gymnasium mit künstlerischem Schwerpunkt zu schicken. Vermutlich hatte er selbst sie zu sehr traumatisiert. Nicht noch einen Künstler in der Familie.

»Hast du immer noch Frau Lehner im Kunstunterricht?«

»Ja.«

»Sie ist gut, oder?«

»Ja, sie ist okay.«

»Was macht ihr gerade?«

»Spiegelungen.«

»Klingt toll. Wie … geht das?« Er selbst hatte keine Ahnung von Malerei.

»Wir sollen den Eindruck von Spiegelungen erzeugen. Im Wasser oder auf Glas. Ich habe Hochhäuser gemalt und die Stadt, die sich darin spiegelt.«

»Spannend. Wirklich spannend.«

»Nein, es war etwas langweilig. Die Spiegelung selbst war schön. Sich zu überlegen, was man sehen könnte, in welcher Perspektive. Aber wir mussten mit Aquarell malen. Ich hasse Aquarell.«

Keiki malte, seit sie einen Stift halten konnte. Schon immer hatte sie Blei- und Farbstifte bevorzugt. Die Farben, die sie am meisten benutzte, waren kurz und abgekaut gewesen. Alle paar Monate kauften sie eine neue Packung, und Gil hatte sich ernsthafte Sorgen gemacht, dass sie sich eine Vergiftung zuziehen konnte. Er hatte versucht, sie auf andere, weniger essbare Alternativen umzugewöhnen – Filzstifte, Wasserfarben, sogar schnell trocknende Ölfarben für Kinder. Nichts hatte eine Chance gegen ihre Holzstifte gehabt.

Er erinnerte sich an das erste Mal, als er bemerkt hatte, dass seine Tochter ein außergewöhnliches Talent besaß. Sie war fünf gewesen, vielleicht knapp sechs, und hatte sich bei ihm im Garten den Knöchel verstaucht. Im Warteraum der Notaufnahme packte sie ihre Stifte aus und zeichnete vor sich hin. Gil hatte nur beiläufig hingesehen und entdeckt, dass sie seine Augen malte. Seine ausdrucksstarken, besorgten Augen. Und ihm war klar geworden, dass eine Künstlerin in ihr schlummerte.

Keiki hatte wenig übriggehabt für gängige Kindheitsaktivitäten: Weder Spielplatz, noch Basteln oder Trampolin springen konnten sie begeistern, wenn sie ein interessantes Motiv entdeckt hatte. Eines Tages waren er und seine Ex-Frau in die Schule gerufen worden, kurz vor Keikis zehntem Geburtstag. Beide hatten keine Idee, worum es gehen konnte. Sie war ein eher ruhiges Kind, wenig auffällig im Unterricht, wie die Klassenlehrerin immer wieder bestätigt hatte, bekam gute Noten – nicht überragend, aber gut. Frau Steinmeier hatte sie ernst angesehen, und Gil erinnerte sich noch heute an ihre exakten Worte: »Ihre Tochter hat eine außergewöhnliche künstlerische Begabung, vor allem in der Malerei. Ich weiß, niemand will hören, dass das Kind Künstler ist, aber ich würde Ihnen stark ans Herz legen, dieses Talent wie jedes andere zu fördern.« Das hatten sie getan, so gut sie konnten. Sie kauften ihr die Materialien, die sie haben wollte, ließen ihr auch mal unerledigte Hausaufgaben durchgehen, um ein Bild fertigmachen zu können. Zu Hause hatte sie sogar ein kleines Studio. Nur das künstlerische Gymnasium, das konnte Gil nicht durchsetzen. »Sie soll alle Alternativen kennen, sich nicht jetzt schon festlegen«, hatte seine geschiedene Frau betont.

»Fühlst du dich wohl in deiner Klasse? Hast du nette Mitschüler, gute Freundinnen?«, erkundigte er sich nun weiter.

Sie nickte. »Ja, eine gute Freundin. Du kennst sie, Liesa. Sie hat mich ein paarmal abgeholt, als ich bei dir war.«

Ja, das stimmte. Er kannte Liesa und mochte sie auch. Sie hatte kurzes, strubbeliges Haar mit roten Strähnchen und spielte Schlagzeug. Sie erinnerte ihn ein wenig an Ellen.

»Freunde?«, wagte er einen weiteren Vorstoß.

»Jungs sind dämlich.«

Hm, das hatte sich also noch nicht geändert. Er war froh darüber. Er war noch nicht bereit dazu, ihr Tipps in der Liebe zu geben. Er war überhaupt der völlig falsche Mensch, um ihr Tipps in der Liebe zu geben.

»Alles, was sie interessiert, ist Fußball. Sie sind völlig unspannend. Niemand malt oder hat auch nur Interesse daran.«

Er hatte sich in seiner Kindheit und Jugend immer glücklich geschätzt, dass er Ellen und Marc hatte. Zwar waren sie nicht wie er Bücherwürmer mit Schreibambitionen, sie kannten jedoch seine Welt, verstanden, wie er sie sah. Erst mit Kaia hatte er jemanden gefunden, der ihn wirklich durchschaute, der war wie er. Mit dem er über Filme und Literatur sprechen konnte, der wusste, wer Charles Bukowski war, was es bedeutete, seine Gedanken auf Papier zu bringen, wie persönlich es war und wie leidenschaftlich.

»Malst du immer noch Gesichter?«

»Ja.«

»Hast du welche dabei?«

Sie nahm ihr Smartphone heraus und zeigte ihm ein paar Fotos. Egal, wie oft er ihre Werke betrachtete, er war immer wieder aufs Neue erstaunt. In den letzten Monaten hatte sie begonnen, sich auf Gesichtsausdrücke zu konzentrieren. Sie zeichnete nur noch mit Bleistift, fing mit diesem jedoch die intensivsten Gefühle ein: Da war eine enttäuschte Frau mit zusammengekniffenen Augen, ein begeisterter Junge mit riesigen Augen, ein nachdenkliches Mädchen mit geschlossenen Augen.

»Sie sind unglaublich. Danke.«

Sie lächelte und steckte das Telefon wieder in ihre dunkle Jeans.

Als Gil dreizehn war, mangelte es ihm noch sehr an

künstlerischer Erfahrung. Er hatte bereits viel gelesen und wusste auch, dass er schreiben wollte. Doch alles, was er zu Papier gebracht hatte, waren Fragmente gewesen, einzelne zusammenhangslose Absätze. Irgendwann fiel ihm dann zu einem der Texte ein passender Dialog ein, ein andermal ein Erlebnis. So kam er langfristig zu seiner ersten richtigen Geschichte. Damals war er ungefähr vierzehn gewesen.

Es klingelte an der Tür. Er griff sich die zwanzig Euro, die er immer auf der Ablage in der Küche liegen hatte, nahm die Pizza samt Salat entgegen, bezahlte und stellte sie auf dem Tisch ab. Dann holte er Besteck und Servietten. Keiki ließ das Besteck liegen, nahm eine Serviette und griff sich ein großes Stück Pizza direkt aus dem Karton.

»Salat nicht vergessen!«, mahnte Gil.

»Wie viel von deiner Geschichte hast du gestern geschrieben?«, fragte sie mit vollem Mund, ohne darauf einzugehen.

»Die ganze.« Jetzt griff er sich auch ein Stück Pizza, dazu vorbildlich eine Gabel voll Salat.

»Eine ganze Geschichte? In einer Nacht?«

»Ja.«

»Du schreibst nie eine ganze Geschichte auf einmal.«

»Diesmal schon.«

»Was ist passiert?« Sie spülte das erste Stück mit Cola hinunter und sah ihn über den Rand der Dose hinweg skeptisch an.

»Keine Ahnung, ich war inspiriert, es lief gut.«

Sie grinste. »Nein, wirklich. Was ist passiert? Wen hast du getroffen? Was hast du getan?«

»Nichts, es war einfach eine gute Nacht.« Teilweise glaubte er es sogar selbst.

Keiki war nicht überzeugt. »Nein. Du bist heute allgemein viel zu gut drauf. Du bist gar nicht mürrisch.«

»Ich bin nicht immer mürrisch«, verteidigte er sich, bemerkte aber den viel zu mürrischen Ton. Er seufzte. »Ich habe letztens einen alten Freund getroffen. Wir haben viel gequatscht, es hat gut getan. Vielleicht hat es einen Beitrag dazu geleistet, ich weiß es nicht.«

»Welchen alten Freund?«, fragte sie stutzend weiter. Sie wusste von Marc. Sie wusste, dass er sein einziger alter Freund gewesen war. Sein einziger Freund überhaupt. »Wo hast du ihn getroffen?«

»Na, eigentlich eine Freundin. Sie stand letztens vor meiner Tür. Sie ist auch Schriftstellerin, wir haben uns lange unterhalten, übers Schreiben, unsere Reisen und Beziehungen … Ich schätze, es war einfach gut, mit jemandem zu sprechen, der versteht.«

Sie hatte sogar ihre Pizza für einen Moment vernachlässigt, hörte ihm aufmerksam zu. »Hat sie dich einfach so plötzlich besucht?« Ihr Blick war immer noch skeptisch.

»Sie hat für eine Brücke gesammelt.«

»Ganz zufällig?« Ihr braunes Haar fiel ihr jetzt ein bisschen über die Stirn, was ihre dunklen Augen noch eindringlicher machte.

»Ganz zufällig.«

Sie stieß einen trockenen Lacher hervor. Die zweite Person, die nicht daran zu glauben schien.

»Und wann wirst du sie wiedersehen?« Sie strich sich die Strähne aus dem Gesicht und griff sich ein weiteres Stück.

»Keine Ahnung, vermutlich gar nicht. Es war ein einmaliges Treffen, zwei alte Freunde, die herausfanden, was aus dem anderen geworden ist. Muss man nicht wiederholen. Jetzt weiß ich es ja.«

»Hast du Angst?«, fragte sie wieder mit vollem Mund.

»Nein.«

Vielleicht hatte er ein bisschen Angst. Dass sie ihn an unangenehme Orte führen würde. Nicht nur zu Erinnerungen an Marc. Auch an ihre Beziehung, die so schlecht ausgegangen war. Aber es erschreckte ihn vor allem, weil er an einem Abend mit ihr mehr gefühlt hatte als in den letzten fünf Monaten. Vielleicht hatte er auch Angst davor, wieder etwas für jemanden zu empfinden, sich zu öffnen, enttäuscht zu werden, wieder jemanden zu verlieren. Wieder jemanden zu verletzen.

»Du solltest sie nochmals treffen. Du solltest viel mehr Sozialkontakte haben.«

»Sagst ausgerechnet du.«

»Wenn ich jemanden hätte, der mich versteht, würde ich gern mehr Zeit mit ihm verbringen.« Sie sah ihn dabei etwas vorwurfsvoll an, und er nahm sich vor, in Zukunft regelmäßig einen Nachmittag für sie freizumachen.

»Vielleicht hast du recht.«

»Natürlich habe ich recht.«

Vier Stunden später stand er am Fenster und winkte ihr nach, als sie ins Auto stieg. Im Anschluss machte er sich daran, die Reste ihrer Pizzaorgie zu beseitigen, die Teller zu spülen, den Aschenbecher zu leeren. Er stellte das Radio an, denn plötzlich kam es ihm ungewohnt still in der Wohnung vor. Selbst Bukowski lag vor der Haustür, als schien er darauf zu warten, dass Keiki zurückkam. Der Hund und seine Tochter waren vom ersten Tag an dicke Freunde gewesen. Sie waren vermutlich die Einzigen auf der Welt, die sofort sahen, wann es ihm gut ging und wann nicht. Er fand es immer wieder erstaunlich, wie hervorragend Keiki Emotionen lesen konnte und auch verstand. Für ein dreizehnjähriges Mädchen schien ihm das außergewöhnlich. Vermutlich lag es daran, dass sie sie für ihre Zeichnungen genau studierte, ablas, verinnerlichte. Und, dass sie keinen Hehl aus ihren eigenen machte. Eine der Eigenschaften, die sie definitiv von ihrer Mutter geerbt hatte.

Es hatte ihn verletzt, als sie gesagt hatte, sie wolle mehr Zeit mit ihm verbringen. Es tat weh, dass er offenbar nicht genug für sie da war, sie nicht genug unterstützte, nicht der Vater war, den sie brauchte. Es lag nicht daran, dass er nicht wollte. Er hätte gern mehr Zeit mit ihr verbracht. Er schaffte es einfach nicht. An manchen Wochenenden musste er arbeiten, an anderen war er für Erledigungen unterwegs, manchmal auch pausenlos ins Schreiben vertieft, vergaß Zeit und Raum. Trotzdem nahm er sich an diesem Abend fest vor, sich zukünftig so zu organisieren, dass er sie alle zwei Wochen sehen konnte. Er mochte ihre Gesellschaft, ihre Fragen, ihre klugen, direkten Kommentare. Er mochte es, wie sie ihn zum Nachdenken brachte, wie sie ihm zeigte, dass er unrecht hatte, ohne mit ihm zu streiten, ohne etwas beweisen zu müssen. Das konnte sonst nur Kaia.

Er dachte daran, was seine Tochter gesagt hatte, und ob er sie wirklich anrufen sollte. Es ging nicht nur um ihn selbst, darum, ein unkompliziertes, möglichst beziehungssparsames Leben zu führen. Es ging auch um sie. Er wusste, dass er ihr das letzte Mal sehr wehgetan hatte. Und obwohl er die Schuld nicht unbedingt bei sich suchte, sie nie zu etwas überredet, ihr nie etwas vorgemacht hatte, wollte er keinesfalls noch einmal so etwas erleben. Er hatte auch unter ihrer Trennung gelitten. Unter all seinen Trennungen. Das war einer der vielen Gründe, warum er sich seit seiner Scheidung größtenteils aus dem Beziehungsleben zurückgezogen hatte.

Aber war es diesmal nicht anders? Er hatte keinerlei romantische Ambitionen, nicht bei Kaia, nicht bei irgendjemandem sonst. Er wollte sie nicht mal mehr ins Bett kriegen. Er wusste nun, was für eine schwachsinnige Idee das gewesen war. Sein einziges Motiv war es, hin und wieder mit jemandem zu reden, der in seiner Welt lebte. War es egoistisch? Vermutlich. War es gefährlich? Eher nicht.

Noch unbedenklicher war es natürlich, Julia anzurufen, mit ihr den Sonntagabend ausklingen zu lassen.

Er seufzte. Er legte das Geschirrtuch zur Seite, mit dem er das Besteck abgetrocknet hatte, und griff zu seinem Telefon auf der Küchenablage. Dann wählte er Kaias Nummer.

»Hallo?«, fragte die Stimme am anderen Ende der Leitung, fast beiläufig, als wüsste sie nicht, wer es war. Hatte sie seine Nummer gar nicht erst abgespeichert? Hatte sie nicht auf das Display geschaut?

»Hey.«

»Gil?« Immerhin, sie erkannte seine Stimme.

»Ja.«

»Hi.« Sie klang weder erstaunt, noch übermäßig erfreut.

»Hi. Wie geht's?« Eigentlich hasste er sinnlosen Small Talk, kam lieber direkt zum Kern der Sache. Aber in diesem Fall wusste er nicht, wie.

»Gut, danke. Dir?«

»Alles okay.« Er zündete sich eine Zigarette an. »Hast du schon Pläne für kommendes Wochenende?« Na bitte, da war es. Direkt zum Punkt.

Eine kurze Pause folgte, und er hörte förmlich, wie sie überlegte.

»Sonntag werde ich vermutlich etwas unternehmen, aber Samstag sieht gut aus.«

»Möchtest du dich treffen? Ich meine …« Er nahm einen langen Zug. »Ich möchte mich gern wieder mit dir treffen. Es war nett letztens.« Nett. *Nett*? Nett war eine abendliche Familienserie, ein Vanilleeis ohne Schokosoße, die Bundesgartenschau.

»Okay.«

»Ich würde dir gern etwas zeigen.«

»Ich glaube nicht, dass du mir etwas zeigen kannst, das ich noch nicht gesehen habe.«

Er überlegte einen Augenblick, wie sie das meinte, entschied sich dann aber für die harmlose Version.

»Ich bin mir ziemlich sicher, dass du das noch nicht gesehen hast«, meinte er grinsend. »Ich hole dich um acht ab. Kannst du mir deine Adresse schicken?«

»Ja.«

»Okay. Ich freu mich.« Er drückte die Zigarette im leeren Aschenbecher aus. »Warte … Kaia …«

»Ja?«

»Nimm dir etwas Warmes zum Anziehen mit. Einen Pulli oder so. Wir gehen nicht essen.«

11

Freitag, 18. Oktober 1996
Hamburg

»Ich bin schon richtig gespannt, was sie von ihrer Reise erzählen.« Bianca zog sich einen dunklen Lidstrich unter ihre Augen. Gerade wenn sie ausgingen, mochte sie ein eher düsteres Auftreten, obwohl sie eigentlich der immer lächelnde Sonnenschein der Gruppe und für jeden Spaß zu haben war. »Ich kann mir überhaupt nicht vorstellen, dass eine Geometriewoche in irgendeiner Form spannend oder auch nur unterhaltsam ist«, ereiferte sie sich und sah Kaia dabei aus der Reflexion des Spiegels an. Ihre schulterlangen blonden Haare fielen ihr lockig ins Gesicht.

»Ich bin so froh, dass wir Spanisch gewählt haben und im Sommer nach Madrid kommen«, stimmte Yvonne ihr zu, die direkt neben ihr stand. »Wir werden bestimmt ganz viele Abenteuer mit hübschen Spaniern erleben. Wie sexy ist dazu im Vergleich eine Geometriewoche?«

Alle drei lachten.

Die Hälfte der Klasse war die Woche über in Berlin gewesen, wo sie andere Schulen getroffen hatten, um gemeinsam mathematische Probleme zu lösen, geometrische Formen neu zu erleben und selbstständig Formeln zu erarbeiten. Definitiv nicht die Vorstellung von Spaß, die die drei Mädchen hatten. Bianca war in der Geometriegruppe, wollte jedoch nicht an der Klassenfahrt teilnehmen und durfte stattdessen ihre eigenen Matheaufgaben lösen, während ihre Kameraden über spanischen Verben schwitzten.

Nun saßen sie in ihrem Jugendzimmer, das ausgiebig mit Nirvana- und Soundgarden-Postern dekoriert war. In einer knappen Stunde würden sie die Rückkehrer auf einer gemeinsamen Party in einem günstig gemieteten Jugendraum begrüßen. Bianca wohnte am zentralsten von ihnen, so konnten sie zu der Location zu Fuß gehen. Anschließend durften die Mädchen auch bei ihr übernachten.

»Ich hoffe, Carolin und Martin hatten wenigstens ein bisschen Spaß«, fügte Kaia nun hinzu. »Und sind auch nicht zu müde zum Feiern.«

»Ach was!«, widersprach Bianca. »Die sind schon heute Mittag angekommen und hatten genug Zeit, ein kurzes Schläfchen zu halten. Jetzt gibt's Party!« Ihr lauter Jubel übertönte einen Moment lang sogar Bad Religions *Punk Rock Song*, der aus dem CD-Player kam.

Kaia war besonders aufgeregt und versuchte, ihre Nerven mit etwas Sekt zu beruhigen. Seit dem Nachmittag im Park war zwischen ihr und Gil nichts passiert. Den Rest der Woche hatte sich keine Gelegenheit mehr ergeben, bei der sie allein gewesen wären, und am Montag darauf war er mit den Mathematikern nach Berlin gefahren. Sie hoffte, dass sich an diesem Abend ein Moment bot, an dem sie unter sich waren, ihren Flirt wieder aufnehmen konnten. Es war kein Tag vergangen, an dem sie nicht daran gedacht hatte, wie sich seine Hand in ihrer anfühlte, seine Fingerspitzen auf ihrem Arm, sein Atem auf ihrem Gesicht. Viele Male hatte sie sich vorgestellt, wie seine Lippen sich wohl anfühlten, ob er sie zärtlich oder leidenschaftlich küssen würde, oder beides.

»Kaia?«

Sie schreckte aus ihren Gedanken und sah, wie Yvonne vor ihrem Gesicht die Finger schnippte. »Willkommen zurück. Wo warst du denn?«

»Sie ist in letzter Zeit dauernd abwesend«, bemerkte Bianca. »Träumst du von deinem anonymen Verehrer?«

Natürlich hatte Carolin nichts für sich behalten können und am nächsten Tag der Gruppe freudig erzählt, dass Kaia sich verliebt hatte. Yvonne hatte sie ziemlich genervt, um einen Namen zu bekommen, aber Kaia war hart geblieben. So lange überhaupt nichts passiert war, gab es keinen Grund, darüber zu reden.

»Vielleicht.« Sie lief rot an.

»Sag uns zumindest, ob er heute auch auf der Party

sein wird.«

Das war tatsächlich kein so heißer Tipp. Auch aus den Parallelklassen waren eine Menge Leute eingeladen.

»Vielleicht«, wiederholte sie.

»Uuuuuhh, dann werden wir möglicherweise Zeugen des Beginns einer heißen Liebesgeschichte!« Bianca klatschte in die Hände.

»Geh nur auf Nummer sicher, dass er gut küsst«, warnte Yvonne, die wie so oft ihre Gedanken zu lesen schien. »Gibt nichts Schlimmeres als schlechte Küsser. Wenn er das nicht auf die Reihe kriegt, kannst du auch sonst nichts erwarten.«

Bianca lachte. Kaia überlegte. Wirklich schlechte Küsser hatte sie glücklicherweise noch nie erwischt. Manche waren sehr schüchtern gewesen, vielleicht sogar etwas planlos, andere zu schnell, zu selbstsicher. Aber bei keinem hatte sie bisher das Gefühl gehabt, den Kuss vorzeitig beenden zu müssen. Allerdings genauso wenig, ihn verlängern zu wollen. Kein Kuss hatte ihre Welt aus den Fugen gehoben. Sie fragte sich, ob das mit Gil anders sein würde. Sie war überzeugt, dass es ein guter Kuss werden würde. Es konnte gar nicht anders sein. Schon seine Berührungen hatten sie um den Schlaf gebracht. Selbst in der Deutschstunde am nächsten Tag hatte sie nicht mitbekommen, worum es in der Kurzgeschichte gegangen war, die sie lesen sollten, weil sie nur auf das Weiß der Seite und die schwarzen Lettern starrte. Es half auch nicht, dass Gil die Woche über weiter mit ihr flirtete. Subtil, kaum merklich, doch sie merkte es. Wie er ihr unmotiviert zulächelte, sich im Unterricht zu ihr umdrehte oder im Schulhof ganz zufällig ihre Hand streifte. Yvonne, die neben ihr saß, hatte die eine oder andere Situation mitbekommen, aber nichts gesagt.

»Absolut«, stimmte Bianca zu und holte Kaia erneut zurück in die Realität. »Ich hasse es, wenn sie schon mit der Zunge auf dich zukommen, als wärst du eine Kugel Erdbeereis.« Sie schüttelte sich.

Das war bei Gil definitiv nicht der Fall gewesen. Er hatte

seinen Mund leicht geöffnet, sich ihr langsam genähert, bevor sie sich nicht küssten.

»Oder noch schlimmer«, konterte Yvonne, »wenn sie schon drin sind und dir den Mund ausschlecken. Ich meine, was suchen die? Meine Zahnlücken?«

Ihre Freundinnen lachten.

»Ach nein, mach dir keine Sorgen«, besänftigte Bianca sie und drehte sich nun zu ihnen. »Wenn du verknallt bist, kann es eigentlich gar nicht schiefgehen. Ich weiß nicht, vielleicht akzeptiert man alle diese Dinge dann, oder man verknallt sich instinktiv nur in Leute, die so küssen, wie man es gern hat. Aber ich hatte noch nie einen schlechten Kuss mit jemandem, in den ich verliebt war.«

Hier konnte Kaia nicht mitreden.

Yvonne schien jedoch ihrer Meinung zu sein. »Ja, du hast recht.«, bestätigte sie lächelnd.

»Und, wen schnappst du dir heute?«, fragte Bianca sie.

»Niemand Bestimmtes.« Yvonne war gern auf der Jagd, fand fast auf jeder Party ein Opfer. Manchmal hatte sie schon im Vorhinein ein Auge auf jemanden geworfen. »Ich lasse mich überraschen.« Sie richtete ihr T-Shirt, das ihr über die linke Schulter fiel. Kaia trug eine dunkelblaue Jeans und ein simples schwarzes Top. Statt schicker Kleidung setzte sie lieber auf gutes Parfum und etwas Augen-Make-up.

»Du siehst gut aus«, bestätigte Yvonne sie. »Er wird dir zu Füßen liegen. Natürlich nur, wenn er da sein sollte.« Sie zwinkerte ihr zu.

Der Jugendraum lag zwei Blocks von Biancas Wohnung entfernt. Sie brauchten keine zehn Minuten. Kaia kam es trotzdem endlos vor. Ihre Hände und Beine zitterten die ganze Strecke über. Es war das erste Mal, dass sie so aufgeregt war, jemanden zu sehen. So große Vorfreude hatte, jemanden zu berühren, zu küssen, an seiner Seite zu sein. Obwohl sie sich fest vornahm, es nicht zu zeigen, ihm cool und klug wie immer entgegenzutreten.

Sie ließen ihre Mäntel am Eingang des Partyraums, wo auch die Toilette war. Die Feier hatte bereits vor einer Weile begonnen, von drinnen waren lachende Stimmen zu hören. Yvonne war der festen Meinung, man könnte nie ganz pünktlich zu einer Party gehen, weil man dann die ganze Aufmerksamkeit verschenkte. Auch jetzt ließ sie Kaia den Vortritt, die sich als Erste durch die dicke Holztür schob. Ihr Blick wanderte suchend durch die Menge. Auf der rechten Seite war eine Bar, an der Martin Orangensaft ausschenkte und die Sachen, die die Schüler in letzter Minute hineingeschmuggelt hatten. Über der Bar hing eine Box, aus der bereits Musik kam, wenn auch noch sehr leise. Daneben gab es einen breiten freien Bereich, der wohl als Tanzfläche genutzt werden konnte, aber momentan völlig leer war. In der linken Ecke war eine Sitzbank, auf der es sich eine mittelgroße Gruppe gemütlich gemacht hatte. Sie sah ein paar Jungs aus der Nachbarklasse, Ellen, und neben ihr Gil, der Carolin küsste.

Ein scharfer Stich in ihrer Brust nahm ihr den Atem. Sie spürte, wie sie den Boden unter den Füßen verlor, sich alles um sie herum drehte. Schräg verzerrte Musik verstärkte ihr Gefühl, im falschen Film gelandet zu sein. Yvonne musste es auch gesehen haben, oder hatte wahrgenommen, wie weiß sie geworden war, denn sie legte ihr jetzt den Arm auf den Rücken, damit sie nicht umfiel.

Sie hatte nicht viel Zeit, um sich zu fassen. Carolin hatte sie gesehen und kam auf sie zugestürmt.

»Hi!«, rief sie schon, als sie hinter dem Tisch hervorkam und winkte mit einem breiten Lächeln.

»Hi!«, übernahm Yvonne. »Wieder gut zurück?«

»Ja!« Sie grinste immer noch. »Ja, alles super!«

»So … du und Gil, he?«, fragte Bianca erstaunt.

»Ich weiß … habe ich auch nicht kommen sehen. Aber irgendwie ist es passiert. Irgendwo zwischen Formeln und geschmuggeltem Bier … sind wir zusammengekommen.« Sie lachte, und Kaia wurde speiübel.

Nun war also auch der Bruchteil einer Hoffnung dahin, es habe sich nur um ein Versehen oder einen flüchtigen Flirt gehandelt. Letzteres hatte sie ohnehin ausgeschlossen. Carolin war nicht der Typ für flüchtige Flirts. Wenn sie überlegte, hatte sie sie tatsächlich noch nie mit einem Jungen gesehen, nur davon gehört, dass sie eine Beziehung hatte. Und nun musste es ausgerechnet Gil sein.

»Eigentlich ist er gar nicht mein Typ. Viel zu intensiv, zu direkt«, fuhr sie fröhlich fort. »Aber das hat auch sein Gutes, wie sich herausstellt.« Sie hob die Augenbrauen. »Ich bin nur froh, dass du kein Interesse hattest«, wandte sie sich an Kaia. »Ich hatte anfangs wirklich kurz geglaubt, er wäre dein stiller Verehrer. Aber dann haben wir ja darüber gesprochen. Und da hatte ich noch nicht einmal ansatzweise Interesse an ihm. Es hat sich völlig spontan ergeben«, tönte sie nach wie vor fröhlich.

Kaia verlor immer mehr Boden. Sämtliche Fehler, die sie in den letzten Wochen gemacht hatte, schienen gleichzeitig auf sie niederzuprasseln. Die verborgene Wahrheit. Der verweigerte Kuss. Die verpasste Chance. Sie fühlte sich so furchtbar, furchtbar dumm. Und enttäuscht. Wie konnte er ihr das antun? Hatte er nie wirklich Interesse an ihr gehabt? Hatte sie sich seine Blicke nur eingebildet? Waren seine Berührungen tatsächlich zufällig gewesen?

»Setzt euch zu uns, es ist noch Platz«, lud Carolin die drei ein und deutete auf den Ecktisch.

»Ja. Ich … gleich …« Kaia schnappte nach Luft, versuchte, heisere Worte herauszupressen, die sich irgendwie zu einem Satz fügen mochten.

»Wir holen uns noch etwas zu trinken«, sprang Yvonne wieder für sie ein, nahm ihre Hand und zog sie mit sich an die Bar. Martin empfing sie lächelnd.

»Was darf's sein?«

»Was hast du? Kein Bier. Was Starkes.«

»Ist es dafür nicht noch etwas früh?«

»Spät genug.«

Damit gab er sich zufrieden, verschwand um die Ecke und kramte in einem Karton.

»Geht es wieder?«, nutzte Yvonne die Gelegenheit, sich ihrer Freundin zu widmen.

Sie schüttelte den Kopf, immer noch wortlos.

»Es tut mir leid.«

Kaia spürte, wie ihr die Tränen in die Augen stiegen, sich ihr die Kehle zuschnürte.

»Ich kann da nicht hin«, stieß sie kaum hörbar hervor.

»Ich weiß.«

Martin war zurück und stellte zwei Schnapsgläser vor ihnen auf den Tresen. »Tequila?«, fragte er.

»Genau richtig.«

Er füllte sie zur Hälfte auf und versteckte die Flasche wieder in der Box hinter der Bar.

»Trink«, forderte Yvonne ihre Freundin auf.

Kaia schüttelte nur den Kopf.

»Trink. Es macht dir den Hals frei. Und eröffnet unseren Plan.«

»Wir haben einen Plan?«, kam es nun doch hervor.

»Natürlich.« Yvonne nahm ihr Glas in die Hand, drückte das andere in Kaias. Sie hatte das Gefühl, dass ihre Hände immer noch so sehr zitterten, dass sie jeden Tropfen verschütten würde, wenn sie nicht gleich alles auf einmal hinunterschluckte. Also machte sie genau das. Yvonne tat es ihr gleich. Wenig später taumelte sie, hielt sich am Hocker fest und saß dann neben ihr auf dem Boden. Sie zwinkerte ihr zu, bevor jemand anders es sehen konnte. Martin war als Erster bei ihr, half ihr auf.

»Alles okay? Bist du gestolpert?«

»Ja. Tequila auf Wein. Vermutlich doch keine so gute Idee.«

»Nein, vermutlich nicht.«

Während sie aufstand, sah sie über die Schulter, um sicherzugehen, dass niemand ihren Auftritt verpasst hatte. Carolin war schon im Anmarsch.

»Was ist passiert?«, fragte sie, als sie bei ihnen stand.

Bianca war direkt hinter ihr.

»Alles okay, nur ein kurzer Blackout.

»Bist du sicher?«, schaltete Bianca sich ein. »Ich kann dir den Schlüssel zur Wohnung geben, wenn es dir nicht gut geht. Ich komme auch gern mit dir mit.«

»Nein, alles okay. Danke. Wir setzen uns mal kurz in den Nebenraum, etwas Luft schnappen.«

Die zwei Mädchen machten Anstalten, ihnen zu folgen.

»Nein …«, wies Yvonne die beiden zurück. »Ich brauche kurz eine Pause. Kaia kommt mit. Macht euch keine Sorgen.«

»Ganz sicher?«, fragte Bianca erneut.

»Ja, doch, alles gut«, beteuerte sie, hielt sich aber nach wie vor am Hocker fest. »Nur kurz Luft schnappen.« Sie nahm wieder Kaias Hand und steuerte auf die kleine, dunkle Tür zu, die zum Nebenzimmer führte.

Normalerweise war es der romantische Raum, der Raum, in den sich Pärchen zu späterer Stunde zurückzogen, um allein zu sein. Aber allein sein, das war in diesem Moment schließlich genau das, was sie wollten.

»Danke«, sagte Kaia jetzt und ließ sich auf eine Matratze in der Ecke fallen. Sie wollte am liebsten laut losschluchzen. Sie war nicht wütend, außer vielleicht auf sich selbst. Nie zuvor hatte sie einen so heftigen Schmerz verspürt. Er zwang sie mit jedem Schritt in die Knie, schnürte ihr immer noch den Atem ab. Verhinderte sogar, dass sie schluchzen konnte.

»Möchtest du in Biancas Wohnung? Oder nach Hause? Ich kann meine Meinung ändern, sie hat sicher nichts dagegen.«

Kaia schüttelte stumm den Kopf.

»Es wäre zu auffällig«, brachte sie dann hervor.

»Du kannst sagen, dir sei übel geworden. Niemand wird etwas merken.«

»Er wird es merken.« Sie versteckte den Kopf in ihren Händen, schluckte die Tränen hinunter. Die eine Person, die sie am meisten verstand, die sie am meisten an ihrer Seite wollte, war die eine Person, die sie nicht mehr haben konnte.

Nicht jetzt und nicht später. Ihre Chance war vorbei.

»Glaubst du wirklich, Carolin hat nichts geahnt?«, fragte Yvonne jetzt. »Ich meine, ja, sie kennt dich vielleicht nicht so gut wie ich. Aber sie hat doch auch Augen im Kopf.«

Kaia schüttelte wieder den Kopf. »Nein, das würde sie nicht tun.«

Yvonne nickte langsam. »Vermutlich hast du recht. Ich kann es mir auch nicht vorstellen. Sie ist ein offener, aufrichtiger Mensch. Ich glaube nicht, dass sie dir derart in den Rücken fallen würde.«

Kaia reagierte nicht. Aber innerlich stimmte sie ihrer Freundin zu.

»Warum weißt du es?«

Yvonne lächelte. »Du hast die ganzen letzten Wochen im Hof neben ihm gestanden. Sonst stehst du jeden Tag woanders, weil es dir egal ist. Es war dir aber nicht mehr egal. Du wolltest ihm nahe sein. Und der Tag, an dem Carolin verkündete, dass du dich verknallt hattest, war der Tag, nach dem du nicht mehr mit ins *TrinkBar* wolltest. Du sagtest, du hättest noch zu viel zu lernen, aber ich habe gesehen, wie du mit ihm weggegangen bist. Du bist völlig anders, seit eurer Zusammenarbeit in der Französischstunde. Gut anders, aber anders.«

Jetzt wollte sie wieder losheulen.

»Es geht vorbei«, versicherte ihr Yvonne, die ihre Tränen kommen sah. »Die Tatsache, dass du die zwei jeden Tag direkt vor Augen hast, wird es nicht leichter machen. Aber es geht vorbei.«

»Ganz sicher?«

»Ganz sicher.«

Zwei Stunden und sechs Tequila-Shots später war es immer noch weit entfernt von vorbei. Aber immerhin hatte sie es geschafft, den stechenden Schmerz zu betäuben. Auch waren mittlerweile so viele Leute gekommen, dass fast immer jemand zwischen ihr und dem feindlichen Terrain war. Es gab keine drei Momente, in denen sie die beiden ungestört im Blickfeld hatte. Und selbst dann sah sie sie nur nebeneinandersitzen, reden, lachen. Als sie und Yvonne aus dem Nebenzimmer zurückgekommen waren, hatte sich die Tischgesellschaft halbwegs aufgelöst. Bianca und Carolin tanzten *Macarena* – was bedeutete, dass sie selbst schon ordentlich angeheitert sein mussten. Ellen stand am anderen Ende des Raums und quatschte mit einer Mitschülerin, und so stellte niemand Fragen, als sie sich einfach wieder zu Martin an die Bar gesellten und tranken. Yvonne hielt sich vorsichtshalber zurück, um keine sorgenvollen oder skeptischen Blicke zu ernten. Martin hätte ihr vermutlich ohnehin nur noch Orangensaft serviert. Kaia hingegen kippte ein Gläschen nach dem anderen hinunter, ohne Zitrone, Orange oder sonstige Deko. Sie vermied den Blick in den Raum, unterhielt sich mit Yvonne, obwohl sie keine Ahnung hatte, worüber. Sie antwortete wie in Trance, auf Autopilot. Im Stillen überlegte sie, wie alles verlaufen wäre, hätte sie ihn vor zwei Wochen im Park nicht zurückgewiesen. War das seine Trotzreaktion? Wollte er ihr zeigen, dass er auch jedes andere Mädchen haben konnte? Nein, das klang nicht nach ihm, so mit Carolin zu spielen. Und wozu sollte er ihr etwas beweisen? Trotzdem – wäre die Situation anders, wenn sie sich geküsst hätten? Vielleicht würde dann sie in seinen Armen auf der Couch sitzen, seine zarten Hände spüren, vor Glück ertrinken, statt im Tequila? Der Gedanke trieb ihr wieder Tränen in die Augen, und sie spülte ein weiteres Glas des braunen Teufelszeugs hinunter.

»Ich muss … Toilette«, brachte sie hervor und deutete auf die verschwommene Tür hinter dem Eingang.

»Okay. Soll ich mit?«

»Nein. Alles okay.« Sie schälte sich von ihrem Hocker, stieß mit ein paar Leuten auf der Tanzfläche zusammen und fand schließlich den Durchgang, der Erlösung versprach. Ein paar Sekunden hielt sie sich daran fest, sah sich um. Hinter ihr tanzten verschwimmende Menschen, neben ihr bog sich der Türrahmen zwischen ihren Händen. Wenige Meter vor ihr waren zwei rote Türen. Oder doch nur eine? Sie versuchte ihr Glück, steuerte darauf zu und fühlte eine Klinke in ihrer Hand. Sie drückte sie hinunter, stolperte in das stille Örtchen und setzte sich samt Hose auf den Sitz.

»Kaia?«, hörte sie nun die Stimme, die sie am allerwenigsten hören wollte.

»Kaia, bist du da drin?«

»Nein!«, antwortete sie und schlug sich auf den Kopf. Selbst in diesem Zustand realisierte sie, dass es die falsche Antwort war. Sie wartete einen Moment ab, der ihr wie eine Ewigkeit erschien. Als sie nichts mehr hörte, stand sie auf und öffnete die Tür. Sie hatte gar nicht mehr daran gedacht, die Toilette tatsächlich zu benutzen.

Da stand er, keinen halben Meter von ihr entfernt. Gutaussehend wie immer, das konnte sie trotz Verschwommenheit noch erkennen. Er trug blaue Jeans und ein offenes Hemd über einem schwarzen Shirt. Seine dunklen Haare fielen ihm ins Gesicht.

Es dauerte ein paar Sekunden bis er redete. Oder bis es bei ihr ankam.

»Ich habe nicht kommen sehen, dass das passieren würde.«

»Ja, das sagen heute alle«, presste sie hervor.

Im Hintergrund klagte Alanis Morrissette über die Ironie des Lebens. Was wusste die schon?

Gil verstand nicht, blickte sie mit zusammengezogenen Augenbrauen an. Sie sah nicht gut aus. Ihre Augen starrten ins Leere, ihr Gesicht war bleich wie die Wand, ihre langen Haare strubbelig. Und dennoch sah sie immer noch unglaublich gut aus. Für einen Moment war er versucht, auf sie zuzugehen, sie in den Arm zu nehmen, ihre Haare glatt zu streichen, ihr Parfum zu riechen.

»Du bist mir keine Erklärung schuldig«, brachte sie nun langsam und mühsam heraus. »Es ist nie etwas zwischen uns gelaufen. Wir sind nie etwas gewesen.«

Er war erstaunt, dass die Bemerkung ihn traf. Was auch

immer sie abtat, ihren Flirt oder ihre Freundschaft, ihre Verbindung, ihr gegenseitiges Verständnis – es tat ihm weh.

»Okay«, antwortete er nur, wollte es sich nicht anmerken lassen.

»Okay.« Sie hielt sich an der Toilettentür fest. Er fragte sich, ob sie gleich hineinfallen oder sie vollkotzen würde.

»Ich will jetzt tanzen«, sagte sie stattdessen, drängte sich an ihm vorbei und verschwand im Partyraum.

Bianca und Carolin standen neben dem Ecktisch vor der Tanzfläche. Ihre Gesichter hellten sich auf, als sie ihre Freundin kommen sahen.

»Kaia, alles okay bei dir?«

»Alles bestens.«

»Einen Moment lang hatte es den Anschein, als ob du dich übergeben müsstest.«

»Es geht mir gut«, wehrte sie mit immer noch zitternder, schwacher Stimme ab. Die beiden hatten nicht viel von ihrem Zusammenbruch mitbekommen. Carolin war mit Gil beschäftigt gewesen, Bianca mit ein paar Jungs aus der Parallelklasse. »Ist denn dein Herzensbrecher heute hier?«, erkundigte sie sich nun.

»Nein. Nein, ist wohl was dazwischengekommen.«

»Na, kein Wunder, dass du Tequila in dich hineingekippt hast«, fuhr ihre Freundin fort.

»Ja, klar.«

»Das sagt überhaupt nichts«, versuchte Carolin, sie zu ermuntern. »Es gibt bestimmt noch genug Möglichkeiten.«

»Nein«, konterte sie umgehend und überzeugt. »Ich habe keine Lust auf dieses Drama. Bescheuerte Liebe.« Damit ließ sie auch die beiden stehen und wankte zur Tanzfläche. Im Hintergrund lief ein alter Song von The Doors. Sie deutete Martin an der Bar, aufzudrehen. Er kontrollierte nicht nur die Alkoholausgabe, sondern auch die Anlage, die unter dem Tresen eingebaut war. Er drehte die Lautstärke hoch, und Kaia sprang auf der leeren Tanzfläche herum.

»*I am the lizard king*«, kam es laut aus den Boxen.

»*I can do anything*«, vervollständigte Kaia. Dann wurde ihr schwindelig, und sie taumelte nach hinten. Gil, der soeben aus dem Nebenraum zurückgekommen war, stand am nächsten und hielt sie fest, bevor sie zu Boden ging.

Kaia spürte seine warmen Hände auf ihren Armen, seine starken Arme um ihre Taille. Alles, was sie in einem kurzen, vernichtenden Moment verloren hatte. Mit letzter verbleibender Kraft boxte sie sich frei.

»Geh weg. Lass mich«, murmelte sie, rang sich aus seinem Griff und landete auf dem Hosenboden.

Yvonne stand als Nächste bei ihr, streckte ihr die Hand entgegen, half ihr auf und führte sie in eine ruhige Ecke hinter der Bar, wo ein paar Kissen lagen. Sie setzten sich, und Kaia ließ sich mit dem Kopf auf den Schoß ihrer Freundin fallen.

»Ruh dich ein bisschen aus«, hörte sie ihre besänftigende Stimme. Sie spürte, wie sie ihr über die Haare strich, vorsichtig auf die Schulter klopfte.

»Habe ich mir alles nur eingebildet?«, fragte Kaia mit geschlossenen Augen.

Yvonne wusste nicht, ob sie damit Gil meinte und die letzten zwei Wochen, in denen sie sich nähergekommen waren, oder diesen ganzen verteufelten Abend. So oder so, lautete die Antwort:

»Nein.«

Aus Kaias Tagebuch, 21. Oktober 1996:

Ich konnte mir schon als Kind nur schwer vorstellen, wie zwei Menschen sich finden und einfach so heiraten würden. Als wäre es die leichteste, selbstverständlichste Sache der Welt. Wie sollte das passieren? Geht man einfach durch die Straßen, und plötzlich trifft man jemanden, verliebt sich und verbringt den Rest seines Lebens mit ihm? Es schien mir unbegreiflich. Gab es überhaupt genug Männer auf der Welt? Oder Frauen? Es muss doch ein Wunder sein, wenn zwei Menschen zusammenkommen. Ein Wunder, das wohl nur bestimmten Auserwählten vorbehalten ist.

Was wird aus den anderen?

12

Samstag, 23. April 2016
Frankfurt am Main

Gil fuhr langsam in die ruhige Wohnstraße ein. Er war generell kein schneller Fahrer, schon gar nicht, wenn er die Hausnummern absuchte. Der alte Wagen hatte kein Navigationssystem, er war auf die Genauigkeit und Ortungsbereitschaft dieser Nachbarschaft angewiesen. Tatsächlich machte Kaia es ihm aber leicht, wie er schnell sah, denn sie stand vor der Nummer 25 auf dem Gehweg. Sie hingegen schien ihn nicht zu erkennen. Erst als er direkt vor ihr stehen blieb, kam sie mit skeptischem Blick näher und spähte durch die Windschutzscheibe. Er drehte das Fenster auf der Fahrerseite hinunter.

»Du kommst mit dem Auto?«, fragte sie, ohne ihn zu begrüßen.

»Heute ja.«

»Ich wusste nicht, dass du ein Auto hast.«

»Hab ich auch nicht.«

Ihr Blick wurde skeptischer.

»Es gehört meinen Eltern. Ich habe es geborgt.«

»Wissen sie das auch?«

Er grinste, seine Augen verkleinerten sich. »Ja!«, gab er entrüstet zurück. »Sie haben einen weiteren spannenden Abend mit *Verstehen Sie Spaß* vor sich.«

Sie lächelte, ging um das kleine braune Fahrzeug herum

und stieg ein.

»Hey«, begrüßte er sie.

»Hi.«

»Hast du auch etwas Warmes eingepackt?« Er nutzte den Moment, sie genauer anzusehen. Sie trug eine dunkle Jeans, einen anliegenden Pulli, um ihren Hals hing lose ein Schal. Eine dicke blaue Jacke lag auf ihrem Schoß, verdeckte ihre schlanken Beine.

»Natürlich.«

»Hast du etwas gegessen?«

»Du hast gesagt, wir gehen nicht essen. Also habe ich gegessen.«

»Gut.« Er fuhr genauso langsam los, wie er angekommen war. »Was hast du gegessen?«

Sie stutzte einen Moment. »Nudelsalat«, antwortete sie dann. »Ich hatte noch Pasta von gestern übrig.«

»Ich habe Chips eingepackt, für alle Fälle.«

»Wo geht's denn hin?«, fragte sie, während sie sich langsam aus der Stadt hinausbewegten.

»Hessischer Spessart.«

Sie hatte davon gehört, war aber tatsächlich noch nie dort gewesen. »Ist das nicht ziemlich außerhalb der Stadt?«

»Deshalb haben wir das Auto.«

»Was gibt es dort?«

»Landschaft, Wiesen. Schöne Aussicht.«

»Und wir fahren dort hin, weil …?«

Er seufzte innerlich und lächelte gleichzeitig. Ihre endlosen Fragen konnten ihn in den Wahnsinn treiben, zeigten aber auch, dass sie ihre Begeisterungsfähigkeit und Neugier beibehalten hatte. Das war ihm bereits beim Peruaner aufgefallen. Etwas, das ihm selbst nicht gelungen war. »Warst du schon dort?«, stellte er nun eine Gegenfrage.

»Nein.«

»Siehst du.« Gil war einmal daran vorbeigefahren und hatte das Gefühl gehabt, es war ein interessanter Platz, an den man mit mehr Zeit zurückkommen sollte. Tatsächlich unternahm er selten etwas. Seine wenigen Freunde und Bekannten hatten Familien oder wohnten weiter weg. Manchmal zog er spontan mit Keiki los. Dann bummelten sie durch die Stadt, besuchten ein Museum oder eine Galerie, tranken heiße Schokolade. Wenn er dennoch etwas unternahm, sollte es ein Ort sein, den er noch nicht kannte. Egal, ob Location oder Sehenswürdigkeit, ein Mindestmaß an außergewöhnlich oder anders war für ihn Voraussetzung. Er mochte keine Wiederholungen. Das Leben bestand schon so aus genügend Routine. Bei der Planung für diesen Abend ging er seine innere Liste an Orten durch, die er vorgemerkt hatte und die für seine Tochter weniger infrage kamen. Einen Moment lang hatte er überlegt, ob es ein zu romantischer Ort war, um kein Date zu sein, gelangte jedoch zu dem Schluss, dass Romantik nicht am Ort lag, sondern an der Absicht. Welche er nicht hatte.

»Wir kommen zu spät für den Sonnenuntergang«, stellte Gil sachlich fest.

»Du bist sehr langsam gefahren.«

»Ich fahre nicht gern.«

Verständlich, dachte sie, sprach es aber nicht aus. Vermutlich war es ohnehin besser ohne Sonnenuntergang. Die Wiese, die vor ihnen lag, in neutraler, grauer Dämmerung, neben einem Holzzaun, war viel geeigneter für ein Gespräch unter Freunden. Trotzdem war der Ort zugegebenermaßen wirklich schön, fand sie. Sie hatten auf einem kleinen Hügel geparkt, von dem aus man einen sehr freien, wenn auch weit entfernten Blick auf die Metropole hatte. Manchmal fand Kaia es immer noch erstaunlich, wie man in kürzester Zeit von den Hochhäusern, Bankgebäuden und Geschäften weg in eine völlig andere Welt aus Wäldern und Bergen eintauchen konnte.

Nachdem sie den ersten Ausblick in sich aufgenommen hatte, sah sie sich nach Gil um. Er hatte einen Rucksack und eine Decke aus dem hinteren Teil des Autos geholt, die er nun auf dem Boden ausbreitete. Aus dem Rucksack nahm er die angekündigte Packung Chips, eine Piccolo-Flasche Rotwein, zwei Gläser und eine Taschenlampe. Sie setzten sich auf die Decke, er stellte die Chipstüte und den Wein zwischen ihnen ab. Sicherheitsabstand, dachte sie automatisch. Besser so. Man konnte nie wissen.

Sie überlegte, mit welchem Thema sie beginnen konnte, das möglichst neutrales Terrain war.

»Wie war deine Arbeitswoche?« Der Klassiker, gleich nach dem Wetter.

»Hätte besser sein können.«

»Meine auch.« Der Montag hatte wie versprochen eine Telefondiskussion mit Herrn Scholl gebracht sowie eine weitere Zurechtweisung von Steffen, der ihr klar zeigen wollte, dass sie ihm nun, da sie nicht mehr seine Partnerin war, untergeordnet war.

»Ich habe immer noch keinen guten Werbespruch für Lachers Kondome.«

»Die heißen so?«

»Ja.«

»Für den Spaß zu zweit? Zu dritt?«

»Zum Beispiel.«

»Was genau sollst du bewerben? Die Kondome selbst?«

»Bissfeste Kondome.«

»Wozu soll das gut sein?«

»Eben.« Genau das hatte er sich auch gefragt. Genau das hielt ihn davon ab, die perfekte Zeile zu finden.

»Du könntest sie in einem Werbespot testen.« Jetzt sah sie ihn von der Seite an, während er geradeaus in die einbrechende Nacht starrte. Ob er sich erinnerte? »Wie wir damals. Weißt du noch?«

»Ja. Ich habe daran gedacht.« Er nahm die zwei Gläser zur Hand und öffnete die kleine Flasche. »Das Problem ist, ich mache keine Spots. Nur Texte.«

Er war also den Worten treu geblieben.

Gil schenkte die Gläser ein, eines gut halb voll, das andere mit nur einem Schluck. Sie beobachtete seine Hände, in einer hielt er das Glas, in der anderen den Wein. Sie waren genauso wie vor 20 Jahren. Bestimmt konnten sie immer noch die gleichen zynischen, direkten, ehrlichen Worte zu Papier bringen. Und einiges mehr, das sie sofort aus ihren Gedanken verbannte.

Er streckte ihr das halb volle Glas entgegen, nahm selbst das, das kaum gefüllt war. Dann prostete er ihr zu.

»Möchtest du nicht mehr?«

»Ich trinke nicht, wenn ich fahre.«

Natürlich, dachte sie wieder. *Was für eine dumme Frage.*

»Wie läuft es bei dir? Spannende Webseiten diese Woche?«

Sie schüttelte den Kopf. »Nicht wirklich. Ungerechtfertigte Beschwerden über Dinge, die nie besprochen wurden, nervige Änderungen und ungemütliche Diskussionen mit meinem Ex.«

»Du arbeitest mit deinem Ex zusammen?«

»Es ist seine Firma. Unsere, irgendwie. Wir haben sie gemeinsam aufgebaut. Aber auf dem Papier ist es seine. Und ich will auch gar nichts davon.«

»Ich könnte nicht mit meiner Ex zusammenarbeiten. Jedes Mal, wenn es darum geht, Keiki zu sehen, brauchen wir drei Tage, um uns einig zu werden. Ich kann mir auch nicht vorstellen, irgendetwas Kreatives mit ihr auf die Beine zu stellen.«

»Keiki ist deine Tochter?«

»Ja.«

»Wie ist sie so? Habt ihr ein gutes Verhältnis?«

»Sporadisch, was meine Schuld ist, weil ich permanent zu wenig Zeit habe. Aber ja, wir kommen gut aus. Sie ist ehrlich, direkt, klug, sehr begabt.«

Das klang stark nach jemanden, den sie eines Tages in einer Französischstunde kennengelernt hatte.

»Sie zeichnet wunderschön. Nein … vielmehr … echt. Authentisch. Sie sieht die Menschen so, wie sie wirklich sind.«

Auch das klang nach ihm. Sie sprach es aber nicht aus. Es wäre zu sehr einem Kompliment nahegekommen.

»Ich bin tatsächlich auf der Suche nach etwas Neuem. Auf Dauer möchte ich auch nicht mit ihm zusammenarbeiten«, sagte sie stattdessen. »Es tut nicht mehr weh, ihn zu sehen. Aber ich habe auch keine Lust darauf, ihm jeden Tag über den Weg zu laufen und sein Machtgehabe zu spüren.«

»Ja, gute Beziehungen mit dem Ex sind schwierig.«

Waren sie überhaupt möglich, überlegte sie? Oder waren sie hier gerade auf einer aussichtslosen Mission? Sie wollte daran glauben, wollte glauben, dass es möglich war, sich und ihm zu vergeben, die Wahrheit und damit ihren Frieden zu finden. Nach 20 Jahren endlich abzuschließen, was sie ewig verfolgt hatte. Sie vermutete, seine Gedanken waren ähnliche. Er sah sie nicht an, starrte in den immer dunkler werdenden Abendhimmel, die ersten Sterne, die am Horizont erschienen. Dann zündete er sich eine Zigarette an. Sie schien ihn zurück auf Kurs zu bringen.

»Was möchtest du dann machen? Wieder in den Journalismus?«

»Warum nicht?«, antwortete sie schnell. »Wenn ich sehe, was gerade mit den *Panama Papers* passiert ist … da bekomme ich richtig Lust darauf.«

»Politiker bloßstellen?«

»Nein.« Sie nahm einen Schluck aus ihrem Glas, beobachtete, wie Venus immer heller wurde. »Politik oder Wirtschaft waren nie mein Bereich. Aber etwas zu bewirken, etwas aufzudecken. Das kann man mit Webseiten nicht. Wenn ich einen besonders schönen Text schreibe, verkauft jemand vielleicht nächste Woche 500 Sonnencremes. Wem hilft das? Höchstens, wenn ich für NGOs texte, habe ich manchmal das Gefühl, es könnte jemanden dazu motivieren, sie zu unterstützen, Gutes zu tun. Aber mit einem wirklich starken, aufrüttelnden Text kann man die Welt zum Nachdenken bringen, sie ein kleines Stück verändern.«

Nun lächelte er sie an. »Immer noch meine große Idealistin.«

Sie war froh, dass es bereits so dunkel war und die Taschenlampe nicht direkt auf sie leuchtete, denn sie errötete, als er ›meine‹ sagte. Es stimmte. Während Gil immer vom eher spontanen, freien Künstlerleben gesprochen hatte und in erster Linie Erfahrungen sammeln wollte, ging es ihr seit jeher darum, Menschen zu berühren, Geschichten zu erzählen, mit denen sich jemand identifizieren konnte, Charaktere zu erschaffen, die als Vorbilder dienten. Er hatte oft darüber gelächelt, wenngleich nie belächelt. Vielmehr hatte er seine Bewunderung dafür ausgesprochen, und dass er auch gern edlere Motive hätte als die seinen.

»Orion ist heute richtig hell«, kam es jetzt aus ihrem Mund. Er hatte keine Ahnung, was das mit ihrer Arbeit oder künftigen Ambitionen zu tun hatte. Er hatte auch keine Ahnung, wo Orion zu sehen war.

»Ich habe keine Ahnung, wovon du sprichst«, sprach er laut aus. Es war noch nie ein Problem für ihn gewesen, zuzugeben, wenn er etwas nicht wusste. Er versuchte nur generell, Themen zu vermeiden, bei denen er nicht mitreden konnte.

Ihr Arm zeigte in den klaren Nachthimmel auf drei aufeinanderfolgende Sterne. Tagsüber hatte es immer wieder geregnet, es war außerdem sehr bewölkt gewesen. Er hatte sich etwas Sorgen gemacht, dass der ganze Ausflug ins Wasser fallen würde. Doch kurz bevor er weggefahren war oder einen alternativen Plan schmieden musste, verschwanden die Wolken. Als hätten sie sich gerade rechtzeitig dazu verschworen, ihnen freie Bahn für ein möglichst gutes Spektakel zu machen.

»Oh, okay.«

»Wenn wir noch etwas länger hier sind, werden wir vermutlich auch Mars und Jupiter ziemlich gut sehen.«

»Ich wusste nicht, dass du dich für Sterne interessierst.« Es wunderte ihn aber auch nicht. Kaia hatte immer mehr gewusst als er, hatte sich für die verschiedensten Dinge interessiert und sich tieferes Wissen darüber angeeignet. Er hingegen streute hin und wieder seine Funfacts in Gespräche ein, um den Eindruck zu erwecken, er habe von allem eine Ahnung.

»Steffen ist ein großer Sternenfan. Wir sind öfter losgefahren, raus aus der Stadt, wo man bessere Sicht hat.« Allerdings waren sie nie hierher gekommen, wunderte sie sich, obwohl die Sicht hier ausgezeichnet war.

»Ich finde den Großen Wagen«, meinte er lachend.

Sie lachte ebenfalls.

»Zeig mir noch etwas.«

»Skorpion ist gerade richtig gut zu sehen.« Sie deutete wieder auf ein paar Sterne, die sich bis zum Horizont zogen.

»Sieht überhaupt nicht aus wie ein Skorpion.«

»Die meisten Sternbilder sehen überhaupt nicht so aus, wie sie heißen. Ich habe keinen Schimmer, wie die Menschen auf ihre Namen gekommen sind.«

»Wir könnten sie umbenennen«, schlug er vor. »Skorpion scheint mir vielmehr ein Feuerwerk zu sein.«

»Oder eine Pusteblume.«

»Ja«, stimmte er zu. »Sollten wir allen November-Geborenen Bescheid geben, dass sie ab sofort Pusteblumen sind?«

Sie lachte. »Das wäre ich dann auch.«

»Ich weiß.«

Er konnte sich sehr gut an ihre Geburtstage erinnern. An einen ganz besonders. Ein unvergesslicher Abend voller Lust, Begierde, Aufregung. Er war betrunken gewesen, vor Liebe, vor Verzweiflung, von zu viel billigem Bier. Vom Mandelduft ihrer Haare.

Trotz des Weinflaschen-Sicherheitsabstands zwischen ihnen konnte er sie auch jetzt riechen. Sie rochen nicht mehr nach Mandeln, sie rochen nach Zitrone, Minze und Lebensfreude.

Er öffnete laut knisternd die Chips-Packung. Zeit für ein Funfact. »Findest du es nicht auch total spannend, dass

SpaceX erstmals ein Raketenteil wieder sicher auf einer Drohne gelandet hat?«

Selbst durch die schwarze Nacht konnte er ihren verwirrten Blick wahrnehmen. Doch sie lenkte schnell ein. »Ja. Habe ich gehört. Ziemlich beeindruckend. Da wird uns noch einiges erwarten.«

»Irgendwann kurvt er vermutlich in seinem Auto durchs All.« Er hielt ihr die Packung entgegen, sie nahm eine Handvoll Chips heraus. Die Taschenlampe beleuchtete hauptsächlich den Wein und ihre Arme, auf denen sie sich abstützte. Der Rest war dunkel. Umso intensiver waren die Geräusche der hereinbrechenden Nacht zu hören: Grillen, ein paar verspätete Vögel, Atmen, und jetzt die Chips, wie sie zwischen Kaias Zähnen knisterten. Ihre Finger, die sich zur Chipstüte bewegten, riefen ein Bild in ihm hervor, in dem sie einen Stift hielten, fieberhaft in ein kleines blaues Notizbuch kritzelten.

»Wäre lustig anzusehen«, kommentierte sie, und er hatte fast vergessen, was er gesagt hatte. *Ach ja, Auto im Weltall.*

»Ich liebe es, mit dir über solche Dinge sprechen zu können. Und gleichzeitig über das Schreiben. Oder Reisen. Eigentlich gibt es nichts, worüber ich nicht mit dir sprechen kann«, meinte er. Das war immer schon so gewesen. Er hatte plötzlich keine Ahnung, was er die letzten zwanzig Jahre ohne sie gemacht hatte. Er hatte sie vermisst.

Jetzt hörte er, wie ihr Atem kurz aussetzte. Umso bewusster wurde ihm seine Direktheit, seine Wortwahl. Es war einfach so aus ihm hervorgesprudelt, bevor er es stoppen konnte.

»Dein Ex … Steffen?«, versuchte er, von seinen Gedanken und dem unerwünschten emotionalen Ausbruch abzulenken.

»Ja.« Gerade noch hatte sie überlegt, ob jetzt ein guter Moment war, die Dinge anzusprechen, über die sie nie gesprochen hatten, nie sprechen konnten. Ihn zu fragen, was vor all den Jahren eigentlich passiert war. Mit dem Namen ihres Ex-Freundes riss er sie abrupt aus dem

Moment, aus der Versuchung, aus allen Versuchungen.

»Wie habt ihr euch kennengelernt?«

Wie kam er nun auf dieses Thema? Es war ihr unangenehm, über ihn zu reden. Über irgendeine ihrer Beziehungen mit ihm zu reden. Sie schafften es ja nicht einmal, über ihre eigene zu reden.

»Im Urlaub, in Thailand«, sagte sie schließlich trotzdem.

»Was hat dir an ihm gefallen?«

Sie dachte zurück an den Moment, als er mit dem Cocktail vor ihr gestanden hatte. »Seine Spontaneität. Sein klarer Wille. Seine Bodenständigkeit. Er war selbstsicher und zielstrebig, das hat mich gereizt.« Sie überlegte, ob sie es fortführen sollte. Da ihr nichts Besseres einfiel, um vom Thema wegzukommen, ergänzte sie: »Er wollte unsere Beziehung, hat sich darauf eingelassen.« *Nicht wie du*, schoss es ihr durch den Kopf.

»War es eine gute Beziehung?«

»Ja.« Sie dachte an die vielen Momente zurück, in denen sie gelacht, die Zukunft geplant hatten. »Wir sind beruflich weitergekommen, hatten ein gemeinsames Ziel vor Augen. Es war eine sehr harmonische Beziehung.«

»Es hat dir nicht gereicht.«

Nein!, wollte sie instinktiv rufen. Es war überhaupt nicht ihre Entscheidung gewesen. Doch im letzten Augenblick hielt sie sich zurück, entschied sich, dass es eine zu große Bloßstellung gewesen wäre. Zu dicht am wahren Grund ihrer Kontaktaufnahme.

»Dir hat die künstlerische Verbindung gefehlt«, fuhr er fort.

Das war nicht falsch. Auch wenn es nichts mit dem Ende ihrer Beziehung zu tun hatte, lag er nicht ganz daneben mit seiner Aussage. Es war ihr vielleicht nie wirklich bewusst gewesen. Aber langfristig hätte es mit Steffen nicht geklappt. Sie hatte sich ganz auf ihr gemeinsames Leben konzentriert, das Schreiben vernachlässigt, sich selbst vernachlässigt.

Bevor sie eine Antwort geben konnte, merkte sie, wie

nahe sich ihre Gesichter gekommen waren. Sie konnte seinen kalten Atem auf ihrer Wange spüren. Ganz langsam sah sie zu ihm auf. Ihr Herz klopfte wie wild. Bilder schossen ihr durch den Kopf, von ihrer ersten Annäherung im Schlosspark, von leidenschaftlichen Küssen auf dem Sofa ihres Wohnzimmers, von ihren Händen in seinen Haaren. Ganz kurz konnte sie wieder den Geschmack seiner Lippen wahrnehmen, ihre sanfte Wärme fühlen. Auch jetzt war sein Kuss nur einen Windhauch entfernt. Sie fühlte sich unglaublich zu ihm hingezogen und gleichzeitig unglaubliche Panik in ihr aufsteigen. Einen Augenblick schien es, als würde ihr Nudelsalat wieder zurück in die Welt hinaus wollen. Sie schloss die Augen, rief sich ein anderes Bild in Erinnerung: Gil auf einem hölzernen Ecksofa, wie er ihre Freundin küsste. Der Nudelsalat revoltierte in ihrem Magen. Doch es half. Sie wandte sich von Gil ab, nahm ihr Glas, trank es leer und nutzte die Gelegenheit, ein Stück von ihm wegzurücken.

Gil fuhr sich durch die Haare. Das war knapp gewesen. Wie hatte er seine ganzen Vorsätze so schnell über Bord geworfen? Vielleicht hatte er die Kraft des Ortes, mit seinen vielen Lichtern und Sternen, doch unterschätzt. Oder die Kraft ihrer Verbindung. Der Vergangenheit, die wieder auflebte, oder nie ganz weg gewesen war? Ihre ungebrochene Anziehung? Er war auch ein bisschen in seinem Stolz verletzt worden, als sie von ihm wegrückte. Natürlich war es das einzig Richtige, das Gleiche, was er hätte tun sollen. Nur war er eben daran gewöhnt, die Kontrolle über die Situation zu haben. Hatte er seinen Charme völlig eingebüßt?

»Wir können auch zurückfahren«, sagte er nun.

Das schien ihm dann aber doch etwas hart, den Abend so unvermittelt zu beenden. Und auffällig. Er wollte nicht, dass sie dachte, er sei verletzt, im Stolz oder in seinem Gefühl. »Locationwechsel?«, schwächte er also rasch ab. »Ich kenne eine gute Bar, nicht weit von deinem Zuhause. Wir könnten noch auf einen Drink vorbeischauen.«

Fünf sehr lange Sekunden folgten, in denen er überlegte,

ob der Vorschlag eine absolut dumme Idee gewesen war.

»Okay.«

Die Bar war tatsächlich vielmehr ein kleiner Klub mit zahlreichen schwitzenden Menschen. Laute Rockmusik dröhnte aus alten, krachenden Boxen. Am hinteren Ende befand sich eine Theke mit einer gut sortierten Auswahl an Whiskeys, daneben eine Tanzfläche, die nicht ganz so voll war wie die Bar.

Sie kämpften sich durch die Menschenmasse zum Tresen.

»Was möchtest du trinken?«, schrie er sie an.

»Martini Bianco, Eis, Zitrone«, schrie sie zurück.

Er rief dem Barkeeper die Bestellung zu und hoffte, dass dieser die Zitrone noch verstanden hatte.

Hatte er. Zwei Minuten später standen die Drinks korrekt vor ihnen, und sie stellten sich an einen Platz etwas abseits des ärgsten Trubels. Freie Tische gab es keine.

»Woher kennst du das hier?«, schrie sie jetzt gegen Metallica an.

»Ein Arbeitskollege hat mich ein paarmal mitgenommen.«

»Ich glaube, sogar das *TrinkBar* war riesig dagegen.«

Er lachte. »Ich weiß. Aber die Musik ist super.«

»Was?«

Er setzte zu einer lauteren Wiederholung an, gab dann aber auf. Es war sinnlos, gegen *Enter Sandman* anzukämpfen. Er nahm ihr den Drink aus der Hand, stellte ihn neben seinem auf einer kleinen Holztheke ab, die an der Wand entlang verlief. Dann beugte er sich zu ihr. *Ab ins Niemandsland*, dachte er.

»Lass uns gegen die älteste Regel des Ausgehens verstoßen«, rief er ihr ins Ohr.

Sie sah ihn verständnislos an. Er deutete auf die alleinstehenden Drinks, nahm ihre Hand und führte sie Richtung Tanzfläche. Seit ihrem gemeinsamen Essen beim Peruaner hatte er wieder ihre Hand spüren wollen. Es hatte etwas in ihm ausgelöst. Sie hatte immer kalte Hände, egal ob Sommer oder Winter. Das hatte sich nicht geändert. Er spürte ihre kleinen Finger, die lose und ringlos in seiner Handfläche lagen, verschränkte sie mit seinen. Es kam kein Widerstand.

Auf der Tanzfläche sprangen einige Leute herum, manche sangen lautstark mit. Gil lachte. Sie lachte auch. Er konnte es nur sehen, nicht hören. Doch es machte ihn glücklich. Ihre geöffneten Lippen, ihre strahlenden Augen, die Sonnenstrahlen, die sich um ihre Lider bildeten. Nein, nicht Sonnenstrahlen, ein kompletter Sonnensturm, dachte er, und fühlte dessen Wärme in seinem ganzen Körper.

Ein paar Lieder sprangen sie mit. Lose, lachend, frei.

Dann war sie verschwitzt, ihr Pulli klebte an ihr fest, ihre langen Haare an ihrem Pulli, auf ihren Wangen. Die Musik gönnte ihnen eine Auszeit. Nirvana sang *About a Girl*.

Gil stand still, sah sie an, die engen Jeans um ihre Taille, Haarsträhnen über ihren Schultern und ihren Brüste, ihr strahlendes Lächeln wie pausiert. Und er wollte sie einfach nur in den Arm nehmen, ihr Haar riechen, ihre Bewegungen spüren, ihren Körper an seinem, wollte sie küssen. Nach einer Ewigkeit fühlte er wieder die gleiche Leidenschaft, die er auch mit siebzehn gespürt hatte, das gleiche Begehren, den ungebrochenen Willen, sie möge ihm gehören.

Das durfte unter keinen Umständen erneut passieren. Es war genau diese Art von impulsiven Entscheidungen, Momente, in denen er auf sein Gefühl gehört hatte, die ihn immer am allermeisten in Schwierigkeiten gebracht hatten.

Sein Atem stockte, sein Magen kribbelte, sein Herz klopfte viel zu laut und völlig aus dem Rhythmus. *Nein, nein, nein, nein.* Das war genau das, was er vermeiden wollte. All das, was stets schrecklich endete. Alles, was er längst vergessen und verlernt hatte, aus gutem Grund.

Er musste etwas dagegen tun. Gegensteuern, ein Zeichen setzen. Egal, was er tun würde, alles, absolut alles, wäre eine bessere Idee als das, was er tun wollte.

»Ich …« Er deutete unbeholfen Richtung Toilette.

Sie zog die Augenbrauen zusammen.

»Neues Getränk«, stammelte er unhörbar und verschwand in der Menge.

Kaia sah ihm einen Moment lang verdutzt nach, hatte kaum verstanden, was er gesagt hatte. War er nun auf die Toilette oder etwas trinken gegangen? Und warum die Hektik? Auch sie schälte sich von der Tanzfläche durch die Menge, hielt nach ihm Ausschau, aber vergebens.

Sie bahnte sich den Weg zum Rand der Bar, wo ihre Drinks immer noch standen. Sie überlegte kurz, wie hoch die Gefahr dieser Tage wirklich war, dass jemand etwas Unerwünschtes zugemischt haben könnte, doch dann war der Durst größer als die Bedenken, und sie leerte den Martini in einem Zug.

Zehn Minuten später stand sie immer noch allein da. Sie sah auf die Uhr. Kurz vor eins. Hatte er das Abendessen nicht vertragen? War er einfach nach Hause gefahren? Das konnte sie sich kaum vorstellen. Immerhin war er ihre Mitfahrgelegenheit. Es gab auch überhaupt keinen Grund, sie hier stehenzulassen. Kein Streit, kein Notfall, sie schloss diese Möglichkeit daher aus.

Zehn weitere Minuten vergingen, in denen sie immer wieder die Uhrzeit checkte, immer wieder durch die Bar sah, über die Menschenmenge hinweg, zum Tresen. Schließlich entschloss sie sich, eine Runde durch das Lokal zu drehen. Zur Not auch auf die Herrentoilette. Er hatte kaum Alkohol getrunken, Übelkeit schloss sie also ebenso aus.

Er war nicht am Tresen, nicht auf dem Flur zu den Toiletten, nicht am Eingang. Die vielen Besucher schoben sie durch die Bar, irgendwann landete sie wieder vor der Tanzfläche.

Und da stand er, in seinem Arm eine junge Brünette, die er leidenschaftlich küsste. Kaia konnte es nicht fassen. Was zur Hölle hatte sie verpasst?

Zum zweiten Mal an diesem Abend schoss ihr das Bild von ihm und Carolin in dem kleinen Hamburger Jugendraum durch den Kopf. Und auch der Schmerz war mit voller Wucht zurück. Ein Gefühl, das sie lange vergessen glaubte. Ein stechendes Bauchgefühl, vermischt mit kaltem Schauder, Schwindel und einer überwältigenden Übelkeit. Sie erinnerte sich wieder, warum das Ganze so wahnsinnig wehgetan hatte.

Sie musste hier raus. All das war eine schlechte Idee gewesen. Sie hatte unterschätzt, welche Macht die Wunden der Vergangenheit immer noch über sie hatten. Sie hatte unterschätzt, was für ein grenzenloses Arschloch er sein konnte. Nun sah Gil lächelnd von seiner Eroberung auf, sah in die Menge, in ihre Richtung. Sie war nicht bereit, sich dieser Situation oder ihm zu stellen. So schnell sie konnte, machte sie kehrt, lief aus dem Lokal. Sie lief, ohne sich umzudrehen, ohne eine Ahnung zu haben, wo sie landen würde. Irgendwann stand sie auf einer stark befahrenen Straße, lief weiter, obwohl sie wusste, dass er sie nicht verfolgte, dass es ihm egal war. Als sie schließlich völlig außer Atem ein Taxi erspähte, warf sie sich, ohne stehen zu bleiben, hinein.

13

Kaia

Sonntag, 24. April 2016
Frankfurt am Main

Als Kaia am nächsten Morgen aufwachte, fühlte sie sich immer noch furchtbar. Sie blieb ein Weilchen im Bett liegen, starrte durch das Fenster in den grauen Himmel und auf die ersten Regentropfen, die gegen die Scheibe fielen. Sie zog sich die Decke über den Kopf, hoffte für einen Moment, dass sie alles nur geträumt hatte. Aber nein, ihr unbeeinträchtigtes, unverkatertes Gehirn erinnerte sie gnadenlos an

Gil auf der Tanzfläche, seine Eroberung eng umschlungen. Wie er für eine Sekunde aufgesehen hatte, sie gesehen hatte und nicht einmal erschrocken oder betreten gewesen war. Fast, als hätte er abgewartet, ob sie sich dazugesellen würde oder das erreicht hatte, was er wollte: sie vergraulen. Sie hatte absolut keine Ahnung, warum. Es gab keine Erklärung für sein Verhalten, zumindest keine, die sie in irgendeinem Szenario hätte nachvollziehen können.

Aber das spielte jetzt auch keine Rolle mehr. Sie war nicht einmal traurig. Vor den Kopf gestoßen, ja. Enttäuscht, weil ihr Plan völlig danebengegangen war. Enttäuscht von sich selbst. Weil sie mehr erwartet hatte, als bei der ersten Gelegenheit alte Gefühle zuzulassen, weil sie so dumm und naiv gewesen war, dies zu glauben. Wütend, weil er immer noch der Mensch war, der sie am besten kannte auf dieser Welt, der sie sofort durchschaute, der wusste, was mit ihr los war, noch bevor es ihr selbst klar wurde. Wütend, weil er ihre Chance auf eine tatsächliche Freundschaft so achtlos weggeworfen hatte.

Alles in allem fühlte sie sich doch wie verkatert. Sie sah absolut keinen Grund, aus dem Bett zu kriechen. Es gab nichts, was sie da draußen erwartete. Sie hatte keine einzige Rückmeldung auf ihre Bewerbungsschreiben erhalten, Maren war übers Wochenende weggefahren, und ihre Mission war gescheitert. Im schlimmsten Fall erwartete sie auch noch eine Nachricht von Steffen. Zur Sicherheit langte sie nach ihrem stumm geschalteten Telefon und verstaute es in der Schublade ihres Nachttisches.

Noch dazu hatte Gil recht gehabt mit dem, was er über sie und Steffen gesagt hatte. Sie hatte so viel investiert in ihre Beziehung, in ihr Zusammenleben, in die Firma, sie hatte sich tatsächlich ein bisschen verloren. Sie überlegte, wann sie zum letzten Mal etwas geschrieben hatte, wirklich geschrieben. Es musste Jahre zurückliegen. Sie erinnerte sich an einen Text über die Bedeutung von Freundschaft am Ende einer Beziehung, den sie schrieb, kurz nachdem

Yvonne ihren dritten Mann verlassen hatte. Das war mindestens vier Jahre her. Einige angefangene Romane waren auf einer Festplatte unter ihrem Bett, zwei genauer gesagt. Doch hatte sie nie die Zeit gefunden, daran weiterzuschreiten, oder auch nur, über neue Ideen nachzudenken. Und sie schrieb nun mal lieber, wenn sie sich voll und ganz darauf konzentrieren konnte und nichts anderes zu tun hatte. Aber wann würde so ein Moment tatsächlich wiederkommen?

Ja, in Paris hatte sie viel Freizeit gehabt und mindestens genauso viel Inspiration. Doch solch eine Gelegenheit würde sie so schnell nicht wieder finden, und sie war auch nicht mehr 25, am Anfang ihrer Karriere, voller Energie und Tatendrang. Ein neuer Job würde sie voll einspannen, ihre Kreativität konsumieren.

Sollte sie sich stattdessen eine Auszeit zum Schreiben gönnen? Ein paar Monate käme sie mit ihren Ersparnissen über die Runden. Es war nicht die schlechteste Idee, überlegte sie. Sie hatte Lust zu schreiben. Sie hatte auch Angst davor, keine Ahnung, ob sie es noch konnte, ob ihre Kreativität abgestumpft oder gänzlich gestorben war. Aber sie hatte Lust, es herauszufinden.

Sie mochte die Idee. Eine neue Mission entstand: Endlich, endlich wieder etwas ausschließlich für sich tun. Etwas, das sie tatsächlich ändern konnte, an sich und ihrem Leben, und zwar nur sie selbst, ganz allein. Sofort. Doch zu kündigen, sich Zeit zum Schreiben zu nehmen, war ein großer Schritt, ein ungewisser Schritt. Vielleicht begann sie vorerst besser mit etwas Einfacherem. Ihrer Wohnung beispielsweise.

Als Steffen im Januar ausgezogen war, hatte er ihr einen Großteil der Möbel da überlassen. Er wollte sich lieber neu einrichten, und viel Platz hätte er ohnehin nicht. Nur den Fernseher hatte er mitgenommen und eine Woche später den Computer und den Büroschrank mit den Ordnern und Akten abgeholt. Trotzdem war es ihre gemeinsame Wohnung, nicht Kaias. Sie liebte die Wohnung und war froh, dass sie dortbleiben konnte. Doch es war höchste Zeit, ihr ihren eigenen Stempel aufzudrücken.

Endlich warf sie die Decke zurück, schwang sich aus dem Bett und stapfte energisch zur Kaffeemaschine.

Mittags stand sie im Möbelhaus. Wie jeden Samstag, und vermutlich ebenso unter der Woche, war es gerammelt voll. Sie fragte sich jedes Mal, wenn sie herkam, wie viele Menschen offenbar regelmäßig umzogen oder umdekorierten. Oder fanden sie es schlichtweg spannend, den Vormittag durchs Möbelhaus zu bummeln? Sie gehörte zu keiner der drei Optionen. Sie konnte Möbelhäuser nicht ausstehen. Sie erschienen ihr unübersichtlich, sie mochte die vielen Menschen nicht, die planlos suchend gegen die Pfeilrichtung stapften oder nach ihren Kindern riefen, und fand selten, was sie suchte. Doch genau das war diesmal anders. Sie suchte absolut gar nichts, brauchte nichts Konkretes. Vielmehr schlenderte sie mit einer Frage im Hinterkopf durch die möblierten Beispielzimmer: Was wollte sie schon immer in der Wohnung haben, was Steffen aber für unsinnigen, überflüssigen Kram gehalten hatte? Bei vielen Dingen und in zahlreichen Ecken wurde sie fündig, musste sich jedoch bei einigen eingestehen, dass es tatsächlich unsinniger, überflüssiger Kram war. Bei anderen nicht. Manche zauberten ihr sofort ein Lächeln ins Gesicht, sie sah sie bereits auf ihrem neuen Platz, bevor sie sie in ihren Einkaufswagen gepackt hatte: drei weiße Orchideen mit weißem Übertopf für ihr Küchenfenster; eine Duftkerze – Vanille – im grünen Glas; einen Topflappen mit Palmenmuster; eine echte Palme, unter einem Meter hoch – sie wusste nicht, wie schnell Palmen wuchsen und wollte nichts riskieren–; drei bunte Kissen für die Fensterbank (ja, sie wollte unbedingt von Steffens dezentem Drei-Farb-System wegkommen); einen braunen Klapptisch, der ihr neuer Schreibtisch werden würde; ein simples Wandregal für ihre Notizen, Ideen und Entwürfe. Und am allerbesten: ein blauer Hängesessel zum Denken.

Je mehr sie an ihren morgendlichen Geistesblitz dachte, umso besser erschien er ihr, umso enthusiastischer blickte sie ihrem neuen Leben als Schriftstellerin entgegen. Gil und ihr dämlicher Plan, die Vergangenheit zu ändern, gerieten immer mehr in Vergessenheit. Nein, sie war für ihre Handlungen und ihr Schicksal selbst verantwortlich. Schon immer gewesen. Alles, was zwischen ihnen passiert war, war auch ihre Entscheidung gewesen. Sie hatte es nur nicht wahrhaben wollen. Es war einfacher gewesen, die Lösung bei jemand anderem zu suchen, und auch die Schuld, – wie sie es die letzten zwanzig Jahre über getan hatte. Es war einfacher gewesen, wütend zu sein, als zu ertragen, etwas verloren zu haben, für das sie sich entschieden hatte, weil sie es so sehr gewollt hatte.

Damit war jetzt Schluss. Von nun an hieß es: Selbst die Verantwortung für das übernehmen, was passierte. Sie würde die Veränderung in die Hand nehmen, sich an erste Stelle setzen. Dann würde sie auch wieder eine starke, ebenbürtige Partnerin sein.

Zunächst musste sie aber mal einen Wagen mieten. Bei ihrem enthusiastischen Einkauf hatte sie völlig vergessen, dass sie mit dem Bus gekommen war. Als sie ihren Einkaufswagen zurückstellte und mit ihren Sachen vor dem Ausgang stand, wurde ihr klar, dass sie ein Problem hatte. Glücklicherweise entdeckte sie neben den automatischen Türen ein Schild, welches für einen Miet-Transporter warb. Sie packte also ihre Sachen wieder auf den Einkaufswagen, ging damit zum Verleihservice, mietete den kleinsten Wagen, lud alles in den immer noch ziemlich geräumigen Stauraum und fuhr los. Sie war seit Jahren nicht selbst gefahren. Soweit sie sich erinnerte, war das letzte Mal in Hamburg gewesen, nach einer Weihnachtsfeier bei Tante Rita, als ihrer Mutter übel von der Soße war.

Natürlich landete sie im Stau. Für die knapp zwölf Kilometer bis zu ihrer Wohnung brauchte sie fast zwei Stunden. Ein Kleinlaster war in einer einspurigen Baustelle umgekippt, hatte seine Ladung voller Joghurts verloren. Die Straßenverwaltung musste kommen und aufräumen, die Polizei die Daten aufnehmen, der Abschleppdienst den Laster hochstemmen.

Als sie endlich vor ihrem Wohnhaus stand, wurde ihr klar, dass sie eine weitere Sache nicht bedacht hatte: Sie musste den ganzen Kram die Treppe hochschleppen. Der Schreibtisch, der mindestens so viel wog wie sie selbst, machte besonders viel Spaß. Normalerweise mochte sie die Tatsache, dass sie keinen Lift hatte. Das garantierte wenigstens ein Mindestmaß an täglicher Fitness. Doch jetzt verfluchte sie es. Stufe für Stufe hievte sie das lange, unförmige, schwer greifbare Paket nach oben. Einige Male leistete es Widerstand, kippte zurück in ihre Richtung. Einmal polterte es gegen das Treppengeländer. Im ersten Stock öffnete sich eine Wohnungstür, der lockige graue Kopf einer Dame erschien. »Alles okay, Frau Kaia?«

Sie hatte ihr beim ersten Kennenlernen angeboten, sie bei ihrem Vornamen zu nennen, doch bis heute hatte die Frau es nicht übers Herz gebracht, sie zu duzen. Immerhin hatte sie sich mit so etwas wie einer Mischlösung abgefunden.

»Ja, danke, Frau Schröder. Ich habe zu viel eingekauft, jetzt muss ich dafür bezahlen.«

»Haben Sie denn nicht gleich vor Ort bezahlen können?«

Immer wieder vergaß sie, bei der alten Frau keine Metaphern zu verwenden. Sie antwortete nicht, war ohnehin außer Atem.

»Ich verstehe nicht viel von den neuartigen Methoden. Aber Hauptsache, es ist alles in Ordnung.«

Kaia nickte. Zehn Minuten und einige Schweißausbrüche sowie Flüche später, war sie endlich an ihrer Wohnungstür angekommen. Und auch der klobige, schwere Karton stand nun rechts von ihrem Eingang, wo der Tisch schließlich aufgebaut werden sollte. Eines Tages. Wenn sie wieder zu Kräften gekommen war.

Mittwoch, 27. April 2016
Frankfurt am Main

Kaia stand mit der Sonnenbrille auf einer Stehleiter und bohrte ein Loch in ihre Wohnzimmerdecke. Der Staub rieselte in ihre Haare, die Maschine gab ein kaum auszuhaltendes Geräusch von sich, während sie in den Beton vordrang. Sie pausierte und hörte, wie ihr Telefon klingelte. Sie senkte die Bohrmaschine, versuchte, von Weitem einen Blick aufs Display zu erhaschen, um zu entscheiden, ob es sich lohnte herunterzusteigen, erinnerte sich dann jedoch, dass sie es in der Küche hatte liegen lassen, als sie die griechischen Teigtaschen fürs Abendessen in den Ofen geschoben hatte.

Sie seufzte, legte die Bohrmaschine auf der obersten Stufe der Leiter ab, stieg nach unten, zog die Handschuhe aus und ließ sie mit der Sonnenbrille auf der Küchenablage.

›Yvonne‹ stand in großen weißen Lettern auf dem Display, dahinter lachte ihr das Bild ihrer Freundin zusammen mit ihren Kindern entgegen. Sie nahm den Anruf an.

»Hi.«

»Hi! Wie geht's dir?«

»Alles okay.« Sie setzte sich auf den neuen Barhocker vor dem Küchentresen. »Ich schraube gerade meinen neuen Hängesessel an die Wohnzimmerdecke.«

»Deinen was?«

»Ich war shoppen am Wochenende. Habe mir einen Hängesessel gekauft. Zum Nachdenken und Chillen und Fernsehen.«

»Bitte sag mir, dass du nicht selbst alles anbohrst.«

»Doch.«

Sie hörte Yvonnes tiefes Seufzen. »Bringst du die Decke zum Einstürzen?«

»Ich bin erst beim dritten Loch.« Einige Stellen hatten sich als extrem resistent herausgestellt.

»Ich erinnere dich ungern an deine erste Wohnung in Altona. Bitte lass dir helfen.«

»Das war eine alte Wohnung. Es war nicht meine Schuld.«

Damals wollte sie nur ein Bücherregal anschrauben, an eine Seitenwand direkt über dem Ofen. Wie sie rasch herausfand, hatte man die Wände der Wohnungen in den Dreißigerjahren mit allem Möglichem aufgefüllt außer Beton. Ein simples Loch gebohrt, und die halbe Wand, samt Holzspänen, Styropor, Steinen und Ziegelresten, war ihr entgegengerieselt. Das Loch war über dreißig Zentimeter groß gewesen, kein Bücherregal der Welt hatte das kaschieren können. Zwar hatte sie einen tollen Ausblick ins anliegende Schlafzimmer, entschied sich dann aber doch dafür, in den Baumarkt zu fahren und den Schaden zu beheben. Hilfe kam in Gestalt eines Mitarbeiters, der nebenbei auch am Bau jobbte und ihr am Wochenende die Wand neu verputzte. Danach aßen sie Kuchen, tranken eine Flasche Chardonnay und küssten sich leidenschaftlich vor dem Ofen mit dem frisch gestopften Guckloch.

»Ich habe alles unter Kontrolle. Das hier ist echte deutsche Qualitätsarbeit.«

Yvonne ließ es gut sein. »Gibt es Neues von der Gil-Front?«, fragte sie stattdessen.

»Ja. Du hattest recht. Er ist immer noch ein Arschloch, ich hätte es sein lassen sollen, es war eine blöde Idee. Mission abgebrochen und beendet.«

»Was ist passiert?« Sie hörte durchs Telefon, dass ihre Freundin nebenbei das Abendessen zubereitete und mit Geschirr und Besteck rumklimperte.

Kaia wünschte sich, dass sie sich schon in ihren Hängesessel setzen könnte. Stattdessen blieb sie auf ihrem Hocker, tappte mit ihren Fingern nervös auf die Theke.

Eigentlich wollte sie noch nicht darüber reden. Während der letzten Tage hatte sie versucht, das Thema zu vergessen, sich auf ihre neue Mission zu konzentrieren. Sie hatte den Schreibtisch und die Barhocker aufgebaut, einen Laptop gekauft und ihn aufgesetzt. Sie hatte ihr Kündigungsschreiben verfasst und es Dienstagmorgen sogar eingereicht. Steffen war etwas betreten gewesen, wenn auch nicht sehr überrascht. Es tat ihm sichtlich leid, sie als Mitarbeiterin zu verlieren, obwohl sie beide wussten, dass es das Beste war. Gil hatte sie wieder ins hinterste Eck ihres Gedächtnisses zurückverbannt.

»Er war er. Wir waren … weg … auf einem Berg hier in der Nähe … abends«, begann sie schließlich. »Wir haben geredet, es war gut, anfangs. Dann sind wir noch in eine Bar gefahren, ein ziemlich heruntergekommener Rockladen. Aber er war witzig, gemütlich, cool. Und dann ist er mit einer anderen abgezogen.«

»Einfach so?«

»Wir haben getanzt.«

»Und dann hat er sich eine andere geschnappt.«

»So ungefähr.«

»Besser als dich.«

Das stimmte, musste Kaia zugeben. Sie konnte nicht bestreiten, dass die Möglichkeit dazu bestanden hatte. Und sosehr dies sie erschrocken hatte, hatte es Momente zwischen ihnen gegeben, in denen sie es zugelassen hätte, wieder in alte Muster zu verfallen.

»Du meinst also, er hat mir einen Gefallen getan?«

Wieder klapperte Geschirr im Hintergrund. »Nein … Das denke ich nicht. Ich war nie ein Fan der Idee, dass du ihn wiedersiehst. Er hat dir so wehgetan damals. Er ist rücksichtslos und egoistisch und unberechenbar. Aber ja, vielleicht war es gut, jetzt zu erkennen, dass es schon einen Grund hatte, warum du damals gingst. Und dass es eben keine gute Idee ist, manche Dinge wieder aufzuwärmen.«

»Das hatte ich ja nie vor.«

»Ich weiß. Aber es wäre vermutlich passiert.«

Sie antwortete nicht. Auch das konnte sie nicht bestreiten. Ihr Plan war nicht gänzlich in die Richtung gegangen, die sie sich vorgestellt hatte. Ein bisschen war er vermutlich außer Kontrolle geraten.

»Möglicherweise«, gestand Kaia ihr zu. »Jetzt ist es auf jeden Fall gegessen. Und ich mach einen Neuanfang, ganz mit mir allein.« Es war besser so. Sie brauchte das nicht noch mal. Kein Gil-Kaia 2.0.

»Deshalb der Hängesessel?«

»Ja, und ein Barhocker, ein Schreibtisch, ein Laptop …«

»Wow. Gut! Ich fand immer, dass die Wohnung viel zu sehr Steffens Werk war.«

»Du warst überhaupt nie hier.«

»Ja, aber ich habe deine Bilder und Videos gesehen.«

Das Geschirr hörte auf zu scheppern, offenbar war Yvonne bereit fürs Abendessen.

»Ich habe auch gekündigt«, fügte Kaia noch schnell an, bevor ihre Freundin ihr entkommen konnte.

»Deinen Job? Bei ihm?«

»Ja.«

»Gut! Du warst sowieso unterfordert bei ihm. Webseiten texten. Mag ja Geld bringen, aber du bist viel besser als das.«

»Danke.«

»Bitte. Was machst du jetzt?«

»Ich weiß es nicht. Vielleicht eine Auszeit nehmen.«

»Mach das. Hätte ich auch gern.« Yvonne hatte meist zwei Jobs, um über die Runden zu kommen. »Wenn dir langweilig wird, bist du immer herzlich bei uns willkommen. An Action mangelt es uns hier nicht«, lud ihre Freundin sie ein.

»Okay. Ich komme vielleicht darauf zurück.«

»Würde uns freuen.«

»Mama, gibt es Abendessen?«, rief eine Stimme auf Yvonnes Seite.

»Ich muss gehen.«

»Ich weiß. Danke für den Anruf.«

»Ich hab dich lieb, bis bald. Pass auf dich auf. Und Kaia –

das waren gute Entscheidungen, alles wird sich richten.«

»Danke.«

Sie legte auf. Aus dem Ofen roch es bereits köstlich nach Teigtaschen mit Spinat und Feta. Ein Blick durch das verdunkelte Glas zeigte, wie schön sie gebräunt waren. Sie nahm sie heraus, stellte sie ab und ließ sie abkühlen. Das sollte ihr genug Zeit geben, noch schnell den Hängesessel zu montieren.

Eine halbe Stunde später saß sie an ihrem neuen Schreibtisch, den sie die letzten Tage liebevoll zurechtgemacht hatte. Ihre Papiernotizen waren in einer Klappbox verstaut, zusammen mit einem Set Kugelschreiber. Am Abend davor hatte sie die losen Blätter und halb vollen, teilweise kaum lesbaren Büchlein aus einem Karton unter ihrem Bett hervorgekramt. Ein bisschen hatte sie schon durchgestöbert, während sie sie an ihrem neuen Platz verstaut hatte. Ein paar hatten sie zum Lächeln gebracht, andere ihre Augen befeuchtet, manche Erinnerungen wach gerufen. So viel Liebe, so viel Hoffnung, so viel stürmische Leidenschaft verbarg sich in ihnen. Aber auch Zweifel und Verzweiflung. Sie wusste, wie viele ihrer Gedanken von Gil inspiriert wurden – vor allem auf den verblassten, kaum lesbaren Notizen. Sie überflog nur grob ein paar Worte. War es doch genau das Kapitel, das sie gerade endgültig geschlossen hatte.

Auf der Oberfläche des hellen Tisches, der trotz der Teigtaschen nach frisch gehobeltem Holz roch, lagen nur ein Block und ein Stift und ihr neuer Computer. Ihre alten Notizbücher standen auf dem Boden, neben der Box mit dem kleinen Regal, zu dessen Montage sie noch nicht gekommen war.

Sie aß ihre Teigtaschen und ging durch Ordner und Dateien, die sie auf ihren neuen Laptop gezogen hatte. Sie hatte ihn nicht nur gekauft, weil sie in absehbarer Zeit ihren Firmenlaptop zurückgeben musste, sondern auch als Ersatz für den Fernseher. Tatsächlich hatte sie diesen nicht vermisst, seit Steffen ihn vor ein paar Monaten mitgenommen hatte. Hin und wieder ging sie ins Kino, aber sie las ohnehin viel lieber Bücher. Wenn sie doch mal Lust auf Fernsehen bekam, war sie dieser Tage höchstens für ein paar Serien auf *Netflix* zu begeistern. Dafür reichte ihr der Laptop völlig.

Nun starrte sie also auf den Monitor, auf viele Entwürfe mit einzelnen Texten, die sie in den letzten zehn Jahren verfasst hatte. Auch ihre zwei angefangenen Romane fand sie und begann zu lesen.

Kurz vor zehn hatte sie die fünf Kapitel des ersten Buches durch. Was sie sah, gefiel ihr. Es war lebendig, authentisch, optimistisch. Es hatte Potenzial. Fröhlich und voller Zuversicht öffnete sie eine Flasche Wein und setzte sich in ihren Hängesessel. Für den Rest des Abends würde sie sich überlegen, wie es weiterginge mit ihren Protagonisten.

Billie Holiday sang im Hintergrund *You Go to My Head*. Sie wollte gerade weiterdrücken – das würde ihr schließlich nicht mehr passieren –, als es klingelte.

Diesmal war es nicht das Telefon, sondern an ihrer Haustür. Sie hatte beinahe vergessen, wie ihre Klingel klang. Seit Monaten hatte sie keinen Besuch empfangen, mit Maren traf sie sich regelmäßig auswärts. Tatsächlich war sie derzeit ihr einziger Sozialkontakt in Frankfurt. Ihre neue Freundin war jedoch übers Wochenende bei ihren Eltern in Münster.

Es klingelte erneut.

Nein, kein Zweifel, das war ihre Tür. Es war nach zehn, wer um Himmelswillen klingelte an einem Mittwoch kurz nach zehn an ihrer Tür? Hatte Frau Schröder einen Notfall? Dann käme sie kaum noch die Treppen hoch.

Nein. Es gab nur eine Möglichkeit. Nur einen Menschen, dem Zeit und Tag egal waren.

Sie wusste, dass ignorieren nichts helfen würde. Er würde einfach weiter klingeln, vielleicht Steinchen an ihr Fenster werfen. An Einfällen würden es ihm nicht mangeln.

Seufzend stellte sie ihr Glas auf dem Boden ab und überlegte sich, dass sie noch einen kleinen Tisch für den

Hängesessel besorgen musste, denn ohne ein Getränk würde sie hier nicht oft sitzen. Dann drückte sie den Knopf an der Gegensprechanlage, hörte, wie sich die Eingangstür im Erdgeschoss öffnete. Sie lehnte sich gegen den Türrahmen, verschränkte die Arme und lauschte den Schritten, die die Treppe hochkamen.

14

Gil

Freitag, 14. Juni 1991
Offenbach am Main, bei Frankfurt

»Kommst du noch mit zum Fußball später?«, fragte Marc, während er neben ihm herlief. Sie waren auf ihrem Weg von der Schule nach Hause, es war kurz vor ein Uhr. Die Straßen waren nass und rutschig von den Regenschauern während des ganzen Vormittags, es war extrem kühl für einen Frühsommertag. Und Gil spielte ohnehin nicht gern Fußball. Meistens überrannte ihn jemand, manche beleidigten ihn sogar, wenn er den Ball nicht stoppte, und er kam regelmäßig mit Schrammen und Schürfwunden zurück. Er wollte sich nicht vorstellen, in welchem Zustand das Fußballfeld heute sein musste und wie oft er im Matsch ausrutschen würde. »Nein, ich denke nicht. Ich habe gestern ein Buch angefangen. Das ist superspannend. Ich möchte heute weiterlesen.«

»Was für ein Buch?«

»Wolfsblut.«

»Klingt überhaupt nicht spannend«, bemerkte Marc gereizt und kickte einen Kieselstein vom Straßenrand.

»Ist es aber«, konterte Gil.

»Kannst du es nicht später lesen? Am Abend?«

»Nein. Ich muss erst meine Hausaufgaben machen, und dann kann ich entweder zum Fußball oder lesen. Ich will lesen.«

»Kannst du nicht nachts lesen, wie alle anderen?«, gab Marc nicht auf.

»Ich will nicht nachts lesen. Ich will es lesen, sobald ich kann.« Das abenteuerliche Buch hatte ihn vom ersten Moment an gefesselt. Er hatte den ganzen Tag an nichts anderes denken können als daran, wie der mutige Mischling den furchtbaren Hundekämpfen entkommen würde.

»Du und deine bescheuerten Bücher.«

Gil sagte nichts darauf. Er wollte nicht mit Marc streiten. Er war sein bester Freund, außer Ellen sein einziger Freund. Trotzdem wollte er nicht zum Fußball. Sie sahen sich täglich in der Schule, saßen zusammen im Pausenhof, spielten an den Wochenenden. Es war nicht schlimm, wenn sie manche Nachmittage getrennt verbrachten, weil sie verschiedene Interessen hatten. Heute wollte er lesen, allein.

Den Rest des Weges legten sie schweigend zurück. Schweigend über die Brücke, schweigend vorbei am kleinen Park, schweigend durch die Wohnsiedlung. Gil hörte die Vögel zwitschern, das Platschen der Pfützen unter ihren Schuhen, die vorbeifahrenden Autos und das Wasser, das aus den Pfützen spritzte, wenn sie hineinfuhren. Er zog sich die Jacke enger vor seine Brust. Er fröstelte, war nicht darauf vorbereitet gewesen, dass es heute so kalt sein würde. Er konnte nicht verstehen, wie irgendjemand bei diesem Wetter Sport treiben wollte. Alles, was er wollte, war, sich mit einem guten Buch unter der Decke zu verkriechen. Sogar vor den Hausaufgaben, die er sonst immer rasch hinter sich brachte, graute ihm.

»Hast du die Flächenformeln in Mathe verstanden?«, hakte Gil nun nach. Er hatte sie verstanden, aber ihm fiel kein besseres Thema ein, um das Schweigen zu brechen. Und er wollte sich nicht im Ärger von seinem Freund verabschieden.

»Ja«, kam die knappe Antwort. Marc sah das offenbar anders.

»Ich finde Geometrie total blöd. Was man alles anstellen

muss, um zu einem Ergebnis zu kommen. Die vielen Formeln. Wer braucht so was schon? Und noch dazu kurz vor den Ferien.«

Immer noch keine Antwort, nur ein stummes Kopfnicken. Marcs blonder Schopf war zu Boden geneigt.

Gil seufzte und gab auf. Ohnehin standen sie vor seinem Haus.

»Kann ich noch mit rein, etwas trinken?«, fragte Marc nun. Gil wunderte sich, wohnte er doch nur wenige Straßen weiter. Aber er sagte nichts, war froh, dass die Welt wieder halbwegs in Ordnung zu sein schien.

»Klar.« Er öffnete die kleine Gartentür, die ihr gewohntes Quietschen von sich gab. Sie trotteten über den nassen Kiesweg zum Haus. Gil zog seinen Schlüssel aus der Tasche und öffnete.

»Maman, ich bin hier«, rief er.

Es dauerte keine Minute, bis eine hochgewachsene, dunkelhaarige Frau lächelnd vor ihnen stand. »Hallo, mein Schatz!« Sie umarmte ihn, drehte sich dann zu Marc und legte ihm die Hand auf die Schulter. »Hallo, Marc. Wie geht es dir?«

»Okay, danke, Madame Brünner.«

»Annick«, insistierte sie zum hundertsten Mal. Er schien sich nicht damit anzufreunden, sie beim Vornamen zu nennen.

»Marc wollte etwas trinken«, kam Gil direkt zum Punkt.

»Natürlich. Möchtest du ein Glas Saft?«

»Nur Wasser bitte«, gab er zurück. Er trat unruhig von einem Bein auf das andere. »Ich muss auch kurz auf die Toilette.«

»Aber klar, fühl dich wie zu Hause«, sagte seine Mutter, immer noch lächelnd. Sie kannte Marc seit vielen Jahren, und tatsächlich fühlte es sich manchmal so an, als würde er hier wohnen. Sein Freund verbrachte oft das ganze Wochenende bei ihnen. Dann bauten sie an Legotechnik-Raumschiffen, gingen mit Gils Dackel Ramon eine Runde durch die Felder, sahen einen Film oder spielten Fußball. Viele Stunden hatten sie auch im Büro ihrer Eltern in

Frankfurt zugebracht. Meist war dann Ellen dabei gewesen. Zu dritt fiel ihnen eine Menge Blödsinn ein, sie kicherten unentwegt und fingen sich stets mehrere Ermahnungen der Erwachsenen ein, die versuchten, in Ruhe zu arbeiten. Doch egal, wie laut sie wurden, was immer sie anstellten, seine Mutter blieb stets freundlich. Auch mit ihm. Und er hatte schon allerlei Blödsinn angestellt. Sogar ganz allein.

Marc brauchte eine ganze Weile auf der Toilette. Vielleicht war ihm der Snack nicht bekommen, überlegte Gil. Er hatte ein Vollkornsandwich mit extra viel Käse mitgebracht, der im ganzen Klassenzimmer seinen Geruch verströmt hatte. Marc war es peinlich gewesen, deshalb hatte er es eilig hinuntergeschlungen. Das war ihm nun wohl zum Verhängnis geworden.

Schließlich kam er die Treppe herunter, war, wie Gil vermutet hatte, ziemlich blass, und sauste an ihnen vorbei.

»Bis morgen«, brachte er gerade noch hervor.

Das Glas Wasser ließ er unberührt auf dem Küchentisch stehen.

Gil aß sein Mittagessen, dann machte er sich umgehend an die Hausaufgaben. Je eher er damit fertig wurde, umso eher könnte er wieder lesen. An diesem verregneten Juninachmittag erschienen sie ihm besonders anstrengend. Mit den Formeln kam er nicht voran, die Berechnungen füllten große, karierte Seiten, nichts ergab einen Sinn. Er konnte nur an den Mischlingshund denken, der auf keinen Fall weiter gegen andere Hunde kämpfen durfte.

Die Englischaufgaben brachte er schneller hinter sich. Es war eine einfache Einsetzübung zu Adjektiven und Adverbien, für die er keine zehn Minuten brauchte. Endlich legte er den Stift weg, stopfte die Arbeitshefte zurück in seinen Schulranzen und setzte sich aufs Bett. Er griff auf den Nachttisch nach seinem Buch. Da lag es nicht. Er sah auf den Boden, hinter das Möbelstück, darunter. Es war weg. Hatte er es gestern Abend doch in die Schublade gesteckt?

Er öffnete sie, doch außer einer Packung Taschentücher und seinem Wecker war nichts drin.

Er wurde unruhig. Das Buch hatte er bei seinem letzten Besuch in Frankfurt von drei Wochen Taschengeld gekauft. Wie konnte er es verlegt haben? Wohin?

Er ging zurück an seinen Schreibtisch, hob Papier und Hefte hoch. *Tom Sawyer* lag unter dem Geschichtsbuch, doch das hatte er schon vor Wochen ausgelesen.

Wütend knallte er die Bücher zurück auf den Schreibtisch. Dann stürmte er nach unten.

»Maman?«

Sie hörte ihn nicht gleich, obwohl er wirklich laut rief. Sie stand draußen im Garten und schnitt ein paar Blumen für den Wohnzimmertisch.

»Maman?«, rief er noch lauter.

Jetzt kam sie zur Tür herein. In der Hand hielt sie zwei Rosen, eine Lilie und eine Schere.

»Alles okay, Guilien?«

»Hast du mein Buch genommen?«

»Was für ein Buch?«

»Wolfsblut. Hast du Wolfsblut aus meinem Zimmer genommen?«

»Warum sollte ich das tun? Ich habe es schon gelesen«, antwortete sie halb im Scherz.

»Es ist weg.«

»Wo hattest du es denn zuletzt?«

»Auf meinem Nachttisch. Ich habe gestern vor dem Schlafengehen gelesen und es dann auf meinen Nachttisch gelegt. Aber jetzt ist es weg.«

»Das tut mir leid. Ich habe es nicht gesehen. Ich war heute nicht einmal in deinem Zimmer.«

»Ich verstehe es nicht. Ich weiß, ich habe es auf den Nachttisch gelegt, und wenn niemand sonst …« Die Worte blieben ihm im Hals stecken, denn noch bevor er sie aussprach, wurde ihm klar, wo es war.

Er rannte, so schnell er konnte. Er ließ seine Mutter stehen, die ihm, Schere und Blumen gen Himmel gestreckt, hinterher rief. Er ließ das Gartentor offen, überließ es quietschend seinem Schicksal im Wind. Er lief durch Pfützen und Matsch, fiel einige Male fast hin. In weniger als zwei Minuten war er beim Haus seines Freundes angekommen. Nicht einmal wirklich außer Atem – Fußball war viel anstrengender als ein Sprint über 500 Meter –, dafür mit schmutzigen Hosenbeinen und Schuhen und seinen Haaren mitten im Gesicht. Doch er merkte es gar nicht. Ohne zu bremsen, stieß er das nächste Gartentor auf, das gegen die Mülleimer krachte, die dahinter standen. Sie fielen laut scheppernd zu Boden. Gil sah sich nur eine Sekunde um, sah in das Chaos, das er angerichtet hatte, wollte direkt weiter ins Haus laufen, um Marc zur Rede zu stellen, als er es sah. Oder das, was davon übrig war. Ganz oben auf dem Haufen aus Essensresten, Plastikflaschen und Altpapier lag sein Buch – in Stücke gerissen. Einzelne Seiten bedeckten Salatblätter, der Wolf, der in die wilde Landschaft Alaskas gezeichnet war, blickte zwischen einer Thunfischdose und zwei Bierflaschen hervor.

Gil spürte einen Stich im Herzen. Teilweise wegen des Verlusts seines Buches, wegen der Geschichte, die er nun nicht mehr lesen konnte – oder erst in einigen Wochen, wenn er wieder nach Frankfurt in den Buchladen käme. Andererseits wegen Marc, den er für seinen Freund gehalten hatte, der ihm das angetan hatte. Eine unglaubliche Wut überkam ihn.

»Marc!«, rief er, so laut er konnte. Er wollte nicht einmal mehr das Haus betreten. Er blieb genau da stehen, wo er war und schrie Marcs Namen, bis dieser vor der Tür erschien.

»Warum hast du das getan?«, brüllte er ihn an.

»Weil dir dein bescheuertes Lesen immer wichtiger ist als alles andere«, schrie Marc zurück und kam nun festen Schrittes auf ihn zu. »Und ich wünschte, ich hätte all deine anderen Bücher auch gleich mitgenommen.« Seine dunklen

Augen funkelten ihn herausfordernd an.

Gils Wut gewann endgültig die Oberhand. Er packte Marc, eine Hand griff den Ärmel seines Pullis, die andere seinen Hemdkragen. Mit voller Wucht und einem heftigen Stoß warf er ihn in den Müllberg. Marc landete rücklings zwischen einem großen Eimer und dem Altpapier, richtete sich jedoch schnell auf und setzte zum Gegenangriff an. Er stürzte auf Gil zu, rammte ihn zu Boden. Gil befreite sich, zog wieder an seinem Pulli, schlug ihm mit der flachen Hand ins Gesicht.

Im Hintergrund hörten sie Ellen schreien. Niemand verstand, was sie sagte, ob sie nach ihren Eltern rief, sie aufforderte, damit aufzuhören oder einfach nur schrie. Es schien meilenweit entfernt. Doch dann war sie bei ihnen angekommen, und beide spürten, wie sie an ihrer Kleidung zerrte, sie auseinanderzog.

Gil keuchte. Seine Augen zitterten, sein Mund brannte, seine Wangen brannten. Ohne ein weiteres Wort drehte er sich um und ging nach Hause.

Als er durch die Haustür trat, fiel seine Mutter fast in Ohnmacht. Er war von oben bis unten mit Matsch überzogen – seine Schuhe und Kleidung ebenso wie seine Haare, die bereits halb an seinem Gesicht angetrocknet waren. Dieses war rot wie eine Tomate, vor Wut, aber auch von der Rangelei. Er hatte ein paar Kratzer abbekommen, die noch frisch bluteten.

»Mein Gott, Guilien, was ist dir denn passiert?«, stieß sie intuitiv hervor.

Statt einer Antwort ging er stur an ihr vorbei, die Treppe hoch in sein Zimmer. Als die Tür zuknallte, zuckte sie zusammen.

Sie atmete tief durch, versuchte, die Ruhe zu bewahren, auch, wenn sie ihm am liebsten hinterhergestürmt wäre. Eine Weile blieb sie im Wohnzimmer stehen, tippte nervös mit den Fingern auf den Stuhl vor ihr. Sie wusste, wenn sie ihn jetzt bedrängte, würde er sich zurückziehen, würde er überhaupt nicht mit ihr reden. Und doch wollte sie nichts mehr, als an seiner Seite sein, ihn in den Arm nehmen, ihm helfen.

Nach fünf Minuten war ihre Geduld ausgereizt. Seine Wunden mussten gesäubert werden, und sie musste herausfinden, was ihm zugestoßen war. Sie atmete tief durch, versuchte, so ruhig zu bleiben, wie es ihr irgend möglich war, holte die Verbandstasche aus dem Badezimmer und stellte sich vor seine Tür.

»Ist dir Wolfsblut auf deiner Suche persönlich begegnet?«, fragte sie. Sie hielt es für das Beste, nicht sofort auf die offensichtliche Problematik einzugehen, sondern, wie sie es meistens tat, Humor walten zu lassen. Es kam keine Antwort, aber sie hatte auch keine erwartet. »Guilien, Schatz, nichts, was du getan hast, kann so schlimm sein, dass ich es nicht aushalte oder nicht mehr hinter dir stehe. Du musst mir auch nicht gleich erzählen, was passiert ist. Lass mich nur deine Wunden reinigen, bevor es schlimmer wird.«

Nach etwa zwanzig Sekunden hörte sie, wie das Schloss sich drehte. Sie atmete leise auf und drückte die Klinke nach unten.

Gil saß auf dem Bett, immer noch schmutzig, immer noch verletzt. Innerlich viel schlimmer als äußerlich. Eine Träne der Enttäuschung und Wut rannte ihm über die zerkratzte Wange, brannte auf der Verletzung. Seine Mutter tunkte eine Wundauflage in eine Jodlösung und tupfte alles weg: das frische Blut, den Schmutz, seine Träne.

»Marc hat mein Buch genommen, es zerrissen und in den Müll geworfen«, sprudelte es aus ihm heraus.

Sie hielt inne. »Das tut mir leid. Das hätte er nicht tun sollen.«

»Ich habe ihn in den Müll gestoßen.« Seine Stimme klang immer noch wütend.

Langsam tupfte sie weiter. »Das hättest du auch nicht tun sollen.« Nun trug sie eine Salbe auf. »Wir lassen es an der Luft trocknen. Du willst bestimmt nicht mit einem Pflaster im Gesicht herumlaufen, habe ich recht?«

Er nickte stumm.

»Hast du sonst noch Verletzungen?«

Er hob seinen linken Arm. Der Ärmel seines Sweaters war hochgezogen, ein Kratzer zog sich von seinem Ellenbogen bis zu seiner Uhr. Seine Mutter tupfte auch darauf Jod, dann verband sie ihn mit einer dünnen Mullbinde. Schließlich setzte sie sich neben ihm auf das Bett, legte ihren Arm um seine Taille.

»Aber ich hatte recht. Was er getan hat, ist furchtbar«, verteidigte Gil sich. »Wie kann er etwas nehmen, das mir gehört und es zerstören? Ich dachte, er wäre mein Freund.«

»Recht zu haben, ist eine Sache, ihn zu schlagen eine andere. Deine Taten zeigen, wer du bist, sprechen für deinen Charakter. Du kannst ihm sagen, dass du furchtbar findest, was er getan hat, dass es dich verletzt hat, eure Freundschaft gefährdet. Du kannst ihn auch anschreien, wenn es gar nicht anders geht. Sprich eine Woche gar nicht mit ihm, wenn dir nicht danach ist. Aber was du tust, zeigt, wer du bist. Und jetzt bist du ein Junge, der seinen Freund in die Mülltonne geworfen hat.«

»Auf den Müll. Er war ausgekippt.« Gil wusste, dass das die Tatsache nicht entscheidend besser machte.

»Und ich bin mir sicher, dass er dein Freund ist«, fuhr seine Mutter unbeirrt fort. »Ich weiß nicht, warum er dein Buch genommen und kaputtgemacht hat. Es war auf gar keinen Fall richtig. Vielleicht hat Marc keine anderen, so guten Freunde, mit denen er Zeit verbringen möchte und war wütend und eifersüchtig, dass du so viel Zeit mit Büchern verbringst, anstatt mit ihm. Vielleicht hat er in Wahrheit nur deine Freundschaft gesucht. Zugegeben, auf eine sehr ungeschickte, dumme und egoistische Art. Aber Taten zeigen, wer ein Mensch ist. Vielleicht ist Marc nur ein Junge, der verzweifelt um deine Aufmerksamkeit gekämpft hat.«

Gil überlegte eine ganze Weile. Der stechende Geruch der Salbe stieg in seine Nase. »Wenn ich ihm wichtig bin, warum kann er dann nicht verstehen, dass Bücher für mich wichtig sind?«

»Man kann nicht immer erwarten, dass Freunde alles verstehen. Manchmal sind sie egoistisch. Rede mit ihm.« Sie gab ihm einen Kuss auf die unverletzte Stirn und stand auf. »Frag ihn. Sag ihm, was dich so schrecklich verärgert hat. Und entschuldige dich. Er hat falsch gehandelt, aber du hast ihn körperlich angegriffen.« Sie sah Protest in ihm aufsteigen, seine Augen verkleinerten sich. Bevor er etwas dagegen sagen konnte, fügte sie hinzu: »Wenn er anständig ist, wird er sich auch entschuldigen.«

Es dauerte bis zum nächsten Morgen, dass Gils Wut etwas verraucht war und er sich aufraffen konnte, seinem Freund gegenüberzutreten, ohne ihn erneut zu schlagen. Er hatte die halbe Nacht darüber nachgedacht, was seine Mutter gesagt hatte. Schlafen fiel ihm ohnehin schwer, da sein ganzer Körper schmerzte. Er verstand immer noch nicht, warum Marc ihre Freundschaft sabotieren würde, wenn er eigentlich mehr Zeit mit ihm verbringen wollte. Er hatte auch nicht vor, zukünftig mehr Zeit mit ihm zu verbringen. Er wollte sich weiterhin in abenteuerlichen Geschichten vergraben, andere Welten entdecken, mit den Charakteren fühlen, anstatt beim Fußball auf die Nase zu fallen. Es würde immer wieder Tage geben, an denen er keine Lust hätte, sich mit irgendjemandem zu treffen.

Hatte seine Mutter recht? Würde es helfen, Marc das zu erklären?

Er verstand, dass der Angriff auf Marc falsch gewesen war. Es tat ihm sogar leid. Er wollte ihn als Freund keinesfalls verlieren. Aber der Verlust seines Buches schmerzte ihn immer noch, und er war auch noch nicht gänzlich bereit, Marc zu verzeihen. Sofern er ihn tatsächlich darum bitten würde.

Am Samstagmorgen trank er eine große Tasse Kakao, über der er eine ganze Weile brütete. Er überlegte, was genau er Marc sagen wollte, was er ihm erklären wollte und was lieber nicht. Ob er eine Entschuldigung seinerseits einfordern würde oder sich nur darauf beschränken würde, was er selbst falsch gemacht hatte: impulsiv und unkontrolliert auf ihn loszugehen.

Seine Eltern sagten nichts, ließen ihn diesen Kampf mit sich selbst austragen. Nur sein Bruder Olivier lächelte triumphierend vor sich hin, weil er einmal nicht derjenige war, der in der Klemme steckte.

Kurz nach zehn raffte Gil sich auf, nahm Ramon zur Verstärkung mit, klopfte an die Tür seines Freundes und entschuldigte sich. Marc, der vorsichtig durch den Türspalt lugte, stand schweigend da, sagte nur »Okay« und schloss die schwere Holztür wieder. Er gab ihm nicht einmal die Gelegenheit für weitere Erklärungen oder ein Gespräch.

Enttäuscht und abermals wütend ging Gil nach Hause. Es stimmte nicht, was seine Mutter gesagt hatte. Marc war es egal, dass sie gestritten hatten, und er hatte auch nicht vor, seine Schuld einzugestehen. Es tat ihm nicht leid, dass er ihn verletzt und sein Eigentum zerstört hatte. Er war nicht wirklich sein Freund.

Doch als er am Abend nach draußen ging, um Tomaten aus dem Garten zu holen, lag *Wolfsblut* auf der Treppe vor der Haustür. Die Seiten waren in mühsamer Kleinarbeit zusammengeklebt, wo sie zerrissen waren. Nicht einmal die Buchstaben waren verschoben, und der Wolf blickte ihn klug und ruhig an. Fast zwinkerte er ihm zu.

15

Dienstag, 26. November 1996
Hamburg

»Kaia!«, hörte sie ihn hinter sich rufen und legte einen Zahn zu. Der Boden war vereist, es hatte seit zwei Tagen fast durchgehend geschneit. Hunderte von Schülern hatten den Weg plattgetreten, der nun rutschig und voller Matsch war. Ihre Winterschuhe lagen noch in einer Box im Keller, und in ihren Turnschuhen konnte sie nicht so schnell laufen, wie sie es gerne wollte.

»Kaia!« Die Stimme kam näher.

Es war sinnlos. Er hatte definitiv die besseren Schuhe. Oder war einfach besser darin, über den Schnee zu laufen. Sie seufzte und blieb stehen.

»Hey«, sprach er sie an, als er bei ihr war. Sein schneller Atem wurde in der Luft sichtbar. Die gefallenen Schneeflocken setzten sich deutlich von seinen dunklen Haaren ab, bis sie wegschmolzen. Sie konzentrierte sich auf sie, auf jede Einzelne, die auf ihn herabfiel. Sie wollte ihn nicht ansehen. Es tat so weh. Nicht einmal in der Eiseskälte, die sie hasste, auf dem Schulhof herumzustehen, war so schwer zu ertragen, wie ihn anzusehen. Eher hätte sie sich im T-Shirt hier aufgestellt.

»Wie geht's?«, fragte er nun, als wäre nie etwas gewesen.

»Alles klar. Bei dir?« Was konnte sie anderes tun, als seinem Verhalten zu folgen?

»Ja, alles bestens. Ich habe mich nur gefragt …« Er fuhr sich durch die Haare, nahm die Schneeflocken mit, ihren letzten Halt. »Ich habe dich lange nicht gesehen.«

Nun sah sie ihn an, sah ihm direkt ins Gesicht und spürte den üblichen Stich. Den Grund, warum sie jeden Moment während der letzten fünf Wochen vermieden hatte, ihn anzusehen.

»Ja«, stimmte sie ohne weiteren Kommentar zu.

»In der Pause stehst du fast immer woanders, du warst ewig nicht im *TrinkBar*. Ich habe nicht mal die Gelegenheit, dich zu fragen, ob du mitkommen willst, weil du weg bist, sobald es klingelt.«

Und trotzdem hast du es jetzt geschafft, dachte sie.

»Ich habe viel zu tun. Die Französischtests waren schwierig, Mathe ist auch kein Spaziergang. Ich habe kaum

Zeit, irgendwo hinzugehen.«

»Dann ignorierst du mich nicht absichtlich?«

»Natürlich nicht«, log sie.

»Du gehst mir nicht seit über einem Monat aus dem Weg, weil du sauer bist? Oder verletzt? Wegen der Sache mit Carolin?«

»Überschätze dich nicht.« Es kostete sie viel Kraft, damit die Worte ihr nicht im Hals stecken blieben und so gelassen wie möglich klangen. Sie war ganz schlecht darin, sich zu verstellen. Ein weiterer Grund, warum sie es vermieden hatte, in seiner Nähe zu sein.

Gil verschränkte die Arme, beobachtete sie mit zusammengekniffenen Augen. »Okay.« Es klang zweifelnd, fragend. »Super. Dann können wir also weiterhin etwas zusammen unternehmen?«

Scheiße, nein, war ihr erster Gedanke. Dann wurde ihr bewusst, dass er sie mit dem Rücken zur Wand hatte. Würde sie ablehnen, war klar, dass sie gelogen hatte. Wäre sie nicht verletzt, gäbe es schließlich keinen Grund, ihre Freundschaft nicht weiter aufrechtzuerhalten. Wenn sie ihre Gefühle nicht offenbaren wollte, musste sie den Schein wahren.

»Klar.« Sie schluckte. Der kalte Wind auf ihren Wangen verstärkte ihr Unbehagen. Sie ahnte, was als Nächstes kam.

»Was machst du heute noch?«

»Spanisch lernen.«

»Ach, komm. Ich bin sicher, du kennst das ganze Buch mittlerweile auswendig. Und selbst wenn nicht, kannst du einen Tag aussetzen.«

Wo, verdammt noch mal, waren die guten Ausreden, wenn man sie brauchte? Zugegeben, sie hatte selten welche. Sie brauchte selten welche.

»Lass uns einen Film sehen«, schlug er vor.

Kaia überlegte. Was wäre die Alternative? Ein Nachmittag im *TrinkBar*, mit seinen komischen Freunden, oder gar mit ihm allein? Bei einem Film musste sie ihn immerhin nicht ansehen und sich durch kein gekünsteltes

Gespräch quälen.

»Den, von dem du mir so viel erzählt hast. Deinen Lieblingsfilm«, beharrte er.

»*Reality Bites*?«

»Ja, warum nicht? Du hast ihn doch bestimmt auf Video?«

Sie konnte es immer noch leugnen. Doch kannte sie ihn mittlerweile gut genug, um zu wissen, dass er mit zwanzig anderen Vorschlägen daherkäme, bevor er aufgab. Dann lieber einem Angebot zustimmen, das sie nicht völlig in Panik versetzte.

»Ja.«

»Okay. Wann soll ich vorbeikommen?«

»Bei mir?« Irgendwie schienen ihre Gehirnzellen mittlerweile auch eingefroren zu sein. Oder sie hoffte doch darauf, dass er in letzter Minute noch seine Meinung ändern würde.

»Ja.«

»Wochentags darf ich bis zehn Besuch haben.«

»Dann bin ich so gegen sechs da.«

»Okay«, sagte sie, langsam und leise, immer noch wie vom Blitz getroffen. In stiller Verzweiflung durchforstete sie ihr Gehirn erfolglos nach einem letzten Ausweg.

»Ich brauche deine Adresse.«

Hilft es, ihn ans andere Ende von Hamburg zu schicken?, fuhr es ihr durch den Kopf. Vermutlich nur kurzfristig. Sie stellte die Schultasche in den Matsch, eine Ladung Schnee fiel vom Baum über ihr, während sie einen Stift aus ihrem Mäppchen nahm und eine karierte Ecke von ihrem Matheheft abriss. Sie schüttelte den Schnee ab, schrieb ihre Adresse auf den Zettel und streckte ihn ihm entgegen.

»Okay.« Er lächelte sein wunderschönes, leicht anspielendes Lächeln. »Dann bis später.«

»Ja. Bis später.«

Um Viertel vor sechs war Kaia kurz davor, die Wände hochzulaufen. Sie fluchte unentwegt vor sich hin, lief zwischendurch auf die Toilette, unterdrückte den Brechreiz, fluchte weiter, schlug sich die Hände an den Kopf. Wie war sie bloß in diese bescheuerte Situation gekommen? Wie konnte er so unsensibel sein, überhaupt weiterhin eine Freundschaft einzufordern? Es war ihm unmöglich entgangen, dass auf der Willkommensparty die Welt über ihr zusammengestürzt war. Warum musste er darauf bestehen, dass sie sich wieder trafen? Um ihr noch mehr wehzutun? Das hielt sie trotz allem für unwahrscheinlich. Gil war zynisch, provokant, manchmal arrogant, aber nicht völlig gemein.

Was im Moment jedoch noch viel wichtiger war: Wie konnte sie dieser absolut schwachsinnigen Idee dauerhaft entkommen? Was konnte sie heute anstellen, um ihn zu vergraulen? Darauf hatte sie bisher keine Antwort gefunden, und das machte sie noch viel nervöser. Vorerst hatte sie nur sichergestellt, dass sie ihm nicht nahekommen, ihn möglichst wenig ansehen musste. Ein kleiner Fernseher mit Videorekorder stand gegenüber ihrem Schlafplatz. Um nicht neben ihm sitzen zu müssen, hatte sie den Schreibtischsessel vor das Bett geschoben und sämtliche Kissen auf der Hälfte der Sitzfläche verteilt, die dazwischen lag. Auf ihrem Nachttisch standen eine Schüssel mit Popcorn, zwei Gläser, eine Flasche Cola, Orangensaft und Wasser – alles bereit zur Selbstbedienung. Der Film lag im Videorekorder, die Kassette war zurückgespult. Musik lief keine. Nicht, dass er auf die Idee kam, doch erst das Gespräch zu suchen. Nichts da. Hinsetzen, Film schauen, heimgehen. Und dann würde sie sich etwas einfallen lassen, damit er auf keine weiteren, ähnlichen Ideen mehr kam. Sie war definitiv nicht dazu bereit, eine Freundschaft mit ihm fortzuführen. Die letzten Wochen über war sie so deprimiert gewesen, dass sie nicht einmal ihren sechzehnten Geburtstag gefeiert hatte. Zu ihren Freundinnen, die sich stark gewundert hatten, hatte sie gesagt, sie fühlte sich krank. Carolin war ohnehin zu glücklich dieser Tage, um sich große Gedanken zu machen. Bianca vermutete, dass sie immer noch traurig wegen ihres nicht erschienenen Verehrers war. Nur Yvonne wusste, was wirklich los war.

Die Türklingel surrte. Kaias Herz blieb stehen. Sie war nicht bereit. Und wenn sie doch noch kurzfristig durchs Fenster über die Feuerleiter flüchtete? Doch da hörte sie schon die freundliche Stimme ihrer Mutter, die Gil begrüßte und hereinbat. Es gab kein Zurück. Irgendwie musste sie es durch diesen Abend schaffen.

»Katharina!«, rief ihre Mutter sie jetzt. Kaia atmete tief durch. Dann noch einmal. Sie fuhr sich durch die langen Haare, schloss die Augen.

»Katharina! Dein Besuch!« Als sie nach Hause gekommen war, hatte sie ihrer Mutter angekündigt, dass am Nachmittag ihr Schulkollege vorbeikommen würde. Sie hatte Gil zu Anfang des Schuljahres einige Male beiläufig erwähnt, Petra Koslowski war also nicht allzu verwundert gewesen.

»Zum Lernen?«, hatte sie gefragt und ihre Tochter dabei angelächelt.

»Ja. Vielleicht sehen wir auch einen Film. Aber er hat eine Freundin, also musst du dir keine Sorgen machen, dass wir schmusend auf dem Bett landen.«

»Katharina!«, kam es erneut, und sie hörte Schritte auf ihr Zimmer zukommen. Sie öffnete ihre Augen, atmete ein letztes Mal tief durch, drückte die Klinke hinunter und ging nach draußen.

»Sorry. Ich hatte noch den Film eingestellt«, murmelte sie kaum hörbar und ging auf Gil zu.

»Hi.«

Er trug die gleiche Winterjacke, die er auch am Vormittag bei ihrem Gespräch angehabt hatte. Auf seinen Haaren lagen wieder Schneeflocken.

»Du kannst die Jacke hier am Eingang lassen«, wies sie ihn auf den Garderobenständer hin, der bereits mit Mänteln, Schals und Mützen übersät war. Gil zog sie aus und warf sie darüber. In dunklen Jeans und schwarzem Sweater stand er schrecklich gut aussehend vor ihr und lächelte. Sie versuchte, an ihm vorbeizuschauen, drehte sich um. »Komm mit.«

»Soll ich euch eine Packung Chips vorbeibringen?«, fragte Petra.

»Wir sind versorgt, danke Mama.« Tatsächlich war es ihr egal, ob sie reinkommen würde. Schließlich gab es nichts zu verbergen, keine verbotenen Taten hinter verschlossenen Türen. Aber die ganze Situation war ihr unangenehm. Sie hatte Angst, dass ihre Mutter ihren Schmerz erkennen würde, und sie hatte keine Lust darauf, die Sache mit ihr zu besprechen. Sie hatte nicht einmal mehr mit Yvonne darüber geredet.

Nun öffnete sie die Tür zu ihrem Zimmer, und sie gingen hinein. Er tat ein paar Schritte, sah sich um, ließ seinen Blick über ihre Bücherwand schweifen. Er lächelte, entdeckte offenbar welche, die er kannte, vielleicht selbst besaß.

»Magst du Hemingway?« Jetzt stand er vor der amerikanischen Sammlung.

»Ja.«

»Ungewöhnlich. Viele sagen, er war frauenfeindlich.«

»Habe ich gehört.«

»Findest du nicht?«

Sie war nicht in Stimmung für eine Konversation über Literatur. Oder überhaupt eine Konversation. Was sollte das werden? Darauf fand sie keine Antwort, also überlegte sie sich eine Antwort auf seine Frage.

»Möglich, ich weiß es nicht. In den Büchern, die ich gelesen habe, hatte ich nicht das Gefühl.«

»Welche hast du gelesen?« Jetzt sah er zu ihr herüber. Zum ersten Mal fing sie seinen Blick auf, hielt ihm stand.

»*Across the river and into the trees*, *A Farewell to Arms* …«

»Auf Englisch?«

»Ja.«

»Welches hat dir am besten gefallen?« Er nahm eines in die Hand. Sie konnte an der Farbe des Umschlages erkennen, dass es das Richtige war.

»*A Farewell to Arms* ist das beste Buch, das ich je gelesen habe.«

»Ich lerne also heute deinen Lieblingsfilm und dein Lieblingsbuch kennen.« Er lächelte sie an.

»Scheint so.«

»Was hat dich beeindruckt?«

Sie verschränkte die Arme vor der Brust. »Ich …« Das Buch war ihr sehr nahe gegangen. Sie fühlte sich nicht wohl dabei, diese persönliche Information mit ihm zu teilen. »Es ist unglaublich kraftvoll. Die Sprache … Hemingways Worte sind wie Schläge. Es ist ehrlich, direkt, schmerzhaft«, brachte sie zögerlich hervor.

Gil legte es zurück. »Ich weiß. Ich liebe es auch. Es ist furchtbar, man kann es kaum ertragen. Doch genau das macht es so unglaublich.«

Ein Gespräch, wie sie es vorher gehabt hätten. War er wirklich deshalb hier? Wollte er ihre Freundschaft fortführen? Wie sollte das gehen? Sie sah ihn wieder an, wie er lächelnd vor ihr stand, wie immer die perfekten Worte fand, genau das sagte, was sie empfand.

Nein, es tat zu sehr weh, ihn so sehr zu wollen und zu wissen, dass er einer anderen gehörte. Ihrer Freundin. Sie würde diesen Abend irgendwie rumkriegen und die nächste Einladung ablehnen. Zur Not würde sie die Wahrheit sagen.

Er ging weiter durch ihr Zimmer, sah sich um, fasste aber nichts an. Vor dem Schreibtisch fiel sein Blick auf ein kleines Notizbuch.

»Ist das etwas, das du geschrieben hast?«

Ihr Herz blieb stehen, das Blut schoss ihr ins Gesicht. Sie hatte völlig vergessen, dass es da lag. Ihr engster Vertrauter, dem sie all ihre Gedanken, ihr Leiden, ihre Enttäuschung gestand.

»Nein«, log sie zum wiederholten Mal an diesem Tag.

Er drehte sich grinsend zu ihr um.

»Kaia, ich möchte unbedingt etwas lesen, das du geschrieben hast. Aber ich würde es in hundert Jahren nicht lesen, wenn du es nicht willst.«

Jetzt kam er auf sie zu, blieb kurz vor dem Bett stehen, strich sich die Haare zurück. »Was hast du zuletzt geschrieben?«

Sie versuchte, an etwas zu denken, das kein Tagebucheintrag war, kein persönlicher Text, keine Gedanken oder Gefühle.

»Eine Kurzgeschichte.«

»Worum ging es?«

»Um eine Atombombe.«

Seine Mundwinkel verzogen sich nach unten. »Dunkel. Ist es politisch?«

»Nicht wirklich. Vielmehr ein Was-wäre-wenn-Szenario.«

»Was wäre, wenn uns eine Atombombe auf den Kopf fiele?«

»Ja.«

»Dann wären wir alle tot.«

»Nicht notwendigerweise.«

»Na ja, nicht sofort.«

»Manche Menschen könnten sich vielleicht rechtzeitig in einen Bunker retten.«

»Okay, aber was für ein Leben wäre das?«

»Genau.«

»Davon handelt die Geschichte?«

»Ja.«

»Und wann darf ich sie lesen?« Er grinste wieder.

Sie stand etwas unsicher vor ihm, viel zu nahe. Sie ließ sich auf den Schreibtischsessel fallen. Es war schön, jemanden zu haben, der sie verstand, der ihre Sprache sprach, mit dem sie über diese Dinge reden konnte. Vielleicht war doch eine Freundschaft möglich? Vielleicht schafften sie es, über diese seltsame Situation hinwegzukommen? Zumindest sie.

»Nicht jetzt. Nicht heute.«

»Irgendwann?«

»Vielleicht.«

Endlich setzte er sich auf das gemütliche Bett. Allerdings mitten in die Kissen hinein, die sie als Sicherheitswand aufgebaut hatte.

Sie stutzte kurz, deutete dann auf ihren Nachttisch, der auf der anderen Seite stand. »Getränke sind da, bedien dich.« Damit griff sie zur Fernbedienung, er zum Popcorn. Dann setzte er sich wieder zurück auf die Kissen. Sie verdrehte die Augen.

Eine Weile schauten sie schweigend den Film. Kaia hatte ihn schon mindestens zehn Mal gesehen. Doch sie liebte ihn jedes Mal aufs Neue. Sie konnte nicht einmal wirklich sagen, warum. Ja, es war eine schöne Liebesgeschichte, es ging um junge Künstler, die ihren Weg suchten, sie identifizierte sich mit den Figuren. Aber vor allem gefiel ihr die Stimmung. Sie riss sie mit, löste etwas in ihr aus, gab ihr Mut, sie selbst zu sein, egal, wer das war.

»Ich mag Troy«, brach Gil schließlich das Schweigen. »Er verfolgt seine Träume, lässt sich nicht ablenken. Er ist Künstler und steht dazu.«

»Ja.«

»Ich werde das genauso machen. Werde mich irgendwie mit dem Schreiben durchschlagen. Ich brauche nicht viel zum Leben. Aber man kann nicht seine Seele verkaufen, irgendeinen Job machen, der einen umbringt, jeden Tag unglücklich macht, nur für ein großes Auto in der Garage. Da haben sie völlig recht.«

Jetzt lächelte Kaia. Sie mochte seinen Enthusiasmus so sehr, seine Leidenschaft fürs Schreiben, fürs Leben, seinen Willen, unbeirrt seinen Weg zu gehen.

»Ja, das wäre schön«, stimmte sie zu.

»Alles ist möglich, man muss es nur machen. Dein Popcorn ist versalzen«, warf er ein, aß es aber trotzdem unbeirrt weiter.

Sie gaben sich wieder dem Film hin, lachten, als die vier Freunde durch die Tankstelle tanzten. »Ich mag den Song«, sagte Gil, als die ersten Takte von *My Sharona* erklangen. Er stöhnte, als Winona Ryder ihrem neuen Yuppie-Freund ein Date zusagte. Und als sie bei einem Kompliment verlegen wegsah, stellte er fest: »Du schaust genauso, wenn ich dir etwas Nettes sage. Nur hast du schönere Augen.«

Sie war überzeugt, sich verhört zu haben. Der Film und Gil auf dem falschen Sitzplatz, so nahe hinter ihr, wirbelten ihr ganzes Gehirn durcheinander.

»Und ich mag deine langen Haare viel lieber. Du bist so hübsch.«

Nein, es war nicht der Film und auch nicht ihr Gehör. Sie spürte, wie seine Hände durch ihr Haar fuhren, ganz langsam, dann noch einmal.

Was in aller Welt …?

Träumte sie?

Bevor sie den Selbstkneiftest machen konnte oder überhaupt gleich den Kopf gegen die Wand schlug, rollte er ihren Stuhl näher zu sich und drehte ihn so, dass sie ihn ansah. Er lächelte. Nicht anspielend, nicht amüsiert – mit blinzelnden Augen, glücklich. Seine Hand bewegte sich von der Armlehne zu ihrem Gesicht. Sie konnte sich nicht bewegen, war völlig erstarrt. Als sie seine Finger auf ihrer Wange spürte, unter ihren Ohren, auf ihrem Kinn, schloss sie die Augen, hielt den Atem an. Sie legte ihren Kopf in seine Hand, genoss seine zärtliche Berührung. Dann richtete er sich auf, zog sie gleichzeitig weiter an sich heran, seine Hand in ihrem Nacken, die andere auf ihrem Oberschenkel. Kurz, bevor ihre Lippen sich trafen, flüsterte Kaia: »Nein.«

Er hielt inne, zog sich ein paar Zentimeter zurück, legte den Kopf schief, fragend.

»Du bist mit Carolin zusammen.«

»Ich weiß.«

»Du bist mit Carolin zusammen«, wiederholte sie nachdrücklich, aber leise.

»Ja.«

»Was soll das dann?« Ihre Stimme war immer noch ein Flüstern.

»Ich will dich deshalb nicht weniger.«

»Du willst … was?« Fast musste sie laut loslachen. »Was?«, wiederholte sie.

»Du bist mir keinen Tag aus dem Kopf gegangen.«

»Du bist mit Carolin zusammen«, stellte sie erneut fest, fassungslos.

»Das hast du schon gesagt.«

»Wie kannst du das tun? Wie kannst du versuchen, mich zu küssen?«

Jetzt setzte er sich zurück auf das Bett, fuhr sich durch die Haare. »Ich habe mich in euch beide verliebt. Warum muss ich eine von euch aufgeben?«, fragte er ganz ruhig.

Es verschlug ihr tatsächlich einen Moment lang die Sprache. Weil er gesagt hatte, dass er in sie verliebt war, und weil er irgendwie zu glauben schien, dass das kein Problem war.

»Weil es falsch ist!«, wies sie ihn nun viel zu laut darauf hin.

»Sagt eine diktatorische, unflexible Gesellschaft.«

Jetzt musste sie tatsächlich laut loslachen. Das konnte nicht sein Ernst sein.

»Liebe muss frei sein. Liebe ist das, was wir sie sein lassen.«

Sie stand auf, tat ein paar Schritte zurück, fuhr sich nervös durch die Haare. Atmete laut hörbar aus, während Winona Ryder im Hintergrund in einen leidenschaftlichen Streit mit ihrer besten Freundin verwickelt war. Kaia legte ihre Hände in den Nacken, wo gerade noch seine gewesen waren. Die Stelle fühlte sich unverändert heiß an.

»Hast du das auch Carolin gesagt?«

»Nein.«

»Warum nicht?«

»Sie würde es nicht verstehen.«

Sie stieß die Luft durch die Nase. »Aber ich schon?«

»Ich hoffe es.«

Sie stemmte ihre Arme in die Hüften, ließ ihren Blick ziellos durch den Raum schweifen, versuchte, irgendwie zu begreifen, was er sagte. Sie sah wieder zu ihm und konnte in seinem Gesicht lesen, was er dachte: Da war Hoffnung, Erwartung, Sehnsucht, Überzeugung. Das Gleiche, das auch sie empfand. Er hatte einen Nerv bei ihr getroffen. Nicht nur hatte er gesagt, dass er sie wollte, wenn auch auf eine seltsame, für sie kaum fassbare Weise. Seine ehrliche Offenbarung hatte gezeigt, dass er ihr so sehr vertraute, dass er ihr sogar zutraute, diese Wahrheit hinzunehmen. Er glaubte an ihr Verständnis, selbst in dieser Situation. Doch genau diese Situation, dieser völlig absurde Vorschlag, reizte sie. Die Herausforderung, anders zu sein als alle und alles, was sie je gehabt hatte. Sie wollte es nicht. Sie wollte besser sein. Aber ihr Verlangen nach ihm war zu groß. Ihre Neugier auf das Unkonventionelle. Ihre Liebe. Es war ihr egal, mit wem er zusammen war. Sie hatte es bereits vergessen. Nachzugeben schien das einzig Logische, das einzig Mögliche zu sein.

Gottverdammte Scheiße.

Mit zwei raschen Schritten ging sie auf ihn zu, nahm sein Gesicht zwischen ihre Hände und küsste ihn. Sie setzte sich auf seine Oberschenkel, ihre Knie versanken in den zahllosen weichen Kissen. Seine Hände lagen auf ihren Hüften, hielten sie fest und zogen sie näher zu ihm. Sie roch ein dezentes Parfum auf seinem Hals. Seine Lippen waren weich, zärtlich, leidenschaftlich, schmeckten salzig. Sie fühlte die Wärme seiner Finger, die unter ihrem Shirt ihren Rücken entlang fuhren, ihre vergruben sich in seinen Haaren. Sie küssten sich, als hätten sie nie etwas anderes getan. Als hätten ihre Lippen schon immer auf diesen Moment gewartet. Kaia rückte noch enger an ihn heran. Sie wollte in ihn hineinkriechen, ihn überall spüren. Ihre Hände tasteten sich unter sein T-Shirt, entdeckten seine warme, sanfte Haut, während die seinen fest ihre Taille hielten, über ihren Rücken wanderten, sie weiter an ihn drückten. Sie vergaß den Film, ihren Namen, vergaß zu atmen. Es tat so gut, ihren Gefühlen endlich nachzugeben, anstatt sie ständig zu bekämpfen. Jetzt griff er unter ihre Arme, warf sie aufs Bett, lag auf ihr. Seine Hände umfassten ihr Kinn. Er hielt inne, sah sie mit einem zärtlichen Lächeln an. Er küsste ihre Stirn, ihre Nase, ihre Unterlippe, ihren Hals. Sie atmete tief ein und hörbar aus, bevor sie ihn wieder an sich zog, ihren Mund wieder auf seinen presste, ihre Finger in seinen Rücken krallte.

Die Zeit blieb stehen, der Film ging in wilden Küssen und zärtlichen Berührungen unter. Als die Musik und der Abspann kamen, sah Gil sie wieder an. »Wir haben den Film verpasst.«

»Ich habe ihn schon gesehen.«

»Lass ihn uns noch mal sehen.«

Sie lachte. »Okay.«

Er setzte sich auf, strich sich die Haare aus dem Gesicht. Sie griff nach der Fernbedienung, stoppte die Kassette und spulte zurück.

Er grinste sie an. »Du hast Popcorn in deinen Haaren.«

Sie kicherte. Er fuhr durch ihre langen Strähnen und zog es heraus. Dann warf er es auf sie, sie warf sich auf ihn. Sie tollten wie kleine Kinder auf ihrem Bett, eng umschlungen, lachend, küssend, bis der Videorekorder aufhörte, ein surrendes Geräusch von sich zu geben. Sie drückte auf *Play*, der Film startete von vorne.

»Eigentlich haben wir den Anfang schon gesehen«, stellte er fest. Er nahm ihr die Fernbedienung aus der Hand, schlang seinen Arm um ihre Taille, küsste sie wieder. Ein warmer Schauer durchfuhr ihn, als er ihr glückliches Lachen hörte, während er sie mit Küssen überschüttete.

»Hier, das war die Stelle. Ab hier habe ich nichts mehr mitbekommen«, sagte er etwa eine halbe Stunde später und richtete sich auf. Sie blieb liegen, sah ihn entgeistert an.

»Nein, ganz im Ernst«, bestätigte er. »Es ist dein Lieblingsfilm. Ich will deinen Lieblingsfilm sehen. Komm her.« Er lehnte sich zurück, streckte seine Arme nach ihr aus. Kopfschüttelnd, aber immer noch glücklich lächelnd, gab sie nach. Ihr Kopf lag auf seiner Brust, ihre Haare fielen über seinen Arm. Er versuchte vergeblich, sich auf den Film zu konzentrieren. Sie war so wunderschön, wie sie sich mit geschlossenen Augen an ihn kuschelte wie ein Baby. Ihre Knie waren angewinkelt, ihre Hand lag in seiner. Er streichelte sanft ihre Haare, die herrlich nach Mandelmilch rochen, strich über ihren Arm, legte seinen Kopf auf ihren. Seine Finger verschränkten sich mit ihren, hielten sie fest, er zog sie an seine Lippen und küsste sie. Die Versuchung war stark, sie wieder aufs Bett zu werfen, eine weitere Stunde zwischen Küssen und Zärtlichkeiten zu verbringen. Doch auch so war es perfekt. Ihre Nähe, ihr Duft, ihr sanftes Atmen. Er fühlte sich wie in Trance, sein Herz war so groß wie nie zuvor.

»*Kennst du das Gefühl, wenn man sich selbst dabei erwischt, wie man einfach glücklich ist?*«, fragte Winona jetzt, und Gil wusste ganz genau, was sie meinte.

Als zum zweiten Mal der Abspann begann, küsste er Kaia mehrmals auf die Stirn, lächelte sie an. »Es ist kurz vor zehn. Ich muss nach Hause.«

»Ich weiß«, antwortete sie kaum hörbar. »Aber ich will nicht, dass du gehst. Ich will nicht, dass es vorbei ist. Morgen früh werde ich dich sehen, und alles wird wieder so sein wie zuvor. Wir gehen aneinander vorbei, du sitzt in den Pausen bei Carolin, ihr lächelt euch glücklich an, und ich werde sterben wollen.«

»Nein.« Er küsste sie wieder. »Nichts ist wie zuvor.« Er sah ihr tief in die Augen. Wie konnte er es ihr begreiflich machen, ohne sie zu verletzen?

»Ich werde dich vermutlich nicht auf dem Schulhof küssen, aber du weißt, was ich fühle. Du weißt, dass sich morgen nichts daran geändert hat und sich nichts ändern wird. Nicht morgen und nicht irgendwann.«

Als Gil weg war, stand sie eine Ewigkeit in der Dunkelheit. Sie schaffte es nicht bis zu ihrem Bett. Sie versuchte zu begreifen, was passiert war, zu verstehen, was es bedeutete. Wo ihr Herz gerade noch geglüht hatte vor Glück, fühlte sie sich jetzt verloren und ratlos. In der Stille und Einsamkeit ihres Zimmers entstand ein Bewusstsein dafür, was sie getan hatte. Kaia stürzte ins anliegende Badezimmer und übergab sich.

Aus Kaias Tagebuch, 30. November 1996:

Warum kann ich nicht die Hauptrolle in einem Film spielen, für den das Drehbuch geschrieben und meine Rolle vorgegeben ist, und ich genau weiß, was ich tun muss, damit es ein Happy End gibt?

16

Mittwoch, 27. April 2016
Frankfurt am Main

Gil stand vor ihr wie Ethan Hawke vor Winona Ryder in der fast letzten Szene von *Reality Bites*. Unsicher, wie er das Gespräch beginnen sollte, ein paar Haarsträhnen im Gesicht, befand er sich wenige Stufen unter ihr. Er war nicht bis nach ganz oben gegangen, vielleicht, um das Ausmaß ihrer Wut abzuschätzen, vielleicht, weil er befürchtete, dass sie ihn die Treppe hinunterstoßen würde, wenn er nur eine Armlänge von ihr entfernt wäre. Sie stand mit verschränkten Armen vor ihm, trotzig, zornig, wunderschön. Er wollte lächeln, verkniff es sich aber. Ein Lächeln würde sie jetzt nicht friedlich stimmen, dessen war er sich bewusst. Besser direkt zum Kern der Sache:

»Es tut mir leid.«

Ihre Augenbrauen hoben sich, ihre Augen funkelten.

»Kann ich reinkommen?«

»Kannst du reinkommen? Hier rein?« Sie deutete mit dem Finger auf die Wohnung hinter ihr, als könnte sie nicht glauben, dass er diese absurde Idee ernst meinen könnte.

»Ich glaube, es wäre das Beste, wenn du nicht möchtest, dass ich deiner ganzen Nachbarschaft erkläre, was passiert ist. Denn erklären werde ich es, egal wo und egal wie.« Schließlich hatte er das ganze Wochenende den perfekten

Plan dafür geschmiedet.

Sie seufzte lautstark, trat dann jedoch einen Schritt zur Seite. Er sah sie einen langen Moment an, überlegte noch einmal, wie sicher es war, bevor er mit festem Schritt an ihr vorbeiging.

Das Erste, was ihm an dem offenen, großen Raum hinter dem Eingang auffiel, war der Hängesessel und das Glas Wein. Er lächelte. Genau diesen einladenden Platz hätte auch er zu seinem Favoriten erkoren. Doch er wollte sie nicht provozieren, also blieb er stehen, anstatt sich hineinzusetzen.

»Es tut mir sehr leid«, wiederholte er und bemerkte den fruchtigen Duft, der den Raum erfüllte. Es war angenehm. Ein bisschen nach Orange, ein bisschen Pfirsich … wie in einem mediterranen Garten, nur viel dezenter.

Sie setzte sich in den Hängesessel, trank das Glas Wein in einem Zug aus. Er sah, dass sie nichts hatte, um es abzustellen und es in der Hand behielt. »Dir fehlt hier ein kleiner …« Nein, nicht ablenken, keine Kritik, keine Besserwisserei. Das war nicht gut. Er war hergekommen, um mit ihr zu reden, um sie als Freundin zurückzugewinnen. Nicht, um ihre Wohnung neu zu gestalten. Kopfschüttelnd winkte er ab.

»Okay.« Er hatte sich ganz genau überlegt, was er sagen wollte, wie er das Unerklärbare erklären wollte. Er hatte sich gefragt, warum er in der Bar so gehandelt hatte, sie einfach stehen ließ. Und er war relativ rasch zu einer Antwort gekommen. Die Situation war außer Kontrolle geraten. Er wäre außer Kontrolle geraten. Um das zu vermeiden, um sie letztendlich nicht wieder zu verletzen, hatte er eine drastische Notbremse gezogen. Doch zu dieser Erkenntnis musste sie selbst gelangen, er würde sie nicht davon überzeugen können.

»Lass mich dir eine Frage stellen«, begann er also mit dem gleichen Ausgangspunkt, der auch ihm zur Erkenntnis verholfen hatte.

Ihre Lippen waren voller Skepsis zusammengepresst. Billie Holiday sang *Don't explain* und verstärkte sein Gefühl, schlechte Karten zu haben.

»Was wäre die Alternative gewesen?«

Ihre Augen sahen ihn immer noch verärgert, aber auch grüblerisch, an.

»Der Abend ist absurd gut gelaufen. Ich hatte Spaß. Du hattest Spaß. Mehr als das. Da war wieder dieses Feuer zwischen uns, das alles niederbrennt, wenn wir es lassen.« *Wie es schon einmal passiert ist*, fügte er in Gedanken hinzu. »Klar, wir hätten zurück an unseren Platz gehen und etwas trinken können. Ich hätte dich nach Hause fahren können. Aber es ist völlig egal, was wir getan hätten. Du weißt, wie es ausgegangen wäre.«

Er sah an ihren Augen, dass ihre Wut erlosch, dass es ein gutes Argument war. Doch der Trotz blieb. »Wer sagt, dass ich mitgemacht hätte?«

Er legte den Kopf schief, lächelte ein wenig. Das machte sie wieder wütend. »Du bist so ein arrogantes Arschloch.«

»Sag mir, dass ich unrecht habe. Ich bin in zwei Sekunden hier raus.«

Das ist die Gelegenheit, dachte sie. Es ein für alle Mal beenden. Sie musste sich nur dazu durchringen, ihn anzulügen. *Komm schon, drei kleine Worte. Du hast unrecht. Es gab kein Feuer.*

Stattdessen schloss sie seufzend die Augen, schenkte sich Wein nach. Sie wusste, es war entschieden. Was sie nicht wusste, war, warum er dann nun vor ihr stand. Er hatte mit seiner Aktion doch sein Ziel erreicht – Feuer erloschen, Gefahr gebannt. Und doch war er hier, eine Haarsträhne im Gesicht, seit er die Treppe hochgekommen war, biss sich auf die Unterlippe, stützte eine Hand auf die Hüfte.

»Es war eine sehr dumme Kurzschlussreaktion. Ich verstehe, dass ich dir damit wehgetan habe«, fuhr er fort. »Ich habe lange darüber nachgedacht und immer noch keine Ahnung, was ich sonst hätte tun können, außer weglaufen und dich einfach stehen lassen. Aber Handlungen zeigen, wer ich bin, und ich wollte definitiv kein

Mann sein, der eine alte Freundin in der Bar für eine unbedeutende Fremde abserviert.«

Sie stieß die Luft durch die Nase. »Alte Freundin …«, murmelte sie fast unhörbar. Immerhin hatte er sie zum ersten Mal als jemanden definiert, stellte sie mit etwas Ironie fest.

Aber nein, nein, das war keine Möglichkeit. »Es ist zu viel passiert, Gil. Wir haben zu viel Vergangenheit. Eine Freundschaft zwischen uns …« Sie schüttelte den Kopf. »Das war eine bescheuerte Idee. Das kann nicht funktionieren. Es wird immer wieder Momente geben, in denen uns alte Gefühle überrollen, wir in frühere Verhaltensmuster fallen, dumme Dinge tun. Vor allem du,« feixte sie, fast wie unter Freunden. Doch gleich darauf fügte sie ernst hinzu: »Was wirst du das nächste Mal tun, wenn es zwischen uns knistert, wenn wir uns näherkommen?«

Er ging ein paar Schritte auf sie zu. »Es wird gar nicht so weit kommen. Wir stellen klare Regeln auf: Wir treffen uns nur bei Tageslicht, an völlig unromantischen Orten. Kein Alkohol. Und kein *Reality Bites*.« Jetzt strich er die Strähne zurück. »Lass es uns versuchen.«

Sie lachte, über seine Hartnäckigkeit, wie gut er es durchdacht hatte. Ein bisschen aus Nostalgie.

»Wir können das besser«, sagte er eindringlich, sah ihr fest in die Augen.

»Das glaubst du wirklich?«

»Ja.«

»Warum?«

»Zuallererst: Ich habe mich entschuldigt.«

Ihr Blick wurde wieder skeptisch. Sie verstand nicht.

»Ich habe mich genau vier Mal in meinem Leben entschuldigt.«

Sie wollte lieber nicht fragen, welche speziellen Momente das gewesen sein mussten. Für sie war es tatsächlich das erste Mal, dass er sie um Verzeihung bat.

»Mir ist also klar, dass ich wirklich Mist gebaut habe, und es ist mir wichtig genug, es Dir gegenüber zuzugeben. Du hast keine Ahnung, wie hartnäckig ich sein kann, wenn mir etwas wichtig ist.«

Ein bisschen Ahnung hatte sie vielleicht doch.

»Und du bist immer noch hier«, fügte er hinzu. »Okay, ich bin immer noch hier. Du hast mich noch nicht rausgeschmissen. Also glaube ich, du möchtest es auch.«

Es stimmte. Irgendetwas in ihr wollte es immer noch, wollte sich und ihm und der Welt beweisen, dass man die Vergangenheit überwinden konnte. Wollte das Unmögliche.

»Wenn wir es beide wollen, kriegen wir das auch hin. Ich möchte dich wirklich als Freundin in meinem Leben, Kaia. Ich rede so gern mit dir. Und ich rede mit niemandem gern. Vielleicht mit meiner Tochter.« Er hob verteidigend eine Hand. »Gib uns eine Chance. Gib mir eine Chance. Alle meine Beziehungen sind desaströs schiefgelaufen. Aber meine Freundschaften … In Freundschaften bin ich gar nicht so schlecht.«

Sie musste wieder lachen, legte eine Hand vor die Augen.

»Ist das ein ›Ja‹?«

Natürlich war es das. Es war immer seine Ehrlichkeit gewesen, die sie überzeugt hatte. Und tatsächlich klang sein Vorschlag sogar logisch. Musste am Wein liegen.

»Okay«, stimmte sie zu.

»Okay.« Seine Stimme war leise, aber erfreut. »Du hast Staub in deinen Haaren. Was hast du gemacht?« Er lächelte sie an.

»Den Hängesessel montiert.«

»Dann setze ich mich lieber an den Schreibtisch«, stellte er fest und steuerte auf ihren neuen Bürostuhl zu.

»Du kannst nicht bleiben. Wir haben bereits gegen sämtliche Regeln verstoßen. Außer *Reality Bites*.«

»Ist deine Wohnung etwa ein romantischer Ort?«, konterte er.

»Nein, aber es ist spät, ich habe getrunken.«

»Ich nicht. Und du hast dich unter Kontrolle, solange du wütend bist.«

»Wir erweitern die Regeln also schon?«

Er seufzte, während er sich setzte. Sie war wirklich anstrengend. »Ich verspreche dir, ich werde absolut harmlos und friedvoll sein. Ich gelobe feierlich, den Abstand, den wir gerade haben, einzuhalten.« Sein Blick fiel auf die Box neben dem Schreibtisch. »Und ich kann dir helfen, das Ding dort aufzubauen.«

»Ich brauche keine Hilfe. Siehe Hängesessel.«

Er grinste. Er wollte ihr wirklich gern den Staub aus den Haaren streichen, ihre langen, weichen Strähnen fühlen. Aber das wäre ein verheerend schlechter Start in ihre neue Freundschaft gewesen.

Jetzt stand sie auf, nahm das fast noch volle Glas Wein mit und stellte es auf dem Tresen ab, der auf der anderen Seite des Raumes die offene Küche abgrenzte. Sie kam mit zwei Gläsern Wasser zurück, stellte eines vor ihm auf dem Schreibtisch ab, das andere behielt sie in den Händen.

»Ich mag deine Wohnung. Sie ist offen, freundlich, gemütlich«, startete er mit einem harmlosen, freundschaftlichen Kompliment.

»Danke. War größtenteils Steffens Werk.« Sie setzte sich wieder in den Hängesessel.

»War das seine Wohnung?«

»Nein, wir haben sie gemeinsam genommen. Aber er hat das meiste eingerichtet. Ich war ganz froh, dass ich mir darum keinen Kopf machen musste. Und er hatte guten Geschmack, ich habe mich immer wohlgefühlt.«

»Dann hast du jetzt sozusagen nachgerüstet, was er mitgenommen hat?«

»Nein, nicht ganz …« Sie sehnte sich nach ihrem Glas Wein auf dem Tresen. Es würde sie entspannen, die Ausführungen ihres immer noch nicht ganz überwundenen Beziehungsendes einfacher machen. Aber zugegeben, die Situation auch gefährlicher. »Ich meine … ja, auch. Den Laptop zum Beispiel. Aber hauptsächlich habe ich Dinge für mich gekauft. Dinge, die ich immer wollte, die diese

Wohnung wirklich zu meiner machen.«

»Ich mag den Hängesessel.«

»Habe ich mir gedacht.«

Jetzt stand er auf und setzte sich auf den Boden neben die ungeöffnete Box. »Was ist hier noch drin?«

»Ein Regal.«

Er entfernte geschickt das Klebeband und öffnete die Packung.

»Was ist aus deinen Kondomen geworden?«, fragte sie, bevor er weiter in ihre Vergangenheit bohren konnte. Sie beobachtete ihn, während er die einzelnen Teile aus der Box nahm und auf den Boden legte.

»Noch nichts Konkretes. Ich habe Lacher ein paar Vorschläge gemacht. Am besten gefällt ihm bisher ›Jetzt kannst du die Zähne zeigen.‹ Passt zu ihm, ein bisschen aggro. Bestimmt zeigt er beim Sex gern die Zähne. Sofern er überhaupt welchen hat.«

Sie hätte sich gern erkundigt, wie es damit bei ihm stand. Aber ihr war klar, dass das keine Option war. Warum interessierte sie das auch? Sie befriedigte ihre eigene verbliebene Angriffslust anderweitig: »Wie bist du eigentlich zur Werbung gekommen? Der Gil, den ich kenne, wollte sich mit dem Schreiben durchschlagen, irgendwie über die Runden kommen. Keinen fixen Job, kein schickes Haus.«

Jetzt hielt er inne, ließ die zwei Holzteile in seiner Hand zu Boden sinken.

»Hast du einen Schraubendreher?« Er sah sie direkt an.

Sie hielt seinem Blick lächelnd stand, gespannt, ob er einer Antwort ausweichen würde. Dann erhob sie sich, ging zurück zur Küche, wo sie unter dem Tresen den kleinen Werkzeugkasten abgestellt hatte. Mit zwei Schraubendrehern in verschiedenen Ausführungen kam sie auf ihn zu, streckte sie ihm entgegen.

»Ich würde dir ja helfen, aber das wäre gegen die Abstandsregel.«

Er sah grinsend auf, inspizierte die beiden Werkzeuge,

nahm dann den mit Kreuzende und machte sich daran, eine Schraube ins Holz zu drehen.

»Tatsächlich habe ich mich ein paar Jahre einfach so durchgeschlagen, von einer Woche zur nächsten gelebt«, begann er nun. »Habe viele Gelegenheitsjobs angenommen, bis ich wieder einen Monat lang Unterkunft und Essen bezahlen konnte. Das klappte super auf Reisen, vor allem in Asien und Südamerika. Zwei Monate Avocados pflücken, ein paar Artikel für ein Reisemagazin schreiben, und weiter ging's ins nächste Land. Zu Anfang meiner Zwanziger hat das Konzept einige Jahre lang perfekt funktioniert.«

Die Schraube ächzte grenzwertig. Würde er jetzt das Holz ihres neuen Regals spalten? Er ließ es rechtzeitig in Frieden, machte sich ans andere Ende.

»Dann habe ich meine Ex getroffen. Wir haben geheiratet, sie wurde schwanger. Wir hatten eine kleine Wohnung am Stadtrand, und das war okay. Aber natürlich kann man mit Gelegenheitsjobs oder einzelnen Artikeln hier und da kein Baby versorgen. Also sah ich mich nach einem Job um, den ich mir vorstellen konnte zu machen, und der mich trotzdem noch täglich in den Spiegel schauen ließ. Etwas, das ich nicht völlig hasste. Werbetexten … ist bestimmt kein Traumjob. Definitiv nicht mein Traumjob. Aber es macht Spaß, ich kann kreativ sein, und ich verdiene ganz annehmbar.« Er nahm die Anleitung zur Hand, verglich sie mit den verbleibenden Teilen. Dann schraubte er weiter. Ein paar Späne fielen zu Boden, der Geruch nach Holz stieg Kaia in die Nase.

»Als unsere Ehe dann auseinanderging, zog ich erst in eine kleine Wohnung, nicht weit von ihnen. Als Keiki klein war, klappte das ganz passabel. Meistens besuchte ich sie, spielte ein paar Stunden mit ihr und fuhr zurück. Doch je älter sie wurde, umso öfter wollte sie auch mal einen Tag bei mir verbringen, oder ein ganzes Wochenende. Und ich konnte sie schlecht auf der Couch übernachten lassen.«

Sie fand es überraschend, dass er ihr so bereitwillig und ausführlich Auskunft über seine Vergangenheit gab. Vielleicht meinte er es ernster mit ihrer Freundschaft, als sie es für möglich gehalten hatte.

»Das Haus, in dem ich wohne, gehört meinen Eltern. Sie hatten es jahrelang vermietet. Es war in gutem Zustand, ich musste es nur neu einrichten, ein Zimmer für Keiki anbauen, weil es zuvor nur ein Schlafzimmer und ein riesiges, offenes Wohnzimmer gab. Aber es war keine überwältigende Investition. Ein Haus zu kaufen, wäre mir nicht möglich gewesen, bin ja kein Schwerverdiener. Und ich zahle für meine Tochter auch Unterhalt. Es ist also eine Erleichterung, dass ich zumindest keine Mietkosten habe. Und für Keiki ist es toll, dass sie ihr eigenes Zimmer hat.«

»Kommt sie denn oft übers Wochenende zu dir?«

»Nein, nicht mehr so oft wie früher. Meine Ex-Frau traut mir nicht sehr viel zu. Ich habe selten ein ganzes Wochenende frei. Ich arbeite gelegentlich samstags oder sonntags. Aber über Nacht bleibt sie schon mal. Und es ist super, dass sie dann ihren eigenen Bereich hat – mit ihrer Staffelei, ihren Postern, ihrem Sitzkissen. Ihr eigener Rückzugsort, wenn sie abends genug von mir hat. Die Möglichkeit, sie auf ihr Zimmer zu schicken, wenn es mir zu bunt wird«, fügte er mit hochgezogenen Augenbrauen hinzu.

»Streitet ihr viel?«

»Nein. Nein, wir verstehen uns eigentlich gut. Sie ist mir sehr ähnlich. Sie ist wie eine jüngere Version von mir. Ich glaube, du würdest sie mögen«, meinte er lächelnd. »Sie ist direkt, manchmal zu sehr. Sie weiß nicht immer, wo ihre Grenzen sind.«

»Ja, klingt stark nach einer jüngeren Version von dir«, stimmte sie zu. Das hatte sie regelmäßig zur Weißglut getrieben, sie an ihre eigenen Grenzen geführt, aber auch Möglichkeiten aufgezeigt, die sie sonst nie erfahren hätte.

Das Regal war fast fertig. Er stellte es vor sich auf, nahm die Metallgriffe der Schublade und positionierte sie. »Und wie gesagt, ich hasse meinen Job nicht. Ich gehe nicht jeden Tag seufzend und unwillig hin. Ich muss nicht meine Seele verkaufen. Na ja, manchmal vielleicht«, warf er grinsend ein. »Siehe bissfeste Kondome und so. Aber wer hat schon das Leben, das man sich mit 16 vorstellt?«

Sie beschloss, auch ehrlich zu sein.

»Ich möchte es versuchen.«

Er sah auf. »Ja? Hast du einen neuen Job gefunden?«

»Nicht ganz. Ich habe gekündigt, aber ich habe nichts Neues. Ich möchte tatsächlich schreiben. Also … nur schreiben. Nur für mich, ein neues Buch vielleicht.«

»Kaia, das ist toll!« Er hielt immer noch die Schublade in der Hand, lächelte mit offenem Mund.

»Ja. Ich weiß nicht.« Sie trank an ihrem Wasser, da ihr Mund vor Aufregung völlig trocken war. »Vermutlich. Ich möchte einfach nicht in fünfzig Jahren zurückblicken und sagen: Mensch, hätte ich doch etwas daraus gemacht. Ich möchte es zumindest probiert haben. Solange ich es mir leisten kann, fünf, sechs Monate. Sehen, ob ich es noch kann.«

»Natürlich kannst du es noch!« Er schwang enthusiastisch den Schraubendreher. »Hast du denn schon Ideen?«

»Ich habe zwei angefangene Romane. Bei einem habe ich einige Einfälle, um ihn fortzuführen.«

»Wann darf ich es lesen?«

Sie stieß Luft durch die Nase. Genau diese Frage hatte sie erwartet. »Ich weiß es nicht. Ich weiß überhaupt nicht, ob es tatsächlich etwas wird.«

Er lächelte sie ermutigend an. »Es wird ganz sicher etwas. Und ich freue mich darauf. Ich habe das Buch gelesen, das du in Paris geschrieben hast.«

Ihr schoss blitzartig das Blut in den Kopf, sie horchte auf.

»Es ist toll. Voller Leidenschaft und Liebe zur Stadt. Es fängt das Lebensgefühl ein, das Gefühl, das du damals hattest, nehme ich an.«

»Ja …« Sie dachte wehmütig daran zurück. »In Paris war ich frei, war ich zum letzten Mal wirklich ich selbst.«

»Genau!«, stimmte er zu. »Das ist es. Ich habe überlegt, was sich an deinem Stil geändert hat. Ich habe es immer geliebt, wie du schreibst. Aber etwas war anders. Es ist freier, optimistischer als das, was du früher geschrieben hast.«

Sie lächelte. Er konnte die Dinge so klar sehen, so gut in Worte fassen. Sie fand es viel schwieriger, sich im Gespräch auszudrücken. Auf Papier war das anders. Diese Worte konnte sie sich gründlich überlegen, jederzeit wieder ändern. Sie gehörten nur ihr, bis sie beschloss, sie mit der Welt zu teilen.

Sie beobachtete ihn, wie er die Schublade ein- und ausfuhr und das fertige Regal dann neben dem Schreibtisch abstellte.

Es war also doch irgendwie geschehen. Er war wieder in ihrem Leben.

»Mission erfüllt«, stellte er fest. »Das Regal steht, wir haben geredet, nichts ist passiert. Siehst du? Wir machen das Unmögliche möglich.« Mit diesen Worten stand er auf, trank sein Wasser aus und ging Richtung Ausgang.

»Vielleicht können wir nächste Woche das Unkraut in meinem Garten zupfen«, scherzte er. »Dann erzähle ich dir alles über meine Kirschbäume. Ist spannender, als es klingt, vertrau mir.« Er drehte sich noch einmal um, während er die Klinke hinunterdrückte. »Ich finde es toll, dass du wieder schreibst. Ich hoffe, ich darf es bald lesen.« Er strich sich eine Haarsträhne aus dem Gesicht.

»Gute Nacht, Pusteblume.«

17

Kaia

Dienstag, 15. Juli 2008
Paris

Sie wachte auf, als die ersten Sonnenstrahlen sie auf der Nase kitzelten. Ein paar Minuten genoss sie sie mit geschlossenen Augen, lächelte, drehte sich auf die Seite, um aus dem Fenster zu sehen. Schließlich streckte sie sich, schwang ihre Beine aus dem Bett und griff nach ihren Jeans auf dem Stuhl und einem T-Shirt aus ihrem Schrank. Eine schnelle Dusche – um diese Zeit war sie bereits allein zu Hause, da ihre Mitbewohnerin täglich um sieben loszog –, dann nahm sie ihre Geldtasche und den Schlüssel, der in einer kleinen braunen Schale am Eingang lag, und stapfte los.

Wieder die Sonne auf ihrem Gesicht, ging sie die enge Gasse entlang, in der ihre Wohnung war. Vorbei an weißen Häusern mit blauen Fensterläden, vorbei an großen Blumentöpfen und kleinen Terrassen mit hölzernen Stühlen. In der *Boulangerie* an der Straßenecke kaufte sie sich ein Baguette und konnte sich auf dem Rückweg kaum mehr *parisienne* fühlen. Zurück in der Wohnung machte sie sich eine große Tasse Kaffee, strich Butter und Marmelade auf das frische Brot und setzte sich damit ans Küchenfenster, um auf die Straße hinunterzusehen. Sie liebte es, das erwachende Viertel zu beobachten, während sie ihr Frühstück aß.

Heute um elf Uhr Vormittag hatte sie ihren letzten Termin. In ihrer letzten Woche in Paris. Ein Interview mit einem jungen Maler, der seine erste Ausstellung in einer größeren Galerie hatte. Ein schöner Abschluss, fand sie. Sie hätte die U-Bahn um elf nehmen und damit einiges an Zeit sparen können, doch sie hatte keine Pläne an diesem wunderschönen Sommermorgen. Also spazierte sie kurz vor halb elf los, erneut vorbei an den blauen Fensterläden und den großen Blumentöpfen, quer durchs Quartier Latin, seine zahlreichen Cafés und belebten Straßen. Über den Boulevard du Palais auf die Ile de la Cité mit ihren Käse- und Blumenläden. Und *Notre Dame*. Ihr Lieblingsblumenladen bot heute eine bunte Mischung aus goldgelben Dahlien, weißen Rosen, schreiend pinken Magnolien und roten Mohnblumen feil. Dazwischen lächelte sie ein hölzerner Marienkäfer an.

Weiter flanierte sie an einer Kapelle vorbei, die mit ihren hohen Glasfenstern und spitzen Türmchen in jeder anderen

Stadt immer noch eine recht beeindruckende Kirche gewesen wäre, über die Pont au Change, bis zu dem kleinen Café nahe dem Centre Pompidou, wo sie sich verabredet hatten. Sie war etwas früh dran, bestellte einen *café au lait* und legte ihr Aufnahmegerät und einen Stift auf dem Tisch bereit.

Die Unterhaltung mit dem Künstler lief gut, natürlich, gelassen. Nach einer knappen Stunde hatte sie genug Material für ihr Porträt und einige sehr brauchbare Bilder geschossen.

Mit einem Lächeln auf ihren Lippen aß sie ein Miniquiche mit Salat nahe dem *Grand Palais* und sah auf die Seine und die goldenen Pegasoi der Pont Alexandre III. Anschließend schrieb sie bei einem dritten Kaffee, den sie mit auf den Weg nahm, den Grundriss ihres Artikels auf ihrem Laptop herunter. Auf dem Rasen sitzend, zwischen den hohen Bäumen, die den Palast umgaben. Es war kurz vor sechzehn Uhr, als sie Notizen und Computer wieder in ihren Rucksack packte und Richtung Eiffelturm stapfte. Dort blieb sie an ihrem Lieblingsplatz stehen, auf der langen Wiese vor dem riesigen Wahrzeichen, wo täglich zahlreiche Menschen Rast machten, picknickten, Freunde trafen. Eine Weile beobachtete sie den eisernen Turm. Sie erinnerte sich an das erste Mal, als sie ihn gesehen hatte. Liebe auf den ersten Blick. Er war brauner, als sie gedacht hatte. Und viel gigantischer, als sie es sich jemals vorgestellt hatte. Simpel in seiner unverschnörkelten, praktischen Konstruktion und doch so poetisch. Das erstaunte sie auch heute noch, obwohl sie bestimmt schon zum hundertsten Mal unter den hohen Bögen mit dem herzförmigen Innenleben stand, die ihr Hoffnung und Freude vermittelten. Sie lächelte. Jedes Mal, wenn sie hier stand, ging ihr Herz auf.

Als sie an einem Septembertag vor fast drei Jahren hergekommen war, befand sie sich an einem seelischen Tiefpunkt. Das Ende ihrer Beziehung zu Axel hatte sie arg mitgenommen. Sie hatte sich ausgebrannt gefühlt, verletzt, einsam. Doch schon bei ihrem ersten Spaziergang war sie sprachlos gewesen, atemlos von all der Schönheit. Sie hatte die ganze Zeit über Tränen in den Augen gehabt. Und immer noch hatte sie sich nicht sattgesehen. Immer noch konnte sie über die Struktur des Eiffelturms staunen, seine Perfektion, seine Erhabenheit.

Der Wind fuhr durch den Baum neben ihr und bog seine Äste tanzend zur Seite. Ein Sonnenstrahl traf durch dichtes Geäst ihre Nasenspitze. Sie schloss die Augen, und die Bewegung des Baumes zeichnete dunkle Muster hinter ihren Lidern. Als sie sie wieder öffnete, tanzte ein einzelnes Blatt über ihr, wirbelte wild durch die Luft, bis es auf ihrem Schoß landete. Sie hob es auf, betrachtete seine grünen Adern, die sich von der Mitte wegschlängelten. Unzählige Wege, wie sie auch das Leben bot, dachte sie.

Seit dem Tag ihrer Ankunft hatte sie das Gefühl gehabt, völlig frei entscheiden zu können, welchen Weg sie gehen wollte. Hatte sich als Herrin ihres Schicksals gefühlt, nicht wie das Blatt im Wind. Dabei hatte sie sich häufig treiben lassen, war ziellos umhergestreift, hatte ihr Notizbuch ausgepackt, wann immer sie eine Inspiration hatte – auf den Stufen vor der *Sacre-Coeur*, auf dem Platz von Sartre und Beauvoir, in Hemingways Lieblingscafé. Wer hatte eigentlich nicht in dieser wunderbaren Stadt gelebt und geschrieben? Hunderte Male hatte sie sich vorgestellt, wie es sein müsste, im Haus von van Gogh zu leben. Und war dann nicht weniger glücklich in ihre WG in der Straße mit den blauen Fensterläden zurückgekehrt.

Sie spürte, wie ihre Arme sich lösten, sie sich im Kreis drehte, lachend tanzte. Die Leute um sie herum waren ihr egal, ihre starrenden Blicke waren ihr egal, selbst ihre Handtasche, die ihr über die Schultern rutschte, war ihr egal. Diese wunderbare Stadt hatte ihr ihre Seele zurückgegeben.

Bevor ihr schwindelig wurde, sah sie empor zur Spitze, dann setzte sie sich, nahm ihr Notizbuch zur Hand und begann zu schreiben. Nur für sich selbst.

Es war fast dunkel, als sie aus ihrer fiebrigen Inspiration

zurück in die Realität kam. Seiten über Seiten hatte sie vollgeschrieben, Stoff für mindestens zwei Kapitel. Zu Hause würde sie alles überarbeiten und in ihren Laptop tippen.

Auf ihrem Weg zurück durch die Dämmerung stellte sie sich vor, als streunende Katze über die Dächer der Stadt zu ziehen, sich zu nehmen, was das Leben ihr gerade bot, zu treffen, wer auch immer gerade ihren Weg kreuzte. Streunend, umherziehend, ohne Ziel, nur auf der Suche nach dem Leben. Und vielleicht einem übrig gebliebenen Stück Baguette.

Sie kaufte sich ein Crêpe und eine Ausgabe von *Paris est une fête* auf einem Straßenflohmarkt, der bereits am Aufräumen war.

Weiter spazierte sie durch enge Gassen, über Pflastersteine, vorbei an großen Blumentöpfen mit frischen grünen Bäumchen, an kleinen Balkonen mit kleinen Blumentöpfen, überall Blumentöpfe. Bevor sie in die Straße zum Quartier Latin abbog, setzte sie sich auf das steinerne Geländer der Pont Saint Michel, sah auf die gegenüber liegende Pont Neuf. Ein kleines Schiff fuhr darauf zu, dahinter warf der Eiffelturm bereits sein Licht über die Stadt wie ein Leuchtturm für verlorene Seelen.

Eine Stimme riss sie aus ihren Gedanken.

»Une bonne fête, vraiment. Surtout dans cette saison et à cette heure-là.*«

Sie drehte sich um. Hinter ihr stand ein junger Mann mit dunklem Haar und dunklen Augen. Er sprach mit einer Zigarette im Mund. Sie überlegte kurz, was er mit seinen Worten meinte. Sein Blick deutete auf das Buch, das sie immer noch in der Hand hielt. Die Straßenlampe beleuchtete es sanft.

Er gefiel ihr. Groß, breite Schultern, etwas zerstrubbeltes Haar, ein bisschen, als wäre er frisch aus dem Bett gestiegen. Vielleicht war er das.

---

* Wahrhaftig ein Fest. Vor allem zu dieser Jahreszeit und um diese Uhrzeit!

Sie lächelte. »Oui, vraiment.*«

»Et pour toi, c'est une bonne fête aussi?«

»Je ne peux pas me plaindre.«

Jetzt grinste er, ging auf sie zu, blieb direkt neben ihr stehen. »Tu es trés jolie.«

»Merci.«

Er nahm seine Zigarette aus dem Mund, warf sie auf die Straße und trat darauf. Im nächsten Moment spürte sie seine Hand in ihrem Nacken, in ihrem Haar. Er hatte gepunktet, weil er sie nicht gefragt hatte, woher sie kam. Nichts fand Kaia abtörnender als Standardfloskeln, die sie außerdem daran erinnerten, dass sie nicht hierhergehörte. Auch schien es ihr viel interessanter, keine Namen auszutauschen. Eine Affäre mit einem völlig Fremden. Die letzte Lücke in ihrem letzten Kapitel.

Sie küssten sich. Er schmeckte nach Zigarette und Kaffee, nach Aufregung und Begierde.

»J'habite quince minutes d'ici«, flüsterte sie fast atemlos zwischen fordernden Berührungen.

»D'accord.«

Immer wieder küsste er sie im Mondschein auf dem Weg zu ihr. Es erinnerte sie an eine Liebe, die lange zurücklag. Auch er hatte sie in den überraschendsten Momenten an sich gezogen, sie hinter Bäumen und zwischen Hausmauern leidenschaftlich geküsst. Sie dachte nicht gern daran zurück.

Sie nahm die Hand des Fremden, die weich und warm war, und führte ihn tiefer in die Nacht.

Zwei Stunden später stand sie am Fenster ihrer Wohnung und rauchte eine Zigarette. Der schöne Unbekannte war soeben gegangen. Sie hatte nicht nach seinem Namen gefragt, er nicht nach ihrem. Sie würde ihn nie erfahren, und das war fast das Beste an allem. Obwohl der Sex auch wirklich gut gewesen war.

---

*Ja, wahrhaftig. - Ist es für Dich auch ein gutes Fest? - Ich kann mich nicht beklagen.

Je ne peux pas me plaindre.

Lächelnd sah sie aus dem Fenster auf die schlafende, aber gar nicht dunkle Stadt. Auf der Straße unter ihrer Wohnung gab es immer noch Leben. Ein Fahrrad fuhr holpernd und krachend die Pflastersteine entlang, eine Frau schlenderte aus der Bar in die entgegengesetzte Richtung.

In einer Woche würde sie wieder in Hamburg sitzen, das alles hinter sich lassen. Die Blumentöpfe, die Fensterläden, den Eiffelturm. Allein der Gedanke daran trieb ihr unvermeidlich die Tränen in die Augen.

Sie nahm einen langen Zug von ihrer Zigarette. Fast drei Jahre war sie weg gewesen. Wie schnell waren sie vergangen. Wie glücklich war sie gewesen. Wäre sie irgendwo anders auf der Welt auch nur ansatzweise so glücklich geworden? Sie hatte gearbeitet, gelebt, geliebt, geschrieben. Vor allem geschrieben. Immerhin davon würde sie noch eine Weile zehren können. Nachlesen, überarbeiten, vielleicht veröffentlichen.

Sie hätte noch ein Jahr verlängern können, ein halbes. Für immer. Hier konnte sie ihren tiefsten Gedanken nachhängen, hatte den Mut, alles aufzuschreiben, so wie es war. Zu Hause war sie lebensfroh, strebsam, neugierig, manchmal auch witzig. Doch hier hatte sie ihr innerstes Selbst gefunden, hier war sie reine Poesie.

Sie hätte sich eine kleine Wohnung im Quartier kaufen können, vielleicht auch ein wenig außerhalb der Stadt, sich abends ein Gläschen herrlichen Rotweins einverleiben, sich die Nächte mit schönen Unbekannten vertreiben.

Sie würde jede Minute schreiben, unter dem Eiffelturm tanzen, alle Menschen küssen, die sie wollte, spontan in den Tag hineinleben. Ein Leben voller Leidenschaft.

Doch etwas hielt sie zurück. Angst vermutlich. Dass auch das eines Tages normal wäre, dass es kein Zurück mehr gäbe, dass sie alle Menschen verlieren könnte, die ihr wichtig waren. Dass sie nie genug hätte, rastlos würde, nie jemanden finden würde, mit dem sie abends bei einem guten Gespräch die Sterne ansehen und sich an seine Seite kuscheln könnte, und es würde ihr genügen.

Sie konnte keine streunende Katze sein. Auf Dauer war der Hunger zu groß.

Auszug aus »Gargouille«:

Wie anders würde ein Abend verlaufen, hätte man sich nicht genau da hingesetzt, wo man sitzt, sondern vielleicht an die andere Seite des Tisches? Andere Gesellschaft, andere Gespräche. Welche Auswirkungen hat es, eine halbe Stunde zu verschlafen? Du verpasst den Bus, kommst zu spät zur Arbeit, musst Überstunden machen, schaffst es nicht mehr rechtzeitig in den Supermarkt, um etwas fürs Abendessen einzukaufen. Du gehst also stattdessen abends aus, und an deinem Tisch sitzt der umwerfendste, süßeste Typ, den du je gesehen hast. Es folgt eine unglaublich tolle Nacht, eine glückliche Ehe mit drei Kindern, Haus und Glückseligkeit.

Hättest du nicht verschlafen, wärst du stattdessen als einsame alte Jungfer gestorben? Oder hätte der umwerfende Typ sich dann vielleicht am Telefon vertippt, dich versehentlich angerufen, und ein paar Tage darauf hättet ihr das gleiche unglaubliche Date gehabt?

Müssen manche Dinge passieren? Oder besteht das Leben aus einer Folge unzusammenhängender Zufälle? Aus Ereignissen, die man bewältigt und aus denen sich andere ergeben …

Vielleicht kommen wir zur Welt mit einer unendlichen Zahl an Weggabelungen vor uns, unendlich vielen Entscheidungen, an denen wir immer wieder bestimmen, wie unser Leben verläuft. Oder gibt es auch Begegnungen, Menschen, Erlebnisse, denen wir nicht entkommen, egal welchen Weg wir wählen? Ist das Leben ein Schachspiel, in dem man auf jeden Fall auf die andere Seite muss? Die Strategie bestimmt, auf welche Figuren man trifft, ob man gewinnt oder verliert. Aber am König kommt man nicht vorbei.

18

Gil

Sonntag, 22. Mai 2016
Frankfurt am Main

Es klingelte mindestens sieben Mal, bis sie an ihr Telefon ging. Gil fragte sich, ob sie ihren Anrufbeantworter deaktiviert hatte. Es hätte ihn nicht überrascht. Sie hatte Tage, an denen sie von nichts und niemandem etwas wissen wollte.

»Hallo?«, meldete sich schließlich ihre klare, kühle Stimme.

»Hi.« Er wartete einen Augenblick ab, ob sie noch etwas sagen würde. »Wie geht's dem Seifengeschäft?«, fragte er dann.

»Bin mittendrin. Hab einen ganzen Bottich voll in der Werkstatt.«

»Mehr Zitrone?«

»Ein Experiment.« Ellen klang emotionslos wie immer. Es war typisch für sie, dass ihr egal war, ob Sonntag oder Mittwoch war, halb neun Uhr abends oder Viertel nach zwei Uhr früh. Wenn etwas zu erledigen war, dann tat sie es. »Aber deshalb hast du kaum angerufen. Small Talk ist doch gar nicht dein Ding«, wusste sie.

»Ich wollte mich erkundigen, wie es dir geht.«

»Wir haben seit über zwei Monaten nicht gesprochen, ist etwas passiert? Langweilig kann dir nicht sein.«

Er grinste, zündete sich eine Zigarette an und lehnte sich auf seinem Riesensitzsack zurück. »Nein, alles ist okay. Ich habe Kaia getroffen«, kam er also direkt auf den Punkt. Sie war die einzige Person, mit der er sich vorstellen konnte, darüber zu reden. Er hatte lange damit gewartet, sie anzurufen, überlegt, ob er es überhaupt jemandem erzählen musste. Dann war er heute Morgen aufgestanden und hatte ohne ersichtlichen Grund zum Hörer gegriffen und ihre Nummer gewählt. Offenbar musste er es erzählen.

»Getroffen? Bist du ihr im Einkaufszentrum über den Weg gelaufen? Beim Bäcker hinter ihr in der Schlange gestanden?«

»Nein. Sie stand eines Abends vor meiner Haustür, hat für irgendeine Brücke gesammelt. Wir sind essen gegangen, haben gequatscht, es lief gut … Na ja, mit dem einen oder anderen Stein im Weg …« Auf genauere Details konnte er verzichten, die brauchte seine langjährige Freundin auch nicht – nur die Kernaussage. »Und jetzt sind wir Freunde.«

Es folgte eine kleine Pause auf der anderen Seite. Kein Seufzen, kein Schmatzen, keine Hintergrundgeräusche. Nur eine stille Pause.

»Okay«, sagte sie schließlich, und er konnte selbst in diesem kurzen, neutralen Wort ihre Skepsis hören.

»Du glaubst es nicht?« Er nahm einen Zug von seiner Zigarette, starrte auf die leeren Kaffeetassen, die ihn in der Spüle erwarteten. Der Duft nach frisch gemahlenen Bohnen lag immer noch in der Luft. Bukowski hatte es sich in seinem Bett gemütlich gemacht.

»Ich glaube, dass du das vermutlich gerade versuchst. So gut du es kannst.«

Ja, und es funktioniert verdammt noch mal richtig toll, dachte er. *Also versuche nicht, mich davon abzubringen oder mir einzureden, dass wir uns zu sehr wehgetan haben, dass das nie klappen wird.* Tatsächlich hatte er Ellen angerufen, weil er überzeugt davon war, dass sie nicht sein Gewissen sein würde, nicht über ihn urteilen würde, ihm nicht ihre Meinung aufzwängen wollte. Das hatte sie nie getan.

»Ich glaube auch, dass du Du bist, und sie sie ist. Und vom ersten Moment an, als ihr euch begegnet seid, wusstet ihr, dass das alles ist, was ihr je brauchen würdet. Trotzdem habt ihr alles getan, es zu vermeiden.«

Gil fiel fast die Zigarette aus den Fingern. Bukowski regte sich, öffnete ein Auge.

In Momenten wie diesen vermisste er seine Freundin am meisten. Er hatte fast vergessen, wie beißend ehrlich sie war. Tatsächlich wusste er gerade überhaupt nichts mit ihren Worten anzufangen, konnte sie nicht einordnen, hatte keine Ahnung, ob sie recht hatte. Doch er hätte sie gern für ihre direkten Worte in den Arm genommen und sich anschließend wütend die Haare gerauft. Denn, egal ob sie mit ihrer Vermutung ins Schwarze getroffen hatte oder nicht, wie konnte es sein, dass er heute zum ersten Mal davon hörte?

»Und mit dieser Offenbarung hast du 20 Jahre gewartet?«, warf er ihr also auch über die weite Entfernung vor.

Wieder eine Denkpause. Lang genug, um seine Zigarette fertigzurauchen.

»Hätte es einen Unterschied gemacht?«

Er hatte sich direkt die nächste Zigarette angezündet, nachdem er aufgelegt hatte. Auch einem Glas Wein oder Whiskey oder allem anderen, das ihm geholfen hätte, seine Gedanken zu sortieren, wäre er nicht abgeneigt gewesen. Aber Keiki würde in spätestens fünfzehn Minuten vor der Tür stehen, und dann würden sie zu seinen Eltern fahren. Ein weiterer Kaffee musste es auch tun.

Er stand auf, ging in die Küche, drückte den Knopf auf der noch eingeschalteten Kaffeemaschine und bereitete sich eine volle Tasse zu. Dann warf er sich zurück in den Sitzsack. Bukowski war wieder eingeschlafen.

›Hätte es einen Unterschied gemacht?‹, klang Ellens Stimme immer noch in seinen Ohren.

Hätte es?, fragte er sich, während er den ersten Schluck nahm und sich ein bisschen die Zunge verbrannte.

Vermutlich nicht. Er war jung gewesen, neugierig, enthusiastisch auf ein abenteuerliches Künstlerleben, jede Art neuer Erfahrung. Er wollte experimentieren, die vielen Seiten der Liebe kennenlernen. Sie erleben, auskosten. Er hätte sich wohl nur unnötig mit Ellen gestritten, sie ausgelacht. Ihr gesagt, er würde nicht den Rest seines Lebens mit jemandem verbringen, den er mit 17 kennengelernt hatte.

War er jetzt klüger? Machte es jetzt einen Unterschied, was Ellen gesagt hatte? Hatte es überhaupt irgendeinen Sinn, einen Kern Wahrheit? Und selbst, wenn … Selbst, wenn Kaia immer schon seine große Liebe gewesen war … Sie hatten es gerade eben geschafft, eine Freundschaft hinzukriegen. Und zum ersten Mal in über zwanzig Jahren lief es wirklich gut. Sie redeten, lachten, gingen in den Park, tranken Kaffee, erzählten von dem, was sie gerade schrieben. Das wollte er nicht aufs Spiel setzen. Und er wusste, dass Kaia zu mehr keinesfalls bereit wäre. Und er auch nicht.

Nein, er würde gar nicht weiter über Ellens Bemerkung nachdenken. Er nahm einen langen Schluck von dem schwarzen Kaffee und kraulte Bukowski hinter den Ohren, der die Augen zusammenkniff und den Kopf in seiner Hand vergrub. Dann hörte er auch schon das typische Brummen des *Fords* seiner Ex-Frau.

Gils Eltern wohnten immer noch in Offenbach. Mit der Stadtbahn brauchten sie gut 20 Minuten, darauf folgte eine knappe Viertelstunde Spaziergang, den Keiki besonders anstrengend fand, da es an diesem späten Vormittag bereits sommerliche Temperaturen hatte und sie Hitze – genau wie er – nur mäßig vertrug. Leicht verschwitzt standen sie also um kurz vor zwölf vor dem hölzernen Gartentor. Keiki trat als erstes ein, es gab sein übliches Quietschen von sich, das sie kaum noch wahrnahmen. Sie schlenderten über den Kiesweg, wie er es Tausende Male mit Marc getan hatte. Keikis Schritte waren kleiner, sanfter, ihre Schuhe leichter. Das Geräusch unter ihren Füßen war kaum hörbar.

Auf beiden Seiten des Weges wucherten zahlreiche Blumen – Hortensien, Rosen, Malven, Lilien. Es duftete herrlich intensiv, süß und verführerisch. Seine Mutter war immer noch die gleiche begeisterte Gärtnerin wie früher. Auch ein kleines Gemüsebeet hatte sie angelegt, in dem Radieschen, Kopfsalat und Zucchini wuchsen und auch der erste Brokkoli hervorspross.

Sie brauchten nicht zu klingeln, Annick Brünner hatte sie

bereits gehört oder erspäht und die Tür weit aufgerissen, bevor sie dort angekommen waren.

»Bonjour, ihr zwei!«, rief sie ihnen freudig entgegen und streckte die Arme aus. Keiki konnte gar nicht zu alt sein, um die Einladung anzunehmen und ihre Großmutter ausgiebig zu umarmen.

Gil gab ihr einen Kuss auf die Wange.

»Du siehst gut aus, Guilien.«

»Danke.«

»Habe ich ihm auch schon gesagt«, stimmte Keiki zu. »Er scheint besser zu schlafen.«

Sie traten in den kleinen Vorraum, der türlos ins Wohnzimmer überging. Seine Eltern hatten immer eine Vorliebe für offene Räume gehabt, was er auch bemerkt hatte, als er in sein Haus eingezogen war. Dafür war er sehr dankbar. Er liebte sein großzügiges Wohnzimmer, den Raum für Gestaltung, den es ihm bot, die Freiheit, die es vermittelte.

Im anliegenden Esszimmer war der Tisch liebevoll gedeckt. Fünf viereckige weiße Teller, Silberbesteck, dunkelrote Servietten, die aufwendig gefaltet waren, lange, tiefe Gläser und bauchige Weingläser. In der Mitte stand eine offene, aber unangetastete Flasche Rotwein. *Sud-Ouest*, war er sich sicher, der Liebling seiner Mutter. Aus der Küche roch es herrlich nach gratiniertem Käse – vermutlich ein Gemüseauflauf oder eine ihrer speziellen Quiche-Kreationen, die nach den vielen Jahren in Deutschland vom hessischen Schmandkuchen beeinflusst waren.

Sie setzten sich direkt an den Tisch. Keiki strich sich die langen dunklen Haare aus dem Gesicht.

»Kommt Oli auch?«, fragte Gil nun mit Blick auf das fünfte Gedeck.

»Oui«, kam es aus der Küche, wo Annick die letzten Handgriffe tätigte.

»Allein?«

»Ja. Er muss heute Vormittag arbeiten, deshalb kommt er auch etwas später. Renate und die zwei Kleinen wollten das schöne Wetter nutzen und sind auf ein Picknick ins Grüne gefahren.«

Das war nicht unbedingt eine erfreuliche Nachricht. Sein Bruder war langweilig, starr, eingebildet. Er hatte all seine Werte für eine Karriere als Banker über Bord geworfen. Vielleicht hatte er überhaupt nie welche gehabt. Für Gil war er der klassische gutbürgerliche Albtraum – zwei Kinder in der Privatschule, halbtags arbeitende Frau, zwei SUVs vor der Tür, täglich einen Smoothie zum Frühstück, noch vor dem Mittagessen einem Pensionisten drei Investmentfonds angedreht. So stellte er sich Oliviers Job zumindest vor. Aus guter, ehrlicher Arbeit hatte er das ganze Geld sicher nicht erlangt.

»Wo ist Papa?«

»Sieht noch die Nachrichten. Muss gleich hier sein.«

»Papa ist da«, tönte da auch schon eine tiefe, grollende Stimme hinter ihm. Er drehte sich um, wo der immer noch stattliche, große, jedoch mittlerweile recht grauhaarige Bernd Brünner die Treppe herunter kam. Gil stand auf und umarmte seinen Vater. Keiki tat es ihm gleich.

»Hallo, mein Schatz«, begrüßte er seine Enkelin.

»Hallo, Großvater. Wie steht es um die Welt?«

»Eeeh …«, grummelte er und winkte ab. »Ich wünschte, ich könnte dir Gutes berichten, Herzchen. Du hättest eine bessere Welt verdient.«

»Jetzt sei doch nicht gleich ein Schwarzmaler«, mischte Annick sich ein, die mit einer großen Keramikform aus der Küche kam, über der es dampfte. Sie stellte sie auf den Tisch und offenbarte ihr Meisterwerk: einen Gemüseauflauf mit reichlich Käse, der in der dicken blauen Form noch brutzelte. Sie verteilte große Stücke auf den Tellern. Ihr Mann schenkte vier Gläser Wein ein. Sie setzten sich wieder.

»Lass uns lieber über schöne Dinge sprechen«, schlug seine Mutter vor und sah zu ihrem Sohn, der ein Stück Brokkoli auf die Gabel gespießt hatte, von dem sich der Käse bis auf den Teller zog. »Wie läuft es mit dem Schreiben?«

Er sah auf. »Es läuft.«

Sie hob eine Augenbraue, sah ihn fast skeptisch an. »Tatsächlich? Sonst hast du immer zu wenig Zeit, zu wenig Ideen, eine Szene nicht gut genug umgesetzt …«

»Nein. Es läuft.« Er konnte sich wirklich nicht beklagen. In den letzten zwei Monaten hatte er vier Kurzgeschichten geschrieben und einige ältere überarbeitet. Zwei weitere Ideen hatte er in seinem Notizbuch festgehalten. An Kreativität mangelte es ihm gerade nicht. Zeit fehlte ihm immer, das stimmte. Da er aber meist schon Ideen hatte, während er mit Bukowski am Laufen war und sich umgehend an die Arbeit machte, sobald er zu Hause ankam, blieben ihm jeden Tag einige Stunden, und er kam nicht einmal allzu spät ins Bett. An manchen Abenden hatte er sich gefragt, warum das nicht schon immer so perfekt geklappt hatte, wieso es ihm so oft unmöglich erschienen war, vor drei Uhr morgens etwas Vernünftiges zu Papier zu bringen.

»Das freut mich sehr zu hören.« Annick lächelte ihm zu. »Vielleicht bringst du ja wieder mal etwas mit, das wir lesen können.«

»Ich mochte die Geschichte, in der die Hunde sprechen«, meldete sich nun sogar sein Vater zu Wort.

Er sagte nichts darauf. Ja, vielleicht. Er wählte seine Leser sehr sparsam aus. Eigentlich wählte er sie überhaupt nicht aus. Vielmehr hatte hin und wieder – vielleicht ein- oder zweimal im Jahr – jemand das Privileg, etwas zu lesen, das er für ausgereift und ordentlich genug hielt, um nicht seinen Kopf in den Armen zu vergraben, während er einer noch so kleinen Öffentlichkeit eine Kostprobe seines Schaffens gewährte. Zugegeben war er in letzter Zeit überdurchschnittlich zufrieden mit seinem Werk. Also, ja. Vielleicht.

Annick wandte sich an ihre Enkeltochter.

»Was ist mit deinem künstlerischen Werk, mein Schatz? Bist du so fleißig wie immer?«

Keiki lächelte. Sie liebte es, über das Zeichnen zu reden. Besonders mit ihrer Großmutter, die wie kaum jemand sonst ein Verständnis dafür hatte. Keiki hatte die Designs gesehen, die Annick im Laufe der Jahrzehnte für so viele Kunden entworfen hatte. Ihre liebsten hatte sie in einem dicken Papierordner aufbewahrt. Ihre Enkelin hatte sie schon oft bewundert. Sie sprühten vor Energie und Farbenfreude, wiesen unterschiedliche Materialien auf, referenzierten verschiedenste Epochen.

»Ja …« Sie schluckte ihren Bissen hinunter. »Ja, ich habe viel ausprobiert in letzter Zeit.«

»Das ist gut. Sehr wichtig«, betonte Annick. »Ich mag deinen Stil. Ich mag die Emotionen, die die Bilder zeigen und zugleich auslösen. Was hast du ausprobiert? Neue Techniken?«

Keiki sah kurz zu ihrem Vater. Der hatte sich gerade zum zweiten Mal an diesem Tag die Zunge verbrannt, diesmal am Käse, und nahm einen Schluck Wein. »Ja. Ich habe mich in Aquarell probiert. Finn hat mir ein paar Tricks gezeigt.«

Gil horchte auf. »Finn?«

»Ist das dein Freund von Instagram?«

»Dein was?« Fast verschluckte er sich am Wein. Dann wandte er sich ungläubig an seine Mutter. »Du bist auf Instagram?«

Keiki blies ungerührt auf das Essen auf ihrer Gabel. Seine Mutter kratzte sich an der Nase. Nur sein Vater schien sich ein bisschen zu ducken, wollte mit der ganzen Sache nichts zu tun haben.

Als wären sie sich einig, dass sie ihn unter den Tisch reden mussten – was ohnehin nicht schwierig war –, kamen die Antworten der beiden gleichzeitig:

»Finn. Er ist in der Parallelklasse. Wir sind manchmal …« »Natürlich! Ich liebe Instagram! So viele …« »… zusammen unterwegs, gehen nach der Schule was …« »… schöne Bilder … Blumen, Gärten … « »… trinken, quatschen in den Pausen … Er ist ein netter …« »… so viele Inspirationen, die ich alle …« »… Kerl. Er experimentiert gern.« »… noch ausprobieren kann.«

Er hatte Ansätze beider Antworten gehört, aber zugegeben, Multitasking war nicht seine Stärke. Verdutzt sah er von einer zur anderen, wusste nicht, was er zuerst sagen sollte. Doch er fasste sich schnell.

»Warum weiß ich nichts von diesem Finn, wenn du ihn nett findest?« Das war ganz klar die dringlichste Angelegenheit.

Keiki zuckte mit den Schultern. »Keine Ahnung, es hat sich noch nicht ergeben. Wir gehen noch nicht lange miteinander. Ein paar Wochen. Ich habe dich nicht so oft gesehen seither. Und in den sozialen Medien bist du ja nicht.«

»Ich bin auf Twitter.«

Sie rollte mit ihren großen Augen. »Ich werde kaum twittern, wenn ich jemanden kennenlerne. Und überhaupt erzählst du auch niemandem von deiner neuen Freundin.«

»Was?«, kam es nun gleichzeitig von seinen Eltern. Sogar sein sonst so gelassener Vater hatte von seinem Weinglas aufgesehen, das er eben zum Trinken angesetzt hatte.

Gil ignorierte die Meldung seiner Tochter, nahm ihre Hand und sah sie an.

»Keiki, Schatz, wenn etwas derart Wichtiges in deinem Leben passiert, würde ich gerne daran teilhaben. Ich muss ihn nicht kennenlernen, zumindest nicht sofort. Ich muss nicht wissen, was du in jedem Moment machst, was seine Ziele im Leben sind, oder ob er ein eigenes Bankkonto hat. Aber ich würde gerne wissen, dass es jemanden gibt, der dir wichtig ist. Ich würde gerne wissen, ob er dich respektiert, worüber ihr redet, was dich bewegt, dir an ihm gefällt. Aber zumindest, dass es ihn gibt. Ich möchte an deinem Leben teilhaben. Glaub mir, ich tue alles, damit ich so viel wie möglich daran teilhaben kann.« Tatsächlich hatte er sie in den letzten Monaten öfter gesehen als sonst, hatte versucht, mindestens zweimal im Monat ein Wochenende für sie freizuhalten.

»Okay.« Sie nickte und lächelte ihn an.

»Wer ist deine neue Freundin?«, ließ seine Mutter diese Ansage natürlich nicht im Raum stehen.

»Ich habe keine neue Freundin«, wehrte er wahrheitsgemäß ab.

»Papa trifft sich mit einer alten neuen Freundin. Wie hieß sie noch mal, Karla? Keira?«

»Kaia?«, stieß Annick mit offenem Mund hervor, und sogar sein Vater ließ die Gabel über dem Teller baumeln und sah ihn an.

»Ich fand Kaia immer sexy«, tönte es nun hinter ihm.

Gil schloss genervt die Augen. Das Allerletzte, was er brauchen konnte, war, dass sein Bruder sich in die Sache einmischte und sich wichtigmachte.

»Warum zum Teufel hat er einen Schlüssel?« Er sah seine Eltern fragend an. Er selbst hatte keinen.

»Olivier hat immer einen Schlüssel. Er spritzt die Blumen, wenn wir im Urlaub sind.«

»Apropos …« Wie üblich in Anzug und Krawatte, näherte er sich nun dem Esstisch, küsste seine Eltern auf die Wangen. »Darüber müssen wir reden. Ich bin diesmal auf Geschäftsreise, wenn ihr in Frankreich seid.« Er setzte sich auf den verbliebenen leeren Stuhl. Bernd Brünner schenkte ihm Wein ein, am Essen bediente Olivier sich selbst. »Entschuldigt die Verspätung, ich war noch mit Japan in Telefonkonferenz.« Dafür griff er nun ordentlich zu, schob sich einen riesigen Bissen in den Mund, bevor er das Thema wieder aufgriff: »Was ist jetzt mit Kaia? Alte Liebe aufgewärmt?«

Keiki grinste. »Also doch mehr als eine Freundin.«

Gil seufzte. »Wir waren zusammen, als ich noch sehr jung war. Etwas älter als du«, richtete er sich an sie. »Und nein, nichts ist aufgewärmt«, klärte er den Rest des Tisches auf. »Wir haben uns vor etwa zwei Monaten zufällig wiedergetroffen und sind seitdem ein paarmal ausgegangen.« Als er sah, wie der Mund seiner Mutter sich wieder hoffnungsvoll öffnete, korrigierte er sich: »Nicht ausgegangen. Weggegangen. Verabredet.« Er machte es nur noch schlimmer. Wieso um alles in der Welt fand er plötzlich keine Worte mehr?

Seine Mutter grinste bereits über das ganze Gesicht, was ihr lange Fältchen um die Augen zauberte. Sein Bruder grinste amüsiert über seine offenbare Erklärungsnot. Sein Vater sah ihn ratlos an.

»Wir waren ein paarmal am gleichen Ort. Absichtlich. Haben geredet, sind spaziert, mit Bukowski Gassi gegangen.«

»Klingt ziemlich nach dem, was ich mit Finn auch mache«, stichelte Keiki. »Nur ohne Bukowski natürlich.«

Gott sei Dank, dachte er. Solange es dabei blieb. Gleichzeitig rollte er mit den Augen. Sie konnte wenig hilfreich sein, wenn sie es darauf anlegte.

»Was ist passiert? Damals? Offenbar kennt ihr sie ja alle. Also war sie dir wohl irgendwie wichtig.«

Er kratzte sich an der Augenbraue, strich sich eine Haarsträhne zurück. Er hatte sein Essen noch kaum angerührt. Neidisch sah er auf den Teller seines Bruders, der schon wieder fast leer war.

Seine Eltern waren auffällig still. Nun, sein Vater war nicht stiller als sonst, seine Mutter war auffällig still. Sie hatte ihre Hand um das Weinglas gelegt, auf der anderen rastete ihr Kinn, sie hörte zu.

»War sie deine Jugendliebe?«, fragte Keiki weiter.

Er wollte wirklich, *wirklich* nicht darüber reden. Nicht mit seiner Tochter. Andererseits war das einzig Faire, ihr zu antworten, wo er gerade noch darum gebeten hatte, über ihre erste Liebe mehr zu erfahren.

»So etwas in der Art«, beschränkte er sich auf das Nötigste. Er konnte ihr unmöglich erklären, was zwischen ihnen passiert war. Tatsächlich hatte er auch nie mit seinen Eltern über Kaia gesprochen. Sie war einige Male mit ihm nach Hause gekommen, als seine Freundin … eine Freundin. Carolin war zu den sonntäglichen Mittagessen gekommen, zu den Familienausflügen, zu den Geburtstagsfeiern. Carolin war immer seine »wirkliche« Freundin gewesen. Kaia war »eine« Freundin gewesen. Er vermutete, dass seine Mutter geahnt hatte, dass sie mehr gewesen war.

Dass sie gesehen hatte, wie er sie ansah, wie er heimlich unter dem Küchentisch ihre Hand nahm, ihren Arm streifte, wenn er neben ihr stand. Doch wie viel wusste sie wirklich? Er hatte keine Ahnung. Möglicherweise würde er sich mit jedem weiteren Wort um Kopf und Kragen reden. Definitiv würde er sich bei seinem Bruder um Kopf und Kragen reden. Das war ihm wiederum egal. Es war ihm nur unangenehm, dass er die Geschichte überhaupt mitbekam.

»Warum ist es auseinandergegangen?«, fragte Keiki weiter.

»Wir waren nicht … Es …« Tatsächlich passierte es selten, dass er keine Worte fand. Er seufzte tief.

Seine Mutter sah von ihrem Weinglas auf, sah ihn aus den Augenwinkeln schweigend an. Sie wollte ihm helfen, spürte, dass er in einer schrecklich unangenehmen Situation war. Doch was sollte sie tun, was sollte sie sagen? Was durfte sie sagen, ohne ihn noch tiefer in die Bredouille zu bringen?

»Es ging auseinander. Wie das eben so ist mit Jugendlieben«, antwortete er schließlich etwas ungeduldig.

Annick warf ihm einen traurigen Blick zu. Ihm wurde bewusst, wie dumm und verletzend seine Aussage gewesen war. »Nein, das …« Er wollte seinen Kopf gegen den Tisch schlagen. Den mickrigen Rest der Flasche Wein in einem Zug austrinken. Hinaus an die frische Luft laufen. In ein Paralleluniversum wechseln. »Natürlich kann es funktionieren«, versuchte er, ihr wieder Mut zuzusprechen. »Bei mir hat es nicht funktioniert.«

»Ich dachte, Carolin war deine Jugendliebe«, wandte sein Bruder zwischen zwei Bissen ein, und Gil wollte ihm dafür den ganzen Auflauf ins Gesicht werfen.

»Wer ist Carolin?«, fragte Keiki selbstverständlich.

Gab es irgendeinen Ausweg aus dieser Situation? Er musste sie ein für alle Mal beenden. Wieder atmete er tief durch, setzte sich auf, sah seine Tochter direkt an. »Carolin war eine andere Freundin. Eine andere Art von Freundin. Kaia und ich waren gute Freunde. Und vermutlich waren wir auch viel mehr als das, aber ich war zu dumm, um das zu erkennen, und irgendwann hatte sie die Schnauze voll von mir.« Es war all die Ehrlichkeit, die er aufbringen konnte, die er sich selbst zugestand.

Er dachte an Ellens Worte zurück. *Vom ersten Moment an, als ihr euch begegnet seid, wusstet ihr, dass das alles ist, was ihr je brauchen würdet. Trotzdem habt ihr alles getan, es zu vermeiden.*

Hatte er es wirklich nicht erkannt? Hatte er es nicht wahrhaben wollen? War es einfacher gewesen, zu ignorieren, was direkt vor ihm gewesen war?

»Okay. Es tut mir leid.« Keiki hatte erkannt, dass sie einen wunden Punkt getroffen hatte.

»Kein Grund dafür«, winkte Gil ab, als er sich wieder gefasst hatte. »Du hast Fragen gestellt, genau wie ich das auch mache. Es ist wichtig, dass wir ehrlich zueinander sind.« Er hätte seiner Mutter gegenüber viel ehrlicher sein sollen, dachte er. Vielleicht wären die Dinge dann anders verlaufen.

»Olivier, Schatz, was gibt es bei dir Neues?«, fragte diese nun ihren älteren Sohn, der tatsächlich für einen Moment aufgehört hatte, das überbackene Gemüse in sich hineinzuschieben und schweigend die Situation verfolgt hatte. Jetzt stach er wieder die Gabel in eine Kartoffel.

»Oh, keine wirklich aufregenden Neuigkeiten. Ich habe endgültig beschlossen, kein Japanisch zu lernen. Obwohl ich in zwei Monaten hinfahren muss. Renate arbeitet an einer wichtigen Präsentation, möglicherweise wird sie Teamleiterin. Und die Kinder … du weißt schon … Mathehausaufgaben, Fußballtraining …« Er sah zu Keiki, und einen Moment lang hatte Gil zum ersten Mal in seinem Leben das Gefühl, dass sein Bruder so etwas wie eifersüchtig auf seine Tochter war. Das wäre nicht ohne Ironie gewesen, denn in der Regel fühlte Gil sich in seiner Anwesenheit etwas neidisch. Nicht auf sein Leben oder seine Familie – er wollte kein Banker sein, keinen SUV fahren, keine Renate zur Frau. Aber Olivier erinnerte ihn schmerzhaft daran, dass er es nicht einmal schaffte, mit seiner Ex ein halbwegs zivilisiertes Gespräch zu führen und sein Kind so oft zu sehen, wie es gut und richtig war.

Doch der Moment war zu kurz, um ihn verstehen zu können. Schon hatte sein Bruder wieder sein übliches Lächeln aufgesetzt, das gleiche, das er bestimmt auch bei den Pensionisten nutzte, wenn er ihnen die Fonds verkaufte, und fragte: »Gibt es Nachtisch?«

Natürlich gab es Nachtisch. Sie aßen überbackenen Apfelkuchen, tranken Kaffee dazu, öffneten eine weitere Flasche Wein. Olivier erzählte noch mehr von Japan, von Buchstabierwettbewerben und Dividenden. Annick spazierte mit Keiki durch den Garten, betrachtete staunend die Zeichnungen, die sie auf ihrem Smartphone hatte, ermunterte sie, weiterhin Dinge auszuprobieren. Sie setzten sich auf eine Bank zwischen den Rosen. Keiki erstellte eine Skizze von den Blumenbeeten und versprach, später Bukowski ›hineinzumontieren‹ – wie sie es nannte.

Gil rauchte ein paar Zigaretten, sah ihnen zu, tolerierte dank des Weins die hoffnungslos unspannenden Erzählungen seines Bruders als Hintergrundgeräusch und versuchte, nicht mehr an seine Vergangenheit zu denken.

Kurz vor vier verabschiedeten sie sich, gingen die fünfzehn Minuten zum Bahnhof zurück und nahmen die nächste S-Bahn nach Frankfurt. Keiki lächelte glücklich, lehnte sich gegen das Fenster, die Sonne glitzerte auf ihrer Stirn, und Gil dachte, dass sie so etwas wie die beste Version von ihm selbst war.

Sie öffnete ein Auge, blinzelte ihn an: »Können wir auf dem Heimweg noch kurz ein Kebab holen?«

Er nickte, obwohl er nicht verstand, wie sie nach dem Festmahl seiner Mutter schon wieder Hunger haben konnte.

Annick war ihm gegenüber den ganzen Nachmittag sehr still gewesen, hatte die Diskussion am Mittagstisch nicht mehr erwähnt. Hatte ihn im Dunklen darüber gelassen, ob es für sie Neuigkeiten gewesen waren oder sie immer schon gewusst hatte, was wirklich passiert war; zumindest ansatzweise. Erst, als er sie zum Abschied umarmte, hatte sie ihm ins Ohr geflüstert: »Ich freue mich, dass sie wieder da ist.«

19

Sonntag, 1. Dezember 1996
Hamburg

Aus Kaias Tagebuch, 1. Dezember 1996:

Seit ich dich kenne, denke ich: Das ist mein Leben! Das ist das Leben, das ich will, das ich immer wollte. Und eine Stimme sagt mir: Nun ist es das Leben, das du haben wirst!

Oder ist es das?, fragte sie sich, während sie über die Zeilen las, die sie soeben zu Papier gebracht hatte.

Stöhnend ließ Kaia sich auf ihr Bett fallen. Sie schloss die Augen, presste ihren Kopf gegen das Kissen, atmete tief ein. Es roch immer noch nach ihm. Seit über einer Woche hatte sie ihr Bett nicht frisch bezogen, nur um ihn zu jeder Tages- und Nachtzeit riechen zu können. Vielleicht war der Geruch auch lediglich in ihrem Verstand, in ihrer Erinnerung. Trotzdem wollte sie es nicht riskieren, ihn durch so etwas Banales wie frische Wäsche zu verlieren.

Sie starrte an die Decke, das dunkle, alte Werbeplakat eines Rockkonzerts starrte tot zurück. Sie bekämpfte das flaue Gefühl in ihrer Magengrube, legte die Hände auf den Bauch, hörte The Cure zu, warum sie nur freitags verliebt waren. Dieses Glück teilte sie nicht. Die ganze Woche über hatte sie sich miserabel gefühlt. Sie war Carolin größtenteils aus dem Weg gegangen, hatte sich in den Pausen lieber in ein Buch vergraben, gesagt, ihr sei es zu kalt draußen. Jedes

Mal, wenn sie ihr in die Augen sah, in diese aufrichtigen, fröhlichen, verständnisvollen Augen, wollte sie in Tränen ausbrechen und schreien: »Es tut mir leid! Ich wollte das nicht. Ich will es nicht. Aber ich kann nicht anders.«

Es stimmte.

Sie wollte besser sein. Sie wollte jemand anderes sein, jemand, der richtige, gute Entscheidungen traf. Jemand, der stark genug war, seine Gefühle zu unterdrücken, sich im Griff zu haben, der Versuchung zu widerstehen. Seine Freundin nicht zu hintergehen.

Aber dann hatte sie sich auch so wunderbar gefühlt.

Wenn er sich während des Unterrichts zu ihr umdrehte, ihr zulächelte, so zärtlich, so herausfordernd.

Wenn er sie auf dem Heimweg hinter dem Schulhof abfing, sie ganz plötzlich in einen Hauseingang zog und leidenschaftlich küsste.

Wenn er in der Pause neben ihr saß, kaum merklich ihre Hand berührte und sie am ganzen Körper zu zittern begann.

Wenn er einen Film oder ein Buch zitierte, das sie liebte und sie genau wusste, dass er damit sie ansprach.

Wie konnte sie da besser sein?

Sie konnte es nicht.

Konnte man überhaupt je wirklich gut sein? Gab es nicht immer zu viele Versuchungen, zu viele falsche Entscheidungen?

Kaia rauchte im Liegen eine Zigarette. Ihre Mutter hasste es, wenn sie im Zimmer rauchte, aber in Momenten wie diesem war es unvermeidbar. Wie gesagt – hin und wieder konnte sie nicht besser sein.

Sie überlegte, was sie schon hundert Mal überlegt hatte, seitdem es passiert war. Wie war sie in diese Situation geraten? Und wieder sagte eine Stimme in ihrem Kopf: »*Alles nur, weil du ihn im Park nicht geküsst hast.*« Hätte sie es getan, wäre alles anders gekommen? Wären sie dann nun *richtig* zusammen? Hätte er sie mit Carolin betrogen? Wäre Carolin nie auf der Bildfläche erschienen, weil er bereits viel zu tief in ihre Beziehung verwickelt gewesen wäre?

Sie fand keine Antworten auf ihre Fragen, doch wie jedes andere Mal, wenn sie sie sich gestellt hatte, spürte sie Trotz aufkeimen. Sie hatte ihn zuerst gesehen, hatte sofort die Verbindung zu ihm gefühlt. Carolin hatte null Interesse an ihm gehabt. Sie war zuerst da gewesen, hatte zuerst seine Aufmerksamkeit erregt, zuerst seine Hand gehalten, ihn fast geküsst …

Aber eben nur fast.

Und wieder war sie so weit wie zuvor. Es war ein endloser Kreislauf ohne Lösung.

Es brachte sie auch nicht weiter, auf Carolin wütend zu sein, sich einzureden, sie hätte ein Recht darauf, sie zu hintergehen, weil sie sich nur zurückholte, was ohnehin von Anfang an ihres gewesen war. So funktionierte weder die Liebe noch ihr Gewissen.

Die Zigarette war abgebrannt, fast ohne, dass sie sie geraucht hatte. Ein großes Stück Asche fiel auf ihr Laken und brannte ein Loch hinein.

»Scheiße«, zischte sie, drückte sie auf dem Nachttisch aus, warf sie aus dem Fenster. Jetzt gab es keine Rettung mehr für ihre Bettwäsche.

Genauso wenig wie für ihr Gewissen. Es gab keine Entschuldigung, keine Rechtfertigung. Es gab nur einen Grund, und der war stärker als alles andere. Dieses extatische Gefühl bei jeder Berührung, bei jedem Kuss, das unstillbare Verlangen nach mehr, der Glaube, dass er in diesen Momenten ganz allein ihr gehörte, nichts und niemand sonst auf der Welt für sie zählte, nichts und niemand auf der Welt sie aufhalten konnte. Dieses Gefühl, das sie festhalten wollte, egal, wie hoch der Preis war. Sie konnte es nicht verlieren. Sie konnte es für niemand anderen empfinden. Sie hatte es nie zuvor empfunden, und sie hatte nie zuvor gelebt.

Sie musste es weiter erkunden, herausfinden, was es war. Sie musste diese Erfahrung machen. Sie hatte zu lange darauf gewartet.

Was war die Alternative?

In den wenigen kühlen, rationalen Momenten wusste sie, die richtige Entscheidung war, ihn abzuservieren, ihm zu sagen, er solle mit Carolin glücklich werden – oder auch nicht. Darauf hoffen, dass er es nicht würde, dass er sich zu Tode langweilte und innerhalb weniger Monate vor ihr stünde, ihr genau das sagte und sie bat, ihm eine zweite Chance zu geben.

Oder sie ginge völlig leer aus, würde ihn überhaupt nie haben. Weil er mit Carolin doch glücklich würde, weil er zu stolz wäre, das Gegenteil einzugestehen, weil er nicht betteln könnte.

Dann wäre sie gut und ehrlich, aber für immer todunglücklich und voller Reue. Würde sich für immer fragen, was gewesen wäre, hätte sie anders gehandelt. Nein, lieber bereute sie etwas, das sie getan hatte, als etwas nicht getan zu haben. Sie konnte nicht zurückstecken und verlieren. Es gab keine Alternative. Die Entscheidung war schon lange gefallen, und sie wusste es. Sie konnte sich nicht gegen das Leben entscheiden. Sie würde nehmen, was sie bekam. Würde um jeden Moment dieses Gefühls kämpfen. Sie wollte es mehr, als es sie belastete.

Die einzige Hürde war, ihr Gewissen in den Griff zu bekommen, mit der Entscheidung zu leben. Zu akzeptieren, wer sie war und was sie wollte. Sie konnte ihrer Freundin nicht immer aus dem Weg gehen. Konnte sie sie eiskalt belügen und hintergehen? Denn, wenn sie sich für Gil entschied, würde sie nicht permanent mit dem schlechten Gewissen leben, nicht ständig Eifersucht empfinden, sich fragen, ob er Carolin genauso küsste, wie er sie berührte, ob die Haare auf seinem Arm sich aufstellten, wenn sie sich berührten, so wie es bei ihr war. Das würde sie zerreißen. Wenn sie sich für Gil entschied, dann würde sie es durchziehen und nicht zurückschauen, würde alle Nebenwirkungen in Kauf nehmen.

Wenn …

Sie hatte es doch längst getan.
Hin und wieder konnte sie nicht besser sein.

Aus Kaias Tagebuch, 2. Dezember 1996:

Ich will Liebe.

Ich will ewige, unsterbliche, unvergessliche Liebe.

Und sollte diese nicht existieren, wähle ich das Stolpern.

Wie kann man jemals wissen, ob etwas funktioniert, bevor man es ausprobiert?

Sonntag, 15. Dezember 1996
Hamburg

Gil nahm das oberste schwarze T-Shirt aus seinem Kleiderschrank, zog es über und besprühte sich mit dezentem Deo. Er fuhr sich durch die noch etwas feuchten Haare, anstatt sie zu kämmen, warf einen kurzen Blick in den Spiegel, lächelte. Doch, so war er ganz zufrieden, bereit für ihren gemeinsamen Abend.

Als sie darüber gesprochen hatten, wo sie hingehen könnten, hatte Kaia ihn gefragt, was er denn schon gesehen hatte, seit er in Hamburg wohnte. Tatsächlich war das nicht allzu viel gewesen. Sein kulturelles Interesse hielt sich allgemein in Grenzen. Natürlich war er durch die Altstadt spaziert, hatte die Parks in seiner Umgebung inspiziert. Mit seinen Eltern war er eines Nachmittags durch den Hafen gebummelt. Allerdings war sein erster Eindruck der Stadt auch nicht überragend gewesen. Keine Sehenswürdigkeiten, Kirchen oder großartige Monumente, die seine Aufmerksamkeit erregt hätten. Nichts, das ihn besonders interessierte. Im Gegenzug fragte er also, was ihre liebsten Plätze in der Stadt waren.

»Das Alsterufer«, hatte sie gesagt. »Und die Speicherstadt.«

»Na dann gehen wir doch dort hin«, hatte er vorgeschlagen. Am Ufer der Flüsse war es dieser Tage zu kalt. Ein eisiger Wind wehte stets vom Wasser her, an diesem Sonntagabend gab es immer noch leichten Schneeregen. Kein Wetter für einen Spaziergang am Strand. Er hatte sich überdies immer noch nicht an das raue Klima des Nordens gewöhnt. »Zeig mir die Speicherstadt«, stellte er also weiter klar. »Ich bin mal kurz durchgelaufen, aber wirklich habe ich sie noch nicht gesehen.«

So hatten sie sich für halb acht an der Holzbrücke verabredet, einer von zahlreichen Brücken, die über die Kanäle der Altstadt führten. Es war nicht gerade um die Ecke, und bei den Temperaturen hatte Gil keine Lust, den ganzen Weg zu laufen. Er setzte sich also in die U3 und hatte zehn Stationen Zeit, sich zurückzulehnen und Musik auf seinem neuen Discman zu hören. Er wippte leicht mit den Füßen im Takt, sah in die Dunkelheit hinaus. Schilder und Betonwände zogen abwechselnd an ihm vorbei. Das U-Bahn-Abteil war fast leer. Die meisten Leute saßen bereits zu Hause, brachten das Abendessen hinter sich und bereiteten sich auf eine neue Folge *Tatort* vor. Er hingegen hatte das Glück, sich auf ein Date in einem historischen Viertel mit einem wunderschönen, klugen Mädchen zu freuen. Er fühlte ein Kribbeln im Bauch, wenn er daran dachte. Wenn er an sie dachte. An das Gefühl, ihre langen Haare zwischen seinen Fingern zu spüren, an ihre kleinen, sanften Lippen auf seinen, ihren Duft nach Mandeln. Vom ersten Moment an, als er sie gesehen hatte, hatte sie sein Herz zum Springen gebracht, ihn zum Lachen gebracht, zum Nachdenken, zum Staunen. Vor allem mit ihrer Reaktion, als er bei ihr zu Hause gewesen war. Er hatte keinen Plan gehabt seinerzeit, vor knapp einem Monat. Er hatte nicht einmal vorgehabt, ihr gleich direkt zu sagen, was er fühlte, was er wollte. Doch dann war sie vor ihm gestanden, sauer, kühl, inspirierend, und er wollte sie so sehr. Wollte ihren schmollenden Mund küssen, ihre verkrampften Hände streicheln, ihr ihren Schmerz nehmen, wollte, dass sie ihn verstand. Und unglaublicherweise tat sie das. Er war froh gewesen, dass sie genau so frei und offen war wie er, die gleichen Erfahrungen machen wollte, bereit war, sich einfach auf das Abenteuer einzulassen. Er hätte nicht gewusst, wie er sich sonst entschieden hätte.

Kaia trieb ihn an, forderte ihn heraus, brachte das Beste in ihm zum Vorschein. Seit dem Tag, als sie gemeinsam im Park gewesen waren, hatte er Seiten über Seiten geschrieben, Geschichten, Texte, aber auch nur einzelne, unzusammenhängende Absätze und Gedanken.

Und dann war Carolin plötzlich da gewesen, mit ihrer unglaublichen Ruhe, ihrem gewinnenden Lächeln, das ihm das Gefühl gab, dass nichts auf der Welt ihm etwas anhaben konnte. Wenn er in ihren Armen lag, machte er sich über nichts mehr Gedanken, fand er Frieden, konnte er loslassen.

Die Bahn hielt, ein junger Mann stieg ein, einen Strauß roter Rosen in der Hand. Gil lächelte. Immerhin, ein zweites Date, irgendwo in der Stadt. Es gab Hoffnung.

Fünf Minuten später stand er an der Brücke und wartete. Ihm kam der Gedanke, dass sie es sich anders überlegt hatte seit Freitagmittag. Genug Zeit zum Nachdenken hatte sie gehabt. Obwohl sie nicht den Eindruck erweckt hatte, dass sie noch viel darüber nachdenken musste. Die erste Woche, nachdem sie sich geküsst hatten, war Kaia zurückhaltend gewesen, hatte sich umgesehen, wenn er sie an sich zog, ihn gemieden, wenn sie in der Gruppe zusammen standen.

Seitdem hatten sie sich einige Male getroffen, und ihre Zurückhaltung war bei jedem Mal mehr einer fordernden Neugier und Leidenschaft gewichen. Im Stadtpark, wo sie ihren ersten Nachmittag zusammen verbracht hatten, küssten sie sich lange zwischen den verschneiten Bäumen. Im Café nahe Kaias Wohnung verteilte sie heiße Schokolade auf seinem Gesicht und küsste sie dann weg. Im Buchladen blätterte sie durch alte Gedichtbände, während er sie von hinten umarmte, sein Kopf auf ihren Schultern, bis sie irgendwann nachgab, das Buch zur Seite legte, sich zu ihm umdrehte, ihre Arme stürmisch um seinen Nacken schlang und sie beide auf dem Ausstelltisch gelandet waren.

Nein, sie hatte es sich nicht anders überlegt. Er war nur etwas früh dran. Und sie wie üblich etwas zu spät.

Trotzdem machte sein Herz einen erleichterten Sprung, als er ihre hellblaue Jacke aus der Ferne sah. Als sie näher kam, konnte er auch ihr Lächeln erkennen, und er lächelte automatisch zurück. Sie küssten sich, als sie bei ihm auf der Brücke ankam, er legte seine Arme um ihre Taille, zog sie an sich.

»Moin.«

Sie lachte. Selbst in diesen kleinsten nordischen Versuchen scheiterte er kläglich. Dafür küsste sie ihn noch mal.

»Also, was gibt es hier zu sehen, Frau Reiseführerin? Was kannst du mir über diesen historisch bedeutsamen Ort erzählen?«

»Keine Ahnung. Früher wurden Dinge hier gelagert. Werden sie immer noch. Aber mir gefallen einfach die Gebäude. Die Farbe der Steine. Die Kanäle«, antwortete sie.

»Okay. Zeig es mir.« Er nahm ihre Hand. Sie trug Wollhandschuhe, konnte seine Finger nicht spüren, nur, wie er sie fest drückte. Sie merkte, wie sein Blick von ihr über die Straße vor ihm wanderte, durch die Dunkelheit, auf die Straßenschilder um ihn.

»Ooooh …« Er blieb abrupt stehen.

Sie sah ihn verständnislos an, folgte seinem Blick. Ein unbedeutendes Straßenschild stand auf einer unbedeutenden, leeren Straße. Er wies mit den Augen darauf. Sie las: ›Katharinenfleet‹.

»Ja, ich weiß. Alles ist hier Katharina. Hinter uns ist die Katharinenstraße, und dort drüben ist die Katharinenkirche.« Sie deutete auf einen kleinen braunen Turm, nicht weit entfernt.

»Alles ist hier Katharina …« Er grinste, lehnte sich an das Schild. »Ich bin auch ganz Katharina.« Er zog sie wieder an sich.

Sie wurde rot, aber glücklicherweise war es bereits zu dunkel, um das zu erkennen.

Er legte seine Hände um ihren Nacken, küsste sie zärtlich. Seine Finger fuhren durch ihr Haar, jagten Schauer über ihren Rücken. Sie liebte das Gefühl, wie er durch ihre Haare strich, dabei ihren Kopf leicht nach oben, zu ihm, zog. Seine Lippen auf ihren, seine sanften, eindringlichen Küsse. Sie ließen sie die ganze Welt um sich vergessen. Wenn sie zusammen waren, hatte sie das Gefühl, sie wären alles, was zählte, alles, was es gab. Perfekt, vollständig und ewig.

Er strich über ihre Wange, sah ihr in die Augen. Er hatte so schöne Augen. Ein bisschen treuherzig, fröhlich, ausgelassen. Dunkel und intensiv. Jetzt sahen sie sie glücklich an. Er nahm wieder ihre Hand.

»Ich habe das Gefühl, es gibt viel zu entdecken hier.« Er zog sie mit sich, während sie noch versuchte, den Boden unter ihren Füßen wiederzufinden.

Ein paar Meter weiter blieben sie erneut stehen, auf einer Brücke über dem Binnenhafen. Tatsächlich war der wirkliche Hafen einige hundert Meter entfernt, hier gab es noch weit und breit keine Boote. Doch allein der Anblick hatte Gil zum Stillstand gebracht. Eine scheinbar endlose Reihe rotbrauner Häuser lag zu beiden Seiten des Kanals. Ein Lichtschein hangelte sich von Bogen zu Bogen die Wand empor bis zu einem dunklen Dachgiebel. Direkt darunter war noch ein alter Lastenzug angebracht. Die Wände der unteren Hälfte der Häuser waren auf beiden Seiten der Bögen mit dunkleren Steinen durchzogen, sodass sich ein geometrisches Muster ergab. Ganz unten schienen die Häuser nahtlos in das schwarze Wasser überzugehen. Auf der Oberfläche des Kanals spiegelte sich das Schauspiel. Noch ein Stückchen weiter waren die nächsten Brücken zu sehen – schwarze, runde Eisengebilde. Dahinter lag schließlich der Binnenhafen.

»Wow.«

»Ja.«

»Das ist wirklich beeindruckend.«

»Vor allem nachts«, fügte sie hinzu. »Ich liebe die Lichter.«

Er legte den Arm um sie. Das Wasser plätscherte kaum hörbar unter ihnen.

»Und überall hier werden Sachen gelagert?«

»Ja. Größtenteils Teppiche.«

»Teppiche?«

»Ja. Orientteppiche.«

»Warum das?«

»Ich weiß es nicht.« Sie lachte. »Vielleicht kommen die immer noch per Schiff. Oder sie sind gut einzulagern. Oder Hamburg hat spezielle Beziehungen mit Marokko. Ich habe keine Ahnung.«

Er drehte sich wieder zu ihr, grinste sie an, strich sich die Haare zurück, näherte sich ihrem Gesicht. Doch anstatt sie zu küssen, zog er sie kichernd mit sich.

»Wann musst du zu Hause sein?«, fragte er, während sie links abbogen und die Elbe entlangspazierten. Obwohl auch hier eine kalte Brise vom Wasser zu ihnen aufstieg, waren sie von den hohen Gebäuden etwas geschützt.

»Egal. Ist niemand da, der mich erwartet.«

Selbst in der Dunkelheit konnte sie erkennen, dass er schockiert war.

»Meine Mutter hat Nachtschicht. Es ist extrem unwahrscheinlich, dass sie irgendwann anruft. Und selbst wenn, kann ich immer noch sagen, ich hätte schon geschlafen, oder der Fernseher war zu laut.«

Sie spürte seinen Blick auf ihr, fragend, zwischen Freude und Neugier.

»Und dein Vater?«

Sie hatte die Frage kommen sehen.

»Gibt es nicht.«

Er konnte mit dieser Antwort nicht wirklich etwas anfangen. »Was meinst du damit?«

»Mein Vater hat uns verlassen, bevor ich geboren wurde. Er wollte nie Kinder oder Familie. Ich habe erst wieder von ihm gehört, als ich sieben war. Dann kam eine Weihnachtskarte, in der er um ein Treffen bat. Damals habe ich es getan. Heute bin ich klug genug, um selbst zu denken. Ich habe ihn seit fünf Jahren nicht gesehen.« Automatisch kam ihr das Bild in den Sinn, als sie ihn zum letzten Mal getroffen hatte. Ihn gefragt hatte, warum er gegangen war, warum er nun wieder da war. Er hatte keine Antworten darauf gehabt oder wollte sie nicht geben. Sie war elf gewesen. Sie aßen im Park ein Eis, er kaufte ihr eine Flöte. Er redete nie viel, wenn sie sich begegneten. Sie wusste nur, dass er allein lebte, keine weiteren Kinder hatte, ihrer Mutter kaum Unterhalt zahlte. Nach jenem Treffen war sie nach Hause gegangen und hatte nie wieder einen seiner Anrufe entgegengenommen. Er hatte nie wieder vor ihrer Tür gestanden. Die Flöte lag immer noch unberührt in ihrer Schublade.

»Das tut mir leid«, sagte Gil.

»Muss es nicht. Mir tut es nicht leid. Ich hätte Kontakt haben können, wenn ich gewollt hätte. Aber ich wollte nicht. Es gab nichts, das er mir geben konnte. Es gab nichts, das ich vermisste. Man kann nichts vermissen, das man nie hatte.«

Du hast auch nie vermisst, verliebt zu sein, meldete sich eine Stimme in ihrem Kopf.

Es stimmte. Sie hatte nie gesehen, wie es war. Sie hatte keine Eltern gehabt, die sich verliebt in die Augen geblickt hätten, zärtliche Berührungen austauschten oder sonntags Hände haltend in der Mittagssonne dösten. Ihre Freunde hatten keine Beziehungen, auf die sie hätte neidisch oder auch neugierig sein können. Yvonne trieb gern ihre Spielchen mit Jungs, war alle paar Wochen in jemand anderen verliebt. Nichts, auf das sie große Lust hatte. Nur wenige Jungs erweckten je Carolins Interesse. Bianca … niemand wusste, was mit Bianca los war. Sie schien perfekt zu Martin zu passen, sie verstanden sich ohne Worte, lachten sich tot zusammen, hatten den gleichen Humor und den gleichen Sinn für Albernheit, und doch lief da absolut gar nichts.

Erst, als sie Carolin mit Gil auf der Party gesehen hatte, war ihr mit voller Wucht bewusst geworden, was es war, das sie immer vermisst hatte.

Sie verdrängte den Gedanken. Er war nicht mehr wichtig. Nichts war mehr wichtig, außer sie beide, hier, jetzt, irgendwo zwischen Fleet und Brook und Kanälen.

Nun war sie es, die anhielt, ihn gegen ein Brückengeländer drängte. Sie schlang ihre Arme um seinen Hals, küsste ihn, bis sie atemlos war. Sog die kalte Nachtluft ein. Kicherte, löste sich von ihm, lief ein paar Schritte voraus. Ihr Überschwang wurde in jedem Atemzug sichtbar.

»Gott, ich liebe diese Stadt«, rief sie enthusiastisch aus und wusste nicht einmal, ob es stimmte. Sie fühlte sich schlicht so euphorisch, dass sie gerade irgendetwas innigst lieben musste. Vielleicht war es auch die Atmosphäre, der Moment, Gil. Aber die Stadt war einfacher zu lieben.

»Ja, ich beginne auch, sie ins Herz zu schließen«, antwortete er, und sie fragte sich, ob er die wahre Bedeutung ihrer Aussage durchschaut hatte.

Nun standen sie vor dem Wasserschloss, das den Kanal entzweite und auf seiner Insel thronte. Ein Schiff fuhr unter einer der beiden Brücken hindurch, die das kleine, verschnörkelte Häuschen zu beiden Seiten mit den hohen Gebäuden verbanden.

»Lebst du gern in Deutschland?«, fragte sie nun. Er hatte irgendwann in ihren Gesprächen erwähnt, dass seine Mutter aus Frankreich kam, er dort geboren war.

»Es ist eigentlich alles, was ich kenne. Ich habe praktisch keine Erinnerungen an Frankreich«, antwortete er. »Wir kamen nach Frankfurt, als ich vier Jahre alt war. Ich weiß nur noch, dass wir in einem kleinen Dorf wohnten. Nicht weit von einem Fluss, an dessen Ufer wir oft Picknick machten. Mein Bruder versuchte immer, mich ins Wasser zu stoßen, und meine Mutter wurde furchtbar böse. Und es gab kleine Berge in der Nähe. Es roch immer sehr gut. Das Meer … Manchmal fuhren wir ans Meer. Ich erinnere mich, dass es lange dauerte, ich immer sehr ungeduldig wurde. Meistens war dann meine Großmutter dabei. Sie liebt das Meer.« Er zündete sich eine Zigarette an. »Ich kann nicht direkt sagen, dass ich es vermisse. Aber ich fühle mich zu Hause, wenn ich dort bin.«

»Fahrt ihr oft zurück?«

»Einmal im Jahr, in den Sommerferien. Meistens einen ganzen Monat. Ins Haus meiner Großeltern, in Cléry-sur-Somme. Heute weiß ich, dass es kaum zwei Stunden bis ans Meer sind. Aber als Kind erschien es mir als eine Ewigkeit.«

»Bist du gerne dort?«

Er nickte, zog an seiner Zigarette. Beim Ausatmen vermischte der Rauch sich mit der kalten Luft, die er ausstieß. »Ja. Es ist eine schöne Gegend, sehr ruhig. Ich mag meine Familie. Meine Großeltern sind immer freundlich, sehr angenehm, liebevoll. Wir sind stets willkommen in ihrem Haus, aber sie sind nicht aufdringlich, lassen uns auch mal ein paar Tage ganz allein etwas unternehmen, ohne sich ausgeschlossen zu fühlen. Wir wandern viel, wenn wir dort sind. Machen Picknicks wie früher. Wir verbringen den ganzen Monat fast ausschließlich in der Natur, kein Fernsehen, nur spazieren, baden, essen. Und Wein trinken, hervorragenden Wein, den mein Großvater direkt bei einem Gut einkauft. Ich natürlich maximal ein Gläschen«, zwinkerte er ihr zu. »Du solltest mal mitkommen, ich glaube, es würde dir wirklich gefallen«, schlug er intuitiv vor, bevor er den Gedanken zu Ende denken konnte. Aber war es wirklich so unmöglich? Seine Eltern hätten bestimmt nichts dagegen, wenn er eine Freundin mitbrächte. Und genug Zeit zu zweit hätten sie auch, genug Möglichkeiten, allein zu sein, weit weg von jeglichen Fragen oder Gefahren.

Sie lächelte. Er konnte nicht lesen, ob sie den Vorschlag belächelte oder ihm entgegenlächelte.

»Ich glaube, du hast uns alle ziemlich sprachlos gemacht, als du den Kurzvortrag über die Route durch Paris machtest. Ich war etwas nervös, wir hatten ja tatsächlich nichts vorbereitet. Ich hatte mir zu Hause ein paar Sätze zusammengereimt, mir den Stadtplan durchgesehen und überlegt, was ansatzweise Sinn ergeben könnte. Als wir dann vorne standen, hatte ich die Hälfte bereits wieder vergessen.« Sie erinnerte sich, dass sie auch nervös gewesen war, weil er ganz dicht neben ihr stand, sie sein Parfum oder Deo riechen konnte, er ihren Arm berührte, zufällig oder gewollt, das konnte sie nicht sagen, und sie erstmals ein unbekanntes Gefühl durchfuhr. »Und dann begannst du, einfach drauflos zu reden, und ich verstand nicht mal ein Drittel davon und hoffte nur, dass es auch wirklich Französisch war und etwas mit Paris zu tun hatte. Aber ich hörte einige Male ›Parí‹, und alles hörte sich sehr Französisch an, und ich wurde ruhiger, lächelte und dachte mir: *Scheiße, ich hatte echt Glück mit meinem Arbeitspartner.*«

»Das Gleiche dachte ich auch«, sagte er grinsend, legte seine Hand auf ihre Wange und küsste sie. Dann führte er sie weiter in die Nacht hinein.

»Wir sollten hier links rum, sonst kommen wir zum Hafen, und der ist eher unspektakulär.«

»Okay.« Er folgte ihr. »Warst du schon öfter am Meer?«

Sie nickte. »Zwei, drei Mal. Ist ja nicht allzu weit weg. Aber meine Mutter hat viele Wochenendschichten, unser Auto ist alt … Ich glaube, sie ist auch kein großer Fan vom Meer.«

»Und du?«

»Doch … ich schon.« Sie liebte den salzigen Duft, die feuchte, raue Luft, das Wasser, wie es alle sechs Stunden brutal seinen Stand änderte, und wie man zwischendurch praktisch im Meer spazieren gehen konnte.

»Ich glaube, das gefällt mir am meisten an Hamburg. Das Ambiente, die Nähe zum Meer. Das hatte ich lange nicht.« Jetzt trat er seine Zigarette aus. »Wo möchtest du noch hin? So in der Welt?«, fragte er.

Sie zuckte mit den Schultern. Sie hatte sich darüber nicht viele Gedanken gemacht, hatte nie überlegt, ob sie irgendwann in die Welt hinauskäme. Aber ja, wenn, dann gäbe es ein paar Orte, die sie spannend fände.

»Hawaii vermutlich«, antwortete sie. »Die Vulkane müssen beeindruckend sein. Ein paar Monate dort leben wäre schön, sich von der Natur inspirieren lassen, den Wasserfällen lauschen … Und Russland vielleicht. So kalt, so anders.«

»Russland?« Er lachte. »Hawaii kann ich verstehen, da bin ich dabei. Aber was zum Teufel willst du in Russland? Ich meine … keine Ahnung … die Politik ist instabil, die Landschaft eine ewige Einöde, Eis überall …«

»Ja. Einsamkeit. All-Ein-Sein, wie Rilke es nannte.«

Sie blieben stehen, rechts und links von ihnen Kanäle, vor ihnen eine weitere dunkelbraune Häuserreihe.

Er sah sie fasziniert an, lächelnd, zärtlich. »Ich liebe deine Gedanken.«

Sie lachte, blickte zu Boden, obwohl er immer noch nicht sehen konnte, wie sie rot wurde. Die Beleuchtung war dimm, reichte kaum aus, um sich gegenseitig zu sehen.

Er küsste sie lange, seine Hand in ihrem Nacken, die andere auf ihrem Rücken. Sie schlang ihre um seine Taille, suchte sich einen Weg unter Jacke und Sweater, wollte seine Haut spüren. Ihre Küsse wurden intensiver, verlangender. Jemand kam vorbei, pfiff durch die Zähne, sie bemerkten es nicht. Als sie auseinandergingen, lächelten sie sich an, er strich sanft durch ihre Haare. Wortlos nahm er ihre Hand, sie spazierten weiter. Vorbei an hohen Häusern mit hohen Bögen, über Brücken mit Metallgeländern, Brücken mit gläsernem Dach, Brücken ohne irgendein Geländer. Sie bemerkten kaum, was um sie herum passierte, wussten nicht, wo genau sie hinliefen. Kaia spürte nur seine Hand, wie er sie festhielt, lehnte ihren Kopf an seine Schulter, spürte seine Bewegungen, roch die kalte, schneeschwangere Luft.

»Was macht ihr zu Weihnachten?«, fragte er jetzt in die

Stille hinein.

»Wir sind eigentlich jedes Jahr zu Hause. Wir schmücken den Baum, machen uns etwas Gutes zu essen und sehen einen Film. Vor Mitternacht sind wir im Bett«, gestand sie lachend. »Aber es ist schön. Einer der wenigen Tage im Jahr, an denen wir in aller Ruhe Zeit miteinander verbringen können.« Sie freute sich darauf, hatte schon einen Film gewählt, den sie aus der Videothek leihen würde, und ein Buch, in das sie sich verkriechen würde, wenn ihre Mutter auf der Couch eingeschlafen war. Sie war ganz froh, dass sie keine große Familie hatte, mit Trubel und Liedern und Fisch und Tausenden von Geschenken unter dem Weihnachtsbaum. Sie mochte ihr stilles Weihnachten.

»Wie ist es bei euch?«

»Ein bisschen mehr Aufregung, aber es hält sich auch in Grenzen. Wir sind normalerweise hier, und meistens kommen meine Großeltern – die Eltern meines Vaters – zu Besuch. Sie bringen eine Menge Kekse mit, diskutieren mit meiner Mutter darüber, warum es Truthahn gibt und mehr Nachspeisen als Beilagen, und meine Mutter nimmt es mit ein paar Gläschen Martini hin.« Er lachte. Er erwähnte nicht, dass dieses Jahr vielleicht auch Carolin auf einen Sprung vorbeikäme. Seine Eltern hatten sie eingeladen, wollten sie kennenlernen, ihr die ganze französische Gastfreundschaft zugänglich machen.

Jetzt blieb er abrupt vor einem der hohen, braunen Häuser stehen, stutzte.

»Hier ist noch Licht.«

»Ja!«

»Schieben die eine Nachtschicht ein?«

»Unwahrscheinlich«, stellte Kaia fest. »Es sei denn, das Büro wird nachts zum Drogenumschlagplatz, oder es kommt eine besonders heikle Teppichlieferung an«, scherzte sie.

Gil ging näher an das Fenster, sah durch das Glas in den Raum.

»Da ist niemand«, stellte er fest.

»Vermutlich haben sie einfach vergessen, das Licht auszuschalten. Komm, lass uns weitergehen.«

»Oder …« Er grinste schelmisch, ging zur hölzernen Eingangstür und drückte die Klinke nach unten. Sie gab nach, die Tür öffnete sich. »Lass uns reingehen.«

Einen Moment lang überlegte sie, ob er das tatsächlich ernst meinte. Doch warum sonst würde er die Türklinke in der Hand halten und die Tür aufstoßen?

»Warum?«, fragte sie, weil sie zu überrumpelt war, um mit etwas Besserem aufzukommen.

»Warum nicht?« Das Licht aus dem Büro fiel auf die linke Hälfte seines Gesichts. Er hob herausfordernd die Augenbrauen. »Wenn sie das Licht vergessen haben, dann sicher auch die Heizung. Wir können uns ein Weilchen aufwärmen.« Schon hatte er einen Fuß in der Tür und verschwand dahinter.

Kaia blieb kurz stehen, überlegte. Doch dann siegte die Abenteuerlust in ihr, das Prickeln des Verbotenen, des Neuen.

Drinnen lag ein großer, heller Raum. Auf beiden Seiten waren riesige Teppichrollen in Plastikverpackungen gestapelt. An den Wänden hingen kleinere Teppiche und ein paar Zertifikate. Der typische Geruch, der auch die Teppichabteilung eines Möbelhauses erfüllte, lag in der Luft. Gil ließ sich auf einer der Rollen nieder, streckte die Hand nach ihr aus. Sie zog ihre Handschuhe aus, setzte sich neben ihn, spürte endlich seine warmen Finger. Ein angenehmer Schauer fuhr durch ihren Körper.

»Vielleicht sind sie nur kurz weg, holen eine neue Lieferung und kommen in zwanzig Minuten zurück«, gab sie zu bedenken.

»Vielleicht.« Er grinste wieder herausfordernd. »Dann verschwinden wir am besten durchs Fenster oder werfen uns einen Teppich über.«

Sie lachte schnaubend. Sie wusste, dass beides keine realistischen Optionen waren. Die Teppiche waren zu schwer, zu groß, zu klobig. Das Fenster war geschlossen, sie war nicht einmal sicher, ob es sich überhaupt öffnen ließ. Nein, wenn jemand zurückkäme, würden sie auffliegen. Doch tatsächlich war ihr das im Moment ganz egal. Sie war so glücklich, neben ihm zu sitzen, seine Wärme zu spüren, seinen Arm um sie, dass nichts auf der Welt sie davon hätte überzeugen können, dass es eine bessere Option war zu gehen.

Und es kam auch niemand. Sie saßen eine ganze Weile nebeneinander, spielten mit ihren Händen, küssten sich, redeten. Erst leise, vorsichtig, doch bald lachten sie laut los, vergaßen, wo sie waren, waren die einzigen Menschen in der ganzen Speicherstadt.

Als nach einer halben Stunde immer noch niemand ein Lebenszeichen gegeben hatte, fühlte Kaia sich langsam sicherer. Und wärmer, es war tatsächlich so angenehm warm. Ihre Jacken lagen bereits auf einem der Teppichstapel neben ihnen. Sie stand auf, sah sich neugierig um. Betrachtete die Teppiche, die Zertifikate, sah aus dem Fenster in die kalte Nacht hinaus. Es hatte wieder begonnen zu regnen. Ein leichter, matschiger Schneeregen, der die Pflastersteine bald eisig und rutschig machen würde. Gut, dass sie mit der U-Bahn unterwegs war.

Sie spürte zwei Arme, die sie von hinten umschlangen, um ihre Taille fassten, sie an ihn drückten. Wortlos drehte sie sich um, legte ihre Hände um seinen Nacken, auf seine Wangen, küsste ihn leidenschaftlich. Gil küsste sie zurück, bald fielen sie rücklings auf die Teppichrollen. Ihre Hände tasteten sich wieder unter sein Shirt, fühlten seine warme Haut, strichen über seinen Rücken. Sie presste ihre Hüfte gegen seine, merkte, wie hart er war.

»Hast du schon einmal mit jemandem geschlafen?«, fragte er.

»Nein.« Sie war nicht traditionell erzogen, war nicht der Meinung, mit Sex bis nach der Hochzeit warten zu müssen, oder auch nur, bis sie ›den Richtigen‹ gefunden hatte. Bis vor wenigen Wochen hatte sie ohnehin nicht daran geglaubt, dass es so etwas wie ›einen Richtigen‹ außerhalb von kitschigen Liebesfilmen überhaupt gab. Auch war sie nie zurückhaltend oder schüchtern gewesen. Gefiel ihr ein Junge, ging sie auf ihn zu, flirtete mit ihm, küsste ihn. Nein, sie hatte ganz einfach nie das Verlangen danach gehabt, jemandem so nahe zu sein. Und reine Neugier war ihr kein ausreichender Grund.

Bei Gil wiederum hatte sie das Bedürfnis, ihn zu spüren, sobald sie ihn ansah. Sie wollte ihn permanent berühren, ihm das Shirt vom Leib reißen, in leidenschaftlichen Küssen versinken, und jetzt wollte sie mit ihm schlafen. Genau hier, mitten unter den verpackten Teppichen, in dieser kalten Nacht kurz vor Weihnachten.

Ihre Hände fuhren seinen Rücken hinunter, bis zu seinem Hintern. Sie öffnete seine Jeans, spürte, wie sein Atem schneller wurde. Als sie ihn an seiner intimsten Stelle berührte, blickte sie ihm in die Augen, wollte seine Reaktion sehen, wie er unter ihren Berührungen erzitterte. Dann spürte sie seine Hände in ihrer Jeans, unter ihrem Höschen. Sie stöhnte laut auf, schloss die Augen, warf den Kopf zurück. Sie fragte sich, wie es sich wohl für ihn anfühlte.

»Du riechst so gut«, flüsterte er ihr jetzt ins Ohr. Dabei sog er den Duft ihrer Haare ein, vergrub sein Gesicht darin.

Sachte zog er ihr den Pulli über den Kopf, betrachtete ihren Körper.

»Du bist so schön, Kaia.«

Sie wurde rot, und diesmal konnte sie es nicht in der Dunkelheit verbergen.

Er nahm ihren Kopf in seine Hände, sodass sie zu ihm aufsah, und küsste sie wieder. Er strich ganz zärtlich über ihre Arme, ihren Bauch, ihre Brüste. Bei jeder Bewegung zuckte sie zusammen. Viel energischer zog sie ihm das Shirt aus, krallte ihre Hände in seinen Rücken, presste ihn an ihren nackten Körper. Eine Rolle gab nach, machte sich davon, sie landeten auf dem Boden. Sie spürten nicht, wie sie fielen, spürten nicht, dass der Boden kalt und hart war, nicht, wie sich eine weitere Teppichrolle neben ihnen selbstständig machte. Sie spürten nur die Haut des anderen, den heißen Atem, das unglaubliche Verlangen nach einander. Kaia empfand erst wieder Schmerz, als er in sie eindrang. So langsam und vorsichtig, als wäre sie aus Porzellan. Trotzdem tat es weh. Er musste es an ihrem Blick gesehen haben, denn er hörte auf, sich zu bewegen, streichelte über ihr Gesicht, verteilte Küsse auf ihrem ganzen Körper. Dann berührte er sie, strich langsam und neckisch über ihre Schamlippen, und der Schmerz wich einer angenehmen, abrupten Hitzewelle. Sie stöhnte wieder auf, streckte sich ihm entgegen.

»Mach weiter. Ich will dich spüren.«

Er begann wieder, sich in ihr zu bewegen, und der Schmerz begann nachzulassen. Es war so intensiv, ihn in ihr zu spüren, als Teil von ihr. Doch es waren seine Berührungen, die sie zur Ekstase brachten. Plötzlich wurde die Hitzewelle drängender, übernahm vollständig die Kontrolle über ihren Körper, fuhr ihr bis in die Fingerspitzen. Ihr ganzes Empfinden hatte sich zwischen ihre Beine verlagert, auf diese kleine Stelle, die Gil immer noch streichelte, jetzt fester und intensiver.

Es kribbelte, kitzelte, stach und schmerzte, aber nun vor Lust, vor Verlangen. Sie atmete schwer und stoßartig, spürte, wie er sich schneller in ihr bewegte. Sie hörte, wie er stöhnte, aber alles war weit entfernt, kam zu ihr wie aus einer Parallelwelt. Sie presste ihren Mund an seinen, küsste ihn heftig und hart. Ihre Hüften streckten sich ihm weiter entgegen. Ihr Körper zuckte, sie hatte das Gefühl, explodieren zu müssen, und dann tat sie es auch. In einer überwältigenden Erlösung brach die Welle in ihr und löste ein völlig neues Gefühl aus, das sie alles vergessen ließ, sogar zu atmen. Sie biss in Gils Schulter, um nicht loszuschreien, krallte ihre Finger in seinen Rücken, in die Plastikfolie über der Teppichrolle neben ihr, in alles, was sie zu fassen bekam. Er küsste sie wieder, es fühlte sich kalt und nass an. Kurz darauf kam auch er.

Dann lagen sie nebeneinander auf dem kalten Boden, nahmen ihn erstmals wirklich wahr.

»Fuck!«, keuchte sie.

»Ja.« Er lächelte sie an. Seine Finger strichen über ihre Arme. Sie zuckte weg.

»Oh mein Gott, das kitzelt. Alles kitzelt.« Sie lachte. »Ich bin eigentlich überhaupt nicht kitzelig.«

»Ach nein?« Er arbeitete sich hinunter zu ihren Oberschenkeln, und es fühlte sich an wie Nadeln auf ihrer Haut. Sie zuckte wieder, lachte. Irgendwie konnte sie nicht glauben, dass ihr Körper zu solchen Ausbrüchen fähig war. Sie rollte sich auf ihn, verschränkte ihre Hände mit seinen, küsste ihn zärtlich, atemlos.

»Danke.«

Er kicherte. »Danke?«

»Ja. Es war wunderbar. Du warst wunderbar. Können wir es noch mal machen?«

Jetzt verwandelte sich sein Kichern in offenes Lachen. »Das ist das erste Mal, dass sich jemand bei mir bedankt.«

»Na, immerhin ist es auch ein erstes Mal für dich.«

»Es war so viel besser als mein erstes Mal und alle anderen Male.«

Sie versuchte, den Gedanken zu verbannen, ob er damit auch Carolin meinte. Glücklicherweise hatte sie nicht viel Zeit, darüber nachzudenken, denn nun schnappte er sich schon ein neues Kondom, war wieder über ihr, küsste sie, und ihre Leidenschaft verdrängte ihre Bedenken.

Montag, 16. Dezember 1996
Hamburg

»Koslowski?«

Kaia war kurz vor dem Einschlafen, versuchte seit drei Stunden, ihre Müdigkeit zu unterdrücken. Doch tatsächlich fielen ihr immer wieder die Augen zu.

»Koslowski!«, drang es aus weiter Entfernung zu ihr durch.
Yvonne stieß sie mit dem Ellenbogen an.
»Ja?«, meldete sie sich.
»Der Unterschied zwischen Luv und Lee?«
Der was? Von wem?
»Was?«, sprach sie nun auch laut aus.
»Minus. Setzen.«

Sie war doch gar nicht erst aufgestanden, wunderte sie sich kopfschüttelnd. Egal. Geografie war dieses Semester ohnehin verloren. Sie fiel wieder in ihren Dämmerzustand, legte den Kopf auf dem Arm ab und ließ den Rest der Stunde verstreichen, während ihre Lehrerin sie in den Halbschlaf laberte.

Erst das Klingeln brachte sie zurück in die Realität, und Yvonne, die sie erneut anstieß. »Zigarette?«

Sie nickte, kramte eine Packung aus ihrer Jackentasche hervor und stand auf.

Im Hof vor der Schule waren kaum Leute. Es herrschten Temperaturen um den Nullpunkt, immer wieder kamen auch Regenschauer dazu. Die Feuchtigkeit tat ihr Übriges, es war wirklich unangenehm im Freien. Doch Kaia hatte ihre dicke Daunenjacke an, in die sie sich jetzt verkroch, und auch der Rest der Gang ließ sich nicht abschrecken. Sie hatten schon Schlimmeres gesehen und bei niedrigeren Temperaturen geraucht.

»Die Geo-Tante ist echt das Letzte«, beschwerte Bianca sich jetzt. »Ich hab sicher schon drei Minus in den letzten Wochen kassiert. Und wie sollen wir überhaupt irgendetwas lernen? Sie diktiert uns doch nur Texte, anstatt uns mal was zu zeigen, nicht mal triste Bilder auf dem Overheadprojektor.«

Carolin nickte. »Das Schlimmste sind die Themen. Luv und Lee … wer braucht so was denn irgendwann mal im späteren Leben? Flüsse, Städte, Deutschlands Gebirge … Alles verständlich, aber nein, wir lernen irgendwelche Windsachen.«

Kaia war immer noch still. Sie hatte keine Lust zu debattieren, keine Lust zu reden. Definitiv keine Lust auf Luv und Lee. Sie war immer noch bei der letzten Nacht. Sie sah zu Gil. Er sah sie an, hatte sie die ganze Zeit über angesehen. Er stand ihr direkt gegenüber, zwischen Carolin und Martin. Während die Zigarette in seiner Hand herunterbrannte, lächelte er sie an. Mit halb geschlossenen Augen, schief gelegtem Kopf, ein sanftes, zärtliches Lächeln. Dann verbreiterte es sich zu einem wissenden, anspielenden Grinsen. Sie grinste ebenfalls. Sein Blick senkte sich, fiel auf seine Zigarette, kam zurück zu ihr, als wollte er sich vergewissern, dass sie noch da war. Sein Kopf hob sich dabei, und sie wusste ganz genau, woran er gerade dachte. Sie versuchte krampfhaft, nicht zu erröten, zog an ihrer Zigarette. Zur Not konnte der Rauch noch ihr Gesicht verdecken. Doch auch sie hatte den ganzen Morgen, die ganze Nacht über an nichts anderes gedacht als an seine Hände auf ihrem Körper, die Magie, die er mit seinen Fingern vollbracht hatte, seine warmen Lippen auf ihren, seine verlangenden Küsse, kurz bevor er zum Höhepunkt kam.

»Stimmt's, Kaia?« Sie spürte wieder Yvonnes Ellenbogen.

»Was?«

»Ist das heute das Einzige, was du sagst?«, fragte ihre Freundin sie. »Du siehst ausgesprochen müde aus. Hast du schlecht geschlafen?«

»Nein. Dafür bist du viel zu glücklich. Du hörst ja gar nicht auf zu lächeln«, warf Carolin ein, und jetzt war es unvermeidbar, dass sie feuerrot wurde.

»Nein. Ja. Ich …« *Was?*, dachte sie nun, sagte es aber nicht mehr laut. Was sollte sie antworten? Ein weiterer langer Zug an ihrer Zigarette. »Ich habe zu wenig geschlafen. Aber ich habe richtig schön geträumt.«

»Ach. Teile es doch mit uns!«, forderte Martin sie auf, doch bevor sie etwas entgegnen konnte, klingelte es zur nächsten Stunde.

»Ich komme gleich, ich gehe noch kurz auf die Toilette«, meinte Kaia. Sie wickelte sich weiter in ihre Jacke ein, rauchte ihre Zigarette zu Ende, genoss die kalte Luft auf ihrer Haut, die erfrischend und belebend war. Dann öffnete sie die große gläserne Eingangstür, wollte die Treppen hinauf, ihren Freunden folgen, als jemand sie unter das Geländer zog. Schon war sie wieder in Gils Armen, und er verlor keine Sekunde, sie zu küssen. Ein langer, leidenschaftlicher Kuss, in dem sie für einen Moment vergaß, wo sie waren und wie groß die Chancen waren, dass jemand sie beobachtete.

»Jeder kann uns hier sehen«, gab sie laut zu bedenken.

»Ist mir egal«, entgegnete Gil. »Ich muss dich küssen, dich spüren. Und alle sind bereits in den Klassen.« Er küsste sie noch einmal, schlang seine Arme um sie, drückte sie fest an sich.

»Gil!«, kam es vom Treppenhaus.

Kaia erkannte sofort Carolins Stimme.

Ihre Lippen trennten sich, sie spürte seinen Atem auf ihrer Wange. Er hielt sie immer noch umschlungen. Sie standen etwas seitlich, einen Stock tiefer, außerhalb Carolins Sichtweite.

»Ja?«, rief er zurück.

»Hast du mein Englischbuch gestern eingepackt?«

»Ja. Ich bin sofort da.«

»Okay.«

Sie hörten, wie die Schritte sich auf den Treppen über ihnen davonmachten.

Gil sah sie zweifelnd an. Es war nun klar, dass er wenige Stunden vor ihrer leidenschaftlichen Nacht den Nachmittag mit Carolin verbracht hatte. Es war nie ein Geheimnis gewesen, doch er versuchte grundsätzlich, so wenig Informationen wie möglich über seine Beziehung mit Carolin zu geben, wollte nicht Öl ins Feuer gießen, sein Glück herausfordern.

Kaias Gesichtsausdruck verriet absolut gar nichts. War sie sauer? Eifersüchtig? Verletzt?

Sie versuchte angestrengt, nichts davon zu sein. Ihre Gedanken wiederholten pausenlos den gleichen Satz: *Es macht keinen Unterschied, es hat nichts mit dir zu tun.*

Sie küsste ihn noch einmal, lange und sanft.

Dann ging sie wortlos zurück ins Klassenzimmer, setzte sich an ihren Platz neben Yvonne.

»Schön geträumt, eh?« Ihre Freundin stieß sie ein weiteres Mal mit dem Ellenbogen an und grinste wissend.

Kaia lächelte ungerührt, sagte nichts. Der Englischlehrer kam durch die Tür. Sie standen einen Moment auf, er winkte ab.

Ihr Blick wanderte nach vorne, wo Gil nun wieder an seinem Platz neben Carolin saß. Er nahm die zwei Bücher aus seinem Rucksack, legte eines davon vor sie.

Es hat nichts mit dir zu tun.

Aus Kaias Tagebuch, 20. Dezember 1996:

Die Willkür der Liebe lässt uns immer genau das tun, was wir eigentlich vermeiden wollten, das vergessen, was wir eigentlich wollten und trifft uns ganz tief, wenn wir uns am sichersten fühlen, uns unverwundbar glauben.

20

Freitag, 10. Juni 2016
Frankfurt am Main

»Wie läuft es mit deinem Roman?«, fragte Gil, als sie bei den Erdmännchen standen. Die Auswahl der völlig unromantischen Orte war, wie sie festgestellt hatten, nicht unerschöpflich. Bei ihrem ersten Treffen waren sie in ein Café gegangen, aus dem Kaia schnell wieder hätte entkommen können, wäre irgendetwas schrecklich schiefgelaufen. Sie war nach dem Regalaufbau in ihrer Wohnung immer noch skeptisch gewesen.

Ein anderes Mal besuchten sie eine Ausstellung im

Technikmuseum. Das war schon fast ein bisschen gefährlich geworden. Kaia hatte bei den Farbkreisen die Kombinationen genau unter die Lupe genommen, Gil hatte ihr gegenübergestanden, sie angelächelt. Für einen Moment sah sie etwas in seinem Blick, das eine alte Magie wieder aufkeimen ließ – eine vertraute Zärtlichkeit, so lange vergessen oder verdrängt, und gleichzeitig so präsent, als hätte er sie zum letzten Mal vor einer Woche so angesehen, nicht vor knapp zwanzig Jahren. Sie hatte vor Schreck einen großen Schritt zurückgetan, war beinahe in das Kaleidoskop hinter ihr gefallen und hatte rasch etwas vom Flugzeug im Freigelände gestammelt.

Diesmal hatten sie sich für den Zoo entschieden, in der Hoffnung, dass weder Zebras, Nashörner noch Pinguine irgendwelche Erinnerungen wachrufen oder Gefühle provozieren würden.

»Ganz gut, danke. Ich komme voran. Ich habe mir einen Zeitplan gemacht, schon rein aus finanziellen und organisatorischen Gründen. Demnach sollte ich spätestens Anfang nächsten Jahres fertig werden. Wenn ich weiterhin täglich ein paar Stunden investiere, wie ich es im Moment tue, sollte das auch klappen.«

»Das wird es sicher. An Disziplin hat es dir nie gemangelt. Wenn du dir etwas vornimmst …«

»Ja.« Sie nickte und beobachtete eines der Erdmännchen, wie es versuchte, ein Loch in den Sand zu buddeln, der aber kaum tiefer als ein paar Zentimeter war. Sie fragte sich, ob ihr eigenes Vorhaben auch so aussichtslos war. »Aber was dann?«

»Was meinst du? Veröffentlichen natürlich.«

»Und wenn es niemand will?«

»Hast du keine Kontakte mehr zu dem Verlag, bei dem du *Gargouille* veröffentlicht hast?«

Wie schön es klang, wenn er es aussprach.

»Nein. Das ist ewig her.«

Gil starrte nun auch auf die Erdmännchen. Eines starrte erwartungsvoll zurück. »Aber es spricht sicher nichts dagegen, es ihnen wieder vorzulegen. Sie werden dich bestimmt noch kennen.«

»Ja.« Sie kratzte sich am Kinn. »Was, wenn es nicht gut genug ist?«

Er kannte das. Sie war, wenn es um ihr Schreiben ging, oft von Selbstzweifeln geplagt gewesen. »Hattest du diese Bedenken bei deinem ersten Buch nicht?«

»Nein.«

Er nickte überrascht. Er erinnerte sich, dass sie ihm alles, was sie ihm je vorgelesen hatte, nur sehr widerwillig und nach langen Bitten präsentiert hatte, weil sie stets Bedenken hatte, ob es verständlich genug war, das Thema für andere ebenso interessant und mitreißend. Auch das war ihm nicht unbekannt. Seine eigenen Bedenken waren andere, aber sie waren der Grund, warum er überhaupt gar nicht erst veröffentlichte.

»Warum nicht?«, fragte er also nach.

»Ich weiß nicht … Es war … Paris … Was könnte man an Paris nicht mögen? Ich habe alles reingeschrieben, was ich kannte, entdeckte, was die Stadt in mir auslöste. Es war so voller Glück, voller Poesie. Weil ich es war. Aber jetzt …«

Das Erdmännchen nahm eine bittende Stellung ein. Wollte es sie davor warnen, auf nähere Details einzugehen? Sie ignorierte es. Gil hatte während ihrer letzten Treffen immer wieder persönliche Details preisgegeben. Über seine Beziehungen, seine Tochter, die Tücken seines Jobs, seinen Schreiballtag. Sie vertraute ihm, war sich sicher, dass er es mit ihrer Freundschaft ernst meinte. Und diese Freundschaft war ihr genauso wichtig geworden. Er verstand sie, ermutigte sie, stellte die Fragen, die sie weiterbrachten und auf die sie selbst nicht kam. Er hatte recht gehabt, er war gut in Freundschaften. Zumindest in dieser.

»Jetzt habe ich eine langjährige Beziehung hinter mir, keinen Job, der meine Rechnungen bezahlt, dementsprechend viel Druck, etwas Sinnvolles zu Papier zu bringen. An manchen Tagen habe ich das Gefühl, ich schreibe nur, weil ich muss, aber nichts von dem, was ich schreibe, ist in irgendeiner Form wertvoll.«

»Wir alle haben diese Tage.«

»Ja.« Sie seufzte. »Vielleicht habe ich mich geirrt. Als ich die Entscheidung traf, mich dem Schreiben zu widmen, war das ganz klar in einem Anfall von jugendlichem Enthusiasmus, spontan und ausgelassen. Aber ich bin keine 25 mehr, ich habe nicht mehr diese Energie, diese Leichtlebigkeit. Diese Leichtigkeit zu schreiben«, stellte sie fest. Ihr war in den letzten Wochen bewusst geworden, dass sie viel mehr über alles nachdenken musste, ihr die Inspiration nicht mehr einfach zuflog wie einst.

»Hey.« Er drehte den Erdmännchen den Rücken zu, stellte sich ihr direkt gegenüber. Sein Blick war sanft, aber entschlossen. »Es gibt immer Tage, an denen nichts einen Sinn zu ergeben scheint. Und dann liest du am nächsten Tag, was du geschrieben hast und denkst dir, nein, so schlecht war das gar nicht. Und du machst weiter. Denn es kommen auch die Tage, an denen alles so perfekt aus dir herausfließt, dass du gar nicht weißt, wo du beginnen sollst. Und diese Tage sind pure Euphorie. Und das liegt nicht an Paris und auch nicht an deiner Freiheit oder deinem Glück. Das ist in dir drin, und das war es immer. Nichts kann diese Stimme je zum Schweigen bringen.«

Sie lächelte. »Ja. Ich weiß. Ich habe eine Tendenz, das zu vergessen.« Und sie war, ehrlich gesagt, auch etwas aus der Übung.

»Bist du jetzt glücklich?«

Sie fragte sich, ob er wirklich jetzt meinte, genau diesen Moment. Und ja, das war sie. Bei jedem ihrer Treffen war ihre innere Ruhe gewachsen, genau, wie sie es vermutet hatte. Sie fühlte sich wohl in seiner Gegenwart, fühlte sich wie sie selbst. Doch das wollte sie ihm noch nicht sagen.

»Seit du zu Hause bist und schreibst?«, fügte er hinzu, und sie atmete innerlich auf. »Ja.«

»Warum sollte es dann anders sein als mit deinem ersten

Buch?«, meinte er lächelnd, und sie schlenderten weiter. »Erzähl mir von Paris. Was hast du dort gemacht?«

»Ich war Auslandskorrespondentin.«

»Für eine Zeitung in Hamburg?«

»Ja.«

»Und du hattest viel Freizeit?«

»Es war sehr geballt«, erinnerte sie sich zurück. »Es gab Tage, an denen ich von Interview zu Interview hetzte, weil so viel gleichzeitig passierte. Und dann hatte ich oft drei oder vier Tage gar nichts, saß nur unter dem Eiffelturm und schrieb.«

»Unter dem Eiffelturm?« Er lächelte wieder.

Sie lächelte zurück, ohne eine Antwort zu geben. Sie wusste, dass es ein Klischee war.

»Ich war so glücklich, ohne dass ich etwas dafür tun musste. Alles schien so mühelos. Ich erledigte meine Aufträge, schrieb die Artikel, konnte stundenlang arbeiten. Dann trank ich einen Kaffee im *Deux Magots*, fühlte mich wie ein bedeutender Dichter und verbrachte den ganzen Abend mit meinem Buch. Oder schlug mir die Nacht um die Ohren. Ich war kitschig glücklich.«

Er hörte ihr gebannt zu, während sie den Kiesweg zu den Wildkatzen hinuntergingen. Der Mühelos-Effekt, wie er ihn gern nannte, erinnerte ihn an seine Reisen zu seinen Großeltern während der Sommerferien. Auch dort schien es einfacher, glücklich zu sein. Er konnte stets seine Gedanken sortieren, Klarheit gewinnen. Auch in jenem Sommer, als ihre Beziehung endete, war seine erste Reise zum Anwesen seiner Großeltern gewesen. Doch damals war die Klarheit eine kalte Dusche gewesen, ein Sturm schmerzlicher Erkenntnisse.

»Und ich bin so viel gelaufen«, fuhr sie fort. »Ich legte jeden Tag Kilometer zu Fuß zurück. Dabei hatte ich unendlich viel Zeit, meinen Gedanken nachzuhängen, die ich dann später niederschrieb. Ich hatte immer ein kleines Notizbuch dabei, in dem ich alles grob festhielt, bevor ich es auf dem Laptop abtippte.«

»All das kannst du jetzt auch machen. Spazieren, deinen Gedanken nachhängen, Notizbuch führen. Glücklich sein.«

»Ja. Ja, das kann ich.« Tatsächlich hatte sie sich in ihrer Inspiration bisher auf ihre bestehenden Notizen verlassen. Sie erinnerte sich, wie gut ihr die letzten kleinen Runden durch die Stadt getan hatten. Es stimmte, auch Frankfurt inspirierte sie immer wieder – die Kontraste, die Wolkenkratzer, die nächtliche Skyline. Sie hatte es viel zu wenig genutzt.

»Ich stresse mich vermutlich zu sehr.« Sie sah ihn kurz von der Seite an. Eine Haarsträhne bedeckte sein Profil. Sie beschloss, einen flüchtigen Körperkontakt zu riskieren, stieß ihn mit dem Ellenbogen an. »Danke für den Motivationsschub.«

»Kein Problem.« Er lächelte sie ebenfalls von der Seite an, mit seinen großen dunklen Augen, und sie spürte ein unheilvolles, bekanntes, lang vergessenes Gefühl in ihrer Magengrube. Das Gepardengehege direkt vor ihr kam ihr gerade recht. Sie blieb vor dem Zaun, der ihr kaum bis zur Brust reichte, stehen. Zwei der Großkatzen sonnten sich weit abseits neben einem hohen Baum.

»Denkst du, die können da nicht drüberspringen?«

Er lachte. »Ich hoffe nicht. Ich weiß, Geparden sind die schnellsten Tiere der Welt. Ich weiß nicht, ob sie auch besonders gute Springer sind. Aber ich würde es lieber nicht darauf anlegen.«

Nein, das wollte sie auch nicht.

Sie spazierten weiter.

»Wie geht es Bukowski?«, erkundigte sie sich. Ein bisschen Small Talk würde ihnen ausnahmsweise guttun. Ihr Bauch fühlte sich wieder normal an. Dabei wollte sie es auch belassen. Außerdem hatte sie den Labrador ins Herz geschlossen. In den letzten Wochen waren sie ein paarmal mit ihm spazieren gewesen, und er begrüßte sie jedes Mal überschwänglich und mit ausgiebigen Sprüngen. Möglicherweise wäre der Zaun nicht einmal für ihn eine unüberwindbare Hürde gewesen.

»Alles im grünen Bereich. Fressen, schlafen, spielen, spazieren und wieder von vorne. Beneidenswert simpel.«

»Wie bist du an ihn gekommen?« Er hatte einmal erwähnt, dass er schon ein älterer Herr war, um die zehn Jahre, aber nicht, wie er überhaupt in sein Leben getreten war. Es interessierte sie, sie hatte nie selbst einen Hund gehabt.

Gil blickte auf den Kiesboden, brauchte eine Weile für eine Antwort. Er schien zu überlegen, wie er es erklären sollte. Sie war überrascht, hatte keine komplexe Auskunft auf ihre recht einfache Frage erwartet.

»Ich hatte einen Hund, als ich klein war. Ramon. Ein Dackelmischling«, begann er schließlich. »Wir nahmen ihn auf, kurz nachdem wir hierherzogen. Er starb, als ich vierzehn war. Ramon war mein bester Freund, mein treuester Unterstützer. Er folgte mir in jedes Abenteuer, war in den schwierigsten Situationen an meiner Seite und stand mir bei.« Er strich sich die Haare zurück. Seine Augen hatten weniger Ringe als beim ersten Mal, als sie ihm gegenübergestanden hatte. Sie waren fröhlicher, lebendiger. Auch wenn sein Blick gerade nachdenklich war, hatten sie fast ihre alte Abenteuerlust zurückgewonnen.

»Nach meiner Scheidung hatte ich eine schwierige, einsame Zeit. Ich lag permanent mit meiner Ex im Clinch, wir kämpften jedes Wochenende aus, wann ich kommen würde, wann ich kommen dürfte … Kleinigkeiten, egal. Es war nervenaufreibend. Ich hatte die Entscheidung getroffen, ich wollte nicht mehr in dieser Ehe sein. Aber ich wollte auch nicht andauernd streiten, in die weinenden Augen meiner kleinen Tochter sehen. Es ging mir nicht gut. Und ich hatte niemanden, mit dem ich darüber hätte sprechen können, der für mich da war.« Stetig setzte er einen Schritt vor den anderen. »Klar, meine Eltern, aber sie führten seit über dreißig Jahren eine harmonische Beziehung … Sie wussten nicht, was ich durchmachte, verstanden es vermutlich auch nicht. Ellen war weit weg, Marc war wenige

Monate davor gestorben. Es war so ziemlich die schlimmste Zeit meines Lebens. Ich brauchte jemanden. Jemanden, der nicht von meiner Seite wich, egal, was passierte, der nicht viel von mir verlangte und trotzdem immer für mich da war. Der sich freute, wenn er mich nur sah, sich an mich kuschelte, wenn ich traurig und einsam war und im Gegenzug dafür nur ein bisschen Spaziergang, Fressen und ein gelegentliches Kraulen hinter den Ohren wollte.« Er lächelte, aber sein Blick war immer noch traurig.

Sie wollte ihn in den Arm nehmen, sich an ihn drücken, doch sie wusste, dass das ihre Regeln ausreizen würde.

»Das tut mir leid«, sagte sie also viel zu standardmäßig. »Es ist furchtbar, wenn alles auf einmal passiert.«

Er nickte nur stumm.

»Und ich weiß auch nicht, wovon ich rede. Ich war nie verheiratet, habe nie jemanden verloren, der mir so nahestand. Ich hatte definitiv nie einen Hund.«

»Das ist schade. Das mit dem Hund natürlich«, stellte er klar.

»Ja, ich mag Bukowski. Und wenn er dich aus der ganzen Scheiße rausgezogen hat, bin ich ihm sehr dankbar dafür.«

Sie näherten sich dem Ausgang, und Gil zündete sich die langersehnte Zigarette an.

»Möchtest du über ihn reden? Über Marc?«

Diesmal dauerte die Antwort noch länger. Sie schlenderten Richtung Main, er rauchte in langsamen Zügen und blies den Rauch gen Himmel. Sie ging schweigend an seiner Seite, wiederholte ihre Frage nicht. Irgendwann, wusste sie, würde er das Thema wechseln oder ihr alles erzählen. Sie vermutete das Erstere. Wahrscheinlich war sie zu weit gegangen, hatte zu hoch gegriffen, war zu tief vorgedrungen. Doch als sie kurz vor dem Literaturhaus standen, begann er:

»Ich saß in einer Hütte auf Sri Lanka, als Ellen mich anrief. Ich war high, begriff lange nicht, was sie mir überhaupt sagen wollte. Als es zu mir durchdrang, ließ ich alles liegen, stieg in Badehose und T-Shirt in das nächste Flugzeug. Und mit meiner Gürteltasche, ein Lebensretter, denn sie enthielt meinen Reisepass.« Er spürte einen kalten Schauer in sich aufsteigen. Er hatte noch nie mit jemandem darüber gesprochen, die ganzen zehn Jahre nicht. Er hatte endlose Gespräche mit Ellen geführt, nachdem es passiert war. Doch dann hatten sie über Erinnerungen gesprochen, hatten versucht, die guten Zeiten aufleben zu lassen. Oder er war für sie da gewesen, wenn endlose Weinkrämpfe sie nächtelang geschüttelt hatten. Aber er hatte nie jemandem anvertraut, wie es ihm gegangen war, was er empfunden hatte. Dabei war das so viel gewesen, so überwältigend. War es immer noch. Er merkte es an seiner rauen Stimme. Die hohen Pfeiler des weißen Literaturhauses verschwammen vor seinen Augen, als die Erinnerung überhandnahm.

»In Hamburg bekam ich einen Termin im Krankenhaus, an einem Samstagmorgen um elf Uhr, um mich von ihm zu verabschieden. Und ich dachte nur: Wie macht man das? Was sage ich ihm bloß? Sage ich überhaupt etwas? Schließlich ist er im Koma.« Er zündete sich die nächste Zigarette an, zitterte dabei leicht. Der typische Geruch des Krankenhauszimmers stieg in seiner Erinnerung auf. »Wir hatten zuvor über drei Monate nicht gesprochen. Wir waren beide gestresst gewesen, waren an sehr unterschiedlichen Punkten unserer Leben. Er zog mit Freunden durch die Bars, ich stand vor einer Scheidung. Trotzdem gab es so viel, das ich ihm noch sagen wollte. Dass er trotz allem immer mein bester Freund war, seitdem ich ihn mit drei Jahren kennengelernt hatte. Dass ich gerne öfter mit ihm Fußball gespielt hätte. Dass es so viele Dinge gab, die nur er verstand. Dass ich so viel von ihm gelernt habe. Dass er gottverdammt noch mal nicht betrunken Auto fahren soll.« Die letzten Worte kamen kaum hörbar über seine Lippen. Er seufzte tief, fuhr sich mit der freien Hand durch die Haare. Es fiel ihm schwer, weiterzureden, und doch fühlte es sich so gut an, so befreiend, es endlich loszulassen.

»Aber es war völlig egal. Als ich ihn im Krankenhaus sah, wurde mir klar, dass er nicht gewusst hätte, ob *ich* mit ihm spreche und seine Hand halte oder der Weihnachtsmann. Ich saß einfach nur da, starrte ihn an, starrte auf die Maschinen, die ihn beatmeten, auf diesen kleinen, schwachen Menschen, der mein bester Freund war, der nun dort lag, völlig aufgeschwemmt, fast unkenntlich. Ich brachte kein Wort hervor, konnte nur weinen. Versuchte, mich daran zu erinnern, was das Letzte war, das ich zu ihm gesagt hatte, und ob es etwas bedeutet hatte. Ich weiß es bis heute nicht.« Er atmete tief durch. »Irgendwann kam jemand und sagte mir, meine Zeit wäre abgelaufen. Und das erschien mir so zynisch, denn eigentlich war es seine Zeit, die vor meinen Augen ablief. Und ich konnte nichts dagegen tun.«

Sie waren stehen geblieben, irgendwo am Mainufer vor einer großen grünen Wiese mit süß riechenden Frühlingsblumen. Kaia sah ihn mit Tränen in den Augen an, doch sie sagte nichts. Und er war ihr unglaublich dankbar dafür. Denn dann hätte er komplett die Fassung verloren.

»Auf dem Heimweg musste ich dreimal kotzen. Funfact: Wusstest du, dass es in U-Bahn-Abteilen, im Gegensatz zu Flugzeugen, keine Kotztüten gibt?«

Fast hatte er sie zum Lächeln gebracht.

Während er sich zurückerinnerte an einen der schwersten Momente seines Lebens, stieg erneut Übelkeit in ihm auf. Er hatte so oft versucht, nicht daran zu denken, es hinter sich zu lassen. Doch es war schwer, etwas hinter sich zu lassen, das man nie verarbeitet hatte, nie mit jemandem geteilt hatte. Das einem nie jemand auch nur ansatzweise abnehmen konnte. Er hatte versucht, einfach Gras über alles wachsen zu lassen. Doch tatsächlich war es viel besser, es am Weiterwachsen zu hindern.

»Als ich zu Hause ankam, griff ich nach einem Bonbon, um den Geschmack wegzukriegen. Ich erwischte eine Seifenprobe, die Ellen mir ein paar Wochen davor liebevoll verpackt geschickt hatte. Ich merkte es nicht einmal. Ich packte es aus und biss hinein. Dachte noch: Wie seltsam schmeckt das denn, ist das Karamell? Dann brannte es im Mund, und mir dämmerte langsam, was passiert war. Ich lief zur Toilette, spuckte es aus und spülte mir den Mund aus. Fragte mich mehrmals, ob das so eine intelligente Lösung war, schließlich reagiert Seife mit Wasser …« Er schüttelte den Kopf, als er an diesen völlig absurden Moment zurückdachte, der stechende Geschmack sich wieder auf seiner Zunge ausbreitete. Er sah auf den Fluss hinaus, auf die Abendsonne, die sich in ihm spiegelte. So viel Ruhe und Harmonie. So konträr zu allem, was er damals empfunden hatte.

»Ich war so wütend. Auf Marc, auf die Welt, auf das Leben, auf jeden, der mir begegnete. Ich sah einen Jungen im Park, vielleicht sechs Jahre alt. Er spielte mit einer Plastikpistole, und ich dachte: Wieso zum Teufel weiß er in seinem Alter, wie man eine Pistole hält und was man damit macht? Warum führt er nicht stattdessen seine Oma durch den Park? Warum ist die Welt so furchtbar scheiße? Ich schrie meinen Schmerz auf Twitter hinaus, als würde da je irgendjemand zuhören. Aber das war mir ganz egal, ich wollte gar nicht, dass jemand zuhörte. Ich wollte nur meine Enttäuschung über diese sinnlose Ungerechtigkeit loswerden.«

Diesmal riskierte sie es. Es gab absolut nichts Romantisches an diesem Moment, und er stand so verloren vor ihr. Und sie war ihm so dankbar, dass er ihr dieses Vertrauen schenkte, diese innersten Gefühle mit ihr teilte. Sie tat den Schritt auf ihn zu, der sie trennte, und drückte sich still an ihn. Sie spürte, wie seine Arme ihren Rücken umfassten, sie näher zu ihm zogen. Sie spürte seine warmen Hände, seinen Kopf auf ihrer Schulter, merkte, wie er den Atem anhielt.

»Danke«, flüsterte er, als sie sich trennten.

Sie lächelte verwirrt. »Ich habe doch gar nichts getan.«

»Du hast gefragt. Und zugehört. Es hat so gutgetan, es rauszulassen. Ich habe vergessen, wie gut es tut zu reden.

Mit dir zu reden«, sprach er diesmal seine Gedanken laut aus. Als sie verlegen wurde, fuhr er fort: »Seitdem fahre ich praktisch kein Auto mehr. Nur in Ausnahmesituationen«, fügte er schmunzelnd hinzu.

»Du hättest auch aufhören können, Alkohol zu trinken«, konterte sie, um nicht weiter in Verlegenheit zu geraten.

»Ja, aber das Auto war einfacher.«

Sie lachten beide.

Wieder liefen sie eine Weile schweigend am Ufer entlang. In der Ferne waren die Wolkenkratzer zu sehen, deren Türme hinter der alten Eisenbahnbrücke hervorragten. Die Abendsonne spiegelte sich auch in ihren langen gläsernen Wänden und Fenstern wider. Kaia wurde dieses Anblicks nie müde. Der Spaziergang am Fluss war einer ihrer liebsten. Es war relativ ruhig, die Jogger und Fußgänger verteilten sich angenehm, manche saßen auf der Wiese am Wasser. Gleichzeitig erinnerte der Blick auf die Hochhäuser einen ständig daran, dass man in einer großen, lebendigen Stadt war.

Eine vorwitzige Gans kam laut quakend auf sie zu, schien einen Augenblick lang zu überlegen, ob sie sie attackieren sollte, sich irgendwo in ihren Taschen eine Beute verstecken konnte, die es wert war. Kaia kicherte. Die Gans machte kehrt.

»Ich könnte jetzt wirklich einen Kaffee vertragen«, schlug Gil vor.

»Ich auch.«

Sie bogen Richtung Altstadt ab und holten sich in einem kleinen, nach frisch gemahlenen Kaffeebohnen duftenden Laden zwei Espresso zum Mitnehmen.

»Keiki hat einen Freund«, eröffnete er dann eine neue Konversation.

»Ach?«

»Finn.«

»Wie der von *Mark Twain*?«

»Genau so.«

»Hm.« Sie nippte an ihrem Kaffee, der noch viel zu heiß war. »Hast du ihn kennengelernt?« Sie nahm den Becher in die andere Hand.

»Nein. Ich habe gesagt, ich möchte. Aber ich weiß nicht wirklich, ob ich es möchte«, gab er grinsend zu.

»Sie hat es dir also erzählt?«

»Gewissermaßen. Es kam in einem Gespräch bei meinen Eltern auf. Wir saßen beim Essen, sprachen über Instagram, und meine Mutter erkundigte sich nach einem Bild ›mit ihrem Freund‹.« Die letzten drei Worte setzte er mit seinen Fingern unter Anführungszeichen.

»Deine Mutter ist auf Instagram?«

Er öffnete die freie Hand mit der Handfläche nach oben. »Ich wusste auch nicht, was ich schockierender fand.«

»Wie hast du reagiert?«

»Ich habe natürlich gefragt, wie viele Likes ihre Selfies vor dem Rosenbusch bekommen«, kommentierte er grinsend.

Sie kicherte.

»Ich habe versucht, gelassen zu bleiben«, antwortete er ernsthaft. »Ich erinnere mich ja doch noch blass an meine eigene Jugend.«

Ja, ich auch, schoss es ihr durch den Kopf. *Immer mehr, dieser Tage.*

»Ich weiß, das Schlimmste ist, wenn die Eltern sich querstellen, glauben, es besser zu wissen als du, dir etwas ausreden wollen. Oder Verbote aufstellen, das ist der Klassiker, der fast immer nach hinten losgeht. Das ist nicht die Art von Beziehung, die ich mit ihr möchte. Also habe ich mein Bestes getan, cool zu bleiben. Ich habe mich nach ihm erkundigt, habe gesagt, sie solle mir gern weiterhin von ihm erzählen. Aber eigentlich will ich es wirklich nicht wissen. Der Gedanke, dass jemand mein kleines Mädchen küsst, lässt mich die Wände hochlaufen.« Er trank seinen Espresso in einem Zug aus, tippte mit seinen Finger gegen den leeren Becher.

»Du möchtest es vielleicht nicht wissen, aber du möchtest

es sicherlich auch nicht nicht wissen. Egal, ob erste Küsse oder mehr, alles, was passieren wird, ist für sie wichtig und neu, und sie wird jemanden brauchen, mit dem sie darüber redet. Wenn du das bist, hast du immerhin einen gewissen Einfluss, ein Minimum an Kontrolle. Dann hört sie vielleicht auch auf deinen Rat oder lässt wenigstens deine Meinung zu. Solange sie weiterhin verständnisvoll und interessiert ist.« Sie wandte sich an ihn, sah ihm direkt in die Augen. »Ich bin überzeugt, du bist ein toller Vater. Du bist einfühlsam, offen, aufmunternd, kannst zuhören und urteilst nicht überstürzt. Das waren immer schon deine Stärken.«

Es war lange her, dass jemand etwas so Positives zu ihm oder über ihn gesagt hatte. Jemand, der nicht seine Mutter war. Für einen Moment vergaß er seinen stressigen Alltag, seine Probleme, alles, was ihn an sich störte, und fühlte sich einfach glücklich.

»Das wäre allerdings definitiv ein Thema, das du mit deinen Eltern besprechen könntest. Sie haben das bestimmt schon durchgemacht, und soweit ich mich erinnere, haben sie es immer gut gehandhabt. Du kannst ja deine Mutter auf Instagram fragen«, bemerkte sie zwinkernd.

Er grinste. Sein Blick wanderte von ihren blitzenden, kecken Augen über ihre schmalen roten Lippen zu ihrem dunklen, figurbetonten Top. Auch diesmal baumelte eine lange Kette um ihren Hals, pendelte bei jedem Schritt gegen ihre Brüste. Unweigerlich liefen Bilder in seinem Kopf ab. Als er sie zum ersten Mal berührte, sehnsüchtig, begehrend, begehrt. Als sie nachts nackt am Strand lagen. Als sie sich leise in seinem Zimmer liebten.

Er fragte sich erneut, was genau seine Mutter damals mitbekommen hatte, wie sehr sie sich zusammenreißen musste, ihn nicht auszufragen, oder ob sie einfach gelassener war als er.

»Hast du deinen Vater wieder einmal gesehen?«, wagte er sich nun mit einer riskanten Frage vor. Auch, um die Bilder aus seinem Kopf zu vertreiben.

Fast verschüttete sie ihren Espresso, wurde von der Frage getroffen wie von einem Eimer kaltem Wasser.

»Nein«, antwortete sie knapp. Doch als sie sich vom ersten Schreck erholt hatte, fand sie, dass es recht unfair war, es dabei zu belassen, nachdem er ihr intimste Details seiner schmerzhaften Vergangenheit erzählt hatte. »Nein, ich wüsste nicht einmal, wo er wohnt. Aber ich habe Flöte spielen gelernt. Auf seiner Flöte.«

»Ein erster Schritt«, stellte Gil fest.

Sie schüttelte den Kopf. »Nein. Ich glaube nicht. Ich habe selten an ihn gedacht in den letzten 25 Jahren. »Ich denke … ich wollte einfach nur herausfinden, was er damit bezwecken wollte. Ob er glaubte, dass ich musikalisches Talent hätte. Ob er damit recht hatte, ob es etwas in mir auslösen würde.«

»Und?«

Sie trank ihren Kaffee ebenfalls aus, schüttelte dann abermals den Kopf. »Ich bin nicht völlig unmusikalisch. Ich habe sehr rasch gelernt. Aber es hat mich nicht inspiriert. Nicht dazu weiterzumachen, und auch nicht dazu, ein anderes Instrument zu lernen. Er kannte mich also, wie erwartet, sehr wenig.«

»Vielleicht wollte er dir einfach eine Herausforderung geben. Dann kannte er dich recht gut.«

War das nun ein Bezug auf ihre Vergangenheit?, fragte sie sich. Bisher hatten sie die Vergangenheit gemieden. Für den zweiten Teil ihres Planes schienen sie noch nicht bereit. Spielte er jetzt darauf an, dass sie sich auf ihre recht abenteuerliche, unkonventionelle Beziehung, Affäre, oder was auch immer es gewesen war, eingelassen hatte? Auf die unzähligen Male, als seine spontanen, ungewöhnlichen Vorschläge sie reizten und überzeugten, etwas zu tun, das sie sich sonst nicht getraut hätte, auf das sie nicht gekommen wäre, und das schließlich unvergesslich wurde?

»Ich will damit sagen, du suchst gerne das Neue, das Unbekannte. Du bist hierhergezogen, hast dir eine Karriere aufgebaut, eine Firma mitbegründet. Du hast ein Buch geschrieben und veröffentlicht. Du kannst dich in ein Vorhaben stürzen, vor dem andere davonlaufen würden, aber du verfolgst es, siehst es als Chance und kommst auch ans Ziel. Das ist eine deiner großen Stärken. Vielleicht hat er das in dir gesehen.«

So hatte sie es noch nie betrachtet. Sie sagte nichts dazu.

»Ich meine nur … wir Väter sind sehr einfach. Ich glaube nicht, dass wir einen großen Masterplan verfolgen, aber irgendetwas denken wir uns doch, wenn wir etwas schenken. Was weißt du denn über ihn? Hat er gern Flöte gespielt?«

»Ich habe keine Ahnung.« Ihr Gedächtnis hatte nur wenig über ihren Vater abgespeichert. Sie erinnerte sich daran, dass er dunkle Haare hatte, genau wie sie. An seine sanfte, leise Stimme. An ein Lächeln, das unsicher, aber freundlich war. An einen starken ledrigen Duft. Doch sie wusste nicht einmal, was er beruflich machte.

»Meine Mutter hat nie viel von ihm erzählt. Ich habe mich nie viel für ihn interessiert. Als ich ihn getroffen habe, war er stets ruhig, wortkarg. Ich glaube, er hatte etwas mit Musik zu tun, aber ich weiß es nicht.«

Sie erinnerte sich vage an das letzte Mal, als sie über ihren Vater gesprochen hatten, irgendwo zwischen den hohen Gebäuden der Speicherstadt. Sie erinnerte sich noch sehr genau daran, was danach passiert war.

»Interessiert es dich wirklich gar nicht? Woher deine künstlerische Gabe kommt? Was du von ihm hast?« Es tat ihm weh, sich vorzustellen, dass Keiki nicht wusste, woher ihr großes Interesse für Malerei kam, dass es jemanden da draußen gab, der so war wie sie. Er wusste, das war ihre große Gemeinsamkeit, und er war überzeugt, dass ihr etwas fehlen würde, wenn er nicht in ihrem Leben wäre.

Diesmal brauchte sie lange für eine Antwort. »Vielleicht.«

Sie wusste es wirklich nicht. Sie hatte bewusst nie darüber nachgedacht. Sie war so wütend auf ihn gewesen, hatte so viel Abneigung dagegen entwickelt, den Menschen kennenzulernen, der sie einfach verlassen hatte, dass er sie nicht weiter interessierte. Aber ja, es hatte Momente gegeben, in denen sie sich gefragt hatte, warum das Schreiben für sie so wichtig war, während ihre Mutter kaum ein Buch las. Sie hatte es nur nie gewagt, es mit ihrem Vater in Verbindung zu bringen.

»Ich werde es mir überlegen.« Sie lächelte. »Aber ich bin dir dankbar für deine Perspektive.«

Es war spät geworden, sie hatten sich ein wenig verquatscht. Die Straßenlampen waren angegangen, die Sonne verkroch sich langsam hinter den Wolkenkratzern, und der Himmel verlor immer mehr an Blau. Sie wusste, es war bald Zeit aufzubrechen. Wie umgekehrte Vampire verkrochen sie sich in ihren Häusern, sobald das Tageslicht schwand. Es war eine der Regeln auf der Liste, die sie für ihre Freundschaft aufgestellt hatten.

An diesem Abend wäre sie gern noch ein wenig geblieben, hätte gern noch nach seinen Eltern gefragt, eine weitere Anekdote von der laufenden Kampagne mit dem todernsten Herrn Lacher gehört. In einem kleinen Restaurant den Tag mit einem Glas Wein ausklingen lassen. Doch sie hielt sich an ihre Regeln, genau wie er. Sie wollten beide nicht aufs Spiel setzen, was sie sich mühsam erarbeitet hatten.

»Ich hatte einen perfekten Nachmittag«, sagte er, als sie vor der U-Bahn-Station standen. »Vielen Dank dafür. Danke, dass du zugehört hast, dass du da bist. Ich fühle mich so wohl an deiner Seite.«

Sie war von seiner direkten Aussage so überrascht, dass sie nichts darauf erwidern konnte. Obwohl sie das Gleiche empfand, sich ebenso gut fühlte, wenn sie zusammen waren, besser, als sie sich jahrelang gefühlt hatte.

Er öffnete etwas zaghaft die Arme. Sollten sie es ein zweites Mal riskieren? Bevor sie weiter überlegen konnte, merkte sie, dass ihr Körper bereits den entscheidenden Schritt getan hatte. Sie spürte seine Arme, die um ihre Taille fassten und sie an ihn drückten. Ihre Hände lagen in seinem

Nacken, wo seine Haarspitzen ihre Finger kitzelten. Seine Wange berührte ihre. Seine Haut war warm wie immer, seine Hände sanft und zart wie immer, als sie über ihren Rücken strichen. Sie schloss ihre Augen, sah diese zwei jungen Menschen vor sich, wie sie in genau diesen Berührungen versanken, sich zwischen verpackten Teppichen zum ersten Mal liebten.

Wir sind nur Freunde.

Sie tat einen Schritt zurück.

»Wir sollten Umarmungen definitiv auf die Liste setzen«, stellte er jetzt schmunzelnd fest. Seine Hände lagen immer noch auf ihrem Unterarm. Sein Gesicht war viel zu nahe an ihrem. Seine dunklen Augen hatten einen Blick, aus dem sie nicht schlau wurde.

»Ja, definitiv.«

Eine kleine Stimme in ihr fragte, wie lange sie das durchhalten würden.

21

Kaia

Montag, 13. Juni 2016
Frankfurt am Main

Sie sah auf das alte Foto, das sie aus der Schublade hervorgekramt und auf der Kommode vor ihr aufgestellt hatte. Ein Klassenfoto, vermutlich irgendwann im November 1996 aufgenommen. Die Klassenlehrerin hatte die Aufstellung nach Größen vorgenommen, also waren sie völlig durchgemischt. Sie selbst stand zwischen zwei Mädchen, an deren Namen sie sich nicht mehr erinnerte. Ihre Haare fielen ihr noch etwas länger über die Schultern als heute. Sie trug einen schwarzen Sweater und dunkle Jeans, ihr Blick war freundlich, zurückhaltend. Yvonne, die immer etwas kleiner gewesen war, saß in der ersten Reihe am Rand neben einem Jungen, den sie nicht ausstehen konnte, und sah dementsprechend sauer drein. Carolin und Bianca, ungefähr die gleiche Größe, hatten es irgendwie geschafft, sich nebeneinander aufs Bild zu schummeln. Bianca grinste schelmisch und fröhlich wie immer, Carolin wurde von der Kamera mit geschlossenen Augen erwischt. Martin, einer der Größten in der Klasse, stand in der hintersten Reihe. Sein Blick lag auf zwei Mädchen vor ihm, die sich gerade etwas zuflüsterten und kicherten. Gil stand in der vorletzten Reihe, in der gleichen wie sie selbst, aber auf der anderen Seite. Er lächelte, seine Augen blitzten fröhlich, die Hände hatte er vor dem Schoß verschränkt.

Er sah anders aus, dachte Kaia. Glücklicher, unschuldiger, lebendiger. Unbefangen, begierig auf das Leben. Unwissend, welche Erfahrungen er noch machen würde und in dem Glauben, er könne sie alle problemlos wegstecken, komme was wolle. Er hatte diese Einstellung gehabt, als sie jung waren. War immer der Meinung gewesen, das Leben wäre ein Abenteuer, spannendes, unbekanntes Terrain, das es zu erobern galt.

In den letzten Wochen hatte sie festgestellt, dass sich das geändert hatte. Ein bisschen hatte das Leben ihn erobert. Hatte ihm teilweise schmerzhaft gezeigt, wo es langging, und dass manche Dinge unausweichlich waren und gar nicht abenteuerlich. Er war nüchterner geworden, vorsichtiger, ruhiger. Es hatte ihn ein paar graue Haare gekostet.

Trotz allem war er während ihrer Treffen von Mal zu Mal offener geworden. An manchen Tagen kam das schelmische, herausfordernde Lächeln wieder durch, und dann fragte sie sich, ob er gleich vorschlagen würde, sich beim Kiosk um die Ecke ein paar Bier zu holen und in den Park zu setzen, oder ob er sie in das Portal eines Hochhauses ziehen und stürmisch küssen würde. Letzteren Gedanken dachte sie lieber nicht zu Ende. Doch sie kam nicht darum herum, sich zu fragen, ob er ihn auch gehabt hatte. Vermutlich. Und vermutlich war beiden klar, dass das unter keinen Umständen eine Option war.

Sie legte das Bild zur Seite, aber noch nicht zurück an seinen Platz zwischen ein paar Hundert anderen Fotos, Briefen und Ansichtskarten. Und der Flöte. Ihr Blick blieb lange auf ihr hängen, bevor sie sie schließlich nahm. Eine dunkelbraune Holzflöte in einer angenehm natürlichen Farbe. Sie hatte nur wenige Gebrauchsspuren, einige Kratzer an der Unterseite, wo sie mehrmals beim Üben gegen den Tisch gestoßen war.

Sie erinnerte sich an den Moment, als sie sie zum ersten Mal spielte. Knapp fünf Jahre war es her. Sie hatte sie beim Umzug nach Frankfurt gefunden und beschlossen, ihr endlich einen Nutzen zu geben. Steffen hatte es leicht amüsiert, dass sie mit Dreißig Flöte spielen lernte. Ein Instrument, das die meisten in ihrer Kindheit lernten. Doch natürlich ließ sie sich dadurch nicht beirren. Sie nahm wöchentlich ihre Stunden, ein paar Monate lang. Sie wollte wissen, was ihr Vater geglaubt hatte, in ihr zu sehen. Ihr ganzes Leben lang hatte sie ihn nicht vermisst, doch eine gewisse Neugierde war da. Vor allem in ihrem Erwachsenendasein.

Sie erinnerte sich, wie ihr zum ersten Mal in ihrem Leben bewusst geworden war, dass ihr Vater fehlte. Wirklich bewusst. Sie war im Kindergarten gewesen, vermutlich um die vier Jahre alt. Einzelne Bilder hatte sie immer noch verschwommen vor Augen. Ihre damals beste Freundin, die sich lautstark auf einen anschließenden Besuch auf dem Spielplatz mit ihrem Vater gefreut hatte. Wie Kaia anschließend ihre Mutter gefragt hatte, warum es in ihrer Familie keinen Vater gab, der mit ihr auf den Spielplatz ging. Sie erinnerte sich nicht mehr an Petras exakte Worte, aber es war keine abfertigende oder abwehrende Antwort gewesen. Es war die Wahrheit, soweit eine Vierjährige sie verstehen und ertragen konnte.

Sie hatte sich manchmal vorgestellt, wie er wäre, dieser Vater. Hatte sich an den Osterbekkanal gesetzt und im

Spiegelbild sein Gesicht gesehen. Und manchmal hatte sie ihm ihre Sorgen erzählt, wenn ihre Mutter lange arbeitete und es ihr so sehr auf der Seele brannte, dass es nicht warten konnte. Fast immer hatte er eine Lösung für sie bereit gehabt, ihr imaginärer Vater.

Später, in der Grundschule, hatte ihre Mutter ausführlicher über ihn gesprochen. Hatte ihr erzählt, wie er gegangen war, dass sie nicht wusste, wo er jetzt war, seit Jahren kein Wort von ihm gehört hatte. Sie sagte es nicht bitter, nicht verärgert, nicht einmal traurig. So war es einfach.

So war es auch für Kaia ganz selbstverständlich geworden, dass es immer nur ihre Mutter und sie gegeben hatte. Und mehr hatte sie nie gebraucht. Ihre Mutter war da gewesen, wenn sie schlafen ging, hatte zugehört, wenn ein Problem sie plagte, jubelte ihr zu, wenn sie bei der Schulweihnachtsfeier ein Gedicht aufsagte. Sie war nicht immer zu Hause gewesen, arbeitete viel – manchmal tagsüber, manchmal nachts. Kaia hatte früh gelernt, selbstständig zu sein. Als sie aus der Grundschule kam, wartete ihre Großmutter auf sie, half ihr bei den Aufgaben und gab ihr das Mittagessen. Bei ihrem Eintritt ins Gymnasium im zarten Alter von knapp zehn Jahren war sie die Einzige in ihrer Klasse gewesen, die einen Wohnungsschlüssel hatte. Sobald sie zu Hause war, stand stets ein warmes Essen für sie bereit, neben einer freundlichen Post-it-Nachricht. Sie machte sich an ihre Hausaufgaben und vergrub sich den Rest des Tages in einem Buch, bis ihre Mutter, mal früher, mal später, durch die Tür trat. Sie war nie auf die Idee gekommen, Unsinn anzustellen. Leute ungefragt einzuladen, Bier zu trinken, um die Häuser zu ziehen, oder was auch immer es gab, das unter jugendlichen Unsinn hätte fallen können. Es interessierte sie nicht. Sie wollte nur lesen, später dann schreiben. Manchmal sah sie sich eine Fernsehserie an, von der sie wusste, dass ihre Mutter es nicht erlaubt hätte. Doch damit war ihr Bedürfnis nach Rebellion gedeckt. Wogegen wollte sie auch rebellieren?

Sie wusste, dass ihre Mutter alles tat, um die Miete zu zahlen und für sie zu sorgen. Das Mindeste, was sie unterstützend beitragen konnte, war, ihr keine Probleme zu machen.

Als ihr Vater sich dann gemeldet hatte, war sie anfangs erstaunt gewesen, vielleicht ein wenig erfreut, aufgeregt. Sie traf sich ein paarmal im Jahr mit ihm, vier Jahre lang. Sporadisch, immer kurz. Ein Spaziergang im Park, ein Besuch im Zoo, eine Runde Schwimmen im Freibad. Ihre Mutter stand der Situation neutral gegenüber, sofern sie das damals beurteilen konnte. Weder ermutigte sie ihre Tochter zu den Treffen, noch redete sie jemals schlecht über ihren ehemaligen Lebenspartner. Doch Kaia wurde skeptischer, je älter sie wurde. Hatte immer mehr Fragen und er immer weniger Antworten.

Sie setzte die Flöte an, spielte das einzige Lied, das sie auswendig kannte, *Morning has broken,* gegen die leise Jazzmusik, die im Hintergrund tönte. Nicht, weil es ihr speziell gefiel, sondern weil ihr Flötenlehrer für den Song keine Noten gefunden hatte und sie es frei gelernt hatte.

Nach dem ersten Chorus hörte sie auf, stopfte das Instrument zurück in die Schublade. Es hatte ihr nie viel Freude bereitet. Und sie hatte genug an die Vergangenheit gedacht. Das tat sie ohnehin selten und ungern. Sie war nicht nostalgisch, hatte nichts, wonach sie sich zurücksehnte, keine ungelösten Rätsel oder offenen Fragen. Nur Gil. Und daran arbeitete sie ja gerade.

Sie lächelte, während sie den Lautsprecher ausschaltete und die Jazzmusik auf ihren Kopfhörern weiterlaufen ließ. Dann griff sie nach einer dünnen Weste – es hatte übers Wochenende ziemlich abgekühlt, und die Sonne kam heute nur noch teilweise hervor –, nahm die Schlüssel und ging nach draußen. Höchste Zeit für einen Spaziergang. Sie wollte Gils Theorie ausprobieren. Konnte sie die Leichtigkeit zurückgewinnen? Es war einen Versuch wert. Sie hatte immerhin nichts zu verlieren, außer ein paar Stunden, in denen sie durch die Stadt bummelte, anstatt über ihren

Notizen zu grübeln. Und im besten Fall lief das Schreiben anschließend wirklich flüssiger. Sie hatte sich ordentlich unter Druck gesetzt in den letzten Wochen, hatte genau geplant, welche Kapitel sie bis wann fertig haben musste, wie lange ihre Ersparnisse ihr Vorhaben tragen würden. Das war sinnvoll und nötig gewesen, doch Gil hatte recht: Sie musste es auch genießen, lockerer sehen, sich daran freuen, etwas zu Papier zu bringen, in ihre eigene Welt eintauchen und sie ausleben. Nur dann könnte sie etwas Authentisches schaffen, inspirierend und mitreißend.

Sie lief ihre kleine Straße entlang, kaufte sich einen Kaffee zum Mitnehmen beim Bäcker, winkte Manfred zu, der vor seinem Laden einen Blumenstrauß zusammenstellte und erkundigte sich bei Pedro, wie das Eisgeschäft dieser Tage lief. Sie setzte sich in den *Chinesischen Garten*, trank in Ruhe ihren doppelten Espresso und hörte dem wunderschönen rauen Tenorsaxofon von Harold Land zu.

Auch ihre Liebe zu Jazz hatte in Frankreich begonnen, in einer kleinen Bar, in der eine Band spielte, improvisierte, und sie ihren Blick nicht mehr abwenden konnte von den schnellen Griffen auf den Instrumenten, den spontanen Einlagen, dem irgendwie trotzdem perfekten Zusammenspiel der Musiker. Vielleicht hatte sie damals schon Lust darauf bekommen, ein Instrument zu lernen.

Sie war lange auf keinem Konzert mehr gewesen, in einer Spelunke, wo man nie wusste, was einen erwartete, es nach Zigaretten und billigem Bier roch. Sie hatte lange nicht allein im Park gesessen, die Schmetterlinge beobachtet und den Flieder gerochen, wie sie es jetzt tat. Sie hatte lange keine Zeilen zu Papier gebracht. So viele Jahre hatte sie sich nur auf ihre Karriere konzentriert, auf die Firma mit Steffen, auf Steffen. Hatte ganz vergessen, was sie wollte. Auch in ihrer Beziehung. Vielleicht war es gar nicht so sehr Gil, der sie beziehungsunfähig gemacht hatte, oder Paris, das sie besonders gemacht hatte. Vielleicht war sie selbst es, die sich einfach irgendwo vergessen und verloren hatte. Die vermutlich gar nicht mehr sein wollte, wer sie einst gewesen war.

In ihrer Jugend war sie impulsiv, leidenschaftlich gewesen. Hatte ihrer inneren Stimme stets nachgegeben, einer schreienden, verlangenden Stimme. Und es hatte sie völlig aus der Bahn geworfen. Die nächsten zwanzig Jahre hatte sie damit verbracht, sie zu unterdrücken, sich zusammenzureißen, besser zu sein. Es hatte funktioniert. Sie hatte sich eine solide Berufslaufbahn aufgebaut, hatte ihre Gefühle unter Kontrolle, führte Beziehungen, die sie nicht an den Abgrund trieben, ihre Stimme nicht kannten. Doch in den letzten Monaten hatte sie bemerkt, wie still sie geworden war, verblasst und mechanisch, schon so lange. Sie hatte es bemerkt, als das Leuchten in ihre Augen zurückkehrte, während sie durch ihre Notizbücher las und die Stichworte in erste Sätze verwandelte, als sie die neuen Möbel in ihrer Wohnung montierte, als sie zum ersten Mal seit Jahren über ihrem Computer neben einem Glas Wein einschlief, und als sie an der U-Bahn-Station in Gils Armen war. Es fühlte sich so gut an, so vertraut, so gefährlich. Es brachte sie durcheinander. Sie hatte versucht, dem Moment möglichst wenig Beachtung zu schenken, und trotzdem dachte sie immer wieder daran zurück. An seine Wärme, sein Aftershave, seine Hand, die sich langsam über ihren Rücken bewegte.

Sie wollte ein bisschen von der alten Kaia zurück, sie brauchte sie. Die sechzehnjährige Kaia war voller Herz und konnte dieses genauso ungestüm niederschreiben. Und auch der 25-jährigen Kaia war das gelungen, ganz ohne ihr Herz dabei zu verlieren.

Was hatte sie in Paris gemacht, das so gut funktionierte? Auch damals war sie offen gewesen, ungestüm, leidenschaftlich, frei. Sie selbst. Doch emotional war sie seinerzeit distanziert gewesen, hatte sich auf nichts eingelassen. Das machte sie unverwundbar. Sie hatte kein Interesse daran gehabt, sich zu verlieben, und das hatte sie jetzt auch nicht. War es so schwierig, das zurückzugewinnen? Konnte Paris nicht überall sein?

Sie zog ihr Smartphone aus der Tasche und scrollte durch die Musikliste. Während *Florence + the Machine*, oder vermutlich nur Florence, zu singen begann, spazierte sie im Takt los. Sie warf ihren Kaffeebecher in den nächsten Mülleimer, tanzte um ihn herum, sprang wie ein kleines Mädchen über die Wiese. »*And I've been a fool and I've been blind, I can never leave the past behind*«, stimmte sie nun mit ein und wusste, dass Florence wie üblich recht hatte. Sie hatte die Vergangenheit viel zu lange verdrängt. Nur wenn sie mit ihr leben konnte, sie akzeptierte, würde sie eine bessere Zukunft haben. Als sie an der *Alten Brücke* über der Maininsel war, schrie sie lauthals und mit offenen Armen »*Shake it out*« in die Welt hinaus, und es war ihr egal, dass die Leute sie anstarrten, sie vielleicht als arme Irre abtaten, und es war ihr egal, dass sie im Ton völlig daneben lag. Es war Zeit, Paris nach Frankfurt zu holen. Es war Zeit, sich ein bisschen mehr gehen zu lassen. Nur idealerweise nicht mit ihm.

»Tut mir leid, dass ich zu spät bin. Ich habe völlig die Zeit übersehen«, entschuldigte sie sich Stunden später bei Maren, die wie immer todschick vor ihr stand. Von Natur aus groß und schlank, trug sie überdies High Heels, ein langes dunkles Kleid mit Perlenkette und Ohrringe bis fast zu ihren Schultern. Kaia hingegen war, als sie dann endlich auf die Uhr gesehen hatte, so wie sie war, in Jeans und Turnschuhen losgestürmt. Es hatte angefangen zu regnen, sie musste zweimal umsteigen und ein Stückchen laufen, bis sie bei der Galerie war. Dementsprechend fielen ihr die Haare nun zerzaust und nass ins Gesicht, und sie schwor sich zum x-ten Mal, einen Kamm in ihre Tasche zu packen, sobald sie wieder zu Hause war.

»Kein Problem. Ich warte noch nicht lange«, gab Maren lächelnd zurück. »Was oder wer hat dich denn so beschäftigt?« Ihr Lächeln wurde zu einem breiten Grinsen.

»Schreiben. Ganz harmlos«, gab Kaia zurück. Sie schlüpfte aus ihrem Mantel und sah sich nach einer Garderobe um. Maren deutete über ihre Schulter. Kaia nickte, hängte ihre nassen Sachen auf, und sie betraten den weißen, geräumigen Saal vor ihnen.

Es war Kaias erste Fotoausstellung seit Jahren. Steffen hatte sich nicht für Galerien interessiert, und sie allein war kaum auf Ausstellungen gegangen, höchstens hin und wieder in ein Museum. Es war die Idee ihrer neuen Freundin gewesen, herzukommen, wohl auf Empfehlung einer Arbeitskollegin. Es handelte sich um das Lebenswerk einer internationalen Fotografin, die sich in Deutschland für den Ruhestand niedergelassen hatte. In der umfangreichen Exposition gab es Bilder aus ihrer Kindheit, ihre ersten professionellen Aufnahmen für Magazine, Ausschnitte aus ihrem Berufsleben und schließlich zahlreiche Fotos von den ausführlichen Reisen im Alter. Das versprach zumindest die Ankündigung.

»Was hast du geschrieben?«, erkundigte Maren sich.

»An meinem Roman. Heute war ich wirklich inspiriert. Ich konnte gar nicht mehr aufhören, all die Ideen …« Sie drehte sich vor Freude gleich wieder am Stand, erinnerte sich an ihre spontane Tanzeinlage auf der Maininsel.

»Okay …« Maren sah sie erstaunt und zugleich erfreut an. »Du bist enthusiastisch. Das kenne ich noch nicht. Aber es gefällt mir.«

»Ich habe beschlossen, Paris nach Frankfurt zu holen«, erklärte sie der verdutzten Freundin. Ihr war klar, dass sie in Rätseln sprach. »Ich werde die 16-jährige Kaia wieder ein bisschen reinlassen. Sie hatte in vielem recht.«

Maren nickte verstehend, obwohl ihr immer noch nicht klar war, was das bedeutete. »Wie war denn die 16-jährige Kaia?«

»Stürmisch, impulsiv. Neugierig.« Sie betrachtete ein Foto im ersten Saal, das Spuren auf einer endlosen Düne zeigte, ohne zu verraten, wer sie hinterlassen hatte. Sie zogen sich geradeaus durch das ganze Bild, wurden in der Ferne kleiner.

»Entschlossen. Entscheidungswillig. Unerschrocken.«

Maren betrachtete zuerst das Bild, dann sie. »Da ist doch noch einiges von übrig. Unerschrocken musst du definitiv sein, so, wie du dich voll und ganz ins Schreiben gestürzt hast. Deinen Job an den Nagel gehängt hast, um dich dem zu widmen, was dir wichtig ist.«

»Ja. Das war auch eine Junge-Kaia-Entscheidung«, bestätigte sie, was sie wenige Tage zuvor Gil gesagt hatte. »Und sie jagt mir jeden Tag aufs Neue eine Heidenangst ein. Ich könnte also ihren Mut gebrauchen. Und ihre stürmischen Ergüsse. Ihren unbeirrbaren Willen.« Sie gingen weiter zu einem dichten Wald, hinter dem die Sonne hervorbrach. »Ich habe heute gesungen und getanzt. Mitten in Frankfurt, lauthals. Das hat so gutgetan.« Sie lachte, ihre Augen strahlten der aufgehenden Sonne auf der Fotografie entgegen.

»Und dieser Wunsch nach deinem früheren Ich hat nichts mit dem Mann aus der Vergangenheit zu tun?« Maren spielte mit ihrer Kette.

»Doch, vermutlich. Ich habe sicher ein klein wenig Hilfe von ihm bekommen«, gestand sie. Er hatte den Stein ins Rollen gebracht, die Begegnungen mit ihm, die Erinnerungen. »Unsere Treffen tun mir gut. Sie sind ermutigend, befreiend. Ich denke über vieles nach, das passiert ist. Mit ihm, aber auch mit mir. Und ich glaube, es war nicht nur unsere Beziehung, oder er, die mich geprägt haben. Ich bin davongelaufen. Vor mir, vor der Vergangenheit, vor der Wahrheit. Aber das ist gut«, bestätigte sie, während Maren sie fragend ansah. »Ich meine, es ist gut, dass ich ein Stück weit selbst verantwortlich war, dass ich es jetzt verstehe. Das gibt mir auch Kontrolle. Ich kann nicht mehr ändern, was passiert ist, aber ja, ich kann daraus lernen, es verstehen, zukünftig einen Mittelweg für mich finden.« Bevor Maren etwas dazu sagen konnte, fragte sie weiter: »Wie warst du in deiner Jugend?« Sie stellte sich dabei ein Mädchen aus gutem Hause vor, mit hervorragenden Schulleistungen, einem kleinen Freundeskreis, mit dem sie sich zum Tennisspielen traf und heimlich hinter der Sporthalle rauchte.

»Ich war eine Träumerin«, antwortete Maren. Auch sie versank dabei in einem Bild, mittlerweile im zweiten Saal, in dem es dezent nach zitronigem Raumduft roch. Im Hintergrund spielte leise Gitarrenmusik. Auf dem Foto sah man einen Schatten hinter einem durchsichtigen Vorhang, der sich an einem Geländer festhielt. Lehnte er sich über die Stäbe, um nach unten zu blicken? Stürzte er sich in einen Swimmingpool darunter? Hielt er sich fest, um nicht zu fallen?

»Ich liebte Pferde. Ich ging regelmäßig reiten, pflegte und striegelte sie danach. Träumte davon, eines Tages mein eigenes Pferd zu haben. Ich träumte davon, um die Welt zu reisen, ferne Länder zu sehen, in den Armen eines Unbekannten aufzuwachen, während die Wellen mit meinen Füßen spielten. Ich träumte von Sonnenuntergängen an einsamen Stränden, von endlosen Nächten unterm Sternenhimmel.« Sie wandte sich von dem Bild ab, ihr Blick sank zu Boden. Sie strich sich über die Stirn, strich sich eine Haarsträhne aus dem Gesicht, die nicht da war.

»Das ist lange her«, meinte sie nun zu Kaia gewandt, ihre Fassung wiedergewonnen.

Kaia überlegte einen langen Moment, ob sie sagen sollte, was sie dachte. Ihr jüngeres Ich hätte es getan. »Es kann nicht so lange her sein. Irgendetwas ist da immer noch in dir. Manchmal kann ich es fast erkennen.«

Hatte sie ihre neue, stets gelassene, fröhliche Freundin damit verärgert? Sie hoffte nicht.

Maren stieß einen stumpfen, lautlosen Lacher aus. »Nein. Es hat mir nichts als Ärger und Enttäuschungen eingebracht. Ich habe jetzt ein ruhigeres Leben. Und wer hat schon das Leben, das er sich mit 16 vorstellt?«

Den gleichen Satz hatte sie einige Wochen zuvor in ihrer Wohnung gehört.

»Du solltest ihn kennenlernen. Ich glaube, ihr würdet euch gut verstehen.«

»Deine Jugendliebe?«

»Ja. Er hat auch ein wenig den Glauben an seine Jugendträume verloren.« Das klang nun sehr negativ. »Und er hat eine Tochter. Ungefähr in Leonies Alter«, fügte sie also hinzu. »Aber ich verstehe, was du meinst«, lenkte sie ein. Ihr impulsives, entschlossenes Handeln hatte letztendlich ebenfalls in eine Sackgasse geführt, in Jahre des Leugnens, der Unsicherheit. »Auch ich möchte nicht alles von meinem 16-jährigen Alter Ego. Sie war rücksichtslos. Sie nahm sich, was sie wollte, ohne die Konsequenzen zu beachten.« Näher wollte sie immer noch nicht darauf eingehen. Sie fand nicht, dass es die beste Werbung für ihre neu gewonnene Freundschaft war, wenn sie erzählte, wie sie seinerzeit ihre Freundin eiskalt hintergangen hatte.

Sie waren nun bei den jüngsten Bildern angekommen, die die Fotografin als alte Frau gemacht hatte. Eines davon zeigte eine Gruppe von Nomaden, die durch die Wüste wanderten.

»Aber siehst du … die jüngere Version dieser Künstlerin hätte uns nie gezeigt, wer hier läuft. Erinnerst du dich an das Bild mit den Fußspuren auf der Düne?«

Maren nickte.

»Es hat zum Nachdenken angeregt. Wer ist hier gelaufen? Warum? Es hat gefragt, nicht erklärt. Das«, sie drehte sich zu Maren, sah ihr entschlossen ins Gesicht, »möchte ich. Einzelne Eigenschaften, die mich damals vorangebracht haben. Das, was sinnvoll war, mitnehmen und besser machen. Besser sein.« Letzteren Teil hatte sie seinerzeit nicht beherrscht.

Maren lächelte sanft. »Ich wünsche es dir wirklich. Aber ich glaube nicht, dass es möglich ist.«

22

Gil

Montag, 13. Juni 2016
Frankfurt am Main

Er hielt sein Telefon eine ganze Weile in der Hand, bevor er ihren Namen in der Kontaktliste suchte. Er hatte sich genau überlegt, was er sagen wollte, welche Worte er wählen würde. Jedes Telefonat zwischen ihnen war ein Drahtseilakt. Bevor er auf ihren Namen klickte, schenkte er sich noch ein Glas Wein ein, zündete sich eine Zigarette an. Dann wartete er auf den Klingelton und ihre klare, helle Stimme.

»Hi.«

»Hey. Wie geht es dir?«

»Alles okay so weit.« Der übliche, unvermeidbare Small Talk zwischen ihnen, der sie davon abhielt, all die schlimmen Dinge zu sagen, die sie eigentlich sagen wollten.

»Ich wollte meinen Geburtstag mit dir besprechen.«

»Habe ich mir gedacht.«

Er nahm einen langen Zug von der Zigarette, machte es sich auf seinem Designersessel gemütlich, kraulte Bukowski, der wie üblich zu seinen Füßen lag.

»Es ist ein Sonntag, vielleicht könnte Keiki vorbeikommen. Ich weiß, es ist nicht mein Sonntag. Ich verstehe, wenn ihr schon andere Pläne habt. Aber ich würde mich freuen, wenn es klappt.«

»Es ist kein Problem. Wir haben keine Pläne. Sie hat mich bereits gefragt, ob sie zu dir kann.«

Sein Herz machte einen Sprung.

»Ich werde mit ihr schick essen gehen. Dann wird sie mich vermutlich einige Male in *Mario Kart* vernichten. Sie hat immer diesen unerklärlich endlosen Vorrat an Bananen …« Nicht das, was er eigentlich sagen wollte. Noch ein Zug von der Zigarette, ein Schluck vom Wein. »Du könntest mitkommen, wenn du magst. Dann kann sie uns beide aus der Bahn werfen.« Vielleicht nicht die ideale Wortwahl, wenn man ihre Vergangenheit bedachte. »Bei *Mario Kart* meinte ich.«

»Ich weiß, danke. Aber ich bevorzuge eine Pizza allein auf dem Sofa, als dir den ganzen Abend gegenüber zu sitzen.«

Na ja. Manchmal kamen die schlimmen Dinge doch heraus.

»Mau …«

»Nenn mich nicht so.« Ihre Stimme klang hart, forsch, um Distanz bemüht.

Er seufzte. Noch ein Schluck Wein. Würden sie nie in der Lage sein, ein normales, freundliches Gespräch zu führen, ein gemeinsames Essen hinter sich zu bringen, ohne sich an die Gurgel zu gehen? Er sah auf Bukowski, dem die Welt rund genug war, wenn er seinen Kopf an Gils Hand schmiegte.

»Du könntest auch neben mir sitzen, wenn es hilft.«

Stille. Er hörte sie nicht einmal atmen.

»Okay. Schlechter Witz.«

Sie hatten sich in einem kleinen Strandhotel kennengelernt, bei einem Tauchkurs. Alle Teilnehmer wurden in Zweiergruppen eingeteilt, sie war seine Tauchpartnerin gewesen. Gemeinsam mit einem Lehrer waren sie losgezogen, die unerforschten Welten des lokalen Pools zu erkunden, bevor sie dann nach ein paar Stunden in den Ozean durften. Irgendwo zwischen *Nemo* und einem Sandwurm hatte sie ihm zugelächelt, und es war das schönste Lächeln gewesen, das er je gesehen hatte. Nach dem Kurs gingen sie gemeinsam essen, in einem kleinen traditionellen Restaurant, das von einer lokalen Familie geführt wurde. Die älteste Tochter spielte Ukulele, der Sohn bereitete einen unglaublichen gegrillten Fisch zu, den sie sich teilten. Sie redeten unentwegt, hatten alles gemeinsam, was man sich wünschen konnte, hatten offenbar ihr ganzes Leben nur aufeinander gewartet. Sie fütterten sich gegenseitig mit dem Fisch, verschränkten ihre Hände zwischen Kokoscreme und Kerzenlicht. Es war so kitschig und einfach wie in einem schlecht geschriebenen Liebesfilm. Der Vater der Familie servierte ihnen den Nachtisch in Herzform und sagte: »Mau Loa!« – *für immer*. Und sie war für ihn Mau geworden.

»Hast du ihren Freund kennengelernt?«, versuchte er es nun mit einer neutralen Frage, einem Elternproblem, das sie auf keinen Fall aufregen konnte.

»Er war letzte Woche hier, ja.«

»Wie ist er?«

»Freundlich. Anständig. Ruhig. Ich habe das Gefühl, er tut ihr gut. Aber das glaubt man am Anfang ja immer.« Auch das war ein klarer Seitenhieb gegen ihn. Er ließ ihn ungerührt stehen.

»Sie sagte mir, sie habe ein gutes Gespräch mit dir geführt. Über Finn«, lenkte sie nun ein.

»Das freut mich.« Wieder wurde ihm warm ums Herz.

»Mich auch. Sie braucht dich, das weiß ich. Es gibt Dinge, die ich ihr nicht geben kann. Du weißt, ich würde mich nie gegen eure Beziehung stellen.«

»Ich weiß.«

Wieder ein kurzer Schweigemoment. Es gab nichts mehr zu sagen, nichts mehr zu diskutieren.

»Ich bringe sie gegen Mittag bei dir vorbei, an deinem Geburtstag.«

»Ich werde da sein. Danke.«

»Du bist heute nicht wirklich da.«

»Was meinst du damit?«

Sie saßen wie immer nebeneinander im Bett, rauchten eine Zigarette. Nichts war anders als sonst.

Julia blies den Rauch nachdenklich in die Luft. »Unser Sex war nie extrem zärtlich, intim oder persönlich. Aber ich hatte zumindest immer das Gefühl, ich bin es, die du willst.«

»Und ich will dich auch.« Er rückte ein Stück näher zu ihr, biss sie neckisch in die Schulter.

»Nein. Heute war jemand anders mit uns im Bett.« Sie sah ihn skeptisch von der Seite an. »Ich habe nichts gegen einen Dreier. Allerdings lieber mit anwesenden Personen.«

Er rückte wieder von ihr weg. Sie hatte nicht völlig unrecht. Als sie in seinen Armen lag, hatten seine Erinnerungen ihm einen Streich gespielt. Er hatte lange, braune Haare zwischen seinen Fingern gespürt statt Julias kurzem Bob, hatte den subtilen Geruch von Mandeln vernommen, ein glückliches »Danke« gehört.

»Es wird doch nicht tatsächlich jemand das nicht vorhandene Herz des Gil Brünner gefunden haben?«, fragte Julia misstrauisch und gleichzeitig amüsiert.

»Natürlich nicht.« Schnell rauchte er seine Zigarette zu Ende.

Es war gar nicht nötig gewesen, es zu finden. Er hatte schnell festgestellt, dass er in Kaias Gegenwart nicht der kühle, distanzierte Gil war, der er sich vorgenommen hatte zu sein. Er war mit ihr nie kühl oder distanziert gewesen, ihr Sex hatte stets etwas bedeutet. Wenn er mit ihr zusammen war, konnte er gar nicht anders, als der Gil zu sein, der er immer gewesen war. Es passierte ganz von allein. Er war ein anderer Mensch mit ihr. Und das Beängstigendste daran war: Es fühlte sich richtig gut an. Alles, was er so lange verdrängt hatte, hinter sich lassen wollte – seine gescheiterten Beziehungen, sein Versagen als Vater, all die Menschen, die er verletzt oder verloren hatte – war plötzlich nicht mehr so schlimm, wenn sie da war, wenn er ihr davon erzählte. Sie urteilte nicht über ihn, wie er selbst es tat, sah nicht den desillusionierten Einzelgänger in ihm, der er geworden war, sondern immer noch den talentierten, lebensfrohen Freund. Fast fühlte er sich dann auch wieder so.

»Ist es das Mädchen aus deiner Vergangenheit?«, fragte Julia nun weiter und drückte ihre Zigarette im Aschenbecher auf dem Nachttisch aus.

»Wir sind nur Freunde«, gab er die Standardantwort, die er auch für seine Familie parat hatte, welche sich immer wieder nach Kaia erkundigte, seit das Thema bei jenem Mittagessen aufgekommen war.

»Wenn ihr von »idealerweise kann ich sie flachlegen« zu »wir sind Freunde« gekommen seid, ist sie auf einem guten Weg, dein Herz zu finden«, grinste sie.

Gil lächelte sie ausdruckslos an. Dann stand er auf, zog sich ein T-Shirt über und schenkte sein Weinglas voll. »Ich bestelle thailändisch zum Abendessen. Möchtest du auch was?«

Sie winkte ab. »Nein. Ich breche auf.« Sie schwang sich ebenfalls aus dem Bett, zog sich Jeans und Bluse über und ging ins angrenzende Badezimmer. Gil hörte den Wasserhahn, nahm das Weinglas und tapste barfuß ins Wohnzimmer. Julia kam fast gleichzeitig aus der Badezimmertür, griff nach ihrer Jacke und Tasche, die sie über das Sofa geworfen hatte. Sie küsste ihn auf die Wange. »Ich hole Bukowski morgen um halb elf ab.«

»Okay.«

»Und Gil …« Sie war schon halb zur Tür hinaus, streckte nun ihren Kopf durch den Spalt und sah ihn an. »Vielleicht sollten wir es dabei erst mal belassen. Ich habe keine Gefühle für dich, mir ist egal, mit wem du befreundet bist oder nicht, oder wie deine emotionale Verfassung ist. Das hat mich nie berührt oder zurückgehalten. Aber ein bisschen Stolz habe ich doch.« Sie zwinkerte ihm zu und marschierte ab in die Nacht, bevor er etwas antworten konnte.

Er konnte es ihr nicht verübeln. Umgekehrt wäre er sich auch zu schade gewesen für einen Quickie, bei dem sie gedanklich abschweifte.

Er schaltete das Radio ein, nahm die Take-out-Speisekarte des Thai-Restaurants von seiner Magnettafel, setzte sich an den Küchentisch und bestellte *Wan Tan*, *Massaman Gai* und ein Bier. Dann sah er dem Regen zu, wie er gegen das Küchenfenster pochte, folgte den Tropfen, wie sie in langen Rinnen über das Glas perlten, sich mit anderen Tropfen vereinigten.

Wieder dachte er zurück an den Abend in dem offen gelassenen Teppichlager, als sie sich zum ersten Mal geliebt hatten. An den Ausdruck in ihren Augen, ihre Entschlossenheit, ihre Begierde, eine Mischung, die ihn wahnsinnig gemacht hatte. An den Moment, als sie irgendwann nach dem dritten oder vierten Mal erschöpft in seinen Armen lag, wie sich der Schneeregen an dem kleinen Fenster brach, wie sie kurz vor drei Uhr morgens Hand in Hand durch die menschenleeren Straßen spazierten und weder den Regen noch die Kälte spürten. Als sie in ihre einsame Wohnung spazierte, als wäre es das Normalste der Welt.

Wenige Stunden davor hatte er mit Carolin die Englischhausaufgaben gemacht, sie hatten gescherzt, sich geküsst, er war in ihren Armen bei einem kitschigen Nachmittagsfilm fast eingeschlafen. Ihr gemeinsames Sexleben hatte erst viel später begonnen.

Am Tag darauf wurde klar, dass er mit beiden den Tag verbracht hatte, als Carolin sich nach ihrem Buch erkundigte, genau in dem Moment, als er mit Kaia in einem leidenschaftlichen Kuss unter der Treppe versunken war. Er hatte mit einer Ohrfeige gerechnet – die er aus heutiger Sicht vermutlich verdient hätte –, mit anschließendem längere Drama, doch stattdessen war alles weitergegangen wie davor. Damals war er erleichtert gewesen, wenn auch überrascht. Es gab im Laufe ihrer Beziehung nur wenige, wenngleich recht heftige, Anflüge von Eifersucht. Kaia hatte es größtenteils vermieden, nach ihm und Carolin zu fragen, ihre Verhältnisse zu vergleichen, sich mit der Freundin zu messen. Sie hatte sich diese Freundschaft überdies sehr lange behalten. Er wunderte sich noch heute, wie eiskalt sie das Ganze durchgezogen hatte. Andererseits war es eine ihrer typischen Charaktereigenschaften, etwas zielstrebig zu verfolgen, für das sie sich einmal entschied. Die Konsequenzen hatte sie mit sich selbst ausgemacht. Das war ihr Untergang gewesen.

Die Klingel riss ihn aus seinen Gedanken. Er öffnete

dem italienisch aussehenden Lieferanten des Thai-Imbisses, bezahlte ihn und nahm die Tüte entgegen. Er stellte das Essen auf seinem Küchentresen ab, holte Bukowskis Dose hervor und fütterte ihn zuerst. Bukowski sprang freudig auf, sobald er das Geräusch des Metalldeckels hörte, der sich vom Rest trennte, und wartete sitzend und hechelnd neben dem Kühlschrank. Endlich stellte Gil den Fressnapf vor dem Fenster neben dem Arbeitszimmer ab, bevor er die *Wan Tans* auf einem kleinen Teller verteilte und sich über sein herrlich nach Koriander duftendes *Massaman Gai* hermachte. Sogar Bukowski sah neidisch von seinem Rindermenü mit Kürbis auf.

Wie wäre ihre Reaktion heute, überlegte er, zurück am Küchentisch, während er sich eine Teigtasche in den Mund schob. Für Spaß im abgesperrten Speicher wäre sie bestimmt auch jetzt zu begeistern gewesen. Manchmal konnte er immer noch diese Abenteuerlust in ihr sehen. Er wusste, sie wäre bei den Erdhörnchen im Zoo am liebsten über den Zaun gestiegen und hätte eines in die Hand genommen, hätte vielleicht auch den Geparden angelockt, um herauszufinden, ob das Geländer unüberwindbar war, nur um im nächsten Moment um ihr Leben zu rennen. Doch das war's dann. In allen anderen Bereichen hatte sie sich für ein Low-Risk-Life entschieden. Ihre Karriere war stabil verlaufen, ihre Beziehungen, soweit er es aus ihren wenigen, recht groben Erzählungen erfassen konnte, waren bodenständige gewesen, sichere Häfen.

Umso mehr freute es ihn, dass sie sich entschlossen hatte, zum Schreiben zurückzukehren. Es freute ihn für die Welt der Literatur, aber auch für sie und für ihn, weil es hieß, dass sie doch noch ein bisschen Risikobereitschaft in sich trug. Dabei wusste er nicht einmal, warum ihn das freute.

Trotzdem hätte sie dieser Tage den Vorschlag, ihn mit ihrer Freundin zu teilen, bestenfalls mit einem Lachen bedacht, schlimmstenfalls mit einem abrupten Kontakt-abbruch abgestraft. Allerdings hätte er es heute auch nicht mehr vorgeschlagen. Er wusste nach wie vor, was ihn damals angetrieben hatte, teilte die Ansicht aber nicht mehr mit seinem jüngeren Ich, noch hatte er die Energie dazu. Die Sicht des jungen Gils auf die Welt war recht simpel gewesen: Als Künstler musste er Erfahrungen machen und sah sich im Recht, alles vorzuschlagen, was er erleben wollte, egal wie exzentrisch, fordernd oder grotesk. Schließlich hatten die Menschen stets die Wahl, sich darauf einzulassen oder nicht. Es war ihre freie Entscheidung.

Genau das hatte er auch bei Mau gedacht.

Nach den ersten Wochen auf der hawaiianischen Wolke Sieben hatten sie schnell festgestellt, dass ihre Lebenspläne trotz ihrer sonst zahlreichen Gemeinsamkeiten sehr unterschiedlich waren. Sie wünschte sich Kinder, ein Haus auf dem Land, Familienausflüge und gemeinsame Abendessen, und das schien ihr vollkommen genug. Er hingegen strebte immer noch das Leben eines Künstlers an, wollte in den Tag hineinleben, von einem Ort zum nächsten streunen, Inspirationen sammeln und niederschreiben. Lieber mit ihr an seiner Seite, was sie sich wiederum nicht vorstellen konnte. Er war offen mit ihr gewesen, hatte ihr von Anfang an gesagt, dass er kein Mensch für Beziehungen war, seine Zukunft nicht in Kindern und einem Haus auf dem Land sah. Doch ihre Liebe war groß gewesen. Er wollte nicht auf sie verzichten, sie versicherte ihm, dass ihr genügte, was auch immer er ihr zu geben hätte.

Natürlich war es nicht so. Es genügte ein paar Monate lang. Lange genug, um zu ihr nach Frankfurt zu ziehen, um schwanger zu werden. Er versuchte, ihr nicht zu unterstellen, dass sie ihn damit hintergangen hatte. Was genau passiert war, wusste er nicht mehr. In der leidenschaftlichen Nacht, in der Keiki höchstwahrscheinlich gezeugt worden war, waren sie betrunken nach Hause gekommen. Er erinnerte sich daran, wie sie sich schon am Eingang die Kleider vom Leib gerissen hatten, doch nicht an viel mehr. Vermutlich hatten sie es schlicht nicht mehr bis zum Bett und den Kondomen im Nachttisch geschafft.

Von da an ging alles abwärts. Er sah seinen Lebensplan, wie kurzfristig und diffus er auch immer sein mochte, davonschwimmen, sie fürchtete um eine stabile Existenz. Nach zwei Jahren des Kämpfens waren sie am Ende.

Obwohl er stets versuchte, offen und ehrlich in seine Beziehungen zu starten, klar darzulegen, was er wollte, was er geben konnte, gingen sie doch immer dramatisch schief. Danach fand er nicht nur sich selbst am Rande des Abgrundes wieder, sondern zog offenbar auch andere mit hinab. So hatte er sich schließlich ebenfalls für ein Low-Risk-Life entschieden.

Doch jetzt war Kaia wieder da und somit ein gewisses Risiko. Sosehr er sich und allen anderen das Gegenteil einredete, und wenn sie noch so viele Dinge in ihre Liste aufnahmen. Wenn er an ihre Umarmung an der U-Bahn-Station zurückdachte, wie ihr sanfter Körper sich an seinen drückte, ihre Wange sich an sein Gesicht schmiegte, ihre Finger über seinen Nacken strichen und seinen Atem zum Stillstand brachten, wusste er: Irgendwann würden die Regeln nicht mehr ausreichen, würde es stärkere Kräfte geben als ein paar ungeschriebene Zeilen auf nicht vorhandenem Papier.

23

Freitag, 9. Mai 1997
Hamburg

Aus Kaias Tagebuch, Mai 1997:

Man kann sich ohne Job durchs Leben schlagen, eine Weile ohne Haus auskommen, sogar ohne Essen lässt es sich eine Zeit lang überleben. Nur ohne Liebe nicht. Menschen ohne Liebe sind verlorene Seelen.

»Möchtest du sicher nicht mehr mit in den Park?«, fragte Kaia ihre Freundin Yvonne, während sie nebeneinander den Kanal entlang spazierten. Es war der letzte Schultag vor den Pfingstferien, und traditionell feierte die Gruppe jeden Ferienbeginn mit Bier oder Wein im Park, bei extremer Kälte auch mal bei Yvonne im Keller.

»Nein, ich möchte definitiv zu Adam«, bestätigte diese nun lächelnd und mit leuchtenden Augen.

Kaia war skeptisch, wenig erfreut. Nicht nur, weil sie diesen Tag gern mit ihrer Freundin verbracht hätte, sondern, weil sie Adam nicht über den Weg traute. Er war zwei Jahre älter als sie, hatte die Schule abgebrochen und schlug sich mit Gelegenheitsjobs durch. Er teilte sich eine kleine Wohnung mit zwei weiteren Jungs, von denen sie überhaupt nichts wusste. Das einzige Mal, als sie bei ihm waren, das einzige Mal bisher, dass Kaia ihn zu Gesicht bekommen hatte, waren seine Mitbewohner nicht da gewesen. Trotzdem hatte ihr nicht gefallen, was sie gesehen hatte. Die Wohnung war muffig, unordentlich, an allen Ecken vernachlässigt. In Adams Zimmer stapelten sich volle Aschenbecher, Bierflaschen und Pizzakartons, in einigen waren, dem Geruch nach zu urteilen, auch noch Reste vorhanden, und nicht gerade vom Vortag. Wäre dahinter eine Maus hervorgesprungen, Kaia hätte es nicht überrascht.

Sie hatten kurz bei ihm vorbeigeschaut, bevor sie auf ein Konzert gegangen waren. Am Eingang der Halle hatte Adam sich dann eine Tablette eingeworfen, was ihn für Kaia noch viel unsympathischer machte. Den Rest des Abends hatte das frisch verliebte Pärchen mit Tanzen verbracht. Adam in seiner eigenen Welt, mit ausschweifenden Armbewegungen, bei denen er immer wieder andere auf der Tanzfläche anstieß, dies aber kaum mitzubekommen schien. Zwischendurch kam er lachend auf Kaia zu, die ungern tanzte und lieber abseits das Geschehen beobachtete, und fragte mit glasigen Augen, was mit ihr los sei. Der perfekte Satz, um sie richtig auf die Palme zu bringen. Doch sie riss sich zusammen, forcierte ein Lächeln und gab stets brav eine sinnlose Standardantwort, die ohnehin nicht bis in sein Bewusstsein vordrang.

»Was macht ihr?«, fragte Kaia nun. Sie machte sich Sorgen um die Freundin. Yvonne war selbstständig und hatte einen starken Willen, doch wenn sie verliebt war, ließ sie sich auf Dinge ein, die für Kaia recht unnachvollziehbar waren und die sie sonst nicht getan hätte. *Eigentlich wie sie selbst*, fuhr es ihr ungewollt durch den Kopf.

»Keine Angst, wir sind nur bei ihm. Sehen ein paar Filme, trinken Bier und haben tollen Sex. Habe ich schon gesagt, wie toll der Sex ist?«

»Ja.« Häufiger und ausführlicher, als ihr lieb gewesen war.

»Ich weiß, du magst ihn nicht. Aber er ist ein guter Kerl. Er ist witzig, erfahren, nicht wie die anderen Jungs.«

Sie wusste, dass es das war, was Yvonne besonders gefiel.

»Lass dich nur auf keinen Blödsinn ein«, warnte sie.

»Mach ich nicht. Ich nehme keine Tabletten, wenn du das meinst. Und er auch nur ganz selten an den Wochenenden.«

Kaia nickte, sagte nichts mehr. Wer war sie schließlich, über eine Beziehung zu urteilen?

»Jetzt erzähl mal von dir. Du lässt überhaupt nichts durchsickern, und ich weiß genau, dass zwischen Gil und dir was läuft.«

Es war ein Dauerthema in den vergangenen Monaten gewesen. Anfangs hatte Yvonne nur knappe Anspielungen gemacht, sie wissen lassen, dass sie ihr nichts vormachen könnte, dass sie Bescheid wusste, dass sie als Vertraute zur Verfügung stünde. Doch in letzter Zeit hatte sie immer wieder gezielt nachgefragt.

»Und erzähl mir nicht wieder, ihr wärt nur Freunde. Ich sehe es an deinem Blick, und an seinem. So sehen Freunde sich nicht an. Er berührt dich auch viel zu vorsichtig, immer nur, wenn er denkt, niemand sähe hin. Ansonsten vermeidet ihr jede Berührung. Bei dir würde ich das ja noch einsehen, du bist kein Mensch, der einen dauernd anfasst. Aber Gil hat keine Berührungsängste. Er stupst mich mindestens zehn Mal am Tag an, wenn er was will. Bei dir tut er das nie, er hat zu viel Angst davor, dass man den Unterschied merkt.«

Yvonne war außergewöhnlich gut darin, Körpersprache zu lesen. Eigentlich zu gut für ihr Alter. Sie durchschaute Menschen und deren Gefühle, las sie wie ein Blatt Papier. Vermutlich ein weiterer Grund, warum sie so auf Adam stand. Bei ihm wusste man nie genau, woran man war, was einen erwartete.

»Lass es gut sein, Yvonne«, antwortete sie leise aber entschlossen, den Blick zu Boden gerichtet. Sie waren an der Ecke angekommen, wo Kaia Richtung Park abbiegen und Yvonne geradeaus weiter nach Hause laufen würde. Schweigend standen sie sich gegenüber. Ihre Freundin war offensichtlich vor den Kopf gestoßen.

»Weißt du, das ist nicht okay. Ich erzähle dir immer alles, und du hast null Vertrauen in mich.« Sie strich sich die schulterlangen Haare hinter die Ohren, sah sie vorwurfsvoll an.

»Es geht nicht um Vertrauen.«

»Nein? Worum geht es dann? Erklär es mir!«, forderte sie ungehalten.

Kaia kratzte sich nervös am Ohr. Es half nur, mit der Wahrheit herauszurücken.

»Ich kann dich nicht zur Komplizin machen.«

Immer noch ein verständnisloser Blick aus den nicht mehr ganz so verärgerten Augen ihrer Freundin.

»Wenn ich dir erzähle, was los ist, bringe ich dich unvermeidlich in eine Zwickmühle. Du wirst Carolin dann auch anlügen müssen, Ausreden erfinden, ihr aus dem Weg gehen. Was auch immer, es wird eure Freundschaft beeinträchtigen, auf eine sehr negative Weise. Ich will das nicht. Es macht keinen Spaß, glaub mir.«

Jetzt nickte Yvonne ruhig. »Okay.«

»Ich möchte dir so gern so vieles erzählen.« An etlichen Tagen wünschte sie sich nichts sehnlicher, als ihre Glückseligkeit mit jemandem teilen zu können, ihre

Bedenken, ihre Hoffnungen. Vor allem die Last der Lüge. »Aber es wäre egoistisch und nicht richtig. Je weniger du weißt, umso einfacher ist es. Für alle.«

»Aber du liebst ihn?« Yvonne sah ihr tief in die Augen.

Sie überlegte sehr lange, bevor sie antwortete. Schließlich sagte sie kaum hörbar: »Ja.«

»Und er dich?«

Sie spürte, wie sich Tränen in ihren Augen bildeten. »Ich denke schon«, gab sie immer noch leise zurück.

»Okay.«

Sie wusste, dass Yvonne noch mehr Fragen auf der Seele brannten, am meisten vermutlich, warum in aller Welt er dann mit Carolin zusammen war. Sie war sich nicht sicher, dass sie das selbst hätte beantworten können.

»Und es geht dir gut?«

Sie nickte. »Ja. Es geht mir wirklich gut.« Abgesehen von der Tatsache, dass sie ihre Gedanken mit niemandem teilen konnte, ihr Glück ein Geheimnis war, hatte sie gelernt, mit der Situation umzugehen. Sie hatte kaum noch Gewissensbisse, hatte ihre Freundschaft zu Carolin und ihre Beziehung zu Gil in zwei völlig unterschiedliche Schubladen gepackt. Sie hatte nie mehr über die Möglichkeit nachgedacht, ihn vor die Wahl zu stellen. Es war ein viel zu hohes Risiko. Ein einziger Tag in Unwissenheit, ob er weiterhin zu ihr gehörte, hätte sie umgebracht. So wenig das jetzt auch der Fall sein mochte, war er doch an ihrer Seite, gab ihr das schönste Gefühl der Welt, wenn sie zusammen waren.

»Okay. Aber versprich mir, dass du mit mir redest, wenn es nicht mehr so ist. Wenn es dir eines Tages nicht mehr gut damit geht.«

»Ich verspreche es.« Kaia wusste nicht, ob sie es einhalten könnte, aber sie hoffte es. Vielmehr hoffte sie natürlich, dass dieser Tag nie käme.

»Ich hab dich lieb. Ich rufe dich vor dem Wochenende an.«

Kaia nickte, sie umarmten sich, und Yvonne trottete davon.

Als Kaia bei ihrem üblichen Platz im Park ankam, saß der Rest der Gruppe bereits beim ersten Bier. Sie winkte ihnen zu, Martin und Bianca, die in ihre Richtung blickten, winkten zurück. Carolin und Gil saßen mit dem Rücken zu ihr, sie lag entspannt in seinen Armen. Es machte ihr nichts mehr aus, es gehörte zu ihrem Alltag wie morgens ihre Socken anzuziehen.

Es hat nichts mit uns zu tun.

Sie setzte sich neben Bianca auf die Picknickdecke, die sie über der Erde ausgebreitet hatten. Es war kalt, sogar durch die Decke spürte sie den harten, abgekühlten Boden. Sie konnte auch nicht ihre Jacke unterlegen, dann wäre ihr allgemein zu kühl geworden. Selbst die Luft roch nicht nach frischen Blättern und Frühlingsblumen, sondern nach Frost und erstarrtem Grün. Die einzige Lösung war, sich mit ein bisschen Alkohol aufzuwärmen.

Carolin war auch schon zur Stelle, setzte sich auf und öffnete ihren Rucksack. »Möchtest du Bier oder Wein? Gil hat Weißwein aus seinem Keller geschmuggelt.«

»Wein klingt gut, danke.«

Carolin kramte einen Plastikbecher hervor, schraubte die Flasche auf und schenkte ein. Dann streckte sie ihr den vollen Becher mit ihrem üblichen fröhlichen Lächeln entgegen.

»Danke.«

Noch bevor sie zum Trinken ansetzte, wusste sie, dass es sich um ein vergessenes Überbleibsel aus dem vorigen Jahrzehnt handelte, statt des erhofften französischen Fundstücks. Der Geruch nach Essig war überwältigend. Und genau so schmeckte er auch. Sie verzog das Gesicht, als der erste Schluck auf ihrer Zunge landete, trank aber weiter. Wärme und Gelassenheit würde er ihr schenken, und das war das Hauptziel.

Nun bemerkte Kaia ein kleines Blitzen auf Biancas Nase.

»Hast du dich piercen lassen?«, fragte sie ihre Freundin.

Bianca rollte mit den Augen. »Oh, fang nicht damit an. Hat mir den ganzen Tag gestern versaut«, stöhnte sie.

»Es ist kein Piercing, nur ein Nasenclip«, erklärte Martin.

»Meine Eltern haben trotzdem durchgedreht«, fügte sie wieder augenrollend hinzu. Bianca stammte aus einer wohlhabenden Familie, die es ungern sah, dass die Tochter ein Faible für Grunge und Schmuddelklamotten hatte. Sie hätten sie lieber in hübschen Kleidern auf Bällen gesehen, sie bei einem Ferienjob auf einer Bank untergebracht. Nichts brachte Bianca mehr zum Ausrasten. Manchmal rebellierte sie ganz offensichtlich, provozierte Streit mit ihrem Auftreten oder ihren Aussagen. Sie war es meistens leid, sich zu verstecken.

»Dann nehme ich ihn eben nur, wenn ich nicht zu Hause bin«, erklärte sie jetzt. Es war also wieder der Moment gekommen, dass Verstecken doch zur praktischeren Option wurde. »Ich hätte es wissen müssen, mit Wahrheit kommt man nicht voran. Wahrheit bringt nur Ärger.«

Kaia fühlte Erleichterung, dass jemand diese Bürde mit ihr teilte. Wenn auch auf sehr unterschiedliche Weise.

»Hat irgendjemand von euch die Mathe-Arbeit überlebt?«, wechselte jetzt Martin das Thema. Tatsächlich war es die schlechteste Arbeit gewesen, an die Kaia sich in ihrer ganzen Schulzeit erinnern konnte. 80 Prozent der Klasse waren durchgefallen. Das bedeutete, die Arbeit würde ohnehin wiederholt werden müssen.

Auch jetzt schüttelten alle den Kopf. Carolin nahm ihr Heft aus dem Rucksack, breitete es vor ihnen aus. »Immerhin habe ich 17 Punkte erzielt«, verkündete sie stolz. Immer noch drei zu wenig für eine Vier. Kaia hatte 15 gehabt.

»Ich habe noch nie im Leben ein hässlicheres Koordinatensystem gesehen«, stellte Martin fest, und die Gruppe brach in schallendes Gelächter aus. Carolin nahm das Heft, schlug es ihm auf den Kopf und packte es gespielt beleidigt wieder weg. »Du bist doch nur neidisch.«

Martin lachte immer noch, stand auf und holte sich eine neue Flasche Bier. Der Vorteil an dem kalten Wetter war, dass es keinerlei Kühlung bedurfte. Dann ließ er sich zurück an seinen Platz neben Bianca fallen.

»Frau Jensen, was sagen Sie zur aktuellen Mathematikkrise in der 10b?«, sprach er in die Flasche und hielt sie anschließend Bianca unter die Nase.

»Ähm, ja, die Sache ist sehr bedauerlich. Wirklich sehr bedauerlich. Zurückzuführen ist diese Ausnahmesituation allerdings nicht auf eine eingeschränkte Intelligenz der Klasse, sondern vielmehr auf das allumfassende Nichtverständnis von Intervallgrenzen und Symmetrieachsen.«

»Haben Sie denn eine bessere Prognose für die Französischarbeit nächste Woche?«

Sie nahm ihm die Flasche aus der Hand. »Schwierige Frage. Lass mich kurz am Mikrofon trinken.«

Wieder gab es großes Gelächter, und Kaia fragte sich zum wiederholten Male, was die beiden davon abhielt, zusammen zu sein. Waren sie wirklich lieber gute Freunde?

Bianca nahm einen ausgiebigen Schluck und antwortete dann: »Definitiv.«

»Können Sie kurz ausführen, was eine Forderungsbewertung ist?«

»Klar. Jemand fordert dich zum Tanzen auf, du bewertest, wie scharf er ist. Ganz einfach.« Sie trank noch einmal an der Flasche und gurgelte dann mit dem Bier *Learning to fly*. Martin nahm sich die Flasche zurück, trank selbst, stand auf und begab sich in Superman-Flugposition, das Bier richtungsweisend vor sich, ein Bein nach hinten ausgestreckt. Dabei kam er schnell ins Schwanken, hüpfte, um sich wieder zu fangen, und verschüttete das Getränk überall um sich.

»Scheiße, frühzeitig abgespritzt«, folgerte er, während er den Schaum vom Flaschenhals schlürfte.

»Oh, da kann ich helfen«, sprang Gil ein und holte ein Kondom aus seiner Hosentasche. Kaia wunderte sich ein wenig, wie rasch er es griffbereit hatte und versuchte, sich nicht zu überlegen, wie er es sonst genutzt hätte.

Gil stülpte das Kondom kichernd über den Flaschenhals.

Martin drehte die Flasche um, das Bier füllte sich langsam in dem Gummischlauch.

»Der ultimative Härtetest – wie viel Bier verträgt ein Kondom?«, kommentierte Gil und schnippte mit den Fingern dagegen. Nun stand Carolin auf, hielt ihre brennende Zigarette daran.

»Bier ist kein Problem, meine Damen und Herren, doch bitte rauchen Sie nicht mit Ihrem Penis«, riet Martin, staunte jedoch im gleichen Moment über das unerwartete Ergebnis. Statt zu platzen, breitete sich das Kondom weiter aus, nahm immer noch Bier auf. Inzwischen war nur noch wenig Flüssigkeit in der Flasche.

»Feuerfeste Kondome – wo gibt's denn so was?«, fragte Bianca, mittlerweile in ihr eigenes Biermikrofon. Carolin legte noch einen drauf und hielt ihr brennendes Feuerzeug an die untere Seite des Gummis. Wie bei den meisten ihrer verrückten Aktionen, blieb Kaia lieber im Hintergrund, beobachtete und amüsierte sich.

»Oh, hier kommt schon die kleine Samenzelle!« Bianca deutete auf ein sanftes Blubbern im Bier.

»Achtung, es rinnt aus!«, warnte Gil, und endlich begann es zu tropfen. »Ein weiteres Mal ist somit bewiesen – seid vorsichtig, liebe Jugendliche, Kondome sind nicht dicht.«

Der Rest der Gruppe stand lachend um die tropfende Bierflasche herum. Carolin reichte den Essigwein weiter, und sie tranken direkt aus der Flasche.

»Wisst ihr was?«, warf sie dann in die Runde. »Lasst uns einen Pakt schmieden. Dass wir uns in fünfzehn Jahren wiedertreffen. Genau hier, an dieser Stelle.«

»Das ist … 2012?«, rechnete Kaia nach.

»Ja.«

»Gott, das ist so scheißweit weg … daran erinnert sich kein Mensch mehr bis dahin. Wer weiß, wo wir dann alle sind?« Eigentlich wollte sie darüber gar nicht nachdenken. Sie fand es schon schwierig, zu überlegen, wo sie am Ende der elften Klasse war, was sie studieren würde, ob Gil sich doch irgendwann für sie entscheiden würde.

»Darum geht es, uns wiederzusehen, falls wir uns aus den Augen verlieren. Deshalb ist es ja auch ein Pakt. Ein Pakt ist wichtig, den vergisst man nicht«, ließ Carolin nicht von ihrem Vorschlag ab.

»7. Mai 2012«, überlegte Martin. »Warum nicht? Ich habe noch keine Pläne.«

»7. Mai 2012«, wiederholten sie gemeinsam und prosteten sich zu, mit was auch immer sie gerade in der Hand hatten.

»Wo denkst du, wirst du sein, im Mai 2012?«, fragte Gil, während sie über die Brücke Richtung See spazierten. Der Rest der Gruppe hatte sich auf den Heimweg gemacht. Alle waren mittlerweile daran gewöhnt, dass die beiden sich angefreundet hatten und häufig noch allein Zeit verbrachten. Immerhin hatte Kaia ihn überhaupt erst der Clique angenähert. Auch Carolin schien keinen Verdacht zu schöpfen, was Gil manchmal wunderte. Sie hatte ansonsten ein sehr gutes Radar für Menschen und deren Gefühle. Sie waren allerdings auch immer besonders vorsichtig.

»Ich hoffe, dass ich bis dahin ein paar Bücher veröffentlicht habe«, antwortete Kaia und lächelte sanft. »Vermutlich werde ich nicht reich und berühmt sein … aber es wäre schön, wenn ich bei unserem Treffen zumindest ein Werk vorzeigen könnte«, meinte sie kichernd. »Und du?«

»Ich weiß nicht … Hoffentlich nicht hier. Ich meine … nichts gegen Hamburg, ich mag die Stadt mittlerweile wirklich gern. Aber ich würde lieber nicht den Rest meines Lebens an einem Fleck festhängen. Idealerweise reise ich durch die Welt, schreibe mich von Ort zu Ort.« Er strich sich durch die Haare, stellte sich vor, wie er irgendwo auf Fidschi am Strand saß und fiebrig in ein Notizbuch kritzelte, neben sich einen Cocktail und eine Hängematte. »Aber ich verspreche dir, ich werde dir von überall eine Ansichtskarte schreiben, solltest du nicht an meiner Seite sein.«

»Quatsch«, widersprach sie. »Bis dahin weiß doch niemand mehr, wie wir alle hießen.«

Er blieb direkt vor dem See stehen, nahm ihr Gesicht in seine Hände und sah ihr in die Augen. »Ich werde dich nie vergessen, Kaia. Das ist unmöglich. Du bist so tief in meinem Herzen, dass ich dich da nie wieder rauskriege.« Er lächelte, sie wurde rot. Er meinte es ernst. Er fühlte sich so stark mit ihr verbunden, von ihr verstanden, dass er sich ein Leben ohne sie schwer vorstellen konnte. »Ich wusste es das erste Mal, als wir miteinander sprachen. Nie zuvor habe ich mit jemandem ein so anregendes erstes Gespräch geführt. Nie zuvor hat jemand in meinem Alter auf Luc Besson verwiesen.«

Sie lachte.

»Als du dann sagtest, du würdest auch schreiben, wusste ich: Das war der Beginn von etwas Besonderem.« Er küsste sie. Dann spazierten sie Hand in Hand weiter durch den Park. Nur wenigen anderen Menschen war an diesem kalten Mainachmittag nach einem Spaziergang zumute.

»Was war das Erste, was du je geschrieben hast?«, fragte er.

Sie zuckte mit den Schultern. »Ich erinnere mich nicht genau. Ich lernte sehr früh schreiben, noch vor der Schule. Ich erinnere mich, dass ich mir ständig Geschichten ausgedacht habe.«

Er sah sie von der Seite an, ihre glänzenden Augen, ihre langen, wunderschönen Haare, die ihr über die Schulter fielen, ihr zartes Lächeln, als sie in Erinnerungen schwelgte, und er lächelte sofort mit ihr. Er war über beide Ohren in sie verliebt.

»Während ich spazieren ging, wenn ich allein in meinem Zimmer lag. Ständig hatte ich eine Geschichte im Kopf. Manchmal dachte ich sie laut durch, sprach sie vor mich hin. Vor allem, wenn sie länger und komplizierter war, zu kompliziert, um sie aufzuschreiben. Die Kürzeren schrieb ich nieder. Später tippte ich alles in die Schreibmaschine meines Großvaters.«

Sie passierten das Naturbad mit den großen rotbraunen Torbögen, bogen dann um die Ecke und schlenderten unter den hohen Bäumen vorbei, die über den breiten Spazierwegen wachten. Ein paar Vögel zwitscherten in der Hoffnung, doch den Frühling hervorzulocken.

»Erinnerst du dich noch an das Erste, was du je geschrieben hast?«, fragte sie.

»Ja.« Er begann viel, viel später mit dem Schreiben. Lange Zeit war er nur eine begeisterte Leseratte gewesen, saugte alles in sich auf, arbeitete sich durch die verschiedensten Stile und Genres, fand heraus, was ihn am meisten faszinierte. Erst vor wenigen Jahren hatte er erstmals selbst zu Stift und Papier gegriffen und ein paar unvollständige Absätze niedergeschrieben. »Es war ein Dialog. Ohne Beschreibungen, ein fiktives Gespräch zwischen zwei Personen. Ich liebe Dialoge. Ich finde, manchmal lernt man Menschen viel mehr darüber kennen, was sie sagen, als ewig ihren Charakter zu schildern.« Er genoss ihre Gespräche. Es waren die Art von Gesprächen, die er mit Carolin nie hätte führen können. Sie gab ihm hingegen ruhige Nachmittage voller Zärtlichkeit, gemeinsame Abende im Kreis der Familie, Lachanfälle ohne triftigen Grund. Er hatte alles, was er sich wünschen konnte, und noch viel mehr. Und er war sehr erleichtert darüber, dass Kaia so gut damit umgehen konnte.

Sie stiegen nun die rote Treppe am Ende des Weges hinauf, die auf eine kleine Lichtung führte. Gil breitete seine Jacke auf dem Boden aus und setzte sich.

»Ist dir nicht kalt ohne Jacke?«, fragte sie.

Er wehrte mit einer Handbewegung ab. Sie ließ sich neben ihn fallen. Er legte den Arm um sie, ihr Kopf rastete an seiner Schulter.

»Ich habe heute etwas mitgenommen«, sagte sie dann ganz leise.

»Du hast was mitgenommen?« Er dachte an ein Stück

übrig gebliebenen Kuchen, eine Flasche Wein, vielleicht etwas vom Bäcker.

»Etwas, das ich geschrieben habe.«

Sein Herz hüpfte. Er war zugleich erfreut und erstaunt, so sehr, dass er sich zusammenreißen musste, nicht hochzufahren, aufzuspringen, denn er wollte sie weiterhin nahe an sich spüren. Seit dem ersten Tag, als sie sich kennengelernt hatten, hatte er sie darum gebeten, etwas lesen zu dürfen. Und seit dem gleichen Tag hatte sie es vehement verweigert. Sie hatte ihm erzählt, woran sie gerade schrieb, welche Ideen sie hatte, fragte ihn um seine Meinung, seinen Blickwinkel. Doch das Endprodukt war immer ihr Geheimnis. Er fühlte sich also geehrt und war extrem gespannt, endlich eines ihrer Werke kennenzulernen.

Sie kramte in ihrer Schultasche, zog ein paar mit Schreibmaschine getippte Blätter Papier heraus.

»Es ist eine Kurzgeschichte«, erklärte sie und drückte sie ihm in die Hand.

»Lies sie mir vor.«

Etwas widerwillig nahm sie die Blätter zurück, räusperte sich und begann, leise zu lesen.

»Lauter«, forderte er.

»Ich will nicht, dass es der gesamte Park mitbekommt.«

»Du hast eine wunderschöne Stimme, und du solltest stolz sein auf das, was du geschrieben hast.«

»Bin ich auch.«

»Dann lies es auch so vor«, verlangte er lächelnd, aber bestimmt.

Sie las weiter, etwas lauter und sicherer. Sie kam nicht ganz bis zur Hälfte der Geschichte, als sie seinen Mund auf ihrem Nacken spürte, seine zärtlichen Küsse auf ihrer Haut. Erst musste sie lachen. Dann versuchte sie weiterzulesen. Er machte sich an ihre Ohrläppchen. Es kitzelte sie, törnte sie aber auch an. Für einen Moment schloss sie die Augen, vergaß die Worte, die vor ihr auf dem Papier standen. Doch im nächsten Augenblick wurde sie wütend. Wie konnte er so unaufmerksam sein, während sie ihm ihre innersten Gedanken offenbarte? Wie konnte er sie ablenken, wo sie sich zum ersten Mal dazu durchgerungen hatte, ihm eine ihrer Geschichten zu präsentieren? Noch dazu laut! Sie stieß ihn weg, stand verärgert auf.

»Hörst du überhaupt zu?«

»Ja.«

»Wieso machst du das? Ich lese dir hier etwas vor, etwas Persönliches, etwas, das mir viel bedeutet.«

»Ich weiß. Lass dich nicht aus der Ruhe bringen.« Sein Blick war gelassen, klar, selbstverständlich.

»Lass mich … was??« Ihr Ärger stieg weiter an.

»Lass dich nicht aus der Ruhe bringen. Nicht von mir und nicht durch irgendetwas oder irgendjemanden auf der Welt.« Er behielt definitiv die Ruhe, während er das sagte. »Du hast hier ganz klar etwas Tolles geschaffen. Besser als alles, was ich je geschrieben habe. Mit dieser Sicherheit solltest du es auch präsentieren, egal, was um dich herum passiert.«

Besser als alles, was ich je geschrieben habe. Dieser Satz schoss ihr durch Mark und Bein und ging direkt in ihr Herz. Sie wusste nicht, was sie darauf erwidern sollte.

»Es ist nicht wichtig, was andere sagen oder denken oder tun, wenn du weißt, dass deine Arbeit gut ist. Schriftstellerei ist eine Gabe. Wenn man gut darin ist, ist es ein zusätzliches Glück. Du bist gut, steh dazu und schalte alles um dich herum aus.«

»Auch dich.«

»Auch mich.« Nun grinste er. »Es wird immer Leute geben, die unaufmerksam sind, die es nicht interessiert, die lachen oder sich unterhalten. Ignorier es. Tauch ein in diese Welt, die du geschaffen hast, konzentrier dich darauf und gib alles.«

Sie setzte sich wieder. Dann begann sie erneut zu lesen und zog es diesmal unbeirrt bis zum Ende durch. Sie ließ sich nicht abbringen, als er sich eine Zigarette anzündete, nicht, als er mit ihren Haaren spielte, nicht einmal, als er mit seinen Fingerspitzen ihre Hand streichelte und die Worte vor ihren Augen verschwammen.

Als sie fertig war, sagte er nur: »Danke.«

Sie atmete tief durch und antwortete: »Danke dir.«

Und sie meinte es so.

Die Sonne stand immer noch hoch am Himmel, als sie sich auf den Weg zurück zur Schule machten. Gil wusste, dass das Gebäude auch abends nicht abgeschlossen war, weil gewisse Kurse für Abendschüler stattfanden. Doch die waren bestimmt noch nicht eingetroffen, und das Putzkommando war bereits vor Stunden fertig geworden. Im Moment sollte das Gebäude also ruhig und verlassen sein. Er ging zielstrebig auf seinen Spind zu, öffnete ihn und holte eine dicke, selbst gedrehte Zigarette hervor, die er schmunzelnd hinter der Spindtür präsentierte.

»Ist es das, was ich denke, dass es ist?«

»Ich weiß nicht immer, was du denkst. Aber ich vermute, du hast es erraten.«

»Wie hast du den in die Schule gebracht?«, fragte Kaia.

»Ich habe ihn in der Schule gekauft.«

Jetzt kam sie sich etwas naiv vor.

»Und jetzt willst du ihn rauchen?«

Er nickte breit grinsend, steckte den Joint in seine Hosentasche und schloss den Spind wieder.

»Hier?«, vergewisserte sie sich.

»Ja. Es ist niemand im Gebäude um diese Zeit. Die Abendschüler kommen frühestens ab sieben.« Er nahm ihre Hand und stapfte munter drauflos. »Hast du schon mal?«, erkundigte er sich jetzt.

»Nein.«

Er blieb stehen. »Möchtest du? Ich kann ihn auch wieder wegpacken, wenn es dich stört. Ich werde definitiv nicht allein rauchen.«

»Nein, es ist okay. Wenn ich es mit jemandem probieren will, dann mit dir. Yvonne sagt immer, man muss sich dabei wohlfühlen, in guter Stimmung sein.«

»Das ist definitiv ein Vorteil. Anders als Alkohol verstärkt Marihuana oft einfach das Gefühl, das man gerade hat. Wenn du also deprimiert oder verärgert bist, ist es nicht unbedingt die beste Idee.«

»Bin ich nicht.« Sie küsste ihn lange. »Ich bin in einer hervorragenden Stimmung.«

»Okay.« Wieder nahm er ihre Hand. »Welche Klasse möchtest du entweihen?«

»Wie wär's mit der Abiklasse?«

»Gute Wahl.«

Sie machten sich auf den Weg in das oberste Stockwerk, öffneten die Tür zum Klassenzimmer, und Kaia setzte sich auf den vordersten Tisch. Gil machte ein Fenster auf und zündete den Joint an. Er blieb an dem offenen Fenster stehen, während er den Rauch einsog und ins Freie blies.

»Komm, sonst wird man das später noch hier riechen.«

Sie gesellte sich zu ihm, nahm ebenfalls einen ausgiebigen Zug. Die ersten paar Minuten merkte sie gar nichts. Nach dem vierten, fünften Zug spürte sie ein wohliges Gefühl um ihr Herz. Sie kuschelte sich an Gil, er weitete seine Jacke um sie herum aus.

»Ich mag es. Es ist schön. Es verlangsamt die Welt.«

Er lachte. »Ja, das kann sein.«

Irgendwann, als sie ihr Zeitgefühl gänzlich verloren hatte, wanderte sie im Klassenzimmer herum. Sie betrachtete die Englischarbeiten, die an einer Metallleiste an der Wand angebracht waren und versuchte zu lesen, was darauf stand. Die Worte ergaben keinen Sinn, Buchstaben verschwammen oder tauschten ihren Platz, neue Wörter entstanden, die sie extrem amüsierten. Sie kicherte sich von einem Blatt zum Nächsten, während Gil sie still vom Fenster aus beobachtete.

»Ich habe Durst«, stellte sie fest. Gil deutete auf den Wasserhahn direkt neben ihr. Sie drehte ihn auf und hielt ihren Mund in den laufenden Strahl.

»Schreibst du eigentlich immer auf Deutsch?«

Er überlegte einen Augenblick. Auch seine Gedanken verlangsamten sich, alles drang von weiter her zu ihm durch.

»Nein.«

»Was schreibst du auf Französisch?«

»Einzelne Wörter.« Er zündete den Joint erneut an. »Manchmal … manchmal fällt mir ein Wort zuerst auf Französisch ein. Manche Wörter lassen sich schlecht übersetzen und sind besser … treffender auf Französisch.«

Sie kam bedächtig auf ihn zu, ein Wassertropfen lief über ihr Kinn. Er küsste ihn weg. Dann küsste er sanft ihren Hals, ihren Nacken, roch ihr zartes Parfum. Ihre Atmung war ruhig, genießerisch, leise.

»Ich habe Durst.«

»Du hast gerade getrunken«, flüsterte er ihr ins Ohr.

»Habe ich das?«

Er lachte.

»Der Wasserhahn ist dort drüben.«

Sie drehte sich von ihm weg, durchquerte das Klassenzimmer und trank. Dann fuhr sie abrupt auf, ließ das Wasser laufen, sah sich um und eilte wieder zum Fenster. »Ich muss das aufschreiben.«

»Was?«, fragte er amüsiert, immer noch um einiges nüchterner als sie.

»Diesen Gedanken. Ich muss ihn aufschreiben.« Sie ging zum Lehrerpult und zog an den Schubladen, die jedoch abgeschlossen waren. Ungeduldig rüttelte sie an jedem Knauf, doch keiner gab nach. Gil drehte den Hahn ab.

»Ich brauche Papier und Stift. Ich bin so inspiriert, ich könnte gerade ein ganzes Buch schreiben«, rief sie enthusiastisch in die Stille des Raumes und gestikulierte dabei wild in der Luft.

Er lachte wieder laut auf, griff in seinen Rucksack, holte ein Federmäppchen und einen Block heraus und gab ihr beides. Doch sie hatte bereits begonnen, an die Tafel zu kritzeln.

»Kaia, Schatz!« Nach dem dritten Mal hatte er ihre Aufmerksamkeit. Sie drehte sich um, Kreide in der Hand, ihre Finger blau.

Er versuchte zu lesen, was sie in recht kleinen Buchstaben auf den dunkelgrünen Hintergrund gekritzelt hatte, doch nun verschwammen die Wörter auch vor seinen Augen. Während sie fiebrig in sein Notizbuch schrieb, drückte er den Joint auf der Fensterbank aus und warf die Kippe fünf Stockwerke nach unten.

Er drehte sich um, sah ihr ein Weilchen zu, wie sie über das Lehrerpult gebeugt war. In all der Verschwommenheit um ihn, war sie die einzige Klarheit. Er konnte jede ihrer Bewegungen erkennen. Ihre Hand, wie sie über das Papier flog und völlig unregelmäßige, schräge Sätze auf dem karierten Block hinterließ, ihre Haare, die ihr zerzaust ins Gesicht fielen, die sie am Ende jeder Zeile zurückwarf, mit einer Geste, wie die Schreibmaschine in die nächste Zeile zu schieben. Ihre Schultern, die sich mit ihren Armen mitbewegten. Ihr Oberkörper blieb dabei ganz still, ihr Blick lag konzentriert auf dem karierten Weiß, ihr Atem war rascher geworden, aufgeregter. Er ging auf sie zu, legte seine Arme von hinten um sie. Wieder küsste er ihren Nacken, sie kicherte.

»Gleich. Ich habe es gleich.«

»Wird es der nächste Literaturnobelpreis?«

»Ja«, gab sie überzeugt und kühl zurück.

Seine Hände fuhren unter ihren Sweater, strichen über ihren Bauch, berührten ihre Brüste. Er war unmittelbar erregt, sobald er ihre Haut unter seinen Fingern spürte.

Endlich legte sie den Stift zur Seite, warf den Kopf in den Nacken und stöhnte leise.

»Dreh dich um, ich will dich sehen.«

Sie drehte sich zu ihm. Er nahm ihren Kopf zwischen seine Hände, küsste sie lange. Dann hob er sie mit einem schnellen Ruck auf den Tisch. Immer noch seinen Mund auf ihren gepresst, öffnete er seinen Gürtel, seine Hose, dann ihre. Als er unter ihr Höschen fuhr, stöhnte sie wieder auf, diesmal lauter. Sie zog ihn an sich, in sich, und schließlich verschwamm auch sie, während er sich in ihr verlor.

24

Samstag, 2. Juli 2016
Frankfurt am Main

Gil sah aus dem Fenster, während er eine Zigarette rauchte, sah auf seine vollen Obstbäume und auf die leere Straße dahinter. Dazu trank er Tee. Kein Wein heute, das hätte gegen die Regeln verstoßen. Auch bevor sie zusammen waren. Er hatte lange überlegt, ob es überhaupt eine gute Idee gewesen war, sie zu sich einzuladen. Tatsächlich war es ein sehr spontaner Einfall gewesen, als sie darüber gesprochen hatten, was sie zu seinem Geburtstag unternehmen wollten. Er hatte gesagt: »Du könntest zu mir kommen. Ich zeige dir mein Haus, wir trinken Kaffee.« Anschließend hatte er mehrfach überlegt, wieder abzusagen. Es reizte ihre Regeln aus. Sein Haus war kein romantischer Ort, aber sein Zufluchtsort, sein persönliches Reich. Doch sie hatte nichts dagegen eingewendet, und er wollte sie nicht vor den Kopf stoßen, indem er sie kurzfristig wieder auslud.

Er hatte versucht, alles so neutral wie möglich zu halten. Die Weinflaschen waren sicher im Keller verstaut, sein Schreibtisch ordentlich aufgeräumt. Das Bett hatte er mit einem unsexy grauen Leinenlaken überzogen. Er hatte keine Musik angestellt, keine Duftkerze angezündet, nichts, das in irgendeiner Weise ein besonderes Ambiente schaffen würde. Trotzdem konnte er die ganze Woche über an nichts anderes denken als den Moment, in dem sie durch seine Tür spazieren würde. Was würde sie sagen? Würde sie sich wohlfühlen? Wo würde sie sich hinsetzen? Was würde ihr als Erstes auffallen? Würden sie so ungezwungen und offen reden wie immer?

Jetzt kam sie die Straße entlangspaziert, ihre langen dunklen Haare glitzerten in der Sonne. Sie trug einfache blaue Jeans und ein weißes T-Shirt, das locker über ihren Oberkörper fiel. Ihre Augen waren von einer Sonnenbrille bedeckt. Sie kam mit raschem und bestimmtem Schritt auf seine Eingangstür zu. Er öffnete, bevor sie klingeln konnte. Sie war etwas überrascht.

»Hey.«

»Moin. Das war schnell.«

»Ich habe dich vom Fenster aus gerade gesehen.« Er ging einen Schritt zurück, ließ sie herein und schloss die Tür. Bukowski kam hechelnd auf sie zu, sprang aufgeregt um sie herum.

»Hi, Großer«, begrüßte sie ihn mit einem ausgiebigen Krauler. Sie nahm die Sonnenbrille ab, blieb hinter dem Eingang stehen und sah sich um.

»Schön«, kommentierte sie. »Sehr frei und großzügig.« Sie ging ein paar Schritte weiter hinein. Bukowski folgte ihr. »Die Couch hier direkt hinter dem Eingang, das finde ich gut. Da möchte man sich gleich hinsetzen und drauflosquatschen. Und du hast viel Licht.« Sie ging zur Glastür neben der Küche. »Und eine Terrasse. Richtig ordentlich. Wann findest du dafür die Zeit?«

»Ich habe eine Reinigungshilfe. Sie kümmert sich auch um den Außenbereich.«

Sie grinste, hob wissend die Augenbrauen. Dann fiel ihr Blick auf die Pinnwand neben der Terrassentür. Seine Ideenwand. Die hatte er völlig vergessen. Er trat instinktiv einen Schritt zurück, verschränkte die Arme.

»Ist es okay, wenn ich hier stöbere?«, wandte sie sich an ihn.

»Klar.« Ein bisschen unwohl fühlte er sich dabei. Seine Ideen gehörten in der Regel nur ihm. Höchstens Keiki schenkte ihnen manchmal Beachtung.

Sie las drüber, schmunzelte bei einigen, verzog bei anderen die Augen zu einem schmalen Schlitz. Dann drehte sie sich um, lächelte ihn an, sagte aber nichts. Er war noch nicht bereit nachzufragen.

Nun fiel ihr Blick auf die gegenüberliegende Seite des Raumes, wo sein großzügiger Designersessel stand – sein Lieblingsplatz. Dahinter hatte er an der Wand einen Fernseher angebracht, den er selten nutzte, daneben lag Bukowskis riesiges Bett.

»Was ist das?«, fragte sie und deutete auf das breite, runde Sitzmöbel, das sich lang und viereckig nach vorne zog.

»Mein Designersessel.«

»Dein was?«

Er lächelte. »Es ist mein Lieblingsplatz, ich kann dort nachdenken, mich zurücklehnen, sogar schlafen. Er ist beruhigend, aber auch anregend.«

Sie sah ihn skeptisch an. »Was kostet so was?«

Er zuckte mit den Schultern. »Knapp 1000 Euro?«

»1000 Euro für einen einzelnen Sessel«, zweifelte sie mit hochgezogenen Augenbrauen an seinem Verstand.

»Du verstehst es erst, wenn du darin gesessen hast.«

Auf diese Ehre schien sie vorerst verzichten zu wollen. Sie machte es sich stattdessen auf dem Sitzsack gemütlich, der neben seiner Couch stand und auf dem auch Keiki meistens saß. Bukowski legte sich zu ihren Füßen. Sie streichelte ihn wieder.

»Was möchtest du trinken? Kaffee? Cola? Wasser?« Er fühlte sich ein wenig schäbig, ihr keinen Wein anzubieten, wo er ausgesprochen guten Wein im Keller hatte. Doch Gesetz war Gesetz.

»Kaffee klingt gut, danke.«

Er ging in die Küche, machte die Kaffeemaschine an und bereitete zwei Espresso zu. Als er sie auf dem Holztisch vor dem Sofa abstellte, kramte sie etwas tollpatschig in ihrer Tasche herum.

»Ich habe etwas mitgebracht.« Sie fuhr sich durch die Haare, kramte weiter. »Ich dachte, zu deinem Geburtstag … Mir fiel kein gutes Geschenk ein. Also habe ich mir gedacht, du möchtest vielleicht …« Sie seufzte laut. Dann zog sie ein paar Bögen bedrucktes Papier hervor. »Ich habe Kapitel vierundzwanzig mitgenommen.« Sie war immer noch aufgeregt, wenn jemand erstmalig etwas aus ihrem Werk las. Vor allem, wenn es nicht fertig überarbeitet war, nicht zu Ende gebracht, sie mittendrin steckte. Doch sie konnte die Freude sofort an seinem Gesicht erkennen. Sein Mund verzog sich zu einem breiten Lächeln, seine Augen leuchteten.

»Wow. Ich darf?«

Sie nickte und streckte ihm die Bögen entgegen. »Ich werde es keinesfalls laut lesen. Nicht, weil ich es nicht gut finde, sondern weil ich möchte, dass du es so liest, wie du es dir vorstellst.«

»Okay.« Er nahm die Seiten an sich. »Vielen Dank. Ich fühle mich sehr geehrt.«

Dann vergrub er sich die nächsten zwanzig Minuten in ihrer Wortwelt, und sie beobachtete gespannt jede seiner Bewegungen und Ausdrücke. Sie freute sich, wenn er lachte, überlegte, wo er wohl gerade war, wenn er stutzte, folgte seinen dunklen Augen, wie sie über die Zeilen flogen, sah auf seine ruhigen Hände, wenn sie weiterblätterten. Schließlich legte er das Gelesene auf seinem Schoß ab und blickte sie freudig an.

»Was sagst du?«

»Das ist das schönste Geburtstagsgeschenk, das ich je bekommen habe.«

»Ich nehme es aber wieder mit.«

Er schmunzelte. »Trotzdem.«

»Du findest es gut?«

»Ich finde es fantastisch. Es ist mutig, fragend, leidenschaftlich, witzig.« Er überlegte sich jedes einzelne Wort sichtlich gut, und sie war begeistert von jedem, denn es war genau das, was sie ausdrücken wollte.

»Danke.«

»Darf ich eine Anmerkung machen?«

»Natürlich.«

»In der Szene, als die beiden sich küssen …«, sprach er

vorsichtig an.

»Ja?«

»Das ist die einzige Stelle, an der die Leidenschaft fehlt. Ich spüre das Feuer nicht. Ich habe nicht das Gefühl, dass die Welt um sie herum stehenbleibt, dass sie sich gleich die Kleider vom Leib reißen werden.« *Und so sollte es doch sein.*

Sie wusste, dass er recht hatte. Es war ihr zu riskant gewesen, sich voll und ganz hineinzuversetzen, sich gehen zu lassen. Das konnte sie gerade gar nicht brauchen.

»Ich weiß«, gab sie also zu. »Da muss ich nochmals ran.« *Später*, dachte sie. Viel später. In der letzten Überarbeitung, irgendwann Anfang nächsten Jahres.

Sie tranken beide schweigend den kalten Kaffee, vermieden es, das Thema weiter auszuführen. Bukowski lag zufrieden zu ihren Füßen.

»Wie sieht es bei dir aus?«, fragte sie schließlich. »Schreibst du viel?«

»Ja.«

»Geschichten? Oder etwas Längeres?«

»Hauptsächlich Geschichten. Aber auch viele Kurztexte. Gedanken.«

»Und wann wirst du etwas davon veröffentlichen?«

»Wenn es gut genug ist.« Er grinste, zündete sich eine Zigarette an.

»Ach, komm schon. Du wirst nie mit etwas absolut zufrieden sein. Aber die Welt sollte mitkriegen, was du machst.«

»Wieso?«

»Weil ich deine Ideen auf dem Board gelesen habe. Weil sie einzigartig und umwerfend sind.« *Sie sind ganz du*, war ihr nächster Gedanke, den sie aber gerade noch rechtzeitig zurückhielt.

Er fuhr sich durch die Haare, sah sie lange schweigend an.

»Hast du mal über einen Poetry-Slam nachgedacht?«, schlug sie vor, was ihr schon seit Wochen im Kopf herumgeisterte.

»Ich bin kein Poet.«

»Du bist der klassische Poet, der keiner sein will. Und bei einem Poetry-Slam musst du nicht dichten, nicht einmal unbedingt poetisch sein. Hast du schon einen gesehen?«

»Ja.«

»Es wäre eine perfekte Testmöglichkeit. Du müsstest deine Werke keinem Verlag anbieten, wo es raus ist, wenn es gedruckt ist. Du kannst etwas lesen, schauen, wie das Publikum reagiert, wie es dir gefällt, wenn du es laut liest, was du dabei fühlst. Du kannst es von einem Mal aufs nächste ändern und anpassen. Es ist ein ständiger Prozess.«

Er zog immer noch stumm an seiner Zigarette. Sie wurde aus seinem Blick nicht schlau. Er saß mit überschlagenen Beinen auf dem Sofa, hatte sich zurückgelehnt, die freie Hand lag auf seinem Knie. Sein Blick hatte sich keine Sekunde von ihr abgewandt.

»Als ich dir zum ersten Mal etwas vorgelesen habe, sagtest du, ich sollte stolz darauf sein, sollte mich nicht daran stören, was andere denken. Du hast mir eine wertvolle Lektion erteilt. Sie hat mir oft geholfen im Leben, wenn ich unsicher war. Wenn ich etwas vor großem Publikum las und dachte, sie würden kein Wort verstehen von dem, was ich geschrieben habe. Dann habe ich an deine Worte gedacht und einfach gelesen. Und es ist niemals schiefgelaufen.«

Er lächelte, als sie den Moment im Park erwähnte und auch wieder beim letzten Satz.

»Ich finde, es ist Zeit, dass du dich selbst daran hältst.«

Er blies eine große Rauchwolke zur Seite und sagte dann, ohne sich zu bewegen: »Okay.«

»Okay«, wiederholte sie ungläubig.

»Ich werde es mir überlegen. Alle deine Argumente sind hieb- und stichfest.« Jetzt stand er auf, drückte die Zigarette aus, blieb dicht vor ihr stehen und sagte: »Du bist sehr überzeugend.« Er nahm die leeren Kaffeetassen und trug sie in die Küche. Dann kam er mit einer anderen Zigarette zurück.

»Ich finde, wir sollten zur Feier des Tages gemeinsam rauchen.«

»Ist es das, was ich denke?«

Er grinste. »Ich weiß nicht immer, was du denkst, aber ich nehme an, du hast es erraten.«

In einem kurzen Erinnerungsflash kicherte sie. »Ich weiß nicht, ob das eine so gute Idee ist. Ist das nicht gegen unsere Regeln?«

»Eeeeeh …« Er bewegte abwägend die Hände. »Keinen Alkohol, hatten wir gesagt, rauchen haben wir nie diskutiert. Ich nehme an, es ist, wie im wirklichen Leben, eine Grauzone.«

Sie lachte. Mit einem etwas mulmigen Gefühl dachte sie an das letzte Mal zurück, als sie zusammen gekifft hatten, als sie sich vergesslich und inspiriert gefühlt hatte und sie sich anschließend auf dem Lehrerpult geliebt hatten. Doch damals hatte Marihuana sehr schnell und sehr stark bei ihr gewirkt. Mittlerweile war sie älter, geübter. Sie rauchte selten, noch seltener, seit sie aufgehört hatte, normalen Tabak zu rauchen. Aber ganz unvorbereitet würde es sie nicht treffen.

»Okay. Ein paar Züge. Zur Feier des Tages«, willigte sie ein.

Er setzte sich wieder ihr gegenüber, zündete den Joint an und nahm einen kräftigen Zug. Dann reichte er ihn an sie weiter. Leicht amüsiert beobachtete er, wie sie nach dem ersten Inhalieren stark husten musste. Bukowski verzog sich auf sein Bett.

»Wann hast du aufgehört zu rauchen?«, erkundigte er sich.

»In Paris. Oder genauer gesagt, seit ich aus Paris zurück bin.« Sie nahm noch einen Zug, hustete erneut. »Am letzten Abend, bevor ich zurückflog, stand ich am Fenster meines Apartments und sah in die Nacht hinaus. In eine sehr helle Nacht. Ich hatte sie mit einem namenlosen Fremden verbracht. Bis zum Morgengrauen stand ich dort, rauchte und überlegte, ob ich für immer bleiben sollte. Stellte mir mein Leben vor, wie es sein könnte«, erzählte sie leise. »Am nächsten Morgen fuhr ich zurück nach Hamburg und habe seither nie wieder eine Zigarette angefasst.«

Er verstand nur vage den Zusammenhang, doch er verstand, dass sie einen Teil von sich in Paris zurückgelassen hatte; eine andere mögliche Kaia, ein Paralleluniversum.

Sie nahm einen letzten Zug, reichte ihm den Joint dann mit den Worten: »Der ist ganz schön stark. Wo hast du den her?«

»Amsterdam«, gab er zurück, während er den Rauch einsog. Der Joint schmeckte so viel besser mit dem Wissen, dass das Papier vor wenigen Sekunden an ihren Lippen war. »Ein, zwei Mal im Jahr fahre ich hin, bummle durch die Stadt, probiere mich durch die *Coffeeshops* und kaufe Vorrat.« Ein angenehm ruhiges Gefühl machte sich in ihm breit. »Wusstest du, dass es dort ein Prostitutionsmuseum gibt?«

Sie lachte wieder. »Nein. Ich war noch nie dort.«

»Du solltest nächstes Mal mitkommen. Du wirst erstaunt sein, welche Museen du dort findest. Egal, was du sammelst oder was dich interessiert, ich verspreche dir, du wirst fündig.«

»Ich überlege mir etwas Schönes.« Auch sie schien nun entspannter, hatte die Beine auf den Sitzsack gezogen und warf die Haare zurück. Er liebte diese Bewegung, hatte sie schon immer geliebt.

»Denkst du, dein Leben wäre in Paris besser verlaufen? Hast du es bereut, nicht dortgeblieben zu sein?«

Sie schüttelte den Kopf. »Nein. Nein, es war die richtige Entscheidung. Ich glaube, auf Dauer hätte es mich aufgefressen, dieses Leben.«

Das gab ihm eine dunkle Vorstellung davon, welche Art von Leben sie in Paris geführt hatte, und das machte ihn umso neugieriger. Zum wiederholten Mal bereute er es, damals nicht an ihrer Seite gewesen zu sein.

»Hast du deinen Nobelpreisroman je beendet?«, fragte er, während er die Zigarette wieder an sie zurückgab.

»Nein …« Sie lächelte, ihre Augen kleiner, glänzend, wunderschön. »Ehrlich gesagt, habe ich nie vollständig entziffern können, was ich auf das Papier gekritzelt habe. Einzelne Wörter, ja, aber keine zusammenhängenden Gedanken.«

»Das wundert mich nicht extrem.«

»Ich weiß.« Sie kicherte.

»Hast du die Notizen noch?«

»Ja.« Sie grinste immer noch, während sie mittlerweile inhalierte wie ein Profi.

»Vielleicht solltest du sie heute lesen.«

»Gute Idee.« Sie gab ihm die Zigarette wieder und stand auf. »Ich werde mich jetzt auf deinen Designersessel setzen.« Mit festen Schritten ging sie darauf zu. Er beobachtete ihre fließenden Bewegungen. Ihren aufrechten Gang, ihre langen Beine, die fast lautlos über seinen Parkettboden tappten, kleine goldene Reifen auf ihren Armen, die bei jedem Schritt leise klirrten. Sie ließ sich tief in den Sessel fallen, lehnte sich zurück, legte die Hände auf der Seite ab und schloss die Augen. »Mmmmhh …«, seufzte sie. Der raue, zufriedene, genießerische Ton in ihrer Stimme jagte Gil Schauer über den Rücken.

»Okay, ich gebe dir recht. Er ist sein Geld wert.« Jetzt setzte sie sich auf, rutschte ans vordere Ende, stellte die Füße beidseitig ab und sah zu ihm. War es eine Aufforderung?

Egal. Heute ist so gut wie jeder andere Tag, um sich zu verlieren.

Er stand auf und ging langsam zu ihr. Sie beobachtete ihn wortlos, lächelte nicht, bewegte sich nicht. Er setzte sich hinter sie.

»Hey, Pusteblume.«

»Hi«, kam es flüsternd zurück.

Er rückte noch näher an sie. Sein Oberkörper berührte ihren Rücken, seine Oberschenkel ihre Hüften. Wieder hielt er den Atem an. Er legte seine Arme um sie, drückte sie an sich, vergrub sein Gesicht in ihren Haaren. Es war so wunderbar, sie endlich zu spüren. Er bemerkte, wie auch ihr Kopf sich ihm kaum merklich zuwandte. Er streckte seine Hände aus und strich mit seinen Fingerspitzen ihre Arme entlang. Sein Herz machte einen Sprung, als er sah, wie sie eine Gänsehaut bekam. Es klopfte laut und schnell, als er seine Hände auf ihre legte, ihre Finger sich ineinander verschränkten. Fast vergaß er, wieder zu atmen. Vorsichtig strich er ihre Haare nach vorne, küsste ihren Nacken, ihre Schultern. Sie sog laut den Atem ein, er ihren Duft, versank darin, wie er es so oft getan hatte. Er hatte einen betörenderen Effekt auf ihn als drei Joints aus Amsterdam. Jetzt wanderten seine Hände über ihre Oberschenkel, unter ihr T-Shirt, strichen über ihren Bauch. Sie fühlte sich immer noch so gut an wie früher, hatte immer noch die gleiche Wirkung auf ihn. Er sehnte sich danach, ihre Brüste zu spüren, wurde hart, wenn er nur daran dachte. Doch bevor es so weit kam, fuhr sie herum, nahm sein Gesicht in ihre Hände und küsste ihn stürmisch. Es war leidenschaftlich, sehnsüchtig, verlangend. Es war ganz Kaia. Sie drängte ihn zurück in die Lehne des langen Sessels, setzte sich auf ihn und schlang die Beine um ihn. Es war eine spontane, ungestüme, unüberlegte Handlung. Auch jetzt dachte sie nicht nach, während sie ihm das Shirt über den Kopf zog, ihn wieder küsste.

Paris konnte überall sein. Emotionale Distanz, sich auf nichts einlassen, schoss es durch ihre Gedanken. *Kein Problem.* Ihr Atem war kurz und heftig, als sie seinen Gürtel öffnete, ihr eigenes Shirt auszog. Ihre Armreifen klirrten aneinander. Seine Hände griffen fest um ihre Taille. Sie küsste ihn wieder, fühlte die gleiche Leidenschaft in sich aufsteigen wie vor zwanzig Jahren. Es erschreckte sie ein bisschen, doch sie wusste, es gab kein Zurück mehr. Sie wollte es viel zu sehr.

»Ich habe schon sehr lange darüber nachgedacht«, brachte er jetzt leise hervor.

»Ich weiß.«

Seine Hände öffneten geschickt ihre Jeans, streiften sie ab. »Du hast ein Tattoo,« stellte er zwischen stoßartigen Atemzügen und langen Küssen fest.

»Ja.«

Jetzt packte er sie an der Taille und warf sich auf sie. Sie lachte laut. Er küsste die Tätowierung auf ihrem Oberschenkel, dann arbeitete er sich vor bis zu ihrem Höschen. Sie spürte seine Zähne, wie sie erst neckisch an ihrem Bauch knabberten, ihren Slip hinunterzogen, während seine Hände zwischen ihre Schenkel wanderten. Sie stöhnte hörbar. Er erinnerte sich sehr gut daran, wie er sie berühren musste, um sie um den Verstand zu bringen. Jetzt zog er seine eigene Jeans aus, warf sie auf ihre Unterwäsche, beugte sich wieder zu ihr. Er küsste sie an ihrer intimsten Stelle, sie wollte schreien. Sie konnte nicht glauben, dass sie sich so lange nicht so gefühlt hatte. Wieder packte er sie an der Taille, hob sie hoch und trug sie zum Esszimmertisch. Ihre Beine klammerten sich um ihn, sie küssten sich, gerieten auf halbem Weg ins Wanken. Dann saß sie doch irgendwie auf der Tischplatte, die sich unter ihrem verschwitzten Körper kalt anfühlte. Sie zog ihn mit ihren Beinen näher an sich, ihre Hände tasteten sich zwischen seinen Schritt. Er stülpte sich ein Kondom über und drang in sie ein, langsam, vorsichtig, ein bisschen wie in einem Traum. Er hatte so lange keinen Sex gehabt, der ihm etwas bedeutete. Einen Moment lang fühlte er sich fast unsicher.

Jetzt küsste sie ihn wieder, ihre Arme um seinen Nacken, jede Faser ihres Körpers schien ihn an sie zu pressen. Nach wenigen Bewegungen kam sie, so schnell und heftig, dass sie vom Tisch fiel. Sie fing sich, während sie fiel, hielt sich an der Tischkante fest, Gil hielt sie am Arm fest. Sie lachte hemmungslos, während ihr Orgasmus immer noch anhielt. Sie lachte Tränen, stöhnte, lachte, ließ sich auf den Boden fallen. Dann griff sie nach Gils Hand, zog ihn zu sich hinunter. »Wir sind noch nicht fertig.« Sie gewann wieder die Kontrolle über ihren Körper, setzte sich auf ihn, stieß einen lauten Seufzer aus, als sie ihn erneut in sich spürte. Jetzt war er es, der die Kontrolle verlor, jedes Mal, wenn sie sich bewegte. Er schloss die Augen, atmete aus, öffnete sie wieder. Er wollte sie sehen, ihre Haare, die wild über ihre Schultern fielen, ihre schmalen Lippen, die ihn glücklich anlächelten. Er kam viel schneller, als er es wollte, viel intensiver, als er es erwartet hatte, und fühlte sich lebendiger als je zuvor.

Sie lagen eine Weile still auf dem Boden. Er streichelte ihre Arme, küsste sie auf die Wange, prägte sich ihren neuen alten Duft ein. Sie sah zu ihm auf und grinste. »Können wir das noch mal machen?«

Er kicherte. Dann stand er auf, reichte ihr die Hand, um aufzustehen, hob sie hoch.

»Ja.« Er küsste sie. »Aber diesmal gehen wir ins Schlafzimmer. Du musst unbedingt meine absolut unsexy Laken sehen.«

Sonntag, 3. Juli 2016
Frankfurt am Main

Kaia erwachte zu sanften Reggae-Tönen. Sie öffnete blinzelnd die Augen, versuchte, sich zu orientieren. Ihr Blick wanderte von der hellen Holzdecke über ihr durch den Raum. Zwei Türen, eine davon war geöffnet. Rechts von ihr war eine hohe Schrankwand. Hinter ihr kam schwaches Sonnenlicht durch ein Fenster, Bukowski sonnte sich in seinem Lichtkegel. Sie kniff die Augen wieder zusammen, griff sich an die Stirn. Schnelle, klare Erinnerungsfetzen kamen zurück. Kalter Kaffee, Designersessel, der beste Orgasmus ihres Lebens. Sie musste wieder lachen, als sie daran zurückdachte, wie sie vom Tisch gefallen war.

Jetzt kam Gil in Boxershorts durch die offene Schlafzimmertür, in seinen Händen ein Tablett mit zwei Tassen Kaffee und zwei Tellern mit Rührei.

»Guten Morgen, Pusteblume.«

Sie lächelte. »Moin.«

Er stellte das Tablett auf dem Nachttisch ab.

»Alles Gute zum Geburtstag«, erinnerte sie sich rasch.

»Danke.«

»Wie fühlt man sich mit 36?«

Er grinste. »Ausgezeichnet. Kann es nur empfehlen.« Er strich ihr eine Haarsträhne zurück. »Hast du gut geschlafen?«

»Hervorragend. Deine absolut unsexy Laken sind absolut gemütlich.«

»Danke.« Er streckte ihr den Kaffee entgegen, der wunderbar nach frisch gemahlenen Bohnen duftete. Erst jetzt drang das Lied, das im Hintergrund lief, wirklich zu ihr durch.

»Hat Bob Marley einen Song über mich geschrieben?«, fragte sie stutzend, während sie einen ersten Schluck nahm.

Gil lachte und setzte sich neben sie. »Tatsächlich hat er ihn für seine Lieblingsdroge geschrieben. *Kaya* ist ein umgangssprachliches Synonym für Marihuana.«

»Nein.«

»Doch.«

»Wie passend.«

»Dachte ich auch«, stimmte er zu und stellte seinen Kaffee wieder auf das Tablett. »Vor allem, weil du ganz klar meine Lieblingsdroge bist.« Er drehte sich lächelnd zu ihr, kniete sich über sie.

»*Got to have Kaia now*«, sang er leise mit, während er sie auf den Hals küsste, auf die Wange, auf die Schultern. Sie sog stoßartig die Luft ein, schloss die Augen wieder.

When the rain is falling …

»Was machst du?«, fragte sie kaum hörbar.

»Ich folge nur dem Lied.«

»Es regnet überhaupt nicht.«

Er grinste, ließ sich aber nicht beirren, ihren Körper weiterhin mit Küssen zu überhäufen. Mittlerweile hatte er die Decke weggezogen, war bei ihrem Bauch angekommen. Sie hatte den lecker duftenden Kaffee zurückgestellt, bevor sie ihn über seinen Laken verschütten konnte.

»Ich glaube nicht, dass das eine gute Idee ist«, wandte sie noch einmal ein.

»Gestern war es eine außerordentlich gute Idee.«

»Gestern war ich high.«

Nun hielt er inne, setzte sich auf. »Jetzt bist du es nicht.« Er sah sie aus herausfordernden Augen an.

Sie kämpfte mit sich. Sie wollte ihn nicht weniger als

gestern, vermutlich noch mehr. Aber sie wollte auch einen unnötigen Gefühlsstrudel vermeiden, und sie hatte letzte Nacht schon mehr empfunden, als ihr lieb war, hatte sich gehen lassen, war rückfällig geworden. Es hatte sich nur so wahnsinnig gut angefühlt. Innerlich wusste sie, dass die Entscheidung schon gefallen war, als er ihren Namen gesungen hatte. Sie setzte sich auf, legte ihre Hände um seinen Nacken und küsste ihn.

»Ich werde das wirklich bereuen.«

»Dann lass uns dafür sorgen, dass du auch wirklich was zu bereuen hast«, sagte er und warf sie zurück aufs Bett.

»Ich möchte nicht, dass du glaubst, du bekommst bei mir nur kalten Kaffee«, betonte er, als sie danach nebeneinander auf den zerwühlten Laken saßen. »Ich kann noch mal frischen machen.«

»Nein, ist okay. Ich muss sowieso gleich los.« Sie griff zum Nachttisch zu den zwei halb leeren Tassen und dem Rührei. Sie nahm die Gabel und kostete einen Bissen. »Ich werde nur noch schnell ein guter Gast sein und dein Frühstück aufessen. Ich bin wirklich hungrig.«

Er lächelte. »Tatsächlich ist es ja schon fast Mittages …« Der Satz blieb ihm im Hals stecken, als ihm klar wurde, was das bedeutete. Im gleichen Moment hörte er schon, wie die Haustür sich öffnete. Er erinnerte sich dunkel, ihr letztens einen Schlüssel gegeben zu haben, damit sie jederzeit kommen konnte.

Kaia schreckte auf, schluckte eilig das Rührei hinunter. »Wer ist das?«

»Fuck«, antwortete er.

»Was meinst du mit ›Fuck‹?«

»Fuck, ich habe völlig vergessen, wie spät es ist.«

Im Eingang des Schlafzimmers stand ein dunkelhaariges junges Mädchen, klopfte mit den Fingerspitzen gegen den Türrahmen und grinste.

»Du musst Kaia sein.«

26

Gil

Sonntag, 3. Juli 2016
Frankfurt am Main

Keiki schloss die Tür hinter sich, ließ Bukowski von der Leine und grinste übers ganze Gesicht. »Hattest du einen schönen Geburtstag bisher?«, fragte sie, schien dabei vor Neugier fast zu platzen oder gleich loszuprusten.

Gil, der sich mittlerweile Jeans und T-Shirt übergezogen hatte, schmunzelte ebenfalls. »Kann mich nicht beklagen.« Er ging zur Kaffeemaschine, ließ sich einen weiteren Espresso ein. Instinktiv griff er nach seiner Packung Zigaretten, verzichtete dann aber. Er versuchte, möglichst wenig zu rauchen, wenn seine Tochter in der Nähe war.

»Du weißt, Papa, wenn etwas derart Wichtiges in deinem Leben passiert, würde ich das gerne erfahren«, zitierte sie ihn immer noch breit grinsend, während sie sich genüsslich auf dem Sitzsack niederließ, Bukowski zu ihren Füßen. »Natürlich nicht, was du in jedem Moment machst, aber ich würde gerne wissen, dass es jemanden gibt, der dir wichtig ist. Worüber ihr redet, was dich bewegt, was dir an ihr gefällt.« Sie kostete jedes Wort aus, der Labrador schien ihr mit gespitzten Ohren zuzustimmen.

Gils Augen verkleinerten sich. In Momenten wie diesen ärgerte es ihn, dass sie ihm so ähnlich war. Doch dann begann er zu lachen. Er nahm seinen Kaffee, setzte sich ihr gegenüber. *Genau wie am Vorabend mit Kaia*, dachte er.

»Okay. Lass uns darüber reden.«

Das hatte sie offenbar nicht erwartet, war sichtlich verblüfft, aber auch gespannt und erfreut. Sie blickte ihn mit ihren großen Augen an.

»Keiki, Schatz, es gibt jemanden, der mir wichtig ist«, begann er und sah sie dabei ernst an. »Sie heißt Kaia, ich kenne sie von früher, wie du weißt. Wir reden viel über das Schreiben, weil sie auch schreibt. Eigentlich kann ich über alles mit ihr sprechen. Auch über Dinge, die mir sonst schwerfallen. Das gefällt mir an ihr, dass sie mich versteht, mich nicht verurteilt. Dass sie auch schreibt und weiß, wie es ist, was es bedeutet. Ich mag, dass sie mich zum Nachdenken bringt, mich antreibt. Ich mag ihr Lächeln, es macht mich glücklich. Ich mag ihre Spontaneität, ihre Leidenschaft.« Es kam alles so mühelos hervor, es fiel ihm so leicht, die Dinge auszusprechen, die er an ihr schätzte.

»Redest du mit ihr auch über Mama? Über uns?«, fragte Keiki, jetzt ebenfalls ernst.

»Nein.« Er setzte sich vor an die Kante, beugte sich zu ihr. »Ich meine, natürlich spreche ich mit ihr über dich. Sie weiß, dass es dich gibt, wie alt du bist, wie du heißt. Aber wir haben nie über deine Mutter gesprochen oder unsere Beziehung.«

»Hast du Angst davor?« Sie traf wie üblich ins Schwarze.

»Es ist kompliziert«, antwortete er. »Unsere Beziehung damals … war kompliziert. Und die Beziehung zu deiner Mutter war auch kompliziert. Ich möchte Kaia nicht abschrecken mit …« Er suchte etwas verzweifelt nach den richtigen Worten, die sie nicht verletzen würden, seine Ehe nicht in ein noch schlimmeres Licht stellten, als seine Tochter es ohnehin schon zwangsläufig kannte. »… mit bestimmten Details.«

Keiki wusste, was er meinte, und er wusste, dass sie es wusste. Für einen Moment sah er ein schmerzhaftes Zucken in ihren Augen. Sie konnte sich unmöglich an viel erinnern, was zwischen ihm und Mau passiert war, aber natürlich kannte sie die Geschichte.

Bis auf das gleichmäßige Summen des Kühlschranks war es ganz still geworden.

»Ich meine damit mich selbst«, brach er das Schweigen. »Was ich getan habe, die Fehler, die ich gemacht habe. Dazu gehörst du ganz klar nicht, das weißt du, ja?«

»Ja«, antwortete sie leise, aber nicht sehr überzeugend.

Bukowski hatte sich dicht an sie geschmiegt.

»Unsere Ehe ist nicht deinetwegen gescheitert.« Das stimmte nicht ganz, aber es war das Einzige, was er sagen konnte. »Wir waren zu verschieden.«

Sie nickte. »Und mit Kaia ist es anders?«

»Mit Kaia …« Er fuhr sich durch die immer noch zerzausten Haare, setzte sich wieder zurück. »Ja«, gab er dann kurz und klar als Antwort.

»Bist du in sie verliebt?« Ihre Stimme war nicht traurig oder hämisch, nur neugierig.

Von allen Fragen war diese die schwierigste. Er hatte ganz klar intensive Gefühle für Kaia entwickelt, dessen war er sich bewusst. Schon lange vor der letzten Nacht. Doch vor kaum zehn Minuten hatte er noch neben ihr im Bett gelegen, einfach den Moment genossen. Er hatte keine Zeit gehabt, sich Klarheit zu verschaffen, was in ihm vorging. Waren es alte Gefühle, die wieder in ihm aufkeimten? Erinnerungen? War es Freundschaft, gemischt mit einer ordentlichen Portion Anziehung? Nein, Letzteres konnte er seit heute Morgen ausschließen. Er hatte nach wie vor keine Ahnung, welcher Teufel ihn dazu gebracht hatte, für sie zu singen, aber er wusste definitiv, dass er das noch nie gemacht hatte und es mehr als Freundschaft und Anziehung dafür brauchte.

»Ich weiß es nicht«, sagte er schließlich wahrheitsgemäß.

»Ich verstehe schon. Es ist kompliziert«, beendete Keiki altklug, und er lächelte.

»Ich weiß nicht, warum bei euch Erwachsenen immer alles so kompliziert sein muss. Mit Finn ist alles ganz einfach. Er mag mich, ich mag ihn. Ich sag es ihm, er sagt es mir. Wenn wir glücklich sind, küssen wir uns, halten uns an den Händen. Wenn er etwas Falsches sagt, weise ich ihn darauf hin, und wenn er etwas Schönes sagt, freue ich mich. Das ist wirklich nicht so schwierig.«

»Nein«, gab er ihr recht. »Nein, eigentlich nicht.«

Und doch war es nicht das erste Mal, dass er irgendwo dazwischen gelandet war.

Dienstag, 25. Januar 2005
Hamburg

Aus Gils Twitter-Account, 5. Januar 2005:

Und dann erfährst du, dass dein bester Freund gegen einen Baum gefahren ist, und die Welt bleibt einfach stehen. Alles andere, Ehekrise, Schreibblockade, Job, hat keine Bedeutung mehr.

»Ich habe Kaffee gemacht und Brötchen geholt.« Er setzte sich neben sie aufs Bett, zog leicht an ihrer Decke. Als keine Reaktion kam, stupste er sie an, strich ihr durch die kurzen Haare.

Sie zog sich die Decke über den Kopf, vergrub sich, wollte verschwinden.

»Du hast seit drei Tagen nichts gegessen.« Immer noch keine Reaktion von seiner langjährigen Freundin. Er stand seufzend auf, zog die Vorhänge des völlig verdunkelten Raumes zur Seite, kippte das Fenster. Sonne gab es keine, der Himmel konnte in all seinem endlosen Grau trotzdem nicht mit der Traurigkeit in ihnen konkurrieren. Ein paar einsame Schneeflocken fielen auf das Fenster. Frischluft verdrängte die abgestandene Atemluft. Gil ging zurück zum Bett.

»Ellen, Schatz. Komm in die Küche und iss ein Brötchen mit mir, bitte.« Wieder strich er ihr über den Kopf.

»Lass mich«, kam es kaum hörbar unter dem Kissen hervor.

Er war seit fünf Tagen bei ihr. Die ersten Tage nach Marcs Tod hatte er so neben sich gestanden, dass er die meiste Zeit im Bett verbrachte, schlaflos und tränenreich. Er hatte keine Wohnung mehr, kein Zuhause. Von Sri Lanka aus war er so schnell wie möglich nach Hamburg geflogen, wo er sich von seinem Freund verabschiedete. Danach mietete er sich in einem Hotel ein, bis ihm etwas Besseres einfiel. Bis er die Kraft fand, seiner Freundin gegenüberzutreten, ihren Schmerz zusätzlich zu seinem auszuhalten.

Sein Kopf war leer, bot keine Lösungsvorschläge, keine Ideen, keine Zukunftspläne. Seine Gedanken drehten sich allein um den verlorenen Freund, um ihre letzten Gespräche, endlose Fragen. Hätte er etwas tun können, wenn er hier gewesen wäre? Wäre er an jenem Silvesterabend dabei gewesen, hätte ihn vom Fahren abgehalten? Hätte er schon vor Monaten mit Marc sprechen sollen? Es war nicht so, dass es ihm nicht aufgefallen wäre, dass sein Freund regelmäßig zu viel trank. Warum hatte er nicht versucht, mit ihm darüber zu sprechen, ihn zu fragen, ob er Hilfe brauchte? Er kannte die Antworten. Weil er Angst gehabt hatte. Angst, dass er ihn auslachte, ihm vorwarf, weich geworden zu sein, dass er trotz der vielen Jahre und der Vertrautheit seine Grenzen übertrat, sich einmischte in Dinge, die ihn nichts angingen. Aber auch, weil er selbst genug Probleme hatte. Kurz nach Weihnachten hatte er beschlossen, dass es für seine Ehe keine Rettung mehr gab, alles ein Fehler war, er raus musste, bevor er darin ertrank und sich völlig verlor in einem Leben, das nicht seines war.

Seit fast einem Monat war er nun zurück in Deutschland, hatte seiner Frau aber immer noch nicht Bescheid gegeben. Wozu auch? Es gab kein Zurück. Sie wäre zu wütend gewesen, ihm ins Gesicht zu sehen, ihn auch nur für wenige Tage aufzunehmen. Vermutlich sogar, um ein Minimum an Mitleid zu empfinden. Und sich der Situation zu stellen, mit ihr zu diskutieren, wie es mit ihrer Tochter weitergehen könnte, dazu fehlte ihm jegliche Kraft.

Nach dem ersten Schock hatte er mehrmals versucht, Ellen anzurufen. Als auch nach einer Woche keine Antwort kam, fuhr er zu ihrer Wohnung in Altona, klopfte so lange, bis sie öffnete. Ihm bot sich die traurigste Version, die er je von ihr gesehen hatte. Im schmutzigen, stinkenden Pyjama, mit strubbeligen, ungewaschenen Haaren, verweinten Augen mit tiefen Ringen, hatte sie mit zittrigen Händen die Klinke heruntergedrückt, sich wortlos umgedreht und wieder ins Schlafzimmer verzogen. Die ganze Wohnung roch säuerlich.

Den ersten Abend hatte er damit verbracht, die verschimmelten Reste des Silvesterschmauses aus dem Kühlschrank zu kratzen und sich dabei mehrmals übergeben.

»Ellen«, versuchte er es noch einmal. »Du musst aus diesem Bett raus. Ich kann dich hier nicht verhungern lassen.«

»Solltest du aber«, sagte sie tonlos.

»Wir werden das irgendwie überstehen, gemeinsam. Komm hoch.«

»Ich kann nicht mehr in diese Welt.«

Ihr Verhältnis zu ihrem Bruder war stets eng gewesen. Sie verstanden sich ohne große Worte, machten fast alles gemeinsam, hatten zusammengewohnt, genau hier in diesem Apartment. Trotzdem hatte sie genauso übersehen, wie Marcs Alkoholkonsum langsam außer Kontrolle geriet. Oder es unterschätzt.

»Es tut mir sehr leid«, sagte er dann, hob ihre kleine, zarte Figur mühelos hoch und trug sie ins Badezimmer, bevor sie verstand, was mit ihr passierte. Dort setzte er sie samt stinkendem Pyjama in die Wanne und drehte die Dusche auf. Nun schien sie endlich zum Leben zu erwachen. Als das kalte Wasser über ihre Haare in ihr Gesicht tropfte, konnte er die Tränen nicht mehr von den Tropfen unterscheiden, sah jedoch erstmals eine emotionale Regung. Mit wütendem Blick schrie sie ihn an: »Du gottverdammtes Arschloch!«

Er seufzte lächelnd. »Danke.« Ein kleiner Stein fiel ihm vom Herzen. »Für das Lebenszeichen.«

Februar 2005
Hamburg

Aus Gils Twitter-Account, 12. Februar 2005:

Nein, bitte, überlegt euch nicht rechtzeitig, was ihr an der Theke bestellen wollt, sucht fünf Minuten nach

eurem Wechselgeld und dem Bonuskärtchen für 2 Scheißcent Rabatt. Verschwendet eure Lebenszeit, wir haben doch mehr als genug davon!

Nach über zwei Wochen hatten sie es in einen ansatzweise strukturierten Alltag geschafft. Es hatte nicht einmal mehr weitere kalte Duschen benötigt. Schritt für Schritt hatte er sie dazu gebracht, jeden Tag ein bisschen weiter zu gehen. Erst allein in die Dusche, zum Kleiderschrank und zurück ins Bett. Dann bis zum Wohnzimmertisch, fünf Minuten aus dem Fenster starren, zurück ins Bett. Irgendwann wurden aus den fünf Minuten zwanzig und dann eine Stunde. Sie schaffte es, manche Nächte durchzuschlafen, er hörte sie immer weniger schluchzen oder in einem Albtraum aufschreien. Sie nahm unregelmäßig Dinge zu sich, meist Chips oder Kekse, viel Kaffee, manchmal ein Sandwich, das er eingekauft hatte.

Mittlerweile standen sie morgens ganz normal auf. Er meist ein bisschen früher, ging zum Bäcker oder in den kleinen Supermarkt um die Ecke. Wenn er zurückkam, saß sie fast immer am Küchentisch, an manchen Tagen hatte sie sogar Kaffee gemacht. Dann lenkten sie sich mit einem Spaziergang durch Altona ab, wenn es regnete, sahen sie einen Film. Mittags bestellten sie Essen, chinesisch oder mexikanisch, etwas, das kräftig genug war, zu ihnen durchzudringen. Ellen aß selten mehr als ein paar Bissen, manchmal kam es direkt wieder zurück. Danach tranken sie mehr Kaffee, an besonders schlechten Tagen mit einem kräftigen Schuss Rum versetzt. Die Nachmittage waren am schwierigsten. Es wurde rasch dunkel, sie hatten selten genug Kraft, irgendwo hinzufahren. Meist ließen sie sich vom Fernseher berieseln oder hörten Radio. Kaum sprachen sie. Ellen war immer noch nicht nach Reden zumute. Oder arbeiten, obwohl Gil der Meinung war, es würde ihr eventuell helfen.

»Ich bin froh, wenn ich es vom Schlafzimmer in die

Küche schaffe. Das ist das Mühsamste, was ich jeden Tag hinter mich bringen muss«, war ihre kurze Antwort, und er ließ es sein. Seit vier Jahren arbeitete sie in der Agentur ihrer Eltern, und er war sich ohnehin nicht sicher, ob diese mittlerweile wieder in einem funktionierenden Alltag angekommen waren. Er bezweifelte es stark. Ein paarmal waren sie vorbeigekommen. In keinem besseren Zustand als Ellen, wollten sie sichergehen, dass sie zumindest nicht auch noch ihr zweites Kind verloren. Als sie sahen, dass Gil da war, waren sie sichtlich erleichtert.

Er selbst hatte nach der Geburt seiner kleinen Tochter diverse Jobs angenommen, von Reisebüros über Catering bis zum Sachbearbeiter bei einem Verlag. Letzteren hatte er drei Tage vor Weihnachten an den Nagel gehängt. Nichts machte ihm ansatzweise Spaß, füllte diese endlose Leere in ihm oder war mit seiner unstillbaren Sehnsucht nach dem Schreiben vereinbar. Im Reisebüro konnte er zwar aus seiner breiten Erfahrung schöpfen und zahlreiche Insidertipps liefern, hatte jedoch selbst reichlich wenig davon. Der Cateringservice konsumierte einen großen Teil seiner ohnehin spärlichen Freizeit inklusive Wochenenden. Selbst Mau war damit unglücklich gewesen, obwohl sie ihm ständig damit in den Ohren gelegen hatte, dass er eine vernünftige Arbeit bräuchte, an ihre Zukunft denken müsste. Der Verlagsjob war stressig gewesen, und er sah es absolut nicht ein, Überstunden zu machen, um anderen zum Erfolg zu verhelfen, bei der einzigen Sache, die ihm am Herzen lag.

Die Abende überstanden sie noch am besten. Entweder waren sie kurz, weil Ellen nach dem Essen direkt ins Bett ging, oder sie öffneten eine Flasche Wein, dann noch eine, bis sie die schlimmsten Gefühle weggetrunken hatten und einer von ihnen auf der Couch einschlief. Gil schlief selten, wenn er allein zurückblieb. Stattdessen setzte er sich mit einem Blatt Papier an den Tisch und versuchte, seine Gedanken zu ordnen, niederzuschreiben. Die meiste Zeit starrte er allerdings nur ergebnislos auf das leere Weiß oder in die dunkle Nacht. Manchmal öffnete er das Fenster, hoffte, Altonas vielseitige Gerüche der internationalen Restaurants, alten Gebäude und immergrünen Pflanzen auf dem Gehweg würden seine Inspiration wiederbeleben. Er hatte seit Monaten keinen vollständigen Absatz geschrieben, vielleicht seit einem Jahr, und es schien nicht mehr zu ihm zurückzukommen. Er schaffte es nicht, seine Trauer in eine Geschichte zu verpacken, nicht einmal in einen simplen Text. Die Leere war zu überwältigend. Dazu kamen Vorwürfe, seit über einem Monat nicht mit seiner Tochter gesprochen zu haben, Mau immer noch kein Lebenszeichen gegeben zu haben. Unzählige Male hatte er sein Telefon in der Hand gehalten, schaffte es aber nicht, die Nummern zu wählen, hatte keine Ahnung, was er sagen sollte, wusste, dass seine Stimme versagen würde, sobald er die seiner Frau hörte.

Stattdessen versuchte er, für Ellen den Alltag so einfach und problemlos wie möglich zu gestalten. Das war schließlich etwas, das er konnte, banale Dinge, über die er noch Kontrolle hatte. Sie gaben ihm Halt, lenkten ihn ab.

Er sorgte dafür, dass regelmäßig Mahlzeiten auf dem Tisch standen, auch wenn sie nur gelegentlich dazu erschien. Dass der Kühlschrank immer voll war, falls sie doch zwischendurch hungrig wurde. Dass ihre Kleidung frisch gewaschen war, sollte sie sich dazu entschließen, die Pyjamaphase hinter sich zu lassen. Bis dahin versorgte er sie regelmäßig mit sauberen Pyjamas. Er machte ihr Bett, wusch ihre Haare, öffnete die Fenster für ein Mindestmaß an Frischluft, las ihre Post und ihre Nachrichten, bezahlte ihre Rechnungen. In guten Momenten dankte sie es ihm mit einem Lächeln, so unmerklich, dass wohl niemand außer ihm es als solches erkannt hätte.

Höchstens Marc.

3. März 2005
Hamburg

Aus Gils Twitter-Account, 4. März 2005:

Wochenende, Leute! Hängt euch rein, wenn euer Date gut läuft, dürft ihr die nächsten 10 Jahre einem stumpfsinnigen Job nachgehen, auf Sex verzichten und Kinderlieder träumen.

Sie saßen auf dem kleinen Sofa unter dem Fenster. Es war ein schrecklich kalter Tag, wie Gil bemerkt hatte, als er frühmorgens seinen üblichen Weg zum Bäcker angetreten hatte und ihm die Hände beinahe eingefroren waren. Tagsüber war ein paarmal die Sonne durchgekommen, und er hatte sich in ihren Strahl gesetzt und sie auf seinem Gesicht gespürt. Die Wärme hatte ihm so gutgetan, für einen Moment schien es fast, als gäbe es Licht am Ende des Tunnels, als würde er wieder etwas fühlen können, abseits der Leere und der Trauer.

»Erzähl mir von Sri Lanka«, forderte Ellen mit heiserer Stimme, die sie zu lange nicht benutzt hatte.

Es war kurz vor halb neun Uhr abends, sie waren bei ihrem ersten Glas Whisky angekommen. Eine leere Flasche Wein stand bereits in der Spüle, und er fühlte sich bereit, über seine Flucht zu sprechen.

»Ich war eigentlich die meiste Zeit in meiner Hütte«, begann er.

»Wie lange warst du dort?«

Er zuckte mit den Schultern. »Ich glaube, eine Woche. Wann hast du mich angerufen?«

»Am ersten Januar.«

»Ja …« Er seufzte. »Richtig. Dann waren es nur fünf Tage. Aber ehrlich gesagt, habe ich keine Ahnung. Ich habe viel geschlafen, viel Pot geraucht, mein Gefühl für Tag und Nacht verloren.« *Ähnlich wie in den letzten Wochen auch*, dachte er, nur, dass er Marihuana größtenteils durch Wein ersetzt hatte.

»Wie bist du in Sri Lanka an Pot gekommen?«, wunderte sie sich, und er freute sich, dass sie wieder so weit zurück war, dass ihr das auffiel. Generell machte sie einen besseren Eindruck, obwohl sie wirklich dünn geworden war. Doch sie hatte wieder etwas Farbe im Gesicht, ihre Augen waren nicht mehr dauergerötet, ihr Haar roch nach der Seife, mit der sie in ihrer Freizeit experimentierte und die er wenige Wochen zuvor versehentlich verschluckt hatte.

»Ayurvedische Medizin.«

»Hm.«

»Ja. Ich hatte beim letzten Mal, als ich dort war, einen Heiler kennengelernt.« *In einem anderen Leben, einem so viel besseren.* »Ich war auch tauchen«, fügte er hinzu. »Aber die meiste Zeit habe ich nachgedacht.« Und versucht, etwas zu schreiben, recht erfolglos. »Ich bin sehr abrupt abgereist. Es ging extrem schnell. Mir ist alles über den Kopf gewachsen. Die ganze Routine … Frühmorgens wurde ich von Keiki geweckt, wenn sie Hunger hatte. Dann ging ich zur Arbeit. Kam nach Hause, spielte mit Keiki, stolperte fünf Mal über ihre Bauklötze, machte ihr Essen, oder unser Essen, wechselte ihre Windeln, sprang unter die Dusche, spielte noch mal mit ihr, weil sie natürlich noch nicht müde war. Dann versuchten wir, sie ins Bett zu bringen, aber einmal tat ihr der Zahn weh, dann hatte sie Bauchschmerzen, andere Male war sie einfach nur aufgeweckt, wollte noch zwanzig Runden auf dem Sofa springen, während uns die Augen schon im Stehen zufielen. Manchmal weiß man auch überhaupt nicht, was ihr fehlt, weil sie es noch nicht sagen kann. Wenn ich endlich eingeschlafen war, dudelte es in meinem Kopf ununterbrochen: *Bim Bim Bimmelimmelim, bitte bitte Eismann bring,* weil das ihr Lieblingsspielzeug singt. Ich hatte so lange keine Nacht mehr durchgeschlafen, ich konnte mich nicht einmal mehr daran erinnern, wie es sich anfühlte. Ich bin nicht dafür gemacht, Vater zu sein.« Deshalb wollte er ja auch nie einer werden. Eigentlich hatte er das von Anfang an ganz deutlich gesagt. Er hatte in seinen Beziehungen stets ganz deutlich gesagt, was er wollte, und trotzdem passierte dann immer das genaue Gegenteil.

»Mau und ich haben seit Monaten keine Beziehung mehr, ganz zu schweigen von Sex. Ich bin zu kaputt, sie ist zu genervt. Aber das ist nicht einmal das Schlimmste. Ich schreibe nicht mehr. Ich kann nicht. Ich habe keine Zeit, und selbst wenn ich mal eine halbe Stunde während Keikis Mittagsschlafes habe, kommt nichts. Kein Wort. Gar nichts. Nicht mal eine Idee. Manchmal glaube ich, ich bin so schnell erwachsen geworden, dass meine Vorstellungskraft einfach verpufft ist und meine Gabe zu schreiben mit ihr. Dabei fühle ich permanent diese Unruhe, dieses Verlangen zu schreiben. Den ganzen Tag über will ich nichts anderes tun. Aber ich kann nicht. Das führt dazu, dass ich konstant angespannt und überladen bin, nur noch raus will aus meiner Haut. Ich weiß nicht, wann ich so derartig die Kontrolle über mein Leben verloren habe.«

»Hattest du die je?«, fragte Ellen in ihrer üblichen Ehrlichkeit.

»Okay, ja. Ich habe nie genau gewusst oder geplant, was ich machen würde. Aber ich hatte immer das Gefühl, es selbst kontrollieren zu können, die Freiheit zu haben, das zu machen, was ich liebe. Das habe ich verloren. Mein Leben ist festgefahren, leidenschaftslos. Ich bin nur noch ein gottverdammter Roboter, der sich von einem Tag zum nächsten kämpft.« Seine Stimme brach. Er fühlte sich so kraftlos. »Doch, ich weiß, wann ich die Kontrolle verloren habe. Natürlich weiß ich es. Ich war die letzten zwei Jahre nur zu feige, es zuzugeben.«

Ellen wandte ihren kleinen Wuschelkopf zu ihm. »Keiki?«

»Nein, es hat schon mit Mau begonnen. Ich hätte es stoppen müssen, als ich sah, dass unsere Zukunftspläne völlig konträr waren. Ich wusste, es konnte nirgendwo hinführen.«

»Du warst verliebt«, sagte sie leise. »Wenn du verliebt bist, verlierst du deinen Sinn für Realität. Das war schon immer so.«

»Wie meinst du das?« Er strich sich die Haare hinter die Ohren und tappte mit den Fingerkuppen auf seinen Oberschenkel.

Ihre Augen wurden ein wenig größer. »Ach komm. Es war doch klar, dass das mit Kaia und Carolin nicht funktionieren konnte. Es war von Anfang an auf einer Lüge aufgebaut.« Sie nahm einen großzügigen Schluck des goldbraunen Getränks. »Aber du hast beide geliebt, du wolltest nicht sehen, dass es in einer Katastrophe enden würde. Du *hast* es nicht gesehen. Weil du ohnehin ein wenig in deiner eigenen Welt lebst und dich überdies unbesiegbar fühlst, wenn du verliebt bist.«

»Dann sollte ich mich vermutlich besser nicht mehr verlieben«, stellte er kühl fest, verschränkte die Arme vor der Brust.

Sie bewegte abwiegend den Kopf. »Um deines Seelenfriedens Willen – vermutlich nicht. Aber versteh mich nicht falsch, ich liebe dich dafür. Du liebst kompromisslos, furchtlos, und das ist auch der Grund, warum du es geschafft hast, mich irgendwie ins Leben zurückzuholen, warum du nicht davongelaufen bist, nicht aufgegeben hast.«

»Ja. Aber manchmal weiß ich nicht, wann es genug ist. Meine Ehe macht mich kaputt. Das ist nicht das Leben, das ich will. Ich muss die Richtung ändern, solange ich noch kann.«

Sie lehnte sich an ihn. »Ich weiß.« Dann nahm sie seine Hand. »Du schaffst das, mach dir keine Sorgen. Auch wenn du jetzt gerade keine Inspiration hast, nicht schreiben kannst, keine Lösung siehst … Du findest wieder zu dir zurück.« Sie drückte seine Hand. »Du bist so gut darin, anderen den Weg zu zeigen. Du musst es nur für dich selbst schaffen.«

»Ja …« Wie das gehen sollte, wusste er gerade überhaupt nicht. »Weißt du schon, was du machen willst?«

Ellen schüttelte den Kopf. »Ich habe keine Ahnung. Aber zurück ins Geschäft meiner Eltern kann ich auf keinen Fall. Ich kann nicht jeden Tag diese Traurigkeit um mich spüren, das würde mich erdrücken. Ich habe schon genug mit mir selbst zu kämpfen.« Ihre Stimme sackte ab, Tränen liefen wieder über ihre Wangen.

Gil drehte sich wortlos zu ihr, strich ihre Tränen weg, lächelte sie an. Sie schloss ihre Augen und küsste ihn. Ein verzweifelter Kuss, verlangend, verloren, und er erwiderte ihn. Mit sanften, aber bestimmten Bewegungen suchten sich ihre Hände einen Weg über seinen Körper. Ihre kleine, zarte Gestalt drängte ihn zurück ins Sofa, lag auf ihm, und zum ersten Mal seit Wochen beendeten sie den Abend weder weinend noch betrunken.

Dienstag, 12. April 2005
Hamburg

Gil sah aus dem Fenster auf die belebte Straße, auf die vielen Menschen, die die Frühlingssonne bei einem morgendlichen Spaziergang genossen. Neben ihm auf dem kleinen Bett stand sein Rucksack mit den fünf Sachen, die er seinerzeit im Januar übereilt eingepackt hatte, als er zu ihr gekommen war. In den vergangenen Wochen hatte er in genau diesem Bett geschlafen, neben Ellen. Hatte sie gehalten, wenn sie geweint hatte, war in ihren Armen eingeschlafen, hatte erstmals seit Jahren geruht wie ein Kleinkind. Vermutlich besser als Keiki. Er seufzte tief bei dem Gedanken an seine Tochter, setzte sich auf die dicke Winterdecke, die er gerade frisch überzogen hatte. Er vermisste sie. Ihr fröhliches Lachen, wenn er sie am Bauch kitzelte, ihre Umarmungen, wie sie auf seinem Schoß einschlief, so friedlich und geborgen. All das konnte er gerade gut gebrauchen. Und doch hatte er keine Ahnung, wie es weitergehen würde mit ihnen, ob er sie in absehbarer Zeit wiedersehen würde, ob seine Noch-Ehefrau jemals wieder mit ihm sprechen würde.

»Was machst du?« Ellen stand vor ihm, gegen den Türrahmen gelehnt.

»Ich packe.«

Sie nickte, ohne eine emotionale Regung in ihren Gesichtszügen.

»Wir können so nicht weitermachen … uns von einem Tag zum nächsten hangeln, und wenn es zu unerträglich wird, haben wir Sex. Wir laufen nur davon. Ich laufe davon. Ich muss zurück, mich meinen Problemen stellen. Wir müssen wieder leben.« Er wusste, seine Worte würden sie nicht verletzen. Es war nicht das Ende einer großen Liebe, kein Neuanfang, niemand von ihnen wollte mehr als das, was sie sich gegeben hatten. Sie hatten Sex als Ablenkung genutzt, als ein Ventil, um die Trauer in Zaum zu halten. In diesen Momenten fühlten sie sich geschützt, weniger einsam, konnten austauschen, was sie nicht sagen konnten.

»Ich weiß.« Sie setzte sich neben ihn, legte die Hand auf seinen Oberschenkel. »Ich weiß. Aber ich bin trotzdem froh über alles, was passiert ist. Und ich bin dir sehr dankbar, dass du hier warst.«

»Natürlich.« Er legte seine Hand auf ihre. Sie roch gut, nach Orange und Bergamotte. In den letzten Wochen hatte sie das Seifensieden wieder aufgenommen, um einer regelmäßigen Beschäftigung nachzugehen. Das Sieden erforderte Ruhe und Geduld, gab ihr aber auch das gleiche Gefühl zurück. »Wann fährst du?«

»Heute Nachmittag geht ein Zug nach Frankfurt, ich habe noch einen Platz bekommen.«

Wieder nickte sie stumm. »Ich wünsche dir von Herzen alles Gute. Ich hoffe, ihr kriegt das irgendwie hin, du und Keiki und Mau.«

»Ja …« Er zweifelte stark daran.

»Ich weiß, sie wird dich gerade hassen. Aber nicht für immer.« Es erinnerte ihn an ihren Kosenamen. »Bist du sicher?«, fragte er mit skeptischem Blick.

»Ganz sicher. Hab ein paar Jahre Geduld.«

Sie lachten beide. Er fuhr sich durch die frisch geschnittenen Haare. Sie waren nun um einiges kürzer, und er musste sich erst daran gewöhnen, dass es keine Strähnen mehr gab, die er zurückstreichen konnte.

»Und schreib, Gil. Bitte schreib. Egal, was. Und wenn es nur fünf Worte in einer Woche sind. Setz dich hin, zwing dich dazu, irgendetwas zu Papier zu bringen. Es hat dich nicht verlassen, und du wirst deine Inspiration wiederfinden. Gib bitte nicht auf. Du bist der talentierteste und überzeugteste Künstler, den ich je getroffen habe. Lass nicht locker.«

»Okay.«

»Versprochen?«

»Versprochen.«

Er hatte auch zu viel dafür geopfert, um jetzt aufzugeben.

26

Kaia

Montag, 4. Juli 2016
Irgendwo zwischen Göttingen und Hannover

Kaia saß im Speisewagen des ICE und sah fasziniert auf die junge Frau zwei Sitze weiter, die inbrünstig *Highway to Hell* zum Besten gab. Obwohl sie ganz offensichtlich schon ordentlich Alkohol getankt hatte, traf sie jeden Ton und hatte eine schöne, volle Stimme. Kaia hatte ein Sandwich und eine Flasche Wasser bestellt, was der Bordkellner nun mit einem Lächeln und einem fragenden Blick vor ihr abstellte. Schnell sah er an ihrem amüsierten Gesichtsausdruck, dass sie sich vom enthusiastischen Gesang ihrer einzigen Begleitung im Abteil nicht belästigt fühlte. Tatsächlich fand sie es ganz schön, während ihrer doch recht langen Reise etwas musikalische Unterhaltung zu haben. Zum ersten Mal in den letzten 24 Stunden dachte sie nicht an Gil, an den Küchentisch, an seine Tochter, die genauso aussah wie er, an ihr keckes Grinsen, an ihr eigenes gestammeltes »H-hi. Ja. Hi. Freut … freut mich«, an ihr seither ungebrochenes Verlangen, den Kopf gegen die Wand zu schlagen.

»Hey! Du!«, kam es nun von der Sängerin, die ihre Kopfhörer aus den Ohren genommen hatte und sie ansah.

Kaia hatte gerade einen Bissen Sandwich im Mund, sah auf, stutzte. Was wollte die inbrünstige Improvisateurin von ihr?

»Möchtest du einen Schluck?« Die junge Frau deutete auf die Flasche, die neben ihr auf dem Klapptisch stand.

Kaia überlegte nicht lange. »Ja, gern«, sagte sie, nahm ihr Sandwich und ihr Wasser und wanderte zwei Sitze nach vorn.

Die Frau streckte ihr die Hand entgegen. »Ich bin Jana«, sagte sie erstaunlich deutlich.

»Kaia.«

Jana schnipste mit den Fingern in Richtung Theke. »Hey, Markus, bring uns doch noch ein Glas, ja?«

»Du kennst das Bordpersonal?«, erkundigte Kaia sich erstaunt.

»Seit drei Stunden, ja. Ich sitze die meiste Zeit hier. Ich hasse die großen Abteile. Noch dazu bei einer zehnstündigen Fahrt … uäh.« Sie schüttelte sich, sodass ihr etwas zu langer Pony ihr über die Augen fiel. »Hier ist es viel gemütlicher, kann ich schön langsam meinen Weinvorrat austrinken. Meine Familie hat mir drei Flaschen mitgegeben, für den Weg.« Sie lachte, deutete auf die halb leere Flasche neben ihr. »Ein bisschen was ist noch da.« Dann lehnte sie sich zu Kaia und flüsterte mit einem Seitenblick auf Markus, der hinter der Bar beschäftigt war: »Keine Sorge, eine Flasche ist noch in meiner Tasche.« Und gleich darauf lauter, in freudiger Erkenntnis: »Oh, das reimt sich!«

Markus kam nun auf sie zu und stellte das leere Glas auf den Tisch. Jana zwinkerte ihm zu und schenkte ein.

»Du siehst traurig aus«, stellte sie dann fest, während sie Kaia den Wein reichte. »Du kannst ein großes Glas vertragen.«

Kaia schluckte einen weiteren Bissen ihres Sandwiches hinunter. »Nein … nein, traurig … bin ich nicht. Aber ein großes Glas kann ich vertragen, ich danke dir.«

Jana nahm ihren Becher, hielt ihn ihr auffordernd entgegen. Sie stießen an, und Kaia verzog beim ersten Schluck ein wenig das Gesicht.

»Schilcher«, erklärte ihr Gegenüber. »Das kommt davon, wenn man Familie in der Steiermark hat. Ist gewöhnungsbedürftig, wird aber mit jedem Schluck besser«, versprach sie. »Wo fährst du hin?«

»Hamburg«, antwortete Kaia zwischen zwei Bissen.

»Ich fahr nur bis Hannover. Bald hab ich's überstanden. Was machst du in Hamburg?« Janas große blaue Augen guckten neugierig unter ihrem Pony hervor.

Gute Frage, dachte Kaia. So genau wusste sie das selbst nicht. Sie hatte die ganze Nacht kein Auge zugetan, hatte sich herumgewälzt, zwischen Wellen der Euphorie, wenn sie an den Küchentisch dachte, einem unangenehmen Bedürfnis, ihrer eigenen Haut zu entkommen, wenn sie daran dachte, wie es zum Küchentisch gekommen war und sie sich auch am nächsten Tag nicht unter Kontrolle hatte, und der noch viel unangenehmeren Frage, wie es jetzt weitergehen würde, mit ihnen, mit ihr. Darauf hatte sie keine Antwort, wollte sie keine Antwort. Sie wollte nur schlafen, alles wegschlafen, der Frage entkommen, am nächsten Tag in einem Paralleluniversum aufwachen, wo alles nach Plan lief und ihre Beziehungen allesamt geordnet und schmerzfrei waren. Da weder Schlaf noch Paralleluniversum eine realistische Alternative waren, gab sie irgendwann gegen halb sechs Uhr morgens auf, sprang zum dritten Mal unter die Dusche, packte fünf Sachen in einen kleinen Koffer und nahm den ersten Zug Richtung Norden. Einfach weg schien ihr die beste Option.

»Ich besuche meine Mutter. Meine Freundin«, gab sie nun die simpelste Antwort.

»Wie lange bleibst du?« Jana nahm einen weiteren Schluck Wein.

Auch das wusste Kaia nicht. Es gab keinen festen

Termin, den sie in Frankfurt einhalten musste, niemanden, der auf sie wartete. Nur eine unbequeme Situation, mit der sie sich nicht auseinandersetzen wollte.

Vielleicht für immer?

»Ein paar Tage … zwei Wochen … ich weiß noch nicht.« Sie spülte das letzte Stück Sandwich mit einem ausgiebigen Schluck Schilcher hinunter, verzog wieder das Gesicht. Jana lachte.

»Du gewöhnst dich daran«, versprach sie erneut und füllte ihr Glas auf, obwohl es kaum halb leer war.

Eine halbe Stunde später hatte sie sich immer noch nicht daran gewöhnt, dafür hatten sie die letzte Flasche angebrochen – einen weitaus trinkfreundlicheren Weißburgunder. Kaia spürte, wie sie leicht und schwindelig wurde, und Jana erzählte ihr ihre Lebensgeschichte. Sie war bei geschiedenen Eltern zwischen dem österreichischen Stainz und dem norddeutschen Braunschweig aufgewachsen, studierte nun in Hannover Soziologie und hatte gerade eine turbulente Affäre mit einem Jungunternehmer hinter sich.

»Er war ja generell etwas angeknackst, nahm Psychopharmaka, seit seine Ex mit ihm Schluss gemacht hat. Damals beging er einen Selbstmordversuch, alles sehr unschön«, erklärte sie mit ihrem recht eigenen und witzigen Dialekt und fuhr sich durch die blond gefärbten Haare. »Da hätte es bei mir eigentlich klingeln müssen … Das klang schon arg nach schwierigem Start. Aber an den guten Tagen …« Sie gestikulierte ausschweifend mit ihren Armen, warf beinahe ihren Becher um, lehnte sich schließlich zurück. »An guten Tagen war es der Hammer. Wir flogen Montag mit dem Hubschrauber über die nächtliche Stadt, unternahmen Dienstag eine Spritztour in seinem Luxusflitzer, hatten Mittwoch eine private Führung durch die hippeste Ausstellung der Stadt.« Wieder gestikulierte sie, als säße sie direkt im Helikopter oder betrachtete großzügige Bilder und Skulpturen.

Kaia leerte ihr Glas, bevor es ihrer ausdrucksstarken Sitznachbarin zum Opfer fallen konnte.

»Es war aufregend. Ich wusste nie, was mich erwartete. Leider auch im negativen Sinn. Manchmal beantwortete er tagelang keine Nachrichten, ging nicht ans Handy, gab keinerlei Lebenszeichen von sich. Letzten Freitag schließlich kam eine kurze SMS.« Sie kramte in einem großen blauen Rucksack neben ihr auf der Sitzbank.

»Darf ich noch mal?« Kaia deutete auf die Flasche, während Jana suchte.

»Ja, klar, bedien dich.« Jetzt zog sie aus einem Seitenfach ihr Telefon hervor, tippte eifrig darauf herum und streckte es Kaia unter die Nase.

Sorry, ich pack das mit uns nicht mehr, las sie leise. Keine weitere Erklärung.

Jana nahm es zurück, zuckte mit den Schultern. »Na ja. Hat mir jetzt auch nicht das Herz gebrochen. Ein wenig schade ist es schon. Aber ich werd's überleben. Ich habe ja gute Medizin im Gepäck.« Zur Bestätigung prostete sie ihr erneut zu, und sie tranken wieder.

»Ich glaube, ich kann da fast mithalten«, sagte Kaia nun. Eigentlich wollte sie mit ihrer Reise der kniffligen Situation entkommen, nicht länger daran denken, doch der Wein hatte sie mutig und redselig gestimmt. »Ich hatte Sex mit meiner Jugendliebe. Nach zwanzig Jahren.«

Jana sah sie mit offenem Mund an. »Und wie war's?«

»Immer noch gut«, gestand sie leise und schlug sich mit der Hand auf den Kopf, als könnte das die Erinnerung wegklopfen. »So gottverdammt gut.« Dann sah sie auf, hinaus auf die breiten grünen Felder, die rasend schnell an ihnen vorbeizogen. »Aber es hätte trotzdem nie passieren dürfen. Ich hatte einen einzigen Vorsatz, ein klares Ziel … herausfinden, wer ich war, was wir waren …« Und irgendwie hatte sie das auch, wurde ihr bewusst. Sie hatte ganz genau gespürt, wer sie damals gewesen war, hatte die gleiche Leidenschaft empfunden, das gleiche unbändige Verlangen, das gleiche überwältigende Glück. Sie hatte sich mehr wie sie selbst gefühlt als irgendwann in den letzten zwanzig Jahren. *Und trotzdem hätte es nicht passieren dürfen*, ermahnte sie sich wieder. Genau dieses Gefühl, dieses Verhalten, hatte sie an den Abgrund geführt. Sie konnte diesen Weg nicht noch einmal gehen. Warum hatten sie die Box der Pandora aufgemacht? Warum konnten sie es nicht bei Kaffee und guten Gesprächen belassen?

»Das letzte Mal …«, erklärte sie weiter, wissend, dass Jana nicht verstand, wovon sie sprach, ihre Information in wirren und leicht gelallten Sätzen hervorsprudelte. »… hat so, so schlecht geendet. So schlecht«, versicherte sie und schlug derart kräftig mit der Hand auf den Tisch, dass das Glas gefährlich wackelte. »Ich habe mich völlig verloren. In ihm, in uns, in dem Wunsch nach dem Unmöglichen. Und jetzt bin ich wieder hier, will das Unmögliche.«

»Und was ist das?«

Ein Mann mit einem Kleinkind an der Hand durchquerte das Abteil. Er streifte sie mit einem raschen Blick, verschwand dann hinter der nächsten Glastür.

»Wir wollten eine Freundschaft. Ich wollte es auch, es tat mir gut. Wir verstehen uns so sehr. Aber es gibt offenbar immer noch Gefühle zwischen uns, ich muss mich so zusammenreißen, wenn ich bei ihm bin. Jede Berührung lässt mich die Wände hochgehen, tagelang kann ich an nichts anderes denken. Und jetzt war ich schwach.« Sie ließ den Kopf in ihre Hände sinken, wollte sich irgendwo eingraben. »Ich hätte es besser wissen müssen!«, warf sie sich vor. »Vom ersten Moment, als ich ihn damals traf, hat er mein Leben auf den Kopf gestellt, mein Herz höherschlagen lassen. Diese Faszination … dieser Reiz … anders zu sein … Wir waren uns so ähnlich und haben uns trotzdem so gut ergänzt. Ich hatte schon immer Schmetterlinge im Bauch, sobald ich nur seine Hand auf mir spürte. Es war dumm von mir zu glauben, das könnte jetzt anders sein.«

»Bisher habe ich noch nichts gehört, das aktuell gegen euch spricht«, argumentierte Jana fröhlich lächelnd.

»Oh … alles …«, seufzte Kaia und schenkte sich erneut Wein nach, obwohl der Raum sich langsam zu drehen begann. Doch je tiefer sie in das Thema eintauchte, sich Erkenntnissen stellte, die sie über Jahre hinweg verdrängt hatte, umso weniger wollte sie nüchtern sein. »Ich kann da nicht noch mal durch. Es tat so weh das letzte Mal. Es war so falsch. Ich weiß überhaupt nicht, ob irgendetwas echt war. Ob er je wirklich etwas für mich empfunden hat. Genau deshalb habe ich mich überhaupt auf das Ganze eingelassen, habe ich ihn seinerzeit aufgesucht …«

Jana stutzte bei den letzten Worten, kam jedoch nicht dazu, etwas zu sagen, weil Kaias Telefon auf dem Tisch vibrierte. Sie warf einen kurzen Blick darauf, drückte dann auf den roten Knopf, um den Anruf abzulehnen.

»War er das?«, fragte Jana mit einer kleinen Kopfbewegung.

Kaia nickte stumm, nahm einen Schluck. Langsam begann das Zugabteil, mehr zu schwanken, als normal war.

»Du kannst mit ihm Sex haben, aber nicht mit ihm telefonieren?«

»Scheiße, ja!«, kam es viel zu laut hervor. Gil hatte bereits am Vorabend angerufen, und auch da hatte sie ihn ignoriert. »Was soll ich ihm denn sagen?«

»Vielleicht hörst du einfach, was er zu sagen hat.« Jana war trotz des beeindruckenden Weinkonsums immer noch recht klar.

»Nein, nein, nein«, wehrte Kaia heftig gestikulierend ab. »Das ist noch nie eine gute Idee gewesen.« Ihre Kontaktlinse klebte im rechten Auge fest, schien sich gegen ihr Lid zu sperren. *Was hatte zu viel Wein mit Silikon zu tun?*, fragte sie sich, während sie daran rubbelte, daraufhin aber nur noch verschwommener sah. »Und du weißt ja noch gar nicht das Beste an allem …«, brachte sie hervor, löste ihre Hand vom Auge und hob sie mahnend in die Luft. »Am nächsten Morgen hat uns seine Tochter überrascht. Im Bett«, fügte sie hinzu, als wäre es nicht völlig klar. »Ich meine, ich wollte sie ja kennenlernen, aber idealerweise angezogen.«

Jana lachte. »Wie hat sie reagiert?«

»Amüsiert«, antwortete sie, während sie sich das Bild vor ihr inneres Auge rief. »Ich glaube, sie fand es witzig. Ein bisschen, als hätte sie das schon kommen sehen. Sie kannte meinen Namen«, wurde ihr wieder bewusst. Einen Augenblick lang fragte sie sich, warum. Doch sie konnte keinen Gedankengang mehr halten, konnte ihn nicht mehr durchanalysieren. »Und Gil ist auch sehr cool damit umgegangen. Er sagte nur: ›Hey, Keiki. Geh doch bitte kurz mit Bukowski raus, ich bin in fünf Minuten da.‹ Und das hat sie dann getan. Sie brachte Bukowski raus, wir zogen uns an, und ich fuhr nach Hause.«

»Wer zum Geier ist Bukowski?«

»Der Hund.« Sie rieb wieder an ihrem Auge, ohne Erfolg. Alles um sie herum war verschwommen. »Und mit jedem Schritt zu meiner Wohnung wurde das Ganze eine immer schlechtere Idee. Wie sollen wir von hier aus je weiterkommen? Wohin? Es gibt kein Zurück, nicht in die Freundschaft wie vor dem Aussetzer. Wir können ihn nicht ignorieren. Und schon gar nicht können wir zurück in eine Beziehung, wir haben schon mal bewiesen, dass das ganz schlecht läuft. Und jetzt können wir auch nicht mehr nach vorn.«

Jana zuckte mit den Achseln, trank ihren Wein leer. »Ein Glas nach dem anderen. Es geht immer irgendwo hin.«

Montag, 4. Juli 2016
Hamburg

Petra schnitt kleine Käsestückchen fürs Abendessen. Kaia war vor einer Stunde angekommen, fühlte sich immer noch nicht ganz nüchtern, aber nüchtern genug, um ihrer Mutter gegenüberzutreten. Der Spaziergang mit ihrem Koffer durch das kühle, feuchte abendliche Hamburg hatte sie rasch in die Realität zurückgeholt.

Jana war in Hannover ausgestiegen, ziemlich wackelig auf den Beinen. Dafür sang sie umso kräftiger *We will Rock you*, Kaia konnte sie sogar im geschlossenen Zug noch auf dem Bahnsteig hören. Sie hatte ihr lächelnd nachgesehen, dann den Rest der Fahrt geschlafen. So dachte sie immerhin nicht weiter nach. Kurz vor Hamburg war sie aufgewacht, hatte auf der winzigen Toilette ihre Linsen ausgewaschen und wieder etwas klarer gesehen.

»Möchtest du Wein zum Abendessen?«, fragte Petra Koslowski jetzt.

»Nein. Nein, danke. Nur Wasser.«

Ihre Mutter stutzte einen Moment, schenkte ihr dann jedoch wortlos ein Glas ein. Sie hatte sich auch nicht nach dem Grund ihres spontanen Besuchs erkundigt, als Kaia um halb zehn Uhr morgens angerufen und ihr Bescheid gegeben hatte, dass sie im Zug saß. Einerseits war es nicht so ungewöhnlich, ihre Tochter hatte sich schon öfter zu spontanen Aktionen wie dieser entschlossen. Andererseits fragte Petra selten nach. Sie vertraute darauf, dass ihre Tochter ihr erzählte, was sie erzählen wollte und löcherte sie kaum nach mehr Informationen. Stattdessen blieb sie bei Standardfragen, hörte aufmerksam zu und erfuhr das eine oder andere Detail auch zwischen den Zeilen.

»Wie geht's dir, Schatz?«, fragte sie jetzt also und legte ihr Messer einen Moment zur Seite, um sie anzusehen. »Erzähl, wie läuft's im Job, seit du wieder selbstständig bist?«

»Gut«, antwortete Kaia und lächelte. »Ich bin wirklich glücklich. Ich stehe jeden Morgen auf und freue mich auf das, was ich schreiben werde. Überlege mir die Szenen, während ich am Fenster meinen ersten Kaffee trinke, denke mich bei einem Morgenspaziergang in die Charaktere hinein. Und dann schreibe ich, oft bis zehn, elf Uhr nachts.«

»Das klingt toll!«, bestätigte Petra. »Ich freue mich für dich.« Sie machte sich wieder an den Käse. Abgesehen von den Lebensmitteln auf der Arbeitsfläche vernahm Kaia den gewohnten Geruch der Wohnung nach Kaffee, Handseife und dem dezent sandelholzigen Parfum ihrer Mutter.

»Danke. So gesehen war es richtig gut, dass mit Steffen Schluss war. Sonst würde ich da bestimmt noch jahrelang vor mich hindümpeln, zwischen Kundenanfragen und Infotexten. Irgendwie schaffe ich es immer wieder zu vergessen, was mir guttut.«

War das der Grund, warum sie sich am Wochenende bei Gil hatte gehen lassen? Wollte sie einfach mal wieder etwas genießen? Oder ganz im Gegenteil – wollte sie vergessen, was ihr guttat und mal wieder böse sein? Sie schob den Gedanken zur Seite, würde ohnehin keine Antwort darauf finden. Vielleicht war es ein bisschen von beidem.

»Aber du findest auch immer wieder zurück. Ich mache mir keine Sorgen um dich«, bestärkte ihre Mutter sie. »So machst du stets neue Erfahrungen.«

An denen mangelte es ihr in den letzten Monaten nicht. Vor allem viele neue alte Erfahrungen. Das erinnerte sie wieder daran, was sie eigentlich mit ihrer Mutter besprechen wollte.

»Mama … ich habe eine Frage. Und ich bin mir nicht sicher, ob sie dir gefallen wird.«

Petra, die sich an das Schälen der Eier gemacht hatte, legte diese nun wieder ab und widmete ihrer Tochter die ganze Aufmerksamkeit. »Schieß los.«

Kaia seufzte. Jetzt wäre doch ein Glas Wein besser gewesen als das Wasser. »Weißt du, wo mein Vater ist?«

Ihre Mutter war offensichtlich verblüfft, schien jedoch nicht verärgert. Die Frage traf sie unvorbereitet, sie musste einen Moment überlegen. »Ich habe zuletzt vor fünf Jahren von ihm gehört. Er erkundigt sich hin und wieder nach dir, fragt, wie es dir geht, was du machst. Ich glaube, er traut sich nicht mehr, direkt Kontakt mit dir aufzunehmen … nach all den Jahren, und nachdem du ihm klar sagtest, dass du ihn nicht mehr sehen möchtest. Bei unserem letzten Gespräch lebte er in Norderstedt.«

»Wohnt er allein?«

»Ich bin mir nicht sicher. Er hat nie viel über sich selbst erzählt. Ich weiß, dass er irgendwann geheiratet hat, ich weiß nicht, ob sie noch zusammen sind, oder er eine andere Beziehung hat, oder gar keine.« Das alles stellte sie recht gelassen fest, während sie ein paar Scheiben Brot schnitt.

»Hast du eine Adresse von ihm?«

Petra kratzte sich am Kopf. »Willst du ihn sehen?«

Kaia zuckte mit den Schultern. »Vielleicht. Ich weiß noch nicht.«

Einen Moment lang schien ihre Mutter zu überlegen, ob sie genauer nachfragen sollte. Doch dann ließ sie es bleiben. Kaia starrte ein Loch in den Tisch, an dem sie saß. »Wäre es okay, wenn ich ihn sehe?«, fragte sie schließlich zögerlich, sah aber immer noch nicht auf.

»Natürlich. Er ist dein Vater und wird es immer sein. Ich war nie dagegen, dass ihr Kontakt habt. Ich glaube, es ist wichtig zu wissen, woher man kommt. Aber ich wollte es dir auch nicht aufzwingen.«

»Ich weiß.«

Jetzt öffnete Petra eine Schublade neben dem Geschirrspüler und kramte darin herum. Sie zog ein kleines Post-it hervor, hielt es weiter von ihren Augen weg, um die Schrift lesen zu können, und legte es dann vor ihrer Tochter ab. »Ja, das ist es. Das ist die Adresse. Er bat mich einmal, ihm ein Bild von dir zu schicken, das war die Adresse, die er mir damals gab. Aber das kann zehn Jahre her sein. Ich würde nicht darauf wetten, dass sie noch aktuell ist.«

Kaia stand auf, nahm zwei Teller, die ihre Mutter vorbereitet hatte und stellte sie auf den Esstisch gegenüber der Küchentheke. Petra deckte Brot und Besteck auf, dann setzten sie sich. Kaia war hungrig. Das Sandwich zu Mittag hatte nicht lange angehalten. Der Wein hatte das Hungergefühl für eine Weile verdrängt, doch jetzt, wo sie sich wieder recht nüchtern fühlte, grummelte ihr Magen ordentlich. Sie griff nach dem Käse und steckte ein paar Stückchen gleichzeitig in den Mund. »Bist du nicht wütend auf ihn?«, fragte sie noch mit halb vollem Mund.

Petra lächelte. »Weswegen?«

Kaia war verblüfft über die Reaktion. Sie selbst war ihr Leben lang wütend geworden, wenn sie an ihren Vater gedacht hatte, auch wenn das immer seltener passierte.

»Weil er dich verlassen hat. Uns verlassen hat«, korrigierte sie. »Weil er dich finanziell nie unterstützt hat. Weil es ihm größtenteils egal war, was aus uns wird.«

»Was hilft es mir, wütend zu sein? Hätte es etwas geändert?«, fragte ihre Mutter gelassen und strich sich Butter aufs Brot.

Tatsächlich hatte es nichts geändert, wusste Kaia. Nicht an ihrem Vater. Vielleicht an ihr selbst. Sie war etwas verbittert geworden, was das Thema betraf, wollte nicht darüber sprechen, nicht einmal darüber nachdenken. Sie trug viel aufgestaute Wut in sich gegen einen Mann, den sie kaum kannte. *Wie unsinnig*, dachte sie jetzt ebenso.

»Ich konnte gar nicht wütend sein«, fuhr Petra nun fort. »Ich habe deinen Vater sehr geliebt. Und ich weiß, dass er nie etwas in böser Absicht getan hat. Nicht einmal, uns zu verlassen. Es war einfach nicht sein Leben. Aber es war meins. Du warst meins und wirst es immer sein. Das wusste ich seit dem Moment, als ich von der Schwangerschaft erfuhr. Für mich stand nie zur Debatte, dich nicht zu bekommen.«

»Für ihn schon?«

Petra bewegte abwägend den Kopf hin und her. »Vermutlich nicht. Wir haben nie darüber gesprochen. Ich sagte ihm, ich wäre schwanger, er fiel aus allen Wolken, war verzweifelt, wusste nicht weiter. Er schaffte es nicht einmal, mir zu sagen, dass er es nicht schaffte. Zwei Tage später war er weg. Und ich glaube, das war teilweise, weil er es nicht über sich gebracht hätte, eine Abtreibung vorzuschlagen. Aber sich der Situation stellen, konnte er auch nicht. Also lief er davon.« Sie lächelte trotz allem, empfand vermutlich sogar so etwas wie Sympathie oder Mitleid. »Natürlich war ich am Boden zerstört damals. Ich war kaum 22, wusste nicht, wohin. Wir hatten zusammen gewohnt, Miete und Kosten geteilt. Ich musste zurück zu meinen Eltern ziehen, die Stunden in meinem Job erhöhen, um ein bisschen Geld zu sparen. Es war eine schwierige Zeit.« Sie legte ein paar geschnittene Eier auf ihr Brötchen und salzte es. »Aber wir haben es ja immer geschafft, wir zwei.« Jetzt streckte sie die Hand nach ihrer Tochter aus, und Kaia drückte sie.

»Ja. Ja, das haben wir.« Nicht zuletzt, weil ihre Mutter zahlreiche Nachtschichten und Überstunden geschoben hatte.

»Du hast viel dazu beigetragen. Du warst ein ausgesprochen gutes Kind. Immer selbstständig, ordentlich, verantwortungsvoll. Ich erinnere mich an keinen Tag, an dem ich nach Hause kam und alles auf dem Kopf stand oder du deine Hausaufgaben nicht gemacht hättest.«

»Ich wollte dir nicht noch mehr Probleme bereiten.« Kaias Blick schweifte durch den Raum, in dem sie saßen, eine Kombination aus Küche, Ess- und Wohnzimmer. Direkt hinter ihnen stand ein kleines Sofa vor dem Fernseher. Dahinter führten zwei Türen in die jeweiligen Schlafräume. Das Badezimmer lag verbindend dazwischen. Ein Lächeln huschte über ihre Lippen, wenn sie an ihr altes Zimmer dachte. Auch jetzt schlief sie darin. In ihrem kleinen Bett, in dem sie Gil zum ersten Mal geküsst hatte. Las in den Büchern, die sie zurückgelassen hatte, weil sie sie schon kannte oder in Frankfurt keinen Platz hatte. Starrte auf die Poster an ihrer Decke, die nach all den Jahren unglaublicherweise immer noch ihre Position hielten. Vielleicht hatte ihre Mutter hin und wieder etwas nachgeholfen.

»Ich bin stets sehr glücklich gewesen mit unserem Leben«, räumte Petra ein. »Ja, es hat uns manchmal an Geld gemangelt. Eine größere Wohnung wäre schön gewesen, ein Garten vielleicht. Natürlich gibt es immer mehr, was man haben könnte. Aber man muss auch zufrieden sein mit dem, was man schon hat. Und ich hatte sehr viel. Die Abwesenheit deines Vaters hat daran nichts geändert.«

Tatsächlich hatten sie noch nie zuvor darüber gesprochen.

Kaia hatte dieses Gespräch nie gesucht, sich nie interessiert für die Geschichte ihrer Mutter. Ihrer Eltern. Vielleicht war es auch bequemer für sie gewesen, weniger zu wissen.

»Hast du ihn nie vermisst?«

»Natürlich. Ich habe vor allem einen starken Partner vermisst. Jemanden, der mich abends in den Arm nahm, der mir versicherte, dass ich alles tat, was ich konnte, der mal die Rechnung für den Strom übernahm oder den Kühlschrank reparierte. Aber all das wäre dein Vater nicht gewesen.« Sie nahm einen großen Bissen von ihrem Brot und überlegte lange, bevor sie weitersprach. »Er war nie ein starker Partner. Stattdessen hat er seine Träume verfolgt, seine Ziele. Das konnte er sehr gut, wenn auch nicht sehr erfolgreich. Aber er war gut darin, an sich zu glauben, nichts anderes zu tun als das, was er wirklich wollte.«

»Und was war das?«

»Musik natürlich.« Wieder ein Bissen.

Auch Kaia griff sich ein Stück Brot und aß es zusammen mit dem Käse.

»Musik war seine große Liebe. Vermutlich seine einzige große Liebe. Er wollte nur spielen.«

»Was spielte er?«

»Saxofon. Manchmal übte er stundenlang in der Wohnung, bis die Nachbarn klopften. Immer und immer wieder das gleiche Lied, mit unzähligen Variationen, die nur er wirklich unterscheiden konnte. Für mich klang alles schön.« Sie lachte. »Er hatte ein paar Gigs in kleinen Bars, bevor es mit uns auseinanderging. Ich weiß nicht genau, wie es ihm die letzten fünfunddreißig Jahre ergangen ist, aber ich bin überzeugt, er hat nie einen anderen Job angenommen.«

Die Zielstrebigkeit, für etwas zu kämpfen, das man sich in den Kopf gesetzt hatte, kam Kaia sehr bekannt vor. Egal, ob als selbstständige Journalistin, beim Aufbau einer Firma oder jetzt als Autorin – ihre Projekte waren vielseitiger, doch auch sie hatte jedes einzelne entschlossen verfolgt und durchgesetzt.

»Aber ich bin überzeugt, dass er nie den großen

Durchbruch gemacht hat, sonst hätten wir davon gehört.« Sie zwinkerte ihr zu. »Also was hätte ich von ihm holen sollen? Auf was hätte ich ihn verklagen sollen und zu welchem Zweck? Um ihn zu einem Job zu zwingen, der ihn todunglücklich machte, nur, damit ich ein paar Hundert Mark mehr im Monat habe?« Sie winkte ab.

»Und du hast auch nie darüber nachgedacht, jemand Neuen kennenzulernen?«

»Doch. Doch, darüber nachgedacht habe ich. Als du etwa ein Jahr alt warst, war ich auf einigen Tanzveranstaltungen, habe es aktiv versucht. Doch ich stellte schnell fest, dass niemand mit deinem Vater konkurrieren konnte. Dass ich für niemanden das Gleiche empfinden könnte. Ja, es hätte mir vielleicht den Alltag manchmal erleichtert, ich hätte weniger arbeiten müssen oder wir hätten uns mehr leisten können. Aber wie gesagt: Ich hatte alles, was ich brauchte. Ich war nicht bereit, mit jemandem mein Leben zu teilen, der mir nicht alles bedeutete. Für einen Garten und ein neues Auto.«

Die ungemütliche Einsicht, dass sie nie wieder so heftig für jemanden empfunden hatte wie für Gil, drängte sich Kaia auf, und sie schaffte es auch nicht, sie ganz zu verbannen. Sie nagte den ganzen Rest des Abends an ihr. Würde sie auch ihr restliches Leben allein bleiben? Würde sie versuchen, sich mit weniger zufriedenzugeben, aber immer wieder scheitern, wie es bisher passiert war?

Würde sie rückfällig werden?

Vor allem die letzte Frage hallte in ihren Gedanken nach. Noch war es nicht so weit. Sie freute sich auf ihre Treffen mit Gil, es tat ihr gut, mit ihm zu reden, sie lachte über seinen Humor, genoss seine Ermutigungen. Er war ein wichtiger Teil in ihrem Leben geworden, und während ihres Aussetzers am Vortag hatten heftige Gefühlsausbrüche sie kurzzeitig übermannt, aber verliebt war sie nicht. Vermutlich hatte sie sich dagegen gesträubt, hätte es gar nicht zugelassen, wieder etwas für ihn zu empfinden, war viel zu vorsichtig geworden, viel zu konzentriert auf ihr eigentliches Vorhaben. Doch, war es nur eine Frage der Zeit, bis diese Gefühle zurückkehrten oder neue entstanden? Immerhin hatte sie es vor nicht einmal zwei Wochen auch noch für unvorstellbar gehalten, mit ihm Sex zu haben, und trotzdem war es nun passiert.

Nervös knabberte sie an ihrem Brot.

»Möchtest du einen Film sehen?«, riss Petra sie aus ihren Gedanken.

»Ja. Okay. Lass uns einen Film sehen.« Vielleicht würde der sie ablenken.

Petra stöberte durch die Programmzeitschrift, die auf dem leeren Stuhl lag.

»Kein Liebesfilm«, entschied Kaia. »Irgendwas Brutales. Oder eine Doku.«

Donnerstag, 7. Juli 2016
Norderstedt bei Hamburg

Eine hohe, rostbraune Wohnzeile baute sich vor ihr auf. Sie suchte nach einer Hausnummer zur Orientierung, verglich sie mit ihrem Zettel und ging dann weiter die Straße abwärts. Es war ohnehin ein bewölkter Tag, die lange Baumreihe zu ihrer Rechten warf noch mehr Schatten auf den Asphalt und gab der Umgebung einen tristen Eindruck.

Als sie vor der richtigen Nummer angekommen war, ließ sie ihren Blick über die Namen auf dem Klingeltableau wandern. Auf der untersten Klingel wurde sie fündig: Peter Aldenhoven.

Sie zögerte noch einen Moment. Atmete tief durch. Doch bevor sie weiter überlegte, warum sie eigentlich hier war, was sie wollte, worüber sie sprechen würde mit einem Menschen, den sie überhaupt nicht kannte und seit 25 Jahren nicht gesehen hatte, drückte ihr Finger auf die kleine weiße Taste. Es summte kurz, dann folgte Stille. Eine ganze

Weile hörte sie nichts. Sollte sie nochmals klingeln? Hatte sie vielleicht nicht lange genug gedrückt? Vermutlich war es ohnehin besser, wenn er gar nicht zu Hause war.

»Hallo?«, kam es da aus der Gegensprechanlage.

»H-hi. Ich …« Nun wäre es doch ganz gut gewesen, wenn sie sich etwas überlegt hätte. »Ich bin Kaia.« Sie schlug sich gegen den Kopf. »Katharina.«

Nach ein paar weiteren Sekunden summte die Tür. Sie drehte sich rasch um, lehnte sich dagegen und trat ein. Der Innenraum war klein und eng, eine Treppe führte zu den oberen Stockwerken. Direkt gegenüber von ihr öffnete sich eine Tür. Hervor trat ein hagerer alter Mann in leicht gebückter Haltung. Erst kam nur sein Kopf durch den Spalt, dann folgten eingefallene Schultern, ein gekrümmter Rücken und schwächliche Beine. Aber als sie näherkam, sah sie, wie er sie durch dicke Brillengläser anlächelte. Ihr Herz klopfte stark, während sie auf ihn zuging.

»Katharina!«, grüßte er mit der gleichen sanften, leisen Stimme, die sie in Erinnerung hatte, freudig und herzlich. Einen Moment lang blieb er in der Tür stehen, sah sie an, als könnte er nicht glauben, dass sie da war. Dann trat er einen Schritt zurück. »Komm rein, Kind. Komm rein.«

Sie folgte ihm in eine kleine, verwinkelte Wohnung. An den Wänden des Flurs hingen zahlreiche Bilder. Kaia schnappte im Vorbeigehen nur ein paar auf: Peter am Saxofon auf einer Bühne, Peter im Duett mit einem Trompeter, Peter von hinten, während er auf einen See hinausblickte, das Saxofon neben sich abgelegt. Und sie, bemerkte sie verdutzt. Sie, lächelnd, vor dem Eiffelturm, mit wehenden Haaren.

Zu beiden Seiten des Flurs gab es ein paar geschlossene Türen, am Ende lag das Wohnzimmer. Eine dunkle, abgesessene Ledercouch stand vor einem Wandschrank. Ein hohes Fenster gab den Blick auf den Innenhof frei, daneben führte eine Tür auf einen winzigen weißen Balkon. Vor dem Fenster stand auf schwarzen Ständern sein Instrumentenvorrat: ein großes Saxofon, zwei mittlere und ein sehr kleines. Dazwischen stapelten sich Noten und Papiere.

»Möchtest du dich setzen?«, fragte er nun.

Sie überlegte einen Moment, ließ sich dann auf dem Sofa nieder.

»Kann ich dir etwas zu trinken anbieten?«

Sie schüttelte den Kopf. »Nein, danke.«

Seine Haare waren schütter geworden, größtenteils ergraut. Nichts an ihm erinnerte sie auf den ersten Blick an sie selbst.

»Ich freue mich sehr, dass du hier bist.« Er stand unsicher mit einigem Abstand hinter einem runden Glastisch.

Sie lächelte milde.

»Bist du … bist du länger in Hamburg?«

Er wusste also, dass sie in Frankfurt lebte.

»Nein. Ich weiß nicht.« Sie fuhr sich durch die Haare. »Ich denke nicht.«

Er fragte nicht nach, lächelte sie weiterhin freundlich an. Dann setzte er sich auf das andere Ende der Couch.

Es gab so viel, das sie ihn fragen wollte. Über ihn, wie sein Leben verlaufen war, was er machte, ob er immer noch musizierte, ob er es geschafft hatte, als Künstler zu überleben, ob er eine Beziehung hatte, ob er glücklich war. Sie war nicht hier, um ihm Vorwürfe zu machen, nicht einmal, um ihn zu fragen, warum er gegangen war. Das wusste sie jetzt, und seit dem Gespräch mit ihrer Mutter konnte sie nicht einmal mehr so richtig wütend sein.

»Bist du glücklich?«, fragte sie also nun die wohl am wenigsten eisbrechende Frage. Sie war einer der Gründe, die sie zu ihm geführt hatten. Seit sie sich wieder vollständig dem Schreiben gewidmet hatte, fühlte sie sich zwar viel zufriedener und ausgeglichener, aber auch voller Ungewissheit, was die Zukunft betraf.

»Bin ich …?« Auch ihn traf die Frage sichtlich unvorbereitet. Doch immerhin konnte man das über den ganzen Besuch sagen. »Bin ich glücklich … Ja.« Er richtete sich die Brille zurecht. »Ja, ich denke schon. Es geht mir nicht schlecht. Ich komme über die Runden, kann immer noch spielen. Ich wäre gern etwas fitter, meine Knochen tun oft weh, wenn ich spät nachts heimkomme. Ich erinnere mich nicht immer an alle Melodien, die mir im Kopf herumschwirren, wenn ich spazieren gehe. Aber ja, insgesamt … bin ich glücklich.« Seine Stimme war immer noch leise, seine Worte langsam und bedacht.

»Wo spielst du?«

»Hauptsächlich in einem kleinen Lokal zwei Straßen weiter. Gott sei Dank, ich könnte meine Instrumente nicht quer durch die Stadt schleppen. Nicht einmal eines«, gab er lachend zu bedenken.

»Was spielst du?«

Er rückte ein Stück näher zu ihr. »Ach, das kommt viel auf das Publikum an. An manchen Abenden haben wir ein fixes Programm, weil Tanzabend ist oder wir nur im Hintergrund begleiten dürfen. Doch an anderen … darf ich mich richtig ausleben. Dann spiele ich Jazz. Jazz beflügelt meine Seele«, sagte er leise und verträumt, während seine Hände sich wie kleine Flügel zur Seite streckten.

»Ich mag Jazz«, räumte sie ein.

»Ja?« Sein Gesicht hellte sich noch mehr auf, seine Augen leuchteten.

»Ja. Und ich mag das Saxofon.« Sie deutete auf die Instrumente am Fenster. »Vor allem das Tenor.«

Er zog die Augenbrauen hoch, schien etwas überrascht, dass sie sie unterscheiden konnte. »Welche Musiker hörst du am liebsten?«

Sie zögerte einen Moment. »Ich mag Harold Land. Und Joe Henderson, er spielt so … verrückt, wild, ungehobelt«, versuchte sie, die richtigen Worte zu finden. »Aber so wirklich unter die Haut geht mir Coleman Hawkins. Jeder Ton ist voller Zärtlichkeit.«

»Ja … der große Hawk … Er war immer mein Vorbild, wenn ich eins hatte. Niemand spielte je wie er. Unverwechselbar, unerreicht«, schwärmte auch Peter.

»Aber ich habe ja dich noch nicht spielen gehört. Vielleicht würdest du es auch in meine Top fünf schaffen.« Dabei sah sie ihm erstmals wirklich in die Augen, in die gleichen dunklen Augen wie die ihren.

Er kicherte wieder.

Die ganze Wohnung roch ein bisschen nach Leder. Oder hölzern, sie konnte es nicht sagen. Aber noch etwas anderes gab es, das ihr auffiel: der Duft nach Papier, nach alten Büchern und Heften, genau wie in ihren vier Wänden.

»Spielst du denn auch eigene Sachen? Weil du vorher meintest: ›Melodien, die dir beim Spazieren einfallen‹.«

»Ja!« Er nickte. »Ja, ich komponiere viel. Aber auf der Bühne spielen wir meist bekannte Sachen. Manchmal, spät nachts, wenn kaum noch jemand da ist, improvisieren wir drauf los. Dann spiele ich etwas von den Motiven, die ich aufgeschrieben habe, und die anderen setzen mit ein. Das ist magisch. Der Moment, wenn man im Einklang ist, aufeinander hört, sich abstimmt.« Wieder wanderten seine Hände durch die Luft.

»Ich habe das nie so empfunden«, gab sie zu. »Auf der Flöte. Ich hatte nie das Gefühl, dass es mir etwas Besonderes gab, etwas Magisches.«

»Aber du hast sie gespielt«, freute er sich.

»Ja.«

»Wie schön.« Er rückte noch näher zu ihr. »Ich wollte …« Er kratzte sich an seinem schütteren Haar. »Ich wollte, dass du siehst, ob du Talent hast für Musik, ob sie dir Spaß macht. Und wenn, dann wollte ich derjenige sein, der den Impuls gibt«, fügte er leise hinzu. »Es war riskant. Ich wusste, du würdest sie vielleicht verärgert wegwerfen, verschenken, in den Keller räumen. Aber es war ein Teil meiner Welt. Es war der einzige Weg, etwas anzustoßen, das du vielleicht von mir hättest.« Sein Blick senkte sich, seine Stimme wurde noch leiser. Er wischte sich eine Träne aus den Augen. »Verzeih mir. Ich bin ein sentimentaler alter Trottel.«

Kaia schaffte es nur, mit dem Kopf zu schütteln. Seine Worte hatten sie bewegt, seine Offenheit, die ihn sichtlich Überwindung und Anstrengung kostete. Sie fühlte sich so überhaupt nicht mehr wütend.

»Aber vermutlich hätte ich dir eine Gitarre schenken sollen, oder ein Schlagzeug.« Jetzt hatte er sich wieder gefasst, lächelte. »Die Flöte ist vielleicht nicht das lustigste Instrument, man kann auch nicht dazu singen.« Er kicherte erneut. »Am meisten Spaß macht die Musik mit anderen Menschen.«

»Vielleicht bin ich einfach nicht musikalisch«, wehrte sie ab.

»Ja, vielleicht«, akzeptierte er. »Du hast allerdings durchaus eine künstlerische Veranlagung.«

Das wusste er also, stellte sie fest. Was wusste er überhaupt alles über sie?

»Ja.«

»Ich habe dein Buch gelesen.«

Sie erstarrte. Ein Schauer fuhr durch ihren Körper. Ein freudiger, erstaunter Schauer, eine Mischung aus Nervosität und Zufriedenheit.

»Es ist wirklich gut. Du bist sehr talentiert.«

»Danke.«

»Schreibst du jetzt auch etwas?«

Sie überlegte, wie sehr sie ihn an ihrem aktuellen Leben teilhaben lassen wollte. Was er über sie wissen sollte. Doch offenbar wusste er ohnehin schon einiges.

»Ja. Tatsächlich habe ich mir eine Auszeit genommen, um einen Roman zu schreiben.«

»Das ist wunderbar!« Er gestikulierte wieder ausschweifend mit den Armen. »Halte fest an deiner Leidenschaft.« Seine Hände ballten sich zu Fäusten, sein Blick wurde wieder ernst. »Ich habe in meinem Leben immer meine Leidenschaft verfolgt, und das tut mir auch nicht leid. Ich bin froh, dass ich zwischendurch nie aus Verzweiflung Bilanzbuchhalter geworden bin, auch wenn ich in manchen

Monaten nicht wusste, wie ich meine Miete bezahlen sollte.« Nun stand er auf, ging ein paar Schritte zum Fenster, drehte sich wieder zu ihr. »Trotzdem wünschte ich mir, ich hätte auch Raum für anderes gelassen. Es wäre auch gegangen. Ich hätte meine Musik deshalb nicht aufgeben müssen. Etwas zurückstellen vielleicht. Aber das habe ich damals nicht verstanden.« Er ging auf sie zu, setzte sich direkt neben sie, sah ihr in die Augen. »Ich hätte es vielleicht nicht geschafft, ein Vollzeit-Papa zu sein, aber ich hätte da sein müssen. Zumindest den Kontakt halten müssen. Wenn ich es schon nicht schaffte, euch finanziell zu unterstützen«, fügte er hinzu, während seine Augenbrauen sich zusammenzogen. »Es tut mir sehr leid. Es tut mir für dich leid, aber vor allem für mich. Du bist eine wunderbare Person, und das habe ich verpasst.« Wieder stiegen Tränen in seine Augen. Er nahm ihre Hand, drückte sie. »Ich bin sehr dankbar, dass du hier bist.«

Kaia lächelte ihn an. Sanft, aber von Herzen. Sie war auch froh.

Den Rest des Nachmittags führte er sie durch die Bildergalerie im Flur, erklärte ihr, wo jedes einzelne Foto aufgenommen worden war, welche Lieder er gespielt hatte, welche seine liebsten Orte gewesen waren. Coleman Hawkins begleitete sie sanft im Hintergrund. Peter überredete sie schließlich zu einem Glas Wein, während sie von Frankfurt erzählte, von ihren beruflichen Erfahrungen, sogar ein bisschen von Paris. Sie erwähnte keine Liebesbeziehungen oder weshalb sie nach Frankfurt gezogen war, schon gar nicht ihr Dilemma mit Gil. Am Schluss durfte sie auf Peters Altsaxofon spielen und freute sich wie ein kleines Kind, als ein paar holprige Töne herauskamen. Ihr Vater freute sich auch.

»Komm gern jederzeit wieder, wenn du in Hamburg bist«, sagte er, als er sie zum Abschied zur Tür begleitete. »Oder wenn du ein bisschen Saxofon spielen möchtest.«

»Okay.« Vielleicht würde sie das tun. Es hatte sich gut angefühlt. Als hätte sich eine Frage beantwortet, die sie ihr ganzes Leben lang mit sich herumgeschleppt hatte, eine Tür geöffnet, die in ein fremdes Haus führte. Ein wenig einsam, mit vielen Geistern, aber trotzdem schön.

»Und, Kaia …«, rief er sie, als sie bereits im Hausflur stand. Er trat einen Schritt zu ihr hinaus. »Wenn du etwas Gutes hast …« Er atmete tief durch. »Lauf nicht davor weg, wie ich es getan habe.«

Sonntag, 10. Juli 2016
Hamburg

Es war endlich ein richtig warmer Sommertag. Kaia saß in T-Shirt und kurzen Hosen auf der hölzernen Sitzbank in Yvonnes Esszimmer, während diese zwei Cocktails zubereitete. Ihr ältestes Kind hörte im Nebenzimmer lautstark Musik. Immerhin hatte sie die Tür geschlossen, es war also trotzdem noch möglich, sich zu unterhalten. Ihr Sohn stellte im anliegenden Wohnzimmer mit seinen Autos das Formel-1-Rennen nach, das er im Hintergrund laufen hatte.

»Lass uns auf die Terrasse gehen, da ist es etwas ruhiger«, schlug Yvonne nun vor, während sie die zwei Drinks in die Hand nahm und sich zu ihr drehte. »Der ganz normale Wahnsinn bei uns. Ich habe dich ja vorgewarnt, dass es hier nicht langweilig wird.«

Yvonnes Wohnung lag in einem braunen Backsteingebäude auf einer belebten Straße. Als oberste Einheit im vierten Stock war es die einzige, die mit einer Terrasse ausgestattet war, wenn auch einer winzigen. In der Breite passten weder Tische noch Stühle hinein, sie konnten nur am Geländer stehen und nach unten sehen. Doch Yvonne hatte sie liebevoll geschmückt: Über dem Ausgang hing eine bunte Girlande, die vermutlich ihre Kinder bemalt hatten. An der Ecke rankte sich eine Weinpflanze nach unten.

»Auf unser Wiedersehen«, schlug ihre Freundin vor und hob das Glas mit blau-grüner Flüssigkeit.

»Auf uns«, stimmte Kaia mit ein. Sie stießen an und nahmen einen Schluck.

»Uff, stark.« Kaia verzog das Gesicht.

»Du bist nur nichts mehr gewöhnt«, konterte Yvonne.

»Ja, mag auch sein. Was ist das überhaupt?«

»Ein Swimming Pool«, antwortete sie. »Ich dachte, wenn wir schon keinen echten haben, sollten wir zumindest einen trinken.«

Kaia lachte. »Wie geht es dir?«, fragte sie dann. »Und den Kleinen? Kommt ihr zurecht?«

»Wir schlagen uns durch«, antwortete ihre Freundin und warf ihre schulterlangen blonden Haare zurück. »Ich arbeite viel, bin wenig zu Hause. Aber du kennst das ja, war bei dir nicht anders. Und so klein sind die zwei auch nicht mehr. Kai kann die Schule nicht ausstehen, er erinnert mich an mich selbst. Ich ging nie gern zur Schule. Meine einzigen Highlights waren die Rauchpausen im Hof und unsere Treffen im *TrinkBar*. Aber sag ihm das bloß nie«, betonte sie.

»Gibt es das eigentlich noch?«

»Das *TrinkBar*?«

»Ja.«

»Ich bin mir nicht sicher. Ich bin seit Jahren nicht in der Gegend gewesen.«

Die Sonne brannte auf den ungeschützten Balkon. Kaia fragte sich, wie lange sie es hier aushalten würde, trotz des kühlen Cocktails.

»Und Britta?«, erkundigte sie sich nach Yvonnes Tochter.

»Britta … ist ganz gut in der Schule. Aber sie zeigt erste Anzeichen der Pubertät, wird aufmüpfig, will nicht mehr mit mir reden, verkriecht sich ewig in ihrem Zimmer …« Ihre Finger klopften gegen das Geländer. Unter ihnen ging auf der Straße eine Gruppe lachender Jugendlicher vorbei. »Es hilft auch nicht, dass ihr Vater ein totaler Versager ist. Keine Ahnung, wie ich mich auf den einlassen konnte.«

Kaia erinnerte sich an Brittas Vater. Und auch daran, wie Yvonne sich »auf ihn eingelassen hatte«. Er hatte in der Bank gearbeitet, bei der sie ihren ersten Job hatte. Auf der Weihnachtsfeier hatten sie beide zu viel getrunken und waren im Bett gelandet. Als Yvonne im sechsten Monat schwanger war, wurde ihr Kollege und immer noch gelegentlicher Bettgenosse in Handschellen abgeführt, weil er regelmäßig Geld anlegte, das aus Verbrechen stammte, und zwar nicht zu wenig. Im Gegenzug bekam er einen erheblichen Anteil davon auf sein eigenes Konto, doch das konnte ihn auch nicht mehr davor bewahren, die kommenden zehn Jahre wegen Geldwäsche und Steuerhinterziehung im Knast zu verbringen.

»Hat sie ihn mal gesehen? Sollte er mittlerweile nicht draußen sein?« Kaia hatte sich nur selten nach ihm erkundigt, weil sie wusste, dass es für Yvonne ein heikles Thema war.

»Er ist draußen. Seit einem Jahr. Wir haben sporadisch Kontakt. Ich möchte sichergehen, dass er ein stabiles Umfeld hat, einen echten Job, bevor er sie kennenlernt. Ich bin sehr skeptisch. Ich will unter keinen Umständen, dass sie in irgendeiner Form auf die schiefe Bahn gerät, oder er sie auch nur auf dumme Gedanken bringt«, sagte sie leise und vergrub ihr Gesicht in den Händen.

»Aber du würdest einem Treffen zustimmen?«

»Er ist ihr Vater.« Sie sah wieder auf, blinzelte in die Sonne. »Ich werde so lange warten, wie ich es für gut und richtig halte, fünfhundert Bestätigungen einholen, dass er keine krummen Dinger mehr dreht, sie keine Sekunde mit ihm allein lassen … aber ja, ich würde zustimmen. Er ist ihr Vater.«

Das war der richtige Moment, ihre erste eigene Bombe fallen zu lassen. »Ich habe meinen Vater besucht.«

Yvonnes Augen wurden groß und rund, ihr Mund stand offen, sie brachte kein Wort hervor. Das passierte selten.

»Er wohnt in Norderstedt. Ich war am Donnerstag

dort. Ich wollte wissen, wie er ist. Was ich von ihm habe. Es gibt so viele Dinge, auf die ich keine Antwort habe, die ich nicht verstehe.«

»Hat es geholfen?« Auf Yvonnes Stirn machten sich Schweißperlen breit.

»Ja«, antwortete sie ohne Zögern. »Ja. Er ist Künstler, wie ich. Musiker. Er ist ruhig, ein bisschen traurig. Aber auch ein bisschen glücklich. Er spielt Saxofon, mag das Meer, geht gern spazieren.«

Yvonnes Blick wurde eindringlich. »Hast du ihn zur Rede gestellt?«

»Nein.« Kaia presste die Lippen zusammen. »Nein. Er hat viele Dinge bereut, das habe ich gesehen. Auch, dass er keinen Kontakt zu mir hatte. Ich brauchte nicht mehr zu wissen. Ich brauchte vielleicht nicht einmal das zu wissen. Ich war nicht mehr wütend. Ich wollte ihn nur kennenlernen.«

»Woher dieser plötzliche Sinneswandel? Nachdem du 35 Jahre lang kein Interesse an ihm hattest?«

Kaia zuckte mit den Schultern. »Ich weiß auch nicht. Ich habe viel darüber nachgedacht in letzter Zeit. Seit ich selbstständig bin, wieder schreibe … Woher das alles kommt … Es gibt so viele Seiten an mir, die ich nicht verstehe. Ich wollte wissen, ob er mich kennt, ohne mich tatsächlich zu kennen. Und dann habe ich mit Gil darüber gesprochen. Er meinte auch, es wäre wichtig zu wissen, woher man kommt.« Mittlerweile war sie um einiges gelassener als eine Woche zuvor im Zug mit Jana. Viel war seither passiert.

»Aha«, kommentierte ihre Freundin ohne ein weiteres Wort, aber mit einem breiten Grinsen. »Wie läuft's denn so mit Gil?«

Kaia merkte, wie ihre Augen zuckten, ein Schauer über ihren Rücken lief, und sie wusste, sie hatte sich verraten.

»Fuck«, kam da auch schon Yvonnes Reaktion, »du hast mit ihm geschlafen.«

Es gab kaum etwas, das man nach fast 30 Jahren Freundschaft geheimhalten konnte. Schon gar nicht vor Yvonne.

Jetzt verzog sich Kaias ganzes Gesicht zu einer Grimasse. Dann nahm sie einen ausgiebigen Schluck von ihrem Swimming Pool.

»Scheiße, wie ist das denn passiert? Ich wusste, das würde passieren, er würde dich wieder rumkriegen«, stellte sie fest, ohne sie antworten zu lassen.

»Das hat er nicht«, verteidigte Kaia ihn, was sie eigentlich gar nicht wollte. »Tatsächlich habe ich es provoziert. Ich wollte es genauso.« Sie erwähnte nicht, dass sie high war, auch das hätte ihre Freundin gegen ihn ausgelegt. »Außerdem war es nur Sex. Ich habe keinerlei Gefühle für ihn.«

»Na, die kommen schon noch.« Jetzt trank auch Yvonne von ihrem Cocktail. Sie mochte nicht unrecht haben.

Von der Straße kamen Hup- und Bremsgeräusche. Ein Auto wich abrupt auf den Gehsteig aus, ein Mann fluchte lautstark.

»Was schlägst du vor? Den Kontakt abzubrechen?«

»Ich war nie dafür, ihn wieder herzustellen.«

»Ich weiß. Vielleicht war es eine dumme Idee.« Kaia fuhr sich durch die Haare. »Andererseits fühle ich mich furchtbar wohl, wenn wir reden. Es tut mir gut. Ich wäre vermutlich nie auf meinen Vater zugegangen, hätte ich nicht mit Gil darüber gesprochen.«

»Das war immer so zwischen euch«, bestätigte Yvonne, ohne weiter zu urteilen.

»Ja. Das war immer so.« Sie hatte sich nie von jemand anderem so verstanden gefühlt. Es hatte sie aber auch nie jemand je so aus der Bahn geworfen, und das wussten sie beide. Auch wenn Yvonne es nun nicht mehr aussprach.

»Habt ihr denn schon darüber gesprochen, was damals passiert ist?«

Etwas unruhig tappte Kaia von einem Fuß auf den anderen. »Nein.«

»Mama, ich habe Hunger.« Ein wuscheliger Lockenkopf drängte sich durch die enge Terrassentür.

»Okay. Ich komme gleich, Britta. Die Pizza braucht noch fünf Minuten.«

»Bleibst du auch zum Essen, Tante Kaia?«

Kaia zögerte einen Moment. »Ja. Ja, wieso nicht?« Es sprach nichts dagegen, das Wochenende bei ihrer Freundin ausklingen zu lassen. Sie hatten sich ohnehin viel zu lange nicht gesehen.

Britta verschwand im Wohnzimmer.

»Ich kann dir nicht sagen, ob du den Kontakt abbrechen solltest«, nahm Yvonne nun den Faden wieder auf. »Das musst du selbst spüren. Ob du das Risiko eingehen willst. Aber ihr solltet definitiv über eure Vergangenheit reden. Und zwar sofort. Egal, ob du ihn danach nie wiedersehen willst oder ihr eine Freundschaft fortführt, oder was auch immer …« Sie sah sie eindringlich an. »Ihr müsst euch davon befreien. Du musst dich davon befreien.«

Gil

Sonntag, 10. Juli 2016
Frankfurt am Main

Gil tippte zögerlich in die Tasten. Die Worte kamen an diesem Abend nur unwillig zu ihm. Seine Gedanken drehten sich immer noch um die letzte Woche. Nach Keikis Besuch an seinem Geburtstag hatte er Kaia angerufen. Er wusste nicht wirklich, was er sagen wollte, wusste ja nicht einmal, wo er selbst stand. Doch er wollte ihre Stimme hören, wollte wissen, wie es ihr ging. Jetzt war es passiert, sie mussten gemeinsam entscheiden, wie es weitergehen würde.

Sie war jedoch nicht ans Telefon gegangen. Auch nicht am nächsten Tag oder an irgendeinem anderen. Er war verwirrt über seine eigenen Gefühle, über ihre Reaktion, besorgt, sie zu verlieren oder bereits verloren zu haben. Gestern Abend war er schließlich zu ihrer Wohnung gefahren, hatte etwa zwanzig Mal geklingelt, dann zu ihrem Fenster geschaut und gesehen, dass sämtliche Jalousien unten waren. Vermutlich war sie wirklich nicht zu Hause. *Wo war sie hin? Wann würde sie wiederkommen?*

Das Unwissen über ihren Aufenthalt oder ihren emotionalen Zustand nagte fast so sehr an ihm wie die Frage, wie es zwischen ihnen weitergehen konnte. Würden sie den Weg zurück in eine gewöhnliche Freundschaft finden? *Schwierig*, dachte er zuerst, denn vermutlich würde es immer wieder Momente der Versuchung geben. Aussetzer, in denen sie schwach würden. Oder konnten sie es doch dabei belassen, eben weil es nun passiert war, weil es nicht länger zwischen ihnen stand? Er hoffte es, denn eine ›Freundschaft plus‹ sah er als noch unmöglicher an, nach allem, was zwischen ihnen geschehen war. Nein, diesmal konnten sie nicht irgendwo dazwischen sein, außerhalb von Definitionen und Grenzen.

Eine weitere Option war, aufs Ganze zu gehen. Auf die Liebe zu setzen, egal, ob sie nun schon da war oder noch kommen würde. Doch waren sie bereit, mehr zu riskieren? Oder hatte ihre frühere Beziehung sie so sehr traumatisiert, dass diese Alternative für immer vom Tisch war? Und selbst wenn nicht, war er unsicher, ob er dazu bereit war. Sein Leben war so lange ruhig und relativ problemlos verlaufen, ohne Beziehung. Abgesehen davon war er immer noch der Überzeugung, dass er in Freundschaften besser war. Aber er wusste auch, dass Kaia ihm viel bedeutete, dass nicht darüber zu reden oder aufgeben keine Optionen waren.

Er starrte auf den Monitor, auf die drei Zeilen, die er bisher geschrieben hatte. Sie erinnerten ihn an seine letzte große Schreibblockade, als er tagtäglich ins Weiße gestarrt hatte. Damals hatte er sich sogar gefragt, ob die Schreiberei vielleicht nur eine Verrücktheit seiner Jugend gewesen war.

Als er von Ellen aus Hamburg zurückgekehrt war, wohnte er ein paar Wochen bei seinen Eltern, bis er ein eigenes

Apartment fand. Seine Freundin sollte recht behalten: Mau weigerte sich, mit ihm zu sprechen. Bis auf ein Telefonat, in dem sie ihm Datum und Uhrzeit mitteilte, an dem er Keiki sehen konnte. Allerdings war er überzeugt, dass es länger dauern würde als ein paar Jahre, bis sie ihn nicht mehr hasste. Obwohl sie mit der Zeit kleine Schritte auf ihn zuging, ihn in die Wohnung ließ, Keiki bei ihm ablieferte, war Gil sich sicher, dass diese Schritte nie viel größer werden würden.

Langsam hatte er danach sein Leben wieder in den Griff bekommen. Er ging zu einem Vorstellungsgespräch bei seiner jetzigen Firma, stellte fest, dass der Chef den gleichen Humor hatte wie er und konnte sich vorstellen, diesen Job täglich zu machen, ohne sich dafür zu hassen, ohne neidisch zu werden. Ohne die Welt zu verändern, aber auch ohne große Langeweile.

Die ersten Monate allein waren seltsam ruhig. Er hatte Zeit, nach der Arbeit eine Runde zu laufen, gemütlich ein Glas Wein zu trinken, Schreibversuche zu starten. Aber er war auch einsam. Er vermisste Maus Lachen, ihre Klugheit, ihre Kühnheit, ihren ungebrochenen Glauben an die Liebe. Und er vermisste Keiki, obwohl er sie regelmäßiger sah. Er vermisste, wie sie ihn begrüßte, lachend, mit offenen Armen, sobald er durch die Tür trat. Er vermisste es, sie zu trösten, wenn sie hinfiel, wenn sie zu ihm lief, um Schutz vor der Welt zu suchen, ihr grenzenloses Vertrauen. Er vermisste ihre ersten Versuche viel zu komplizierter Worte, und wie sie ihren Eltern damit schallendes Gelächter entlockte. Er vermisste die Einblicke, die sie ihm gab, in eine Welt, die er schon fast vergessen hatte. Er vermisste es sogar, wie sie ihn mit Käsewürfeln bewarf.

Doch er fand zum Schreiben zurück. Er setzte sich jeden Abend hin und schrieb, was er konnte. Nicht nur, weil er es Ellen versprochen hatte und es ihm so wichtig war, dass er dafür seine Ehe an die Wand gefahren hatte. Sondern auch, weil ihm nach Marcs Tod etwas klar geworden war: Sollte er selbst nächste Woche sterben, wollte er nicht nichts hinterlassen. Zumindest ein paar sinnvolle Texte in ihrer besten letzten Version sollten es in die Nachwelt schaffen. Anfangs kamen nur einzelne Wörter und Sätze, die ihm dafür die halbe Nacht kosteten. Dann, irgendwann im Juni, stand der erste zusammenhängende Absatz vor ihm. Damals war auch sein Ideenboard entstanden. Er hatte einzelne Gedanken und Sätze aufgeschrieben, von denen er dachte, dass sie irgendwann zu etwas Größerem werden könnten. Manche von ihnen ergaben mehr Sinn zusammen als allein, fügten sich zu kleineren Geschichten zusammen.

Nach und nach fand er auch zu sich zurück, schaffte es, die Leere in ihm auszufüllen, die Unruhe zu besänftigen. Er fühlte sich wieder wohl in seiner Haut. Manchmal kämpfte er sich immer noch von einem Tag zum nächsten, vor allem, wenn die Traurigkeit die Überhand gewann. Doch diese Tage waren weniger geworden, und gelegentlich fühlte er sich fast wieder glücklich.

Er hatte immer noch keine vierte Zeile geschrieben. Er nahm einen großen Schluck Wein, stand auf und machte Musik an. Nach wie vor Bob Marley. Er stieß einen dumpfen Lacher aus.

Damals mit Ellen war es so leicht gewesen, einfach weiterzumachen. Sie hatten nie wieder über diese Zeit gesprochen, über ihren Trost-Sex, ihre gemeinsamen Nächte. Sie hatten problemlos in ihre Freundschaft zurückgefunden. Was war mit Kaia anders?

Er kannte die Antwort. Für Ellen hatte er nie etwas anderes als Freundschaft empfunden. Nicht mit 14 und nicht mit 24. Es gab keine emotionale Verwirrung, nichts konnte ihre Freundschaft erschüttern, weil da nicht mehr als das zwischen ihnen war. Kaia hingegen sorgte bei ihm für eine ganze Menge emotionaler Verwirrungen.

Die stille Vibration seines Handys riss ihn aus seinen Gedanken. Er starrte einige Sekunden auf den Monitor, stutzte, brauchte eine Weile, um die vier Buchstaben aufzunehmen, die eindringlich blinkten. Dann tat sein Herz einen kleinen Sprung der Freude und Erleichterung, und er ging ran.

»Moin, Gil.«

27

Donnerstag, 14. August 1997
Hamburg

»Wieder mal das bunteste Stück aus deinem Kleiderschrank gesucht?«, stichelte Martin mit amüsiertem Blick auf Kaias Hose. Diese war von roten und orangen Punkten übersät, und Kaia fand sie eigentlich ganz cool, als sie sie letzte Woche gekauft hatte. Punkig, sommerlich, verrückt. Sie wusste, dass Martin es nicht böse meinte, er einfach sagte, was ihm durch den Kopf ging, ohne groß darüber nachzudenken. So beschloss sie, seine Stichelei mit einem simplen »Mir gefällt sie« stehenzulassen. Doch Bianca kam ihr zuvor: »Du musst reden. Sieh dir mal deine Jeans an. Von so engen Hosen bekommt man Hodenkrebs.«

»Was stört dich das?« Martin grinste sie breit an.

»Oh mein Gott, jetzt schlaft endlich miteinander«, sprach Gil laut aus, was alle anderen seit Monaten dachten. Die beiden erröteten, senkten ihren Blick auf die Picknickdecke, auf der die Gruppe saß.

Jeder sah, dass die zwei zusammengehörten. Martin war ein Spaßvogel, hatte immer einen Scherz auf den Lippen, stieg auf jede Dummheit ein – genau wie Bianca. Vor Jahren war er mit ihrer damals besten Freundin aus einer anderen Schule gegangen. Die Beziehung hatte nicht lange gehalten, die Freundschaft zu Bianca schon. Sie verbrachten ihre Pausen zusammen, zogen einander auf, Bianca lag im Park regelmäßig auf seinem Schoß. Der Rest der Gruppe sah sie in Zukunft bereits verheiratet mit vier Kindern.

Doch vielleicht war da wirklich nicht mehr, und es gab keinerlei romantische Gefühle. Vielleicht hatten sie auch ein besseres Timing, wussten, dass ihre Zeit noch nicht gekommen war, konnten darauf warten, dass es so weit war. *Nicht wie ich und Gil*, fuhr es Kaia durch den Kopf.

Vor ihnen ragte das Bergedorfer Schloss mit seinen roten Steinen in den klaren blauen Himmel. An den Wänden rankte sich ein kahler Baum hoch. Umgeben war das alte Gebäude von einem Bach und einem üppigen Garten. Es war einige Busstationen von ihrem Gymnasium entfernt, aber es lohnte sich herzufahren, vor allem an Tagen wie diesem, wenn die Gruppe sich zum ersten Mal nach den Ferien wiedertraf. Kaia überlegte sich hier immer, wer sich schon alles von den Ranken und Rosen hatte inspirieren lassen.

Gil jedoch war schlecht gelaunt an diesem Nachmittag. Seine Arme um die Knie geschlungen, die Haare im Gesicht, hatte er vor seinem genervten Kommentar kaum ein Wort gesagt. Während der Sommerferien hatte Kaia allgemein recht wenig von ihm gehört. Sie wusste, er war einige Wochen mit seiner Familie in Frankreich gewesen. Von dort aus hatte er zweimal angerufen, und ein paarmal hatten sie sich gesehen, als er zurück war. Immer nur kurz, lange genug, um Sex zu haben, dann war er wieder in Eile. Es passierte auch erstmalig, dass er ihr kurzfristig abgesagt hatte, tatsächlich bei zwei Treffen in den letzten Wochen. In seinen Begründungen blieb er vage, ihm sei etwas dazwischengekommen, er müsste verschieben. Kaia hatte angefangen, sich Sorgen zu machen, ein paar schlaflose Nächte lang überlegt, ob sie ihm langweilig geworden war. Bisher hatte sie ihn nicht darauf angesprochen. Einerseits, weil sich die Gelegenheit noch nicht geboten hatte. Andererseits, weil sie es kaum für möglich hielt, aber auch, weil sie überhaupt nicht dieses ängstliche, unsichere Mädchen sein wollte, das schlaflose Nächte mit Zweifeln verbrachte. Weil sie sich nach ihm sehnte, froh war, wenn sie ihn sah, selbst wenn es nur für eine halbe Stunde war. Weil sie ohne ihn einsam war, und weil sie keinen Streit wollte.

»Wir müssen ohnehin los«, brachte Bianca jetzt hervor. »Martin und ich arbeiten noch an einem Projekt für Bio.«

»Ja.« Martin nickte, stand auf und nahm seinen Rucksack. »Es ist auch viel zu heiß heute, um hier herumzusitzen.« Sie verabschiedeten sich und stapften davon.

»Ich glaube, du hast einen wunden Punkt getroffen«, wies Carolin ihren Freund zurecht.

Gil zuckte mit den Schultern. »Musste mal raus.« Er nahm ebenfalls seine Schultasche. »Ich bin auch weg. Ich seh euch morgen.« Er gab Carolin einen kurzen Kuss auf die Wange, winkte Kaia zu und verschwand zügig. Sie konnte sich vorstellen, dass er sich unwohl fühlte, mit ihnen beiden gleichzeitig. Das erklärte jedoch nicht seine mürrische Stimmung.

»Alles okay?«, fragte Kaia zögerlich ihre Freundin, die viel zu still neben ihr sitzen blieb, die Arme vor der Brust verschränkt. Normalerweise erkundigte sie sich nicht nach ihrer Beziehung, wollte am liebsten gar nichts darüber wissen. Doch heute waren beide besonders schweigsam gewesen, und die Neugier nach Gils Ärger brannte in ihr. Sie fühlte einen Hoffnungsschimmer in sich aufsteigen, dass Gil vielleicht bald ganz ihr gehören würde, gefolgt von einem stechenden Schuldgefühl. Sie wollte nicht, dass es Carolin schlecht ging, sie war immer noch ihre Freundin.

»Ja … ich denke schon.« Carolin nahm ihre Sonnenbrille ab, und Kaia sah, dass sie verweinte Augen hatte. »Ich weiß nicht.«

Es war lange her, dass sie ein ausführliches Gespräch geführt hatten. Eigentlich seit Kaias erstem Treffen mit Gil im Park, als sie ganz auf ihre Freundin vergessen hatte, die währenddessen zu Hause auf sie gewartet hatte. Als sie es nicht schaffte, ihr zu sagen, dass sie sich in Gil verliebt hatte. Sie verstand also, dass Carolin zögerlich war, sich ihr gegenüber zu öffnen. »Ich weiß, wir haben länger keinen engeren Kontakt gehabt …«

»Ja, das war auch meine Schuld«, räumte Carolin ein. »Ich

habe all meine Freundschaften vernachlässigt, seit ich mit Gil zusammen bin.«

»Nein … nein … Ich hätte mich mehr bemühen können«, wehrte Kaia ab. Es war nur so viel leichter gewesen, Abstand zu halten. Auch jetzt fühlte sie sich unwohl an der Seite ihrer Mitstreiterin, Rivalin, Freundin.

»Eigentlich sollte gerade alles richtig gut sein«, begann Carolin nun doch und setzte sich auf. Ihr Blick ging ins Leere, an Kaia vorbei, folgte dem Baum an der Schlosswand. Dann seufzte sie tief. »Wir haben seit kurzem Sex. Gil und ich«, fügte sie hinzu, als stünde es irgendwie außer Frage, wen sie meinte.

Kaias Herz zog sich zusammen. Mit einem Schlag wurde ihr klar, warum er ihre Dates abgesagt hatte. Er hatte etwas Spannenderes gefunden. Sie spürte, wie ihr der kalte Schweiß ausbrach.

»Doch das hat alles nur noch schwieriger gemacht.« Carolin warf mit einer kurzen, schnellen Bewegung ihre Locken zurück.

Kaia wollte weg, flüchten, so lange sie noch konnte. Sie wollte keinerlei Details. Aber jetzt war sie mittendrin, konnte ihre Freundin nicht hier sitzen lassen, ohne sich zu verraten. Sie griff nach der Bierflasche neben sich, nahm einen langen Schluck. Es war viel zu warm.

»Es gibt einen Gil, an den ich nicht rankomme«, führte Carolin weiter aus. »Anfangs dachte ich, er bräuchte vielleicht einfach Zeit, bis er sich mir öffnet. Irgendwann habe ich es vermutlich akzeptiert, mich daran gewöhnt, dass er nicht alles mit mir teilt, dass es Dinge gibt, die ich nicht verstehe.« Wieder füllten sich ihre großen Kulleraugen mit Tränen. »Doch jetzt, wo wir uns so nahe sind … seit wir miteinander schlafen … tut es viel mehr weh«, fügte sie leise hinzu, wagte immer noch nicht, Kaia anzusehen. Dann brach es unter Schluchzen aus ihr heraus: »Ich habe ihm alles gegeben, was ich habe, mich ihm völlig offenbart, auch körperlich. Aber er tut nicht das Gleiche.«

Kaia wollte im Boden versinken, sich wegbeamen, alles, um nicht mehr hier zu sein. Sie empfand Mitleid für ihre Freundin, wollte sie in den Arm nehmen und trösten, ihr aber gleichzeitig dazu raten, ihn zu vergessen, ihn freizugeben. Sie war eifersüchtig, verletzt, erleichtert, wütend für sie beide zusammen. Doch sie blieb still. Jedes Wort hätte sie verraten.

»Ihr habt doch einen guten Draht zueinander. Du bist seine beste Freundin. Wie ist das bei dir? Öffnet er sich dir gegenüber mehr?« Carolin sah sie hilfesuchend an.

Ja, dieser Teil ist bei mir, war Kaias erster Gedanke, und sie verspürte erneut widerwillige Genugtuung. Doch so ganz stimmte das nicht einmal. Und auch als Halbwahrheit war es keine Option, sie auszusprechen, Carolin den Todesstoß zu versetzen.

»Ich glaube, ich weiß, was du meinst«, antwortete sie stattdessen. Sie konnte sich mit ihrer Freundin solidarisieren, ihr zustimmen, das Gespräch rasch beenden. Eingestehen, dass er gewisse Seiten an sich lieber geheim hielt. Doch das fühlte sich zu sehr nach Niederlage an. Sie wusste, dass ihre Gemeinsamkeit, das Schreiben, ein starkes Band zwischen ihnen war, eine Verbindung, die beide mit niemandem sonst teilten. Sie verstanden sich auf einer Ebene, die den meisten Menschen unzugänglich war, und deshalb blieb dieses Verständnis auch zwischen ihnen beiden.

Trotzdem musste sie sich eingestehen, dass sie wusste, wovon Carolin sprach. Tatsächlich hatte Kaia in der ganzen Zeit, die sie Gil kannte, nur einen einzigen Text von ihm gelesen. Jedes Mal, wenn sie ihn danach fragte, etwas lesen zu dürfen, wich er aus, redete sich damit raus, kaum etwas Neues verfasst zu haben. Es gab also einen Bereich, in den Gil niemanden hineinließ, nicht einmal sie.

»Es stimmt«, nahm sie schließlich doch den ehrlichen und einfacheren Weg. Ihre Freundschaft bedeutete ihr nach wie vor viel, sofern das überhaupt noch möglich war. »Es gibt eine Seite, die er niemandem zeigen will. Ich weiß nicht, warum. Aber es gibt Dinge, die er nicht teilt. Auch nicht mit mir.« Sie schluckte schwer, schluckte ihren Stolz hinunter. Ein paar Vögel zwitscherten unbeeindruckt vor sich hin.

»Okay.« Carolin hatte sich wieder beruhigt. Sie lächelte sogar ein wenig. »Das hilft, danke. Ich dachte, es läge an mir.«

Der Geruch von verdorrtem Gras stieg Kaia in die Nase, während sie schnell atmete. Sie wusste nicht, ob sie sich freuen oder laut schreien sollte. Einerseits war sie erleichtert, das Gespräch überlebt zu haben, andererseits schlug sie in Gedanken ihren Kopf gegen die Wand. Erstmals in sehr langer Zeit fragte sie sich, warum sie das alles mitmachte. Die verpassten Dates, lahme Entschuldigungen, die Lügen, den Verlust jeglicher Integrität, das ewige Geheimnis sein. Was tat sie hier noch?

Ihr wurde bewusst, dass sie in den letzten Monaten insgeheim darauf gehofft hatte, dass Gil sich für sie entscheiden würde. Dass sie noch da wäre, wenn er mit Carolin fertig wäre, dass sie durchhalten würde. Und jetzt saß sie hier mit Carolin, schwitzte wie verrückt, rettete ihre Beziehung, genau die Beziehung, die ihr selbst den Atem nahm. Wo konnte dieser Weg sie hinführen?

Eine immense Panik ergriff sie. Zum ersten Mal kam ihr der Gedanke, dass sie verlieren könnte. Ihr wurde klar, dass sie stets davon ausgegangen war, sie wäre die einzig Richtige für ihn, die Einzige, die er wirklich wollte, und eines Tages würde er das einsehen. Doch jetzt hatte Carolin die Führung übernommen. Kaia hatte ihr noch dazu verholfen und blieb selbst dabei zurück.

»Wenn es nicht mal bei dir anders ist, sollte ich es vielleicht einfach akzeptieren«, stellte Carolin nun fest, »und nehmen, was er mir geben kann.«

Ja, das war auch mal mein Gedanke, dachte Kaia nicht ohne Zynismus. Es war ihre eigene Schuld, wenn ihr Herz nun gebrochen würde. Sie hatte von Anfang an gewusst, worauf sie sich einließ.

»Wir sollten uns wirklich wieder öfter treffen und reden«,

schlug ihre Freundin lächelnd vor. Kaia lächelte auch, doch innerlich war ihr speiübel.

Gil saß auf seinem Bett, rauchte eine Zigarette und hörte der Musik im Hintergrund zu. Er war immer noch verärgert, aber auch unruhig und besorgt. Seine Welt war ins Wanken geraten. Am Vorabend hatte er einen schlimmen Streit mit Carolin gehabt. Tatsächlich den ersten seit sie sich kannten. Sie warf ihm vor, dass er ihr nicht alles geben würde, zu verschlossen war. Vielleicht war er das. Logischerweise gab es Dinge, die sie nicht wusste. Doch er war der Ansicht, dass er seine zwei Beziehungen immer sehr gut voneinander getrennt hatte, die eine keinen Einfluss auf die andere hatte. Wenn er bei Carolin war, war er ganz bei ihr, gehörte nur ihr. Er hatte nicht das Gefühl, dass er ihr absichtlich etwas verschwieg oder zurückhielt. Aber ja, er war ein anderer Mensch, als wenn er mit Kaia zusammen war. Diese Seite war Carolin sicher unbekannt, seine Leidenschaft, seine Verrücktheit, seine Unruhe. Er wollte auch gar nicht, dass sie diesen Gil kennenlernte. Denn genau das war ihre Stärke, dass sie ihn zur Ruhe brachte. Sie war die Normalität in ihm, die gewöhnliche, unkomplizierte Beziehung. Genau deshalb war es so inakzeptabel, so schmerzhaft, dass sie ihm dies nun vorhielt. Bisher hatte sie ihn angenommen, wie er war, hatte nicht mehr von ihm verlangt, ihn nicht gefordert oder gepusht. Deshalb hatte er sich so wohlgefühlt.

Von Kaia wiederum fühlte er sich verstanden, hatte in ihr eine ebenbürtige Partnerin, eine Herausforderung. Es war die perfekte Balance.

Bis jetzt.

Nun sah er sein schönes, ausgeglichenes Liebesleben in Gefahr. Carolin war enttäuscht gewesen, traurig. Er wusste nicht, was er tun sollte. Er konnte ihr nicht geben, was sie offenbar plötzlich suchte. Es war nicht das, was er von ihr wollte. Sie hätte es auch nicht verstanden. Es wäre das Ende ihrer Beziehung gewesen, dessen war er sich sicher.

Überdies hatte er Kaia vernachlässigt in den letzten Wochen. Carolin und er hatten zum ersten Mal miteinander geschlafen. Es war neu gewesen, aufregend. Für einen kurzen Moment wollte er gar nichts anderes mehr. Er hatte versucht, Kaia immer noch zu geben, was sie brauchte, sie zu treffen, wann immer er konnte. Doch eigentlich wollte er mehr Zeit mit Carolin verbringen, und Kaia hatte das bestimmt gespürt.

Er ging in die Küche zum Telefon und wählte ihre Nummer.

»Hallo?«, meldete sie sich umgehend.

»Hey, ich bin's.«

»Hi«, kam es relativ tonlos zurück. War sie etwa schon sauer? Am Nachmittag im Park hatte er sie als recht still wahrgenommen, aber keine bösen Blicke aufgefangen.

»Bist du zu Hause?«, fragte er direkt.

»Ja.«

»Allein?« Er wusste, sie verbrachte viele Abende allein, wenn ihre Mutter Nachtschicht hatte.

Es dauerte eine Weile, bis sie antwortete. »Ja.«

»Kann ich vorbeikommen?«

Eine noch längere Pause folgte.

Ja, sie war sauer. Das war nicht ihre Art. In der Regel freute sie sich, wenn er anrief, auf ihre gemeinsame Zeit.

»Okay«, willigte sie schließlich ein, und er empfand Erleichterung.

»Okay. Ich sehe dich gleich.«

Schon als sie die Tür öffnete, bestätigte sich sein Verdacht. Anstatt ihrer üblichen Umarmung oder eines leidenschaftlichen Kusses blieb sie mit einigem Abstand hinter dem Eingang stehen. Ihre Arme waren verschränkt, ihr Blick verletzt und skeptisch.

»Warst du bei ihr?«, schoss es da schon wie ein Pfeil auf ihn zu, als er sie küssen wollte. Auch im Schlechten kam sie direkt zum Punkt, stellte er fest. Er versuchte, ruhig zu bleiben. »Seit wann interessiert dich das?«

»Ich möchte es wissen«, bestand sie darauf. »Du bist in letzter Zeit dauernd bei ihr.«

Er würde nicht darauf eingehen, sich auf kein Eifersuchtsdrama einlassen. Das gab es bisher nicht, und er sah auch jetzt keinen Anlass dafür, diesem sinnlosen Gefühl Einlass zu gewähren. »Was bringt es dir, wenn ich dir sage, ich war bei ihr, oder ich war bei meiner Oma Kuchen essen? Es macht keinen Unterschied. Es hat nichts mit uns zu tun.«

Sie fuhr sich durch die Haare, vergrub den Kopf in ihren Händen, drehte sich weg.

Jetzt ging er auf sie zu, wollte sie umarmen, doch sie zuckte weg, tat einen Schritt zurück.

»Was bin ich für dich? Eine nette Abwechslung, wenn es mit Carolin zu eintönig wird? Dein Fickkommando auf Abruf?« Wut brannte in ihren Augen.

Er erschrak. So kannte er sie nicht. Er kannte diese Worte von ihr nicht, die Vorwürfe, die rasende Eifersucht. Was war passiert? Was hatte er verpasst? Er hatte keine Zeit, darüber nachzudenken, denn sie überrollte ihn schon mit der nächsten Attacke.

»Ich weiß, was dir neulich immer dazwischengekommen ist.« Die letzten drei Worte stellte sie mit ihren Fingern unter Anführungszeichen. »Ihr habt Sex. Ich bin langweilig geworden. Es ist interessanter mit ihr, alles ist neu.« Eine Träne des Zorns lief über ihre rote Wange.

Woher wusste sie das? Hatte sie mit Carolin gesprochen? Eine andere Erklärung gab es nicht. Panik stieg in ihm auf. Wenn sie von Carolin wusste, wusste Carolin dann auch über sie Bescheid? War das der Grund gewesen, warum sie gestern plötzlich behauptete, einen Teil von ihm nicht zu kennen?

»Ja!«, gab er ungehalten zurück, aufgebracht von ihrem unvermittelten Ausbruch, verletzt durch ihre Zweifel, panisch durch seine eigenen. »Es ist interessanter mit ihr. Ich liebe es, wenn wir Sex haben und sie ihr Höschen halb heruntergezogen hat. Es ist der perfekte Kontrast zu ihrer Unschuld, es macht mich fertig. Ich möchte tagelang nichts anderes tun, als sie zu vögeln.«

Er sah, wie jedes Wort sie traf wie ein Schlag. Sie zuckte zurück, zusammen.

Er schloss die Augen, atmete durch. Er wusste, er hatte eine Grenze überschritten. Es war eine bösartige, verletzende Provokation gewesen, die nicht einmal stimmte. Er musste etwas tun, bevor sie ihn zum Teufel jagte.

»Kaia …« Wieder tat er einen Schritt auf sie zu. Sie zitterte am ganzen Körper. Er schlang seine Arme um sie, drückte sie fest an sich. Sie schluchzte.

»Es tut mir so leid. Es tut mir so leid. Ich wollte das nicht sagen. Ich …« Welche Entschuldigung konnte es geben? *Warum habe ich es gesagt?*, überlegte er. Er konnte nicht mit Eifersucht umgehen, verstand sie nicht. Sie hatte ihn an einem schlechten Tag erwischt.

»Ich habe die Kontrolle verloren, es tut mir leid.« Er nahm ihren Kopf in seine Hände, richtete ihren Blick auf ihn. Tränen strömten über ihr Gesicht. Er wischte sie weg, küsste sie weg. »Du hast mich kalt erwischt. Ich habe nicht mit diesem Wutausbruch gerechnet, es hat mich erschreckt. Aber ich hätte das nicht sagen dürfen, es ist auch nicht wahr. Bitte verzeih mir.« Er konnte nicht mehr dazu sagen. Er konnte keine Erklärung geben, wollte sie nicht weiter vergleichen, den Sex vergleichen. Er wusste, das wäre die größte Falle gewesen, in die er tappen konnte. Er wollte es rückgängig machen, aber das konnte er nicht mehr. Er wollte ihr sagen, dass er sie liebte, ihm alles bedeutete, doch die Worte blieben ihm im Hals stecken.

»Kaia, sieh mich an.« Wieder richtete er ihren Blick auf sich. Sie war immer noch verletzt, sah ihn immer noch an, als hätte er sie an die Wand geschlagen. »Es macht keinen Unterschied, was zwischen ihr und mir passiert«, wiederholte er ausdrücklich und vermied dabei absichtlich, Carolins Namen auszusprechen. »Jetzt bin ich hier, bei dir.

Und ich möchte nirgendwo anders sein. Das ist alles, was zählt. Wir.«

Sie stimmte nicht zu, wie sie es sonst tat, sah ihn aus leeren, traurigen Augen an. Wie konnte er sie zurückholen?

»Lass uns wegfahren, nur du und ich. Lass uns ans Meer fahren«, schlug er vor und küsste sie auf die Stirn. »Wir nehmen ein Zelt, verbringen die Nächte am Strand, erzählen uns Gruselgeschichten. Oder du liest mir etwas vor. Ich liebe es, wenn du mir etwas vorliest. Lass uns ans Meer fahren.« Er sah sie aus hoffnungsvollen Augen an, versuchte, die Liebe in seinen Blick zu packen, die er nicht aussprechen konnte, wünschte sich inständig, dass sie ankam.

»Okay«, willigte sie schließlich kaum hörbar ein.

Samstag, 16. August 1997
Husum

Ihr Zelt wurde bedenklich vom Wind durchgeschüttelt. Der Regen prasselte darüber hinaus darauf ein, draußen hörten sie die Wellen des Meeres, die ans Ufer preschten. Wasser überall. Teilweise war es so laut, dass sie dachten, die Flut würde ihr Zelt gleich wegschwemmen, obwohl sie weit abseits des Strandes campten.

Den ganzen Tag über war es sonnig und heiß gewesen. Sie hatten sich auf der Decke im Sand aneinander gekuschelt, waren kurz eingenickt, mehrmals schwimmen gegangen. Im Wasser hatte Gil das Gefühl, erstmals seit ihrem Streit wieder zu Kaia durchgedrungen zu sein.

Während ihrer vierstündigen Zugfahrt hatte sie kaum gesprochen, die meiste Zeit aus dem Fenster gesehen, ihn milde und wenig überzeugend angelächelt. Als er das Zelt aufgebaut hatte, war sie eine Runde am Strand spaziert, gedankenverloren, weit weg. Er wusste, dass sie immer noch verletzt von ihrem Streit war. Doch er hatte keine Ahnung, was er tun konnte, wie er den Spalt zwischen ihnen wieder schließen konnte.

Er hatte beschlossen, einfach geduldig zu sein. Und tatsächlich fühlte sich alles ganz normal an, als sie im Wasser herumtollten, sich in die Wellen warfen. Kaia war glücklich, sprang ins Meer wie ein Fisch, ließ sich treiben, tauchte unter, kam lachend wieder hervor. Er packte sie, warf sie zurück in die Wellen, sie kicherte wie ein Kleinkind. Sie küssten sich lange, ließen sich dabei vom Wasser sanft hin- und herwiegen. Es war ein wunderbares, zeitloses, schwereloses Gefühl gewesen, und für ein paar Augenblicke schienen sie ihren schmerzhaften Ausrutscher überwunden zu haben.

Zurück am Strand hatte sie in seinen Armen gelegen, schien aber wieder in ihre Welt versunken. Zwar hatte ihr Streit immer noch Einfluss auf Gil, er musste immer noch daran denken, doch generell sah er lieber nach vorne als zurück. Außerdem hatte es auch erheblich seine Laune verbessert, dass Carolin ihn Donnerstagabend angerufen und sich entschuldigt hatte. Sie sei engstirnig und egoistisch gewesen, hatte sie gemeint, und könne nun akzeptieren, dass es gewisse Dinge gäbe, die nur ihm gehörten, die er mit niemandem teilte. Das hatte ein wenig Stabilität in sein Leben zurückgebracht, und er war guten Mutes in das Wochenende mit Kaia gestartet, zuversichtlich, dass seine Welt jetzt wieder ins Lot kommen würde.

Mittlerweile saßen sie beim Abendessen in ihrem Zelt, das er von seinem Bruder geborgt hatte. Olivier hatte es nur einmal benutzt und es trotzdem geschafft, ein kleines Loch hineinzureißen, durch das der heftige Regen jetzt leichten Zugang hatte. Den Schinken hatte es bereits erwischt, als sie das Leck bemerkten und den Rest ihrer Mahlzeit auf die andere Seite retteten. Die meisten Lebensmittel hatten sie im Supermarkt in der Stadt gekauft, gleich nachdem sie angekommen waren. Gil hatte außerdem eine Flasche Wein eingepackt, nur zur Sicherheit, falls sich doch nicht alles wieder von selbst richten sollte. Er hatte sich vorgenommen, das Wochenende so perfekt wie möglich zu machen, Kaia zu verwöhnen, ihr zu zeigen, was sie ihm bedeutete, die Vernachlässigungen der letzten Wochen gutzumachen. Schöne Momente zu erleben, die den schrecklichen Moment am Donnerstag verblassen lassen sollten.

Ein dicker Regentropfen fiel direkt auf Kaias Sandwich, das sie in der Hand hielt. Sie sah nach oben, wo noch weitere Tropfen auf ihren Angriff warteten. Einer schien es direkt auf die Weinflasche abgesehen zu haben. Sie griff danach, nahm einen großen Schluck und stellte sie abseits der undichten Stelle ab. Erst schien sie genervt, ihr Blick wanderte nervös von der Picknickdecke, auf der sie saßen, zum Dach des Zeltes, zu Gil. Draußen war Donnergeröll zu hören.

»Na toll, jetzt werden wir auch noch frittiert«, seufzte sie. Schließlich lachte sie. »Wir hätten gar keinen Gaskocher mitnehmen müssen.«

Gil stimmte in ihr Gelächter ein.

»Oder hat das Zelt deines Bruders einen Blitzableiter?«

Er schüttelte den Kopf. »Kann ich mir nicht vorstellen.«

»Dann solltest du wissen, dass es mir eine Freude war, dich gekannt zu haben«, sagte sie jetzt, grinsend, versöhnt.

»Mir auch, Kaia Koslowski«, antwortete er sanft, legte seine Hand unter ihr Kinn und zog sie näher zu sich. »Und ich könnte mir keine bessere Art vorstellen zu gehen, als hier mit dir gegrillt zu werden.«

»Frittiert«, korrigierte sie lächelnd.

Statt einer weiteren Erwiderung küsste er sie. Ein zärtlicher, liebevoller Kuss, voller Hingabe, voller Entschuldigung, voller Hoffnung.

»Weißt du was?«, fragte er dann.

Sie schüttelte stumm den Kopf.

»Wenn man etwas nicht ändern kann, sollte man sich dem einfach hingeben.«

»Was meinst du damit?« Ihr schwante Schlimmes.

»Lass uns rausgehen.«

Genau das.

Das war keine seiner besseren Ideen. Raus in dieses Wetter? In den Sturm? Hier im Zelt hatten sie immerhin ein wenig Schutz. Doch da nahm er schon ihre Hand, zog sie hoch und öffnete den Reißverschluss des Eingangs.

Der Regen schlug ihnen direkt ins Gesicht. Getrieben vom Wind, fiel er nicht mehr gerade auf den Boden, sondern schräg und angriffslustig auf sie. Der Wind selbst war nicht weniger jähzornig, schien ihnen ihre Mäntel entreißen, sie gar mitnehmen zu wollen. Trotzdem war der Ausblick unglaublich, wie Kaia feststellte. Von dem kleinen Hügel aus, wo sie campten, überblickten sie die gesamte Bucht bis zur Halbinsel Nordstrand. Die Wellen machten sich rücksichtslos über das Land her, schienen völlig vergessen zu haben, wo sie hingehörten. Am Nachmittag waren sie noch an den gleichen Stellen gewandert, hatten Muscheln aus dem schlammigen Watt gezogen und die Würmer bestaunt, die ihre Ausscheidungen zu Tausenden als kleine Würstchenhaufen hinterließen. *Was passierte nun mit denen?*, fragte Kaia sich. Ob sie sich im Meeresboden verkrochen hatten? Sie konnte es nur für sie hoffen, denn das Meer riss alles mit sich, was nicht festgemacht war. Und selbst das befand sich in Gefahr. Immer wieder preschte die Flut unterhalb des Stegs durch die Bretter, schien im Rhythmus des Donners über das Holz zu tanzen. Die Blitze verstärkten das Naturschauspiel, entzweiten den Himmel und stellten für wenige Sekunden die dunklen, bedrohlichen Wolken zur Schau, die sich über ihnen zusammengebraut hatten. Kaia fühlte den Regen hart auf ihrem Gesicht, Windstöße, die sie fast mit sich trugen. Sie war noch nie einer Naturgewalt so nahe gewesen, hatte sie so direkt erlebt. Sie hatte sich lange nicht so frei gefühlt. Laut lachend breitete sie die Arme aus, reckte ihren Kopf gen Himmel. Gil hatte recht. Sich zu stellen, war die weitaus bessere Alternative, als sich im Zelt zu verstecken, dabei aber ohnehin nass zu werden.

Genau so war es auch mit ihm, mit ihrer Beziehung. Ja,

vielleicht würde sie ihn noch Jahre mit ihrer Freundin teilen müssen. Doch sie liebte ihn wie verrückt. Sie konnte nichts daran ändern. In den letzten Tagen hatte sie sich vorgestellt, wie es ohne ihn wäre, und das Gefühl der Panik, des Schmerzes, vermischt mit einer überwältigenden Übelkeit, die sie nur beim Gedanken daran überkam, wollte sie keinesfalls in exponentieller Verstärkung erleben. Nein, es war ganz klar besser, sich mitreißen zu lassen, sich ihrer Liebe hinzugeben.

Durchnässt bis auf die Haut drehte sie sich zu ihm, bemerkte erstmals, wie er sie beobachtete, während sie durch den Sturm tanzte. Mit raschen Schritten ging sie auf ihn zu, vergrub ihre Finger in seinem nassen Haar und küsste ihn stürmisch.

Sie brauchten eine gute halbe Stunde, bis sie im Zentrum am Hafen ankamen, obwohl sie einen großen Teil davon gerannt waren. Regen und Wind hatten sich ihnen entschieden entgegengestellt. Ihr Campingplatz lag direkt am Meer, abseits der Kleinstadt und auch abseits jeglicher Zivilisation. Da sie ohnehin klitschnass waren und ihr Essen nicht mehr zu retten war, hatten sie beschlossen, ein Restaurant aufzusuchen. Als sie lachend und triefend in das erste Lokal eintraten, das geöffnet hatte, inspizierte der Kellner sie skeptisch. Gil hoffte inständig, er würde sie nicht abweisen. Jugendliche waren generell nicht so gern gesehen in halbwegs schicken Etablissements, schon gar nicht, wenn sie fast so viel Regen mitschleppten, wie vor der Tür war.

»Wäre es Ihnen an der Bar recht?«, fragte der Mann im weißen Hemd nun. Gil war klar, warum. Die Barhocker waren aus Kunststoff, das Wasser konnte ihnen nicht viel anhaben. Die Bänke hingegen, die den Großteil des Restaurants ausmachten, hatten eine schöne, weiche Polsterung, die am Ende genauso durchnässt wäre wie sie selbst.

»Ja, das ist okay, danke«, kam Kaia ihm zuvor und lächelte freundlich.

Sie folgten dem Mann an die Theke und setzten sich auf die hohen Sitze. Umgehend hatten sie die Speisekarten vor sich liegen. Kaia warf einen Blick hinein, zuckte ein wenig zusammen. Viel Geld hatte sie nicht mitgenommen, vermutlich würde dieses Abendessen ihr ganzes Taschengeld konsumieren, und morgen würde sie sich von einer Packung Chips ernähren.

Gil hatte ihren Blick bemerkt. »Keine Sorge, ich lade dich ein«, flüsterte er ihr zu und nahm ihre Hand. Sie war nass und kalt. *So ungewohnt*, dachte sie. Wann immer er sie sonst berührte, waren seine Hände warm und sanft. »Lass uns doch ein paar Fischgerichte bestellen und teilen«, schlug er vor.

Ihr fiel die Auswahl ohnehin schwer. Die Hälfte der Fischnamen hatte sie noch nie gehört. Und aus der Küche roch es verheißungsvoll, sie vertraute also darauf, dass ihr alles schmecken würde. Generell war sie nicht sehr wählerisch, was Essen anbelangte.

»Ja. Okay«, stimmte sie also zu und schlug die Karte wieder zu.

»Hast du gehört, dass Luc Besson im Herbst einen neuen Film herausbringt?«, fragte Gil.

»Ja. *Das fünfte Element*«, antwortete sie.

»Wir sollten ihn definitiv ansehen.«

»Ja, das sollten wir.« Sie lächelte ihn an. Seine Haare fielen ihm immer noch klitschnass ins Gesicht. Sie strich sie zärtlich zurück. Er küsste sie.

»Haben Sie sich für etwas entschieden?«, unterbrach sie der Kellner, der nun wieder vor ihnen stand und vermutlich gleich jeglichen Ansatz hemmungsloser Turtelei in der Öffentlichkeit unterbinden wollte.

»Ja. Den Seemannsteller und die Dorade bitte«, bestellte Gil. »Und einen Salat dazu. Und zwei Gläser Orangensaft.«

»Danke.« Der Mann notierte alles auf seinem Block und ging zurück hinter den Tresen.

»Weißt du, dieser Platz hat auch Vorteile: Man hat den

totalen Überblick«, stellte Gil fest. »Wir sehen das gesamte Lokal, sogar die Küche. Wenn also jemand auf unseren Teller spucken sollte, kriegen wir das mit.«

Zynisch wie immer, dachte Kaia und schmunzelte. Dann sah sie sich um. Es war kurz nach neun, relativ spät für ein nordisches Abendessen. Trotzdem war das Lokal noch gut gefüllt. Im Hintergrund spielte leise Klaviermusik, das Licht war etwas gedimmt. Ideale Voraussetzungen für ein romantisches Dinner. Doch das Publikum war sehr gemischt.

»Was denkst du, wer sind diese Leute?« Gil deutete mit dem Kinn zu einem Ecktisch, an dem eine Familie mit zwei kleinen Kindern saß. Er wartete keine Antwort ab. »Ich sage, die beiden haben ihr erstes Kind aus Versehen bekommen, da waren sie gerade mit der Schule fertig.« Tatsächlich sah das Paar eigentlich zu jung aus, um bereits Kinder zu haben, die alt genug waren, um selbstständig Fisch zu essen. »Eine wilde Nacht nach einem Karnevalsfest«, spann er weiter, hatte sich jedoch wieder umgedreht, um nicht zu auffällig zu sein. »Sie kamen nach Hause und der Reiz daran, Vampirkönigin und Werwolf zu sein, ging mit ihnen durch. Neun Monate später kam die böse Überraschung. Doch statt eines wundersamen Vampirwolfhybriden gab es einen endlos schreienden Säugling, der sie nächtelang wach hielt.« Er grinste breit.

»Was ist mit dem Zweiten?«, hakte sie nach. »Er ist kaum jünger.« Gerade bewarf er seinen älteren Bruder mit Pommes.

»Das war rein praktisches Denken«, argumentierte Gil. »Sie dachten, wenn, dann am besten gleich noch eins – so könnten sie gemeinsam schreien, würden sie gleichzeitig wachhalten. In vier Jahren, wenn sie endlich wieder mal eine Nacht durchgeschlafen hätten und der Erste aus dem Gröbsten raus war, müssten sie noch mal von vorne beginnen. Übrigens auch ein Irrtum«, wusste er altklug. »Die zwei stimmten sich auch nicht ab.«

Kaia lächelte.

Der Kellner stellte wortlos die beiden Säfte vor ihnen ab.

»Komm, du bist dran«, forderte Gil sie auf und tappte mit den Fingerspitzen auf den Tresen.

Sie sah sich um. Eine weitere Familie saß direkt dahinter, doch sie hatte keine Idee, was mit ihnen los sein könnte. Daneben standen zwei Einzeltische, an einem war eine junge Frau und las ein Buch. An dem anderen saß ein älterer Mann und starrte ins Leere. Ihr fiel sofort eine Menge Möglichkeiten ein, was ihm passiert sein konnte, warum er hier war. Sein Gesicht war faltig, sein Blick bedrückt. Er erzählte viele Geschichten. Doch sie waren alle traurig. Es schien ihr nicht richtig, etwas über ihn zu erfinden.

Auf der anderen Seite des Raumes hatte sich ein Pärchen niedergelassen, vielleicht ein Ehepaar. Sie sahen sich in die Augen, redeten, scherzten, hielten sich an den Händen. Es war ganz klar nicht ihr erstes Date. Es gab viel Vertrautheit zwischen ihnen, aber auch immer noch viel Zärtlichkeit.

»Diese beiden«, begann sie, und Gil folgte ihrem Blick. »Sie kommen öfter hierher. Am liebsten essen sie Matjesfilet mit Äpfeln. Er füttert sie gern, dabei tropft die Soße auf den Tisch und über ihr Kinn. Dann lacht sie, und er küsst es weg.« Sie blickte aus den Augenwinkeln zu ihnen. Gil beobachtete sie, während sie erzählte. »Sie wohnen seit Kurzem zusammen, nicht weit hier vom Hafen. Sie lieben den Hafen. Besonders abends. Dann stehen sie auf der Brücke und schauen auf die Schiffe im Sonnenuntergang. Aber sie sehen ihn auch von ihrem Fenster aus. An schönen Abenden sitzen sie hier im Freien, oft bis spät, trinken eine Flasche Wein und spazieren dann in ihre Wohnung, wo sie sich lieben.« Sie sah ihn einen Moment lang an, versuchte zu lesen, was er davon hielt. War es zu kitschig? Dann lachte sie. »Oder sie sind eigentlich beide mit jemand anderem verheiratet und treffen sich einmal die Woche heimlich zum Sexabenteuer.«

Gil schüttelte den Kopf. »Nein. Du hattest recht beim ersten Mal.«

»Ach ja? Sagt der Zyniker.« Sie nahm einen Schluck an ihrem Orangensaft.

»Ich bin nicht zynisch, wenn es um Liebe geht«, stritt er ab und sah sie ernsthaft an. »Liebe ist unschuldig und gleichzeitig kompromisslos, überwältigend und verheerend in ihrer Intensität. Sie kommt ohne Vorwarnung, haut uns völlig aus der Bahn und ist dabei das Schönste, was uns passieren kann.« Wieder griff er nach ihrer Hand. Mittlerweile war sie warm und zärtlich wie immer. »Wenn sie dich erwischt, hilft auch kein Zynismus«, meinte er grinsend, strich ihr dabei liebevoll über die Wange und durch die Haare. Sie hielt eine Träne zurück. Seine Worte hatten sie mitten ins Herz getroffen. Es stimmte, sie war machtlos, war machtlos gewesen seit dem Tag, als er ihr im Französischunterricht gegenübergesessen hatte. *War er es auch? Wollte er ihr damit sagen, dass er sie liebte?* Sie hatte keine Zeit, weiter darüber nachzudenken.

»Tatsächlich glaube ich, das sind wir in zehn Jahren.« Er deutete wieder unauffällig auf das Pärchen. »Vielleicht fünfzehn.« Er bewegte abwiegend den Kopf, schien es aber völlig ernst zu meinen.

Wäre Carolin dann immer noch mit im Boot? Würden sie in ihrer Wohnung am Hafen eine glückliche Dreierbeziehung führen?, schoss es ihr unweigerlich durch den Kopf.

»Ach ja? Hier in Husum?«, stellte sie stattdessen die erste banale Frage, die ihr einfiel, bevor ihr zusammengepresster Mund sie verraten konnte. Sie wollte ihre Gedanken nicht laut aussprechen, diesen Moment mit ihren Zweifeln ruinieren.

»Nein …« Sein Blick wanderte hinter die Bar, wo der Kellner Biergläser abtrocknete. Gils Augen verkleinerten sich. »Nein … in Paris.«

»In Paris?«, wiederholte sie lachend.

»Ja. Ich glaube, du würdest Paris lieben. Wir würden es lieben.«

»Warst du schon oft dort?«

Er schüttelte den Kopf. »Ich glaube, ein- oder zweimal. Bewusst mitbekommen habe ich nur einmal. Damals war ich zehn. Ich erinnere mich sehr gut an das besondere Flair, an die künstlerische Atmosphäre. Meine Eltern fühlten sich sehr wohl dort. Viel Malerei. Viel Inspiration.«

Es fiel ihr schwer, sich vorzustellen, wie sie es dahin schaffen würden. Raus aus dem Chaos, in dem sie sich befanden, oder vielleicht auch nur sie sich befand. In eine normale Beziehung, in einer der angeblich schönsten Städte der Welt.

»Wir werden beide schreiben«, fuhr er fort. »Das heißt, wir haben bestimmt kaum Geld. Vermutlich leben wir in einem lausigen Apartment mit Nachbarn, die sich Tag und Nacht laut streiten. Aber wir sind sehr glücklich«, beteuerte er, strich ihr wieder durch die Haare.

»Sind wir das?«, zweifelte Kaia immer noch.

»Natürlich. Wir schreiben, wir sind zusammen. An den Sommerwochenenden fahren wir in die Normandie, verbringen schlaflose Nächte am Strand und betrinken uns mit billigem Wein. Was auch nicht schlimm ist, weil in Frankreich sogar billiger Wein ganz fabelhaft ist.«

Sie lachte. Er schien in hervorragender Stimmung zu sein heute Abend. Ein hoffnungsloser Romantiker, wenn er es wollte. Tatsächlich klang es wundervoll. Es war aufrichtig und vertrauensvoll, und sie wollte ihm glauben. Sie wollte es so sehr.

»Du siehst nachdenklich aus«, stellte er fest. »Mache ich dich nicht glücklich?«

»Doch.« Sie küsste ihn. »Du machst mich sehr glücklich.«

Aus Kaias Tagebuch, 16. August 1997:

Als ich sechs Jahre alt war, fand ich heraus, dass es den Osterhasen gar nicht gibt. Es war tatsächlich kurz nach Ostern. Ich saß auf der Schaukel am Spielplatz, und plötzlich wurde es mir bewusst, einfach so. Es gibt Dinge, die weiß man einfach. Ich fragte meine Mutter, ob ich recht hatte.

und sie stimmte zu. Sie meinte, dass ich ruhig weinen könnte, wenn ich traurig wäre. Doch das wollte ich nicht. Ich wollte tapfer sein. Ich war ein großes Mädchen, und ich wollte tapfer bleiben. Ich blieb es auch. Tatsächlich hatten mich schon davor Jungs im Kindergarten darauf aufmerksam gemacht, dass es weder den Osterhasen noch den Weihnachtsmann gab, aber ich verteidigte sie bis aufs Blut. Ich glaubte so sehr daran. Es gibt Dinge, an die man absolut glaubt. Man klammert sich daran, hat keinen Zweifel, lässt sie gar nicht zu. Manchmal irrt man sich. Aber manchmal hat man auch recht. Und dann ist es das Wichtigste, seinen Glauben zu behalten, um alles in der Welt. Was immer auch geschieht, daran festzuhalten. Weil es das wert ist.

28
Freitag, 15. Juli 2016
Frankfurt am Main

Sie schlenderten an Häuserblöcken und einzelnen Bäumen vorbei. Absichtlich hatten sie nicht die Hauptstraße genommen, wo der Verkehrslärm viel zu laut war, um ein Gespräch zu führen, das so dringend nötig war.

»Es tut mir leid, dass ich deine Anrufe nicht beantwortet habe«, begann Kaia und trank einen Schluck von ihrem Kaffee, den sie sich soeben am Bahnhof gekauft hatte, wo sie sich getroffen hatten.

»Wo warst du?«, fragte Gil, interessiert, nicht vorwurfsvoll. Sie hatten noch nicht darüber gesprochen. Ihr Telefonat am Wochenende war extrem kurz abgelaufen. Es gab viel zu viel zu sagen, um es in ein paar Sätze über eine Fernsprechlinie zu verpacken. Sie wollte ihm in die Augen sehen, wenn sie ihm erklärte, was passiert war, warum sie nicht mit ihm gesprochen hatte. Das tat sie jetzt. »Ich war in Hamburg.«

»In Hamburg?« Er war sichtlich erstaunt, hatte vermutlich erwartet, dass sie ein paar Tage in einem Spa in der Umgebung abgetaucht war.

»Ja.«

»Und hast du dein Handy in Hamburg verloren? Oder sind die Verbindungen zusammengebrochen?«, fragte er schmunzelnd, aber auch etwas enttäuscht, was sie daran erkannte, dass seine Augen viel zu lange geschlossen waren, während er sprach.

»Nein.« Sie wandte den Blick ab. »Ich wusste nicht, was ich dir sagen wollte. Ich war verwirrt. Das Ganze war eine Panikreaktion, ich bin frühmorgens mit drei Sachen im Rucksack in den Zug gestiegen und losgefahren. Ich musste weg, brauchte Zeit zum Nachdenken.«

Er nickte. »Und jetzt weißt du es? Was du mir sagen willst?«

Ihr Herz klopfte schneller. Sie hatte es sich so genau überlegt, hatte die ganze Zugfahrt zurück nach Frankfurt Zeit dazu gehabt. Trotzdem war ihr Mund nun trocken, ihre Stimme heiser, und ihre Hände schwitzten. Sie hatte Angst vor diesem Moment. Sie hatte so lange darauf hingearbeitet, fast von Anfang an war es ihr Ziel gewesen, die Wahrheit über die Vergangenheit herauszufinden. Doch gleichzeitig war sie davor weggelaufen, wie sie es immer getan hatte in Situationen, die sie überwältigten. Die Freundschaft mit ihm hatte ihr so gutgetan, sie sich lebendig fühlen lassen, sie wollte sie nicht aufs Spiel setzen. Sie hatte dieses Gespräch vor sich hergeschoben, solange es ging. Doch sie wusste, dass Yvonne recht hatte. Es gab keinen Ausweg, sie kamen nicht darum herum. Egal, ob sie ihre Freundschaft fortführen wollten oder ausbauen, es würde nie funktionieren, während ihre Vergangenheit nicht geklärt war. Vielleicht hätte sie ihr Ziel dann auch endgültig erreicht, vielleicht wäre ihr die Klarheit genug, so wie sie es immer vorgehabt hatte. Vielleicht würde sie heute Abend weggehen und nie wieder zurückschauen.

»Wir müssen darüber reden. Über uns, über damals«, brachte sie so überzeugt wie möglich hervor. »Solange wir unsere Vergangenheit nicht aufgearbeitet haben, werden wir nichts sein außer Chaos, auch hier und jetzt und in der Zukunft.«

Gil zündete sich eine Zigarette an, sagte nichts dazu.

Also fuhr sie fort: »Ich möchte dir sagen, wie ich es erlebt habe, was es mit mir gemacht hat. Und du kannst es mir auch sagen, wenn du möchtest. Ich will es nicht länger mit mir herumschleppen, das ist nicht gesund, nicht für mich und nicht für uns.« Sie waren an der Brücke angekommen, die den Main überquerte und Richtung Schwanheimer Düne führte. Es war ihre Idee gewesen, sich hier zu treffen. Ein neutraler Ort in der Öffentlichkeit, ruhig, schön genug für einen abendlichen Spaziergang, aber nicht romantisch schön.

Sie versuchte, seinen Blick von der Seite einzufangen, zu lesen, was in ihm vorging. Er blies den Rauch in die Luft, sagte nichts. Eine frische Brise wehte vom Fluss her. Sie zog ihre Weste fester an sich. Trotz des sonnigen Tages war es kühl, nur knapp über zwanzig Grad.

»Okay«, stimmte er schließlich zu, immer noch, ohne sie anzusehen. »Sag es mir.«

In ihrem Kopf herrschte plötzlich absolute Leere. Alles, was sie heute Morgen noch Wort für Wort vorbereitet hatte, war ausgelöscht. Jeder Satz, jedes Gefühl, jede Erinnerung, die sie ihm an den Kopf werfen wollte, schienen wie weggeblasen, sobald er ihr gegenüberstand, mit seinem geduldigen, akzeptierenden Ton, seiner endlosen Ruhe, seinem interessierten, herausfordernden Lächeln. Doch genau das war es. Genau das war es immer schon gewesen. Er hatte sie völlig entwaffnet. Sobald er sie in die Arme nahm, sie küsste, auf sie einredete, hatte sie alles andere vergessen und verziehen.

»Ich war völlig verloren«, flüsterte sie und biss sich auf

die Lippe. »Ich war überfordert mit der Situation, mit dir und Carolin. Ich sah keine andere Wahl, ich wollte mit dir zusammen sein, so sehr. Aber es hat mich kaputtgemacht, das Lügen, dich teilen zu müssen, mich niemandem anvertrauen zu können. Du hattest die absolute Kontrolle über mich. Ich bin dir blind gefolgt und habe mich dabei verloren.« Es fiel ihr schwer, so ehrlich zu sein, rauszulassen, was sie zwanzig Jahre mit sich herumgetragen hatte. Doch es tat auch gut, ein weiterer Stein, der ihr endlich von der Seele fiel.

»Ich habe die Kontrolle übernommen, weil du sie mir gelassen hast«, gab er zurück und trat seine Zigarette aus. »Du hast sie mir gegeben.« Es war nicht fair, dass sie ihm das vorwarf. Natürlich hatte er gewollt, dass sie ihm folgte, seinen Weg ging, doch sie hätte sich nicht darauf einlassen müssen.

»Ich weiß. Ich hatte Angst, dich zu verlieren. Aber es tat trotzdem weh. Ich verstand es nicht. Warum war ich nicht genug? Warum hast du dich nie für mich entschieden?«

Da war sie, die Frage, auf die er zwanzig Jahre gewartet hatte. Gil kannte die Antwort, hatte sie immer gekannt, seit dem Tag, an dem er ihr jene absurde Beziehung vorgeschlagen hatte. Er hatte es ihr nie gesagt. Nicht einmal, als es auseinanderging. Das war viel zu schnell passiert, hatte viel zu wehgetan, war viel zu endgültig gewesen. Ihm war klar, dass sie ein Recht auf die Wahrheit hatte. Tatsächlich hatte er sich schon gewundert, dass sie diese nicht früher eingefordert hatte. Vermutlich hatte sie, wie er, versucht, die wirklich heiklen Themen zu vermeiden.

»Carolin war einfach zu lieben«, begann er und wusste, dass er vorsichtig sein musste. Sie brauchte die Wahrheit, aber sie würde ihr auch wehtun. »Sie wollte nie mehr von mir. Sie hat genommen, was sie bekam, ohne je viel zu verlangen.«

»Ich wollte mehr.« Ihre Stimme war bestimmt und traurig.

»Ich weiß. Ich habe dich dafür geliebt. Und ich habe dich dafür weggestoßen.«

Sie blieb stehen, verschränkte die Arme vor der Brust.

Wie erwartet, gingen ihr seine Worte nahe. Ihre Augen und ihr Mund waren zusammengekniffen, verletzt. Sie sah ihn nicht an, richtete ihren Blick auf die Teiche, die sie zu beiden Seiten umgaben. Trotzdem musste er es loswerden, alles.

»Carolin war mein Ruhepol, du warst mein Sturm«, fuhr er fort. »Du kanntest mich so gut. Du hättest mein innerstes Seelenleben erkannt, jede Referenz in meinen Texten verstanden, jeden Charakterzug, jeden geheimen Wunsch. Das Schreiben …« Er atmete tief ein und aus, legte den Kopf nach hinten, fuhr sich durch die Haare. »Das Schreiben ist für mich ein Ort, in den ich niemanden hineinlasse. Du warst schon viel zu weit drin. Ich war nicht bereit, das mit dir zu teilen.« Damals war er viel verschlossener gewesen, viel hungriger nach Neuem, nach Abwechslung, viel überzeugter, die einzige Wahrheit zu kennen. Und dabei so ängstlich, sie zu zeigen. »Wenn jemand zu deinem wahren Ich vordringt, zu deinen dunkelsten Seiten, ist die Gefahr sehr hoch, diese Person zu verlieren. Sie könnte sich zu Tode erschrecken, und ich wäre bloßgestellt und zerstört zurückgeblieben. Carolin wäre nie so weit gekommen, sie war … wie ein Sicherheitsnetz.« Und sie war nicht die einzige Beziehung dieser Art gewesen. Auch Mau war nie ganz zu ihm durchgedrungen. Einer der vielen Gründe, warum er sich so rasch und unkompliziert in sie verliebt hatte.

»Ich war gern mit ihr zusammen. Und ich war gern mit dir zusammen. Die Art, wie es passierte, war zugegeben abgefuckt, aber ich bereue es nicht, euch beide geliebt zu haben.«

Er betrachtete ihren Gesichtsausdruck, verletzt, aber auch befreit. Er hoffte inständig, dass er sie nach diesem Bekenntnis nicht verloren hatte. Vielleicht war es mehr Ehrlichkeit gewesen, als sie vertragen konnte, selbst nach all den Jahren. Sie musste wissen, dass er sich geändert hatte. *Wusste sie es?*

»Versteh mich nicht falsch: Ich würde heute nicht mehr den gleichen Weg gehen, ich würde nie wieder so etwas von dir verlangen«, stellte er klar. »Ich glaube trotzdem nicht, dass es allein meine Schuld war, oder ich dich zu etwas gezwungen habe. Du hast lange keine Entscheidung von mir gefordert. Es war sehr bequem zu denken, es wäre für dich okay gewesen. Aber ich weiß, dass ich dir wehgetan habe, und das tut mir furchtbar leid. Mehr, als du vielleicht ahnst.« Zum ersten Mal seit langer Zeit spürte er die gleiche Reue in sich aufsteigen, die er damals empfand, als er auf das Gut seiner Großeltern geflüchtet war. »Doch ich dachte wirklich, ich hätte dich auch glücklich gemacht«, fügte er leiser hinzu.

Ihre Gesichtszüge lockerten sich, eine Träne lief über ihre Wange. Dann folgte der Ansatz eines wehmütigen Lächelns, und sie sah ihn direkt an.

»Du hast mich so glücklich gemacht«, gestand sie kaum hörbar. »Ich habe dich fürchterlich geliebt. Deshalb war es so unerträglich, als es vorbei war.« Sie ging weiter, ihre Stimme wurde fester. »Ich hätte es nie überstanden, wenn ich mich nicht selbst davon überzeugt hätte, dass es deine Schuld war und du ein totales Arschloch warst. So konnte ich mich zumindest in meine Wut flüchten.« Diese Erkenntnis war ihr mehrmals während der letzten Monate gekommen, wenn auch langsam und unwillig. Zum ersten Mal nach dem herrlichen Ceviche, als sie sich bewusst geworden war, warum sie überhaupt mit ihm zusammen gewesen war. Zum zweiten Mal kurioserweise genau in dem Moment, als sie am wütendsten auf ihn war: nach ihrem ersten Treffen und seinem Ausrutscher in der Rockbar. Und dann jedes Mal ein wenig, wenn sie ihn gesehen hatte, sie sich erinnerte. Es war schwierig gewesen, es sich selbst einzugestehen, ihr Leugnen zu akzeptieren, einen Teil der Schuld bei sich zu suchen. Doch es war fast genauso schwierig, es ihm jetzt zu sagen. Trotzdem tat sie es. Vielleicht, weil ihre Freundschaft ihr mehr bedeutete, vielleicht, weil er auch ehrlich gewesen war, vielleicht, weil es trotz allem guttat, darüber zu reden.

»Jetzt weiß ich, dass ich ein verzerrtes Bild hatte«, sprach sie zögernd weiter. »Ich habe mich auf die Beziehung eingelassen. Ich hatte hundert Mal die Gelegenheit zu gehen. Aber ich bin nicht gegangen«, stellte sie entschlossen fest und sah ihn an.

Eine Familie mit Kindern schoss an ihnen vorbei. Der Wind schubste ein paar Blätter voraus. Ihr Kaffee war kalt geworden. Schon wieder. Gil war ernst, still. Sie wusste nichts mehr zu sagen. Eine Weile gingen sie nebeneinander her, verarbeiteten das Gesagte. Erst als sie fast bei der Düne angekommen waren, brach seine sanfte, zärtliche Stimme das Schweigen.

»Weißt du noch, als wir beim Peruaner saßen und ich dir von meiner gescheiterten Ehe erzählte?«

»Ja.«

Vor ihnen lag ein schmaler Holzsteg, der quer über dürren, braunen Boden führte. Sie lehnten sich an das filigrane Holzgeländer, jeder auf seiner Seite.

»Du sagtest, das sei das Persönlichste gewesen, das ich je mit dir geteilt hätte. Und ich war entsetzt, konnte nicht glauben, dass du das wirklich dachtest. Aus meiner Sicht war es ganz anders. Aus meiner Sicht teilte ich alles mit dir, alles, was ich konnte.« Er sah ihr in die Augen, wagte es aber nicht, auf sie zuzugehen.

»Ich weiß, das sagtest du auch im Restaurant.«

»Ja. Aber ich habe meinen Satz damals nicht beendet.« Er wollte sie in die Arme nehmen, ihre Hände spüren, ihr die Haare aus dem Gesicht streichen, ihr zeigen, wie wichtig es ihm war. Doch er hielt sich zurück, hatte keine Ahnung, wie sie darauf reagieren würde, wozu es führen würde. Vielleicht wieder zu einem leidenschaftlichen Kuss, und dafür war es nicht der richtige Moment, waren es nicht die richtigen Gründe. Also blieb er auf seiner Seite stehen.

»Du warst meine beste Freundin, meine engste Vertraute, meine erste große Liebe«, sagte er langsam, verlieh jedem Wort die Bedeutung, die es hatte. Ein zaghaftes Lächeln huschte über seine Lippen. Über ihre wieder eine Träne. Jetzt tat er den Schritt, der sie trennte, wischte sie ihr weg, hielt ihren Kopf zwischen seinen Händen. Er wollte ihre Tränen wegküssen, ließ es aber sein. Seine Zärtlichkeit schien nur noch weitere hervorzubringen. Schließlich atmete sie tief durch.

»Danke«, sagte sie leise. »Für deine Ehrlichkeit. Für die Auflösung.«

Er wusste nicht genau, was sie meinte, aber er war froh. Vermutlich hatte er sie nicht verloren.

»Du solltest wirklich aufhören, dich immer zu bedanken«, meinte er lachend. »Glaub mir, ich habe es gar nicht verdient. So toll bin ich nicht.«

»Da hast du vermutlich recht«, stimmte sie ihm zu. Sie trank ihren kalten Kaffee aus, dann spazierten sie weiter. Der Holzsteg knirschte leicht unter ihren Schritten.

»Hast du Carolin je wiedergesehen?«, fragte sie schließlich, kurz bevor sie am Ende des Steges angekommen waren.

Wieder ging sein Blick ins Leere. Er erinnerte sich an einen lauen Frühsommerabend, eine unerwartete Begegnung mit den Geistern seiner Vergangenheit, die ihn abrupt aus einem Weinrausch geholt hatte. Doch davon wollte er jetzt nicht erzählen. Es hatte keinerlei Bedeutung.

»Einmal. Ein paar Monate nachdem Schluss war. Sie ist eine meiner vier Entschuldigungen.«

»Habe ich mir gedacht.« Es war klar, dass er ihr gegenüber einen groben Fehler begangen hatte. Die Dreierbeziehung war nicht Carolins Entscheidung gewesen, er hatte ihr diese Entscheidung nie gelassen.

»Weißt du, was mit ihr passiert ist?«

»Nein.« Er zündete sich eine weitere Zigarette an. »Ich glaube, sie ging zum Studieren nach Berlin, aber ich weiß es nicht. Ich hatte nie den Mut, den Kontakt wieder zu suchen.«

Sie nickte verständnisvoll. Sie hatte ihn auch nicht gehabt.

»Wer sind die anderen drei?«, fragte sie dann.

»Entschuldigungen?«

»Ja.«

Er nahm einen langen Zug von seiner Zigarette. »Marc, meine Tochter und meine Mutter.«

Einen Augenblick lang überlegte sie, weiter nachzuhaken, doch dann entschied sie, dass sie heute schon tief genug gegraben hatten. Die Entschuldigungen konnten auf einen anderen Tag warten.

Sie setzten sich vor ein paar Bäume in die schwache Sonne. Es roch angenehm nach Sommerabend, nach Wiese und Blättern, nach Pinien. Diese mediterrane Baumart hatte immer eine besonders beruhigende Wirkung auf Kaia.

»Ich habe in Hamburg meinen Vater besucht«, wechselte sie das Thema, und im gleichen Moment war ihr klar, dass sie damit eine Entscheidung getroffen hatte, dass sie trotz der Auflösung, des Wissens, das sie so lange gesucht hatte, nicht umdrehen und ihn nie wiedersehen würde. Er war der einzige Mensch, dem sie es erzählen wollte.

Gil sah erstaunt auf. »Ja?«

Sie nickte stumm.

»Wie lange ist es her, seitdem du ihn gesehen hast?«

»Weiß nicht … 25 Jahre oder so?«

Er stieß einen anerkennenden Pfiff aus. »Wow. Was hat dich dazu gebracht?«

Sie seufzte, schüttelte den Kopf. »Keine Ahnung … Die Flöte vielleicht. Meine Mutter, was sie erzählte, als ich sie auf ihn ansprach. Und du … was du letztens gesagt hast, darüber, dass er mich vielleicht doch ganz gut kannte. Die Tatsache, dass ich ihn überhaupt nicht kannte, nicht wusste, woher ich manche Eigenschaften habe.«

Er lächelte. Es freute ihn, dass seine Meinung für sie immer noch zählte. »Wie ist es gelaufen?« Vorsichtig drückte er den Zigarettenstummel auf der trockenen Erde aus.

»Ganz gut. Er ist Musiker. Wir haben über Jazz geredet. Er hat mein Buch gelesen. Ich durfte auf seinem Saxofon spielen.« Es war eine sehr abgehackte Zusammenfassung, die jetzt aus ihr hervorsprudelte. Beim letzten Satz sah Gil ein Funkeln in ihren Augen aufblitzen, wie bei einem Kleinkind, das nach acht noch fernsehen durfte. *Der klassische Kaia-Enthusiasmus*, dachte er und lächelte. Manche Dinge änderten sich nie.

»Bist du etwa doch musikalisch begabt?«, fragte er und erinnerte sich an ihre Aussage, dass die Flöte ihr keine Freude bereitet hatte, sie offenbar kein Talent für Musik hätte.

»Wer weiß?«, antwortete sie nicht ohne Stolz. »Ich habe tatsächlich ein paar Töne hervorgebracht.«

»Oder das war glücklicher Zufall?«, stichelte er und stupste sie in die Seite.

»Ich glaube nicht an Zufälle.«

Das erinnerte ihn an Julias Kommentar über Kaias zufälligen Auftritt vor seiner Tür.

»Wie geht es eigentlich deiner Brücke?«, fragte er mit herausforderndem Blick.

»Meiner was?« Sie sah ihn an, als hätte er Chinesisch gesprochen.

»Die Brücke, für die dein Verein gesammelt hat.«

Jetzt fiel der Groschen.

»Jaaaaaaa …« Sie suchte einen Moment lang nach einer Antwort, verzog das Gesicht, überlegte. »Es gibt keine Brücke«, gestand sie dann.

»Ach?« Seine gehobenen Augenbrauen zeigten ihr, dass er, im Gegensatz zu ihr, der Wahrheit weiter auf den Grund gehen musste. *Heute kam wohl alles auf.*

»Ich brauchte einen Grund, bei dir vorbeizukommen. Ich war in einer schlechten Phase. Steffen hatte mit mir Schluss gemacht, und ich wollte wissen, was es war, das ich immer und immer wieder falsch machte. Das führte mich zu dir, meiner ersten schlechten Entscheidung.« Sie kniff die Augen zu, rechnete damit, dass er verletzt war oder wütend.

Dann lachte er, schüttelte den Kopf.

Sie öffnete ihre Augen wieder, sah ihn verblüfft an.

»Ich kann nicht glauben, dass alle recht hatten außer mir. Keiki, meine Hundesitterin …«

»Deine Hundesitterin?« Sie hatte keine Ahnung, wovon er sprach.

»Was war dein Plan?«, fragte er jedoch weiter, anstatt auf ihre Verblüffung einzugehen.

Sie schlug die Hände vors Gesicht.

»Komm schon. Ich bin sicher, wir haben heute schon Schlimmeres besprochen.«

Damit hatte er vermutlich nicht unrecht. »Anfangs wollte ich mich davon überzeugen, dass ich mich dir gegenüber behaupten könnte, mich nicht wieder verlor«, murmelte sie in ihre Finger. Dann sah sie auf. »Doch der Plan hat sich recht schnell geändert. Als ich bemerkte, dass ich nicht das naive Dummchen war, für das ich mich die letzten zwanzig Jahre gehalten hatte, dass ich diese Beziehung wirklich wollte, und warum …« Sie ließ ihre Hände nach heftigen Gesten auf ihrem Schoß rasten. »Da entschloss ich mich, die Freundschaft mit dir anzunehmen, stattdessen herauszufinden, was ich überhaupt für dich war. Orientierung zu finden.« Vielleicht war es nicht das Schlimmste, das sie heute gesagt hatte, aber vermutlich das Schwierigste, völlig ihre Deckung aufzugeben.

»Hm«, kommentierte er nickend. »Deshalb die ›Auflösung‹«, wurde ihm klar.

Ein bisschen schmerzte es ihn doch. Wie lange war sie auf ihre Treffen nur zu diesem Zweck eingegangen, während er von seinen schlimmsten Erlebnissen, seinem unruhigen Leben erzählt hatte? Hatte sie deshalb mit ihm geschlafen? Sie konnte eine Sache sehr zielstrebig und kalt durchziehen, wenn sie es wollte, das hatte er selbst erst kürzlich zu ihr gesagt. Hatte sie alles nur getan, um Gewissheit zu erlangen? Warum war sie dann immer noch hier, gestand ihm die Wahrheit?

»Und jetzt, wo du es weißt?« Es gab nur einen Weg, es herauszufinden. »Hast du jetzt genug?«, fragte er mit provokantem Unterton, wandte den Blick nicht ab.

Sie schluckte, ihre Augen verkleinerten sich, und er

wusste, sie würde ehrlich sein.

»Nein«, antwortete sie kaum hörbar, sah ihm jedoch in die Augen.

»Gut.« Er spürte Erleichterung, Freude, Sehnsucht. »Ich auch nicht.« Das war tatsächlich das Einzige, was er im Moment verstand. Er war ziemlich planlos in das heutige Treffen gegangen, hatte nicht gewusst, was er von ihr verlangen wollte, welche Richtung er vorschlagen konnte. Schließlich hatte er beschlossen, einfach abzuwarten, was passierte. Als sie vor ihm stand, mit ihrem unsicheren Lächeln und ihrem Kaffee, ihre langen Haare überall im Gesicht, wusste er zwei Dinge: Dass er sie keinesfalls verlieren wollte, nicht noch einmal, und dass er sie wirklich, wirklich gerne wieder in seinen unsexy Laken spüren wollte. Doch ihm war auch klar, dass das nicht geschehen konnte, solange sie im Limboland waren. Sie konnten nicht erneut auf unsicheres Terrain zurückkehren, er wollte es auch nicht. Und trotzdem hatte er immer noch keine Alternative parat.

»Ich möchte dich weiterhin in meinem Leben haben. Das weiß ich ganz bestimmt«, sagte er. »Ich kann dir nicht sagen, wie es weitergehen wird, oder was aus uns werden wird. Aber ich bin bereit, mich auf das Risiko einzulassen, es herauszufinden, Schritt für Schritt.«

Es gab viel zu viel zwischen ihnen, um es wegzuwerfen, egal, was es war. Es war echt und wahrhaftig, es brachte ihn zum Singen und zum Lachen und zum Schreiben.

Manche Dinge änderten sich nie.

Ihr Mund verwandelte sich wieder in ein sanftes Lächeln. Sie legte ihre Hand auf sein Knie, dachte an die Worte ihres Vaters, vor dem Guten nicht davonzulaufen.

»Okay«, stimmte sie zu. »Lass uns herausfinden, wer wir jetzt sein können.«

29

Kaia

Sonntag, 17. Juli 2016
Frankfurt am Main

»Wie war dein Urlaub?«, fragte Kaia Maren, noch bevor diese etwas sagen konnte. Sie hatten sich seit Wochen nicht gesehen. Der Yogakurs war in der Sommerpause, und Maren hatte zehn Tage bei ihren Eltern verbracht. Kaia war noch nicht bereit, ihr zu erzählen, was passiert war. So unglaublich viel war passiert.

»Ganz schön. Entspannend«, antwortete sie mit einem Lächeln und nahm einen ausgiebigen Schluck von ihrem Eiskaffee. Es war ein heißer Nachmittag, zu heiß für normalen Kaffee. Sie saßen auf dem kleinen Sofa in Kaias Wohnung, die Sonne kam durch das Fenster auf der anderen Seite des Raumes und kitzelte sie an der Nasenspitze. »Wir hatten eine schöne Zeit. Wir sind viel spaziert, Leonie und ich. Haben lange geredet. Es hat uns sehr gutgetan.«

Kaia erinnerte sich an den ersten Tag beim Yoga, als Maren ihr ihr Leid geklagt hatte, in den Augen ihrer Tochter die stets verständnislose Mutter zu sein. Seither hatten sie wenig über Leonie gesprochen. Sie hatte sich auch kaum nach ihr erkundigt, stellte Kaia etwas beschämt fest und nahm sich vor, mehr Interesse am Privatleben ihrer Freundin zu zeigen und Leonie bei einem Eis kennenzulernen. Sie war so sehr mit sich selbst beschäftigt gewesen.

»Wir haben wieder Gemeinsamkeiten entdeckt«, erzählte Maren lächelnd weiter. »Wir redeten über Filme und Freundschaften, wir waren sogar zusammen im Kino. Generell habe ich in letzter Zeit das Gefühl, dass sie ausgeglichener ist, glücklicher. Vielleicht kommt ja wieder eine ruhigere Phase. Ich glaube, sie hat auf jeden Fall gesehen, dass man sich mit mir unterhalten kann. Dass ich nicht nur die böse Mama bin, die Hausaufgaben und Schulnoten kontrolliert und ihr verbietet, auf Partys zu gehen, bei denen ich die Leute nicht kenne.« Sie schnaubte. »Es ist wirklich nicht einfach als Alleinerziehende. Man muss immer die Böse sein, es gibt niemanden sonst.«

»Ich weiß«, stimmte Kaia zu. »Meine Mutter war alleinerziehend.«

Maren sah erstaunt auf. Bisher hatten sie sehr wenig über ihre Familien gesprochen.

»Ja. Mein Vater hat sie verlassen, als sie schwanger wurde.«

»Wow.« Sicherheitshalber stellte sie den Eiskaffee auf dem kleinen Beistelltisch ab.

Kaia dachte an das Gespräch mit ihrer Mutter zurück und lächelte. »Trotzdem hat sie es irgendwie geschafft, ihm zu verzeihen.«

»Das könnte ich nicht«, entgegnete ihre Freundin sofort. »Ich bin immer noch so wütend auf ihn und werde es auf ewig sein. Was er getan hat, ist unverzeihlich.«

Kaia seufzte, sah eine Weile in die Sonnenstrahlen. »Ja … ich weiß, was du meinst. Ich kenne das. Ich war mein ganzes Leben wütend auf meinen Vater. Dann habe ich ihn in Hamburg besucht. Jetzt bin ich nicht mehr wütend, und ich empfinde viel mehr Frieden.«

»Wann warst du in Hamburg?«, erkundigte sich Maren erstaunt.

»Vor zwei Wochen. Ich habe mit meiner Mutter gesprochen und gesehen, wie viel besser sie damit umgehen kann, weil sie versucht, ihn zu verstehen, anstatt ihm Vorwürfe zu machen. Weil sie ihm vergeben hat. Tatsächlich bringt die ganze Wut gar nichts, sie tut nur uns selbst weh.«

Maren sah sie mit offenem Mund an. »Das klingt so weise. Was ist passiert? Ich meine, nicht dass du sonst dumm klingst, aber ich weiß, dass es dir auch sehr schwerfällt, deinem Ex zu verzeihen. Du hast schließlich einen ganzen Plan darum herum geschmiedet.«

»Ja …« Kaia lächelte wieder, trank von ihrem Eiskaffee. Ein bisschen hatte sie mit dem Zucker übertrieben. »Aber tatsächlich ist mein Plan zu etwas viel Besserem geworden«, verriet sie jetzt bedeutsam. Es war Zeit, Maren einzuweihen.

»Oh mein Gott. Was *ist* passiert?«, biss diese natürlich an.

»Wirklich viel. Wir haben uns ausgesprochen. Über die Vergangenheit. Das war schmerzhaft, aber auch nötig und gut. Richtig gut. Davor haben wir allerdings miteinander geschlafen.«

Maren blieb das Wort im Mund stecken. Das geschah selten. Also nutzte Kaia die Gelegenheit, einfach fortzufahren.

»Jetzt, da alles raus ist, wollen wir sehen, wie es weitergehen kann mit uns.«

»Ich habe ja immer vermutet, dass er dich in Schwierigkeiten bringt«, äußerte Maren ihre Bedenken.

»Nein«, antwortete Kaia sanft und zufrieden. »Nein, ich habe tatsächlich zum ersten Mal das Gefühl, angekommen zu sein, ihm vertrauen zu können, und dass er auch mir vertraut. Dass wir ehrlich zueinander sind, wirklich ehrlich.«

»Und zwischendurch ein wenig Sex habt«, warf Maren ein, und Kaia versuchte herauszuhören, ob es vorwurfsvoll oder skeptisch klang. Auf jeden Fall klang es nicht überzeugt.

»Das lassen wir vorerst. Obwohl er wirklich, wirklich gut war«, betonte sie und erinnerte sich an Gils leidenschaftliche Küsse, seine zärtlichen Berührungen, ihr ungebremstes Begehren auf dem Küchentisch. Der Duft seines Parfums stieg in ihrem Gedächtnis auf. Seit jenem Abend hatte es regelmäßig ihre Tage und Nächte vernebelt, irgendwo zwischen süßem Schwelgen und Folter. »Im Moment liegen zu viele Gefühle offen, wir wissen nicht, wo wir stehen. Aber ich glaube, diesmal könnte es wirklich etwas Gutes werden.«

»Okay, dann ist es schlimmer als Schwierigkeiten«, stellte Maren ernst fest. »Du verliebst dich in ihn.«

»Nein!«, wehrte Kaia schnell ab. »Ich weiß nicht. Nicht im Moment.« Ihr Telefon piepste, bevor sie weiter darüber nachdenken konnte. Es kam ihr ganz gelegen, sie warf einen kurzen Blick darauf, stutzte, sah genauer hin.

»Ist er das?«, hakte Maren nach.

Sie schüttelte den Kopf. »Nein. Das ist Steffen.«

»Dein anderer Ex?«

»Ja …«

»Etwas Unerledigtes aus deiner früheren Arbeit?«, riet Maren.

»Nein. Er möchte sich mit mir treffen.« Sie fragte sich, was er von ihr wollte. Sie hatten sich nicht gesehen seit dem Tag, an dem sie gekündigt hatte, nicht telefoniert, nicht gesprochen. Die Nachricht verriet allerdings nicht mehr als diesen einen Satz.

Sie legte das Telefon zur Seite, beschloss, ihn vorerst zu ignorieren.

»Du lässt die alte Flamme also wieder auflodern?« Maren war immer noch neugierig.

Kaia hob ihre Füße aufs Sofa, setzte sich im Schneidersitz hin und überlegte. »Ich weiß nicht, was passieren wird. Aber ich mag ihn, ich mag unsere Gespräche. Er ist immer noch der gleiche Mensch wie früher und doch völlig anders. Ich möchte diese neue Version von ihm kennenlernen. Und mich mit ihm. Ich möchte die Vergangenheit endgültig hinter mir lassen.« Sie seufzte tief, presste die Lippen aufeinander. »Aber dazu fehlt mir noch eine Sache.«

Mittwoch, 20. Juli 2016
Münster

Es war eine hübsche, kleine Straße am Stadtrand, mit Reihenhäusern und Bäumen und Wiesen. Eine perfekte, heile Welt, dachte Kaia und freute sich.

Sie hatte über drei Stunden gebraucht, um herzukommen. Wieder ein ICE, doch diesmal fühlte sie sich weitaus entschlossener. Wenn auch nicht weniger nervös, wenn sie daran dachte, was ihr bevorstand. Und natürlich hatte Jana gefehlt, mit ihrem Wein und ihrem lauten Gesang, um sie abzulenken und zu ermutigen.

Denn etwas Ermutigung hätte Kaia brauchen können, wenn sie sich gleich zum ersten Mal seit über zwanzig Jahren ihrer ehemaligen Freundin und Rivalin stellte.

Sie seufzte, während sie das Schild neben der Klingel betrachtete, auf dem in großen Lettern Svensson / Auer stand. Carolin ausfindig zu machen, war einfacher gewesen, als sie zunächst befürchtet hatte. Den Entschluss, sie aufzusuchen, hatte sie bereits in Hamburg gefasst, nach dem Gespräch mit Yvonne. Ja, sie musste ihre Vergangenheit abschließen – und zwar komplett. Selbst wenn sie mit Gil wieder ins Reine kam, würde Carolin nicht weniger auf ihren Schultern lasten, das war ihr klar. Auf der Heimreise hatte sie ihren Mädchennamen gegoogelt – Carolin Svensson – und war erstaunlich schnell fündig geworden. Ein wenig hatte sie gestutzt, als sie Münster sah, das doch recht weit von Hamburg entfernt war. Doch der Beruf passte: Sozialarbeiterin. Und auch das Bild, das sie in einem Zeitungsartikel bei der Arbeit mit Jugendlichen fand, war eindeutig. Es zeigte sie mit kürzeren Haaren, etwas runderem Gesicht und einer Brille, aber sie war zweifelsfrei erkennbar.

Kaia hatte aus mehreren Gründen nicht bis zum Wochenende gewartet. Einerseits wollte sie es schnellstmöglich hinter sich bringen, solange sie noch die Entschlossenheit und den Mut dazu hatte. Andererseits schienen ihr die Chancen unter der Woche besser, Carolin unangemeldet zu Hause anzutreffen.

Mittlerweile war es kurz nach fünf. Ein rotes und ein blaues Auto vor der Tür verrieten ihr, dass sie Glück hatte. Durchs Fenster konnte sie einige Köpfe erkennen, die immer wieder auftauchten und verschwanden.

Sie stand mindestens zehn Minuten auf der Straße, ging noch einmal ihren Plan durch. Es erforderte mehr Mut, als ihr bewusst gewesen war. Sie schwitzte fürchterlich an diesem bisher heißesten Tag des Jahres, und die weit auseinander gepflanzten Bäume boten weder Schatten noch Schutz vor neugierigen Blicken. Sie wunderte sich ein wenig, dass sie noch niemand angesprochen oder gar für einen Stalker gehalten und die Polizei gerufen hatte. Die Familie Svensson / Auer schien sie auch nicht bemerkt zu haben.

Noch ein tiefer Seufzer. Dann drückte sie endlich auf die Klingel. Zaghaft, schnell, vielleicht hatten sie es gar nicht gehört. Doch da öffnete sich schon die große, braune Tür, und ein hochgewachsener Mann mit kurzen blonden Locken stand vor ihr. Damit hatte sie nicht gerechnet.

»Ja, bitte?« Er sah sie erwartungsvoll an.

»Ich … Tag … Ich …« Sie schüttelte innerlich den Kopf über sich selbst, schloss die Augen, fasste sich. So schwierig konnte das nicht sein. Nicht so schwierig, wie ihren Vater aufzusuchen. Doch dabei war es um die Entscheidung gegangen, ihm Einlass in ihr Leben zu gewähren, nach allem, was er getan – oder vielmehr nicht getan – hatte. Hier ging es um ihre eigenen Dämonen, ihre eigenen Fehler.

»Ich bin Kaia. Ist Carolin da?«, brachte sie schließlich hervor. Die Augenbrauen des Mannes hoben sich, als wäre ihm ein Licht aufgegangen.

»Einen Moment.« Er lehnte die Tür wieder an, schloss sie fast, dann hörte sie leise Stimmen im Hintergrund. Nach einer gefühlten Ewigkeit, in der sie nervös auf dem Stand trat, ihre Hände verschränkte, hinter dem Rücken zusammenführte, schließlich lose neben sich baumeln ließ, ging die dicke Tür erneut auf, und ihre ehemalige Freundin stand mit zweifelndem, aber erwartungsvollem Blick vor ihr.

»Hi«, begann Kaia kaum hörbar, vorsichtig lächelnd.

»Heilige Scheiße«, antwortete Carolin in ihrem üblichen, ruhigen Tonfall. »Ich dachte, er hatte es falsch verstanden.« Sie lehnte sich gegen den Türrahmen, als müsste sie sich einen Moment daran festhalten. Ihre Lider blinzelten, doch ihr Blick ließ keine Gefühlsregung erkennen. Ihre einst langen Locken waren schnurgeraden, schulterlangen Haaren gewichen. Eine schnittige Brille umrahmte ihre dunklen

Augen. Ihre Lippen waren zusammengepresst, unbeweglich.

Für einen Moment fühlte Kaia Schwindel aufsteigen und schlug sich innerlich gegen den Kopf. Was hatte sie sich bloß gedacht? Welcher Teufel ritt sie in letzter Zeit, dass sie plötzlich alle Türen zur Vergangenheit aufstoßen musste?

Die Worte, die sie sich zurechtgelegt hatte, steckten ihr im Hals fest, sie konnte ihre Stimme beim besten Willen nicht finden. Selbst ihr Atem war zu einem kurzen Stillstand gekommen. Auch Gil erstmals wieder gegenüberzustehen, war seinerzeit aufwühlend und verwirrend gewesen, und sie hatte Monate gebraucht, um diesen Schritt überhaupt zu tun. Doch sie hatte einen strategischen Plan verfolgt, eine Mauer um sich errichtet. Die heutige Mission hingegen basierte auf völliger Ehrlichkeit. Sie war Carolin gänzlich ausgeliefert.

Jetzt räusperte sie sich viel zu laut. Sie merkte, wie ihre nassen Hände zitterten, sogar ihr Atem zu zittern schien.

»Hi«, sagte sie erneut, immer noch heiser. »Ich bin hier, um mich zu entschuldigen.«

Nun verzogen sich Carolins Mundwinkel zu einem Lächeln, nein, einem Lachen, das auch gleich darauf laut aus ihr herausbrach.

»Du willst dich entschuldigen?«, kam unter einem hohen Lachschwall hervor. »Nach zwanzig Jahren?« Es war kein erzürntes, höhnisches Lachen. Es war ehrlich amüsiert, herzlich und ungehalten.

Kaia sah sie verstört an. Sie hatte sich viele Szenarien ausgemalt. Eine Ohrfeige vielleicht, zugeknallte Türen, ein verbaler Tritt in den Hintern. Humor war nicht darunter gewesen.

»Willst du einen Kaffee?«, fragte Carolin, als sie sich wieder gefasst hatte, immer noch mit vergnügtem Gesicht.

»Okay«, willigte Kaia verwirrt und zögerlich ein.

Carolin trat einen Schritt zurück und ließ sie hinein.

Das Haus war hell, die Wände aus weißem Holz mit hohen Fenstern. Direkt hinter dem Eingang führte ein Treppenhaus ins Obergeschoß und ein Flur in die anliegenden Zimmer. Geradeaus konnte Kaia Türen mit Namen erkennen, vermutlich Carolins Kinder. Auf der rechten Seite lag ein geräumiges Wohnzimmer mit Essecke unter dem breiten Fensterglas. Der Mann, der die Tür geöffnet hatte, stand davor und sah sie immer noch genauso ernst und skeptisch an. Auf dem Tisch befanden sich zwei Tassen Kaffee. Im Hintergrund waren fröhliche Stimmen zu hören.

»Das ist Georg, mein Mann.«

»Freut mich«, stammelte Kaia.

Er nickte kurz.

Carolin ging zur Kaffeemaschine, die auf einem kleinen Tresen neben der Sitzecke stand und ließ ein Getränk in eine frische Tasse laufen. Dann holte sie sich ihre vom Tisch und füllte sie ebenso auf. Kaia stand indes herum wie ein begossener Pudel, wagte es nicht, sich hinzusetzen, sich zu bewegen. Möglicherweise hätte Georg sie umgehend hinausgeworfen. Er schien ihr nicht freundlich gesinnt zu sein. Wenn er die Geschichte kannte, war das auch nicht verwunderlich.

Jetzt kam Carolin mit beiden Tassen zurück, ließ sich in der Ecke nieder, wo die Sonne noch hereinschien, und deutete auf den freien Platz gegenüber. »Bitte, setz dich.«

Kaia folgte ihrer Aufforderung, ließ Georg stehen und sah ihre ehemalige Freundin an, die still dasaß und sie erwartungsvoll ansah, was ihr markanter Brillenrahmen noch verstärkte. Kaia griff nach dem Kaffee vor ihr, hielt sich daran fest.

»Es tut mir leid«, sagte sie dann, endlich mit fester Stimme und festem Blick. »Ich wollte dich nie verletzen. Und ich weiß, ich habe es getan.«

»Mehr als irgendjemand sonst«, stimmte Carolin zu.

Georg verzog sich ins Nebenzimmer, wo die Stimmen herkamen.

»Ich habe keine Entschuldigung dafür, keine Rechtfertigung. Genauso wenig dafür, dass ich dir das nicht schon früher gesagt habe.«

Als Kaias Beziehung zu Gil aufgeflogen war, war es ein

harter, endgültiger Schlussstrich gewesen. Er hatte ihre Clique mit einem Mal in Stücke gerissen. Carolin hatte nie wieder ein Wort mit ihr gesprochen. Sie hatten sich danach kaum noch gesehen, selbst auf dem Schulhof oder im Klassenzimmer einen großen Bogen umeinander gemacht. Waren sich die beiden doch über den Weg gelaufen, wollte Kaia nur im Boden versinken, kamen ihr sofort die Tränen, und sie fühlte einen schneidenden Stich in der Brust. Sie fand keine Worte damals, nichts, das ihr Verhalten erklären, die Sache irgendwie besser machen konnte. Der Schmerz ihrer Freundin lastete fast so schlimm auf ihr wie ihr eigener Verlust.

»Ich habe mich so geschämt. Es hat mir selbst auch das Herz gebrochen. Ich konnte dir nicht mehr gegenübertreten«, sagte sie jetzt und fühlte wieder, wie ihre Augen nass wurden. »Nicht einmal, um dir zu sagen, wie leid es mir tat.«

»Ich weiß«, antwortete Carolin ruhig. »Und das ist gut so.« Sie lächelte. »Damals hätte ich dich möglicherweise mit dem erstbesten Stuhl erschlagen. Heute weiß ich es besser.«

Gott sei Dank, dachte Kaia. Ob Georg es auch besser wusste? Oder war er gerade auf der Suche nach einem geeigneten Mordinstrument, einem entbehrlichen Stuhl?

»Ich kann dich nicht dafür verurteilen, dass du ihn geliebt hast und dich für ihn entschieden hast«, fuhr Carolin fort. »Du hast deine Liebe ausgelebt, egal welche Konsequenzen es hatte. Das kann ich dir nicht vorwerfen. Liebe macht uns alle zu Idioten.« Sie nahm einen langen Schluck Kaffee.

»Ja. Aber ich entschied mich für ihn und gegen dich. Ich entschied mich, dich anzulügen und zu hintergehen.«

Carolin sah ihr direkt in die Augen. »Ja. Das war das Schlimmste für mich. Dass du es eiskalt durchgezogen hast, während du vorgabst, meine Freundin zu sein. Ich weiß, du konntest es mir nicht sagen. Doch deshalb tat es nicht weniger weh, als ich es herausfand.« Ihre Stimme war ungebrochen ruhig und fest, als spräche sie von einem alten, traurigen Film. Vielleicht war es das auch. Und doch hatte es Kaia all die Jahre nicht losgelassen. Weder ihre Schuldgefühle gegenüber Carolin noch der Orkan an Emotionen, den Gil in ihr ausgelöst hatte. Erst mit Steffen war ihr bewusst geworden, wie alles zusammenhing, wie sie sich in einem endlosen Kreislauf befand, der sie immer wieder an den gleichen Punkt brachte. Wie sie jahrelang versucht hatte, alles zu vermeiden, was sie mit Gil verband, wer sie mit ihm war, und wie sie sich dabei fast genauso verloren hatte wie seinerzeit mit ihm.

Das erinnerte sie wieder an Steffens Nachrichten. Drei an der Zahl, und alle hatten sie in mehr oder weniger ausführlicher Form um ein Treffen gebeten. Alle drei hatte sie bisher ignoriert. Andere Probleme waren dringlicher.

»Es ist lange her«, riss Carolin sie aus ihren Gedanken. »Ich kann nicht mehr wütend sein wegen etwas, das vor 20 Jahren passiert ist. Das wäre unsinnig. Ich bin ein völlig anderer Mensch heute. Ich bin glücklich. Mir fehlt nichts, ich bereue nichts. Ich fühle keine Wut mehr, wenn ich dich ansehe. Und ich rechne es dir hoch an, dass du gekommen bist. Auch wenn es ewig her ist.« Jetzt stutzte sie. »Warum bist du jetzt gekommen? Was ist passiert?«

Kaia hatte mit der Frage gerechnet, und sie hatte sich vorgenommen, ehrlich zu sein. Sie erhoffte sich keine Auffrischung ihrer Freundschaft, keine weiteren Treffen, glaubte nicht einmal an Vergebung. Doch den Fehler, sie anzulügen, würde sie nie wieder begehen.

»Ich habe mich ein paarmal mit ihm getroffen.« *Etwa zehn Mal. Wir haben geredet, gelacht. Ich habe mit ihm geschlafen.*

Sie beschränkte sich auf: »Wir haben viel geredet. Auch über die Vergangenheit. Über unsere Fehler.«

Carolin nickte langsam. »Ich verstehe.« Wieder trank sie von ihrem Kaffee, sah über die Theke zu dem Raum, in dem Georg verschwunden war.

»Wie geht es ihm?«

Trotz allem schienen es beide immer noch nicht zu schaffen, seinen Namen auszusprechen. Kaia wusste, sie würden nie darüber hinwegkommen, egal wie viele Jahre es zurücklag und wie viele verspätete Entschuldigungen sie sich abrang.

»Ganz gut, denke ich.« Sie überlegte sehr sorgfältig, welche Informationen sie preisgeben wollte, konnte, ohne ein falsches Bild zu zeichnen, ohne alte Wunden aufzureißen. »Er hat ein Kind, ist geschieden. Seine Tochter sieht aus wie er. Er arbeitet als Werbetexter.« Jetzt trank auch sie endlich einen Schluck Kaffee, der erneut abgekühlt war. Wieder kam die Erinnerung hoch an den Morgen in Gils Bett, Bob Marley, Frühstückseier und sein leises *»got to have Kaia now«*, während er ihren Hals küsste. Sie lächelte versteckt in ihre Tasse.

Genug gesagt, beschloss sie. Sie verstand, dass Carolin den Grund für ihr Erscheinen wissen wollte, und sie gab ihn ihr auch, so gut und ehrlich, wie sie konnte. Doch Gil war ein Minenfeld.

»Wie geht es dir?«, wechselte sie also das Thema. »Du siehst wirklich gut aus.« Sie meinte es ehrlich. Carolin sah zufrieden und ausgeglichen aus, strahlte immer noch die gleiche Gelassenheit aus wie früher.

»Danke. Ja. Ich hatte Glück. Ich habe einen tollen Mann gefunden, wir haben drei wundervolle Kinder. Ich habe einen spannenden Job, der mich fordert und begeistert.« Sie lächelte, sah Kaia wieder in die Augen. »Aber ich habe gelernt, nie wieder jemandem vollständig zu trauen. Egal, wie nahe er mir ist.«

Es kostete Kaia unglaubliche Kraft, ihrem Blick standzuhalten, nicht reumütig nach unten zu sehen. Sie hatte das Gefühl, das war sie ihr schuldig. Ihr nicht wieder auszuweichen, nicht den einfachen Weg zu gehen.

Ein etwa achtjähriger Junge brach ihr Schweigen, als er aus dem angrenzenden Raum stürmte und neben der Sitzecke auf und ab sprang.

»Mama, komm, ich habe gerade drei Bälle jongliert. Komm, ich muss es dir zeigen.« Er zerrte am Ärmel ihres T-Shirts.

»Gleich, Schatz. Eine Minute, okay?«

Der Junge nickte und lief zurück in sein Zimmer.

Kaia verstand. Sie stand auf, stellte ihre Tasse auf die Theke neben der Kaffeemaschine. »Danke fürs Zuhören. Und dass du mir nicht die Tür vor der Nase zugeschlagen oder mir einen Stuhl um die Ohren geschmissen hast.«

Carolin grinste, während sie sie durch den Flur begleitete. »Danke, dass du da warst. Es bedeutet mir immer noch viel.«

Kaia warf ihr einen letzten Blick zu, lächelte, und ging dann festen Schrittes und genauso aufgewühlt wie erleichtert in die immer noch sengende Abendhitze hinaus.

30

Gil

Freitag, 22. Juli 2016
Frankfurt am Main

Keiki warf sich jubelnd ins kühle Nass. Wie ein Fisch tauchte sie unter die Wasseroberfläche, dann wieder auf, sprang hoch, nur um gleich noch mal zu verschwinden. Finn war ruhiger, schwamm auf der Stelle und wartete, bis sie erneut nach Luft schnappen musste, ihre Haare schüttelte und sein Gesicht lachend mit Tropfen übersäte.

Gil beobachtete sie etwas abseits von der Wiese aus. Es war ein heißer, schwüler Sommertag. Die Luft roch nach von der Sonne versengtem Gras und Chlor. Er hatte es sich im Schatten gemütlich gemacht, war ohnehin kein großer Fan von Schwimmbädern. Ein bisschen kam es ihm vor, als säßen zu viele Menschen in einer riesigen Badewanne. Auch zu Hause wollte er lieber allein baden. Außer es gab besondere Gesellschaft. Sofort hatte er ein Bild von sich und Kaia vor Augen, wie sie im Schaum saßen, leise Musik im Hintergrund, ein paar Kerzen auf dem Waschbecken, zwei Gläser Wein …

Er schüttelte den Gedanken ab, konzentrierte sich wieder auf seine Tochter und ihren Freund. Keiki war eine ganze Woche bei ihm, was eine absolute Premiere war. Die ersten paar Tage hatten sie zu Hause verbracht, alte Filme geschaut und gequatscht. Zwischendurch waren sie mit Bukowski in den Wald, einmal hatte Gil sogar gekocht. Heute schließlich hatte er Finn kennengelernt, und es sollte laut Keiki »in einer angenehmen Umgebung passieren«, die ein zwangloses Treffen ermöglichte, ihn idealerweise nicht dazu animierte, den Angebeteten mit Fragen zu nerven. Denn Gil hatte viele Fragen. Das war Keiki auch klar, also hatte sie das Freibad vorgeschlagen. Sie liebte jede Form von Wasser, hatte es schon als Kind geliebt.

Gil überlegte, wann er das letzte Mal mit ihr in einem Bad gewesen war. Es war Jahre her. Ihre Treffen waren stets kurz gewesen, meist bei ihm zu Hause. Manchmal unternahmen sie einen Spaziergang zur Eisdiele oder zur Pizzeria um die Ecke. Er war immer so gestresst gewesen. Von all den Dingen, die er noch tun wollte, niederschreiben wollte, von seiner Arbeit, den neuesten Kampagnen, aber auch von seiner Ex, die einerseits verlangte, dass er mehr Zeit mit Keiki verbrachte, andererseits weitgehend vermied, ihm gegenüberzustehen.

Neuerdings fühlte er sich hingegen erstaunlich entspannt. Er genoss es, mit seiner Tochter Zeit zu verbringen, ihre Gespräche, ihre Gemeinsamkeiten. Tatsächlich ging ihm selbst das Schreiben viel flüssiger von der Hand. Meist setzte er sich einfach hin, und die Worte schossen nur so aus ihm heraus. Er kam kaum mit dem Tippen hinterher.

Er erinnerte sich an das erste Mal, als er mit seiner Tochter schwimmen war. Sie war gut drei Monate alt gewesen. Mau hatte darauf bestanden, sie ans Wasser zu gewöhnen, und er war tatsächlich ganz froh gewesen, mal aus den eigenen kleinen vier Wänden rauszukommen. Es waren mitunter die glücklichsten Momente gewesen, die sie als Familie erlebt hatten. Schon damals quietschte Keiki fröhlich vor sich hin, machte erste tollpatschige Bewegungen in ihrem großen roten Reifen und lachte im Wasser. Gil und Mau lachten auch, während sie im Kinderbecken saßen, sich viel zu groß vorkamen für diese kleine Welt aus wasserspeienden Seepferdchen, Schwimmhilfen und Bällen, einander aber glücklich und verliebt ansahen. Gil erinnerte sich an keine anderen Momente, in denen er sich je so sehr als Teil einer Familie gefühlt hatte. Für einige wenige Monate schien alles perfekt, glaubte sogar er, es könnte klappen. Er könnte der Vater sein, den Keiki brauchte, der Mann, den Mau wollte, könnte glücklich sein mit etwas, das er nie für möglich gehalten hatte, nie gewollt hatte, was er hingegen bekommen hatte. Nach dem Schwimmen waren sie alle müde gewesen, sogar Keiki schlief zeitig ein. Dann machten er und seine Frau es sich vor dem Fernseher gemütlich, schalteten ein Kaminfeuer auf Dauerschleife oder Videos von ausgiebigen Sandstränden mit Kokospalmen und liebten sich die halbe Nacht. Nicht die ganze, denn spätestens kurz nach Mitternacht hatte Keiki Hunger, und ein paar Stunden Schlaf brauchten sie auch, bevor das Baby am Morgen wieder voller Energie seine Frühstücksunterhaltung einforderte, während er sich auf ein Vorstellungsgespräch vorbereitete oder auf einen endlosen, langweiligen Tag im Büro. Doch diese Phase des gemeinsamen Glücks hielt nicht einmal zwei Monate an. Noch bevor Keiki ein halbes Jahr alt war, wusste Gil, dass er in einem völlig falschen Leben feststeckte. Mit seiner Frau stritt er nur, sofern er nicht viel zu müde auf dem Sofa einschlief.

Keiki und Finn tollten im Wasser. Er warf sie hinein, sie tauchte um ihn herum, hinter ihm wieder auf, umarmte ihn, klammerte sich an ihn, er warf sie lachend zurück ins kühle Nass.

Gils erster Eindruck von Finn war positiv. Soweit er das sein konnte, von einem Jungen, der ihr über kurz oder lang

Herzschmerz verursachen würde. Finn war freundlich, zurückhaltend, interessiert. In erster Linie an Keiki und allem, was sie tat. Er liebte ihre Zeichnungen, sah ihr verzaubert zu, wenn sie zum Stift griff, hing bei jedem ihrer Worte an ihren Lippen, ging darauf ein und fragte nach. Aber er erkundigte sich auch nach Gils Leben, seiner Arbeit, seinem Hund. Simple, oberflächliche Themen, die er sich bestimmt vorab überlegt, vielleicht sogar mit Keiki besprochen hatte.

Wie viel weiß er über mich?, überlegte Gil. Hatte sie ihm Details zur Trennung erzählt? Vielleicht sogar von Kaia? Bestimmt wusste Finn mehr über ihn als umgekehrt. Tatsächlich wusste er gar nichts über Finn. Das würde er gleich ändern, sobald sie zurück waren, beschloss er. Er hasste es, im Nachteil zu sein. Doch auf den ersten Blick konnte er sich keinen besseren Freund für seine Tochter wünschen. Trotzdem gab es Dinge, die er ihr nicht würde ersparen können. Einmal ins Wirrwarrland der Liebe eingetreten, gab es kein Entkommen. Er wollte sie um jeden Preis davor beschützen, ihr Enttäuschungen ersparen, wie er sie erfahren hatte. Gleichzeitig war ihm klar, dass das vergebens war. Niemand konnte das Herz aufhalten, wenn es etwas wollte, das wurde ihm schließlich gerade am eigenen Leib bewusst. Zu sehen, wie seine Tochter ihr Herz so bedenkenlos und angstfrei öffnete, versetzte ihn wiederum in helle Panik. Zugleich bewunderte er sie dafür. Was hätte er dafür gegeben, alles vergessen, auch noch mal so hoffnungsvoll und unbeschwert in eine Beziehung gehen zu können.

Nun kam sie auf ihn zugelaufen, in ihrem dunkelblauen Badeanzug, barfuß, lachend, Finn keine zwei Meter hinter ihr. Kurz vor der Decke holte er sie ein, und sie fielen kichernd neben Gil auf den Boden.

»Entschuldigung, Herr Brünner«, stieß Finn mit roten Wangen hervor, als er fast auf Gils Fuß landete, der sich wiederum überhaupt nicht angesprochen fühlte. Er brauchte einige Sekunden, bis es klingelte.

»Nichts passiert. Gil, ich bin Gil. Um Gottes willen nicht Herr Brünner. Niemand hat mich je so genannt, nicht einmal mein Zahnarzt.«

Keiki grinste, Finn nickte. Eine Weile saßen sie schweigend da, hörten die fröhlichen Stimmen vom Becken, das Platschen des Wassers, wenn jemand vom Turm sprang, besorgte Eltern, die am Beckenrand standen und ihren Kindern etwas zuriefen.

»Wollen wir ein Eis essen?«, schlug Gil vor.

Finn schien angespannt, nervös. Er konnte es ihm nicht verübeln. Er erinnerte sich selbst zu gut daran, als er zum ersten Mal Carolins Eltern kennengelernt hatte. Vor Aufregung hatte er beinahe seinen eigenen Namen vergessen. Dabei waren beide ausgesprochen herzliche Menschen, die ihn mit offenen Armen aufgenommen hatten.

»Ja, gern«, stimmte Keiki zu, während das Wasser immer noch aus ihren Haaren tropfte.

Langsam und schweigend spazierten sie über die Wiese zu dem kleinen Kiosk. Gil wollte, dass Finn sich wohlfühlte, ihn mochte. Er wusste, dass es für seine Tochter wichtig war, für ihre Beziehung. Dafür, dass sie sich ihm auch zukünftig anvertrauen würde, mit genau dem irgendwann bevorstehenden Herzschmerz.

»Welche Eissorten möchtest du, Finn?«, wandte er sich an den schüchternen Jungen.

»Erdbeere und Vanille, bitte«, antwortete er, ohne einen Blick auf die Sorten zu werfen.

»Ich will Zitrone und Heidelbeere«, meldete sich Keiki. Zitrone war auch Gils Lieblingssorte. Er schmunzelte und gab die Bestellung auf.

»Finn hat letzte Woche den Experimente-Wettbewerb gewonnen«, erzählte Keiki dann stolz, während sie im Kampf gegen Hitze und Zeit um ihre Kugel schleckte, bevor sie sich über ihre Hand verteilen konnte. Offenbar hatte sie bemerkt, dass Finn sich unsicher fühlte und Gil nicht wusste, wie er eine Verbindung herstellen sollte zu einem Jungen, den er nicht kannte, und der nun mal der Freund seiner Tochter war – was bei aller Sympathie eine gewisse Skepsis, ein grundlegendes Misstrauen hervorrief.

»Wirklich?«, ging er also ohne zu zögern darauf ein. »Womit gewinnt man so einen Wettbewerb?«

Finn sah von seinem Eis auf. »Ich habe DNA extrahiert und die Struktur aufgezeigt und analysiert.«

»Wow.« Gil war ehrlich beeindruckt. Er hatte mit 13 andere Dinge im Kopf gehabt. Ehrlich gesagt, wusste er heute noch nicht, wie so etwas genau ablief. »Und, wie geht das?«, fragte er deshalb.

»Mit Enzymen, Ethanol, Filtern und viel Geduld«, antwortete Finn, den Blick wieder auf sein Eis gerichtet.

»Okay, ich war bei Enzymen raus«, gab Gil zu. Er spürte eine gewisse Erleichterung. Seiner Erfahrung nach waren Wissenschaftsgeeks weder große Herzensbrecher noch Casanovas, die eine Liste der Mädchen führten, die sie monatlich verführten. Diesen Eindruck erweckte Finn auch überhaupt nicht, mit seinen kurzen dunklen Haaren, seiner etwas zu dünnen Figur und recht unscheinbaren Brille. Seine Tochter war vermutlich nicht in den schlechtesten Händen, und er musste sich im Moment noch keinen Kopf über Gespräche machen, was sie tun sollte, wenn der Freund zudringlich würde. Überhaupt wusste sie sich wahrscheinlich selbst zu helfen. Er konnte sich nicht vorstellen, dass Keiki etwas tat, mit dem sie nicht einverstanden war.

»Finn wird im September in den Biologie-Zweig wechseln«, fügte sie nun hinzu. Sie waren wieder auf der Decke angelangt und setzten sich, einander zugewandt, in ein Dreieck.

Die Aussage machte Gil kurz Sorgen. Zog sie etwa in Erwägung, ihrem Freund zu folgen? Würde sie ihr eigenes künstlerisches Talent hintanstellen und die Wissenschaft für sich erobern, um ihm näher zu sein? Doch sofort wiederholte sich der Gedanke von vor zehn Sekunden: Das klang nicht nach seiner Tochter. Sie würde nichts tun, das sie nicht selbst wollte.

»Keine Angst, ich bleibe dem Zeichnen treu«, schien sie wie so oft seine Gedanken zu lesen. Vielleicht hatte sich auch sein Blick kurz verändert. »Ich bewundere, wie Finn DNA-Analysen macht, ich höre ihm gern zu, wenn er es mir erklärt, aber damit hat es sich auch.« Sie nahm seine Hand, drückte sie, lächelte ihn an. »Wir müssen nicht rund um die Uhr zusammen sein. Wir haben auch jetzt ganz unterschiedliche Fächer.« Ein dicker Tropfen Zitroneneis lief über ihre freie Hand, sie leckte ihn weg.

»Ich liebe Keikis Zeichnungen«, sagte Finn jetzt leise. »Sie sind so … aussagekräftig. So bedeutsam. Ich kann sie stundenlang ansehen und raten, wer die Menschen sein könnten, was sie bewegt. Das kann ich auch mit den besten Formeln nicht ausrechnen«, gab er grinsend zu. »Dieses Talent hat sie von Ihnen, Herr Gil, richtig?«

Oh Gott, jetzt war er ›Herr Gil‹. Das war nur minimal besser als Herr Brünner. Egal. Er wollte den armen Jungen nicht noch mehr aus der Fassung bringen.

»Ja, ich denke schon«, stimmte er ihm zu. »Nicht das Zeichnen«, betonte er. »Aber das Künstlerische, ja, das geht höchstwahrscheinlich auf mein Konto. Ihre Mutter hat es auch mehr mit Zahlen als mit Stiften.«

Mau war eine bodenständige Person, die wusste, was sie wollte, und dazu gehörte, wie sich unglücklicherweise bald herausgestellt hatte, eine große Portion Sicherheit und Stabilität. Sie wollte jeden Monat wissen, mit welchem Einkommen sie rechnen konnte, welche Ausgaben die Familie erwarteten, und dass letztere die ersteren nicht überstiegen. Gils Unbehagen mit Bürojobs – oder regelmäßigen Jobs generell – sowie sein bis dahin recht flatterhafter Lebensstil waren schnell zur Streitfrage geworden. Noch mehr, als Keiki da war und ihr größtes Problem nicht allein darin lag, die Miete bezahlen zu können, sondern sie ein kleines Wesen versorgen mussten; ihm idealerweise eine Zukunft bieten wollten.

Dann stellte sich heraus, Keiki hatte selbst eine Ader zum Künstlerischen. Gil erinnerte sich ganz genau an den Moment, als er es bemerkt hatte. Sie war fünf oder sechs Jahre alt gewesen, hatte zum ersten Mal bei ihm im Haus übernachtet. Nach einem übermütigen Sprung von der Schaukel hatte sie sich den Knöchel verstaucht. In heller Panik, es könnte etwas Schlimmeres sein und er, der in den Augen seiner Ex-Frau ohnehin so verantwortungslose Teilzeit-Papa, wäre dafür verantwortlich, brachte er sie zur Untersuchung in die Notaufnahme. Sie hatte Block und Bleistift eingepackt, und er beobachtete, wie sie Strich für Strich eine Zeichnung zu Papier brachte. Nervös und erschöpft schenkte er dem Werk anfangs kaum Aufmerksamkeit, bis er bemerkte, dass sie seine Augen zeichnete. Traurig, müde, besorgt. Am Tag darauf hatte er mit Mau darüber gesprochen, die seine Erzählung abtat mit: »Dafür interessierst du dich natürlich, was? Dass sie ist wie du. Egoistisch wie immer.« Dann fügte sie etwas ruhiger hinzu: »Ich weiß, dass sie gut malt. Mir ist es aber wichtiger, dass sie keinen gebrochenen Fuß hat.« Und schon war sie energisch davongetrottet.

Er hatte Keikis Gabe still unterstützt, eine Staffelei in ihr Zimmer gestellt, dafür gesorgt, dass stets genug Papier und Stifte zur Verfügung standen. Irgendwann war Mau doch dazu bereit gewesen, mit ihm zu besprechen, was sie tun konnten, um ihr Talent gemeinsam zu fördern. Er mochte sich gar nicht vorstellen, wie viel Überwindung es sie gekostet hatte, sich einzugestehen, dass ihre Tochter mehr nach ihm schlug, geschweige denn, es zu unterstützen. Ihre Liebe zu der Kleinen hatte über Stolz und Verbitterung gesiegt. Einer der vielen Gründe, dass er ihr stets mit Ruhe und Verständnis begegnete, sie nicht angriff oder Streit suchte.

»Wie läuft es mit der Schreiberei, Papa?«, holte Keiki ihn aus seiner Gedankenwelt zurück.

»Gut. Es läuft gut«, sagte er und sah zu seinem Schokoladeneis hinunter. Es war hoffnungslos zerronnen.

Glücklicherweise hatte er keine Waffel gewählt. »Ich habe mich für einen Poetry-Slam angemeldet.«

Keiki brauchte ein paar Sekunden, um diese Aussage zu verarbeiten. »Du hast dich wo angemeldet?«, fragte sie dann ungläubig.

»Bei einem Poetry-Slam. Das ist … Da gehen Künstler auf eine Bühne und lesen ihre Texte.«

»Ja, das weiß ich«, gab sie zurück. »Du willst doch nie, dass jemand deine Texte liest.«

»Es wird ja auch niemand meine Texte lesen. Ich werde sie lesen.«

»Aber für ein Publikum. Oder gibt es Poetry-Slams jetzt auch ohne Zuschauer?«

Finn beobachtete still und schmunzelnd ihren verbalen Schlagabtausch.

»Natürlich für ein Publikum. Ich werde es ausprobieren. Mit einem Auftritt kann nicht viel verloren sein, höchstens ein wenig meines Selbstwertgefühls, und das kann ich verkraften.«

Keiki fand zu ihrem Eis zurück, bevor es ebenso dahinschmelzen konnte. Sie war mittlerweile bei der Waffel angekommen und biss davon ab, sodass es knackte. Immer noch skeptisch fragte sie mit vollem Mund: »Wie bist du dazu gekommen? Ich meine, ich finde es toll. Wirklich toll. Ich freue mich total für dich, dass du das machst. Aber es klingt so gar nicht nach einer deiner Ideen.«

»Kaia meinte, es wäre eine gute Möglichkeit, meine Texte auszutesten, anzupassen. Weil ich nichts veröffentlichen müsste, es nicht endgültig sei, sondern ich ganz im Gegenteil von einem Auftritt zum nächsten einen Text verbessern kann, sehen, was ankommt, was ich nicht brauche. Ein Live-Test sozusagen. Erschien mir einleuchtend.«

Keiki grinste wissend. Wortlos schmatzte sie vor sich hin, sah ihn dabei direkt an.

»Was?«

»Ich will sie kennenlernen«, sagte sie schließlich,

nachdem sie sich das letzte Stück Keks in den Mund geschoben hatte.

»Kaia?«

»Natürlich.«

»Warum?«

Jetzt legte sie ihren Kopf schief, als würde er nach dem Offensichtlichen fragen. »Jemand bringt dich nach über zwanzig Jahren dazu, erstmals einen deiner Texte der Öffentlichkeit zu präsentieren! Das ist mehr als eine alte Freundin oder eine beiläufige Bettgeschichte.«

Er mochte es gar nicht, wie das Wort aus ihrem Mund klang. Noch weniger, weil sie damit absolut recht hatte.

»Außerdem ist es nur fair. Du kennst schließlich jetzt auch Finn.«

Gil sträubte sich innerlich, tappte mit den Fingerkuppen auf die raue Decke. Er wusste nicht, wie Kaia darauf reagieren würde, ob sie etwas hineininterpretieren würde, das er nicht beabsichtigte, oder vielleicht beabsichtigte, aber sie noch nicht bereit war zu hören. »Ich weiß noch gar nicht, wohin das mit uns führen wird«, versuchte er abzublocken, doch Keiki blieb unbeeindruckt.

»Du magst sie doch?«

»Ja.«

»Dann stell sie mir vor.« Sie richtete ihren großen, schlanken Körper auf – etwas, das sie definitiv von ihrer Mutter hatte – und nahm Finn an der Hand. »Komm, lass uns noch mal ins Wasser gehen.«

31

Samstag, 15. November 1997
Hamburg

Gil lief durch die graue, regnerische Abenddämmerung. Die Straßenlampen spiegelten sich in den glänzenden Pflastersteinen wider. Sein Blick war zu Boden gerichtet, starr geradeaus, in Gedanken versunken. Es waren kaum Menschen auf der Straße, es war viel zu kalt. Bei jedem Atemzug, wenn die Luft vor seinem Mund zu gefrieren schien, merkte er es. Diese feuchte Kälte war eine der Sachen, an die er sich auch nach über einem Jahr in Hamburg nicht gewöhnt hatte und vermutlich nie würde.

An diesem Abend passte das triste Wetter jedoch zu seinem Gemütszustand. Es war Kaias Geburtstagsfeier, er war nervös, besorgt, in einem emotionalen Dilemma. Ihm war klar, dass er Zeit mit ihr verbringen musste, er wollte ihr all die Aufmerksamkeit geben, die ihr zustand, sie in den Mittelpunkt stellen, ihr seine ganze Liebe schenken und zeigen. Doch so einfach war das nicht, denn natürlich war auch Carolin da.

Bisher hatte er derartigen Situationen gut ausweichen können. In der Schule hielt sich der Austausch von Zärtlichkeiten zwischen ihm und Carolin in Grenzen. Am ehesten kam es dazu im Park nach der Schule, wo sie sich aber auch zumeist darauf beschränkten, dass Carolin in seinen Armen lag oder sie sich flüchtig küssten. Das hatte Kaia wohl geschafft auszublenden. Wirklich ungemütlich hätte es auf gemeinsamen Partys werden können, oder wenn sie zusammen weggingen. Kaia wäre irgendwann der Eifersucht verfallen, oder die Clique hätte bemerkt, dass er ihr gegenüber mehr als nur freundschaftlich war. Einzelne Blicke, Berührungen, Zärtlichkeiten, die für sie alltäglich waren, wenn sie allein waren, hätten sie verraten können. Doch dazu kam es nie. Wann immer die ganze Gruppe ausging, hielt Kaia sich fern, versicherte, den Abend lieber zu Hause mit einem Buch zu verbringen.

Doch heute gab es kein Entkommen. Er hätte lieber nur mit ihr gefeiert, in seinem Zimmer Kerzen aufgestellt, ihr einen Strauß Rosen geschenkt und das Bett mit duftenden Blüten übersät. Aber schon letztes Jahr war ihre Geburtstagsfeier ausgefallen – zum großen Teil seinetwegen. Ein weiteres

Jahr nicht zu feiern, wäre äußerst seltsam gewesen, vor allem bei jemandem wie Kaia, die bisher all ihre Geburtstage im Kreis ihrer Freunde verbracht hatte.

Carolin nicht einzuladen, war selbstverständlich auch keine Option gewesen. Welche Entschuldigung gab es, eine der engsten Freundinnen vergessen zu haben? Es gab keine.

Also erwartete ihn ein Drahtseilakt. Noch dazu im gleichen Saal, in dem er ihr vor über einem Jahr das Herz gebrochen hatte. In dem er einer stockbetrunkenen Version von ihr vor der Toilette gegenübergestanden war und versucht hatte, zu erklären, was passiert war. Warum er nach ihrem wunderbaren, romantischen Nachmittag im Park nun mit ihrer Freundin zusammen war.

Den Großteil des Abends war sie verschwunden gewesen, hatte sich mit Yvonne im Hinterzimmer verkrochen. Nach ihrem kurzen, sinnlosen Gespräch war sie auf der Tanzfläche umgekippt, hatte sich trotz ihres fast bewusstlosen Zustandes aus seinen Armen gekämpft, als er sie aufgefangen hatte, und ward den Rest des Abends nicht mehr gesehen.

Das alles schien eine Ewigkeit her. So viel war inzwischen passiert. Seine Gefühle für Kaia waren derart intensiv geworden, dass es ihn manchmal erschreckte. Sie verstand ihn wie kein anderer Mensch auf dieser Welt. Auch das erschreckte ihn. Nie zuvor hatte jemand so sehr in ihn hineingesehen, seine Gedanken und Gefühle erraten. Nicht immer war sie sich dessen bewusst. Er jedoch schon. Das war der Hauptgrund, warum er ihr kaum einen seiner Texte zu lesen gab. Er behielt seine Werke generell lieber für sich, doch bei ihr war es ein noch viel größeres Risiko. Als würde er seine Seele in ein Schaufenster stellen. Er war überzeugt, dass sie ihn liebte, wie er war, mit all seinen Fehlern und Schattenseiten. Das hatte sie mehr als einmal bewiesen, erstmals an dem Tag, als sie sich auf ihre Beziehung eingelassen hatte, und an jedem Tag seither. Trotzdem konnte er nicht leugnen, dass es ihn unruhig machte, dass ihm jemand so nahekam.

Der Jugendraum war nur noch zwei Straßenecken entfernt. Er versuchte, einen klaren Kopf zu bekommen. Erst mal diesen Abend überstehen. Es gab Alkohol und Hinterzimmer, irgendwie würde sich schon alles fügen.

»Wer ist dabei bei einer Trinkspiel-Runde?«, fragte er eine knappe halbe Stunde später, als sie alle an einem Tisch saßen, Carolin sich an seine Schulter schmiegte, Kaia alle fünf Minuten fragte, ob jemand ein Stück Kuchen wollte, und er sich noch nie in seinem Leben unwohler gefühlt hatte.

»Uh, hat da jemand Lust auf ›Wahrheit oder Pflicht‹«, kommentierte Yvonne mit einem herausfordernden Grinsen. Das war nicht wirklich das, was er im Sinn gehabt hatte.

»Soweit ich mich erinnere, ist das kein Trinkspiel«, konterte er also.

»Dann lass es uns zu einem machen«, ließ Yvonne nicht locker und erntete dafür von Kaia einen verärgerten Blick. »Jeder, der dran ist, muss trinken. Bei Pflicht muss man doppelt trinken.«

Mit Yvonne war gerade nicht zu spaßen, so viel hatte er mitbekommen. Kaia hatte am Rande erwähnt, dass sie und Adam sich getrennt hatten. Was genau passiert war, wusste er nicht. Nur, dass Yvonne seitdem unausstehlich und zickig war und keine Gelegenheit verpasste, alle anderen ihre Enttäuschung spüren zu lassen.

»Ja, komm, warum nicht?«, war Carolin die erste, die fiel. Gil richtete sich auf, was seine Freundin aus ihrer kuscheligen Position zwang. Sie strich sich eine Haarlocke aus dem Gesicht.

»Was ist los, Gil? Hast du etwa was zu verbergen?«, stichelte Yvonne weiter.

»Wir haben alle was zu verbergen«, kam Kaia ihm zu Hilfe.

»Das macht es doch gerade interessant«, mischte sich jetzt Marc ein. Er und seine Schwester gehörten immer noch nicht zu Kaias besten Freunden, aber sie waren meist dabei, wenn die Clique sich nach der Schule traf, und auch die Pausen verbrachten sie regelmäßig zusammen. Gil hatte sich schnell in die Gruppe um seine Freundinnen eingefunden, und die Geschwister hatten zwangsläufig mitgezogen.

Yvonne war rasch auf den Beinen und lud eine Flasche Gin und acht Gläser auf ein Tablett, das sie auf der Mitte des Tisches abstellte mit den Worten: »Geburtstagskind beginnt.«

Sollte sie sich nicht eigentlich auch das Spiel aussuchen dürfen?, fragte Gil sich, beschloss aber, nicht weiter zu protestieren. Yvonne würde es nur wieder als Anlass sehen, über ihn herzufallen.

Kaia, die bis jetzt etwas abseits hinter der Bar gestanden hatte, setzte sich auf die Bank zwischen Yvonne und Marc. Sie war nie ein Fan von Trinkspielen gewesen – schon gar nicht von Wahrheitsspielen. Doch noch weniger hielt sie es aus, dass sie ihre eigene Party nicht in den Armen ihrer großen Liebe verbringen konnte, sondern zusehen musste, wie ihre Freundin sich glücklich an ihn schmiegte. Sie brauchte alkoholische Unterstützung, und zwar schnell.

Wen konnte sie etwas fragen? Von wem wollte sie etwas wissen?

»Ellen«, wählte sie schließlich.

Das kleine dunkelhaarige Mädchen bewegte sich keinen Zentimeter. »Pflicht«, entschied sie, cool und unnahbar wie immer. Damit hatte Kaia nicht gerechnet. Sie war wirklich mies darin, sich witzige Dinge für jemanden auszudenken, überhaupt für jemanden wie Ellen.

»Orgasmus simulieren«, stieß Yvonne hervor, doch das fand Kaia etwas hart. Sie waren gerade erst am Anfang des Abends. Ellen schenkte inzwischen das erste Schnapsglas voll und kippte den Gin in einem Zug hinunter.

»Striptease«, verlangte Martin, aber das konnte Kaia nun wirklich nicht brauchen. Es gab jedoch eine Sache, die sie an Ellen noch nie gesehen hatte.

»Ich möchte ein wirklich herzliches Lachen.«

Einen Augenblick schien es Kaia, als nähme sie eine

Gefühlsregung auf Ellens Gesicht wahr. Zweifel, Verärgerung, Verwirrung …? Doch dann war diese auch schon verschwunden, bevor sie wirklich wusste, was es war. Im nächsten Moment brach Ellen in schallendes Gelächter aus. Es klang hysterisch, unnatürlich, es schmerzte in den Ohren. Gegen Ende klang es vielmehr nach einem verzweifelten Schluchzen. Danach setzte sie ihre gleiche ungerührte Miene auf, schenkte die zweite Ladung Gin ein und schüttete sie ebenso schnell weg. »Yvonne«, nominierte sie dann ihr Gegenüber.

»Wahrheit«, antwortete Yvonne unzweifelhaft.

»Was ist wirklich passiert zwischen dir und Adam?«, fragte Ellen.

Yvonne seufzte tief. Sie griff nach dem Gin und nahm einen langen Zug direkt aus der Flasche. Dann schenkte sie sämtliche Gläser randvoll ein. Eines davon trank sie selbst noch hinterher, seufzte erneut. Kaia wusste, dass sie ihren Vorschlag zu dem Spiel gerade verfluchte.

»Er hat mit anderen geschlafen«, gestand sie schließlich tonlos, sah Ellen dabei aber fest in die Augen.

»Mit einer anderen?«

»Nein. Mit anderen.«

»Hast du es gesehen?«

»Wie sollte ich sonst davon wissen?«

Es war so still geworden, dass die Musik, die eigentlich leise im Hintergrund dudelte, ohrenbetäubend war.

Diese Party ging in eine völlig falsche Richtung. Jeder sah betreten auf den Tisch, außer Ellen und Yvonne, die sich anfunkelten. Glücklicherweise sangen die Spice Girls im Hintergrund »*Get your act together, we could be just fine*«, und wer konnte da schon widersprechen?

Kaia war klar, dass Yvonne innerlich kochte und diese Wut nun an jemandem auslassen würde. Sie hoffte inständig, es würde nicht Gil sein. Oder er möge sich gut überlegt haben, wie er einen Orgasmus vortäuschen könnte. Sie sah zu ihm hinüber. Er hatte zur Sicherheit schon einen

Schluck getrunken. Doch dann, als ihr Herzschlag bereits in ihren Ohren rauschte, hörte sie wie aus weiter Entfernung:

»Bianca.«

Bianca?, fuhr es Kaia durch den Kopf. Was hatte Bianca zu verbergen? Sie war die Frohnatur schlechthin, ein offenes Buch, sie plapperte ständig aus ihrem Leben, hatte zu allem eine Meinung. Offenbar war sie selbst der gleichen Ansicht, denn sie beschloss mit einem breiten Lächeln: »Wahrheit!«

Yvonne lächelte nicht. »Karten auf den Tisch. Wer lässt dein Herz höherschlagen?«

Damit schien sie nicht gerechnet zu haben, denn mit einem Mal wurde sie leichenblass, ihr Mund öffnete sich, es kam jedoch kein Wort heraus. Sie sah hilfesuchend auf Martin, der neben ihr saß. Er nahm ihre Hand, drückte sie und zwinkerte ihr aufmunternd zu. Kaia war überzeugt, dass endlich der Moment gekommen war, in dem sie der Gruppe ihre Liebe gestanden, freute sich insgeheim, fragte sich, warum sie so lange damit gewartet hatten, als Bianca fast tonlos hervorbrachte: »Sie ist heute nicht hier.«

Ihre Blässe hatte sich indes in ein glühendes Feuerrot verwandelt, das wegen ihres gesenkten Kopfes durch ihr blondes Haar leuchtete.

Zum ersten Mal an diesem Abend, und wenn Kaia zurückdachte, vermutlich in den ganzen letzten Wochen, lachte Yvonne laut los. »Scheiße, hast du ein Glück«, stieß sie dann hervor. »Dir bleibt die ganze bescheuerte Männerwelt erspart.«

Als sie einige Zeit später sturzbetrunken und unkoordiniert auf der Tanzfläche herumkugelten und keiner mehr wirklich mitbekam, ob er jemandem auf die Füße trat oder gar schon auf jemand anderem lag, sah Gil den Moment gekommen. Carolin sprang mit Bianca zu *Song 2* um die Wette, er blickte zu Kaia. Mit den Armen in der Luft und geschlossenen Augen versank sie ebenfalls im Rock-Hit des Sommers. Er ging auf sie zu, drängte sie zügig von der

Bühne und schob sie in das kleine Zimmer nebenan, das vor allem als Garderobe benutzt wurde. Im ersten Moment erschrocken, wer sie denn da schubste, wurde ihr verärgerter Gesichtsausdruck rasch durch ein Lächeln ersetzt, als sie ihn erkannte. Ein etwas wehmütiges, verletztes Lächeln. Oder war es Sehnsucht? Er glaubte, sie derart gut zu kennen, und doch gab es immer noch Momente, in denen er keine Ahnung hatte, was in ihr vorging. Ob das umgekehrt auch so war? Ihm kam es stets vor, als stünden seine Gedanken für sie auf seine Stirn geschrieben.

Der Raum hatte eine Tür, die zwar angelehnt, aber nicht verschlossen werden konnte. Gil trat sie mit dem Fuß hinter ihnen zu, und sie wankten in das dunkle Zimmer. Es gab überhaupt kein Licht, nur der Mond schien sanft durch ein winziges Fenster, beleuchtete kaum die Matratzen, die auf dem Boden lagen, und offenbarte schemenhaft ein wildes Durcheinander an Mänteln, Jacken und Pullis.

Noch während Gil die Tür zufallen hörte, umarmte er Kaia von hinten, drehte sie zu sich und küsste sie. Sie erwiderte seinen Kuss mit der gleichen Leidenschaft.

Vermutlich ist es doch nur Sehnsucht gewesen.

Wie zwei verhungerte Hyänen übereinander herfallend, taumelten sie blind durchs Zimmer, fielen auf die Matratze und die Mäntel. Er bekam gar nicht mit, wie sie ihr Shirt abstreifte, spürte plötzlich ihre nackte Haut, nahm ihren Körpergeruch wahr, der ihn augenblicklich in Erregung versetzte. Sein Mund fuhr über ihren Hals, er biss sanft in die kleine Mulde auf ihrem rechten Schulterblatt, sie stöhnte auf. Er öffnete ihre Jeans, dann seine, legte sich über sie, drückte sie tiefer in den Berg von Jacken.

»Es kann jeden Moment jemand reinkommen«, flüsterte Kaia, und er war sich nicht sicher, ob sie das verängstigte oder antörnte.

»Ich warte den ganzen Abend darauf, dich zu küssen«, entgegnete er. »Der Kaiser von China könnte mich nicht aufhalten, wenn er durch diese Tür käme.«

Sie kicherte. Fragte sich, ob es in China wirklich einen Kaiser gab. *Was für ein Schwachsinn,* dachte sie, schlang ihre Beine um seine Hüften und küsste ihn abermals heftig.

Erinnerungssplitter jagten durch ihr benebeltes Gehirn. An das letzte Mal, als sie auf dieser Matratze lag. Auf Yvonnes Schoß, weinend, fragend, ob sie sich alles nur eingebildet hatte. Aber nein, das hatte sie nicht. Seit einem Jahr hatten sie das Gegenteil bewiesen, sie und Gil. Er war so real wie der Geruch nach abgestandenen Zigaretten hier im Raum, und seine Liebe für sie auch, genau wie ihre zu ihm.

Blöder Vergleich, ärgerte sie sich. Nein, ihre Liebe war keineswegs wie abgestandene Zigaretten, vielmehr wie ein stetig wiederkehrendes Feuerwerk.

Eins, das niemand außer ihnen sah …

Sie warf einen besonders dicken, langen Mantel über ihre nackten Körper, als könnte dieser auch ihre zweifelnden Gedanken verdecken. Sie wollte sie nicht, nicht jetzt. Sie hatten schon Dutzende Male miteinander geschlafen, und trotzdem war es nie weniger aufregend, weniger schön. Jedes Mal wand sie sich unter seinen Berührungen, Zeit und Raum verschmolzen zu einem Ganzen, lösten sich auf. Sie spürte, wie er in sie eindrang, ihr Körper streckte sich ihm entgegen, ihre Arme umklammerten ihn, pressten ihn an sich, als die Tür knarrend aufging.

Sie erstarrten, hörten auf zu atmen.

»Gil?«, hörte sie Carolins Stimme, und Kaias Herz stoppte.

»Gil, bist du hier?« Ein tapsendes Geräusch an der Wand verriet, dass sie nach einem Lichtschalter suchte. Kaia dankte allen Göttern der Welt, dass es keinen gab.

Sie spürte Gil in ihr, seine warme Haut auf ihr, seinen Schweiß, vor Schreck, vor Lust, während Carolin es noch einmal versuchte: »Gil?«

Kaia schloss die Augen, atmete immer noch nicht, verfluchte Gil, sich selbst, ihre begierige Unachtsamkeit.

Dann ging die Tür wieder zu. Trotzdem dauerte es eine gefühlte Ewigkeit, bis Atem und Herzschlag zurückkehrten.

Gil atmete als Erstes tief aus. Kaia war mit einem Schlag stocknüchtern. Sie stieß ihn von sich, warf die Mäntel hinunter, stand auf und hastete ein paar Schritte weg, wie von einem Stromschlag getroffen.

»Kaia?«, fragte er jetzt leise, und sie hasste, wie sehr sie es liebte, wenn er nur ihren Namen sagte. Sie war so wütend. Sie war enttäuscht, müde, panisch. Sie wollte schreien, weinen, doch ihr Hals war zugeschnürt.

»Kaia, ist alles okay?«

»Alles okay?«, flüsterschrie sie. »Bist du bescheuert?«

Sie griff sich an die Stirn, sog die Luft ein, um ein Schluchzen zu unterdrücken. Dann hörte sie, wie Gil auf sie zukam, versuchte, sie zu umarmen. Genau wie vor einem Jahr auf der Tanzfläche befreite sie sich grob aus seinem Griff.

»Ich kann … ich kann … ich«, schüttelte sie es nun doch unter heftigen Schluchzern. »Du bringst mich um«, brach es dann aus ihr hervor, und sie verstand nicht einmal woher.

Wieder erstarrte er. Sie wusste es, ohne ihn zu sehen. Sie hörte seinen Atem nicht mehr, seine Hand hatte aufgegeben. Es war so still, dass sie glaubte, die Wände zu hören, wie sie langsam zerbröckelten.

»Kaia«, begann er noch einmal leise. »Das war mir nicht bewusst. Ich dachte, du … Ich dachte …« Ein tiefer Seufzer, dann wieder Atemlosigkeit. »Ich werde es beenden.« Seine Hand, jetzt kalt und zittrig, strich sanft über ihr Gesicht, durch ihre Haare, über ihren Arm und schließlich über ihre Finger. Doch anstatt, wie damals im Park, sie einzuhaken, blieb sie lose und kraftlos hängen.

Fast lautlos ging er durch die Tür ins Nebenzimmer, wo jetzt *Insomnia* dröhnte. Kaia saß irgendwo zwischen Mänteln und Matratze und kämpfte gegen eine überwältigende Übelkeit an. Sie weinte, lachte, über die Ironie, dass sie sich tatsächlich fühlte, als wäre sie aus einem endlosen Traum aufgewacht und könnte nie wieder einschlafen. Und doch wollte sie einfach nur, dass die Nacht sie wieder einhüllte, wollte zurück in ihren Traum.

Sie fragte sich, welche Erklärung Gil dafür geben würde, dass er aus genau dem Raum kam, wo Carolin ihn keine fünf Minuten zuvor gesucht hatte. Würde er ihr die Wahrheit sagen, es jetzt sofort beenden? Gerade war ihr alles egal, war ihr alles zu viel. Ihr Kopf drehte sich, vom Alkohol, von der Übelkeit, von einer zu großen Dosis Realität.

Die Tür ging wieder auf. Das war schnell gegangen, dachte sie kurz, dann sah sie Yvonne auf sich zukommen.

»Sitzen wir jetzt wirklich wieder hier?«, fragte sie leicht lallend, während sie sich neben sie fallen ließ.

Jetzt war Kaia es, die ihre Wut an der Freundin ausließ. Sie machte sich nicht einmal die Mühe, sich zu erkundigen, was passiert war, urteilte direkt über sie und Gil, wie sie es die letzten Monate immer öfter getan hatte.

»Was hast du dir eigentlich dabei gedacht, das bescheuerte Spiel vorzuschlagen? Wir hätten auffliegen können!«, giftete sie Yvonne an, obwohl sie ganz genau wusste, dass das furchtbare Gefühl, das ihren ganzen Körper übermannte, nichts mit ihr oder dem Spiel zu tun hatte. Ihre Unvorsichtigkeit und die ganze Geheimniskrämerei hatten dazu geführt, dass sie fast aufgeflogen waren. Aber Yvonne hatte sie provoziert, hatte gewollt, dass alles aufkam, und sie war der naheliegendste, der einzig verfügbare Prellbock.

Ein Feuerzeug flackerte auf. Ihre Freundin zündete sich eine Zigarette an, dann antwortete sie ganz ruhig: »Bist du die ewige Lügerei nicht leid? Das geht jetzt ein Jahr so.« Sie nahm einen tiefen Zug, gab sie dann an Kaia weiter und zündete sich noch eine an. Schlagartig fiel die Wut von Kaia ab. Sie wollte nur noch losheulen. Sie war erschöpft, verzweifelt, ratlos.

»Was erwartest du dir? Warum machst du dir das mit? Warum machst du nicht Schluss?«, fuhr Yvonne fort, und dann, jedes einzelne Wort betonend: »Er schläft mit deiner Freundin.«

Trotz allem hatte Kaia nur das Bedürfnis, sich zu verteidigen. Ihn zu verteidigen.

»So einfach ist es nicht.«

Yvonne lachte trocken. »Warum nicht? Warum ist es so schwierig?«

Endlich breitete sich eine Welle der Klarheit in Kaia aus. »Weil es das Einzige ist, was mich lebendig fühlen lässt«, flüsterte sie. »Weil mir jede Faser meines Körpers sagt, dass er der Richtige ist.«

Yvonne lachte nicht mehr. Kaia spürte ihren Blick auf sich, hörte wieder die Wände bröckeln. Ihre Freundin strich ihr über den Kopf, legte den Arm um ihre Schulter.

»Du arme Närrin.«

Aus Kaias Tagebuch, 16. November 1997:

Sie ist eine von »ihnen« geworden. Eine von denen, die das, was ich habe und fühle, nicht nachvollziehen können, die nicht verstehen, was ich suche. Sie bemitleidet mich, glaubt, dass ich mich in einer Lüge verrenne, dass alles nur gespielt ist. Lacht über die Poesie der Liebe. Selbst, wenn ich eines Tages meine Jugend ebenso als romantische Träumerei abtun werde, jetzt ist es das, woran ich glaube, was mich inspiriert, mich fühlen lässt, dass ich lebe, fühlen lässt, was ich imstande bin zu fühlen, was ich nicht imstande bin zu tun. Was mich zu emotionalen Höhenflügen bringt und zu katastrophalen Abstürzen. Was mich aber immer fühlen lässt.

Die Poesie der Liebe.

Sie hat diese Welt verlassen. Oder zu lange nach ihr gesucht.

32

Sonntag, 31. Juli 2016
Frankfurt am Main

»Habe ich dir nicht gesagt, dass du es bereuen wirst, wenn du ständig deine Nase ins Blumenbeet steckst?« Gil sah halb vorwurfsvoll, halb amüsiert auf Bukowski, der etwa zum fünfzigsten Mal nieste. Anfangs hatte Kaia noch ›Gesundheit‹ gesagt, und Keiki hatte gelacht. Das Eis war zwischen ihnen schnell gebrochen gewesen. Sie gingen sehr natürlich miteinander um, als würden sie sich seit Jahren kennen und nicht erst seit einer knappen halben Stunde.

Vielleicht lag es auch ein wenig an der Umgebung. Ähnlich wie bei dem Treffen mit Finn hatte Gil darauf geachtet, einen neutralen, angenehmen Ort zu wählen. Doch so gern er Kaia zugegebenermaßen im Bikini gesehen hätte, war das Schwimmbad für sie nicht die richtige Wahl. Bei ihm zu Hause hätte sich zwar angeboten, aber Gil machte sich Sorgen, dass das Kaia nach der ersten, seinerzeit doch etwas prekären Begegnung möglicherweise in Verlegenheit bringen würde. Es war also ein sehr glücklicher Zufall, dass seine Eltern nach wie vor in Frankreich waren. Aufgrund eines Auslandsaufenthaltes seines Bruders war er diesmal zuständig für Post, Blumen und was sonst alles anfiel, und darum kümmerte er sich für gewöhnlich mittwochs und sonntags. Er wusste, Kaia kannte das Haus, erinnerte sich vermutlich noch, wie sie hinkam. Sie war nicht oft bei ihm gewesen, drei, vier Mal vielleicht. Er hatte damals zu viel Angst gehabt, dass seine Mutter etwas bemerken könnte. Doch Kaia hatte sich immer wohlgefühlt, dessen war er sich sicher. Sie hatte den Garten geliebt, die Wohnküche, die seinerzeit noch recht außergewöhnlich war, die geräumigen Zimmer. Sein Zimmer. Vollgestopft mit Bukowski – dem Schriftsteller, noch nicht dem Hund –, Jack London, Rilke, Sartre und Anaïs Nin. Letztere hatte sie sich geborgt, kurz bevor es zu Ende ging. Sie fehlte heute noch.

Erst hatte Kaia sich gegen das Treffen gesträubt.

»Sie kennt mich doch schon«, war ihr Argument, als Gil ihr die Begegnung mit seiner Tochter vorgeschlagen hatte.

»Ja, aber noch nicht bekleidet«, konterte er, und sie kicherten beide. Dann wurde er ernst. »So oder anders wirst du weiterhin ein Teil meines Lebens sein, also sollte sie dich kennenlernen«, hatte er kurz und bündig zusammengefasst, ohne weiter auszuführen, was er mit ›so oder anders‹ meinte, und sie hatte es nicht kommentiert oder hinterfragt, nur mit einem knappen, aber klaren ›Okay‹ zugestimmt.

»Ich hole ein bisschen Obst«, sagte Gil jetzt, stand auf und ging zum Haus. Sie hatten sich am frühen Nachmittag getroffen und sich im Schatten eines Baumes auf die Wiese gesetzt.

»Früher hätte er nach einem Kaugummi gekramt oder einen Schokoriegel aus der Vorweihnachtszeit ausgepackt«, kommentierte Keiki mit einem zufriedenen Lächeln, während sie ihrem Vater nachsah.

Kaia beobachtete sie. Gerade jetzt, von der Seite, lächelnd, mit leicht zugekniffenen Augen, war sie Gils absolutes Ebenbild. Vom ersten Augenblick an hatte sie sie ins Herz geschlossen. Allerdings wusste sie nicht wirklich, was sie ihr mit der Anspielung auf die Weihnachtsschokolade sagen wollte. Aber bevor sie nachfragen konnte, fuhr Keiki fort: »Er schläft auch besser. Und er schreibt. Ich weiß es, weil er glücklich ist. Er ist nie glücklich, wenn er nicht schreiben kann.«

»Ja«, antwortete Kaia. »Ich weiß.« Sie streichelte Bukowski, der seinen Kopf auf ihren Oberschenkeln abgelegt hatte.

»Weißt du auch, warum er schreiben kann?« Keikis Blick war immer noch auf das Haus gerichtet.

Wieder sah Kaia sie stutzig an, doch das dunkelhaarige Mädchen überließ die Antwort ihrer Fantasie.

»Papa hat immer ein wenig Angst.« Jetzt sah sie ihr direkt

in die Augen. »Ich habe ihm auch lange Angst gemacht. Er weiß nicht immer, wie er umgehen soll mit …« Sie überlegte, zog die schmalen Brauen zusammen. »Mit der Liebe, denke ich. Mit Veränderungen.«

Kaia staunte über die treffenden, klugen Worte, die aus dem Mund dieser Jugendlichen kamen. Sie selbst hätte es vermutlich nicht so gut auf den Punkt bringen können.

Gil war zurück mit einem Teller Obst, stellte ihn auf einer Unterlage ab und setzte sich.

Keiki fuhr unbeirrt fort: »Aber seit du da bist …«, wieder lächelte sie Kaia an, »… ist er weniger mürrisch.« Mit einem kurzen Nicken deutete sie auf ihren Vater, der sie skeptisch, vielleicht sogar mahnend ansah. »Er hat auch mehr Zeit für mich.«

»Das hat doch nichts mit Kaia zu tun«, entgegnete Gil stutzig.

»Doch!« Wieder zog sie nachdenklich die Brauen zusammen, diesmal den Blick auf Gil gerichtet. »Dir liegt etwas an mir. Und an dir. Ich möchte sagen, er raucht sogar weniger«, wandte sie sich erneut an Kaia. Diese überlegte einen Moment und stellte fest, dass er den ganzen Nachmittag noch keine zwei Zigaretten geraucht hatte und auch nicht für längere Zeit verschwunden war, um heimlich hinter dem Haus einen Glimmstängel durchzuziehen. Offenbar wollte er kein schlechtes Vorbild sein.

»Mir hat immer etwas an dir gelegen«, sagte Gil betont, während er die Hand seiner Tochter drückte. Er sah verletzt aus.

»Ja, ich weiß. Aber es ist anders, du bist mehr bei dir selbst. Du lässt es zu.«

Kaia beobachtete leicht amüsiert, wie Gil verlegen wurde, was selten passierte. Er griff nach dem Obstteller, langte nach der ersten Frucht, die ihm in die Hände kam und bot sie ihr an. »Kiwi?«

»Danke, ich mag keine Kiwi«, lehnte Kaia ab, lachte innerlich immer noch und streichelte Bukowski weiter. Keiki hatte mit jedem Wort recht gehabt. Sie konnte sich gut vorstellen, dass sie Gil die letzten Jahre über ordentlich Feuer unterm Hintern gemacht hatte.

»Es gibt auch Äpfel.«

Sie nickte, und er warf ihr einen zu.

»Weißt du, dass er an einem Poetry-Slam teilnehmen will?«, fuhr Keiki fort, den Blick auf Kaia, die genüsslich in ihren Apfel biss.

»Ach«, kommentierte Kaia, hielt ein Grinsen zurück, das ihr plötzlich schneller schlagendes Herz hervordrängen wollte.

»Ja. Ach«, bestätigte Keiki und presste triumphierend die Lippen aufeinander.

Kaias Hand ruhte nun vor Erstaunen auf Bukowskis Ohren, der sie fragend ansah, als wollte er sagen: Warum hast du aufgehört? Sie bemerkte es nicht. Tausend Gedanken gingen ihr durch den Kopf. Es war eine Sache, dass er weniger rauchte. Ob er wirklich mehr Zeit für seine Tochter hatte, konnte sie nicht beurteilen, schon gar nicht, ob sie etwas damit zu tun hatte. Doch seinen Text der Öffentlichkeit zu präsentieren, war ein Riesenschritt. Und dass sie damit etwas zu tun hatte, wusste sie definitiv. Keiki offenbar auch.

»Möchtest du mal heiraten, Kaia?«, kam es jetzt aus dem schmalen roten Mund auf sie zu. Bukowskis Massage-Session war endgültig beendet. Selbst der Apfel blieb ihr fast im Hals stecken.

»Keiki, kannst du sie bitte nicht so löchern? Erinnere dich, ich war supernett zu Finn«, ermahnte Gil sie, während er mit den Fingerspitzen auf die Wiese klopfte.

Keiki sah Kaia abwartend an. Diese schluckte das Apfelstück hinunter, räusperte sich und sagte dann mit fester Stimme: »Nein. Nein, ich möchte nicht heiraten.«

»Gut. Und Kinder? Wie sieht es mit Kindern aus? Ich bin ziemlich sicher, Papa möchte keine Kinder mehr.«

»Keiki!«, entfuhr es Gil nun weitaus strenger.

»Ach, komm schon, du redest über solche Dinge bestimmt nicht. Das ist aber wichtig. Das hat dich schon mal in Schwierigkeiten gebracht.«

Autsch. Obwohl er sich sicher war, dass sie es nicht böse gemeint hatte, verspürte Gil einen Stich. Sie hatte seinen wunden Punkt getroffen, und er konnte nichts mehr erwidern.

Kaia verstand nicht, was Keiki meinte. Doch sie verstand, dass das Mädchen ihren Vater besser kannte als irgendjemand sonst, und dass sie ganz klar wollte, dass er glücklich würde. Außerdem mochte sie ihre direkte, offene Art und war beeindruckt von ihrer Menschenkenntnis in diesem jungen Alter.

»Nein, ich möchte auch keine Kinder«, antwortete sie also bestimmt und ruhig. Sie hatte selbst oft darüber nachgedacht, das Thema auch mit Steffen besprochen. Er war kein großer Familienmensch, hatte sie von sich aus nie danach gefragt. Ihr schien es jedoch wichtig, dass sie auf der gleichen Seite waren, es nicht nach drei Jahren eine böse Überraschung gab.

Nun stand Keiki auf. »Ich gehe eine Runde mit Bukowski«, kündigte sie an, klatschte in die Hände, und der Labrador erhob sich von Kaias Schoß. »Danke für deine Ehrlichkeit«, sagte sie zu Kaia, die kurz nickte. »Ich mag dich. Ich freue mich, dass Papa dich gefunden hat. Oder du ihn.« Dann sprang sie davon, und Bukowski trabte hinterher.

Eine Weile herrschte Stille zwischen ihnen. Kaia hielt den Apfelstrunk in der Hand, pendelte ihn zwischen Daumen und Zeigefinger hin und her. Gil starrte in den Himmel, ganz so, wie er es damals getan hatte, als sie zum ersten Mal gemeinsam im Stadtpark gewesen waren. Nur war sein Ausdruck jetzt ruhig, nachdenklich, statt wie seinerzeit, abwartend und herausfordernd. Dann huschte ein kaum wahrnehmbares Lächeln über sein Gesicht, und er sah sie an.

»Möchtest du auch ein wenig spazieren? Hier im Garten?«

»Ja, klar.« Unbeholfen sah sie auf den Apfelrest in ihrer Hand. Gil nahm ihn ihr ab, warf ihn auf einen kleinen Haufen hinter dem Baum.

»Kompost«, erklärte er.

Der Garten war weitläufig, vor allem hinter dem Haus, wo sie es sich gemütlich gemacht hatten. Annick hatte alles im Griff. *Wie eh und je*, hatte Kaia gedacht, als sie das hölzerne Türchen geöffnet hatte, das dabei nach über zwanzig Jahren noch genauso quietschte. Auch der gleiche süßliche Duft stieg ihr in die Nase. Es war, wie in ein Meer aus Parfum zu fallen. Für einen Moment hatte sie die Augen geschlossen, sich zurückerinnert, wie Gil und sie durch den Garten liefen, zwischen den Beeten hindurch, dann irgendwo hinter den Rosen auf der Erde landeten, kichernd, glucksend. Wie er sie geküsst hatte, schnell und doch liebevoll. Immer bedacht, immer auf der Flucht.

Dann hatte sie Gils Hand gespürt, erst auf ihren Schultern, dann auf ihrem Arm. Ein angenehmer Schauer holte sie zurück in die Gegenwart.

»Hey«, hatte er sie begrüßt, und bevor sie etwas antwortete, ergriff die gleiche Hand die ihre und führte sie hinter das Haus, wo Keiki unter dem Baum saß und Bukowski ihr freudig entgegensprang. Sie streichelte ihn, verlor Gils Hand und bemerkte zum ersten Mal, wie selbstverständlich und richtig es sich angefühlt hatte und wie sehr sie es den Rest des Nachmittags vermisste, sie zu spüren.

Auch jetzt war sie weit weg, als sie nebeneinanderher barfuß über die große Wiese schlenderten. Vermutlich hielt er bewusst ein bisschen Abstand. Sie wusste, dass ihm das Gespräch und Keikis Fragen unangenehm waren. Sie wiederum konnte es nicht stehenlassen.

»Was meinte Keiki, als sie sagte …« Sie überlegte, versuchte, sich die genaue Wortwahl in Erinnerung zu rufen. »… das Nicht-Reden habe dich schon einmal in Schwierigkeiten gebracht?«

Gil schwieg. So vieles hatten sie in den letzten Monaten beredet. So vieles hatte er ihr erzählt, was er niemand anderem je erzählt hatte, was er nicht einmal sich selbst eingestanden hatte. Doch seine Scheidung war ein ganz anderes Level. Er wusste überhaupt nicht, wo er anfangen sollte. Er wollte nicht, dass sie diese, seine dunkelste Seite, kannte. Seine schwierigste Entscheidung, seinen vielleicht schlimmsten Fehler. Doch er wollte sie auch nicht wegstoßen. Nicht wieder.

»Meine Ex-Frau wollte immer eine Familie. Das hat sie ganz klar gesagt, als wir uns kennenlernten«, begann er zaghaft, wählte jedes Wort mit Bedacht. »Ich wollte nie Kinder. Ich wollte immer nur schreiben. Die Welt bereisen, Erfahrungen sammeln … Du weißt es ja.« Sie schlenderten an der Wildblumenwiese vorbei, die seine Mutter zwischen all den gepflegten Rosenbüschen und getrimmten Buchsbäumen hatte stehen lassen. Ein lautes Summen war zu hören, es duftete nach Lavendel und Vergissmeinnicht.

»Ich habe es ignoriert. Ich hätte sagen sollen: Mau, wir wollen nicht das Gleiche. Ich kann dir nicht geben, wonach du suchst. Am Abend unseres ersten Dates hätte ich aufstehen und in mein Apartment gehen sollen. Aber ich war schwach.« Dann erinnerte er sich an Ellen und korrigierte: »Ich fühlte mich unbesiegbar. Und ich traf die falsche Entscheidung.«

Sie standen vor der hohen Wiese, hörten den Bienen zu. Es beruhigte ihn auf seltsame Weise. »Wie bei uns damals«, fügte er hinzu, und es fiel ihm nicht einmal schwer, es war ihm in den vergangenen Wochen so klar geworden. »Ich hätte mich für dich entscheiden müssen. Am Anfang und am Ende. Aber ich habe es beide Male nicht verstanden.«

Lass es nicht ein drittes Mal zu, rief eine Stimme in seinem Kopf. Er sah sie an, sah in ihre großen blauen Augen, konnte wie meistens nicht darin lesen, was in ihr vorging.

»Ich würde dir jetzt auch danken für deine Ehrlichkeit, aber wir hatten das ja schon«, verwies sie auf seine Bemerkung vom letzten Mal. »Also gratuliere ich dir vermutlich zur weisen Einsicht«, sagte sie etwas herablassend und grinste ihn an. Sie fuhr sich mit der Zunge über die Lippen. Ihr Atem ging langsam und regelmäßig. Still sah sie ihm in die Augen. Ein intensives Verlangen, sie zu küssen, stieg in ihm auf.

»Und du möchtest auch keine Kinder?«, fragte er, seiner Gefühlswallung zum Trotz. Sie setzten sich wieder in Bewegung. Einen kurzen Augenblick schien es ihm, als schüttelte sie selbst auch etwas ab, als trage sie ihren eigenen Kampf aus.

»Nein«, sagte sie dann aber gefasst und überzeugt. »Eine weitere Sache, die ich mit meinem Vater teile.« Sie lachte trocken. »Ich weiß nicht … Ich habe nie den Wunsch danach verspürt. Ich glaube, ich habe nicht das Mutter-Gen.«

»Ja. Das verstehe ich.« Sein konstanter Konflikt während der letzten 13 Jahre.

»Aber wenn ich schwanger würde, würde ich auch nicht abtreiben oder weglaufen wie mein Vater«, versicherte sie. Er hörte weniger Verbitterung in ihrer Stimme als früher, oder sogar das letzte Mal nach dem Zoo, als sie über ihn gesprochen hatten. Er fasste all seinen Mut, schloss die Augen und stürzte sich todesmutig ins offene Schwert.

»Ich bin weggelaufen.«

Er wollte es ihr sagen. Er musste es ihr sagen. Er würde nicht wieder den gleichen Fehler machen. Diesmal war es alles oder nichts.

»Ich habe Keiki und Mau verlassen, kurz vor ihrem zweiten Geburtstag«, gestand er, seine Stimme heiser.

Kaia sah auf, sagte nichts. Er wollte sie nicht ansehen, starrte auf die Obstbaumreihe, die reichlich Früchte trug. Wie konnte sie ihn nicht verurteilen, nach allem, was sie mit ihrem eigenen Vater erlebt hatte?

Er wollte etwas sagen, es ihr erklären. Vielleicht gab es keine Entschuldigung, definitiv nicht in den Augen seiner Ex-Frau. Aber er wollte, dass Kaia es verstand, dass sie wusste, dass er kein schlechter Mensch war, dass er es nicht getan hätte, wenn er irgendeine andere Wahl gesehen hätte. Doch seine Stimme fand keine Worte.

»Du bist nicht mein Vater«, hörte er dann sanft die ihre.

»Du hast eine Beziehung zu Keiki. Und soweit ich das in der kurzen Zeit beurteilen kann, eine sehr enge und gute Beziehung. Sie vertraut dir genug, um dir ohne Bedenken zu sagen, was ihr am Herzen liegt. Sie liebt dich. Sie will, dass du glücklich bist.« Sie lächelte ihn an, zaghaft, mitfühlend. »Sie hat dir verziehen. Du solltest es auch tun.«

Jetzt lächelte er auch, obwohl seine Augen sich zusammenzogen. Ein Schwall der Erleichterung überkam ihn. Dann fühlte er wieder diese Verbundenheit zu ihr, seine unendliche Zuneigung. »Es ist nicht das Verlassen, das ich mir nicht verzeihe. Ich bereue nicht, dass ich damals gegangen bin. Es war die richtige Entscheidung. Es war die einzige Entscheidung. Ich war tot.« Plötzlich ging es ganz von selbst, kam es aus ihm heraus wie einer seiner Werbesprüche.

Sie waren im Vorgarten angekommen, standen vor Annicks prächtigen englischen und französischen Rosen.

»Was mich zerreißt, ist, sie so verletzt zu haben. Du wusstest, worauf du dich eingelassen hattest. Meine Ex-Frau wusste, dass wir nicht das Gleiche wollten und hat mich trotzdem geheiratet. Okay, Carolin wusste es nicht, aber sie kannte mich, hatte bestimmt auch eine Ahnung, dass sie sich die Finger verbrennen konnte. Aber Keiki? Sie hat nie danach gefragt, von mir verlassen zu werden, wusste nicht, dass ich kein Vater sein wollte, konnte nichts dagegen tun, dass ich es wurde. Sie war ein Kollateralschaden. Ich habe ihr die Chance genommen, einen Vater zu haben, den sie verdient.« Er spürte, wie sich ein dicker Kloß in seinem Hals bildete, seine Augen blinzelten eine Träne weg. »Ich habe einmal mit ihr darüber gesprochen. Habe sie um Verzeihung gebeten. Sie war zu klein, als dass ich es ihr hätte erklären können.« Er konnte Kaia nicht ansehen, wollte nicht wissen, ob sie ihn verurteilte, verachtete oder bemitleidete.

»Gil …« Sie nahm seine Hände. Ihre klebrigen Finger strichen über seinen Handrücken. »Lass dir einen Ratschlag geben von jemandem, der damit wirklich Erfahrung hat.«

Er sah sie verständnislos an. Welche Erfahrung meinte

sie? Die mit ihrem Vater? Dass Gil auch sie verletzt hatte?

»Lass nicht zu, dass die Vergangenheit dich auffrisst. Du kannst sie nicht mehr ändern. Du kannst nur noch das Beste aus dem Jetzt machen. Und das läuft ganz gut, wie ich finde«, stellte sie ruhig fest.

Er hatte keine Ahnung, ob sie immer noch Keiki meinte oder sie beide.

»Und ich glaube, du denkst viel zu schlecht über dich.« Sie drückte noch einmal seine Hand, dann ging sie zwischen den Rosenbeeten auf den Zaun zu, stützte sich darauf ab und sah auf die leere Straße hinaus. Gil blickte ihr eine Zeit lang nach, beobachtete, wie der Wind mit ihren offenen Haaren spielte. Seine Fassung kehrte zurück, genau wie dieses leichte, wohlige Gefühl im Bauch. Er gesellte sich neben sie. Wieder schwiegen sie. Er fühlte sich unendlich dankbar, empfand einen inneren Frieden, den er noch nicht wirklich begreifen konnte.

»Hattest du viele Beziehungen seit deiner Scheidung?«, erkundigte sie sich nun. Tatsächlich hatte sie diese Frage schon lange stellen wollen. Sie hatte stets dagegen angekämpft, wollte sich nicht dafür interessieren. Rückblickend schien es ihr lächerlich. Sie hatten den Punkt lange überschritten, wo sie die Dinge herunterspielen oder verdrängen mussten.

»Nein, eigentlich keine mehr.«

Ein paar Vögel zwitscherten im Apfelbaum neben ihnen, pickten in das fast reife Fruchtfleisch.

»Nach Marcs Tod und nach meiner Trennung war ich ein paar Monate bei Ellen. Ich wohnte bei ihr, versuchte, ihr dabei zu helfen, wieder auf die Beine zu kommen. Versuchte selbst, wieder auf die Beine zu kommen«

Verständlich, dachte Kaia, sagte es aber nicht laut.

»Danach wurde mir klar, dass ich Beziehungen lieber sein lasse. Dass die Beziehungen, die ich möchte, selten die sind, die mir oder irgendjemandem guttun.«

Sie wusste, dass er damit auch ihre meinte.

»In den letzten Jahren gab es nur Julia.«

Kaia fühlte sich, als hätte man einen Eimer kaltes Wasser über ihr ausgeschüttet. Eine Mischung aus Neugier und Eifersucht keimte in ihr auf. »Julia?«

»Meine Hundesitterin«, ergänzte er. »Julia ist sehr unkompliziert. Sie will nicht mehr als ich. Wir haben Spaß, wenn uns danach ist, und dann geht sie eine Runde mit Bukowski, und ich muss mir keine Sorgen um ihre Gefühle machen. Oder um meine«, fügte er nachdrücklich hinzu.

Kaia spürte einen Stich. Julia war also immer noch aktuell, während sie hier standen, versuchten, herauszufinden, wer sie sein konnten. Während er mit ihr geschlafen hatte. Ihr wurde übel. Sie wollte es hinunterschlucken, zusammen mit dem brennenden Gefühl in ihrer Brust. Doch mit beidem funktionierte Hinunterschlucken generell sehr schlecht.

»Na ja, zumindest war es bis vor Kurzem so«, fuhr Gil fort, und das Gefühl verpuffte, so plötzlich, wie es gekommen war. »Kurz vor meinem Geburtstag wollte sie mich nicht mehr treffen.«

Kaia fragte nicht weiter nach. Sie war erleichtert, das Thema hinter sich zu lassen.

Nur noch eine kleine Sache.

»Sie kam also auch in den Genuss deines Designersessels?«

Gil grinste. »Nein. Das war eine Premiere.« Er sah sie von der Seite an, eine Haarsträhne fiel ihm ins Gesicht. Sie strich sie zurück.

»Eine wirklich gute.« Sie lächelte triumphierend, als hätte sie das Duell gegen Julia gewonnen. Sie wusste, wie absurd es war, sie kannte sie nicht einmal, hatte bis vor fünf Minuten nicht gewusst, dass sie existierte. Nun war es ihr egal.

»Stell dir vor, was ich auf deinem Hängesessel hätte anstellen können.« Sein Grinsen war herausfordernd wie eh und je, und gepaart mit der Vorstellung des Hängesessel-Szenarios löste es ein mulmiges Gefühl in ihrem Bauch aus. Dann verschwand sein Grinsen, seine Augen wurden kleiner, sahen sie eindringlich an. Wie sie auf den

Gartenzaun gestützt, lehnte er sich nun zu ihr, so langsam, als wäre die Zeit stehen geblieben. Sie sah, wie er die Augen schloss, schloss ihre ebenso. Ihr Herz schlug heftig, ihre Magengrube schlug Purzelbäume, ihre Hände schwitzten den Zucker des Apfels weg, ihr Atem stand still. Der Rosenduft war weg, die Vögel zwitscherten nicht mehr. Als wären sie aus der Welt hinausgesprungen und in ihrer eigenen kleinen Blase verschwunden.

Dann schloss sie ihren Mund.

»Nein.« Sie schluckte, öffnete die Augen. Gil war so nahe, dass er vor ihren Augen verschwamm. Sie nahm sein Rasierwasser wahr, seinen Körpergeruch, der sie noch schwindeliger machte, als sie schon war. Sie atmete schwer aus, krallte ihre Finger um den kalten Zaun.

»Warum nicht?«, fragte er ebenso leise.

Sie zitterte, ihr Körper zitterte, verschwor sich wie üblich gegen sie. Gil bewegte sich keinen Zentimeter zurück. Sie versuchte, nicht nachzugeben, ihrem innerlichen Drang zu widerstehen, während ihr Kopf schwirrte, sich alles drehte. Sie war doch sonst nicht so wehrlos.

»Weil es jetzt etwas bedeuten würde, und ich weiß nicht, ob ich schon bereit bin«, brachte sie hervor.

Er reagierte immer noch nicht. Die Haarsträhne kam zurück, fiel ihm auf die Nase. Zusammengekniffene Augen funkelten sie an. »Ich auch nicht, aber Scheiße, ich will dich wirklich küssen«, entgegnete er und legte seine Hand auf ihre. Die Wärme seiner Finger fuhr ihr durch den ganzen Körper, seine zarte Berührung löste einen erregten Schauer aus. Sie wollte es auch, das konnte sie nicht leugnen. Sie wollte seinen Mund auf ihrem spüren, auf ihrem Hals, auf ihren Schultern, seine Zunge, wie sie sanft zwischen ihre Lippen rutsche. Sie sehnte sich nach seinen Fingerspitzen, die über ihre Haut fuhren. Sie wollte ihn neben die Rosen werfen, über ihn herfallen, ihn über sich herfallen lassen, ohne sich Gedanken zu machen, wer um die Ecke kommen könnte.

»Lass es uns herausfinden«, forderte er sie auf, seine

Stimme eindringlich und überzeugend, und der Schritt zurück, den sie anschließend tat, war ein authentischer Kraftakt.

»Nein«, wiederholte sie. Sie war noch nicht bereit, sich auf das Risiko einzulassen.

Jetzt richtete auch er sich auf, atmete tief durch, fuhr sich durch die Haare.

»Okay.«

Er zündete sich eine Zigarette an. Sie wusste, dass er ebenso um seine Fassung kämpfte wie sie.

»Okay«, sagte er noch einmal, nahm einen tiefen Zug von seiner Zigarette und blies den Rauch auf die Straße. Sie suchte nach einer Ablenkung, einem Gesprächsthema. Etwas, das sie aus dieser Situation entließ. Aber er war schneller.

»Also, erzähl mir: Wo warst du am 7. Mai 2012?«, fragte er, während er die Asche über den Zaun auf die Straße schnippte, und sie sah, wie seine Hände immer noch zitterten. Genau wie ihre.

Die Frage überraschte sie, aber sie war auch erleichtert. Ein unverfängliches Thema. Eigentlich. Gerade wollte sie ihm die Wahrheit sagen, als Keiki winkend mit Bukowski auf sie zu kam.

33

Kaia

Montag, 07. Mai 2012
Hamburg

Der Raum sah ungewohnt aus, so völlig leer. Gar nicht mehr wie ihre Wohnung. Selbst der gewohnte Dauerduft nach Kaffee war weg. Nur die zehn Kisten mit ihren Habseligkeiten standen aufeinandergestapelt in der Mitte, bereit zur Abholung. In vier Stunden kamen die Möbelpacker und brachten alles nach Frankfurt. Und sie würde den Nachtzug nehmen und morgen ein neues Leben an Steffens Seite beginnen.

Vor zwei Monaten hatte er sie gefragt, ob sie zu ihm ziehen wollte. Unter dem Sternenhimmel zusammengekuschelt, den Großen Wagen beobachtend, hatte sie rasch eingewilligt. Zurück in ihrer Wohnung in Altona hatte sie noch mal gründlich darüber nachgedacht. Steffen hatte ihr angeboten, mit ihm gemeinsam eine IT-Firma aufzubauen, Webseiten zu erstellen und zu texten. Obwohl das nicht ihr Spezialgebiet war – viel lieber schrieb sie ihre Kolumnen, hin und wieder auch mal eine Glosse –, schien es ihr eine spannende Herausforderung. Außerdem hatte sie sich recht schnell in Steffen verliebt. Er war bodenständig, witzig, sogar ein bisschen romantisch. Sie mochte seine konkreten Pläne, seine Zielstrebigkeit, wie sie selbst sie auch besaß. Und er war kein Künstler. Ihrer Erfahrung nach alles exzellente Voraussetzungen für eine gemeinsame Zukunft. Also hatte sie kurzerhand ihr Apartment gekündigt. Dafür hatten sie sich in Frankfurt mehrere Wohnmöglichkeiten angesehen, einige an einem Wochenende, als sie dort war, andere über Videoanruf. Es hatte die Vermieter besonders amüsiert, wie ihr Steffen mit dem Telefon eine virtuelle Besichtigung bot. Schließlich ergatterten sie eine Zwei-Zimmer-Wohnung im Frankfurter Nordend und sagten sofort zu. Bei dem Andrang am Wohnungsmarkt gab es nichts weiter abzuwarten, das Viertel war außerdem ruhig und trotzdem nicht zu weit vom Zentrum entfernt.

Sie freute sich auf die neue Herausforderung. Und auf Steffen. Ja, es war ein Risiko. Sie kannte ihn kaum von den zehn, zwölf Wochenenden, die sie mit ihm verbracht hatte. Sie wusste nicht, ob er abends seine Schuhe unter dem Esstisch stehenließ oder seine Hemden nach Farben sortierte. Sie hatte keine Ahnung, welches sein Lieblingsbuch war, oder ob er gern ins Kino ging oder lieber einen chilligen Fernsehabend auf der Couch verbrachte. Sie wusste, dass er ganz passabel kochen konnte, zumindest

Frühstückseier und Pasta. Er war ein guter, zärtlicher Liebhaber und trank Tee nur mit einem kleinen Schuss Milch, genau wie sie. Und sie wusste, dass sie sich jedes Mal danach sehnte, ihn zu sehen, sobald sie in den Zug nach Hamburg stieg.

Genug, um das Risiko einzugehen.

Sie sah auf die Uhr. Fünf Minuten waren vergangen, seit sie das letzte Mal gecheckt hatte. Der Strom war bereits abgemeldet, genau wie das Internet. Sie konnte sich in ein Café setzen oder einen Abschiedsspaziergang durch Hamburg machen. Ihre Mutter würde sie später noch einmal sehen. Sollte sie bei Yvonne vorbeischauen? Nein, sie hatten gestern ausgiebig und lange gefeiert, überdies musste ihre Freundin heute mit Britta Buchstaben üben.

Noch einmal sah sie auf die Uhr, starrte auf das Datum zwischen den Zeigern, bis es vor ihren Augen verschwamm.

Eigentlich hatte sie schon nach dem Aufstehen entschieden, wie sie ihre Zeit heute verbringen wollte.

Der Stadtpark war, wie erwartet recht verlassen an diesem Nachmittag. Es war immer noch viel zu kühl, um sich auf die Wiese zu legen, die Sonne kam kaum durch die Wolkendecke. Kaia stand auf dem Weg, der zu ihrem früheren Picknickplatz führte und sah vorsichtig um die Ecke. Sie rechnete nicht damit, dass jemand da war. Nach 15 Jahren hatten ihre ehemaligen Schulfreunde bestimmt nicht einmal mehr dran gedacht, dass sie vereinbart hatten, sich heute hier wiederzusehen. Außerdem hatten sie nie eine feste Uhrzeit abgemacht. Meistens hatten sie sich nach der Schule getroffen, früher Nachmittag war also am wahrscheinlichsten.

Eigentlich wollte sie überhaupt niemanden sehen, doch ihre Neugier war stärker, weshalb sie jetzt um die Ecke lugte. Der mittlerweile braune, kahle Platz, wo sie früher auf der Wiese gesessen hatten, war völlig leer. Ein paar Minuten stand sie da, sah die Clique vor ihrem geistigen Auge in der Runde, wie sie Bier tranken, lachten. Ein Lächeln huschte über ihre Lippen, bevor sie den Atem durch die Nase stieß und die Augen schloss. Dann drehte sie sich um und ging zum Café gegenüber, wo sie einen Espresso zum Mitnehmen bestellte.

Nein, sie wollte wirklich auf niemanden treffen. Carolin hatte nie wieder ein Wort mit ihr geredet, nachdem sie von ihrer Beziehung zu Gil erfahren hatte. Bianca hatte einmal vorsichtig nachgefragt, als sie allein waren, wollte wissen, wie es zu dem Schlamassel gekommen war. Sie war enttäuscht von ihrer Freundin, die sie für ehrlich gehalten hatte, der sie vertraut hatte. Sie war traurig über den Bruch mit Carolin, traurig für Carolin, die zutiefst verletzt war. Kaia hatte ihr keine Erklärung geben können, die sie verstanden hätte, die ihr geholfen hätte, darüber hinwegzusehen, also ließ sie es ganz bleiben, sah sie nur still an, bis Bianca verständnislos wegging. Mit Tränen in den Augen sah sie ihr nach, wünschte sich, sie hätte in Worte fassen können, was passiert war. Es war das letzte Gespräch, das sie je geführt hatten.

Kaia war wieder beim Parkeingang angekommen. Diesmal setzte sie sich an den Wegesrand hinter einen der üppigen Büsche. Zwischen den Zweigen konnte sie immer noch erspähen, falls jemand vom Hauptweg um die Ecke bog. Der Boden war ungemütlich und kalt. Der Wind blies ihr um die Ohren. Sie zog ihre Jacke enger zu, setzte sich die Kapuze auf. War ohnehin eine bessere Tarnung. Sie nahm einen Schluck Kaffee, verbrannte sich die Zunge. Sie stellte den Becher neben sich. Das Getränk würde heute schnell abkühlen.

Eine Weile grübelte sie vor sich hin, dachte erneut an die vielen Nachmittage zurück, die sie hier verbracht hatte. An denen sie zugesehen hatte, wie Carolin in Gils Armen lag, verdrängt hatte, was direkt vor ihren Augen passierte. Später hatte sie sich oft gewünscht, anders gehandelt zu haben, sich nie darauf eingelassen zu haben. Später, als es so wehtat, dass sie nicht mehr schlafen konnte, nicht mehr atmen konnte. Als sie dachte, diese Traurigkeit nicht zu überleben.

Sie schüttelte heftig den Kopf, als sie den alten Schmerz aufkeimen spürte. Nein, es war ganz klar: Sie konnte weder Carolin noch Gil gegenübertreten. Schon gar nicht beiden gleichzeitig. Zum wiederholten Male fragte sie sich, was sie hier tat. War es wirklich nur Neugier? Oder wollte sie ihn sehen, wissen, wie er heute aussah, was aus ihm geworden war, ob er glücklich oder traurig schien, ob er sich zumindest an dieses Versprechen hielt …

Jetzt raschelte es auf der anderen Seite der Lichtung, und Kaia blickte aus ihrer Kapuze hervor durch Äste und Blätter. Ein besonders vorwitziges kitzelte sie an der Nase. Zwischen den Bäumen tauchte ein langer, schlaksiger Körper auf, sah sich rasch um und ließ sich dann auf dem kahlen Boden nieder. Blonde Haare, schwarze Jeans, immer noch anliegend und etwas zu kurz, schelmische Augen, die skeptisch dreinsahen. Martin. Martin hatte sich erinnert. Wieder stieß sie Luft durch die Nase, erschrak über das Geräusch und verzog sich weiter nach hinten ins Gebüsch. Dabei warf sie ihren Espresso um und fluchte innerlich.

Mit Martin hatte sie tatsächlich keinen Zwist gehabt. Er hatte sie nie verurteilt, sich nie nach ihren Gründen erkundigt, sie nicht mal schief angesehen. Vermutlich war sie ihm schlichtweg nicht wichtig genug gewesen. Er war stets Biancas bester Freund gewesen, hatte sich wenig dafür interessiert, was die Clique sonst so bewegte. Meist saß er einfach nur dabei, trank sein Bier, machte ein bisschen Blödsinn, eine stänkernde Bemerkung, oder sorgte allgemein für Stimmung.

Sollte sie aus ihrem Versteck hervorkommen, ihn fragen, wie es ihm ging, was er die letzten 15 Jahre so getrieben hatte? Sie musterte ihn wieder, wie er sich umblickte, dann zurücklehnte und wartete.

Wie war sein Leben heute wohl? War er IT-Techniker? Mechaniker? Anwalt? Eher nicht, überlegte sie. Er hatte nie viel für Anzüge übrig gehabt, und das schien sich nicht geändert zu haben. Hatte er Kinder, eine Frau und zwei Autos? Eine Katze namens Dumbledore? Einen Augenblick lang war sie versucht, ihn all das einfach zu fragen. Dann schüttelte sie wieder den Kopf. Sie wollte die Vergangenheit endgültig hinter sich lassen. Sogar Martin. Ein neues Leben mit Steffen beginnen, in Frankfurt, fernab von all den möglichen Orten, die sie an Dinge erinnerten, die sie lange verdrängt hatte. Außerdem war es dort auch wärmer.

Wieder zog sie die Jacke fester an sich. Dann stand sie auf, schlich sich gebückt zurück auf die Hauptstraße und lief eilig zur nächsten Straßenbahnhaltestelle.

Mittwoch, 3. August 2016
Frankfurt am Main

»Wie läuft die Firma?« Kaia nippte an ihrem Espresso. Steffen saß ihr gegenüber in dem kleinen Café nahe ihrer Wohnung, lächelte sie an, hatte eigentlich gelächelt, seit sie angekommen war. Seine Haare waren etwas länger, seine Haut gebräunt. Vermutlich hatte er wie jedes Jahr seinen Sommerurlaub auf einer asiatischen Insel verbracht.

»Ganz gut. Die Leute brauchen immer Webseiten und technische Unterstützung. Du weißt ja … nichts Großartiges, nichts Außergewöhnliches, aber genug zu tun.« Er trank seinen Cappuccino. Die Kellnerin hatte, als sie beide Kaffees gebracht hatte, sie falsch zugeordnet. Den Espresso für Steffen, den schaumigen Cappuccino für die Dame. Kaia hatte kurz gegrinst, das war ihnen während ihrer Beziehung zahlreiche Male passiert. Steffen hatte eine Vorliebe für Moccachino bis zu Pumpkin Latte. Sie hingegen entschied sich stets für das Kleine Schwarze. Darin waren sie wohl ein Ausnahmepärchen gewesen.

»Aber erzähl mir von dir, das ist bestimmt viel spannender. Du hast dich wieder selbstständig gemacht?«

»Nicht ganz«, wehrte sie ab und kratzte unter der

Tischfläche nervös an ihrer Handoberfläche. Noch hatte sie keine großen Erfolge zu verbuchen, die sie Steffen unter die Nase reiben konnte. »Ich schreibe. Ich meine, ich schreibe an meinem Buch. Nicht für Magazine oder Zeitungen. Eine kreative Pause sozusagen.«

»Das ist toll!«, freute er sich, und es klang aufrichtig. Sie hatte während ihrer Beziehung wenig geschrieben, sich größtenteils auf die Firma konzentriert. Sie konnte also nicht einmal sagen, ob oder inwiefern er ihre kreative Ader unterstützte. Nach Axel war sie diesbezüglich leicht traumatisiert gewesen. Er hatte sie verlassen, weil er fand, sie habe ihr Talent vernachlässigt, vergeudet. Danach hatte sie ihre künstlerische Seite gar nicht mehr zeigen wollen. Steffen war da die perfekte Möglichkeit gewesen, er hatte ihr mit dem Aufbau des Unternehmens eine interessante Alternative geboten. In den letzten Monaten war ihr erst bewusst geworden, wie sehr ihr das Schreiben gefehlt hatte.

»Ich fand es immer schade, dass du das ganz aufgegeben hast. Ich habe deine Artikel stets gern gelesen. Zugegeben kenne ich dein Buch nicht, aber es ist bestimmt genauso toll. Gut für dich, wenn du es weiter verfolgst.«

»Ja«, antwortete sie, immer noch nicht ganz von sich überzeugt. Es lief gut, sie kam voran, und bis Jahresende würde sie den Roman vermutlich abschließen und an ein Lektorat übergeben können. Vielleicht einen Verlag suchen oder eine Agentur. Doch damit waren auch Ängste verbunden, dass dieser Plan nicht aufgehen könnte, sie keinen anderen Job nach der Pause fände, die Option der Selbstständigkeit diesmal härter würde als beim ersten Mal.

»Ich vermisse dich«, kam es da völlig unerwartet auf sie zu. Zum ersten Mal sah Steffen sie nun ernst und eindringlich an. »Ich vermisse dich jeden Tag, wenn ich ins Büro komme und später, wenn ich nach Hause komme. Wenn ich morgens aufwache und du nicht neben mir liegst.«

Die Kellnerin lief an ihrem Tisch vorbei, nahm das leere Glas Wasser mit, das mit dem Espresso gekommen war.

Kaia war ganz froh darüber, es brachte für eine Sekunde den Alltag zurück in ihre Konversation, die sie plötzlich ganz verlegen gemacht hatte.

Sie hatte nicht wirklich gewusst, was sie erwarten würde, als sie dem Treffen zugestimmt hatte. Steffen war sehr hartnäckig gewesen, hatte ihr immer wieder Nachrichten gesendet, um ein Treffen gebeten und sie schließlich auch angerufen, als sie diese ignorierte. Er war kurz angebunden gewesen, hatte nur gesagt, er würde sie gerne sehen, einen Kaffee trinken. Um der armen Seele Frieden zu schenken, ein bisschen auch, um ihre Neugier zu stillen, willigte sie letztendlich ein. Sie hatte damit gerechnet, dass er sie in die Firma zurückholen wollte, vielleicht als Freelancer engagieren, damit sie sich nicht täglich über den Weg liefen. Möglicherweise erhob er doch noch Ansprüche auf die gemeinsame Wohnung, wollte eventuell sogar eine Zahlung für die Möbel. Definitiv hatte sie nicht mit dieser Aussage gerechnet.

»Vielleicht haben wir einen Fehler gemacht.« Er beugte sich über den Tisch. Seine blauen Augen sahen eindringlich in ihre. Dann schob er den Cappuccino zur Seite, griff nach ihrer Hand. Er sagte nichts mehr, sondern strich sanft über ihren Handrücken.

Nichts, stellte sie enttäuscht und kühl fest. Kein Kribbeln, kein Zittern, kein Schwindel, der ihr den Boden unter den Füßen wegzog, kein Gefühl, dieser Welt entstiegen zu sein, wie es bei Gil passiert war, wenn er ihre Hand nahm, oder wenn er auch nur neben ihr stand und den Hängesessel erwähnte.

Sie schüttelte den Kopf, und Steffen sah das offenbar als Aufforderung, ihre Hand auszulassen, sich zurückzuziehen.

»Denkst du nicht?«, fragte er, die Augenbrauen zusammengekniffen, vor den Kopf gestoßen.

»Nein … nein, das ist es nicht.« Jetzt legte sie ihre Hand auf seine. »Ich meine … ich weiß es nicht.« Sie wollte Steffen nicht verletzen, aber die Verwirrung über diesen plötzlichen Vorstoß überwältigte sie gerade. Eigentlich hatte sie das Ende ihrer Beziehung nicht bereut. Nach der anfänglichen Traurigkeit hatte sie tatsächlich das Gefühl gehabt, es war die richtige Entscheidung gewesen. Vor allem, seit sie wieder Kontakt zu Gil hatte, mit ihm darüber gesprochen hatte.

Oder hatte sie es nur verdrängt? War Gil es, der sie mit seinem Kribbeln verwirrte, sie vergessen ließ, was wirklich gut war für sie? Ja, vielleicht fehlte bei Steffen das Kribbeln, vielleicht löste er kein Feuerwerk mehr in ihr aus. Dafür gab es auch weniger Gefahr, dass ihr Herz in Stücke gerissen würde. Offenbar hatte er sich die Sache gut überlegt, und Steffen war verlässlich, stand hinter seinen Entscheidungen. Gil war interessiert, daran gab es keinen Zweifel. Vielleicht war er sogar dabei, sich in sie zu verlieben. Noch einmal. Doch wie lange würde es diesmal halten, bis er sich wieder zurückzog, sie ihm zu nahekam oder andere Dinge wichtiger waren, es ihm zu viel wurde? Abgesehen davon, dass sie ihre eigenen Gefühle für ihn noch gar nicht einordnen konnte, sie jedes Mal, wenn sie an ihn dachte, Aufregung empfand, Freude, ihr Magen einen Sprung tat, aber auch Panik und Verwirrung in ihr aufstiegen.

»Lass uns darüber nachdenken«, schlug sie dann vor und lächelte sanft. »Was uns auseinandergebracht hat, wie wir vermeiden können, dass es noch mal passiert. Lass uns aufschreiben, was wir uns voneinander wünschen, sollten wir es erneut versuchen. Und dann reden wir ernsthaft darüber.«

Eigentlich war sie keine große Listenmacherin, doch die letzten Jahre und zu viele gescheiterte Beziehungen hatten sie gelehrt, dass es meist besser war, zuerst zu planen, etwas zu durchdenken, und dann entsprechend zu handeln. Nicht wie früher sich kopfüber ins Abenteuer zu stürzen.

Sie sah Enttäuschung in Steffens Augen, die er jedoch rasch mit einem Lächeln wegdrängte. »Okay. Du hast recht«, stimmte er schließlich zu und strich ihr wieder über die Hand.

Immer noch nichts.

Aber deswegen musste sie nicht gleich aufgeben. Das

Kribbeln bei Gil hatte sich so rasch und unbemerkt eingeschlichen, war so ungehindert und bereitwillig zurückgekehrt, nach all diesen Jahren. Warum sollte das bei Steffen nicht genauso funktionieren?

34

Gil

Montag, 07. Mai 2012
Frankfurt am Main

»Ich finde, wir sollten uns über die Kunstschule unterhalten«, brachte Gil zögerlich hervor. Er wusste, dass er sich auf extrem heiklem Terrain befand. Nach dem Gespräch mit Keikis Lehrerin, die in den höchsten Tönen von ihrem künstlerischen Talent geschwärmt hatte, war Mau energisch davongestürzt. Sie hatte die von Frau Stackbauer vorgeschlagenen Akademien mit keinem Wort mehr erwähnt, sich nicht von ihm verabschiedet – wobei das nichts Ungewöhnliches war – und war in ihrem kleinen Auto so schnell weggefahren, dass die Reifen den Split aufwirbelten.

Das war vor einer Woche gewesen. Heute brachte er Keiki frühmorgens nach Hause, nachdem sie bei ihm übernachtet hatte. Während der Straßenbahnfahrt hatte er die ganze Zeit überlegt, wie er es ansprechen sollte, ohne danach einen Kopf kürzer zu sein. Doch es gab hier kein sanftes Hintertürchen. Besser gleich direkt raus damit.

»Das finde ich nicht«, antwortete Mau nun barsch. »Es kommt nicht infrage.«

Damit hatte er gerechnet. Doch so leicht würde er diesmal nicht aufgeben. »Warum nicht?«

»Weil sie mehr kennen soll als nur die Kunst.«

›Nur die Kunst‹ war eine klassische Aussage seiner Ex-Frau. Ihr großer Dorn im Auge, ihre Befürchtung, die kleine

Keiki könnte ihr Leben dadurch genauso in den Sand setzen wie er, hätte unerreichbare Ziele oder würde sie auch irgendwann verlassen, um ihrer Leidenschaft nachzugehen, vielleicht um die Welt zu reisen.

»Sie wird dort auch andere Fächer haben«, argumentierte er, versuchte, den großen Feind hinunterzuspielen.

»Das mag sein.« Auch sie schien sich auf das Gespräch vorbereitet zu haben. Sie verschränkte die Arme vor der Brust und schüttelte ihre Haare zurück. »Aber an einer normalen Schule hat sie ja auch weiterhin Kunst.«

Dessen war sich Gil nicht so sicher. Fächer wie Musik oder Sport wurden dieser Tage an vielen Gymnasien reduziert. Da wäre Kunst bestimmt als Nächstes dran. Oder war es schon längst. Er konnte nichts darauf erwidern, er wusste es nicht. Vermutlich hatte sie darauf gezählt.

Jetzt machte sie sich eilig daran, Keikis Sachen einzuräumen und nahm ihren Schulranzen von der Garderobe. »Schatz, wir fahren!«, rief sie ihrer Tochter zu, die noch kurz einen Muffin verdrückt hatte.

»Es geht hier nicht um mich«, versuchte Gil es ein letztes Mal. »Es geht um ihre Zukunft. Darum, was das Beste für sie ist.«

»Was ist das Beste für mich?«, fragte Keiki nun, die um die Ecke kam, sich auf den Boden setzte und die Turnschuhe anzog.

»Das Beste für dich ist, jetzt in die Schule zu gehen und nicht so neugierig zu sein, wenn dein Vater und ich uns unterhalten.«

»Vielleicht sollten wir sie fragen.«

Zugegeben, es war ein offener Angriff. Ein regelrechter Widerspruch zu dem, was sie gerade gesagt hatte. Noch dazu direkt vor dem Kind, das nun auch entsprechend grinste, ihre Chance sah mitzureden.

»Ja, fragt mich. Worum geht es?«

Mau war rot angelaufen vor Wut, presste die Lippen zusammen, atmete tief durch. Dann mühte sie sich ein

Lächeln ab. »Jetzt nicht, Schatz. Du musst zur Schule.«

Keiki nahm ihren Ranzen und ging ein paar Schritte voraus Richtung Auto.

»Alles, was ich sagen will, ist, dass du hier vielleicht ein wenig über deinen Schatten springen solltest«, reizte er sein Limit und ihre Geduld nun endgültig aus. Aber es war ihm egal. Dann würden sie eben streiten. Es ging hier um etwas zu Wichtiges, um wie sonst einfach nachzugeben. »Ich weiß, es ist für dich ein rotes Tuch. Aber sie hat sich das nicht ausgesucht. Meinetwegen schieb mir die Schuld zu, aber sie sollte nicht dafür büßen, dass sie mein Talent geerbt hat. Es sollte nicht vernachlässigt werden, weil ich dich verlassen habe.«

Jetzt warf sie die Hände in die Höhe. »Gil, ich schwöre bei Gott …«, schrie sie und verlieh jedem Wort mit ihren Armen Ausdruck. Sie überließ seiner Vorstellung, was sie schwor. Vermutlich war es zu schlimm, um es vor ihrer Tochter auszusprechen. »Lass es sein, Gil!«

Wenn sie seinen Namen sagte, zog sein Herz sich immer noch zusammen. Selbst wenn sie stinkwütend war, hatte sie diese sanfte, zärtliche, Art, ihn auszusprechen. Es erinnerte ihn an die Momente, an denen sie es mit genau dieser Absicht getan hatte, mit einem verliebten Lächeln auf den Lippen. Als wäre allein sein Name eine Liebeserklärung.

»Du holst sie einmal im Monat ab, damit sie ein paar Stunden bei dir verbringt. Du hast das nicht zu entscheiden. Du hast kein Recht dazu. Du hast dein Recht als Vater für die nächsten drei Leben verwirkt«, donnerte sie zwischen Tür und Angel. Ihre blauen Augen blitzten ihn an, ihre Arme hatte sie in die Hüften gestemmt.

»Mama … das ist nicht wahr … das ist nicht okay«, mischte Keiki sich mit leiser Stimme ein.

Wieder zog sich Gils Herz zusammen. Gott, er hasste es, vor seiner Tochter zu streiten. Er schloss die Augen, atmete tief ein. Sie hatte ihn schwer getroffen, und sie war im Unrecht. Trotzdem konnte er das nicht fortführen. Es tat ihm in der Seele weh, und Keiki auch. Der Preis war zu hoch. Seine begabte Tochter würde ihren Weg auch ohne Kunstschule finden. Hatte er schließlich auch.

»Okay«, gab er also doch nach. »Ich werde sie nicht mehr erwähnen. Mach, was du für richtig hältst.« Mit diesen Worten drehte er sich um, ging auf Keiki zu, umarmte sie. »Ich hab dich lieb, Schatz. Es tut mir leid, ich wollte nicht mit deiner Mutter streiten. Das war falsch und rücksichtslos. Ihr macht schon alles richtig.« Dann stapfte er, ohne sich weiter umzusehen, mit einem Kloß im Hals davon.

Der letzte Satz hallte den ganzen Tag in seinen Ohren nach. Während er sich einen Werbespruch für eine kleine Malermeisterei überlegte, als er mit seinem Kollegen zum Mittagessen zum Kebabstand um die Ecke ging und auch auf der Heimfahrt in der Straßenbahn.

Ihr macht schon alles richtig.

Was für ein Schwachsinn. Er hatte kein Wort davon gemeint. Trotzdem war es das Einzige, was er seinem Kind sagen konnte. Sie sollte sich nicht verunsichert fühlen, an ihrer Mutter zweifeln. Schlimm genug, dass sie ihren schrecklichen Streit mitbekommen hatte. Und dass Mau es offenbar nicht so sah. Sie konnte, im Gegensatz zu ihm, gut damit leben, wenn Keiki an ihm zweifelte. Insgeheim wollte sie das vielleicht sogar. Durch ihre künstlerische Gemeinsamkeit hatte er eine besondere Verbindung zu der 9-Jährigen, um die sie ihn ganz klar beneidete. Er war überzeugt, dass Mau sich die meiste Zeit wünschte, sie würde ihn nicht so anhimmeln, ihn nicht als Vorbild sehen, überhaupt nicht so sein wie er.

Gil erwartete nicht, dass sie ihm jemals vergab. Er wusste, wie sehr er sie verletzt hatte, als er sie verließ, und dass sie es immer noch war. Dass sie ihm nach wie vor kaum in die Augen sehen konnte, versuchte, ihn möglichst tief zu treffen, ihm ebenso wehzutun, wann immer sie konnte. Trotzdem wünschte Gil sich, sie hätte erwachsener, vernünftiger handeln können, was ihre gemeinsame Tochter anbelangte. Von Zeit zu Zeit ein Gespräch zwischen Eltern, in aller Ruhe bereden, was für Keikis Zukunft am besten war, mit welchen Schulfächern sie kämpfte, welche Freizeitgestaltung man ihr anbieten könnte. Doch es war schon eine fast unüberwindbare Hürde, alle paar Wochen einen Termin zu finden, an dem sie ihn besuchen konnte.

Du hast dein Recht als Vater für die nächsten drei Leben verwirkt.

Auch dieser Satz hatte ihn den ganzen Tag über begleitet. Sie hatte ihm damit zutiefst wehgetan, und das wusste sie bestimmt. Ihm war klar, dass er nicht der Vater des Jahres war, aber es lag nicht nur an ihm. Er tat seiner Meinung nach, was er konnte. Es war schwierig, da Mau grundsätzlich gegen ihn war.

Sobald er von der Arbeit nach Hause gekommen und mit Bukowski eine Runde gelaufen war, setzte er sich mit einer Flasche Wein an den Schreibtisch. Glücklicherweise passierte es nicht oft, dass er seiner Ex-Frau entgegentrat, wie er es heute getan hatte, sie ihm Derartiges an den Kopf werfen konnte. Aber wenn es passierte, dauerte es stets ein paar Tage, bis er wieder bei sich war.

Jetzt versuchte er, sich zu konzentrieren, ein paar Worte zu Papier zu bringen, vielleicht seinen Schmerz in Worte zu fassen. Doch nichts kam. Er starrte auf den Monitor, ins Leere, trank Wein, starrte wieder. Dann ruhte sein Blick auf dem weißen Stehkalender in der Ecke des Holztisches. Gil nutzte ihn als Notizblock, weshalb er immer noch auf Februar stand. Weiter hatte ihn die Muse bisher nicht geküsst. Er lachte, als er auf das Datum sah, und erneut, als ihm bewusst wurde, dass er ausgerechnet heute mal genau wusste, welcher Tag wirklich war. Der 7. Mai, Keiki-Tag. Die Tage, an denen er seine Tochter traf, brannte er sich stets in seine Gehirnwindungen, denn sonst würde er sie womöglich verpassen, ohne Bescheid zu geben einfach nicht auftauchen und sich noch mehr unnötigen Ärger einhandeln.

7. Mai 2012. Etwas versuchte, durch den Weindusel in

sein Hirn vorzudringen. 7. Mai 2012 … Was sollte ihm dieser Tag sagen?

Dann kam es zurück.

Der Park, das Bier, der Kondomtest, ein Versprechen.

Es war kurz vor acht. Nach Hamburg würde er es heute nicht mehr schaffen. Versprechen verwirkt, dachte er. Ein weiteres auf seiner Liste. Aber dieses war ihm egal. Er wollte ohnehin keinesfalls jemanden treffen. Tatsächlich war er ziemlich sicher, dass niemand das Versprechen halten würde. Weder Kaia noch Carolin wären verrückt genug, sich gegenüberstehen zu wollen, oder ihm. Bianca hatte es bestimmt zwei Wochen später vergessen. Und Martin war die Gruppe nie wichtig genug gewesen.

Trotzdem verspürte er nun das Bedürfnis rauszugehen. Als wäre er es seinem jüngeren Ich schuldig, sich wenigstens vom Haus zu entfernen, an seine Freunde zurückzudenken, während er frische Luft schnappte.

Er nahm seinen Mantel vom Haken, sah zu Bukowski, der friedlich in seinem Bett schlief und sich diesem spätabendlichen Fußmarsch, der so gar nicht seinem Rhythmus entsprach, offenbar nicht mehr anschließen wollte, und marschierte durch die Tür. Ziellos spazierte er eine Weile durch die Nachbarschaft. Die Straßen waren bereits menschenleer, hin und wieder lief ihm eine Katze über den Weg, und er war erleichtert, dass Bukowski nicht mit war, da er sonst jedes Mal wie wild an der Leine gezogen hätte.

Er erinnerte sich an die vielen Spaziergänge, die er mit Kaia durch Hamburgs Straßen unternommen hatte, zu jeder Tages- oder Nachtzeit. Dort hatten sie sich unbeobachtet gefühlt. Carolin war selten unterwegs gewesen, schon gar nicht an den Orten, wo sie sich trafen. Er erinnerte sich an die vielen ungeduldigen, unbändigen Küsse, an Brückengeländern, gegen Baumstämme gelehnt, auf der Wiese tollend. Voller Versprechen, voller Hoffnung. Leere Versprechen, verlorene Hoffnung. Und diese zählten.

Er hatte jahrelang nicht an seine alte Freundin gedacht, war viel zu beschäftigt gewesen mit allem, was in seiner Gegenwart vorging, damit, sich von seiner Vergangenheit zu lösen. Von all den gescheiterten Beziehungen, dem Schmerz, seinen Illusionen und Träumen, die von der Realität stets zerschmettert wurden.

Und doch waren es auch seine besten, seine glücklichsten Momente gewesen. Fehlte ihm jetzt etwas in seinem Leben? An manchen Tagen vielleicht. Doch die meiste Zeit war es stressig genug, seinen Alltag unter einen Hut zu kriegen, sich mit seiner Ex zu arrangieren, seiner größten Leidenschaft, dem Schreiben, nachzugehen. Er hätte keine Energie mehr aufbringen können, auch noch in eine Beziehung zu investieren, die ohnehin wieder im Desaster enden würde. Aber seine Freundschaften, die vermisste er ziemlich. Ellen lebte seit Langem in Luxemburg, er sah sie höchstens ein- oder zweimal im Jahr. In Frankfurt hatte er nie wirklich neue Freundschaften geschlossen. Erst war er von seinem Familienleben zu sehr eingenommen gewesen, hatte schwer in eine stabile Routine gefunden. Seine jetzigen Arbeitskollegen waren freundlich, manche sogar witzig. Doch mehr, als mit ihnen ab und an nach Feierabend einen Martini zu trinken und über diverse extravagante Kunden zu lachen, konnte er sich auch nicht vorstellen.

Mittlerweile war er trotz langsamen und etwas wackeligen Ganges in die Nähe der Innenstadt gekommen. Ein paar Bänke standen am Straßenrand, die untergehende Sonne verlieh ihrem Holz einen orangen Schimmer.

Und da sah er sie.

Sie saß einfach da. Auf einer der Bänke, ganz allein, zurückgelehnt, gen Himmel blinzelnd, ihr Mantel in den gleichen Schimmer getaucht wie das Holz.

Er schloss einen langen Moment seine Augen. Halluzinierte er? Spielten der Wein und seine Erinnerungen ihm einen Streich? Hatte er sie mit seinen Erinnerungen herbeigezaubert? Dieser blöde Tag brachte ihn völlig durcheinander.

Er öffnete seine Augen wieder. Sie war immer noch da. Ihre Haare waren etwas länger, glatter, sie hatte eine Brille auf. Sie war fülliger geworden, das konnte er sogar erkennen, obwohl sie einen Mantel trug. *Was macht sie hier in Frankfurt? Ist sie hergezogen? Wie geht es ihr?*, schoss es ihm durch den Kopf.

Ihre Hände ruhten auf ihrem Schoß, auf ihren Lippen lag ein sanftes Lächeln. Er kannte diesen Ausdruck. Er hatte sein Herz immer höherschlagen lassen. Das tat er auch jetzt.

Wie angewurzelt stand er auf dem Gehsteig. Sein erster Impuls war: umkehren. Er konnte ihr nicht gegenübertreten, noch weniger in seinem Zustand. Er war nicht vorbereitet, hatte sie seit Jahren, nein, seit über einem Jahrzehnt nicht gesehen. Was sollte er zu ihr sagen? Was konnte er sagen, ohne dass sie ihn hasserfüllt ansehen oder mit wenigen, aber ganz sicher treffenden, verletzenden Worten abstrafen würde? Einen zweiten Tiefschlag würde er heute nicht verkraften.

Und trotzdem setzten seine Beine sich in Gang, gingen sogar recht zügig auf sie zu.

»Carolin?«, sprach er sie an, als er einen knappen Meter vor ihr stand. Ein Minimum an Sicherheitsabstand hatte sein Körper selbst im Autopilot-Modus eingehalten.

Sie drehte sich zu ihm, blinzelte gegen die tief stehende rote Abendsonne. Dann weiteten sich ihre Augen.

»Heilige Scheiße.« Das kam betont langsam aus ihrem Mund, ihre Reaktion war ungleich schneller. Sie zog sich den Riemen ihrer Tasche über die Schulter, erhob sich und ging in raschen Schritten davon.

»Warte!«, rief Gil ihr nach, und tatsächlich blieb sie abrupt stehen, schien jedoch noch zu überlegen, ob sie sich ihm wirklich stellen sollte.

Warum hatte er sie zurückgerufen? Was konnte er ihr sagen? Er hatte sich entschuldigt, vor ewigen Zeiten, sie hatte es nicht akzeptieren können.

Er merkte, wie er zitterte, sein Atem unverändert schnell

ging. Sein Mund war trocken, brachte kein Wort heraus. Eine kalte Abendbrise zog vorbei. Der Himmel wurde immer grauer, die Sonne immer schwächer. Dunkle Wolken kamen ungewöhnlich schnell auf ihn zu, verschwammen vor seinen Augen. Jetzt war er sich sicher, dass der Wein ihm einen Streich spielte.

Carolin drehte sich zu ihm um. Ihre Lippen waren zusammengepresst, wie die von Mau am Morgen. Ihre Augenbrauen kräuselten sich, zuckten. Die Hände hatte sie in die Manteltasche gesteckt.

Er wollte ihr so viel sagen. Dass er sie nie verletzten wollte, dass er Vorstellungen nachhing, die unerfüllbar waren. Dass es nicht ihre Schuld war. Dass es ihm leidtat, dass er sie nie so lieben konnte, wie sie es verdient hatte, wie sie es sich gewünscht hatte. Dass er hoffte, dass es ihr gut ging. Die gleichen Dinge, die er irgendwann auch Mau hätte sagen sollen. Vielleicht wäre dann alles anders verlaufen. Vielleicht könnten sie dann heute ein vernünftiges Gespräch führen.

Vielleicht auch nicht.

Jetzt sah sie ihn erwartungsvoll an, fragte sich zurecht, warum er sie aufgehalten hatte. Er suchte nach Worten. Ihm war klar, dass es sinnlos war zu sagen, was er dachte, alte Wunden aufzureißen. Schon gar nicht in seiner angetrunkenen Verfassung. Sie würde es merken und ihn nicht ernst nehmen können. Es würde höchstens noch mehr Schaden anrichten.

»Du siehst gut aus«, brachte er schließlich leise, aber klar hervor.

Ihr Gesicht entspannte sich, doch ihr Ausdruck blieb unverändert hart.

»Du nicht«, sagte sie tonlos, drehte sich um und rauschte davon.

Er konnte ihr nicht widersprechen.

35

Montag, 05. Januar 1998
Hamburg

»Wann hast du erstmals festgestellt, dass du Mädchen magst?«, fragte Yvonne.

Es war schon fast zwei Monate her, dass Bianca ihre Bombe hatte fallen lassen. Doch irgendwie hatte es nie gepasst, waren sie nie alle in einer angenehmen, kleinen Runde versammelt gewesen. Dann waren die Weihnachtsferien gekommen, Familientreffen und Ausflüge. Nicht für Kaia, aber für fast alle ihrer Freunde. Bianca war vor zwei Tagen aus dem Schwarzwald zurückgekommen, wo ihre Großmutter lebte.

»Tatsächlich, als ich noch mit Rudi zusammen war«, antwortete sie. Das war ein gutes Jahr her, überlegte Kaia. So lange hatte sie diese riesige Neuigkeit für sich behalten, ihnen nicht genug vertraut?

Andererseits … genau diesen Punkt konnte sie nur zu gut nachvollziehen.

»Wir waren gemeinsam auf einer Party, Rudi und ich«, fuhr sie fort. »Und den ganzen Abend lang konnte ich meine Augen nicht von diesem Mädchen abwenden. Sie war wunderschön, hatte ein Lachen, das mich automatisch mitlächeln ließ. Dabei warf sie immer den Kopf in den Nacken, sodass ihre Haare ihr bis weit über den Rücken fielen.« Biancas Augen lächelten auch jetzt. »Erst dachte ich, na ja, ich finde sie interessant, aufregend. Sie zog rasch die Aufmerksamkeit auf sich, von allen. Ich war fasziniert von ihr. Doch dann kam sie zu uns, fragte etwas völlig Belangloses wie: Wer ist für die Musik zuständig, oder ob wir Bier mitgebracht hätten … ich weiß es nicht mehr. Und mir blieb das Herz stehen. Ich konnte nicht antworten, starrte sie nur an, mein Bauch kribbelte wie verrückt. Rudi unterhielt sich kurz mit ihr, während ich mir vorstellte, wie es wäre, ihre Haare zu berühren.« Die letzten Worte kamen immer noch viel zu leise hervor. »Ich versuchte, es zu ignorieren, die nächsten Tage nicht mehr daran zu denken. Doch sie ging mir nicht mehr aus dem Kopf. Wenn Rudi mich küsste, sah ich ihr Lachen, wenn wir miteinander schliefen, malte ich mir aus, es wäre ihre Haut, ihr Körper.« Sie lief puterrot an. Bianca hatte nie über ihr Sexleben gesprochen, auch nicht darüber, wie es mit Rudi zu Ende gegangen war.

Martin hielt ihre Hand, drückte sie immer wieder, wenn sie abbrach. In Biancas Zimmer war es diesmal völlig still. Nicht einmal das Radio hatte sie eingeschaltet, was untypisch für sie war. Eigentlich lief bei ihr immer Musik.

»Ich habe sie nie wiedergesehen«, beendete Bianca die Geschichte. »Aber mir war klar geworden, dass ich mehr wollte als Rudi. Vielleicht auch etwas ganz anderes.«

Yvonne nahm einen Schluck von ihrer Limo. »Wie gesagt, ich finde, du kannst dich glücklich schätzen. Männer sind ohnehin viel zu kompliziert.«

»Ich weiß nicht, ob es so einfach ist«, korrigierte Bianca. »Ich weiß nicht, ob ich mit Jungs gar nichts anfangen kann. Den Sex mit Rudi fand ich eigentlich immer gut. Ich war auch bestimmt mal in ihn verliebt. Und ich habe ja kaum Erfahrung … im anderen Bereich«, wagte sie immer noch nicht, es beim Namen zu nennen.

»Dann solltest du unbedingt damit anfangen!«, fand Yvonne. »Nur so kannst du herausfinden, was für dich richtig ist. Vielleicht ist es ja beides.«

»Ja …« Bianca nahm ebenso einen Schluck, allerdings von einer Tasse Tee. »Das ist leider auch nicht so einfach. Ich kann ja nicht einfach … ein Mädchen anbaggern.«

»Ich find's auch nicht schlimmer, als einen Jungen anzubaggern«, warf Yvonne ein. »Und ihr ist es womöglich sogar angenehmer, als immer von Jungs angebaggert zu werden. Mal was anderes. Ich hätte definitiv nichts dagegen«, versicherte sie und fuhr sich durch die langen blonden Haare.

»Aber das war dann doch nicht das Mädchen, das du auf meiner Geburtstagsfeier erwähnt hast?«, hakte Kaia nach.

Bianca schüttelte nur den Kopf.

»Na, dann erzähl doch mal von ihr!«, forderte Yvonne die Freundin neugierig auf. Sie hatte sich mittlerweile halbwegs erholt von dem Debakel mit Adam und war wieder zu ihrem aufmunternden, verständnisvolleren Selbst zurückgekehrt. Zumindest bei den anderen.

Kaia dachte an den Abend zurück, als sie provokant zu Wahrheit oder Pflicht aufgerufen hatte. Als sie sie später wie ein Häufchen Elend auf der kleinen Matratze im Hinterzimmer vorgefunden hatte, wo Kaia noch kurz zuvor mit Gil Sex gehabt hatte. Als sie sie eine arme Närrin nannte, nicht verstand, wie sie an dieser absurden Beziehung festhalten konnte.

Das konnte Yvonne immer noch nicht.

Und langsam konnte Kaia es auch nicht mehr.

Fast zwei Monate war es her, seit Gil versprochen hatte, es zu beenden. Zwei Monate, in denen sie sich immer wieder gesehen hatten, sie jedes Mal gehofft hatte, er würde ihr nun berichten, wie es passiert war, wie Carolin reagiert hatte. Doch jedes Mal kam er zu ihr, als hätte ihr Gespräch nie stattgefunden, als wären sie nie beinahe vor der Freundin aufgeflogen, als wäre Kaia danach nicht in tausend Stücke zerfallen. Sie hatte nicht mehr den Mut aufgebracht, sich danach zu erkundigen. Doch wirklich nahe waren sie sich auch nicht mehr gekommen. Beide spürten, dass es zwischen ihnen stand, dass sie einen Punkt erreicht hatten, an dem sie nicht weiterkamen, sich etwas ändern musste.

Auch heute war er bei Carolin, wusste Kaia. Montags war er immer bei ihr. Vielleicht hatte es sich als Ausgleich eingependelt, weil er zahlreiche Sonntagabende »bei seiner Großmutter« verbrachte. Was bedeutete: bei Kaia. Eigentlich wollte sie das meiste, was zwischen Gil und Carolin vorging, immer noch nicht wissen. Doch manche Dinge bekam sie unweigerlich mit. Vor allem, wenn Carolin Dienstagmorgen regelmäßig mit einem Strahlen ins Klassenzimmer kam und vielleicht auch noch von ihrem romantischen Date am Vortag erzählte. Häufig musste Kaia dann auf die Toilette oder blendete die Stimmen um sie herum aus, konzentrierte sich so fest auf einen Punkt im Zimmer, bis ihr schwindelig wurde.

Heute gelang es ihr hingegen extrem schlecht, es auszublenden. Eine Unruhe hatte sich in ihr festgesetzt, pochte unaufhörlich an ihre Gedankenwelt. Eine Stimme, die schadenfroh rief, dass Gil sich doch nie für sie entscheiden würde, er sie nicht genug liebte, vielleicht überhaupt nicht liebte. Sie bemerkte, wie sehr es sie belastete, als sie Biancas skeptischen Blick sah, während diese ungläubig fragte: »Nein?«

Offenbar hatte sie tatsächlich den Kopf geschüttelt, statt die Stimme nur gedanklich abzuschütteln.

»Was?«, brachte sie leise hervor.

»Hast du nicht zugehört?«, fragte Bianca verletzt. Eine Haarlocke fiel ihr mitten ins Gesicht.

»Es tut mir leid. Mir ist kurz schwummrig geworden.«

Yvonne sah zu Boden, seufzte. Kaia wollte in Tränen ausbrechen, doch sie riss sich zusammen.

»Alles okay? Möchtest du auch einen Tee?«, fragte ihre Freundin und strich eine Locke zur Seite.

Kaia schüttelte erneut den Kopf.

Jetzt nahm Yvonne doch ihre Hand, drückte sie und sagte: »Keine Sorge, Bianca. Sie hat in letzter Zeit öfter Kreislaufprobleme. Die Kälte macht ihr wie immer zu schaffen.« Dann lächelte sie sie an, zwinkerte ihr zu. Nun fiel es ihr noch schwerer, die Tränen zurückzuhalten. Yvonne hatte nicht mehr mit ihr über das Thema gesprochen, seit sie ihre Meinung seinerzeit deutlich kundgetan hatte. Auch ihr sonst sehr körperlicher Umgang miteinander – ihre Umarmungen, wie sie in den Pausen manchmal auf ihrem Schoß lag oder sie einander die Haare flochten – hatte sich wie von selbst verflüchtigt.

Sie spürte einen schweren Kloß im Hals. Dann zwang sie sich zu einem Lächeln, sah Bianca direkt an. »Es geht schon wieder. Yvonne hat recht, das blöde Wetter. Erzähl weiter.«

Bianca schien immer noch leicht besorgt, nahm den Faden jedoch wieder auf. »Ich meinte nur, dass ich sie nächste Woche treffen werde. Alina. Aber vorerst nur freundschaftlich. Sie weiß noch nichts von … na, von meiner Schwärmerei für sie.«

Kaia presste ein weiteres Lächeln hervor, nickte aufmunternd. Wie viel hatte sie nicht mitbekommen?, warf sie sich vor. Wie viel hatte sie schon so lange nicht mitbekommen? Weil sie unaufmerksam war, zu sehr mit sich selbst beschäftigt. Weil sie alles ausgeblendet hatte.

»Das ist toll, Bianca. Ich drücke dir fest die Daumen. Ich hoffe, du bekommst mehr Klarheit. Vielleicht können wir sie dann ja bald kennenlernen.«

Vielleicht würde wenigstens eine von ihnen eine gesunde Beziehung haben.

Gil lag zurückgelehnt in Carolins Armen, während er überlegte, wie er es ihr am besten sagen sollte. Seit Wochen schob er diesen Moment vor sich her. Zu jedem ihrer Treffen erschien er mit dem gleichen Vorsatz: Heute würde er es beenden. Und bei jedem Treffen machte er einen Rückzieher. Denn dann passierte genau das: Er lag in ihren Armen, auf dem angenehm weichen Bett, sie streichelte sanft seine Hand, duftete nach Pfirsich, lachte über seine Kommentare, mit diesem wunderbaren, zärtlichen Lachen, und er fragte sich, warum in aller Welt er das beenden sollte.

Weil Kaia es brauchte. Weil sie nicht mehr so weitermachen konnte.

Du bringst mich um, hallte es immer noch in seinen Gedanken.

Weil er es versprochen hatte und sie seit Wochen hinhielt

und damit unnötig quälte. Weil er sich für sie entschieden hatte. Oder?

Heute lachte Carolin wenig, ihre Finger ruhten auch bewegungslos auf dem Sofa. Sie schien gedankenversunken, weshalb es ihm noch schwerer fiel, das Thema anzusprechen.

Komm schon, kurz und schmerzlos: Ich kann nicht mehr mit dir zusammen sein.

Gerade, als er ansetzen wollte, sagte sie: »Du bist in letzter Zeit irgendwie noch weiter weg als sonst.«

Das war der perfekte Moment, der perfekte Ausweg, den sie ihm hier bot. Doch er hörte sich stattdessen sagen: »Was meinst du?«

»Du bist immer ein bisschen in deiner Welt, und das habe ich akzeptiert. Auch, dass du das nicht mit mir teilst. Aber letztens …« Ihre Stimme wurde noch leiser. »Ich frage mich, warum du überhaupt hier bist. Du küsst mich nicht, es passieren keine Zärtlichkeiten zwischen uns, du bist mit den Gedanken ganz woanders … oder bei wem anders …«, fügte sie mit gebrochener Stimme hinzu. Gil spürte eine Träne, die von ihrer Wange auf seine tropfte, und sein Herz brach in Stücke.

Er setzte sich auf, drehte sich zu ihr, legte seine Hand auf ihren Nacken.

»Es tut mir leid.« Er strich sanft über ihren Hals. »Du hast recht. Ich war mit den Gedanken … ich weiß auch nicht …« Natürlich wusste er es, aber das konnte er schlecht sagen. Selbst wenn er sich doch dazu durchringen würde, die Beziehung zu beenden, dann nicht so. Er würde auch Kaia nicht mit reinziehen. Es war immer seine Entscheidung gewesen.

»Mein Bruder geht mir besonders auf den Keks in letzter Zeit. Und mein Vater überlegt, wie es mit der Firma weitergehen wird, ob seine Geschäfte hier weiterlaufen werden und wie.« Das waren tatsächlich alles Dinge, die ihn beschäftigten. Sein Vater hatte anklingen lassen, eventuell wieder zurück nach Frankfurt zu gehen, wenn der Sommer vorbei war. Die Aufträge hier im Norden neigten sich dem Ende zu. Trotzdem war es nicht das, was ihm den Schlaf raubte oder ihn von Carolin wegtrieb.

Jetzt sah er ihr in die Augen, in diese mandelförmigen Augen, die ihn traurig anblickten.

»Zieht ihr etwa wieder weg?«, flüsterte sie.

»Ich weiß es nicht«, antwortete Gil wahrheitsgemäß. »Aber selbst wenn, bin ich fast volljährig. Ich muss nicht zwingend mit.« Warum kämpfte er so darum, sie zu beruhigen, wenn er eigentlich mit ihr Schluss machen wollte?

Offenbar hatte er sich doch noch nicht entschieden.

Wie konnte er sich auch gegen sie entscheiden, gegen diese wunderbare junge Frau, die nichts weiter von ihm verlangte als ein bisschen Aufmerksamkeit und im Gegenzug alles gab, was sie hatte? Dass das auf Dauer nicht genug wäre, dass es jetzt schon nicht genug war, war ihm klar. Ihre Beziehung hatte vom ersten Tag an ein Ablaufdatum gehabt. Irgendwann hätte sie genug von seinen Extravaganzen, oder er würde sich langweilen. Doch dann wäre all das als schöne erste Liebe abgelegt, eine erste Liebe wie tausend andere, die unvergesslich und toll waren, aber eben nicht genug für ein Leben.

Bei Kaia war das ganz anders. Wenn er sich für Kaia entschied, war das eine langfristige Entscheidung. Sie forderte ihn stets aufs Neue, war ihm ebenbürtig, vielleicht manchmal sogar überlegen. Langeweile gab es an ihrer Seite nicht, und seine Extravaganzen fand sie höchstens anziehend und abwechslungsreich. Dafür kam sie ihm jeden Tag näher, kannte ihn jeden Tag besser. Eine Entscheidung für sie wäre erst der Beginn.

»Ich bin ganz hier, bei dir. Ich will nirgendwo anders sein. Das ist alles, was ich will.« Er küsste sie, küsste ihre Tränen weg. Ihr Mund formte sich zu einem zaghaften Lächeln, und sein Herz begann wieder zu schlagen.

Er hatte sich falsch entschieden. Er war viel zu jung für so einen großen Beginn.

Donnerstag, 8. Januar 1998
Hamburg

Die Bibliothek war gähnend leer. Die meisten ihrer Mitschüler waren bereits zu Hause, andere in ihren Klassen. Kaia hatte zwei Freistunden vor dem Lateinunterricht und nutzte die Zeit, um ihre Hausaufgaben zu machen. Sie hatte Latein als Wahlfach belegt, nur für den Fall, dass sie sich doch letztendlich für irgendein Studium entscheiden würde, für das diese alte Sprache noch notwendig war. Tatsächlich fand sie es aber viel spannender, als sie erwartet hatte. Die Übersetzung der alten Philosophen, politischer und historischer Texte, gab ihr einen ganz neuen Einblick in die römische Zeit, die sie ohnehin schon immer fasziniert hatte.

Sie las gerade ihre Übersetzung eines Gedichts von Catull, als eine Stimme sie aus ihrer Konzentration riss.

»Auch noch hier?«

Es war nicht ihre Lieblingsstimme, aber sie kannte sie gut.

»Ja.« Sie sah auf, Ellen direkt ins Gesicht, die mit ihrem Strubbelbob nun vor ihrem Tisch stand. Ohne Aufforderung setzte sie sich ihr gegenüber, ließ den Rucksack auf die Bank fallen. Kaia blickte sie skeptisch an. Was würde das jetzt werden? Sie konnte sich nicht an eine einzige Unterhaltung erinnern, die sie beide allein gehabt hatten. Was auch daran lag, dass Ellen nach wie vor kein Interesse gezeigt hatte.

»Mein Bruder hat noch Unterricht«, erklärte sie ihr nun, ohne dass Kaia sie gefragt hatte. »Und ohne mich kommt er ja schwer heim. Wer will schon Bus fahren?« Ellen war eine Klasse über ihr und hatte vor wenigen Monaten ihren Führerschein gemacht. Jetzt fuhr sie täglich in einem klapprigen Fiat, dessen Auspuff bei jedem Hubbel lautstark abzufallen drohte, auf den Schulparkplatz ein.

»Was ist mit dir los?«, erkundigte sich Ellen geradeheraus und ließ im Tonfall keinen Zweifel, dass sie sich weder auf die Lateinarbeit noch ein falsch sitzendes Haar bezog.

»Was?«, fragte Kaia trotzdem, weil sie nicht verstand, warum das sonst so reservierte Mädchen das plötzlich wissen wollte, und weil sie noch weniger einen Anlass sah, ihr darauf eine Antwort zu geben.

»Du siehst absolut scheiße aus. Vielleicht sind deine Freundinnen zu sehr mit sich selbst beschäftigt, um zu sehen, was los ist, aber mir ist es nicht entgangen.«

Nein, das war nicht das Problem, wusste Kaia. Vielleicht bei Bianca, die gerade mit eigenen Problemen kämpfte. Mit Carolin hingegen hatte sie seit Monaten keine persönliche Unterhaltung geführt. Vielleicht begann sie, etwas zu spüren. Vielleicht hatten sie sich einfach nur voneinander entfernt. Kaia hatte den Kontakt jedenfalls immer weniger gesucht, weil ihr Gewissen immer schwerer auf ihr lastete. Vor allem seit der Geburtstagsfeier konnte sie ihr kaum mehr in die Augen sehen.

Und Yvonne … Auch sie hatte sich seit jenem Tag von ihr entfernt. Vielleicht wusste sie keinen Rat mehr, vielleicht war es ihr zu viel Drama.

Doch warum Ellen das Ganze interessierte, war ihr schleierhaft.

»Ich weiß, was zwischen dir und Gil läuft«, kam sie erneut direkt zum Punkt.

Kaia lief feuerrot an. Woher wusste sie es? Hatte er mit ihr darüber gesprochen? Warum würde er das tun? Sie erinnerte sich, dass Ellen für ihn wie eine Schwester war, seine engste Vertraute. Und immerhin hatte sie sich auch Yvonne anvertraut …

»Er hat mir nie etwas davon erzählt«, widerlegte Ellen diesen stillen Verdacht. »Aber ich kenne Gil seit fünfzehn Jahren. Ich sehe, wie er dich ansieht.« Jetzt war es ihr dunkler Blick, der eindringlich auf ihr ruhte. »Mich sieht er nicht so an«, fügte sie hinzu und dann rasch: »Und das ist auch gut so!« Ihr Gesicht wurde entspannter, fast brachte sie ein Lächeln hervor.

Eine unglaubliche Welle der Erleichterung brach über

Kaia hinein, die sie nicht erwartet hatte. Nicht mit Ellen. Doch in dem Moment war es ihr tatsächlich egal. Hier war eine Vertraute, jemand, der ihr Geheimnis kannte, der sich außerdem anbot, ihr zuzuhören. Egal, was sie von Ellen hielt, oder wie wenig sie bisher miteinander zu tun gehabt hatten, sie konnte sich nicht zurückhalten.

Zitternd legte sie den Stift aus der Hand. Ihre Augenbrauen zuckten, ihre Mundwinkel verzogen sich, begannen ebenfalls zu zucken. Sie presste die Lippen aufeinander, versuchte, die Fassung zu bewahren. Sie brauchte eine ganze Weile, bis sie sich genug unter Kontrolle hatte, um einen Satz zu formulieren. Sie wollte keine Gefühlsduselei vor ihr, sie wollte ihr auch nicht ihr Leid klagen, sich als hilfloses Opfer der Liebe darstellen, ihr vorjammern, wie schlecht es ihr ging. Das hatte sie ja schon sehr gut selbst erkannt. Sie wollte ihr die Wahrheit sagen, ganz knapp und sachlich, weil sie es offenbar konnte. Weil sie es zum ersten Mal seit über einem Jahr laut aussprechen konnte.

»Er wollte Schluss machen. Mit Carolin«, ergänzte sie zur Sicherheit. »Nachdem sie uns letztens fast erwischt hat.«

Auch darauf entfuhr Ellen keine Reaktion. Sie war wirklich wie eine Eisfigur. Doch genau das machte es Kaia leichter, alles rauszulassen, ohne ungehemmt loszuheulen, wie es bei Yvonne passiert wäre.

»Das war vor fast zwei Monaten. Er tut es nicht. Und ich … ich …« Sie konnte nicht in Worte fassen, was in ihr vorging, ihre Verzweiflung, ihre verlorene Hoffnung. Die bittere Erkenntnis, dass er sie offenbar nicht liebte. Nicht genug.

Vielleicht hatte Yvonne doch recht gehabt. Vielleicht war es wirklich so einfach.

Ellen sagte nichts, hörte ihr nur zu. Ihr Blick war weder mitleidig noch höhnisch oder skeptisch, wie sonst meistens. Sie fragte sich anscheinend nicht wie Yvonne, ob sie jeden Sinn für Realität verloren hatte. Sie hörte nur zu.

»Egal, was ich tue, ich werde leiden. Wenn ich Schluss mache, ist er weg. Ich weiß nicht, ob ich ohne seine Liebe leben kann«, sagte Kaia kaum hörbar. Das intime Eingeständnis vor diesem gefühllosen Mädchen war ihr peinlich. »Aber ich kann auch nicht so weiterleben, jeden Tag darauf hoffend, dass er sich irgendwann für mich entscheidet. Es macht mich kaputt.« Jetzt liefen ihr doch die Tränen übers Gesicht, ihr Bauch begann zu zucken, fing die unterdrückten Schluchzer auf.

Ellen hingegen atmete ruhig. Ihre Augen waren klar und groß, sahen sie etwas sanfter an als sonst. Auch ihre Stimme war zart, fast einfühlsam.

»Ich würde dir gern sagen, dass er sich für dich entscheidet, aber ich habe keine Ahnung«, räumte sie ein. »Es ist unglaublich schwierig, dass Gil eine Situation beendet, in der er sich wohlfühlt. Er bemerkt es meist gar nicht, dass er dabei anderen wehtut, das ist nie seine Absicht. Aber Entscheidungen zu treffen, ist nicht seine Stärke.«

Ja, das hatte sie inzwischen gelernt. Doch wie konnte sie behaupten, er täte ihr nicht absichtlich weh? Er wusste doch, wie es in ihr aussah, wie sehr sie unter der Situation litt.

»Wenn du ihm das Messer an die Brust setzt, ja, dann kannst du ihn verlieren. Wenn du wartest, bis er etwas tut, wirst du dich selbst verlieren.«

Kaia war sich sicher, dass das ohnehin schon geschehen war. Vielleicht seit dem ersten Augenblick, als sie ihn getroffen hatte, er ihre Welt auf den Kopf gestellt hatte. Mittlerweile hatte es Momente gegeben, an denen sie diesen Tag verfluchte. Ihre Französischlehrerin verfluchte, dass sie sie zusammengeworfen hatte. Sich selbst am meisten, weil sein Vortrag über »Liebe ist frei« sie inspiriert hatte und sie seinen absurden Vorschlag aufregend und anders fand, sich dadurch speziell fühlte.

»Vermutlich ist es am besten, du machst etwas, das dich ablenkt, und triffst eine Entscheidung, wenn du einen klareren Kopf hast, alles etwas objektiver siehst«, schlug Ellen vor.

Ablenken. Das war leicht gesagt. Tag und Nacht konnte

sie an nichts anderes denken, egal, ob sie in der Schule war oder Tagebuch schrieb oder mit ihrer Mutter einen Film sah. In jeder Szene, jeder Bewegung ihrer Mitschüler, fand sie etwas, das sie an ihn erinnerte, an ihre Treffen – Beziehung konnte sie es nicht mehr nennen.

Marc betrat die Bibliothek, ein zufriedenes Grinsen auf den Lippen. Er sah sich kurz um und kam dann auf sie zu.

»Hey. Alles klar?« Er stutzte bei Kaias Anblick, die immer noch feuchte Augen hatte und versuchte, diese hinter ihren Haaren zu verbergen.

»Ja. Alles klar. Gespräch unter Mädels«, gab Ellen zurück.

»Seit wann machst du denn so was?«, zweifelte auch Marc.

»Heute hatte ich eben mal Lust drauf. Bist du fertig?« Sie sah ihn skeptisch an.

»Ja. Bin startklar.«

»Dann lass uns aufbrechen. Kaia kommt mit.«

Ich komme mit?, wiederholte sie den Satz in ihrem Kopf.

Ellen bemerkte ihren erstaunten Gesichtsausdruck. »Willst du? Ablenkung und so? Wir haben eine Flasche Tequila zu Hause.«

»Meinen Geburtstagstequila«, fügte Marc leicht empört hinzu.

»Ach, stell dich nicht so an. Der steht jetzt seit Monaten rum.«

Kaia überlegte. Ihre Mutter war im Spätdienst. Niemand würde es bemerken, wenn sie noch zu Freunden fuhr. Normalerweise hatte sie einen recht geregelten Tagesablauf, selbst wenn niemand ihn kontrollierte. Vielleicht war genau das das Problem.

»Okay«, stimmte sie also zu.

Ellen presste ein aufmunterndes Grinsen hervor, sie nahmen ihre Rucksäcke und stapften hinaus in die Kälte.

Samstag, 10, Januar 1998
Hamburg

Gil drehte sich drei Mal um, ging ein paar Schritte zurück, lief im Kreis, griff sich an die Stirn, kratzte sich nervös im Nacken, bevor er endlich auf die Klingel drückte.

Sein Entschluss stand fest, doch das machte es nicht leichter. Er wollte Kaia nicht verlassen. Er liebte sie. Ihre Kreativität, ihre Gedanken, ihre Leidenschaft, ihre Begeisterung, vor allem ihre tiefe, innige Art zu lieben. Ihn zu lieben.

Er wusste jedoch auch, dass sie seit Wochen, vielleicht Monaten unter der Situation litt. Nach dem letzten Treffen mit Carolin hatte er alles noch mal gründlich durchdacht. Es war die sinnvollste Lösung. Definitiv nicht die leichtere. Er würde Kaia von ihrem Zustand befreien, ihr die Last nehmen. Ja, sie würde ein paar Wochen darunter leiden, genau wie er. Doch besser das, als es weiterhin hinauszuziehen, ihr immer mehr Schmerz zuzufügen, zu sehen, wie sie eigentlich weinen wollte, jedes Mal, wenn er sie berührte, sie küsste, jedes Mal, wenn er ihr nicht die Nachricht brachte, auf die sie hoffte.

Jetzt hörte er den summenden Ton des Eingangs ihres Wohnblockes und drückte gegen die Tür. Er ging die drei Stockwerke zu Fuß hinauf, verzichtete auf den Lift. Das schenkte ihm noch ein wenig Zeit. Sein Atem ging tief und schwer, er begann zu zittern. *Nein, jetzt keinen Rückzieher machen*, mahnte er sich. *Du musst das durchziehen.*

Als sie vor ihm stand, tat sein Herz so weh, dass er am liebsten wortlos umdrehen wollte. Auch sie schien wieder geweint zu haben, sah erschöpft und mitgenommen aus. Als würde sie ahnen, was bevorstand. Ohne Begrüßung wich sie zurück, ließ ihn herein.

Unbeholfen stand er zwischen Küche und Wohnzimmer, trat von einem Bein auf das anderen. Kaia stand hinter dem Sofa, hielt sich an der Rückenlehne fest. Er versuchte, sich an die Worte zu erinnern, die er sich so lange überlegt hatte.

Sie waren weg. Im Hintergrund lief leise das Radio.

»Ich habe eine Entscheidung getroffen«, begann er. Er wollte sie ihr nicht einfach vor die Füße knallen.

»Ich habe mit Marc geschlafen«, entgegnete sie in einem Tonfall, als hätte sie ihm gerade erzählt, was sie heute gefrühstückt hatte. Die Worte kamen bei ihm an, doch sein Gehirn konnte sie nicht verarbeiten. Er verstand nicht.

»Du … was?«, stieß er irritiert hervor. Die zarte Frauenstimme des leisen Liedes verzerrte sich, passte überhaupt nicht zu dieser Hiobsbotschaft.

»Ich habe mit Marc geschlafen«, wiederholte sie im exakt gleichen Tonfall, als würde sie eine Kassette abspielen.

Es traf ihn wie ein Hammer auf den Kopf. Sein Herz raste, drückte schwer auf seinen Magen, er zitterte am ganzen Körper. Übelkeit stieg auf, breitete sich aus bis in seine Fingerspitzen. Er schluckte einige Male schnell hintereinander, als müsste er jedes Wort einzeln zerkauen. Vielleicht auch, um der Übelkeit nicht nachzugeben. Er fand seine Stimme nicht, wusste nicht, was er hätte antworten sollen. Als er den Kopf hob, sie ansah, blickte sie ihn aus verweinten, aber kühlen Augen an.

»Ellen hat mich am Donnerstag zu sich eingeladen. Marc war auch da. Wir haben zu dritt Tequila getrunken. Ellen war ziemlich hinüber und ist ins Bett gegangen. Und Marc und ich sind zusammen im Bett gelandet.«

Es kam ihm völlig surreal vor. Warum würde Ellen sie einladen, sich mit ihr betrinken? Warum würde Marc mit ihr schlafen? Vermutlich, weil er keine Ahnung hatte, dass sie ihm gehörte. Überhaupt war das eine sehr anmaßende Annahme, dass sie ihm gehörte.

Doch warum würde sie mit Marc schlafen? Nichts ergab einen Sinn.

»Es ist nicht so, als hätte ich nicht mehr gewusst, was ich tue«, begann Kaia, Ordnung ins Chaos zu bringen. »Vermutlich wollte ich einfach auch mal wissen, wie es ist, Sex mit deinem besten Freund zu haben. Du weißt ja, Liebe ist frei.« Die Kälte, mit der sie das feststellte, schmerzte ihn mehr als die Aussage selbst. Noch ein Hammerschlag, diesmal auf die Brust, der ihn einen Schritt zurücktaumeln ließ. Er hielt sich an der Küchentheke fest, atmete, so gut es ging. Kaia bewegte sich nicht von der Stelle, wandte den Blick nicht von ihm. Fast schien es ihm, als las er eine gewisse Genugtuung daraus, wie nach einem gelungenen Rachefeldzug.

Er konnte es ihr nicht einmal verübeln. Sie hatte sich zur Wehr gesetzt, auf ihre Art und Weise auszubrechen probiert. Und wie sie selbst hervorgehoben hatte, hatte sie nichts anderes getan als er in den letzten Monaten.

Und doch fühlte es sich an wie der schlimmste Betrug, von dem Mädchen, das er liebte und seinem besten Freund gleichzeitig. Würde er sie jetzt an ihn verlieren? Dieser Gedanke war so bedrohlich, dass er völlig vergaß, warum er überhaupt hier war. Nicht mehr daran dachte, dass er mit ihr Schluss machen wollte, obwohl sie ihm gerade die perfekte Rechtfertigung auf dem Silbertablett servierte. Ganz im Gegenteil war sein einziges Bedürfnis in diesem Moment, sie nicht zu verlieren. Nicht an Marc, an niemanden auf dieser Welt. Allein die Vorstellung, dass sie irgendjemandem diese Liebe entgegenbringen konnte, die sie für ihn hatte, nahm ihm erneut die Luft zum Atmen.

Mit zwei großen Schritten ging er auf sie zu, vergrub seine Hände in ihren Haaren und küsste sie, begierig und eindringlich. Es ging nicht darum, nicht kampflos aufzugeben. Er konnte gar nicht erst zulassen, dass es zu einem Kampf kam. Sie gehörte zu ihm. Seit dem ersten Tag, an dem er sie gesehen hatte.

Aus Gils Text »Die Herausforderung«, Januar 1998:

»Was glaubst du, ist die Herausforderung des Lebens?
Es folgte ein Augenblick der Stille, bevor sie antwortete.
»Dass wir alles, was wir je gelernt haben, vergessen, die

Welt neu erforschen, unsere eigenen Meinungen und Einstellungen entwickeln und irgendwann genauso wahnsinnig werden wie die Leute, die es vor uns versucht haben.«

36

Samstag, 13. August 2016
Frankfurt am Main

Gil blickte nervös auf seinen Text, dann lugte er zum Publikum, dann wieder auf seinen Text. Die Buchstaben verschwammen vor seinen Augen. Eigentlich kannte er jedes Wort auswendig, hatte zu Hause alles etwa hundert Mal durchgelesen. Es war ein kurzer Text für den ersten Teil. Unter fünf Minuten war die Vorgabe. Ein Text über die Zeit, über den richtigen Zeitpunkt, über Hoffnungen und Sehnsüchte. Doch jetzt schien er ihm nicht gut genug, nicht geeignet für diesen Abend, das scheinbar doch etwas ältere Publikum, das außerdem angeregt quatschte. Es war überhaupt ein absolut dummer Text, dachte er nun. Viel zu romantisch. Er hätte etwas wählen sollen, was er vor zehn Jahren geschrieben hatte, als sein Leben in Trümmern lag. Etwas Hartes, Brutales, womit er sofort die Aufmerksamkeit gewann.

»Erstes Mal?«, hörte er da eine Stimme neben sich. Er sah auf. Ein junger Kerl, vermutlich noch keine 20, grinste ihn an. »Keine Sorge, die fressen dich nicht lebendig auf.«

Hatte er das tatsächlich schon öfter gemacht? Wann hatte er angefangen, mit zwölf?

»Ich bin Ben. Ich wärme den Laden heute auf.«

Gil streckte ihm die Hand entgegen. »Gil«, krächzte er. Na toll, das fing ja schon großartig an.

Ben lachte auch. »Keine Sorge, wirklich. Wenn du da draußen bist, ist alles ganz anders. Dann verfliegt die Nervosität, und du findest auch deine Stimme wieder.«

Gil nickte stumm, war sich dessen aber überhaupt nicht

sicher. Es existierten bestimmt Leute in der Geschichte des Poetry-Slams, die diese Aussage bestreiten würden. Und selbst, wenn nicht, gab es immer ein erstes Mal.

Doch heute war dieses gefürchtete erste Mal nicht. Als Gil auf die Bühne des Kulturzentrums trat, sah er nicht die rund hundert Leute, die ihn erwartungsvoll anstarrten, auch nicht die Lichter, die auf ihn gerichtet waren. Er sah nur Kaia, wie sie an einem Tisch weit vorne, aber nicht ganz in der Mitte stand, und ihm ruhig zulächelte. Ihre Worte hallten in seinem Kopf nach: *Es ist eine perfekte Testmöglichkeit. Schau, wie das Publikum reagiert, was du dabei fühlst. Sei stolz darauf.*

Ein Lächeln huschte auch über seine Lippen, er zwinkerte ihr zu, dann zitierte er Wort für Wort, Satz für Satz, was auf seinem Zettel stand, ohne für eine Sekunde seinen Blick von ihr abzuwenden.

»Ich glaube, so schlimm war es nicht. Ein paar Leute haben sogar applaudiert«, stöhnte Gil erleichtert, als er durch die Tür ins Hinterzimmer zurückkam, wo alle Teilnehmer versammelt waren.

Ben sah ihn fassungslos an. »Ein paar Leute? Der Saal hat absolut getobt!«

»Ach ja?« Es war ihm nicht aufgefallen. Er hatte kaum etwas gehört, als er fertig war, nichts war zu ihm durchgedrungen. Er hatte sich in dem Text verloren, in dem Moment, in Kaias Gesichtsausdruck, der bewegt war, erstaunt, stolz. Er sah, wie sie applaudierte, hörte ein paar Rufe, war sich nicht sicher, ob sie wohlgesonnen oder höhnisch waren. Alles nahm er verzerrt wahr, wie aus weiter Ferne.

»Du bist ganz bestimmt in der zweiten Runde«, versicherte ihm Ben und klopfte ihm freundschaftlich auf die Schulter.

»Gil, das war wunderbar!«, hörte er jetzt die Stimme seiner Mutter, die sich ihren Weg zum anderen Ausgang des Hinterzimmers gekämpft hatte. »Ich bin so froh, dass du dich dafür entschieden hast. Hast du gehört, wie toll die

Leute dich fanden? Ich habe immer gesagt, dass du deine besondere Begabung mit der Welt teilen solltest. Ich bin so froh!«, sprudelte es aus ihr heraus, und es war ihm etwas peinlich. Er konnte nirgendwo Bens Mutter entdecken, und der war halb so alt wie er.

»Danke, Maman«, sagte er trotzdem und umarmte sie.

»Ich bin auch schon wieder weg. Aber ich musste dich unbedingt kurz sehen und dir gratulieren. Kaia ist auch hier, oder?« Sie zwinkerte ihm zu, genau so, wie er es vor seinem Auftritt getan hatte. Er stutzte. Hatte sie diese subtile Geste wahrgenommen?

»Ja, sie steht an einem Tisch, links vorne. Mein links«, fügte er hinzu und zündete sich eine Zigarette an.

»Keine Sorge, wir holen sie zu uns.«

Er war sich nicht sicher, ob Kaia das wollte. Immerhin hatten sie sich seit zwanzig Jahren nicht gesehen. Doch da war Annick auch schon wieder verschwunden, warf ihm aus der Ferne noch eine Kusshand zu und bog um die Ecke.

Tatsächlich schaffte er es zusammen mit zwei anderen Teilnehmern in die nächste Runde. Gut, dass er einen zweiten Text vorbereitet hatte. Anfangs hatte er sich dagegen gesträubt. Er war überzeugt gewesen, nicht gleich beim ersten Mal weiterzukommen, und selbst wenn: Wollte er wirklich zwei seiner Werke an einem Abend präsentieren? Doch die Regeln waren die Regeln, und schließlich hatte er spontan am Vorabend ein paar Seiten zu Papier gebracht – nur für den Fall.

Er kam als Erster dran, einige Leute schwirrten noch mit einem Glas Wein in der Hand herum, als die Lichter ausgingen. Er suchte Kaia, die nicht mehr an ihrem Tisch stand. Sein Blick schweifte über die vielen Leute, die ihn ansahen, und seine Nervosität meldete sich kurz zurück. Dann fand er sie. Etwas weiter vorne, nicht mehr ganz so entspannt, zwischen seinen Eltern und Keiki. Ihre langen braunen Haare schimmerten von den seitlichen Scheinwerfern. Sie lächelte ihn sanft an.

Er atmete tief durch, senkte den Blick auf seinen Text. Diesen kannte er noch nicht auswendig, hatte ihn nur zweimal überflogen.

War sie nicht genug, die Liebe, diese Zeit, die wir hatten?
War sie wirklich zu wenig?
In meinen Erinnerungen nicht.
Und doch denke ich an Tage, Wochen,
an einen Liebesrhythmus, der,
wie schleichender Zahnschmerz,
kam und ging.
Mal stärker, dann nur so im Hintergrund,
aber nie wirklich weg.
Ich dachte, träumte, ganze Liebeslieder,
die um uns,
während wir Hand in Hand durch den Nebel gingen,
der uns schützte vor falschen Gedanken,
dieser alltäglichen Klarheit, die uns bedrohte.
Wir schufen uns diese ganz eigene Welt.
Ein Erwachen, ein Fremdgehen aus der Komfortzone.
Alles war sauber.
Wir nackt.

Wanderungen durch kniehohe Wiesen.
Liegen.
Spielen.
Meine Hände schoben sich über deine warme Haut.
Ihre Wärme spielte mit meinem Empfinden.
Schöner als jeder Sommerregen.
Mein Herz stolperte von Tag zu Tag.
Doch du legtest deine Hand auf meine Brust und summtest Lieder dazu.
Nie vergesse ich diese Töne.
Schnell war da eine Abhängigkeit. Du meine Sucht, meine Liebe Deine. Und auch Dein Untergang.

Vielleicht war Dir mein Herz nicht genug. Oder ich
Deinem Herz zu wenig.
Vielleicht hatte ich zu viele Zweifel.
Dumme, sinnlose Zweifel.
Es blieb nur das Gefühl. Wurde zu einem furchtbaren
Gefühl, das sich gegen mich wandte. Ich konnte es nicht
verhindern. Auch nicht neu schreiben.
Leere Blätter in der Hand.
Farblose Bilder im Kopf.
Es war, als wärest Du nur ein Moment gewesen.
Ein flüchtiger Blick.
Sekundenglück.
Nur ein Bild, irgendwann mal
mit einem Augenzwinkern geschossen,
doch nicht festgehalten.
So viel Verpasstes, Verlorenes, Vergeudetes.
Ein Bild, das seine Farben verlor,
ich, der ich mich weigerte, mich zu erinnern,
irgendetwas mal gefühlt zu haben.
Aber wir liebten uns.
Für Wochen und Monate. Für eine Zeit, die in mir einen
großen Platz einnahm.
Ein gemeinsames Träumen zweier Seelen.

Die Blätter füllen sich wieder.
Die Farben sind zurück.
Meine Seele träumt wieder.
Ich liebe deinen Herzschlag.
Er beruhigt meine Angst, nie gut genug für mich zu sein.
Ein ganzer Wald voller Mut entsteht. Ich muss nur hinein.
Du bist meine Chance.
Nicht mehr über den Wolken fliegen, sondern unter den
Wolken spazieren gehen.
Das wäre mein Für immer.*

* Text verfasst von Thomas Schärfke

Gil pausierte, sah auf, sah in den vollen, totenstillen Raum. Sah Kaia, wie sie versuchte, die Tränen zurückzuhalten, und wie sie sich unbeirrt einen Weg über ihre Wangen bahnten.

Sie hatte es verstanden.

Sein Herz trommelte gegen seine Brust. Er schluckte schwer. Er wollte hinunterspringen, sie in die Arme nehmen und küssen. Wollte wieder ihre warme Haut spüren, Liebeslieder träumen, nicht noch mehr Zeit vergeuden.

Als er den Text geschrieben hatte, war ihm nicht klar gewesen, ob alte Gefühle von ihm Besitz ergriffen hatten, was genau von ihm Besitz ergriffen hatte, diese letzten Monate.

Nun führte Kaia drei Finger an ihren Mund und warf ihm kaum merklich einen Kuss zu. Sein Herz schien explodieren zu wollen. Er presste die Lippen aufeinander, um nicht die Kontrolle zu verlieren über dieses Gefühl, das ihn gerade auseinanderriss.

Schau, was du dabei fühlst, hallte es wieder in seinem Kopf.

Nein, verdammte Scheiße, es war genau diese Kaia, die er liebte, hier und jetzt.

»Das ist mein Für immer«, brachte er kaum hörbar hervor, ohne auf das Blatt in seiner Hand zu sehen, denn da stand es nicht.

Kaia war ihr Gefühlsausbruch inmitten Gils Familie sehr unangenehm, sosehr sie ihn auch versucht hatte zu kontrollieren und der Raum völlig dunkel war. Annick und Bernd hatten ganz bestimmt verstanden, dass es um sie ging, um sie beide. Vermutlich auch Keiki. Doch sie hörten sich geduldig und kommentarlos die beiden anderen Bewerber an, obwohl Kaia kein Wort mehr verstand. Ihre Gedanken schwirrten nur noch um Gils wunderbar poetische Liebeserklärung. *Das war es doch gewesen?*, meldeten sich innere Zweifler. Oder hatte sie vielleicht doch etwas missverstanden?

Wieder rauschte Applaus auf, sie schloss sich an. Der Gewinner war verkündet worden, eine junge Frau mit langen rot gefärbten Haaren. Kaia hatte keine Ahnung, was sie rezitiert hatte, konnte sich nicht vorstellen, dass es mit Gils Text konkurrieren konnte. Alle drei Finalisten hielten sich an den Händen, verbeugten sich, teilten sich den Jubel.

Dann sprang Gil von der Bühne und kam direkt auf sie zu. Er lächelte zufrieden. Annick umarmte ihn. Bernd klopfte ihm mehrmals auf die Schultern. Keiki umarmte ihn. Kaia schloss sich an, bevor es seltsam werden konnte. Sobald sie seinen Körper an ihrem spürte, begannen ihre Arme zu zittern, verlor sie den Boden. Sein Parfum roch nach Patschuli, seine Haare kitzelten ihre Nase. Sie schloss die Augen, wollte nicht loslassen, konnte nicht loslassen, hatte Angst, einfach umzufallen. Ihre Hände krallten sich in sein Hemd, ja, er trug heute tatsächlich ein Hemd, bemerkte sie erst jetzt. Langsam löste sie sich von ihm, von dieser viel zu langen Umarmung, hielt sich jedoch immer noch an seinem Unterarm fest.

»Das war wunderschön. Danke.« Nicht schon wieder. Sie schlug sich innerlich gegen den Kopf und ließ ihn los.

»Ich finde es skandalös, dass du nicht gewonnen hast«, entrüstete sich Annick, und Kaia war sehr dankbar, dass sie nicht weiter auf den Inhalt einging und Gil somit keine Zeit hatte, etwas zu antworten.

»Das Mädchen war wirklich gut«, entgegnete er.

»Du warst auch wirklich gut, Papa«, bestätigte Keiki. »Ich bin so stolz auf dich.« Sie umarmte ihn noch einmal, küsste ihn auf die Wange.

»Danke, Schatz.«

»Nicht nur, weil du etwas vorgelesen hast. Auch, was du vorgelesen hast. Das war sehr mutig.« Sie grinste übers ganze Gesicht, hatte vor Aufregung gerötete Wangen.

Gil sagte nichts darauf, blickte etwas verlegen zu Boden, und Annick sprang ein.

»Ihr solltet das definitiv feiern. Nehmt das Auto, fahrt gemütlich durch die Stadt, geht schön Essen.«

»Nein, ich hatte hinter der Bühne ein Glas Sekt«, wehrte Gil ab.

»Dann lass Kaia fahren. Sie fährt bestimmt ohnehin besser.« Jetzt war es seine Mutter, die ihr zuzwinkerte, aus den gleichen Augen, auf die gleiche schelmische, herausfordernde Art. »Wir nehmen die Bahn. Sind doch nur zwanzig Minuten.«

»Ich fahre auch viel lieber mit der Bahn«, unterstützte Keiki den Vorschlag.

»Hast du … hast du Zeit?«, fragte Gil sie jetzt.

Natürlich hatte sie Zeit, sie hatte diesen Abend für ihn reserviert, für seine große Premiere. Doch wollte sie jetzt mit ihm allein sein? Würden sie darüber reden? Würde er eine Antwort von ihr erwarten? Oder vielleicht, dass sie sofort glücklich in den Sonnenuntergang schwebten?

»Ich …« Was konnte sie ihm antworten? Ihr Herz wollte sich sofort wieder in seine Arme schmeißen, aber ihr Verstand war immer noch in Alarmbereitschaft. Er hatte jedoch keine große Chance. Sie wollte nach dieser wunderschönen Lesung bei ihm sein. Mehr als alles andere.

»Ja, ich habe Zeit.«

Den Sonnenuntergang hatten sie längst verpasst. Und die Situation war auch nicht seltsam oder unangenehm. Sie saßen schweigend nebeneinander im Auto, ohne Erwartungen, ohne Anspannung, ohne Bedürfnis, etwas auszusprechen. Vielmehr wogen sie sich in der Sicherheit, dass endlich ausgesprochen war, was viel zu lange zwischen ihnen gestanden hatte.

»Worauf hast du Lust?«, brach Gil nun die Stille. »Chinesisch? Mexikanisch? Peruanisch?« Sie spürte, wie er sie von der Seite angrinste.

»Ich habe keinen großen Hunger.« Viel zu sehr kribbelte es in ihrem Magen.

»Ich auch nicht. Wollen wir einfach eine Runde im Supermarkt drehen und ein Picknick am Fluss machen?«

»Ja. Das klingt super«, stimmte sie leise zu. Sie hatte keine Kontrolle darüber. Ihre Stimme war dauersanft und zärtlich seit dem Slam. Selbst wenn ihr eine Spinne mitten ins Gesicht gefallen wäre, hätte sie nicht mehr als ein halb geflüstertes »oh« hervorgebracht. Nichts konnte sie aus diesem schönen Gefühl, dieser seligen Stimmung werfen. Sie wollte es auch gar nicht. Sie wollte diese Momente auskosten, sich ihnen endlich hingeben.

Langsam fuhr sie auf den Parkplatz des Supermarktes ein. Sie vergaßen, einen Korb zu nehmen, schlichteten alles auf ihre Arme. Sie liefen durch die Regalreihen, starrten auf die Produkte, griffen unmotiviert nach dem einen oder anderen, ohne wirklich wahrzunehmen, was es war. Ihre Gedanken waren ganz woanders. Vielleicht noch ein wenig im Slam, vielleicht schon auf der Picknickdecke. Kaia dachte tatsächlich an recht wenig, fühlte stattdessen eine angenehme Leichtigkeit, wie einen kleinen Schwindel, der sie zum Tanzen brachte, als hätte sie ein paar Gläschen zu viel, obwohl sie den ganzen Abend nur Wasser getrunken hatte. Es fiel ihr schwer, nicht permanent zu lächeln.

Sie griff nach einer Packung Chips, Gil hatte Brotstangen und Zaziki genommen. Ganz selbstverständlich fanden sie sich wieder, kurz bevor sie an der Kasse standen.

»Na dann schauen wir doch mal, was für ein Festessen wir eingekauft haben«, sagte Gil, nachdem er die Decke auf der Wiese ausgebreitet hatte, die auf dem Rücksitz des Autos lag.

»Orangensaft, Chips, Nudelsalat, Brotstangen, Cookies, Zaziki, Bergkäse und Couscous«, fasste er zusammen. »Haben wir das wirklich gekauft?«

»Ja.« Sie kicherte.

»Ich weiß nicht, was wir uns dabei gedacht haben.«

»Ich habe zugegebenermaßen nicht so viel gedacht«, antwortete sie.

»Nein?«, fragte er leise nach.

»Nein.«

Seine Hand strich über ihre Wange. Er sah ihr lange in die Augen. Sie lächelte. Wer musste schon essen? Das hier war viel besser. Sie schmiegte ihren Kopf an seine warme Hand, schloss ihre Augen. Ließ sich wieder fallen. Viel zu lange hatte sie es nicht getan.

Jetzt setzte er sich hinter sie, seine Beine ausgestreckt neben ihren, seine Arme um ihre Taille. Patschuli vermischte sich mit leichtem Jasminduft, den eine Brise zu ihnen trug. Er griff nach einer Brotstange, tauchte sie ins Zaziki und ließ sie daran knabbern. Den Rest aß er selbst. Bei der zweiten Stange tropfte die Joghurtmischung auf ihre Hand. Sanft küsste er es weg, küsste ihre Handfläche, ihre Fingerspitzen. Dann nahm er ihre Hand zwischen seine eigenen, ließ sie verschlungen auf der Decke ruhen, streichelte sie zärtlich.

»Was hat dich dazu bewegt, heute so mutig zu sein?«, fragte sie und wusste selbst nicht, ob sie sich auf den Auftritt vor Publikum bezog oder auf die vielen kleinen und großen Eingeständnisse in seinem Text.

»Du natürlich«, gab er ganz selbstverständlich zurück. Und vermutlich war es die gleiche Antwort, egal, wonach sie gefragt hätte.

»Ich bin froh, dass du mich … in deine Schreibwelt gelassen hast. Auf so wunderbare Weise.«

»War höchste Zeit.«

Sie wollte so viel mehr sagen. Dass sie seinen Mut teilte, sein Für immer. Mit seiner Seele träumen wollte. Doch ihre Stimme brachte kein Wort hervor, während er zärtlich über ihre Haare strich und wieder eine Welle des Kribbelns in ihr auslöste.

Ein Mann baute seine Kamera vor ihnen auf, eine Frau warf sich davor in Position. Der Fluss lag hinter ihnen, es war nicht klar, welche Kulisse hier aufs Bild sollte.

Gil drückte Kaia fester an sich und küsste sie auf die Wange, bis der Mann abdrückte.

»Jetzt haben wir uns auf ihrem Bild verewigt«, stellte er leise fest. »Haben es für immer verschönert.«

Sie kicherte wieder. Irgendwo steckte also immer noch

der gleiche Romantiker in ihm wie vor 20 Jahren, stellte sie erfreut fest.

Nun fütterte er sie mit einer Scheibe Käse, dann ein paar Chips hinterher. Sie steckte ihm ebenfalls zwei Chips in den Mund, er schnappte nach ihren Fingern. Lachend zuckte sie weg, woraufhin er sie wieder an sich zog. Sie versorgte ihn weiterhin mit Chips und Zaziki, während seine Finger langsam und zärtlich über ihren rechten Arm strichen und eine Gänsehaut hervorriefen. Immer wieder stoppte sie die Essenslieferungen, weil sie ein Schauer durchfuhr, sie die Augen schloss, ihr Atem stockte. Vor allem, wenn er an ihren Oberarm oder ihr Handgelenk kam. Wie seltsam, dachte sie. Wer hatte schon empfindliche Zonen an Oberarmen und Handgelenken? Sie lehnte sich zurück, ließ ihren Kopf auf seiner Schulter rasten, lehnte ihn an seinen Hals, roch wieder sein schönes Parfum.

Ihr war klar, dass sie sich gerade ganz schlimm in ihn verliebte. Schon wieder.

Und es war ihr völlig egal. Schon wieder.

Das Radio spielte leise vor sich hin, als sie wieder im Auto saßen. Sie hatten so lange am Fluss ausgehalten, wie das Wetter es zuließ. Kurz nach Mitternacht erreichte sie ein kühler Wind vom Wasser, und beide hatten keine Jacke eingepackt. Es funktionierte eine Weile, sich gegenseitig zu wärmen, indem sie sich aneinander kuschelten, doch als Kaia trotz allem zu zittern begann – sie reagierte extrem empfindlich auf Feuchtigkeit –, schlug Gil vor aufzubrechen. Sie wollte nicht, dass dieser magische Abend zu Ende war, diese Leichtigkeit, die sie einfach davontrug. Sie war sich ziemlich sicher, dass sie am nächsten Morgen alles hinterfragen würde.

Kaia fuhr immer noch, obwohl auch Gil nichts mehr getrunken hatte. Er war ganz selbstverständlich auf der Beifahrerseite eingestiegen. Sie war etwas aus der Übung, obwohl sie grundsätzlich etwas schneller unterwegs war als er. Aber es war nicht ihr Auto, überdies das von seinen Eltern, also fuhr sie besonders vorsichtig.

Gil legte seine Hand auf ihren Oberschenkel, und sie sprang ruckartig auf die Bremse. Beide machten einen Satz nach vorne. Glücklicherweise war kein Fahrzeug hinter ihnen.

»Entschuldigung«, brachte er grinsend hervor.

Sie betätigte wieder das Gas. »Alles okay, es hat mich nur überrascht.« Nicht so sehr, dass er sie berührt hatte, sondern welche Wirkung es immer noch auf sie hatte, nach einem ganzen Abend voller zärtlicher Berührungen.

Er saß wieder ruhig neben ihr. Entschlossen griff sie nach seiner Hand, führte sie zurück auf ihr Bein. Sie trug ausnahmsweise einen knielangen Rock, er hatte also leichtes Spiel. Wie weit würde er gehen? Wie weit würde sie gehen? Sie dachte nicht darüber nach, wollte nur wieder ihr Kribbeln zurück.

Vorerst ruhten seine Finger auf ihrer nackten Haut, strichen sanft über ihr Tattoo.

»Wie ist es dazu gekommen?«, fragte er.

Das Tattoo zeigte eine geschwungene Schreibfeder, an dessen Ende sich eine Linie wie eine liegende Acht zog. Auf der Linie waren zwei Vögel im Flug.

»Ich habe es mir in Paris stechen lassen, als ich so im Schreibfluss war. Um mich stets daran zu erinnern, wer ich bin.«

»Hast du es denn irgendwann vergessen?«

»Ja«, antwortete sie ehrlich und ohne Zögern. »Ja, immer wieder. Ich denke, ich lasse mich einfach zu oft vom Alltag überwältigen, rede mir ein, ich sei total glücklich, so, wie es ist.« Mit der Liebe hatte sie es ganz genauso gehalten. »Axel hat das erkannt. Ich glaube, er ist der einzige meiner Ex-Freunde, der mich wirklich gesehen hat. Außer dir natürlich«, fügte sie hinzu.

»Gut zu wissen, mit wem ich konkurriere.«

»Schwachsinn.« Sie lachte. »Ich weiß nicht einmal, wo er heute ist.«

»Das wusstest du von mir bis vor ein paar Monaten auch nicht.«

Das erinnerte sie wieder an Steffen, an seinen Vorschlag, es noch mal zu versuchen. Der war in so weite Ferne gerutscht, dass es ihr gerade nicht einmal mehr real schien. Im Moment wollte sie auch gar nicht an ihn denken.

»Ich lass dich wissen, wenn ich ihn stalke«, gab sie zurück und grinste ihn von der Seite an. Gil grinste ebenfalls breit, seine Augen zogen sich zusammen, betrachteten sie eingehend. Sie liebte es, wenn er sie auf diese Weise ansah. Es lag so viel Zärtlichkeit in seinem Blick, und gleichzeitig Herausforderung. Wie es schon immer mit seinem Lächeln gewesen war.

»*A kiss with a fist is better than none*«, sang er jetzt leise mit dem Radio mit, und seine Finger tippten auf ihrem Oberschenkel im Takt. Kaia erkannte den Song sofort. Trotzdem sie gerade ins Lärmschutzgebiet eingefahren waren, drehte sie ordentlich auf.

»*You hit me once. I hit you back. You gave a kick. I gave a slap*«, schrien sie gemeinsam gegen Florence an.

»*You smashed a plate over my head. Then I set fire to our beeeeeeed*«

Dabei sahen sie sich fröhlich lachend an. Es gab nichts Befreienderes, als sich begeistert durchs Lärmschutzgebiet zu singen.

»Ah, ich liebe Florence«, seufzte Gil. »Sie ist so schön düster, zynisch, aber dann wieder so motivierend, dass man am liebsten auf dem Bett herumspringen möchte.«

»Ja!«, stimmte Kaia zu. »Ja, ich liebe sie auch.« Sie erinnerte sich an den Moment, als sie einen ihrer Lieblingssongs quer durch die Frankfurter Innenstadt gesungen hatten. Als sie zum ersten Mal fühlte, wie gut ihr die Beziehung zu Gil tat.

»Wusstest du, dass das ihre erste Single war?«

Fun-Fact-Gil war zurück. Sie lächelte. »Nein.«

»Sie hat ihn mit 17 geschrieben.« Er stieß Luft durch die Nase. »17. Unglaublich, oder?«

»Du hast auch tolle Sachen geschrieben, schon bevor du 17 warst.«

»Eeeeh … ich weiß nicht. Wenn ich das heute lese …«

»Du warst schon immer voller Selbstzweifel. Glaub mir, es war gut. Das Wenige, das du mir seinerzeit gezeigt hast. Du warst immer schon außergewöhnlich gut.«

»Hätte besser sein können«, bemerkte er wieder mit Blick auf sie. »Wir hätten besser sein können.«

»Wir waren jung. Es hätte ohnehin nicht gehalten.«

Er erwiderte nichts darauf, und sie war froh darüber. Sie wollte nicht über verlorene Möglichkeiten diskutieren, und genauso wenig darüber, wie es jetzt aussah. Nicht in die Realität zurückkehren, alles zu Tode reden. Sie fuhr in ihre Straße ein, parkte vor dem Hauseingang.

»Kommst du von hier nach Hause?«, fragte sie, obwohl sie wusste, dass es unnötig war, sich Sorgen zu machen. Er war stocknüchtern. Sie beide waren es. Und gleichzeitig so unglaublich betrunken.

»Ich denke, es wäre vorteilhafter für mich, das zu verneinen.« Er schmunzelte, biss sich auf die Unterlippe.

Sie kicherte kopfschüttelnd. Er schnallte sich ab, lehnte sich zu ihr, legte wieder seine Hand auf ihre Wange. Ihr Herz klopfte unaufhaltsam bei dem Gedanken, dass er sie gleich küssen würde. Den ganzen Abend über hatten sie sich nur berührt, gestreichelt, gehalten. Den ganzen Abend hatte sie sich nach seinem Kuss gesehnt.

»Aber du hattest recht letztens«, sagte er stattdessen. »Diesmal machen wir es richtig. Ich möchte dich auf ein Date einladen. Ein richtiges Date«, betonte er. »Ich glaube, das habe ich nie gemacht.«

Ihre Augen zogen sich nachdenklich zusammen. »Kann sein.«

»Hast du nächstes Wochenende Zeit?«

»Ja«, bestätigte sie, ohne zu überlegen. Sie würde Zeit finden.

»Okay. Ich überlege mir etwas.« Dann näherte er sich ihr

doch, gab ihr einen sanften Kuss auf die Wange. »Danke für den wundervollen Abend.« Er war so nahe bei ihr, dass sie einen Augenblick überlegte, die Zügel in die Hand zu nehmen, einfach über ihn herzufallen, hier in diesem kleinen Ford seiner Eltern. Doch dann besann sie sich eines Besseren. Auch sie wollte es diesmal richtig machen.

»Ich freue mich auf unser erstes Date«, sagte er, küsste sie noch einmal auf die Wange und stieg aus.

37

Kaia

Dienstag, 16. August 2016
Frankfurt am Main

Kaia war erstaunt, als Maren allein auf sie zukam. Eigentlich sollte sie heute Leonie kennenlernen. Sie hatten deshalb extra ihren Freitags-Post-Yoga-Drink drei Tage vorverlegt und sich in einem Eiscafé getroffen anstatt zum Wein.

Schon von Weitem hob Maren entschuldigend die Arme. »Krise unter Jugendlichen«, erklärte sie, noch bevor sie vor ihr zum Stillstand kam. »Offenbar hat ihre beste Freundin Probleme mit einem Jungen, ich habe ihr erlaubt, ihr zu Hilfe zu eilen. Verstehe ich ja, würde das Gleiche machen.«

Kaia nickte. »Ja, klar.«

»Und ich kann einen Drink und ein Gespräch echt brauchen, also habe ich nicht abgesagt. Ich hoffe, das ist okay.«

»Natürlich!« Kaia freute sich immer, ihre Freundin zu sehen. Und auch sie selbst hatte genug zu erzählen. So gesehen war es ganz gut, dass sie allein waren.

Maren ging in ihren üblichen hohen Absätzen voraus, mindestens einen Kopf größer als Kaia, die sich an deren Seite ohnehin meist unsichtbar fühlte. Maren war nicht nur groß, sondern auch schlank, sportlich, gebräunt, und ihre schulterlangen Haare lagen stets in perfekten Naturwellen.

Einen Drink gab es in diesem Eiscafé nicht, also musste es heute ein Eis mit Schuss tun. Als Maren die Karte zurück in die Halterung steckte, betrachtete sie ihr Gegenüber stutzig. »Du strahlst ja richtig. Was ist passiert? Wieder mit deinem Ex geschlafen?«, fragte sie in ganz normalem Tonfall, und ein alter Herr mit Schnurrbart lehnte sich interessiert zu ihnen.

»Nein«, gab Kaia gelassen zurück, konnte aber nicht vermeiden, dass ihr ein Lächeln über die Lippen huschte.

»Na los, beichte!« Maren schob sich die Sonnenbrille in die Haare, stützte ihren Kopf auf die Arme, lehnte sich näher zu ihr.

Kaia zuckte mit den Schultern. »Ich weiß nicht, was du meinst.« Ihr war klar, dass es gleich aus ihr rausplatzen würde, sie es ohnehin nicht für sich behalten könnte, aber es war ihr unangenehm. Sie wusste, welche Erfahrungen ihre Freundin gemacht hatte, wie sie zu Romantik stand. Deshalb fühlte sie sich fast ein wenig schuldig, dass ihr etwas so Schönes widerfahren war.

»Was hat er mit dir angestellt?« Marens Stimme klang nun herausfordernd und neugierig.

Kaia senkte den Blick, weil sie rot wurde.

»Ach du Scheiße!« Sie schlug mit den Händen auf den runden Metalltisch. »Es ist viel schlimmer als Sex!«

Dem Mann am Nebentisch fielen beinahe die Ohren ab.

Nun knallrot im Gesicht, sah Kaia direkt in Marens blaue Augen. »Er hat einen Text geschrieben, für mich. Und ihn vor aller Welt vorgelesen«, gestand sie endlich, da Maren die Wahrheit ohnehin erkannt hatte.

»Was für einen Text? Über euch?«

Kaia nickte stumm, merkte, wie sie erneut eine Träne zurückhalten musste. »Darüber, wer wir waren … was wir hatten … und … was wir wieder geworden sind … und dass er mit mir eine Zukunft sieht …« Die letzten Worte traute sie sich kaum auszusprechen. Was, wenn sie sich irrte? Aber war es nicht klar und deutlich gewesen? Es war ihr peinlich, diese romantische Erklärung vor ihrer bodenständigen Freundin abzugeben, die Männern abgeschworen hatte. Sie fühlte sich wie ihr vierzehnjähriges Ich, das vom Märchenprinzen träumte.

»Bei einem Vortrag?«, hakte Maren nach.

»Ja, so was in der Art.«

»Er hat also eine Liebeserklärung live auf der Bühne abgegeben? Vor Zeugen? In einem literarischen Text?« Ihre Augen waren klein und skeptisch, und Kaia rechnete damit, dass sie es entweder nicht glaubte oder lächerlich fand. Wieder nickte sie nur still. Der alte Mann hatte sich zurückgezogen, blätterte nun in einer Tageszeitung.

Maren lehnte sich in ihren Stuhl, legte den Kopf schief, ihr Blick war ernst. »Das ist das Romantischste, was ich je gehört habe«, sagte sie dann leise. »Du hast recht, ich sollte ihn wirklich kennenlernen. Vielleicht gibt er mir den Glauben an die Männer zurück. Hat er einen Bruder?«, scherzte sie. »Ich kann schwer fassen, dass ich das jetzt sage, weil ich weiß, ich habe dir immer in den Ohren gelegen von wegen: ›Sei vorsichtig‹. Ich habe auch keine Ahnung, was zwischen euch vorgefallen ist, und offenbar hat es dich schwer getroffen und geprägt.« Sie kaute auf ihrer Unterlippe. »Aber das ist genau die Liebesgeschichte, von der ich immer geträumt habe.« Das war die Liebesgeschichte, die sie sich von ihrem Ex-Mann erhofft hatte. Sie hielt sich gerade rechtzeitig davon ab, das laut auszusprechen.

Tatsächlich hatte Kaia ihr immer noch nicht erzählt, was genau zwischen ihr und Gil passiert war. Hatte immer noch nicht seinen Namen ausgesprochen, ihn weiterhin als »den Ex« oder »ihn« bezeichnet. Sie hatte Angst gehabt, es würde zu real, sie würde zu viel empfinden, wenn sie nur seinen Namen sagte.

»Er hatte eine Beziehung mit meiner Freundin, und gleichzeitig mit mir … damals«, begann Kaia nun. Wenn sie

Marens Meinung wollte, musste diese auch die ganze Geschichte kennen. »Ich wusste davon und habe mich darauf eingelassen.« Vielleicht war auch das der Grund, warum sie es nie erwähnt hatte. So aus dem Kontext gerissen, losgelöst von ihren überwältigenden Gefühlen, ihrer Sehnsucht nach Liebe seinerzeit, klang es schwach und dumm. »Carolin wusste nichts davon.«

Der italienische Kellner kam mit zwei Eisbechern auf sie zu und stellte sie mit den Worten »per le bellisime donne« und einem breiten Grinsen vor ihnen ab.

Maren nickte ihm kurz zu, dann sah sie wieder auf die Freundin. »Wie lange ging das? Ein paar Monate?«

Kaia hörte kein Urteil in ihrer Stimme und war froh darüber. Trotzdem fiel es ihr schwer, die Antwort zu geben. »Eineinhalb Jahre.«

Sie konnte den Schock in Marens Gesicht erkennen. Der Löffel, den sie gerade aufgehoben hatte, blieb starr in ihrer Hand stecken. Dennoch musste es jetzt ganz raus. »Ich hätte, wie du angesprochen hast, nach wenigen Monaten Schluss machen sollen. Oder mich gar nicht erst darauf einlassen dürfen. Aber ich habe es getan, und zwar völlig freiwillig. Ich habe jede Entscheidung selbst getroffen und mitgetragen, bis ich es nicht mehr aushielt.« Mittlerweile tat es fast nicht mehr weh. Es schien Ewigkeiten entfernt. Sie hatte mit Gil eine ganz neue Geschichte geschrieben und konnte beinahe unbeeindruckt ihre Vergangenheit erzählen, die sie noch vor einem halben Jahr verzweifelt unter den Tisch gekehrt hatte. »Das Ende war furchtbar und brachte mich fast um vor Schmerz. Es war so viel einfacher, auf ihn wütend zu sein, ihm die ganze Schuld zuzuschreiben. So viel leichter, die Wut zu ertragen, als mit dem Schmerz zu leben. Aber es war nicht nur seine Schuld. Er hat mich zu keinem Zeitpunkt angelogen. Und ich habe Carolin genauso betrogen. Und mich.«

Jetzt löffelte Maren das mit Schokostreuseln bedeckte Sahnehäubchen von ihrem Eisbecher und blickte dabei so konzentriert auf das Glas, als wäre es millimetergenaue Feinstarbeit.

»Ja, das verstehe ich«, sagte sie dann leise zwischen zwei Bissen. Als die Sahne weg war, nahm sie den Becher und trank den Likör, in dem die Eiskugeln schwammen. »Ich hasse es, das zu sagen. Aber ich habe viel nachgedacht, seit wir letztens gesprochen haben … und du mir von deiner Mutter erzählt hast, von der Vergebung deinem Vater gegenüber.«

Kaia versuchte, ihr zu folgen. Was hatte das mit ihren Schuldzuschreibungen oder der möglichen Live-Liebeserklärung zu tun?

»Ich habe das Gleiche gemacht.«

Sie verstand immer noch nicht. Maren hatte jemandem ihre Liebe gestanden? Oder jemanden beschuldigt? Langsam dämmerte Kaia die Antwort.

»Es ist leichter, meinen Ex-Mann zu hassen, ständig wütend auf ihn zu sein, als mit dem Schmerz und Verlust umzugehen … damit, was ich verloren habe, als er ging. Was es für mich bedeutete«, erklärte sie, starrte aber immer noch ein Loch in ihre Kugel Vanilleeis. »Aber auch ich hatte Mitschuld am Scheitern unserer Ehe. Es ist genau, wie du sagst. Er hat mich nie angelogen. Er hat mir immer gesagt, was er wollte. Ich wusste, dass es nicht das war, was ich wollte.« Nun sah sie endlich auf, hatte Tränen in den Augen. »Aber ich wollte ihn. So sehr, dass ich die Vernunft ausschaltete.«

Kaia sah, wie schwer es ihr fiel, dies zuzugeben. Sie verstand nur zu gut, welch unglaubliche Überwindung es war, etwas einzugestehen, das man so lange erfolgreich verdrängt hatte.

»Und Leonie war Zufall. Ich habe ihn nie ausgetrickst oder in etwas hineingestoßen. Aber ja, ich wollte es, ich freute mich. Obwohl ich ahnte, dass es der Anfang vom Ende war, sosehr ich auch dagegen ankämpfte.«

»Ja … manche Beziehungen sollten besser nicht sein«, stellte Kaia fest.

War das bei ihr und Gil der Fall? War sie erneut auf dem Weg in ihr Verderben? Konnte sie es einfach nicht sein lassen? War alles nur ein Akt der Rechthaberei, eine Beweisführung, dass er sich doch nach all den Jahren für sie entscheiden konnte? War das unterschwellig von Anfang an ihr großer Plan gewesen? Vielleicht hatte ihr Unterbewusstsein ihr einen riesigen Streich gespielt und lachte sich gerade kaputt.

Kaia merkte, wie das Eis vor ihren Augen zerrann, die Schokosoße sich mit dem Likör zu einer braunen Flüssigkeit vermengte.

»Alles okay?«, riss Maren sie aus ihren Gedanken. Und das war gut so, denn gerade drehte sich ihr der Magen um.

»Ja, sorry.«

»Nein, ich muss mich entschuldigen. Ich wollte dich hier keineswegs deprimieren. Eigentlich wollte ich dir etwas Schönes erzählen.«

Gut, das konnte sie jetzt wirklich gebrauchen.

Maren schien sich gefangen zu haben. »Ich hatte tatsächlich wieder mal Sex«, flüsterte sie, bedacht darauf, dass der Tischnachbar sie nicht erneut belauschte.

»Ach, toll!«, versuchte Kaia, sich zu begeistern. »Wann? Wie?« *Wie*. Was für eine bescheuerte Frage.

Maren zuckte mit den Schultern. »Leonie war über Nacht weg, ich bin im Supermarkt über ihn gestolpert. Wortwörtlich. Er hat mich zwischen Joghurts und Schokokeksen aufgefangen, und ich fühlte mich recht wohl in seinen Armen.« Sie zwinkerte ihr zu.

»Und … wie war's?«

»Er wusste, was er tat«, antwortete Maren, und Kaia begann, den riesigen Haufen Matsch vor ihr aufzuessen.

»Ich würde sagen, es war so gut, wie ein One-Night-Stand sein kann.« Maren warf wieder einen Blick auf den Nebentisch. Falls der Mann mithorchte, schaffte er es diesmal, es besser zu kaschieren. »Ich bin ja der Ansicht, guter Sex braucht Zeit. Um herauszufinden, wie man sich berühren muss, was dem anderen gefällt.« Nur einmal war der Sex von Anfang an richtig gut gewesen, meldete sich ihr Ex wieder in ihre Gedanken zurück.

»Ja, du hast vermutlich recht. Wobei ich noch nicht so viele One-Night-Stands hatte.« Kaia erinnerte sich an einen hübschen Franzosen, mit dem sie Schnecken probierte, und den sie anschließend zum Dessert vernaschte. In Paris hatte es tatsächlich einige unverbindliche Affären gegeben. Eigentlich waren die immer ganz passabel gelaufen. Aber sie hatte gerade weder Kraft noch Lust, über das Thema zu sprechen. Ihre letzten Vermutungen nagten an ihr.

»Was ist eigentlich mit deinem anderen Ex?«, hakte Maren nun nach. »Der, wegen dem all das überhaupt erst begonnen hat. Der sich neulich wieder meldete …«

»Steffen.«

»Ja, genau. Steffen. Habt ihr denn eure Liste schon gemacht?«

Kaia hatte ihr nach der letzten Yoga-Session davon erzählt.

»Nein. Ich zumindest nicht«, stellte sie klar. Tatsächlich sollte sie ihn diese Woche treffen, zumindest anrufen und etwas vereinbaren. Auch das nagte seit Samstag noch viel mehr an ihr. Was konnte sie auf die Liste schreiben, das nur ansatzweise das mit ihr machte, was nach dem Poetry-Slam passiert war? Vielleicht sollte sie ihm einfach sagen, dass es für sie zwei keine Möglichkeit mehr gab. Doch damit setzte sie sich endgültig dieser Gefahr aus, die sie hier gerade umgehauen hatte.

»Du bist weg«, stellte Maren auch fest, dass ihr etwas zugesetzt hatte. »Dein Strahlen ist weg. Was habe ich gesagt, das dich rausgeworfen hat?«

Kaia schüttelte den Kopf. »Es ist nicht deine Schuld. Du hast nichts gesagt. Ich freue mich sehr, dass du Spaß hattest, das hast du mehr als verdient.« Sie versuchte sich erneut an einem Lächeln. »Aber ja, das Ganze hat mich nachdenklich gestimmt … unsere Vergangenheit … was du erzählt hast …« Wieder ließ sie von ihrem Eis ab, steckte den

Löffel in die Suppe und sah Maren direkt an. »Was, wenn wir wieder auf ein Desaster zusteuern?«

Maren zog die Augenbrauen zusammen, legte ihre Hand auf Kaias. »Das weiß man nie. Natürlich kann das passieren«, antwortete sie sanft. »Aber du bist ohnehin schon mittendrin. Sieh dich an, es gibt kein Zurück mehr.« Sie drückte ihre Hand und lächelte sie an. »Du hast dich doch schon längst entschieden.«

Nachdem Maren sich verabschiedet hatte, spazierte Kaia noch lange durch die Stadt. Natürlich hatte Maren recht, die Nacht nach dem Poetry-Slam hatte alles verändert, die Gefühle waren da. Doch sie jagten ihr auch eine Heidenangst ein. Ihr Herz war auf einem sehr eindeutigen Kurs, in ihrem Kopf herrschte hingegen Chaos. Konnte sie wirklich nichts mehr dagegen tun? War sie schon mittendrin?

Sie durchquerte das Bahnhofsviertel. Vielleicht war sie unbewusst darauf zugesteuert. Es war heruntergekommen, eine Dosis Realität, die sie im Augenblick gut brauchen konnte. Das würde sie wieder etwas runterholen, die Dinge in die richtige Perspektive rücken. Sie versuchte, sich den Moment in Erinnerung zu rufen, als alles zu Ende ging, als sie verzweifelt und verliebt vor ihm gestanden hatte. Sie versuchte, daran zu denken, welche Qual sie danach ausgestanden hatte, und davor, so lange, bis alle Alarmglocken auf höchster Stufe schrillten. Das musste diesen Zustand, in den sie sich am Wochenende hatte fallen lassen, doch etwas abschwächen, sie wieder auf den Boden holen, ein Zurück ermöglichen. Oder sie zumindest auf das Schlimmste vorbereiten.

Sie sog den Geruch nach Baustelle und billigen Zigaretten ein, wich ein paar Müllresten aus, die auf dem Gehsteig verteilt lagen. Ihr Blick schweifte über die Läden. Chang und Zhong kämpften um Dominanz, wie in ihr die Lust an der Liebe und die Angst davor.

Eine Vagabundin in einem dunklen Jogginganzug und

rosa Socken zog direkt vor ihr einen Trolley hinter sich her. Kaia lächelte über die rosa Socken. Womöglich hatte die Frau einfach keine anderen. Vielleicht trug sie sie aber auch absichtlich, mit Stolz, als Ausdruck ihrer Identität.

Kaias Identität hatte viel mit Gil zu tun. Wer wäre sie heute, wäre sie ihm nie begegnet? Hätte sie sich nie auf ihr Verhältnis eingelassen, wie sie zu Maren gesagt hatte …? Bestimmt hätte sie weniger gelitten, wäre offener in ihre späteren Beziehungen gegangen. Die eine oder andere wäre möglicherweise nicht schiefgegangen. Sie hätte wohl mehr Selbstsicherheit in den Partnerschaften gehabt, nie so sehr das Bedürfnis empfunden, sich anzupassen oder unterzuordnen. Doch sie wäre auch nie so sicher mit ihrer Schreiberei umgegangen, hätte ihre Werke vielleicht nie der Öffentlichkeit präsentiert. Hätte ihre Gabe nicht derart zu schätzen gewusst. Gil hatte ihr gezeigt, stolz darauf zu sein, wer man ist und was man tut, selbst wenn es nicht immer durchdacht oder richtig ist. Ihre Beziehung war das perfekte Beispiel gewesen. Er war immer stolz darauf gewesen, gerade weil sie unkonventionell war. Und ihr war es nicht anders ergangen. Bis das gar keine Rolle mehr gespielt hatte, weil der Strudel aus Lügen und verlorener Hoffnung sie völlig verschlungen hatte. Trotzdem brachte er sie sich näher als je zuvor ein Mensch. Und beim Poetry-Slam hatte sie sich genauso gefühlt: endlich wieder wie sie selbst. Jemand, der von der Liebe überwältigt wurde und sich darin fallenlassen konnte. Der es genoss, sich fallenzulassen und nicht davor weglief. Es hatte sich genauso angefühlt wie das erste Mal, als sie sich in ihn verliebte. Das erste Mal, als sie sich je verliebte.

Doch konnte sie ihm vertrauen? War wirklich alles anders als damals? Er hatte sie mit seiner Lesung überwältigt, aufgewühlt. Sie wollte ihm glauben, dass er sich entschieden hatte, dass sie sein ›Für immer‹ war. Dass er nicht erneut weglaufen würde, dass er bereit war, sie in sein Leben zu lassen und in alles, was dazugehörte. Und sie wollte sich wieder so fühlen, wollte ihre Stimme zurück, wollte diese Liebe endlich ganz. Aber sie wollte es, ohne abermals aus der Bahn zu fallen, ohne Risiken und Nebenwirkungen. Und mit Gil wäre das nie der Fall. In ihrer Jugend hatte sie deshalb schließlich entschieden, ihm erst gar keine Chance mehr zu geben.

Mittlerweile war sie vor ihrem liebsten Hochhaus angekommen, das sie liebevoll den »Bleistift« nannte. Messeturm wurde ihm jedenfalls nicht gerecht. In perfekter Symmetrie ragte er in den Himmel, wo die Spitze zuerst rund wurde und dann in einer Pyramide gipfelte, die nachts rot blinkte. Kaia setzte sich in den Park, beobachtete das rhythmische Licht, das beruhigend auf sie wirkte.

Frankfurt war, außer Gil, ihre einzige Liebe auf den ersten Blick gewesen. Als Steffen ihr erstmals die nächtliche Skyline gezeigt hatte, wollte sie nirgendwo anders mehr wohnen. Als sie zum ersten Mal vor dem »Bleistift« stand, hatte sie sich einen Spaß daraus gemacht, sich direkt davorzustellen und die Wände hochzublicken, und anschließend hinunter auf den U-Bahn-Schacht zu sehen. Dieser schnelle Wechsel gab ihr das Gefühl, gleich endlos zu fallen, während sie sicher auf dem Boden stand. Es war die ideale Kombination gewesen.

Doch im wahren Leben gab es keinen sicheren Boden. Es gab das Fallen oder Steffen, oder Christian, oder alle anderen mit ihrem angenehmen Sicherheitsnetz, das sie in den letzten Jahren gesucht hatte. Keine Leidenschaft, kein Feuer, kein Prickeln.

Nein, Gil war alles andere als ein Sicherheitsnetz. Und trotzdem, oder gerade deshalb, hatten seine Worte sie lebendiger fühlen lassen als je zuvor. Sie hatten sie nicht traurig gemacht, sie hatte nicht an ihnen gezweifelt. Sie hatte sich frei gefühlt, geliebt. Nein, es war nicht ihr ursprünglicher Plan gewesen. Ganz und gar nicht. Aber es war auch kein unbewusster Rachefeldzug, dessen war sie sich jetzt sicher. Dann wäre sie nach dem Slam triumphierend davongezogen und hätte nicht die Nacht glücklich in seinen Armen verbracht.

Der Gedanke daran zauberte sofort wieder ein Lächeln in ihr Gesicht, gab ihr das Gefühl, in eine Wolke aus Watte einzutauchen, erfüllte ihren ganzen Körper mit Wärme.

Nein, es war nicht das, was sie geplant hatte. Es war viel schöner. Viel besser. Und vielleicht gab es ein Zurück, doch sie wollte es überhaupt nicht. Nicht zurück in ihre Vergangenheit, nicht zurück zu Steffen und auch nicht zurück zu ihren Gefühlen vor Samstagabend.

Sie wollte ein erstes Date mit dem Mann, den sie so lange so sehr geliebt hatte, den sie nach all den Jahren wieder liebte.

Sie wollte fallen.

38

Gil

Donnerstag, 18. August 2016
Zwischen Frankfurt und Offenbach

Gil mochte die Straßenbahnstrecke zu seinen Eltern. Sie führte fast gänzlich den Main entlang, bis sie ins Zentrum von Offenbach abbog. Sein Blick schweifte über das stille Wasser, auf dem die immer noch sehr warme Abendsonne sich spiegelte. Sie passierten ein Sportzentrum, kleine Vorstadtsiedlungen, einen weiteren Sportplatz. Ein paar Jugendliche spielten nach diesem heißen Sommertag im Schatten Fußball.

Gil lächelte. Er hatte eigentlich nicht aufgehört zu lächeln seit dem Wochenende. Er war sehr zufrieden mit sich selbst. Letztendlich hatte es ihm kaum Überwindung gekostet, seine Gefühle auszusprechen. Nicht vor Publikum – vor Kaia. Ihr zu sagen, was schon längst überfällig gewesen war. Was aus ihm raus wollte, rausmusste. Er war es leid, immer auf der Flucht zu sein. Vor sich selbst, vor seinen Gefühlen. Ja, bisher war es stets schiefgegangen, wenn er sich verliebt hatte, er hatte jede seiner Beziehungen in den Sand gesetzt. Doch dieses Mal hatte er viel bessere Karten. Sie wollten das Gleiche. Sie verstanden sich ohne Worte, fühlten sich wohl und geborgen, wenn sie zusammen waren. Nun, er zumindest. Konnte er das von ihr ebenso annehmen? Wenn er daran dachte, wie sie sich in seiner Umarmung hatte fallenlassen, ihn liebkost hatte, war er sich dessen ziemlich sicher. Welcher herzlose Mensch täte dies, ohne ernsthafte Empfindungen für den anderen zu haben? Nicht Kaia. Nein, das konnte nicht sein.

Er erinnerte sich daran, mit welcher Kälte sie seinerzeit mit seinem besten Freund geschlafen hatte … Wie sie ihn zielstrebig und mit Hintergedanken nach zwanzig Jahren aufgesucht hatte …

Trotzdem. Hier täuschte er sich nicht in ihr. Und auch nicht in sich selbst.

Die Gedanken ließen ihn immer noch nicht los, als er in Offenbach ausstieg und den Weg zum Haus seiner Eltern einschlug. Er war verwirrt, am meisten über sich selbst. Wie würde es mit ihnen weitergehen? Was konnte er ihr anbieten? Was erwartete sie? Würde er ihren Vorstellungen diesmal gerecht werden? Und … was, wenn seine Gefühle ihn betrogen, es nur eine vorübergehende Leidenschaft war, ein Rausch, der wieder verging und ihn verkatert zurückließe?

Er roch die Rosen schon, bevor er seine Mutter sah, die im Vorgarten darüber gebückt stand und das Unkraut wegzupfte, das in dieser warmen Jahreszeit täglich nachzuwachsen schien. Er ging durch das niedrige Gartentor, das wie üblich offen war, direkt auf sie zu.

»Hi, Maman.«

Sie hatte ihn nicht kommen hören, schrak hoch. »Ach, Guilien, Schatz, du bist schon hier. Wie schön.« Mit der gleichen Hand, in der sie ein Büschel Unkraut hielt, wischte sie sich den Schweiß von der Stirn. »Komm, lass uns rein gehen.« Sie hob die Gartenschere auf, die neben den Blumen auf dem Boden lag und ging voraus. »Das Gemüse ist so schön gewachsen, während wir weg waren«, betonte sie jetzt. »Danke, dass du dich gekümmert hast. Ich konnte heute eine tolle Ernte einsammeln.« Auf dem Esszimmertisch lag ein großer Stapel Zucchini, Auberginen, Kartoffeln und Tomaten. »Möchtest du ein paar Zucchini mitnehmen?«

Gil zuckte mit den Schultern. »Ja, warum nicht? Danke.« Sollte er nicht dazu kommen, sie zu kochen, würde er sie Bukowski unterjubeln.

»Olivier ist auch wieder aus Japan zurück. Hast du mit ihm gesprochen?«, erkundigte sie sich wie jedes Mal in der irrealen Hoffnung, ihr Verhältnis würde eines Tages doch noch in Freundschaft umschlagen. Dass sein Bruder die letzten Wochen auf Geschäftsreise verbracht hatte, war überhaupt erst der Grund, dass Gil die Hausaufsicht übernehmen musste. »Nein, habe ich nicht.«

»Ruf ihn an, er hat eine stressige Zeit hinter sich«, forderte seine Mutter, während sie in die Küche ging und sich ein großes Glas selbst gemachter Limonade einschenkte. »Möchtest du auch?«

»Ja, gern.«

Sie stellte ein zweites Glas hin, füllte es auf und steckte eine Zitronenscheibe auf den Rand. Dann, endlich, lächelte sie ihn zufrieden an. »Ich bin sehr stolz auf dich.«

Bereits, als er am Sonntagmorgen Keiki bei seinen Eltern abgeholt hatte, hatte sich Annicks Mund sofort zu einem breiten Grinsen verzogen, einem fröhlichen, erleichterten Grinsen. Sie hatte ihm über die Wange gestrichen und gesagt: »Gut gemacht, mon fils.« Selbst sein sehr schweigsamer Vater hatte ihm auf die Schulter geklopft und zugenickt.

»Das hast du schon gesagt. Danke.« Es machte ihn verlegen. Wieder fühlte er sich wie ein kleiner Schuljunge.

»Nicht nur, weil du einen Text öffentlich präsentiert hast. Sondern, weil du gesagt hast, was du fühlst, eine Entscheidung getroffen hast. Eine sehr gute, wie ich finde«, stellte sie bestimmt fest. »Kaia ist die Richtige. War sie schon immer.«

Gil stutzte. »Was meinst du mit … schon immer?«

»Ach, Guilien …« Sie legte ihren Kopf schief, ihr Lächeln zwischen Zärtlichkeit und Mitleid. »Dachtest du wirklich, ihr wärt damals unbemerkt an mir vorbeigekommen?«

Sein Blick senkte sich. Ja, eigentlich hatte er das gedacht. Sie hatten nie darüber gesprochen. Und Kaia und er hatten stets Abstand voneinander gehalten, die wenigen Male, wenn seine Familie anwesend gewesen war.

»Du hast nie etwas gesagt.«

Annick seufzte. »Ja. Vermutlich mein größter Fehler«, gestand sie leise. »Anfangs dachte ich … lass den Jungen experimentieren … Er muss seinen Weg selbst finden, die Liebe erkunden … Die werden schon alle wissen, worauf sie sich einlassen.« Sie fuhr sich durch die kurzen braunen Haare. »Dann wurde mir bewusst, dass Carolin wohl nichts davon wusste. Da eure Beziehung aber sehr offensichtlich war, war es eindeutig, dass Kaia dem Ganzen willentlich zugestimmt hatte. Was mir zwei Sachen sagte:« Ihr Blick wurde ernst. »Dass sie bald ein nervliches Wrack sein würde, und dass sie dich unglaublich liebte.«

Gils Blick haftete immer noch starr auf dem grünen Gemüse vor ihm. Seine Lider zuckten bei ihren Worten, seine Lippen pressten sich aufeinander, er wagte nicht aufzusehen.

»Trotzdem war es nicht das, was mich an ihr überzeugte«, fuhr Annick fort. »Sondern die Art, wie ihr miteinander umgingt. Ganz anders als du und Carolin. Das Verständnis, das ihr füreinander hattet, die Harmonie und gleichzeitig, wie ihr einander gefordert habt. Das wünschte ich mir für meinen Sohn.« Auch ihre Augenbrauen zogen sich zusammen, als sie leise fortfuhr: »Tue ich immer noch.«

Gil ließ sich auf den Küchenhocker fallen, nahm einen großen Schluck Limonade.

»Hast du wirklich immer noch Zweifel? Nach allem?

Nach Samstag?«, erriet seine Mutter seine Gedanken.

Er schüttelte den Kopf, sein Blick schweifte zum Fenster. An seinen Gefühlen zweifelte er nicht. Was ihn verfolgte, war die Angst vor Versagen, davor, dass es verging.

»Wie weißt du, dass jemand der Richtige ist? Dass die Gefühle nicht nachlassen? Dass du nicht wegläufst. Dass sie nicht wegläuft. Dass ihr gegen Sturm und Wetter durchhaltet, niemand mit gebrochenem Herzen endet …«

Annick setzte sich auf den Stuhl gegenüber und nahm seine Hand. »Keine Beziehung ist immer glücklich, und Stürme gibt es immer … genug, glaub mir. Und es gibt auch keine Garantie, dass die Liebe dich nicht verlässt …« Wieder lächelte sie sanft. »Oder Kaia.« Sie beugte sich noch näher zu ihm. »Aber wenn du mich fragst, was prinzipiell eine glückliche Beziehung ausmacht, habe ich eine Antwort für dich.«

Ja, vermutlich hatte er das gefragt. Wie hatten seine Eltern es geschafft, seit fast vierzig Jahren verheiratet zu sein? Sie waren nicht unglücklich, existierten nicht nur nebeneinanderher. Sie konnten immer noch gegenseitig über ihre Witze lachen, erzählten sich immer noch, wie ihr Tag war und gingen nie ohne Gute-Nacht-Kuss zu Bett.

»Denk an die schlimmsten Badass-Sachen, die du je gemacht hast«, begann Annick. »Deine peinlichsten Momente. Deine glücklichsten Momente.«

Hatte seine Maman wirklich gerade ›Badass‹ gesagt? Hatte sie das auf Instagram aufgeschnappt? Er konnte nicht lange darüber nachdenken, denn sie fuhr fort: »Wenn du all das mit einer Person teilen kannst … deinen absoluten Tiefpunkt und deine größte Glückseligkeit … dann ist das ein wahrer Freund«, kam sie zu einem unerwarteten Ergebnis, und Gil stutzte.

»Wenn du dich in diesen Freund auch verliebst …«, sie presste die Lippen zusammen und nickte langsam, »dann hast du verdammtes Glück. Und richtig gute Chancen.«

Gil konnte nicht vermeiden, dass ein Lächeln über seine

Lippen huschte. Während seine Mutter sprach, schossen ihm einzelne Bilder durch den Kopf. Als er mit Kaia über Marcs Tod geredet hatte. Welche Last von seinen Schultern gefallen war, wie gut es ihm getan hatte. Wie einfühlsam sie gewesen war. Als er ihr von seiner Scheidung berichtet hatte, von der schwersten Entscheidung seines Lebens. Sie hatte ihn nie verurteilt, hatte stets die richtigen Worte gefunden. Sie hatte mit Verständnis und Zuhören reagiert, wie schon immer. Ihre Gespräche brachten ihn voran, inspirierten ihn, forderten ihn. Seit ihrem ersten Treffen beim Peruaner fieberte er jeder weiteren Begegnung entgegen, als wäre er ein Teenager auf dem Weg zum ersten Date. Wenn er mit ihr zusammen war, war er permanent glücklich. Und er war eigentlich nie glücklich. Aber nicht nur ihre Gespräche und ihr Zusammensein waren toll. Auch der Funken zwischen ihnen war immer noch wie bei zwei Teenagern, die die erste Liebe erlebten. Jede ihrer Berührungen löste ein Feuerwerk in ihm aus, ließ ihn tagelang über dem Boden schweben.

»Es liegt nicht ausschließlich an dir, dass es bisher immer schiefgegangen ist«, verstand nun auch Annick. »Carolin und Mau haben deine größte Glückseligkeit nicht geteilt. Und vielleicht auch nicht deinen größten Schmerz verstanden. Und Kaia … war vermutlich zu früh dran. Du wusstest damals noch nicht, was du wolltest. Jetzt weißt du es.«

Es stimmte, er wusste es. Er meinte, was er in seinem Text gelesen hatte: Seit sie wieder in seinem Leben war, fühlte er sich mutiger, freier, war ehrlicher und offener, sah ein Leben voller neuer Möglichkeiten. Ein Leben an ihrer Seite. Eine Alternative ohne sie war völlig unvorstellbar geworden. Er merkte, wie Annick ihn stumm beobachtete, wie sein Lächeln unvermindert anhielt.

»Schnapp sie dir, mon amour«, sagte seine Mutter jetzt, zufrieden schmunzelnd.

Er sah ihr dankbar in die Augen und nickte. »Ich werde es versuchen.«

39

Freitag, 6, Februar 1998
Hamburg

Der Jugendraum verschwamm vor Gils Augen, während sich ein tiefer Schmerz in seinem ganzen Körper ausbreitete. Neben Bianca und Alina, die Arm in Arm auf dem Ecksofa saßen und fröhlich lachten, küsste ein Junge aus der Nachbarklasse Kaia. Sie ließ es geschehen, ohne Freude, aber auch ohne Widerstand. Ihre langsamen Bewegungen zeigten, wie betrunken sie war. Während sie ihren Arm um seine Schulter legte, sah sie Gil gezielt an. Kleine, schwerfällige, lustlose Augen. Vielleicht drang es irgendwo zu ihm durch, was der wahre Grund für diesen Kuss war. Kaias letzter, verzweifelter Versuch, die Kontrolle zurückzugewinnen. Oder die resignierte Akzeptanz, diese endgültig verloren zu haben. Doch sein Gehirn konnte keinen klaren Gedanken fassen, war nicht in der Lage, eine Logik herzustellen oder es als blöden Racheakt abzutun. Viel zu heftig war der Schmerz in ihm.

Die letzten Wochen waren ein absolutes Chaos gewesen. Nach der Sache mit Marc hatten sie Sex gehabt, leidenschaftlichen, verzweifelten Sex. Dann hatten sie drei Wochen nicht miteinander gesprochen. Von Carolin hatte er sich genauso distanziert. Was Kaia in dieser Zeit getan hatte, wusste er nicht, wollte er auch nicht wissen. Vielleicht war Marc nur der Anfang gewesen, ein Freibrief.

Gil hatte die zwei Wochen genutzt, um abzuschalten, alles zu pausieren, um nachzudenken, wie es weitergehen konnte. Er war in der Zeit zurückgegangen, hatte überlegt, wie er jemals in diesen Schlamassel geraten war. Wie stellte er sich damals, als er Kaia den Vorschlag ihrer unkonventionellen Beziehung gemacht hatte, vor, dass das Ganze ausgehen würde? Nahm er an, es würde einfach ewig so weitergehen? Tatsache war: Er hatte überhaupt nicht nachgedacht. Er hatte es vorgeschlagen und begonnen, weil er es wollte, aus einem simplen Bedürfnis heraus, einer Laune, wenn man so wollte. Er hatte sich gefreut, dass Kaia zustimmte und dass es sehr lange so unkompliziert war. Und solange alles glatt lief, verschwendete er keinen Gedanken daran, was eines Tages passieren könnte. Eines Tages war weit weg, und er löste die Probleme generell meist, wenn sie kamen und zerbrach sich nicht vorab den Kopf.

Doch mittlerweile war ihm klar geworden, dass er eine Entscheidung treffen musste. Die meiste Zeit, während sie getrennt waren, hatte er darüber nachgedacht. Es erschreckte ihn immer noch, wie nahe Kaia ihm war. Und er wusste nicht, ob er heute mehr dazu bereit war, sich auf diesen neuen Anfang von etwas Großem einzulassen als vor drei Wochen. Ob er ihr geben könnte, was sie brauchte. Vielleicht nicht. Doch je länger er von Kaia getrennt war, umso intensiver wurde ihm bewusst, dass er sie mehr brauchte als irgendjemanden. Dass sein Leben ohne sie vielmehr nur ein Dasein war, leer und uninspiriert. Nichts war so schlimm, konnte so schlimm sein, wie ohne sie zu sein. Also hatte er am Nachmittag mit Carolin Schluss gemacht. Er war unsicher, ob es schon zu spät war, seine alte Kaia zurückzubekommen. Doch er war sich absolut sicher, dass er keine Sekunde mehr ohne sie sein wollte und keinen weiteren Moment dieser Kaia ertragen konnte.

Trotz des Schmerzes am Nachmittag, als er mit Carolin gesprochen hatte, sie weinend und wütend in seinen Armen lag, freute er sich auf das Zusammensein mit Kaia. Er empfand ein Gefühl der Freiheit, der Erleichterung. Ein Gefühl, die richtige Entscheidung getroffen zu haben.

Er freute sich darauf, ihr diese mitzuteilen, sie aus den Armen des dämlichen Fremden zu reißen. Er stellte sich vor, wie sie ihn erleichtert umarmen würde, sie sich die ganze Nacht lieben würden. Nicht besitzergreifend und wütend, sondern wieder zärtlich und voller Versprechen, wie am Anfang.

Festen Schrittes ging er auf sie zu, ignorierte das Stechen

in seiner Brust, schob den Jungen energisch von ihr weg, nahm ihre Hand und zog sie mit sich.

»Ich habe es beendet«, drang es zwischen verzerrter Musik und einem Schleier um ihr Bewusstsein zu ihr durch. »Ich weiß nicht, ob ich dir all das geben kann, was du von mir willst. Aber ich werde es versuchen.« Sein Blick war verletzt, oder verzweifelt, auch wie immer ein wenig zärtlich. Kaia schloss und öffnete ihre Augen wie in Zeitlupe, versuchte, die Worte zu verarbeiten. Versuchte, das Glücksgefühl zu empfinden, auf das sie so lange gewartet hatte.

Er hatte sich für sie entschieden. Sie hatte gesiegt.

Doch statt eines warmen, wohligen Gefühls oder der Freude darüber, ihm endlich vor allen Menschen um den Hals fallen zu können, ihn stundenlang küssen zu können, ohne sich umsehen zu müssen, spürte sie Übelkeit, die sich ihre Kehle hinaufdrängte.

Sie drehte sich um, lief Richtung Toiletten, stolperte über den kleinen Türstopper und kotzte gegen die halb offene Klotür. Zitternd hielt sie sich am Rahmen fest, keuchte, dann kam der nächste Schwall. Auch der landete nicht in der Schüssel, sondern irgendwo zwischen ihren Füßen und der Wand.

»Alles okay?«, hörte sie eine zarte Stimme hinter sich. Nicht Gils, aber nicht weniger vertraut.

Fuck.

Carolin streckte ihr eine Flasche Wasser entgegen.

»Nein«, wehrte sie ab, ohne sie anzusehen. »Das kommt bloß wieder hoch«, lallte sie. Sie wollte sich nur hinlegen, gleich hier auf den kalten Fußboden. Einschlafen. Alles vergessen, morgen in einem neuen Leben aufwachen.

»Was kann ich für dich tun?«, fragte Carolin jetzt und nahm ihre Hand. Carolin, mit der sie seit Monaten nicht gesprochen hatte, die sie seit über einem Jahr belog und hinterging. Sie war immer noch an ihrer Seite. Das war nicht okay. Nichts war okay. Schon lange nicht mehr.

»Du bist doch gar nicht mehr meine Freundin. Ich habe das nicht verdient«, stammelte sie kaum hörbar, kaum verständlich.

Carolin sah sie aus zweifelnden Augen an, dann lächelte sie müde. »Ach Quatsch. Ich bin immer deine Freundin. Was redest du denn da?«

Nun kam auch die andere vertraute Stimme, die sie von Anfang an erwartet hatte.

»Du läufst weg und übergibst dich? Das ist deine Reaktion?«, entrüstete sich Gil.

Kaia hielt sich immer noch am Türrahmen fest, versuchte, nicht umzukippen.

»Was willst du von mir? Ich habe mich entschieden!« Erst jetzt schien er Carolin wahrzunehmen, deren Lächeln sich augenblicklich versteinerte. Ungläubig sah sie von ihm zu Kaia. Der Schmerz war ihr ins Gesicht geschrieben. Eine Träne lief über ihre gerötete Wange. Ihre Augen weiteten sich, während sie die ehemalige Freundin ansah und mehr Tränen folgten. Schließlich stieß sie hervor: »Ich hasse dich.«

Und Kaia war sich sicher, dass es ihnen beiden galt.

Montag, 9. Februar 1998
Hamburg

Der Schulhof war leer und eiskalt. Doch genau das hatte Kaia gesucht. Einen Ort, der noch kälter war, als sie sich gerade fühlte. Sie zitterte am ganzen Körper, ihre Finger klebten an der Zigarette fest, die sie zum Mund führte. Die erste Stunde war vorübergegangen, ohne dass jemand etwas gesagt hatte. Gil hatte sich zu Martin gesetzt, Carolin zu Bianca. Die beiden tuschelten miteinander, ernst, leise.

Kaia hatte lange überlegt, überhaupt nicht erst aufzutauchen. Aber was half das? Weder konnte sie die Schule wechseln noch die Zeit vor- oder zurückdrehen. Egal, wie lange sie die Konfrontationen hinausschob, es würde nicht besser werden, nicht anders, nicht weniger schmerzhaft. Sie würde Carolins Hass einfach aushalten müssen. Immerhin hatte sie ihn verdient. Irgendwie tat es fast gut, die gerechte Strafe zu erhalten, es nicht mehr nur mit sich selbst ausmachen zu müssen. Und schließlich hatte sie noch Yvonne, die weiterhin ihre Hand halten würde, an ihrer Seite sein würde, jetzt vermutlich mehr als je zuvor, denn immerhin hatte sie sich endlich von ihrem Chaos befreit.

Na ja, wenn sie ehrlich war, war das Fass einfach explodiert. Seitdem hatte sie versucht, zumindest eine gewisse Freude zu empfinden, dass Gil nun ihr gehörte. Dass sie doch noch die Beziehung führen konnten, die sie sich so lange gewünscht hatte. Doch sie fand sie in keinem Moment während des ganzen Wochenendes. Seine Anrufe hatte sie ignoriert. Ihrer Mutter sagte sie, dass sie eine schlimme Magenverstimmung hätte und mit niemandem sprechen wollte. Irgendwann war Gil vor ihrer Wohnungstür aufgetaucht, doch Petra hielt ihr den Rücken frei. Danach führten sie ein langes Gespräch, bei dem alles aus Kaia rausplatzte. Ihre Mutter hörte ihr zu, tröstete sie, sagte kaum etwas dazu. Es gab auch nichts zu sagen. Dass es eine dumme Entscheidung gewesen war, wusste sie selbst. Dass Liebe einen an Grenzen treibt, die man nie für möglich gehalten hätte, auch. Was sie weiterhin nicht wusste, war, wie es mit Gil und ihr weitergehen sollte. Sie liebte ihn ungebrochen, das stand fest. Während der Wochen, in denen sie getrennt gewesen waren, hatte sie alles probiert, um das Gegenteil zu beweisen. Sie war ausgegangen, hatte geflirtet, geküsst, geredet. Bei keinem Kuss hatte sie etwas empfunden. Nicht nur weniger als mit Gil, einfach gar nichts. Sie bezweifelte, dass sie jemals jemand anderen lieben würde als ihn. Und trotzdem plagte sie die eindringliche Vermutung, dass sie einen Punkt überschritten hatten, an dem es kein Zurück mehr gab. An dem es einfach zu spät war.

Kaia atmete die gefrorene Luft ein, lehnte sich gegen die Bank und schloss die Augen, als sie Schritte hörte, die leise im Schnee knirschten. Carolin kam auf sie zu. Geprägt von tiefen Augenringen, ihre Haare strähnig im Gesicht. Mit etwas Abstand blieb sie vor ihr stehen. »Es tut mir leid.«

Kaia sah sie ungläubig an. Was tat ihr bitte leid? Sie hatte ja nun wirklich nichts falsch gemacht.

»Ich war betrunken am Freitag. Ich weiß nicht, was in mich gefahren ist. Wie ich dich verdächtigen konnte, etwas mit Gil zu haben. Ich weiß, ihr seid nur Freunde. Ich weiß, du würdest mir so etwas nie antun. Er hat am gleichen Nachmittag mit mir Schluss gemacht, und ich bin total paranoid geworden. Habe nach Gründen gesucht, an den völlig falschen Orten. Das hätte nicht passieren dürfen.«

Kaia atmete schnell und schwer, die Luft brannte in ihrem Hals. Einen Moment lang überlegte sie, ob Carolin das sagte, um sie auf die Probe zu stellen, weil sie die Wahrheit bereits kannte, oder ob sie wirklich immer noch an ihre loyale Freundschaft glaubte.

Sie nahm einen tiefen Zug von der Zigarette, dann warf sie sie in den Schnee.

Vielleicht war es die letzte Möglichkeit, ihre Freundschaft mit Carolin zu retten. Alles einfach zu vergessen. Ihre Beziehung zu Gil weiterhin geheim zu halten. Oder völlig abzuschreiben. Ein Teil von ihr wollte Carolin nicht noch mehr wehtun, wollte sie in den Arm nehmen, wollte, dass alles wieder so war wie früher. Bevor Gil in ihr Leben getreten war.

Doch tatsächlich war das keine Möglichkeit. Kaia war so unglaublich müde zu lügen.

»Nein«, sagte sie also, kalt und tonlos. »Du hattest recht. Ich schlafe seit über einem Jahr mit Gil.«

Wieder sah sie, wie sich in Zeitlupe Entsetzen und Ungläubigkeit in Carolins Gesicht ausbreiteten. Sie taumelte einen Schritt zurück, schüttelte den Kopf, schloss die Augen. Ihr Blick, voller Enttäuschung und Verletzung, traf Kaia wie ein Dolch ins Herz. Nie war ihr mehr bewusst geworden, was sie ihr angetan hatte, als in diesem Moment.

Sie fühlte sich wie eine komplette Versagerin.

Carolin stolperte zurück ins Schulgebäude, und Kaia lief tränenüberströmt durch die Straßen, zu den Kanälen, wo sie einst als Kind in ihren schwersten Stunden Schutz gefunden hatte. Doch sie wusste, dass sie nichts vor dem bewahren konnte, was jetzt auf sie zukam. Sie hatte alles gegeben, alles riskiert, alles akzeptiert, hatte nicht zurückgesteckt. Und trotzdem hatte sie alles verloren.

Gil stand nicht weniger neben sich. Er hatte keine Ahnung, wie alles so schnell den Bach runtergegangen war. Und das genau in dem Moment, in dem er glaubte, das Richtige getan zu haben.

Kaia war nach der ersten Stunde abgehauen, Carolin verbrachte die darauffolgende Mathestunde mit einem Heulkrampf, den der Lehrer zu ignorieren versuchte. Sie weigerte sich, mit jemandem zu sprechen, aber Gil konnte sich grob vorstellen, was sie so sehr aus der Fassung bringen konnte. Er selbst hielt bis zum Ende des Unterrichts durch, obwohl seine Nerven blank lagen. Jedoch hätte es keinen Sinn gehabt, drauflos zu stürmen und Kaia quer durch Hamburg zu suchen. Denn er bezweifelte, dass sie zu Hause war.

Den Rest des Tages verbrachte er genau wie auf seiner Schulbank, schnell und rastlos mit dem Bein wippend, sich alle zehn Sekunden durch die Haare fahrend und seufzend. Nachdenklich, was er hätte anders machen können. Sich darüber bewusst, dass er von Anfang an alles hätte anders machen müssen. Aber das konnte er nun nicht mehr ändern.

Er saß neben dem Telefon, hoffte, dass es ihn aus seiner Unruhe und seiner Verzweiflung befreien würde. Doch dann war es das Klingeln an der Tür.

Er sprang auf, stieß Olivier um, der gerade aus der Küche kam, und riss die Haustür auf. Erleichterung machte sich in ihm breit, sein Zittern legte sich, er fiel Kaia um den Hals. Er umarmte sie so fest und lange, dass er befürchtete, ihr den Atem zu nehmen. Erst danach wurde ihm klar, dass sie nicht reagierte, seine Umarmung nicht erwiderte. Er trat einen Schritt zurück, blickte in ihr kühles, starres Gesicht und wusste, ihre Liebe zu retten, würde schwierig werden. Wortlos ging er in sein Zimmer. Sie folgte ihm.

Er setzte sich aufs Bett, sie blieb mit einiger Distanz vor der geschlossenen Tür stehen.

»Es ist vorbei«, kam sie wie immer direkt zur Sache. Ihre Stimme war klar und sachlich, doch aus ihren Augen entkamen zwei einzelne Tränen.

»Nein, Kaia, das ist erst der Anfang.« Er stand auf, ging auf sie zu, wollte ihre Hand nehmen. Sie wehrte ab, trat noch einen Schritt zurück und befand sich nun direkt mit dem Rücken zur Wand.

»Bitte. Mach es nicht noch schwieriger. Allein, hier zu stehen, dich anzusehen, bricht mir das Herz.« Nun flossen die Tränen ungehemmt.

Er wollte fragen, warum sie es dann beendete, doch die Worte blieben ihm im Hals stecken.

»Ich habe dich so wahnsinnig geliebt«, fuhr sie flüsternd fort. »Tue ich immer noch.« Sie schloss ihre Augen, versuchte offenbar, die Fassung zurückzugewinnen. »Du konntest immer direkt in mein Herz sehen, wusstest immer, was ich denke. Ich musste kein Wort sagen und konnte trotzdem sicher sein, dass du alles verstehst. Also muss ich dir das hier nicht erklären, oder?«

Gil schüttelte den Kopf, zuckte mit den Schultern, hatte keinen Schimmer, was passierte, warum sie hier völlig aufgelöst vor ihm stand, anstatt sich auf eine gemeinsame Zukunft zu freuen.

»Nein, ich verstehe gar nichts«, gab er zurück.

Wieder schloss sie die Augen, atmete tief durch. »Ich war so überzeugt, dass wir zusammengehören«, fuhr sie schließlich fort. »Ich bin so weit gegangen, wie ich konnte.« Mit zitternden Händen wischte sie sich die Tränen weg. »Zu weit«, fügte sie kaum hörbar hinzu. »Ich habe es bemerkt, nachdem du mir deine Entscheidung mitgeteilt hast, als Carolins Welt in Stücke brach. Mein Triumph, den ich mir so lange gewünscht hatte, war wertlos. Wie kann ich etwas genießen, das jemand anderen zerstört?« Jetzt zitterte sie so heftig, dass es sie am ganzen Körper schüttelte. Vermutlich unterdrückte sie auch laute Schluchzer. »Nicht irgendjemand … meine Freundin. Oder ehemalige Freundin. Ich bin verantwortlich dafür, dass ihr Leben in Trümmern liegt. Wie kann mir das jemals Freude bereiten?«

Gil hatte keine Antwort darauf. Jede Faser in seinem Körper sehnte sich danach, sie einfach nur wieder in den Arm zu nehmen, ihr zu sagen, dass sie das irgendwie schafften. Dass Carolin darüber hinwegkommen würde, dass es immer noch nichts mit ihnen zu tun hatte. Aber er wusste, das war weder wahr noch würde es etwas ändern. Ihre Entscheidung war gefallen.

»Ich müsste ein Zyniker sein wie du, um diese Situation zu ertragen. Aber ich bin nicht wie du«, setzte sie nach. »Und ich will es nicht werden. Niemals.«

Das versetzte ihm abermals einen Stich. Das dachte sie also von ihm? Dass es ihm egal war, dass er Carolin wehgetan hatte? Dass er fröhlich weitermachen konnte, ohne zurückzuschauen? Natürlich nicht. Natürlich erdrückte ihn jedes Mal, wenn er Carolin ansah, eine unermessliche Schuld, gemischt mit Reue und Traurigkeit. Doch war es nicht der Sinn der ganzen Sache gewesen, sich zu entscheiden? Er hatte Carolin verletzt, um mit ihr, Kaia, zusammen zu sein. Nicht, um sie auch zu verlieren. Wie konnte sie das nicht verstehen, ihn jetzt zurückweisen, ihm so etwas an den Kopf werfen?

»Und du hattest recht. Ich werde nie von dir bekommen, was ich will. Was ich brauche«, fuhr sie fort, mittlerweile wieder gefasster, tränenlos. Fast ein wenig wütend. »Ich will diesen jemanden, der bedingungslos alles mit mir teilt … seine Gedanken, seine Abgründe, seine absurdesten, witzigsten Vermutungen. Jemanden, der mich versteht, aber der sich auch verstehen lässt. Jemanden, der mich so sehr will, dass es ihm den Atem nimmt, wenn ich nicht da bin.«

Ja, das ist so. Das tust du. Das bin ich, wollte Gil sagen. Aber nichts kam. Er war verletzt, vor den Kopf gestoßen.

»Wenn ich wirklich wäre, was du wolltest, hättest du dich schon lange für mich entschieden. Dann hättest du dich nie entscheiden müssen.«

»Nein … Kaia … das ist nicht wahr«, kam es nun doch heraus, aber er war sich tatsächlich nicht mehr sicher.

»Du hast es mir von Anfang an gesagt … Man soll den Leuten nicht immer geben, was sie möchten. Aber ich wollte es nicht hören«, erklärte sie weiter, mit jedem Satz beherrschter. »Du lässt niemanden rein. Du kannst nicht dieser Jemand sein. Nicht für mich. Vielleicht für niemanden.« Den letzten Satz beendete sie mit einem dumpfen Seufzer durch die Nase.

Wieder ein Stich mitten ins Herz. Das war absolut unfair. Wie konnte sie das behaupten, ohne ihm eine Chance zu geben? Sie gehörten zusammen, sie hatte es doch selbst gesagt. Er konnte nur mit ihr dieser Jemand sein. Er wollte nur für sie dieser Jemand sein. Egal, was sie eben von sich gegeben hatte. Sie war im Unrecht.

»Lass es mich versuchen«, startete er einen letzten, verzweifelten Anlauf, von dem er wusste, dass er sinnlos war, noch bevor er die Worte aussprach.

Sie schüttelte den Kopf. »Es ist kaputt. Wir sind kaputt. Was wir hatten, war eine Lüge. Das können wir nicht reparieren.«

Jetzt zeichnete sich wieder eine Gefühlsregung in ihrem Gesicht ab. Ihre Augenbrauen zogen sich zusammen, sie hielt mit aller Kraft weitere Tränen zurück. Dann ging sie ganz langsam auf ihn zu. Er spürte ihre zitternden Hände, kälter als der Schnee draußen, auf seinen heißen Wangen. Sie küsste ihn ein letztes Mal, lange und sanft, ihre Lippen genauso kalt.

»Ich liebe dich so sehr. Ich wünschte, es hätte dir gereicht.« Ihre Stimme brach während des letzten Wortes, schlug in einen Schluchzer um, dann war sie verschwunden, und Gil verlor den Boden unter den Füßen.

Aus Gils Notizen, Februar 1998:

In solchen Momenten kommt es einem nicht nur unmöglich vor weiterzumachen, es erscheint auch völlig sinnlos und tragisch.

40

Samstag, 20. August 2016
Frankfurt am Main

Das kleine französische Lokal mit den ordentlich gefalteten Servietten war die erste ihrer Regeln, gegen die sie an diesem Abend verstießen. Obwohl es auf den ersten Blick nicht überaus romantisch schien. Doch als der Chef sie an ihren Platz führte, wurde Kaia klar, dass Gil nicht nur reserviert, sondern ihn auch gewissermaßen in seinen Plan eingeweiht hatte. Als einziger war ihr Tisch mit einer hohen weißen Kerze, zwei kleinen Teelichtern in hellroten Gläsern, einem Tischgesteck und Rosenblüten dekoriert. Es war fast zu viel für den Zweiertisch, und sie fragte sich, wo das Essen hin sollte. Trotzdem hüpfte ihr Herz bei dem Anblick, und noch mehr, als Gil sich zu ihr neigte und sie auf die Wange küsste, während sie sich setzte. Dann ließ er sich ihr gegenüber nieder, und der Kellner zündete sämtliche Kerzen an. Es war ein reines Lichterfest.

»Merci, Alain«, bedankte Gil sich bei ihm.

»Bist du öfter hier?«, begann Kaia ausnahmsweise mit Small Talk, denn ihre Aufregung ließ ihr Gehirn im Gegensatz zur romantischen Deko noch auf Sparflamme laufen.

»Ja, manchmal. Seit ich hier in der Gegend wohne, etwa einmal im Monat.«

Kaia hatte sich überraschen lassen, wo es hinging. Er hatte ihr nur getextet, sie solle zu ihm kommen. Danach waren sie gemütlich zum Lokal spaziert. Mit einiger Distanz, beide offenbar unsicher, inwiefern sie sofort an letzte Woche anknüpfen konnten. Sie hatte sich danach gesehnt, seine Hand zu spüren, seine Wärme, sein Parfum zu riechen. Trotzdem war sie, wie damals auf ihrem ersten gemeinsamen Weg in den Stadtpark, neben ihm hergetrottet, ihre Hände in den Taschen ihrer Jeans vergraben. Sie war nicht übermäßig aufgestylt – zur Hose hatte sie ein schwarzes Top an, dessen Träger feine silberne Kettchen waren. Ihre Haare trug sie offen, aber mit einer Spange zusammengefasst. Wie sie Gil kannte, legte er mehr Wert auf kleine Details, gutes Essen und eine persönliche Atmosphäre als auf eleganten Schnickschnack. So hielt sie es auch mit ihrer Kleidung. Ihr war klar, dass der Abend, wenn er gut verlief, in einem ihrer Zuhause enden würde. Gil offenbar auch, deshalb hatte er wohl das Lokal wenige Straßen von seinem Haus gewählt.

»Wein, nehme ich an?«, fragte er, während sie sich durch die Speisekarten lasen.

»Ja, danke. Ich überlasse gern dir die Auswahl«, fügte sie hinzu. »Hast du spezielle Empfehlungen fürs Essen?« Sie erinnerte sich an ihre geteilte Zitronen-Ceviche, an den Moment, als das Gras zu wachsen aufhörte.

»Alain macht hervorragende Schnecken. Ist aber nicht jedermanns Sache.«

Oh Gott, nein. Kaia erinnerte sich an Paris, als sie sie tatsächlich einmal probiert hatte. Kein Erlebnis, das sie wiederholen musste.

»Und alles, was du bestellst, wird er mit Liebe zubereiten«, ergänzte er mit einem Augenzwinkern. Sie entschied sich für ein Schweinefilet in Weinsauce, er für Fisch. Als Vorspeise teilten sie sich eine gemischte Platte mit mediterranem Gemüse, Salami und Anchovis in Marinade. Gil bestellte diesmal keine Flasche Wein, sondern einen frischen Weißen zum Eingang und einen kräftigen Bordeaux zum Hauptgang.

»Auf uns«, prostete er ihr zu.

»Wir beginnen ja gleich sehr optimistisch«, meinte sie grinsend.

»Wir haben zwanzig Jahre verloren. Worauf soll ich noch warten?«, fragte Gil und nahm dabei ihre Hand. Augenblicklich breitete sich das Wattewolken-Wohlgefühl in ihrem ganzen Körper aus, ihr Mund verzog sich unkontrollierbar zu einem Lächeln, ihre Haut kribbelte, während er mit seinem Daumen über ihre Finger strich. Zum wiederholten Male wurde ihr bewusst, dass seine Berührungen ein altbekanntes und doch völlig neues Gefühl in ihr weckten. Dass sie sich die ganze Woche nach diesem Gefühl gesehnt hatte.

»Du hast recht«, stimmte sie also zu, erinnerte sich an ihre Entscheidung, sich fallenzulassen. »Wir warten nicht mehr.« Wie zur Bestätigung spießte sie eine gegrillte Tomate auf ihre Gabel und steckte sie sich in den Mund.

Gil lächelte. »Weißt du noch, als du seinerzeit sagtest, wenn du wirklich wärst, was ich wollte, hätte ich mich nie entscheiden müssen …?«

Der Bissen blieb ihr kurz im Hals stecken. Dann nickte sie, senkte den Blick auf das Weinglas. Eigentlich wollte sie nicht mehr über die Vergangenheit reden. Das würde sie nur wieder verunsichern.

»Ich kann immer noch nicht sagen, ob du damit richtig lagst. Aber das ist egal. Ich möchte, dass du weißt, dass ich mich 100 Prozent für dich entschieden habe. Dass es niemanden sonst gibt oder geben wird. Nur, falls du noch Zweifel hattest.«

Er kannte sie zu gut, wusste, dass sie immer alles infrage stellte, zu Tode zweifelte. Aber nein. Auch sie hatte sich entschieden. Jetzt strich sie über seine Hand, sah ihm tief und liebevoll in die Augen.

»Ich glaube, damals brauchten wir beide … mehr«, fuhr er fort. »Ich wollte die Welt erkunden, Neues entdecken, mehr Erfahrungen machen, hatte Angst vor einer so tiefen Bindung. Und du … ja, ich weiß«, machte er einen Rückzieher, als ihr zärtlicher Blick in Skepsis umschlug. Es stimmte, so viel hatte sie nie von ihm verlangt. »Ich war nicht bereit für unsere Beziehung. Damit hattest du definitiv recht.«

»Und jetzt bist du es?«, fragte sie leise, in ihrem Blick immer noch ein Rest Skepsis.

»Was sollte mich noch zurückhalten? Du weißt ohnehin schon alles über mich«, bestätigte er, was er im Gespräch mit seiner Mutter herausgefunden hatte. »Du kennst alle meine dunklen Seiten, meine Abgründe und absurden Gedanken. Das hast du schon immer. Ich habe es seinerzeit nur nicht verstanden.«

Sie presste ihre Lippen zusammen, gerührt und gleichzeitig erleichtert.

»Außerdem hatte ich genug Beziehungen zu Frauen, die mich nicht verstehen«, fügte er hinzu. »Ich will mehr.« Mit diesen Worten hob er herausfordernd die Augenbrauen und beugte sich näher zu ihr.

Alain unterbrach ihre Verbindung, als er die Hauptgänge vor ihnen abstellte und das leere Vorspeisenteller mitnahm.

»Merci«, bedankte Gil sich wieder, Kaia nickte ihm zu.

»Alors, est-ce-que c'était bon, Guilien?«, hakte Alain nach.

»Oui, tout est parfait«, bestätigte er mit einem dankbaren Lächeln.

Kaia musste zugeben, dass es extrem sinnlich klang, wenn er Französisch sprach. »Die Masche bringst du doch bestimmt öfter. Gutes Essen, schöne Stimmung, die Frauen auf Französisch bequatschen …«, konnte sie sich eine kleine Stichelei nicht verkneifen.

»Ich werde nicht leugnen, dass es das eine oder andere Mal geklappt hat«, gab er grinsend zurück. »Aber für gewöhnlich verliebe ich mich nicht in sie.« Er sagte es fast nebenbei, schnitt dabei seinen Fisch an und packte eine Kartoffel darauf, während Kaias Herz stehen blieb.

»Du bist also in mich verliebt?«, wiederholte sie leise.

Obwohl es sie eigentlich nicht mehr verwundern sollte und sie das Gleiche empfand, war es noch mal etwas anderes, es zu hören.

Erstaunlicherweise ging Gil sehr natürlich damit um, wenn man bedachte, dass er das tatsächlich nie gesagt hatte – abgesehen vom ersten Mal in ihrem Zimmer.

Er ließ den Bissen auf seiner Gabel ruhen. »Es ist sehr schwer, dich nicht zu lieben.« Er sah ihr tief in die Augen. »Und es tut mir leid, dass ich 20 Jahre gebraucht habe, um es dir zu sagen.« Jetzt legte er sein Besteck samt Kartoffel zur Seite, lehnte sich zurück und blickte nachdenklich zur Decke.

»Auf Marcs Beerdigung … war eine junge Frau«, begann er zu erzählen, und Kaia war ein wenig verwirrt über den abrupten Themenwechsel.

»Sie hat bitterlich geweint, war am Boden zerstört.« Er verschränkte die Arme, seine Augen verkleinerten sich. »Ich kannte sie nicht. Ja, möglicherweise hat Marc mir nicht alles erzählt, gerade in den letzten Monaten vor seinem Tod waren wir uns … nicht besonders nahe.« Er seufzte, sein Blick wanderte ins flackernde Teelicht. »Aber ich bin mir nicht sicher, ob Marc wusste, dass er von jemandem so sehr geliebt wurde. Wie traurig, zu sterben, ohne zu wissen, was man hätte haben können.« Seine zusammengekniffenen Augen waren voller Schmerz und Nachdenklichkeit. Kaia spürte einen Stich im Herzen. Ja, es gab vermutlich nichts Tragischeres als vergeudete Liebe. Das würde ihnen nicht mehr passieren, schwor sie sich und war sich ziemlich sicher, dass er genau das damit sagen wollte. Jetzt sah er sie wieder an.

»Aber es ist auch so schade. Weil es so gottverdammt guttut, es auszusprechen. Ich hatte nur seither keinen Anlass, es auszusprechen.« *Wie schön, dass sich das endlich geändert hat*, dachte er und lächelte sie wieder an. »Immer, wenn ich dich nur sehe, bin ich glücklich. Wenn du lächelst, kann mir nichts mehr etwas anhaben. Wenn ich dich nicht sehe, fehlt mir die Luft zum Atmen. Also ja, Kaia, ich bin sehr in dich verliebt«, wiederholte er, ihr immer noch fest in die Augen sehend. »Ich weiß, was ich damals hätte haben können, was ich verloren habe.« Er erinnerte sich an den Moment, als sie aus seinem Zimmer, aus seinem Leben verschwand. Die Tage danach waren ein verschwommener Brei aus Tränen, Unbeweglichkeit, Ungläubigkeit und Verzweiflung gewesen. »Und ich weiß, was ich jetzt haben kann. Und ich werde alles dafür tun. Ich habe keine Angst mehr. Ich möchte diese Gefühle erleben, sie genießen. Sie sind richtig. Du bist richtig«, betonte er, und es stimmte: Es fühlte sich so unglaublich gut an, es auszusprechen. Er wollte dabei am liebsten aufspringen und durchs Lokal tanzen.

»Wie kannst du dir so sicher sein?«, fragte sie immer noch, doch in ihrem Blick erkannte er, dass ihr Herz weit offen war und sie ihn hineingelassen hatte. Dass sie ihm diesmal die Chance geben würde.

»Wenn man sich zweimal in den gleichen Menschen verliebt, selbst wenn er völlig verändert ist, dann kann es nur richtig sein.« Er strich ihr sanft über die Wange, hätte sie gern sofort von ihrer Bank gehoben und geküsst, filmreif, kurz bevor der Vorhang fällt, doch er hatte Geduld. Alles zu seiner Zeit. »Außerdem hat eine simple Berührung von mir fast dazu geführt, dass du das Auto meiner Eltern an die Wand gefahren hättest«, setzte er jetzt mit seinem typischen herausfordernden Grinsen nach. »Aber falls ich mich irre …«, flüsterte er, »solltest du besser aufhören, mich so anzusehen.«

»Wie?«

»Als ob ich der einzige Mensch auf Erden wäre.«

Sie hatten beschlossen, dass es nach der gemischten Vorspeisenplatte unbedingt auch die gemischte Nachspeisenplatte sein musste. Der Hauptgang war perfekt gewesen, nicht nur wegen ihres Gesprächs und dem erneuten Gefühl der Glückseligkeit, das es in Kaia ausgelöst hatte. Jeder Bissen war für sich eine Offenbarung, hatte die Euphorie noch verstärkt. Ihre Hormone mussten eine absolute Jahrhundertparty feiern.

Kaia steckte ihren kleinen Löffel ins Eis mit der Schokoladensoße, schob es sich genüsslich in den Mund, während Gil sie mit verschränkten Armen zurückgelehnt beobachtete. Sie bemerkte es, grinste und griff mit den Fingern nach einer der Himbeeren. Langsam legte sie sie sich auf die Zunge, umschloss sie mit ihren Lippen und biss zu.

»Oh, Scheiße, Pusteblume. Ich habe dich noch nicht mal geküsst, und jetzt möchte ich gerade ganz andere Dinge mit dir anstellen.« Gils Blick war genauso eindringlich wie seine Stimme.

»Zum Beispiel?«, reizte sie den Moment aus.

Ohne sich zu bewegen, antwortete er: »Dich auf meine hässlichen Laken werfen, deinen ganzen Körper mit Küssen bedecken und mich in dir verlieren. Dich lieben, bis du vergessen hast, warum ich dich Pusteblume nenne.« Wie zur Bestätigung griff er auch nach seinem Löffel und klopfte damit gegen die Oberfläche der Crème brûlée.

»Das könnte ich nie vergessen«, konterte sie.

»Abwarten.« Seine Augenbrauen hoben sich vielversprechend. Dann leckte er mit geschlossenen Augen die Süßspeise vom umgedrehten Löffel. Zugegeben, jetzt überkam auch sie eine plötzliche Ungeduld, das Lokal zu verlassen und sich von ihm auf die Laken werfen zu lassen.

Er legte den Löffel ab, beugte sich zu ihr. »Natürlich würde ich dir dazu erst dieses unglaublich sexy Oberteil ausziehen.« Seine Finger glitten über einen ihrer metallischen Träger, die sich auf ihrer mittlerweile heißen Haut noch viel kälter anfühlten. Mit einer langen Bewegung zog er ihn von ihrer Schulter, streifte sie dabei zärtlich und ließ ihn fallen. Sein entschlossener Blick wandte sich keine Sekunde von ihr ab. Sie atmete hörbar ein und aus, eine Gänsehaut breitete sich auf ihrem Arm aus, ein Schauder fuhr über ihren Rücken. Der gefallene Träger eröffnete einen großzügigen Einblick in ihr Dekolleté. Gil sah, dass sie keinen BH darunter trug. Jetzt stand er auf und setzte sich neben sie auf die Bank. Er nahm eine zweite Himbeere, legte sie knapp über den Rand ihres Tops, beugte sich hinunter und aß sie auf. Seine Zunge fuhr über ihr Dekolleté, schmeckte ihr Mandarinen-Duschgel, zeichnete ein Muster über ihre Haut, vielleicht einen Buchstaben. Sie warf den Kopf in den Nacken, stöhnte leise auf. Sie drehte sich weiter zu ihm, legte ihre Hand auf seinen Oberschenkel, spürte, wie ihr heiß um die Ohren wurde. Kurz, bevor sie ihn küssen konnte, sagte er: »Lass uns zahlen.«

Sie schafften es bis zur nächsten Hauswand. Kaum aus der Tür, legte Gil seine Hand um ihren Nacken, zog sie an sich und küsste sie. In ihrem Körper breitete sich Hitze aus, die in alle Richtungen schoss, von ihren Fingerspitzen bis zu ihren wackeligen Knien. Sie stolperte rückwärts über einen Stuhl, der auf der Terrasse vor dem Lokal stand, bekam es jedoch kaum mit. Irgendwann spürte sie hinter sich die harte Wand, während sie ihre Arme um seinen Hals schlang. Gil drückte sich an sie, hielt ihren Kopf zwischen seinen Händen, während sie immer noch in einem innigen Kuss versunken waren. Kaia schlang ihr Bein um seine Hüfte, fühlte, wie das Blut lautstark in ihren Adern pochte. Sie wollte keine Sekunde mehr warten, wollte ihn endlich spüren. Zu lange war sie ihm nahe gewesen, ohne es auszukosten. Zu lange hatte sie sich danach gesehnt. Seine Hand krallte sich genauso begierig in ihr Oberteil.

Von irgendwoher tönten ein paar anerkennende Pfiffe. Eine Männerstimme rief: »Nehmt euch ein Zimmer!« Wie zum Trotz wirbelte Gil sie herum, griff unter ihren Oberschenkel und hob sie hoch. Mit angewinkelten Knien hing sie an ihm wie ein Fallschirmspringer auf seinen letzten Metern vor dem Aufprall. Und sie hatte sich nie sicherer gefühlt.

Mit dem Ellenbogen um seinen Nacken zog sie sich näher an ihn. Alles in ihr kribbelte, während ihr Kuss immer fordernder wurde. Bevor sie die Kontrolle verlieren und sich auf offener Straße die Kleider vom Leib reißen konnten, hielt er schließlich inne, lächelte sie mit leicht geöffneten Lippen an. Sie strich ihm eine Haarsträhne zurück, die ihm ins Gesicht gefallen war, er küsste sie noch einmal kurz, aber intensiv auf den Mund. Dann entließ er ihre Beine sanft auf den Boden, nahm ihre Hand und zog sie mit sich, während sie versuchte, zwischen Pflastersteinen und Benommenheit Halt zu finden.

»Jetzt ist es auch endlich dunkel. Das heißt, meine Mission ist fast erfüllt«, stellte Gil fest, als sie nebeneinander die menschenleere Straße entlanggingen. Er hielt ihre Hand fest in seiner.

»Welche Mission?«, fragte sie.

Er hatte im Vorfeld lange überlegt, wie das perfekte Date sein könnte. Ein Lokal, in dem er sich wohlfühlte, der Besitzer ihm einen Gefallen tun würde, es ein schönes Ambiente gab. Aber das Essen allein schien ihm zu einfallslos, zu simpel. Nicht dem speziellen Anlass, einem Date nach fast zwanzig Jahren, würdig. Schließlich hatte er sich an die Regeln erinnert, die sie am Anfang ihrer wiedergefundenen Freundschaft aufgestellt hatten. Keine romantischen Orte. Nicht bei Dunkelheit treffen. Keinen Alkohol trinken. Kein Reality Bites. Und ihm war schlagartig klar geworden, dass das perfekte Date nicht vom Ort abhing.

»Gegen all unsere Regeln zu verstoßen«, eröffnete er also jetzt. »Ein romantischer Ort, zu später Stunde, ein paar Gläschen Wein und … na, du wirst schon sehen.«

Sie blickte ihn skeptisch von der Seite an. »Hast du etwa Ethan Hawke auf einen flotten Dreier eingeladen?«

»Nein, Winona natürlich.« Er grinste sie schelmisch an.

Sie kamen am Lokalbahnhof vorbei. Eine Frau spielte auf einem Cello *Strangers in the Night*. Ein paar Zuhörer hatten sich im Halbkreis um sie versammelt und lauschten den tiefen, melancholischen Tönen. Gil ging zwei Schritte zurück, drehte Kaia um die eigene Achse, legte seinen Arm auf ihre Taille, hob die Hand, in der er ihre hielt. Er hatte keine Ahnung, ob es die richtige Hand war, die richtige Seite, doch es spielte keine Rolle. Mit kleinen Schritten wog er sie tanzend im Kreis, seine Wange dicht an ihrer.

»Was machst du bloß mit mir, dass ich mich permanent zum Trottel mache?«, seufzte er kaum hörbar. Er hob seinen Kopf, grinste sie an und küsste sie zärtlich, ohne dabei die Bewegungen zu unterbrechen, die sich auf ihren Kuss übertrugen. Sie lachten beide leise.

»Es ist mir egal, weißt du?«

»Was?«

»Mich zum Trottel zu machen. Liebe macht uns alle zu Trotteln. Tatsächlich ist es richtig schön. Viel zu lange her«, stellte er fest. »Macht es dir etwas aus?«

»Dass du dich zum Trottel machst?«

»Dass ich mich in dich verliebt habe.« Dabei strich er sanft über ihre Wange, sah ihr direkt in die Augen. »Ich weiß, wir haben viel Geschichte, viele Fehler gemacht und viele Narben davongetragen.« Ihre Augen funkelten ihn durch die Dunkelheit an, eindringlich und sehnsüchtig. »Aber es ist unsere Geschichte. Es sind unsere Fehler, unsere Narben. Und niemand könnte sie besser heilen als wir.« Er blieb stehen, stupste mit dem Finger ihr Kinn. »Niemand heilt mich wie du, niemand hasst mich wie du, niemand liebt mich wie du. Niemand gab mir je wieder diesen Schmerz, als ich dich verlor. Und niemand gab mir je wieder diese Höhenflüge, die ich hatte, wenn ich mit dir zusammen war.«

Nun küsste sie ihn lange und zärtlich, streichelte mit ihren Fingern seinen Nacken, was ihm eine angenehme Gänsehaut bescherte. Dann sagte sie leise: »Ich mag es, wenn du dich zum Trottel machst. Ich mag es, wenn du Du bist. Und ich habe dich nie wirklich gehasst. Ich glaube, ich habe dich sogar geliebt, als ich versuchte, dich zu hassen.« Sie strich ihm sanft über die Wange, legte den Kopf schief und lächelte. »Ich weiß, es ist ein bisschen ein Pokerspiel. Ich hatte sehr viel Angst, dass es wieder außer Kontrolle gerät. Aber wir sind älter und wissen es besser«, beteuerte sie.

Er war froh, dass sie es genauso wollte wie er. Dass sie eine neue Chance hatten. Dass die Liebe hartnäckig an ihn geglaubt hatte.

»Unsere Liebe glücklicherweise nicht«, sprach er seine Gedanken laut aus.

Das Licht in seinem Schlafzimmer war gedimmt, als sie ihm hinein folgte. Auf seinem Nachttisch stand eine Flasche Rotwein mit zwei Gläsern und ein aufgeklapptes Tablet. Auf dem Schrank standen vier hohe, schmale Gefäße mit einzelnen Pusteblumen. Kaia lächelte ihn an. Dann fiel ihr Blick aufs Bett.

»Keine hässlichen Laken heute«, stellte sie fest und betrachtete die riesige Pusteblume, die sich über die Decke erstreckte und sich auf den Kissen auflöste.

»Nein. Heute nicht.« Er küsste sie sanft. Dann ging er zum Tablet, tippte ein paarmal darauf ein, bis Winona Ryder bei ihrer Schulansprache zu hören war.

»Nein! Du hast echt den Film besorgt?« Sie lachte laut auf, erfreut und ungläubig.

»Natürlich. Regeln sind Regeln.« Er kam wieder auf sie zu, zwei volle Gläser in der Hand. Sie stießen an, dann drehte sie sich um, betrachtete seine liebevoll vorbereitete Deko. Er griff von hinten um ihre Taille und zog sie an sich. Sein Gesicht vergrub sich in ihren langen Haaren, er sog ihren Duft ein. Seine Hände strichen sanft über ihren Rücken, dann öffnete er mit einer kurzen Bewegung ihre Spange. Ihre langen braunen Haare fielen über ihre Schultern auf seine Arme, kitzelten ihn, liebkosten ihn. Zärtlich spielten seine Finger mit ihnen, fuhren durch die glatten, weichen Strähnen. Im hohen Spiegel seines Schrankes konnte er beobachten, wie sie die Augen schloss und sich an ihn lehnte. Ihr genüsslicher Seufzer löste auch in ihm eine Glückswelle aus. Er bedeckte ihren Nacken und Hals mit spielerischen Küssen, biss neckisch in ihre

Schultern. Sie kicherte. Dann nahm er ihr das Weinglas aus der Hand, hob sie mit einem Ruck hoch und warf sie aufs Bett. Sie landete immer noch kichernd knapp unter dem Kopf der riesigen Blume, setzte sich im Schneidersitz hin und sah aufs Tablet, wo die Musik angefangen hatte zu spielen und Winona mit dem Rest der Gang auf einem Dach ihren Abschluss feierte.

»Du willst jetzt nicht ernsthaft den Film sehen, oder?«, fragte Gil.

»Jetzt hast du dir schon die Mühe gemacht. Und ich habe ihn seit zwanzig Jahren nicht gesehen.« Sie hatte ihn nach jenem schicksalsträchtigen Moment, als sie ihn zusammen in ihrem Schlafzimmer geschaut hatten, nie wieder laufen lassen.

Gil sah sie perplex an. Dann lachte sie lauthals los, verstummte jedoch schnell wieder, und ihr gerade noch kecker Blick war voller Zärtlichkeit. Ihre Finger strichen über sein Gesicht, strichen ihm eine Haarsträhne zurück. Sie küsste ihn. Er spürte ein Brennen, sobald ihre Lippen die seinen berührten, er ihre Haut roch. Alles verschwamm, die Filmdialoge kamen nur noch aus weiter Entfernung bei ihm an. Sein Brustkorb schwoll an, seine Sinne schienen in ein großes Ganzes zu verschmelzen. Knopf für Knopf öffnete er sein Hemd, warf es neben das Bett und machte sich danach über ihre Träger her. Wie im Restaurant ließ er einen über ihre Schulter gleiten, dann den anderen. Wie im Restaurant spürte er sofort die Erregung in sich aufsteigen, als das Top nach unten rutschte. Jetzt streifte sie es mit einer raschen Bewegung ab. Er beugte sich über sie, drängte sie sanft in die Laken, seine Hand in ihren Haaren. Er öffnete ihre Hose, ließ sie neben sein Hemd fallen. Dann griff er nach einer der Pusteblumen. Mit dem weichen Blütenkopf zog er lange, langsame Spuren über ihren Körper. Dieser reagierte zuckend, während sie leise stöhnte. Ihr dabei zuzusehen, wie sie sich in Lust wand, wie ihre Lider zitterten und ihre Lippen sich zusammenpressten, war mindestens so schön, wie diesen Moment selbst zu genießen.

Als er bei ihrem Slip angekommen war, hatte die Blume sich beinahe aufgelöst. Er ließ sie auf dem Bett liegen, beugte sich über Kaia und vollendete das Werk mit seinen Lippen. Er arbeitete sich bis zu ihrem Tattoo vor, dessen Zeichnung er mit der Zunge nachmalte. Wie bei der Autofahrt zuckte sie zusammen, atmete hörbar ein. Jetzt fuhren seine Finger in ihr Höschen, berührten sanft ihre intimste Stelle.

»Ich muss mein Versprechen einlösen«, flüsterte er, während er ihr den Slip auszog und begann, eine ganz neue Geschichte zu schreiben. Sie stöhnte laut auf, wand sich unter seinen Buchstaben, den endlosen Sätzen und kurzen Absätzen. Immer noch wollte er ihr nur diesen Moment schenken, das Verlangen in ihren Augen sehen, wollte ihre zitternden Hände in seinen Haaren spüren, sie schmecken, so viel besser als jede Crème brûlée. Doch dann richtete sie sich auf, nahm seinen Kopf in ihre Hände und sagte: »Scheiße, Gil, ich sterbe hier. Lass mich dich spüren.«

Mit einer sanften Bewegung drang er in sie ein und fühlte sich gleichzeitig verloren und vollkommen. Er versank in ihr, blickte dabei in ihre Augen, wie sie ihn sehnsüchtig anfunkelten. Immer wieder küsste er zärtlich ihren Hals, ihre Ohren, ihre Stirn. Er wollte sie völlig in sich aufnehmen, mit seinem ganzen Körper.

»Ich möchte nur dir gehören. Für immer«, flüsterte er.

Genau dieses Gefühl, ganz der ihre zu sein, verschaffte ihm den berauschendsten Höhenflug.

Später lag sie in seinen Armen, und er spürte, wie sein Herz bei jedem Schlag Feuer fing. Er sah sie an, eine Träne lief über ihre Wange.

»Alles okay? Habe ich dir wehgetan?«, fragte er, unsicher, ob seine Leidenschaft mit ihm durchgegangen war.

Sie schüttelte den Kopf. »Ich bin nur glücklich.«

»Ich auch«, sagte er leise und drückte sie fest an sich.

Endlich waren sie zur gleichen Zeit auf der gleichen

Seite. Auf dem Weg in ein neues gemeinsames Kapitel voller Möglichkeiten.

Sonntag, 21. August 2016
Frankfurt am Main

Kaia wachte als Erstes auf. Sie stützte sich auf ihrem Ellenbogen ab und beobachtete, wie Gil langsam ein- und ausatmete. Sie betrachtete seine etwas zu gerade Nase, seine langen Wimpern, seinen schmalen, perfekten Mund. Am liebsten wollte sie alles erneut mit Küssen bedecken, wie sie es die ganze Nacht über getan hatte. Doch dann beließ sie es dabei, ihm weiter beim Atmen zuzusehen. Glücksschauer durchfuhren sie wie wogende Meereswellen.

Das Rauschen des Windes drang leise durchs Fenster. Ansonsten war es absolut still im Haus. Bukowski hatte die ganze Nacht friedlich auf seinem Bett neben dem Designersessel verbracht.

Jetzt beugte sie sich zu Gil und hauchte ihm kaum merklich einen Kuss auf die Wange, während ihr Herz fünf Größen anschwoll. Sie wollte ihn nicht wecken, diesen Kuss lieber in seine Träume schicken, ihm zurufen, wie sehr sie ihn liebte. Dass es endlich richtig war. Dass ihnen nichts mehr etwas anhaben konnte. Kein Neid, keine Eifersucht, keine Lügen. Nur noch sie beide.

Langsam breitete sich ein Grinsen auf seinem Gesicht aus, noch bevor er die Augen öffnete.

»Und? Weißt du noch, warum ich dich Pusteblume nenne?«, flüsterte er, immer noch mit geschlossenen Augen.

»Puste-was?«, fragte sie neckisch und biss sich auf die Unterlippe.

Jetzt sah er sie schmunzelnd an. »Gut.« Mit einer raschen Bewegung warf er sich auf sie. Sie lachte laut auf, doch dann kam die Erinnerung an den letzten Morgen in diesem Zimmer hoch.

»Du bekommst doch heute nicht wieder Besuch, oder?«

»Doch, Keiki kommt später vorbei. Aber keine Angst, diesmal habe ich den Alarm gestellt, damit wir nicht überrascht werden können.«

Wie zur Bestätigung klingelte der Wecker. Gil ließ den Kopf senken. »Warum hast du mich nicht früher geweckt?«, fragte er mit reuevoller Stimme. Dann küsste er zärtlich ihre Nasenspitze, bevor er sich aus dem Bett schwang und in seine Jeans schlüpfte.

»Wie viel Zeit hast du uns gegeben?«, erkundigte sie sich.

»Fünf Minuten.«

»Fünf Minuten?«, fragte sie entgeistert.

»Na ja, mehr oder weniger. Meine Ex ist fast immer unpünktlich. Und du kennst Keiki ja schon. Ich wollte nur sichergehen, dass wir diesmal angezogen sind.«

Jetzt war Kaia auch aus dem Bett gesprungen und warf sich hastig eins von Gils T-Shirts über.

»Siehst du? So lange brauchen wir gar nicht«, neckte er sie und wollte sie gerade zurück aufs Bett drängen, als es klingelte. Mit einem unwilligen Grummeln stand er auf und ging zur Tür. Kaia hörte, wie sie sich öffnete und Schritte von hohen Schuhen durch das Wohnzimmer hallten.

»Ich bin kurz mitgekommen, weil sie viel zu tragen hat«, vernahm Kaia eine bekannte Stimme. Sie stutzte, fuhr sich durch die Haare, warf einen kurzen Blick in den Spiegel und griff nach ihrem Telefon. Dann trat sie hinaus ins Wohnzimmer.

Ungläubig starrte sie die Besucher an. Vor ihr, direkt vor dem Türeingang, standen Keiki und … »Maren …?«

41

Kaia

Sonntag, 21. August 2016
Frankfurt am Main

Kaia lief ziellos durch die Straßen, Gils Shirt hing lose über ihrer Jeans, ihre Haare fielen ihr zerzaust ins Gesicht. Alle paar Sekunden schlug sie sich an die Stirn, versuchte, ihre Gedanken zu ordnen. Ihre neue beste Freundin war die Ex-Frau ihrer neuen alten großen Liebe. Das konnte doch nicht wahr sein. Endlich hatte sie sich in Sicherheit gewähnt, hatte das Gefühl gehabt, nach all den Jahren das bekommen zu haben, was sie sich schon immer gewünscht hatte. Und dann stand da Maren. Wütender als sonst, kühler, nicht weniger schockiert als sie selbst. Als Kaia realisiert hatte, dass sie Keikis Mutter war und damit Gils ehemalige Angetraute, war ihr der kalte Schweiß ausgebrochen. Schlagartig fühlte sie sich in die Vergangenheit katapultiert. Sie wollte nicht wieder eine Freundin verletzen wie damals Carolin. Ihr wehtun, selbst wenn sie dieses Mal nicht die geringste Ahnung gehabt hatte. Sie wollte keine Komplikationen mehr, wollte nicht, dass Gil in irgendeiner Form mit ihrer Freundin involviert war, nicht einmal, wenn es lange zurücklag.

Warum hatte sie es nicht früher erkannt? Es ergab absolut Sinn. Maren, die sich in einen Künstler verliebt hatte, rasch schwanger und mit einem kleinen Kind allein gelassen worden war und um jeden Moment kämpfte, den der abwesende Vater mit dem Kind verbringen sollte. Gil, der sich mitten in seinem Künstlerleben Hals über Kopf verliebt hatte, überraschend Vater geworden war, vom Familienleben überrollt wurde und ging, bevor das Kind zwei Jahre alt war. Der sich stets für einen schlechten Vater hielt, weil er nie genug Zeit hatte. Zwei Seiten. Eine Geschichte.

Zugegeben, durch die unterschiedlichen Namen hatte sie sich verwirren lassen. Leonie und Keiki – wer konnte wissen, dass es sich um dieselbe Person handelte?

Kaia seufzte lautstark. Warum musste immer alles so kompliziert sein?

Sie folgte blauen Fußspuren auf den Pflastersteinen, die offenbar ›zum Frühstück‹ führten. Sie wollte kein Frühstück, nicht einmal Kaffee. Sie wollte die Zeit zurückdrehen, zu letzter Nacht, nein, noch besser zu dem vermaledeiten Moment, als sie beschlossen hatte, vor Gils Tür aufzukreuzen und alles ins Rollen gebracht hatte. Bevor sie in dieser verzwickten Situation gelandet war, vor der sie zwanzig Jahre davongelaufen war, bevor sie wieder diese überwältigenden Gefühle hatte. Sie hätte auf der sicheren Seite bleiben sollen, als sie noch die Gelegenheit dazu gehabt hatte.

Vielleicht war es doch nicht zu spät. Es war eine Nacht gewesen. So bedeutsam konnte die gar nicht sein, versuchte sie, sich zu überzeugen.

Momentaufnahmen schossen durch ihren Kopf von letzter Nacht, von Pusteblumen und gefallenen Trägern, von Gil, wie er sie berührte und ihr ganzer Körper sich aufzulösen schien, und sie seufzte noch lauter.

Schon jetzt, da sie erst seit fünfzehn Minuten ohne ihn war, schmerzte seine Abwesenheit wie ein Messerstich. Sein T-Shirt brannte auf ihrer Haut, wie die Nacht zuvor seine Küsse. Der Wind flatterte durch den dünnen Stoff, erinnerte sie an seine Liebkosungen, trug seinen Duft an ihre Nase.

Verdammte Scheiße.

Schmetterlinge, sich fallen lassen, leidenschaftliche Küsse an Hauswänden … Das hatte schon mit 16 nicht funktioniert. Hatte sie denn gar nichts gelernt? Diese Art von Liebe war immer zu schön, um von Dauer zu sein. Früher oder später fraß sie einen bei lebendigem Leibe auf.

Als die blauen Fußspuren ins Café abbogen, blieb Kaia stehen. Vielleicht war es ja noch gar nicht zu spät für die sichere Seite. Sie machte auf dem Absatz kehrt und lief Richtung Westend.

Ihr Finger klebte an der Klingel, bis die Tür sich endlich öffnete und Steffens Kopf in dem kleinen Spalt erschien. Erst stutzte er, als sie so unangekündigt vor ihm stand, dann machte sich ein Lächeln auf seinem Gesicht breit, und er öffnete die Tür ganz.

»Hi!«, grüßte er. »Mit dir habe ich nicht gerechnet, nachdem du in letzter Zeit total verschollen warst.« Er trat einen Schritt zurück, um sie einzulassen. »Versteh mich nicht falsch, ich freu mich natürlich. Komm rein. Ich mach gerade Essen. Hast du Hunger?«

Sie brachte immer noch kein Wort hervor. Nein, sie hatte keinen Hunger, eigentlich wollte sie auch gar nicht reinkommen. Sie wollte eine problemlose Beziehung, Stabilität und Sicherheit. Kein Drama mehr, nichts, in dem auch nur ansatzweise irgendjemand verwickelt war, den sie kannte.

Steffen stand vor ihr, lächelte sie an, einladend und zärtlich, wie Gil es am Vorabend getan hatte. Doch im Gegensatz zu ihrem Erdbeben letzte Nacht passierte hier gerade nichts.

Rein gar nichts.

Als sie erneut am Messeturm vorbeikam, blieb sie stehen, blickte daran hoch wie erst wenige Tage zuvor. Als sie entschied, sich fallenzulassen. Wegen eines blöden Hochhauses. Sie starrte auf die Spitze des Turms, auf das Glas, das sich im Sonnenlicht spiegelte. Ihr war klar, dass sie auf Dauer nicht mit ›rein gar nichts‹ leben konnte. Aber wie konnte sie mit der Alternative leben?

Sie holte ihr Mobiltelefon heraus, das bisher fast pausenlos geklingelt hatte. Fünf entgangene Anrufe von Gil prangten ihr entgegen, darunter zwei von Maren. Sie entsperrte es und scrollte sich durch die Kontakte.

»Ja?«, meldete sich eine heisere, sanfte Stimme.

»Hallo, Peter.« Sie hatte sich noch nicht dazu durchgerungen, ihn »Papa« zu nennen. Seit ihrem Treffen in Hamburg hatten sie regelmäßig Nachrichten hin- und hergeschickt, aber nur selten telefoniert.

»Kaia, wie schön, deine Stimme zu hören! Wie geht es dir?«

»War schon mal besser«, gab sie ehrlich zu. »Ich habe eine Frage, Peter.«

»An mich?«

»Ja. Wegen Musik.«

»Okay, Kleines. Immer gern.«

Wieder atmete sie tief durch, suchte nach den richtigen Worten.

»Wegen des Saxofons … ich wollte doch spielen lernen«, begann sie.

»Richtig.«

»Also … ich weiß nicht wirklich, was ich tun soll«, stammelte sie weiter vor sich hin. »Das Altsaxofon ist einfacher zu spielen, leichter zu tragen. Außerdem habe ich bei dir ja schon kurz gespielt. Ich habe also gesehen, dass es funktioniert hat, auch wenn nichts Großartiges hervorgekommen ist.« Was für ein dämlicher Vergleich!, dachte sie. Aber sie hatte nicht genug Vertrauen zu ihm, um ihn direkt um Rat zu bitten. Trotzdem wollte sie ihn fragen. Nicht Yvonne, nicht ihre Mutter, nicht irgendjemanden, der ihre Geschichte kannte.

»Es war schon richtig gut, ja, Liebes«, bestätigte er.

»Aber ich möchte es gar nicht spielen«, fuhr sie fort. »Ich möchte das Tenorsaxofon spielen. Doch es ist so schwierig zu lernen, schwer zu greifen und zu halten, es erfordert so viel Kraft. Und überhaupt habe ich gar keinen Platz dafür.«

Peter kicherte leise. »Ach, mein Schatz, wenn es sonst nichts ist. Das ist eine leichte Frage.«

»Ja?« Kaia zog skeptisch die Augenbrauen zusammen.

»Es ist die Mühe wert. Wegen der wunderbaren Klänge, die du dem Tenor entlockst, auch wenn es länger dauert und oft unmöglich scheint. Letztendlich werden sie dich zum Träumen bringen und davontragen.«

Sie ließ sich auf den Boden sinken. Er hatte recht. Sosehr ihr die Situation mit Gil und Maren missfiel, sie sich wünschte, es wäre irgendeine andere Frau, spürte sie, dass sie das, was sie gestern empfunden hatte, um jeden Preis festhalten wollte. Dass sie mit niemandem diese Magie spürte außer mit Gil. Jede Faser ihres Körpers sagte ihr, dass sie mit ihm zusammen sein wollte.

Sie hatte keine Ahnung, wie das funktionieren sollte, ohne wieder in Komplikationen verwickelt zu werden und sich von einem Gefühlsstrudel mitreißen zu lassen, ohne Maren zu verletzen. Sie wollte auch nichts überstürzen, wie sie es damals getan hatte. Wollte nicht zurücklaufen und ihm in die Arme fallen, so, wie sie heute Morgen fluchtartig aus seinem Haus gerannt war. Erst musste sie einen klaren Kopf bekommen, wissen, was sie ihm sagen wollte.

›Du kannst die Vergangenheit nicht mehr ändern. Du kannst nur noch das Beste aus dem Jetzt machen‹, klangen ihre eigenen Worte in ihren Ohren.«

Ihr Mobiltelefon klingelte wieder in ihrer Hosentasche. Während sie es hervorkramte, um es auf stumm zu schalten, sah sie Marens Namen auf dem Display. Lange starrte sie auf das Bild ihrer Freundin, das einladend blinkte.

War sie sauer auf sie? Würde sie eine Erklärung verlangen? Was sollte sie erklären? Kaia hatte doch selbst nicht gewusst, worauf sie sich einließ, dass sie ihr vielleicht unbewusst wehtat.

Beim dritten Anruf nahm sie ab.

»Maren … es tut mir leid«, begann sie ohne Umschweife und ohne abzuwarten, wie ihre Freundin zu der ganzen Sache stand. War sie noch ihre Freundin? Sie würde ihr gar keine Möglichkeit geben, es nicht mehr zu sein. »Ich hatte keine Ahnung. Ich wollte dir nicht den Mann … ich meine … Ich weiß, ihr seid nicht mehr zusammen … trotzdem. Auch wenn du ihn nicht mehr willst, willst du bestimmt nicht, dass jemand anderes ihn hat. Dass er jemand anderen so glücklich macht, wie du es immer von ihm wolltest. Unsere

Freundschaft ist mir wichtig, ich werde da nicht …«

»Kaia!«, stoppte Maren nun ihren konfusen Redefluss.

Sie wischte sich eine Träne aus den Augen und atmete tief durch. »Ja?«

»Also … ja, zugegeben, ich war auch ziemlich geschockt, als ich dich heute Morgen sah. Leonie hat mir erzählt, dass er sich mit jemanden trifft, dass sie die Frau kennengelernt hat und sympathisch findet. Aber ich hatte nicht dich erwartet.«

Kaia wusste nicht, ob das gut oder schlecht war. Ihre Stimme klang wie immer, gefasst und klar.

»Und ja, mein erster Gedanke war: Das darf doch nicht wahr sein! Mein Albtraum-Ex-Mann ist dein Traummann?« Jetzt hörte Kaia ein Kichern durch die Leitung, das schnell zu einem lauten Lachen wurde. »Scheiße, die Welt ist schon klein«, fügte Maren dann immer noch unter Glucksen hinzu.

Kaia spürte eine Welle der Erleichterung. Sauer war ihre Freundin definitiv nicht, und das war schon mal richtig gut.

»Nach meinen Erfahrungen kann ich dir Gil natürlich nicht empfehlen«, fuhr sie fort. »Aber nach dem, was du mir erzählt hast, schon«, fügte sie dann gepresst hinzu. »Oh, Gott, ich kann nicht glauben, dass ich mich für meinen bescheuerten Ex einsetze.«

Kaia hörte einen lauten Stoßseufzer.

»Ich hab ihm gewünscht, dass er nie wieder glücklich wird. Ich glaube, ich will immer noch nicht, dass er glücklich wird. So glücklich, wie er offenbar mit dir ist.«

Kam nun doch noch eine Bombe hinterher?

»Aber ich will, dass du glücklich wirst.«

Wieder lief Kaia eine Träne über die Wange. Aber diesmal nicht mehr aus Verzweiflung oder Panik, sondern aus Rührung über diesen ehrlichen und selbstlosen Wunsch ihrer Freundin.

»Und ja, die Tatsache, dass er für jemand anderen … für dich … das empfinden kann, das tun kann, was ich mir immer gewünscht habe, ist nicht leicht zu verdauen. Aber das liegt nicht an dir, sondern daran, dass ich etwas von ihm wollte, das er nie geben konnte. Aber du willst genau das, was er zu geben bereit ist. Du bist einfach richtig für ihn, und ich war es nicht.« Ihre Stimme wurde leiser, brach, trotzdem sprach sie weiter: »Und sosehr das auch meine Eitelkeit verletzen mag, so ist doch absolut nichts mehr zwischen uns. Und wird es auch niemals wieder sein, das steht ganz außer Frage. Um ein verkorkstes Liebesdreieck wie in deiner Vergangenheit musst du dir also keine Sorgen machen. Auch nicht um mich«, betonte sie.

Kaia strich sich durch die Haare, ließ ihren Kopf in die Ellenbeuge sinken, konnte nichts darauf sagen. Ihre Gedanken fuhren immer noch Karussell mit ihr.

»Also …«, schloss Maren, »willkommen in unserer absolut dysfunktionalen, unglücklichen Familie.«

42

Gil

Sonntag, 21. August 2016
Frankfurt am Main

Sie saßen an einem der wenigen Badeseen, die es nahe dem Stadtgebiet gab, und sahen Keiki zu, wie sie sich zum wiederholten Male ins Wasser warf. Gil lächelte. Nach dem aufregenden Morgen, den er in ziemlicher Panik und Unruhe verbracht hatte, gab es nun wieder einen kleinen Anlass zur Freude.

»Ich bin froh, dass wir hier sind. Wir alle. Zusammen auf einer Picknickdecke. Überrascht«, fügte er hinzu, »aber froh.«

Maren nickte stumm, ihren Blick auf die besagte Decke gerichtet. Eine blau-rot-karierte, alte Fleecedecke, die er irgendwo im Keller ausgegraben hatte. Tatsächlich roch sie noch ein wenig feucht, obwohl die frische Luft schon merklich geholfen hatte.

Nach dem morgendlichen Schock hatte Gil mehrfach versucht, Kaia zu erreichen, aber sie hatte nicht geantwortet. Angesichts ihrer Vergangenheit konnte er sich vorstellen, dass es für sie ein großer Schrecken gewesen war. Obwohl er auch nicht erwartet hatte, dass seine neue Liebe und seine Ex-Frau sich kannten. Nein … offenbar Besties waren.

Maren war am Nachmittag, als sie Keiki abholte, für ihre Verhältnisse übermäßig gesprächsbereit gewesen und hatte sogar vorgeschlagen, den Rest des Tages gemeinsam zu verbringen. Er war überrascht gewesen, aber auch dankbar. Der See, an der frischen Luft, wo sie sich jederzeit abkühlen konnten, erschien ihm eine gute Idee. Das mit dem Picknick war ihm in letzter Minute eingefallen. Maren hatte früher immer von gemeinsamen Familienpicknicks gesprochen.

»Ich habe eingesehen, dass es keinen Sinn hat, länger auf dich wütend zu sein«, antwortete sie jetzt. »Letztendlich tut es nur mir selbst weh. Und Keiki.«

Auch das war eine erstaunlich erwachsene und plötzliche Erkenntnis, hatte sie doch die letzten Jahre keine Scheu gehabt, ihrem Ärger auf ihn regelmäßig Luft zu machen.

»Wie bist du zu diesem Ergebnis gekommen?«, fragte Gil also nach, während er vom Wein trank, den er vorsichtshalber eingepackt hatte, falls die Situation doch aus dem Ruder laufen sollte.

Maren seufzte und sah auf, ließ ihren Blick über den glitzernden See schweifen. »Ich habe in den letzten Wochen viel mit Kaia gesprochen. Über die Vergangenheit, über unsere Beziehung, ihre Beziehungen.« Dabei hob sie vielsagend die Augenbrauen. »Ich habe gesehen, dass wir den gleichen Fehler begangen haben. Dass wir unseren Ärger auf unsere ehemaligen Partner abluden. Es war einfacher, dich dafür zu hassen, dass unsere Familie auseinanderbrach, als mit dem Schmerz umzugehen.«

Gil war berührt von ihrer Ehrlichkeit. Es war vermutlich das erste aufrichtige Gespräch seit ihrer Trennung vor über zehn Jahren.

»Sie erzählte mir von ihrer Mutter, und wie diese nie wütend war auf Kaias Vater, weil sie akzeptiert hatte, wie er war und ihm das nicht vorhalten konnte.« Sie presste ihre Lippen aufeinander, und Gil merkte, wie sie mit sich kämpfte, unsicher, was sie sagen wollte, eingestehen wollte.

»Und dann habe ich heute Mittag mit Kaia telefoniert, nachdem sie in Panik weglief. Eigentlich wollte ich sie nur ein wenig beruhigen. Stattdessen hörte ich mich, wie ich ein Plädoyer für dich hielt, sie davon überzeugte, dass du der Richtige für sie wärst.«

Gils Herz machte einen Sprung. Das hatte sie wirklich getan? Hatte es etwas gebracht? Gab es doch Hoffnung, Kaia aus dieser misslichen Lage zu befreien, sie zu überzeugen, dass es diesmal anders war? Er wagte noch nicht nachzufragen.

»Da dachte ich, wenn es schon so weit ist, kann ich genauso gut einem harmlosen Picknick zustimmen.« Sie lachte spöttisch.

Gil lächelte erleichtert. »Wie hast du Kaia kennengelernt?«

»Beim Yoga. Sie war deprimiert, hatte gerade mit ihrem Ex Schluss gemacht. Oder er mit ihr, das weiß ich nicht mehr genau«, gab sie zu und zog nachdenklich die Augenbrauen zusammen. »Jedenfalls schüttete sie mir bei einem anschließenden Drink ihr Herz aus. Sie erzählte, dass alles schiefgegangen war, seitdem sie sich in ihrer Jugend hoffnungslos in einen Kerl verliebt hatte, von dem sie total abhängig war. Tatsächlich war es meine Idee gewesen, ihren Idioten-Ex aufzusuchen, der ihr das Herz gebrochen hatte. Das Problem an der Wurzel anzupacken.«

Gil schmunzelte. Das klang ganz nach Mau. Sie hatte immer sehr originelle Lösungsansätze. Jetzt richtete er sich auf, beugte sich etwas näher zu ihr. »Dann muss ich dir sehr dankbar sein, dass du sie wieder in mein Leben gebracht hast.«

Auch über Marens Lippen huschte ein zaghaftes,

versöhnliches Lächeln. »Ich bin tatsächlich auch sehr dankbar, dass sie in mein Leben kam. Dass ich eine neue Freundin habe. Dass ich meinen Frieden gefunden habe. Außerdem weiß ich jetzt mehr über dich als je zuvor.« Wieder zog sie die Augenbrauen hoch, und Gil fragte sich, ob das tatsächlich so eine gute Sache war. Über die Vergangenheit hatten sie nie gesprochen. Sie waren erst zu verliebt gewesen, dann zu distanziert.

»Ich verstehe dich durch sie besser. Ich bin nicht mehr wütend.«

Gil atmete tief durch. Zeit für Entschuldigung Nummer sechs.

»Was ich damals tat …«, begann er vorsichtig und betrachtete sie von der Seite. Er wollte sie keineswegs verletzen, in alten Wunden graben. Aber es gab etwas, das seit so langer Zeit auf seiner Seele brannte und ihm in den letzten Monaten bewusster geworden war als je zuvor. »Ich glaube immer noch, dass es das Richtige war, aber es war nichtsdestoweniger furchtbar.«

Ihr Blick senkte sich, sie schien mit der Fassung zu kämpfen.

»Und ich hatte auch nicht ganz recht. Ich dachte, ich wäre kein Vater, könnte nie einer sein. Aber das stimmt nicht.« Wieder sah er auf den See hinaus, wo Keiki ihre Runden drehte. »Ich liebe sie von ganzem Herzen. Ich bin so dankbar, dass sie in meinem Leben ist. Ich bin dir so dankbar, dass du sie mir geschenkt hast. Und es tut mir leid, dass ich nicht der Richtige für dich war. Dass ich deine Erwartungen nicht erfüllen konnte, dir nicht die Familie geben konnte, die du immer wolltest.«

Jetzt entwischte doch eine Träne aus Marens rechtem Auge, lief unbeirrt über ihre Wange und tropfte auf ihre dunklen kurzen Jeans. Statt einer Antwort nickte sie nur und legte ihre Hand auf sein Bein. Kurzentschlossen ergriff Gil sie und drückte sie. »Aber das hier …«, sagte er, »das kann ich dir geben. Regelmäßig. Kompromisslos. Ich weiß, es ist nicht das Gleiche. Aber wir können trotzdem eine Familie sein.«

Sie hatte ihre Hand immer noch nicht weggezogen. Stattdessen sah sie ihm jetzt direkt in die Augen. »Nur, wenn wir das nächste Mal Boot fahren«, scherzte sie.

Er lachte laut auf. »Ja. Das lässt sich machen.«

Keiki kam freudestrahlend und triefend nass zurück. »Mann, hat das gutgetan!« Sie schüttelte ihre Haare und amüsierte sich dann lautstark darüber, ihre Eltern nass zu spritzen. »Ich gehe mich kurz abduschen«, erklärte sie und war auch schon wieder weg.

»Gil …«, sagte Maren nun und sah ihn ernst an. »Du darfst sie nicht verlieren. Sie muss wissen, dass es nicht das Gleiche ist wie damals. Ich habe es ihr gesagt, aber sie muss es von dir hören. Versau das nicht.« Dann lächelte sie ihn wieder an. »Du bist so viel besser, seit sie da ist.«

Mittwoch, 24. August 2016
Frankfurt am Main

Es klingelte zum dritten Mal. Seit dem Wochenende hatte er es nicht mehr versucht, wollte ihr etwas Zeit zum Nachdenken geben. Zeit zum Verarbeiten. Hatte gehofft, sie würde sich melden. Hatte einen Plan geschmiedet, was er sagen würde. Einen Plan, der unmöglich schiefgehen konnte.

»Moin«, meldete sich nun ihre unverkennbare Stimme, und sein Herz ging sofort auf. Ein Lächeln hatte sich umgehend auf seinem Gesicht ausgebreitet.

»Hey, Pusteblume.«

Sie kicherte leise.

»Wir sollten nach Frankreich.« Kein Small Talk. Keine Zeit. Direkt zum Kern der Sache, so hatte sie es am liebsten.

»Wir sollten was?«, fragte sie nun trotzdem durchaus erstaunt.

»Nach Frankreich«, wiederholte er.

»Wir sollten nach Frankreich?«

»Ja. In meinen Heimatort. Zu meinen Großeltern.«

»Du spinnst.«

Nein, tatsächlich hatte er es sich lange überlegt. Unfehlbarer Plan und so.

»Wir wollten es immer tun. Wir redeten ständig davon, als wir jung waren. Warum nicht jetzt?«

»Warum … was?«, schien sie immer noch ihre Gedanken zu sortieren.

»Ich hatte noch keinen Sommerurlaub. Ich kann jederzeit weg. Lachers Kondome sind durch, es gibt keine großen Aufträge im Moment. Mein Jahrhundertroman kann zwei Wochen warten. Aber wir nicht.«

»Du schreibst einen Jahrhundertroman?«

»Natürlich.«

»Du spinnst«, sagte sie noch einmal. Und dann, ohne weiter nachzudenken: »Okay.«

»Ja?«, setzte er sein Glück schon fast ein wenig aufs Spiel.

»Ja. Lass uns nach Frankreich fahren.«

43

Mittwoch, 1. Juli 1998
Hamburg

Gil glaubte, dass seine Chancen ganz gut standen, dass er sie sehen würde. Ihre Mutter hatte mittwochs meist Nachtdienst, dann würde sie definitiv an die Tür gehen müssen. Ja, vielleicht würde sie sie ihm vor der Nase zuknallen. Carolin hätte das bestimmt getan, deshalb hatte er es bei ihr gar nicht erst versucht.

Irgendwie glaubte er auch daran, dass Kaia ihn nicht wegschicken würde. Dass sie ihn reinlassen, mit ihm reden würde. Jetzt, wo langsam Gras über die Sache zu wachsen begann.

Was er sich davon versprach, wusste er wiederum überhaupt nicht. Er hatte keinen Plan, eigentlich ergab es keinen Sinn, dass er hier war. Aber er musste sie noch einmal sehen. An nichts anderes hatte er die letzten Wochen gedacht. Jeden Abend, wenn er schlafen ging, spürte er ihre weichen Haare zwischen seinen Fingern, ihre Lippen auf seiner Haut, hörte ihre Stimme, wie sie zärtlich seinen Namen sagte, ihr verspieltes Kichern, wenn er sie berührte. Danach kauerte er sich allein in seinem Bett zusammen und fiel unter Tränen in einen unruhigen, von Sehnsucht und Reue geplagten Halbschlaf.

Er behielt recht, die Wohnungstür öffnete sich nach dem ersten Klingeln. Wie üblich fragte sie nicht einmal, wer da war. Mit bleischweren Beinen stieg er die Treppen hinauf. Als sie vor ihm im Eingang stand, traf ihn ein Stich im Herzen, dass er einen Moment lang dachte, es würde ihn wieder zurück nach unten katapultieren.

Es war nicht so, dass er sie nicht gesehen hatte. Tatsächlich sah er sie tagtäglich in der Schule. Aber das hier war anders. Sie standen sich Auge in Auge gegenüber, fast wie früher. Dazu kam es in der Schule nie. Sie machte – genau wie Carolin – einen großen Bogen um ihn, hatte die Raucherpausen in den Schulgarten verlegt oder verzichtete ganz darauf. Jetzt hingegen konnte er sogar wieder ihr Mandelshampoo riechen, sah in ihre traurigen, erstaunten Augen. Aber sie war noch hier, hatte die Tür nicht gleich zugeworfen.

Statt einer Begrüßung seufzte er tief. Einige Minuten standen sie nur da, sahen einander an. Er erkannte in ihrem Blick den gleichen Schmerz, den auch er spürte, der ihm die Kehle zuschnürte und jede Erklärung verwehrte.

Sie war die Erste, die sich wieder fing.

»Was machst du hier?«, fragte sie leise und heiser.

Er schluckte, atmete noch einmal tief durch, hielt sich am Treppengeländer fest. »Ich wollte mich verabschieden.«

Sie zuckte verständnislos mit den Schultern.

»Ich gehe zurück nach Frankfurt. Nächste Woche.« Jetzt konnte er doch sehen, wie sie ebenfalls schluckte, ihre

Augen sich kurz zusammenzogen. Doch sie hatte sich schnell wieder im Griff. Vielleicht hatte sie die ganze Sache auch schon überwunden.

Nicht wie er.

»Darf ich reinkommen?«, fragte er. Auch wenn es höllisch wehtat, wollte er noch nicht gehen. Wenn es das Einzige war, das ihm von ihr blieb, nahm er sogar den Schmerz.

Wieder zuckte sie mit den Schultern, trat dann jedoch einen Schritt zurück und ließ ihn hinein. Sie gingen nicht wie üblich in ihr Zimmer, stattdessen setzte sie sich direkt auf das kleine Sofa im Wohnzimmer. Die Jalousien waren heruntergelassen, nur durch den unteren Spalt drang etwas Licht. Kleine, nebelige Rauchwolken waberten durch die Luft. Was ihm sagte, dass sie wohl den Nachmittag hier mit einer ganzen Menge Zigaretten verbracht hatte. Auch jetzt zündete sie sich eine an und betrachtete ihn mit kalten Augen, immer noch schweigend.

»Ich vermisse dich«, brach er schließlich kaum hörbar die Stille. »Jeden Tag. So sehr.« Mehr konnte er nicht sagen, ohne wieder in Tränen auszubrechen.

Statt einer Antwort zog sie an ihrer Zigarette, blies den Rauch in die graue Luft.

»Jeden Tag versuche ich, nicht an dich zu denken, mir selbst zu verzeihen, dass ich nicht eher das Richtige getan habe, nicht alles getan habe, was nötig war, um dich nicht zu verlieren. Und jeden Tag scheitere ich kläglich. Es ist so viel stärker als ich … es ist … als würde es mich permanent ertränken wollen.« Er merkte, wie seine Stimme rau wurde und brach. Er hatte keine Ahnung, warum er ihr das erzählte, sich so bloßstellte. Es drängte einfach aus ihm heraus. »Aber obwohl es so schmerzhaft ist, an dich … an uns zu denken, mache ich es jede freie Minute. Denn es ist auch das Einzige, das mir ansatzweise Freude bereitet.«

Jetzt musste er die Wahrheit erfahren. Gab es doch noch eine Chance für sie? »Weißt du, was ich meine?«, fragte er.

Sie schüttelte den Kopf. »Nein. Ich denke nicht mehr

zurück. Ich habe abgeschlossen mit allem. Mit uns. Ich bin froh, dass es vorbei ist.« Das war gelogen, aber Ehrlichkeit hätte sie in dem Moment umgebracht. Ihm gegenüberzusitzen, brachte jede Faser ihres Körpers zum Beben, auch wenn sie versuchte, ihre Gefühle zwischen Dunkelheit und Zigarettenrauch zu verstecken.

»Es ist gut, dass du weggehst«, lud sie nach und sah in seinen Augen, wie sein Herz erneut in Stücke brach. Sie konnte nicht vermeiden, einen Hauch Genugtuung zu spüren. Sie wollte ihm wehtun, so wie er ihr wehgetan hatte. Das hielt sie eigentlich nicht für möglich, aber zumindest konnte sie es versuchen. Wütend zu sein, war auf jeden Fall einfacher, als den Schmerz zu ertragen.

Jetzt stand er auf, die Hände in seinen Jeanstaschen. Dann drehte er sich wortlos um und taumelte zurück durch die Wohnungstür. Während sie ihm hinterher sah, lange, nachdem er schon gegangen war, strömten die Tränen unaufhaltsam über ihre Wangen. Nein, es war tatsächlich gut, dass er wegzog. Vielleicht würde es irgendwann einfacher werden.

Gil lief ziellos durch die Straßen. Er wollte nicht nach Hause, wollte nicht zum hundertsten Mal gefragt werden, was los war, wie sie ihm helfen konnten. Er hatte keine Ahnung. Es gab keine Hilfe. Nichts konnte die Zeit zurückdrehen, seine Entscheidungen ungeschehen machen, seinen Schmerz nehmen. Nun war auch die letzte Hoffnung auf Versöhnung gestorben. Ein Teil von ihm hatte sich gewünscht, sie würde ihm einfach in die Arme fallen, sie würden wieder sie sein. Er wäre hiergeblieben, in eine WG gezogen, hätte sein Abschlussjahr in Hamburg absolviert, an ihrer Seite. Was sollte er in Frankfurt anfangen? Was sollte er irgendwo auf dieser Welt anfangen, ohne sie?

In drei Tagen war sein achtzehnter Geburtstag, und er hatte sich nie im Leben miserabler gefühlt. Auf keinen Fall wollte er feiern, nicht einmal jemanden treffen, den er kannte. Er wollte keine Freude empfangen, keine Glückwünsche, keine Geschenke, und schon gar nicht wollte er falsche Freude vorspielen müssen.

Es gab nur einen Ort auf dieser Welt, an dem er all dem entkommen konnte. An dem er vielleicht wieder er selbst sein konnte. Zumindest irgendwann.

Aus Gils Notizen, Juli 1998:

Hier trennen sich also unsere Wege.
Mach's gut.
Bis irgendwann.

44

Freitag, 2. September 2016
Clery-sur-Somme

»Was mich am meisten verwirrte, war vermutlich Leonie«, erklärte Kaia, als sie durch das kleine, verschlafene Dorf spazierten. »Du hast sie noch nie Leonie genannt. Wie kann es sein, dass ihr unterschiedliche Namen für eure Tochter habt?«

Sie waren frühmorgens gelandet und dann mit dem Mietauto weiter. Die meiste Zeit über hatten sie kaum gesprochen. Kaia hatte sich auf die Landschaft konzentriert, die Herbstsonne auf ihrem Gesicht gespürt, hatte interessiert die Hinweise auf die historisch bedeutsamen Dörfer gelesen, versucht, ihr Französisch etwas aufzufrischen, nicht an ihre Beziehung zu denken. Sie war sich nicht sicher, wohin diese gemeinsame Reise führen würde. Ob sie wirklich so eine gute Idee war. Doch als er es am Telefon vorgeschlagen hatte, übernahm die 16-jährige Kaia, die mit ihm in Frankreich ihren gemeinsamen Traum leben wollte, das Ruder, bevor sie weiter darüber nachdenken konnte. Sie hatte den erstmöglichen Flug reserviert, einen Rucksack gepackt und sich ins Unbekannte gestürzt.

Schon jetzt wusste Kaia, dass sie auch diesen Teil von Frankreich liebte. Er war ruhiger, einfacher, einheitlicher als der wilde, blumige Süden, mit weiten Ebenen. Gils ehemaliger Heimatort bestand aus nicht viel mehr als drei Straßen, einer Kirche, einem Bäcker, ein paar Häusern mit blauen Fensterläden und einem Fluss. Es erinnerte sie an *Anne auf Green Gables*, trotz des Blaus. Es war idyllisch, poetisch. Es passte so sehr zu ihm, dass sie sich fragte, wie er jemals nach Frankfurt gekommen war. Es war der perfekte Ort für das Gespräch, das ihnen bevorstand, das klären sollte, was nach wie vor zwischen ihnen stand. Doch im Moment war sie noch nicht bereit dazu, es zu führen.

»Leonie war Marens Idee«, begann Gil und bemerkte, dass es das erste Mal seit Jahren war, dass er beide beim richtigen Namen nannte. »Ich meine, der Name«, stellte er klar. »Sie fand, dass er sehr französisch klinge.« Er erinnerte sich zurück an den Moment, und wie er immer noch so überfordert von der Gesamtsituation war, dass es ihm egal war, wie das Kind hieß, und aus welchem Grund. »Auf Hawaii, kurz nachdem wir uns kennenlernten, gab ich Maren den Kosenamen Mau. Es schien mir logisch, dass auch Leonie einen hawaiianischen Spitznamen haben sollte. Du kennst ja meine Vorliebe für Spitznamen«, spielte er auf Kaias Umbenennung bei ihrer ersten Begegnung an und grinste. »Keiki ist Hawaiianisch für Baby, Kind. Anfangs fand Maren die Idee witzig und passend. Nach unserer Trennung hatte sich das natürlich erledigt. Alles, was meine Idee war, war von da an unbrauchbar. Aber für mich blieb sie stets Keiki.«

»Es passt auch zu ihr. Ich hatte es tatsächlich nie hinterfragt. Es ist witzig, frech, einzigartig. Wie sie. Du hast eine Hand für Spitznamen. Und eine wundervolle Tochter.«

Wieder lächelte Gil. »Danke.« Wobei er immer noch

unsicher war, wie viel von Letzterem wirklich auf seine Kappe ging.

Sie spazierten an einem Briefkasten vorbei, der einsam an der Straße stand. Das zugehörige Häuschen war zurückversetzt auf einem kleinen Hügel gebaut. Dahinter bogen sie über eine Holzbrücke zur Somme ab, die hier so breit war, dass sie aussah wie ein See.

Sie hatten nur einen kleinen Rucksack mit dem Abendessen dabei. Ihr Gepäck hatten sie bei Gils Großeltern gelassen, die außerhalb des Dorfes ein großes Anwesen mit mehreren Gästezimmern und großzügigem Garten besaßen, den Gils Großmutter immer noch liebevoll pflegte. Die beiden hatten sich riesig gefreut, Gil wiederzusehen, und Kaia aufgenommen, als wäre sie seit Jahrzehnten in der Familie. Sie bekam ihr eigenes Zimmer, mit blumiger Bettwäsche und Blick auf den Fluss. Mit Vogelgezwitscher vor dem Fenster und dem Duft nach Rosen und Goldruten und Anemonen. Es war ein sonniger Abend, und sie waren sofort zum Spazieren aufgebrochen. Vor allem, weil Gil sie keinesfalls überfordern wollte. Seine Großeltern meinten es gut mit ihrer Herzlichkeit und überschwänglichen Begrüßung. Trotzdem waren die Fronten zwischen ihnen beiden noch nicht endgültig geklärt, auch wenn die Tatsache, dass Kaia sich auf die Reise eingelassen hatte, ein gutes Zeichen war. Davon, dass sie so oder so in seinem Leben bleiben würde, war er nach wie vor überzeugt. Er glaubte fest an eine Beziehung mit ihr, und er würde alles dafür tun, ihr das klarzumachen.

Ein kleiner Weg führte direkt zum Ufer, wo sie sich setzten. Gil nahm die Decke aus seinem Rucksack, die er vom Haus seiner Großeltern mitgenommen hatte, und stellte das Abendessen darauf ab: ein Baguette, etwas Käse und eine Flasche Rotwein. Ein Weilchen saßen sie still nebeneinander, sahen auf das glitzernde Wasser und knabberten am knusprigen Brot.

»Die Franzosen müssen auch überall ihre Flagge draufmachen, sogar aufs Baguette«, stellte Gil schmunzelnd fest, immer noch bedacht darauf, die Stimmung nicht zu kippen.

Kaia lächelte. »Wenn mein Land so einen Käse hätte und diesen Wein und ein so herrliches Brot und diesen Sonnenuntergang, dann würde ich auch überall die Flagge draufmachen.« Sie sah ihn einen Moment lang an, als hätten sie alle Sorgen hinter sich gelassen und würden als Frischverliebte ihr romantisches Picknick am Wasser genießen. Fast glaubte Gil daran. Dann wurde ihr Blick ernst.

»Ich kann dich nicht wieder mit jemand anderem teilen«, sagte sie geradeheraus.

Er legte sein Brötchen zur Seite, nahm ihre Hand und sah ihr fest in die Augen. »Das musst du auch nicht. Es gibt niemand anderen. Ich verstehe, dass es dich aus der Bahn geworfen hat, dass ausgerechnet deine neue Freundin meine Ex-Frau ist. Aber sie ist eben nur das: meine Ex-Frau. Und glaub mir, daran wird sich nie wieder etwas ändern.«

Sie nickte, den Blick wieder auf den Fluss und das darin glitzernde Sonnenlicht gerichtet. »Weißt du noch, wie ich dir sagte, warum ich nicht in Paris geblieben bin? Dass mich das Leben dort auf Dauer vermutlich aufgefressen hätte?«

»Ja.«

»Ich habe Angst, dass es mir mit dir ähnlich geht.«

Er zog verständnislos die Augenbrauen zusammen. »Wieso?«

Sie zuckte mit den Schultern und wartete lange, bevor sie eine Antwort gab.

»Ich war so leer damals … als du weggingst. Ich weiß, ich sagte, es wäre mir egal gewesen. Aber ich war tot. Ein Festessen für die Geister der Vergangenheit. Und ich weiß, dass ich daran nichts mehr ändern kann. Aber ich will auch nicht, dass es mir noch mal passiert.«

Er beobachtete sie, ihren versteinerten Blick aufs Wasser. Er kannte diesen Gesichtsausdruck. Eine Wand, hinter der brodelnde Gefühle aufkochten.

»Und ich bin immer noch wütend auf dich.«

Den ersten Teil konnte er nachvollziehen. Auch er hatte seinerzeit schwer gelitten und wollte das nicht noch einmal durchmachen. Aber wütend? Tatsächlich hatte er diesmal nichts falsch gemacht.

»Warum?«

»Weil du mich wieder reingezogen hast. Weil du mich wieder dazu gebracht hast, dich zu lieben. Weil ich in der gleichen dämlichen Situation bin wie damals.« Zur Bekräftigung warf sie einen Kieselstein ins Wasser.

»Aber dafür kann ich nichts. Ich wusste nicht, dass Mau deine Freundin ist. Es ist auch nicht die gleiche Situation.«

»Ich weiß«, lenkte sie ein, warf aber einen weiteren Kieselstein hinterher. »Aber ich bin trotzdem wütend.«

»Was kann ich tun?«

Der Platz, den sie sich ausgesucht hatten, lag zwischen zwei Eukalyptusbäumen. Ein alter, halb verfallener Steg ragte ins Wasser. Algen hatten sich darauf gebildet und nagten am morschen Holz.

Sie ließ ihre Hände auf den Boden sinken und sah ihm direkt in die Augen. »Sag mir, dass du der Mann sein kannst, der du in deinen Geschichten bist … offen, aufrichtig zu dir selbst, ohne Angst zu lieben. Sag mir, dass wir nicht zu viel wollen. Dass wir nicht nur die Vorstellung dessen lieben, was wir sein könnten, weil das Leben nie an die Kunst herankommt. Sag mir, dass wir als Freunde nicht besser dran wären.«

Er hielt ihrem Blick stand, nahm ihren Kopf zwischen seine Hände. »Ich kann der Mann sein, der ich in meinen Geschichten bin. Wenn ich es schreibe, ist es in mir«, sagte er, so unmissverständlich und kompromisslos wie möglich. Dann küsste er sie sanft. Es gab keinen Zweifel in ihm, dass das hier richtig war, sie richtig waren, sie nicht nur einer unerreichbaren Vorstellung nachhingen.

»Du hast recht«, begann er. »Ich hatte so viel Angst davor, dass jemand sieht, wie ich wirklich bin, was hinter meinen Gedanken steckt, was ich getan habe. Ich habe immer auf eine bessere Version von mir zugesteuert. Sogar in den letzten Wochen dachte ich oft, ich sei noch nicht gut genug für dich, noch nicht bereit. Aber ich bin es«, versicherte er und lächelte sie dabei liebevoll an. »Du selbst hast es mir gezeigt. Je mehr ich über dich herausfand, über deine dunkelsten Geheimnisse, deine Fehler und Misserfolge, was dir peinlich ist … umso mehr ist da, was ich an dir lieben kann. Und ich liebe es, alles an dir. Deinen Enthusiasmus fürs Leben und deine ständigen Zweifel. Deine Zielstrebigkeit, deine Kompromisslosigkeit und deine endlose Kreativität. Selbst wenn du mich irgendwann wieder hassen solltest, will ich deinen Hass, deine Wut. Ich will alles. Und ich bin bereit, mich dir genauso auszuliefern. Ich möchte, dass du mich genauso liebst.«

Ein paar fette Schwäne schwammen zwischen Tausenden von Enten auf der Wasseroberfläche. Gil fühlte sich wie in *Wie ein einziger Tag*.

»Es ist einfacher zu denken, wir könnten nicht alles haben«, fuhr er fort. »Was wir nicht haben können, ist auf ewig in unseren Herzen. Was wir haben können, macht uns Angst, und wir laufen davon. Das habe ich einmal getan. Ich will es nicht mehr. Ich will auch nicht, dass du immer nur in meinem Herzen bist, sondern an meiner Seite.« Wie zur Bestätigung nahm er wieder ihre Hand. Dann fiel ihm etwas ein. Der endgültige Beweis.

»Du sagtest, du erinnerst dich nicht daran, was du damals an die Tafel geschrieben hast. Als wir high waren und du dachtest, du hättest dein ultimatives Meisterwerk geschaffen.«

Sie nickte. »Ich weiß nur noch, dass es extrem wichtig war, etwas, das in mir brannte.«

»Ich erinnere mich«, sagte er mit einem sanften Lächeln. Er sah den Moment direkt vor sich, als er es mit dem Schwamm wegwischte, bevor sie das Klassenzimmer verließen. Damals hatte es ihn auch zum Schmunzeln gebracht, er hatte es für eine Spielerei gehalten.

»Gil liebt Kaia«, klärte er sie auf. »Dein Meisterwerk war:

Gil liebt Kaia.«

Jetzt lachte sie leise. »Ja!«, bestätigte sie, kniff die Augen nachdenklich zusammen. »Das stimmt!« Ihr Lachen wurde lauter, aus Freude über die Erinnerung, aber auch über die absurde Einfachheit.

»Und du hattest so recht damit!«, fuhr Gil fort. »Wir sind das große Meisterwerk. Ich liebte dich damals, und ich tue es jetzt. So sehr, dass es mir den Atem nimmt, wenn du nicht da bist. Ich will alles bedingungslos mit mir teilen ... meine Gedanken, meine Abgründe, meine absurdesten, witzigsten Vermutungen«, wiederholte er, was sie zwanzig Jahre zuvor von ihm verlangt hatte, als sie in Tränen aufgelöst vor ihm stand. Er wollte immer noch nur mit ihr dieser Jemand sein. »Und nein, wir wären nicht besser dran als Freunde. Wir sind besser dran, weil wir Freunde sind. Du wirst nie nur meine Geliebte sein. Du bist meine engste Vertraute, meine beste Freundin, meine Partnerin in diesem Leben.« Zärtlich strich er über ihre Wange. Endlich war dieser Blick wieder da. Ihr Einziger-Mensch-auf-Erden-Blick.

»Bist du immer noch wütend?«, fragte er grinsend.

Sie schüttelte den Kopf.

Er zog sie näher an sich heran, bis sie sich an ihn lehnte. Kaia genoss seine Wärme, die sie die letzte Woche so vermisst hatte, fühlte sich sofort zu Hause. Sie wusste, dass es stimmte. Dass auch er genau das war, was sie wollte, mit all den Risiken und Schwierigkeiten, die auf sie zukommen könnten. Nichts hatte sie in den letzten zwanzig Jahren so glücklich gemacht wie das vorige Wochenende. Und sie waren in Frankreich. Endlich. Und hatten sogar ganz passablen Wein. Vielleicht wartete dieses Leben, das sie sich immer vorgestellt hatten, doch auf sie. Schreiben, sich gegenseitig inspirieren, schlaflose Nächte verbringen, sich lieben. Glücklich sein.

Sie drehte ihren Kopf zu ihm, sah ihn an. »Ich liebe dich genauso. Und ich will auch alles. Ich habe so lange darauf gewartet.« Sie strich ihm zärtlich über die Wange und küsste ihn. »Wir sind also das große Meisterwerk?«, wiederholte sie leise und lehnte ihren Kopf wieder an seine Schulter.

»Ja.« Gil fuhr ihr durch die Haare, was ihren ganzen Körper zum Kribbeln brachte. »Deshalb habe ich aber trotzdem noch vor, den nächsten Jahrhundertroman zu schreiben«, flüsterte er ihr ins Ohr, während sie beide auf das ruhige Wasser hinaussahen, in dem sich die untergehende Sonne spiegelte.

»Klingt nach einem guten Plan«, willigte sie ein. Vielleicht war es eine Einladung, ihr Herz erneut zu brechen.

Vielleicht waren sie diesmal aber auch besser.

Eine kleine Bitte noch …

Rezensionen sind für AutorInnen unglaublich wichtig.
Nicht nur machen sie unser Buch bekannter. Es freut
mich persönlich auch unglaublich zu erfahren, welche
Stelle, was genau Euch besonders an
Als das Gras zu wachsen aufhörte
gefallen hat. Das bestärkt mich in meiner Arbeit
und macht mein nächstes Buch noch besser.
Also helft gern mit, wenn Ihr *Als das Gras zu wachsen aufhörte*
fertiggelesen habt, es bekannter zu machen,
und schreibt mir eine kleine oder große Rezension auf
Amazon, lovelybooks, Instagram
oder wo es Euch eben gefällt.

Ich danke Euch und freue mich darauf.

Eure Sandra

Danksagung

Ich habe mehr als zwei Jahre an diesem Buch geschrieben und gearbeitet. Unglaublich viele Leute waren dabei an meiner Seite. Ich hoffe, ich vergesse niemanden.

Ein besonderer Dank geht wie immer zuallererst an mein Team:

Meine Lektorin Becky, die es immer wieder schafft, mit minimalistischen Änderungen einen Satz doppelt so aussagekräftig zu machen. Die mich darauf hinweist, wenn ich es übertreibe mit dem Alkohol, wenn völlig unlogische Handlungen vollzogen werden (ich sag nur: in die Kroketten stürzen) oder der Schraubverschluss-Wein korkt. Ich schätze ihre humorvolle, ehrliche Art und professionelle Arbeit sehr. Und ohne Becky hätte es auch nicht dieses Happy End gegeben. Ich bin aber froh, dass es so ist.

Meine Coverdesignerin Patricia, die mit viel Geduld das richtige Gras gesucht und absterben lassen hat. Das Ergebnis hat die Stimmung meines Buches perfekt eingefangen.

Mein wunderbar talentierter Kollege Thomas Schärfke. Ohne das Buch zu kennen, hat er sich durch meine Kurzgeschichten gelesen, sich in Gil hineinversetzt und einen perfekten Poetry-Slam-Text für ihn geschrieben, der mich jedes Mal wieder zu Tränen rührt. Mein Dank dafür ist grenzenlos. Die Erfahrung, gemeinsam an einem Text zu schleifen, war überdies eine ganz außergewöhnlich (und überraschend) schöne.

Mein Testleser Manuel, der mir aufrichtiges und konstruktives Feedback geliefert hat und mein Herz dabei gleichzeitig zum Tanzen brachte. Nichts ist zu vergleichen mit der ersten begeisterten Rückmeldung, die der Autorin zeigt, dass es auch andere Menschen gibt, die ihr Buch lieben. Außerdem hat Manuel die Erstversion des Klappentextes verfasst und ist ein sympathischer, extrem talentierter Kollege. Schaut mal bei ihm vorbei: @manuelstrackschreibt

Mike Zeitz, der mit viel Geduld und Sorgfalt die Hamburg-Kapiteln gegengelesen und hilfreiche Anmerkungen zu kleinen Details (auch 90er-Jahre-getreu) gegeben hat.

Lara, Steve und Jana für die Starthilfe bei Kapitel eins.

Meiner Freundin Marissa für die Nachhilfe im deutschen Schulsystem.

Laura von @lauraswoerter für das informative Gespräch zu Poetry-Slams und den Blick hinter die Kulissen.

Meine Freundin Steffi für die Bundesgartenschau und die seelische Unterstützung.

Diana Gabaldon, die mir mit ihrem Guide „I give you my body“ die Augen geöffnet hat. „Eine gute Sexszene kann nur zwischen diesen beiden Menschen stattfinden“. Dieser Satz hat mein Schreiben für immer verändert. Tausend Dank dafür.

Thomas und Jose für die Französisch-Hilfe und Eve für den perfekten Schliff.

Mein „Team Klappentext“: Manuel, Becky, Lara, Claudia, Kerstin, Eve und Patricia. Alleine die Anzahl der Leute, die ich hier verrückt gemacht habe, zeigt, was ein Klappentext für mich bedeutet.

Claudia, dass sie als erste Buchhändlerin *Wie warmer Julregen* eine Chance gegeben hat und mich weiterhin regelmäßig unterstützt.

Allen Cover-Flashmobbern, die mir einen wunderbar glücklichen Tag beschert haben und mir zeigten, wie mächtig Insta-Liebe ist.

Dem Grasblogger-Team, das dazu beiträgt, diesem Buch einen guten Start in die Buchwelt zu verschaffen.

Thomas und Lothar, die unermüdlich den Soundtrack für die Live-Lesungen mit mir proben und sich überhaupt auf dieses wahnwitzige Projekt eingelassen haben.

Mein ganz persönlicher Dank gilt:

Meinem Mann Daniel. Du hast mich beharrlich darin unterstützt, meinen Traum zu verwirklichen, meine ganze Kraft aufs Schreiben und mein Unternehmen Autorenträume zu lenken. Dafür werde ich Dir ewig dankbar sein, was auch immer passieren mag.
Henry Selick, Regisseur von „Nightmare before Christmas" sagte: »Sally glaubt an Jack, ganz blind. Und weil sie so sehr an ihn glaubt, ist es da. Und zum Schluss wird er zu dem, als den sie ihn immer gesehen hat.« Er spricht mir aus dem Herzen. Ohne Dich gäbe es Autorenträume nicht.
Durch Dich habe ich auch gelernt, wie wichtig, alltäglich und simpel Sex ist, und dass man deshalb genau so darüber schreiben sollte. Ganz besonderer Dank auch dafür, dass Du stets Versuchskaninchen für diverse Haltungen, Tanz- und Kusspositionen warst, um sie auf Realismus zu prüfen.

Ich bin keine Mutter, schon gar kein Vater. Ein großer Dank geht daher an meine Schwester Denise, die beste Mama, die man sich wünschen kann. Sie hat Gils innerste Gedanken zur Vaterschaft testgelesen und viele tolle weitere Anregungen geliefert.

Meinen Eltern Heidi und Michael, die sich in den 90er-Jahren zahlreiche Nächte um die Ohren schlugen, um auf mich zu warten oder mich aus irgendeiner gottverlassenen Kneipe um drei Uhr morgens abzuholen. Eure Geduld und Eure immer weisen Ratschläge waren mir Inspiration und Vorbild bei der Beschreibung meiner Elternfiguren.

Meiner Schreibbuddy Christiane, weil sie immer für mich da ist und sich auch von meinem ärgsten Irrsinn nicht abschrecken lässt, sondern mich tatkräftig und konstruktiv unterstützt.
Ihr und meiner Freundin und Kollegin Eve für den Beistand in meinen dunkelsten Schreibstunden (aka Finale).

Meinen vielen Kolleginnen und Kollegen in der Instagram-Schreibbubble für ihre zahlreichen aufmunternden, positiven Anmerkungen und Kommentare und dafür, dass sie täglich ihren Autorenalltag mit mir teilen. Es ist wunderbar zu wissen, dass es so viele Gleichgesinnte gibt. Ihr bringt mich täglich zum Lachen und manchmal auch zum Weinen. Und das ist gut so. Ihr seid toll. Lasst Euch nie was anderes einreden!

Einige der besten von Gils Eigenschaften sind von meinem guten Freund Simon inspiriert: sein Sinn für Romantik, seine Kapazität zu lieben, seine ermunternden Anmerkungen, seine loyale Freundschaft.
Die letzten Jahre waren für Dich hart. Ich hoffe, dass Du bald wieder zu der besten Version von Dir zurückfindest.

All meinen alten Freunden da draußen. Die, die noch da sind und die, die es nicht mehr sind. Ich denke stets gern an unsere fröhlichen Stunden im Park zurück. Danke, dass Ihr meine Jugend so besonders und unvergesslich gemacht habt.

Meinen treuen Leserinnen und Lesern, die mit ihren Worten und Rückmeldungen mein Autorenleben so wundervoll und speziell machen. Es gibt keinen besseren Job als meinen und keine besseren Fans als Euch. Ohne Blaenk, Mario, Alex, Sandra-Michelle, Anja, Nina, Kerstin, Marie, Renata und all die anderen tollen Accounts wäre mein Social-Media-Alltag nicht denkbar.

Besonderer Dank auch an alle, die eine Rezension geschrieben haben oder dies gleich tun werden oder anderweitig helfen, mein

Buch bekannt zu machen.

Meinen Hunden Samy und Rocky. Unsere Spaziergänge sind eine unerschöpfliche Quelle der Inspiration. Die zwei sind meine besten Freunde auf dieser Welt. Egal wie gestresst, verärgert oder deprimiert ich bin, sie machen mit einem simplen Schwanzwedeln und ihrem Hundeblick absolut alles besser.

Und wie immer, last but not least, all den Musikern, die mich stets inspiriert haben. Einige habe ich im Buch zitiert, andere sind zwischen den Zeilen eingeflossen. Diese mentale Playlist wird immer in meinem Herzen sein.

Über die Autorin

Schreiben war seit jeher Sandras große Leidenschaft. Ihr erstes Buch beendete sie mit zwölf Jahren.
Mit 27 zog sie nach Málaga, Spanien und lebte dort fast zehn Jahre. Heute wohnt sie mit ihrem Mann Daniel und ihren zwei Hunden Samy und Rocky in Bad Rappenau, Deutschland.

Als das Gras zu wachsen aufhörte ist ihre vierte Veröffentlichung.

Bisher hat sie zwei Kurzgeschichtensammlungen herausgebracht: *Unvorhergesehen* (2015) und *Unausgeschrieben* (2022).

Ihre liebsten Thematiken sind dabei Liebe, Beziehungen, Freundschaft, Affären und Lebenslust.

Ihr erster Roman *Wie warmer Juliregen* erzählt die Geschichte von der jungen Künstlerin Lara, deren Leben bei einem Sommerurlaub ordentlich aus den Fugen gerät.

Auf Instagram spielt sie auch regelmäßig den Soundtrack zu ihren Büchern auf der Ukulele: @sandra_andres_autorin

Mehr von Sandra

Sandras Kurzgeschichtenbände erzählen ganz unterschiedliche Episoden. Während *Unvorhergesehen* experimentelle Geschichten aus 20 Jahren enthält, ist *Unausgeschrieben* eine Sammlung von Geschichten, die Sandra im Jahre 2021 für diverse Ausschreibungen verfasste.

Die junge Künstlerin Lara steht kurz vor ihrer Hochzeit mit ihrer Jugendliebe Tobias. Doch dann kommen ihr Zweifel: War das wirklich schon alles? Ist er der Richtige? Ein Urlaub mit ihrer besten Freundin soll Klarheit verschaffen. Dabei begegnet sie Leon, der ihr gehörig den Kopf verdreht. Ist ein heißer Flirt es wert, alles aufzugeben? Oder erwartet Lara doch etwas anderes von ihrem Leben?

Ihr Weg zu sich selbst hält einige Abenteuer und Überraschungen bereit …

Zum Buch

Die Grundfrage hinter diesem Buch war: Was würde ich meinem 16-jährigen Ich sagen? Die Antworten darauf führten mich zu Kaia und ihren ersten Kapiteln – kurioserweise in der Gegenwart.
Trotzdem habe ich diese Geschichte so nie erlebt. Auch nicht so ähnlich. Gewisse Episoden aus meiner Jugend habe ich aufgegriffen, und auch die Tagebucheinträge entstammen meiner eigenen Feder. Doch der Rest der Geschichte – wie auch Kaia und Gil – sind frei erfunden. Ähnlichkeiten mit lebenden Personen sind zufällig und nicht beabsichtigt.

Die Figuren in diesem Buch trinken gern mal ein bisschen Wein. Oder auch Tequila. Oder rauchen Marihuana. Dies passiert auch bei Minderjährigen. Nicht, weil ich das persönlich toll finde, sondern weil ich das persönlich so erlebt habe. In den 90er-Jahren habe ich den Umgang mit Zigaretten und Alkohol als sehr leichtfertig und wenig kontrolliert wahrgenommen, und das habe ich genau so wiedergegeben. Trotzdem empfehle ich einen verantwortungsvollen Umgang mit Alkohol, Zigaretten und Drogen – vor allem bei Jugendlichen.

Fehler:
2005 gab es noch kein Twitter. Doch Gil scheint mir ein perfekter Twitterer zu sein. Und seine zynischen Einträge passten mir auch in keine andere Plattform und kein anderes Format.

Auf Sandras Website ...

... findet Ihr alle Informationen rund um ihre Bücher, ihre neuesten Blogeinträge und Podcastfolgen. Im Shop könnt Ihr alle Bücher von Sandra mit persönlicher Widmung bestellen!

Außerdem könnt Ihr Sandras 2-wöchiges Update abonnieren und so an exklusiven Lesungen im kleinen Kreis teilnehmen, Figureninterviews lesen und einen Einblick in gestrichene Szenen bekommen.

Hier gehts zu Sandras Seite:

ISBN 978-3-7549-6472-9
9 783754 964729 00001
www.epubli.de